EDIÇÕES BESTBOLSO

A terra de Deus

Taylor Caldwell (1900-1985) nasceu em Manchester, Inglaterra. Em 1907 emigrou para os Estados Unidos e lá viveu até sua morte. Começou a escrever aos 8 anos e aos 15 finalizou seu primeiro romance, *The Romance of Atlantis,* embora ele só tenha sido publicado em 1975. Entre seus sucessos literários, muitos deles inspirados em personagens bíblicos, estão *Médico de homens e de almas, Os servos de Deus, A cidade de aço* e *O grande amigo de Deus.*

Taylor Caldwell

A TERRA DE DEUS

Tradução de
SILVIA TÁVORA

2ª edição

RIO DE JANEIRO – 2024

CIP-BRASIL. CATALOGAÇÃO NA PUBLICAÇÃO
SINDICATO NACIONAL DOS EDITORES DE LIVROS, RJ

Caldwell, Taylor
C152t   A terra de Deus / Taylor Caldwell; tradução Silvia Távora. – 2ª ed. –
2ª ed.   Rio de Janeiro: BestBolso, 2024.
         12x18 cm.

         Tradução de: The Earth Is the Lord's
         ISBN 978-85-7799-236-2

         1. Ficção inglesa. I. Távora, Silvia. II. Título.

                                              CDD: 813
13-01681   CDU: 821.111-3

A terra de Deus, de autoria de Taylor Caldwell.
Título número 336 das Edições BestBolso.
Primeira edição impressa em abril de 2013.

Título original norte-americano:
THE EARTH IS THE LORD'S

Copyright © 1940 by Janet M. Reback.
Publicado mediante acordo com Roslyn Targ Literary Agency, Inc. Nova York, EUA.
Copyright da tradução © by Distribuidora Record de Serviços de Imprensa S.A.
Direitos de reprodução da tradução cedidos para Edições BestBolso, um selo da
Editora Best Seller Ltda. Distribuidora Record de Serviços de Imprensa S. A. e Editora
Best Seller Ltda são empresas do Grupo Editorial Record.

www.edicoesbestbolso.com.br

Design de capa: Marianne Lépine sobre imagem de Shutterstock.

Todos os direitos reservados. Proibida a reprodução, no todo ou em parte, sem autorização prévia por escrito da editora, sejam quais forem os meios empregados.

Direitos exclusivos de publicação em língua portuguesa para o Brasil em formato bolso adquiridos pelas Edições BestBolso um selo da Editora Best Seller Ltda.
Rua Argentina 171 – 20921-380 – Rio de Janeiro, RJ – Tel.: 2585-2000.

Impresso no Brasil

ISBN 978-85-7799-236-2

LISTA DOS PRINCIPAIS PERSONAGENS
(por ordem de entrada)

Kurelen	Tio de Temujin
Houlun	Irmã de Kurelen
Kokchu	Xamã (sacerdote)
Temujin (Gengis Khan)	Filho de Houlun e Yesukai (poderoso matador de homens)
Yesukai	Khan dos mongóis Yakka, marido de Houlun
Kasar	Irmão de Temujin (Gengis Khan)
Bortei	Esposa de Temujin
Paladinos de Gengis Khan	Comandantes de cavalaria
Subodai,	
Chepe Noyon	
Belgutei	Meio-irmão de Temujin
Bektor	Meio-irmão de Temujin
Jamuga Sechen (Jamuga o Sábio)	Irmão de armas de Temujin
Toghrul Khan (Preste João; Wang Khan)	Turco karait, cristão nestoriano, chefe do império karait
Azara	Filha de Toghrul Khan
Taliph	Filho de Toghrul Khan

Qualquer semelhança dos personagens deste romance com personalidades ainda vivas é veementemente negada pela autora. O fantasma de Gengis Khan a avisará se tais boatos difamatórios vierem a circular.

Parte I
A última colheita

Com a primeira Argila da Terra Eles moldaram o Último Homem
E aí plantaram a Semente da Última Colheita:
E a Primeira Manhã da Criação escreveu
O que há de ser a Última Aurora do Dia de Juízo.

OMAR KHAYYAM

1

Houlun mandou a velha serva Yasai ao yurt do seu meio-irmão, o coxo Kurelen. Enquanto corria à luz rósea do crepúsculo úmido, a velha enxugava as mãos cobertas de sangue nas roupas sujas. A poeira que ela levantava ao caminhar rapidamente por entre os yurts ficava dourada e a seguia como uma nuvem. Encontrou Kurelen comendo como de costume, estalando os lábios sobre uma taça de prata cheia de cúmis, leite de égua fermentado. A cada gole ele erguia a taça de prata, que fora roubada de um mercador ambulante chinês, e a olhava fixamente com profunda admiração. Depois, acariciava com um dedo sujo e torto os relevos delicados, e uma espécie de alegria voluptuosa lhe brilhava no rosto sombrio e macilento.

Yasai subiu à plataforma do yurt de Kurelen. Os bois estavam soltos, mas a fitavam com olhos castanhos e inexpressivos e neles se refletia o terrível crepúsculo. A velha parou à entrada aberta da tenda e espreitou Kurelen no interior. Todo o mundo desprezava Kurelen, porque ele achava graça em muitas coisas. Mas todo o mundo o temia também, porque ele odiava a humanidade. Kurelen ria de tudo, mas também detestava tudo. Até mesmo sua cobiça e apetite gigantesco tinham algo de desdenhoso, como se não fossem parte dele, mas qualidades repugnantes, que ele nunca escondia, e das quais zombava abertamente.

Yasai olhou para Kurelen e franziu a testa. Ela não passava de uma escrava karait, mas nem mesmo ela tinha o menor respeito pelo irmão da esposa do líder. Ela sabia da história. Até os guardadores de gado sabiam da história, e também os pastores, que eram tão estúpidos como os animais que conduziam ao pasto.

Houlun havia sido roubada do marido, um homem de outra tribo, no dia do seu casamento, por Yesukai, mongol yakka. Alguns dias depois, o irmão dela, o coxo Kurelen, foi ao ordu, ou aldeia de tendas, de Yesukai,

9

para pedir o retorno da irmã. O merkit, clã a que pertenciam Kurelen e a irmã, Houlun, compunha-se de gente astuta, habitantes da floresta e mercadores ativos. Mandando Kurelen a Yesukai, mandaram um mensageiro inteligente e loquaz, dotado de uma voz bonita e persuasiva. Melhor do que ninguém, ele poderia ser bem-sucedido e, se fosse morto, seu clã estava preparado para reagir filosoficamente ao triste acontecimento. Kurelen era um desordeiro e um gozador, antipatizado e detestado pelo seu povo. Os merkits talvez não recebessem Houlun de volta, mas havia uma leve possibilidade de se verem livres de Kurelen. Se ele fosse um homem forte e corajoso, eles já o poderiam ter matado na sua incompreensão e aversão. Mas como era coxo e filho de um chefe, não podiam fazer isso. Por outro lado, Kurelen era mercador extremamente hábil e artesão maravilhoso, e sabia ler chinês, o que era muito útil nas relações com os finos mercadores de Catai. Seu pai havia dito uma vez que, se ele fosse um homem forte, seu povo não o teria matado, porque ele não seria o tipo de homem que merecesse ser morto. A essa sábia observação toda a tribo rira com vontade, mas Kurelen fizera apenas a sua expressão de escárnio em silêncio, que tinha o dom singular de enfurecer as pessoas simples.

Houlun não foi devolvida ao ordu de seu pai nem ao do marido, pois ela era extraordinariamente bonita e Yesukai a tinha achado deliciosa em sua cama. Nem Kurelen voltou. A história não tinha nada de complicado. Ele fora conduzido à tenda de Yesukai, e o jovem e arrogante mongol yakka o olhara ferozmente. Kurelen não se perturbou. Num tom brando e demonstrando interesse, pediu para ver o ordu do jovem Khan. Yesukai, que esperava súplicas ou ameaças, ficou absolutamente perplexo e surpreso. Kurelen nem sequer tinha perguntado pela irmã, ou mesmo expressado o desejo de vê-la, embora pelo canto do olho ele a notara observando-o furtivamente por trás da aba de entrada do yurt do seu novo marido. Nem parecia inquietar-se com as carrancas e presenças ameaçadoras de um corpo de jovens guerreiros que o fitavam sobranceiramente.

Yesukai, que não era nada perspicaz, e quando tinha de pensar o fazia com muita lentidão, conduziu ele mesmo o irmão de sua esposa através da aldeia de tendas. As mulheres e crianças, de pé nas plataformas ou junto às entradas dos yurts, observavam. Um silêncio profundo caiu sobre a aldeia. Até os cavalos e o gado que retornavam pareciam menos barulhentos. Yesukai ia à frente e Kurelen, coxeando e com aquele seu sorriso enviesado esquisito, seguia-o. Atrás deles caminhavam os jovens guerreiros, mais ameaçadores e sobranceiros do que nunca, umedecendo os lábios. Os cães se esqueceram de latir. Foi uma caminhada longa e ridícula. De vez em quando, Yesukai, que estava começando a se sentir idiota, olhava por cima do ombro e franzia as sobrancelhas para o coxo que o seguia. Mas a expressão de Kurelen era tranquila, e ele parecia satisfeito como uma criança. Ele ia abanando a cabeça, com um ar de quem tinha sido agradavelmente surpreendido, e murmurava consigo mesmo alguns comentários ininteligíveis.

– Vinte mil tendas! – exclamou ele uma vez, em voz alta e musical.

E olhava radiante de admiração para Yesukai.

Voltaram para a tenda de Yesukai. Junto à entrada, Yesukai parou e aguardou. Então Kurelen devia pedir a entrega da irmã, ou pelo menos uma grande soma em troca. Mas Kurelen não parecia ter pressa nenhuma. Estava pensativo. Yesukai, que não tinha medo de nada, apoiava-se ora num pé, ora no outro. Tinha o olhar feroz. Apalpava o punhal chinês que trazia preso ao cinturão. Seus olhos negros brilhavam com um fogo selvagem. Os guerreiros estavam cansados de fazer carrancas, e trocavam olhares entre si. Em algum lugar, numa tenda distante, uma mulher riu abertamente.

Kurelen torceu uma mão escura próxima aos lábios e roeu meditativamente as unhas. Se não fosse curvado e coxo, seria um homem alto e magro. Tinha ombros largos, embora meio desalinhados. Sua perna sã era comprida, e a outra era retorcida como uma árvore seca. O corpo era mole e franzino, e os ossos pareciam deslocados. Tinha o rosto comprido e magro, moreno, malicioso e feio, e dentes pequenos e brilhantes, tão brancos como leite. Os ossos das maçãs do rosto formavam uma espécie de plataforma aguçada sob os olhos oblíquos e cintilantes, cheios de um brilho sarcástico. Os cabelos eram negros e longos, e ele sorria com prazer e malícia.

Dirigiu-se finalmente a Yesukai com um respeito profundo, através do qual a zombaria tremeluzia como fios de prata.

– Possuis uma tribo magnífica, ó Khan valente dos valentes – disse ele, e sua voz era macia e apaziguadora. – Deixa-me falar à minha irmã Houlun.

Yesukai hesitou. Estava decidido até o momento a não permitir que Houlun visse o irmão. Mas então se sentiu impelido a atender ao pedido do outro, embora não soubesse bem por quê. Acenou secamente com o braço para as servas que estavam de pé na plataforma do seu yurt. Elas entraram e voltaram com Houlun, obrigando-a a permanecer entre elas. Ela ali ficou, alta, bonita, cheia de orgulho e ódio, os olhos pardos avermelhados e inchados das lágrimas. Mas quando avistou o irmão, fez um movimento rápido e involuntário na direção dele. Foi mais a expressão dos olhos dele do que as mãos das servas que a fizeram parar abruptamente. Ele a olhava com um suave alheamento e reserva. Ela ficou imóvel, fitando-o, piscando os olhos e empalidecendo, enquanto todos os demais observavam. Ela o amava muito, porque os dois eram os filhos mais inteligentes e compreensivos de seu pai, e poucas explicações eram necessárias entre eles.

Kurelen se dirigiu a ela delicadamente, embora com uma espécie de desdém brando e frio.

– Acabo de conhecer o ordu do teu marido, Yesukai, minha irmã. Caminhei pela aldeia. Permanece aqui e sê uma esposa dedicada de Yesukai. O povo dele cheira menos mal que o nosso.

Os mongóis, que adoravam dar boas risadas, a despeito da sua vida dura, primeiro ouviram essas palavras assombrosas e depois explodiram numa imensa e tonitruante gargalhada. Yesukai riu tanto que as lágrimas lhe correram pelo rosto abaixo até a barba. Os guerreiros caíram uns nos braços dos outros. As crianças vaiaram, as mulheres gargalharam. O gado mugiu, os cavalos relincharam e os cães latiram furiosamente, e os guardadores de gado e os pastores bateram com os pés, até que nuvens de poeira espessa encheram a claridade úmida da atmosfera do deserto, sufocando-os.

Mas Houlun não riu. Ela continuou ali de pé na plataforma elevada, olhando abaixo para o irmão. Seu rosto estava branco como a neve das montanhas. Seus lábios pálidos estremeceram e se arquearam. Seus olhos brilharam de desprezo e repúdio. E Kurelen, imóvel, sorria para ela pelos olhos enviesados. Então, finalmente, sem uma palavra, ela lhe deu as costas altivamente e foi para dentro do yurt.

Quando a gargalhada geral diminuiu até um nível em que Kurelen poderia ser ouvido, ele disse a Yesukai, que enxugava os olhos:

– Todos os homens cheiram mal, mas os teus fedem menos que todos os que já conheci. Deixa-me viver em teu ordu e ser um do teu povo. Eu falo a língua de Catai. Sou melhor ladrão do que um turco de Bagdá. Sou mercador mais esperto do que um naiman. Sei fazer escudos e armaduras, e moldar o metal nas formas mais úteis. Sei escrever na língua de Catai e dos uigures. Estive dentro da Grande Muralha de Catai e conheço muitas coisas. Embora meu corpo seja torto, poderei ser-te útil de incontáveis maneiras.

Yesukai e seu povo ficaram boquiabertos, assombrados. Não havia ali nenhum inimigo, exigindo e ameaçando. O xamã estava furioso e desapontado, e aproximou-se de Yesukai quando este hesitou mordendo o lábio. Cochichou para o chefe:

– O gado vem morrendo de um mal misterioso. Os espíritos do Céu Azul precisam de um sacrifício. Aí tens um à tua mercê, ó Senhor. O filho de um chefe, irmão da tua esposa. Os espíritos exigem um sacrifício nobre.

O mongol supersticioso estava desanimado. Ele precisava de artesãos, e não ficara indiferente ao brilho de afeição e alegria nos olhos da sua formosa e relutante esposa Houlun quando avistara o irmão. Talvez ela ficasse mais dócil se ele se mostrasse indulgente e gentil com o irmão dela, e talvez também ela se sentisse mais feliz entre estranhos tendo um do seu próprio sangue perto de si. Mas o chefe xamã, o sacerdote, continuava cochichando em seu ouvido, e ele o ouvia.

Kurelen, que detestava sacerdotes, sabia o que estava acontecendo. Ele viu os olhos do jovem Khan brilharem e escurecerem quando pousaram nele. Viu o perfil maligno do xamã, a linha caída dos seus lábios que sugeria covardia e crueldade. Viu seus olhares malévolos e hipócritas, cheios de desejo de tortura e sangue. Viu que se dilatavam subitamente as narinas dos guerreiros, que já não mais sorriam, mas apertavam o cerco em torno dele. Ele sabia que não podia demonstrar o menor medo.

E declarou num tom divertido:

– Ó sacratíssimo xamã, eu não sei o que estás cochichando, mas sei que estás cochichando insensatamente. Os sacerdotes são castradores de homens. Têm alma de chacal e precisam recorrer a estúpidas mágicas porque têm medo da espada. Enchem a barriga com a carne de animais que não caçaram. Bebem leite que não tiraram das éguas. Deitam-se com mulheres que não compraram nem roubaram, nem conquistaram em combate. Como têm coração de camelo, morreriam se não fosse a sua astúcia. Escravizam os homens com palavrórios, para que os homens continuem a servi-los.

Os guerreiros não gostavam do líder xamã, porque desconfiavam de que ele lançava olhar ímpio sobre suas esposas e sorriram. O xamã percorreu Kurelen de alto a baixo com um olhar furioso, e seu rosto ladino ficou escarlate. Yesukai esboçava um sorriso em sua indecisão. Kurelen voltou-se para ele.

– Responde-me verdadeiramente, ó nobre Khan: não seria muito mais difícil para ti dispensar um guerreiro do que este tolo sacerdote?

Yesukai, na sua simplicidade, respondeu prontamente:

– Um guerreiro é melhor do que um xamã. Um artesão não é tão bom como um guerreiro, mas ainda é melhor do que um sacerdote. Kurelen, se queres ser um do meu povo, sê bem-vindo.

E foi assim que Kurelen, que vivera toda a sua precária vida da própria sagacidade e inteligência, que era muita, se tornou membro da tribo de Yesukai. O xamã, que fora derrotado por ele, tornou-se o seu inimigo mais terrível. Os guerreiros, que desprezavam os vencidos, não mais deram ouvidos ao xamã. Só as mulheres e as crianças continuaram a ouvi-lo.

Durante muito tempo Houlun não quis saber do irmão que a traíra e zombara dela. Ficou grávida de Yesukai. Cuidava da tenda dele e se deitava na sua cama. Parecia reconciliada com tudo, pois era uma mulher inteligente, que não perdia tempo com aflições e lamúrias. Como todas as pessoas sensatas, sabia tirar o melhor partido das circunstâncias, e as aproveitava no sentido de melhorar seu próprio conforto e bem-estar. Mas não queria ver o irmão. Só mesmo na hora do parto é que o mandou chamar. As coisas não estavam correndo bem, ela teve medo, e quis perto de si a única pessoa que ela realmente amava, mesmo ele tendo desapontado-a. Seu marido estava longe, numa incursão de caça e pilhagem. E, afinal de contas, ela não o amava mesmo.

Houlun sabia que Kurelen era detestado e temido pelo povo de seu marido. Mas ele fora detestado também pelo seu próprio povo, e ela sabia por quê. Ela também detestava a sua espécie e a desprezava. Mas como era fria, arrogante e reservada, era respeitada. Kurelen não era respeitado, por ser falador e misturar-se livremente com o pessoal da tribo, e algumas vezes fazer insinuações. Achavam-no inferior, portanto, e mesmo os pastores falavam dele desdenhosamente e riam da sua covardia. Não tinha ele aquiescido no rapto da irmã?

A velha serva Yasai, tendo-se aproximado da entrada do yurt de Kurelen, ali ficou parada, observando-o. Ele levantou os olhos e a viu. Bebeu o resto de cúmis e por fim admirou os belos relevos da taça de prata. Pousou-a cuidadosamente sobre a pele que cobria o chão do yurt, enxugou a boca fina, ampla e contraída na manga suja e sorriu.

– O que é, Yasai? – perguntou amavelmente.

Ela franziu a testa. Ele era filho de um líder, mas falava com ela como a um igual. Ela franziu os lábios murchos num desdém contrafeito. Fez um movimento de cuspir, e grunhiu algo no fundo da velha garganta. Kurelen continuava a olhá-la tranquilamente, esperando. Enfiou as mãos por dentro das mangas amplas e ali ficou, sentado no chão do yurt, imóvel, com os olhos maus e maliciosos brilhando na obscuridade tépida do yurt.

A amabilidade e a ausência de orgulho dele não convenciam a velha, nem os outros, de que ele considerava os membros da tribo de Yesukai seus iguais. Se ele demonstrasse orgulho e consciência da sua superioridade e uma amabilidade democrática, todos se sentiriam lisonjeados e agradecidos e o adorariam. Mas justamente a sua falta de orgulho e o seu ar de igualdade eram, sabiam-no, meros disfarces zombeteiros da consciência da sua superioridade e do seu ódio mortal e desprezo por todos.

Ela disse secamente:

– Tua irmã, a esposa do Khan, quer que venhas à sua tenda.

Ele levantou as sobrancelhas, que formaram duas linhas escuras e oblíquas.

– Minha irmã – murmurou ele meditativamente. Sorriu e se levantou de um salto com incrível agilidade. Yasai o olhava com aversão. Os bárbaros mongóis simples sentiam-se revoltados com a deformidade física.

– Que quer ela de mim? – acrescentou ele, depois de uma pausa.
– Ela está dando à luz – respondeu a velha, e saltou da plataforma.

Deixou-o sozinho, de pé no centro do seu pequeno yurt, com as sobrancelhas dançando para cima e para baixo sobre os olhos, os lábios enviesados num meio sorriso. Tinha a cabeça inclinada. Parecia pensar algo singular. Apesar de sua deformidade, dos olhos inquietos, do sorriso, ele era estranhamente digno de pena.

Kurelen saiu para a luz quente e úmida do crepúsculo cor-de-rosa.

2

Os pastores e guardadores de gado tangiam de volta seus rebanhos de cabras e gado. Nuvens de poeira cinzenta e dourada explodiam em torno deles, e a atmosfera do deserto ardente e ofuscante estava cheia dos seus berros roucos e seus gritos estridentes. O gado queixava-se em mugidos profundos e melancólicos, galopando através dos caminhos tortuosos por entre os yurts escuros e abobadados, com as suas plataformas de madeira. A aldeia de tendas assentava perto do rio Onon, e era na direção desse rio amarelo-pardo que os guardas dos rebanhos conduziam os animais. Crianças, nuas e morenas, brincavam no cascalho perto dos yurts, mas à aproximação atroadora dos rebanhos, pularam para cima das plataformas e mofavam dos pastores quando estes passavam correndo por entre os cascos agitados e a poeira quente.

Os rebanhos passavam como fantasmas. Aqui e ali, uma cabeça que se atirava para trás, um feixe de chifres, um mar de caudas, uma extensão de ancas, uma floresta de pernas peludas passavam em torvelinhos de poeira que tudo envolvia, cintilando no terrível fulgor ofuscante do sol.

Mulheres, preocupadas com sua prole, saíam dos yurts. Algumas até interrompiam a mamada de seus bebês, e os seios morenos apareciam nus, pendentes, cheios e túrgidos. Aos clamores dos guardadores e brados dos animais juntavam seus chamados e ameaças estridentes. Outras emergiam das tendas com caçambas de cobre e madeira, pois os animais seriam ordenhados logo que voltassem do rio.

Nesse momento, outros pastores se aproximaram conduzindo garanhões selvagens e irrequietos, éguas e potros, e os ociosos da aldeia fugiam prudentemente para cima das plataformas. Uma pessoa podia arriscar-se à carga das cabras, mas nunca à dos garanhões. Seus olhos selvagens brilhavam através da poeira. Seus corpos peludos eram recobertos por um pelame cinzento. Os guardadores, a cavalo, praguejavam e berravam, tangendo os animais com varas compridas. Esses guardadores eram mais selvagens do que os garanhões, e mais ferozes. Seus olhos cintilavam furiosamente. Seus rostos escuros brilhavam de suor, e tinham os lábios negros rachados pela poeira. A gritaria era ensurdecedora e o fedor, observou Kurelen torcendo o nariz, insuportável.

Os caçadores seguiam-nos em seus pequenos e ágeis cavalos árabes, carregando os frutos da caça amontoados na frente deles: lebres e antílopes, porcos-espinhos, aves e raposas, martas e outros animais de peles. Os caçadores bradavam triunfantemente e faziam as suas montarias cabriolarem e voltearem. Quando se chocavam uns com os outros, riam como loucos. Brandiam as espadas curtas e os arcos, fincavam os saltos duros nos flancos dos cavalos e galopavam em círculos. Suas mulheres não aprovavam essas demonstrações infantis, e depois que os caçadores entraram em seus yurts, ouviram-se as vozes das mulheres, desdenhosas, ralhando e censurando.

Grandes fogueiras escarlates começavam a arder entre as fileiras de yurts, e tochas crepitantes começavam a agitar-se por entre essas fileiras, pois o céu poderoso tomava rapidamente a cor de púrpura da noite do deserto.

Quando os rebanhos acabaram de passar, Kurelen emergiu de um pequeno espaço entre dois yurts e se dirigiu para a tenda maior de todas, onde morava sua irmã. A atmosfera ainda estava pesada da poeira brilhante e amarela, e mal se podiam distinguir os contornos dos yurts negros através dela, como imensas colmeias flutuando dispersas num nevoeiro. As fogueiras ardiam alto e vividamente, como bandeiras, e as tochas agitavam-se aqui e ali no lusco-fusco. As vozes soavam abafadas e pareciam vir de uma grande e cava distância.

Sob os pés de Kurelen a terra ainda estava quente do calor do dia, e parecia aveludada. Ele olhou para o céu que escurecia. O poente, para os lados do rio amarelo-cinzento, cujos limites eram demarcados por uma vegetação irregular cinza-esverdeada, constituía um espetáculo terrível. O rio flamejava sozinho no seu isolamento assustador, iluminando o oeste, mas não dando nenhuma luz à terra. O horizonte era de um carmesim insuportável e palpitante, cortado por milhares de pequenas colinas negras e aguçadas como dentes. Acima dessa imensa pulsação, que era como a de um coração monstruoso, havia faixas de fogo pálido, com centenas de quilômetros de extensão, sopros de ventos silenciosos e gigantescos, ainda não audíveis ou sensíveis na terra. E acima dessas faixas de fogo havia camadas serreadas de verde, dourado, vermelho e azul resplandecente subindo para o zênite, que era cor do jacinto. E a terra embaixo era escura, informe e caótica, perdida e vazia, e nela diminutas manchas vermelhas de fogo ardiam em patética impotência.

Kurelen olhou para o leste. Lá os céus sem fim eram de um rosa obscuro e fantasmagórico. Arqueada contra eles, purpúrea e indefinida, estava a imensa sombra e a curva da terra, a tenda da noite atingindo os céus, que a refletiam. E nesse momento os ventos, descendo dos céus como uma horda imensa e invisível, assaltaram a terra e encheram-na com o som das suas vozes tremendas. Mas eles só tornaram o silêncio da noite do Gobi ainda mais profundo e terrível. Agora a própria terra pertencia à noite e aos ventos, estava perdida neles, e existia ainda apenas o oeste e o seu esplendor mais que terrível e a sua solidão eterna.

Kurelen, esquecendo-se da irmã, deixou a aldeia de tendas, e dirigiu-se através da densa escuridão para além dela. Subitamente começou a fazer um frio cortante e ele estremeceu sob o seu manto de pele de cabra. Seus olhos brilhavam na escuridão, como que possuídos de uma malévola vida própria, ou por um reflexo da luz decrescente dos céus do oeste. Kurelen estava só. Aspirou profundamente na escuridão agitada pelo vento. Agora o zênite era picotado pelas cintilações poderosas de novas estrelas, aterradoras, gélidas, sobranceiras. Ele pensou: Isto o homem não arruinou com a sua cobiça. Aqui não pisa nenhum pé amaldiçoado, nenhum hálito empesteia a noite. Aqui estão as estrelas, e aqui a terra, e no meio, só o vento e eu.

Distante, em uma das yurts, o flautista do acampamento pegara a sua flauta. De repente, a imensa noite do Gobi foi cortada pelos sons mais angustiosos e doces, poderosos, selvagens, solitários, que chegavam até a alma como um fogo doloroso. Kurelen sentiu o coração confranger-se e depois expandir-se, até que todo o seu ser palpitou com uma dor insuportável e o mais pungente anseio. E todavia, junto com a dor, sobrevinha-lhe uma sensação de grandeza e de paz, logo em seguida desvirtuada e coroada de alegria. As lágrimas correram-lhe pelas faces cavadas, e ele sentiu o gosto de sal nos lábios. Ali ele não precisava de ironia ou de qualquer escudo de zombaria contra a hediondez da vida. Voltara as costas para a aldeia, sem ver as bandeiras tremulantes das grandes fogueiras. Via somente o leste e a sombra escura e tempestuosa da terra.

Eu não devia ter ido nunca a Catai, pensou ele. Eu não devia ter visto nunca aquilo de que o homem é capaz quando quer. Se o homem bebe da taça resplandecente da sabedoria, daí em diante não haverá mais paz para ele, mas apenas solidão e ansiedade, ódio e tristeza. Andará entre os companheiros como um cão leproso que odeia e é odiado, contudo cheio de piedade e loucura, sabendo tanto e sabendo tão pouco, pois compreende que não saberá nunca realmente nada. Verá a própria estatura se reduzir a pó, e será torturado pela consciência do infinito ilimitado.

A voz da flauta gemeu, mas seu gemido cresceu tornando-se finalmente triunfante, sua diminuta chama assaltando e cortando o céu sem iluminá-lo, mas invadindo-o diretamente. E, nele, invadia o caos da eternidade e ardia ali, sem iluminá-lo, independente dele, bonita, pungente e provocante. Era a alma do homem, sitiada e alheia, perdida, pequena, brilhante, atacada por todos os ventos do céu e do inferno, buscando o frágil e a vida. Sua voz trêmula falava de amor, de Deus, de futilidade, de dor, mas também de esperança, mesmo em meio ao seu desespero.

Quando a flauta se calou, Kurelen estava tomado de tristeza. Continuou seu caminho para o yurt da irmã. Quando subiu à plataforma e abaixou a cabeça para entrar no yurt, estava sorrindo de novo com ironia e seus olhos enviesados brilhavam de malícia.

O yurt abobadado era feito de feltro grosso e negro, esticado sobre uma estrutura de varas trançadas. Havia um buraco no alto, por onde saía a fumaça. Um braseiro de carvão ardia vivamente sob esse buraco e era a única fonte de luz. As paredes recurvas da tenda tinham sido revestidas de cal branca, e um hábil amigo chinês de Yesukai tinha-as ornamentado com figuras complicadas e decadentes, delicadamente coloridas. As posturas corruptas, faces sutis, cores pálidas, formavam um estranho contraste com os bárbaros mongóis, que pareciam ganhar em força, virilidade e poder com a comparação. Tapetes de seda de Cabul e Bocara coloriam o chão de madeira da tenda. O lustro desses tapetes tremeluzia tepidamente na escuridão. Sob os tapetes havia três arcas de teca, roubadas de alguma caravana chinesa. Delicada e fantasticamente entalhadas, representando florestas de bambus, grutas, pontes corroídas em arco, garças e sapos, monges budistas de largas mangas e chapéus pontudos, amantes e flores, elas tinham um ar grotesco e exótico nessa tenda do bárbaro. Uma das arcas estava aberta, revelando vestes femininas de seda bordadas, também roubadas de caravanas ou compradas de algum esperto mercador árabe, e artigos de prata marchetada, tais como caixinhas de joias, punhais e taças. Em um dos lados da parede de feltro, que não fora decorada pelo artista chinês, estavam pendurados dois ou três escudos de peles, dourados, laqueados e coloridos, caixas de arcos de bambu e marfim, cimitarras turcas cintilando como raios, setas e pequenas espadas chinesas, e dois cinturões largos de prata, trabalho intrincado e rendado dos melhores artesãos chineses, salpicados de turquesas irregulares.

Houlun estava deitada numa grande cama forrada de sedas chinesas e macias peles de marta. Em torno da cama havia várias mulheres de cócoras sobre os tapetes, balançando-se para frente e para trás sobre os calcanhares, os olhos fechados com força, resmungando preces aos espíritos. Suas mãos estavam cruzadas sob as largas mangas, seus longos mantos de algodão caíam-lhes sobre as coxas, braços e ombros em pregas esculturais. Quando Kurelen entrou, elas o olharam com hostilidade, sem se levantarem, embora este fosse o irmão da esposa do chefe e, por sua vez, filho de um chefe. Houlun ergueu ligeiramente a cabeça à sua entrada, contemplando-o sem sorrir e em silêncio.

Era evidente que ela estava sofrendo. A luz vermelha e oscilante do braseiro iluminava-lhe o rosto pálido e contraído e os olhos pardos atormentados. Até os lábios estavam da cor do chumbo. Seu cabelo negro e longo, como fios de vidro brilhante, desciam-lhe pelos braços e pela cama até o chão. Seus seios túrgidos erguiam-se como colinas sob o manto fino de seda, de um branco brilhante e bordado com figuras chinesas escarlates, verdes e amarelas. Sua cintura estava enormemente dilatada e ela cruzara convulsivamente as mãos sobre ela. Suas pernas longas e bem torneadas estavam encolhidas na dor.

Ela olhou para o irmão com orgulho, dignidade e extrema frieza. Não se tinham falado desde o dia em que ele a atraiçoara, embora ele a visse de longe, e uma vez ou duas ela tivesse passado por ele, altiva e sem dirigir-lhe o olhar, com os belos traços rígidos pela aversão. Agora que ele estava ali, de pé, ao lado da sua cama, sorrindo-lhe obliquamente, com um estranho brilho em seu olhar enviesado, os olhos dela se encheram de lágrimas de raiva e sofrimento, e ela virou o rosto para o outro lado.

Kurelen sorriu.

– Mandaste chamar-me, Houlun? – perguntou suavemente.

Ela manteve o rosto virado com as pestanas banhadas em lágrimas, a expressão rígida, mais orgulhosa e fria do que nunca, apesar de toda a sua dor. Suas pernas encolheram-se com força. Kurelen mordeu pensativo o lábio de cima com os dentes inferiores – um estranho hábito seu. Olhou para as mulheres hostis que rodeavam a cama, e elas desviaram os olhos com desdém. Ele coçou o queixo com o polegar. Voltou a observar a irmã e viu que a testa dela brilhava com gotas de suor de sofrimento, e que havia linhas purpúreas sobre os seus lábios mordidos.

– Mandaste chamar o xamã? – perguntou ele, sorrindo de novo sardonicamente.

Ela virou a cabeça sobre os travesseiros, com os olhos cheios de indignação.

– Mesmo no meu sofrimento, vens zombar de mim! – gritou ela.

As mulheres resmungaram. Afastaram-se à passagem dele. Mas pareciam hesitar. Uma delas falou a Kurelen pelo canto da boca.

– Ela não quer o xamã, embora ele tenha ficado na porta do yurt durante o dia todo.

– Ah! – fez Kurelen, pensativo.

Houlun começou a chorar, e seu próprio choro enfureceu-a, envergonhou-a. Escondeu o rosto de Kurelen, da luz do braseiro, e orgulhosamente não fez o menor esforço para enxugar as lágrimas. Ele levantou uma ponta do fino manto de seda e tocou-lhe gentilmente a face e os olhos. Ela não fez nenhum gesto para repeli-lo, mas subitamente soluçou alto, como se o toque dele tivesse acabado de destruir as suas defesas.

– Deixem-me – disse ela com a voz entrecortada.

Mas ele sabia que não era isso o que ela queria realmente. Voltou-se para as mulheres.

– Ouvistes a vossa senhora – disse ele.

Elas ficaram de pé, surpresas e mais hesitantes do que nunca, olhando para Houlun. Mas ela estava chorando e não lhes prestou atenção. Lentamente elas foram deixando a tenda, resmungando. Fecharam atrás de si a aba de entrada. Irmão e irmã ficaram a sós.

O carvão no braseiro chinês crepitava. A luz vermelha e baça cintilou e decresceu. As paredes ornamentadas do yurt eram batidas pelos ventos terríveis de fora. As figuras coloridas nas paredes oscilavam, enfunavam-se, eram sugadas para fora. Algumas das faces corruptas e sutis pareciam sorrir maligna e sardonicamente. A mulher alta que estava na cama contorcia-se e chorava em sua dor e solidão. As cimitarras turcas brilhavam com o movimento.

Kurelen se sentou sobre uma arca perto da irmã e aguardou. Finalmente, com um gesto simples ela enxugou as lágrimas com as costas da mão, e voltou o rosto para ele. De novo ela estava orgulhosa e fria, mas os olhos pardos eram meigos e cheios de sofrimento.

– Por que não me deixaste? – perguntou ela.

Ele respondeu delicadamente:

– Tu sabes, Houlun, que eu nunca te abandonei.

Ela ficou de repente muito agitada. Ergueu-se sobre o cotovelo. Seus braços bem torneados estavam apertados em largos braceletes chineses de prata e turquesa. Seu peito arfava, os olhos relampejavam.

– Tu me traíste e me abandonaste ao meu inimigo! – gritou.

Em volta do pescoço ela trazia um largo colar chinês de prata, marchetado com grandes pedras chatas de cor carmesim. Estas fulguravam como fogo com a respiração irregular. Suas vestes de seda tinham caído, deixando-lhe descobertos o peito e as coxas, e Kurelen pensou em como ela era bela.

Ele respondeu-lhe ainda com mais suavidade:

– Sempre te considerei muito sábia, Houlun, e nunca infantil ou feminil. Eu acreditava que tu pensavas, como eu, que não lutar, e sim aceitar sempre, e sempre extrair vantagens da desvantagem eram a marca do homem que tinha conseguido erguer-se acima dos outros animais. Eu nunca te achei vítima de orgulho tolo ou estreiteza de visão. Que desejas da vida? Um marido? Tiveste um, e ele fugiu abandonando-te, e outro mais forte te tomou. Não são todos os homens semelhantes no escuro? E não é melhor ter um que seja forte, ambicioso e grande caçador?

Kurelen inclinou-se e tocou na delicada seda do manto de Houlun. Ela o fitou, respirando tumultuosamente, com as joias em seu pescoço e os olhos igualmente passionais no brilho. Ele deu de ombros e soltou a seda.

– Tu, antes, usavas algodão e lã áspera. Agora usas sedas. Tens um marido forte. Tens vestes macias, comida, arcas e prata. Tens a paixão de um homem viril, que te trata com gentileza. Ele é senhor de trinta mil tendas e o número dos seus seguidores cresce diariamente. Ele te tem protegido. Ninguém te poderia tomar dele. Que mais podes desejar?

Ela não respondeu. Sua respiração estava mais atormentada do que nunca. A raiva era evidente em sua fisionomia. Mas ela não tinha nada a dizer.

Kurelen, ainda sorrindo, suspirou. Olhou o yurt em volta. Sobre um tamborete chinês de teca entalhado e marchetado havia uma bacia de prata cheia de doces turcos e tâmaras. Ele se serviu, mastigando ruidosamente e chupando os caroços das tâmaras. Cuspiu os caroços e lambeu os lábios de prazer. Sua irmã o observou o tempo todo, cada vez mais furiosa, mas com embaraço crescente.

Ele a olhou divertido, enxugando os lábios nas mangas.

– Não sejas boba, Houlun – disse ele.

Ela explodiu, gritando e gaguejando:

– Tu és um covarde, Kurelen!

Ele arregalou os olhos, atônito. Deixou de sorrir. Parecia genuinamente magoado e espantado.

– Por quê? Porque eu, um homem só, um coxo, não acompanho teu marido nos combates? Porque não me jogo deliberadamente sobre a sua lança, ou seu punhal, num acesso de loucura monstruosa?

Ela o fitou furiosa.

– Nunca ouviste falar de honra, Kurelen?

Ele arregalou ainda mais os olhos, mais incrédulo, mais atônito.

– Honra? – Ele explodiu numa gargalhada. Balançava-se sobre a arca, parecia tomado de incontrolável alegria.

Houlun o observava, piscando os olhos, ruborizada. Ouvia a sua gargalhada e a sua raiva crescia, porque se sentia mais tola do que nunca.

Finalmente ele se acalmou um pouco, mas teve de enxugar os olhos. Continuou sacudindo a cabeça.

– Os mortos – observou – não têm nenhuma necessidade de honra ou desonra. Mas eu, Kurelen, tenho necessidade da minha vida. Se eu tivesse morrido, tu terias sido tomada por Yesukai da mesma maneira, mas terias usado minha "honrosa" morte ao peito, como um penduricalho qualquer. Eu me enganei a teu respeito, Houlun. És uma tola.

Ele se levantou. Sacudiu suas roupas de lã e enfiou as mãos por dentro das mangas. E ali ficou de pé ao lado dela, alto, disforme, curvado, com um sorriso sutil na face longa e morena e ironia nos olhos. Seus dentes brancos cintilavam à luz do braseiro. Inclinou a cabeça sardonicamente e dirigiu-se para a saída da tenda para ir embora.

Ela o acompanhou com os olhos enquanto ele se afastava, e antes que ele levantasse a aba do yurt, ela o chamou, numa voz desesperada e profundamente angustiada:

– Kurelen, meu irmão, não me abandones!

Ele parou, mas não se voltou. Ela passou as pernas com dificuldade pela beira da cama. Gemeu de dor. Aproximou-se dele, cambaleante. Kurelen voltou-se e ela caiu em seus braços. Ele a apertou contra si, enquanto ela tremia e soluçava, com o cabelo negro caindo-lhe por cima das mãos e do peito. Ele sentiu contra o peito o estremecimento e o entumescimento dos seios dela. Sentiu-lhe a pressão dos braços. Apertou os lábios contra o alto da sua cabeça e abraçou-a ainda com mais força. Ele sorria, mas com uma paixão estranha e uma ternura que ninguém jamais tinha visto antes em seus lábios.

– Eu nunca te deixei, Houlun – repetiu ele, muito suavemente. – No mundo todo foi só a ti que amei.

– E eu – choramingou ela – só a ti amei.

Ele era forte, apesar da sua deformidade, e levantou-a nos braços, carregando-a de volta para a cama. Ajeitou as sedas e peles sobre a cama, alisou-lhe o longo cabelo, afastando-o do rosto úmido. Cobriu-lhe os pés com um manto de pele de raposa. Ela abandonava-se aos cuidados dele, observando-o com os olhos molhados, humildes e adoradores. Então ele sentou-se ao lado dela e tomou-lhe a mão. Sorria para ela, mas o seu sorriso era estranho, irônico e amargo.

– Foi um mau dia aquele em que os deuses nos deram o mesmo pai – disse ele.

Ela não respondeu, mas apertou a face pálida contra as costas da mão dele. Ele suspirou, e pôs a outra mão sobre a cabeça dela. E assim ficaram os dois, imóveis, fitando-se profundamente sem se atreverem a formular os pensamentos que lhes vinham à cabeça.

A ventania da noite se transformou num ribombar de trovões. O chão do yurt tremeu. As paredes sacudiam-se, inflavam-se, eram sugadas para dentro e para fora. Os tapetes no chão se agitavam, e as suas cores brilhantes tremeluziam como se tivessem vida. As varas trançadas da tenda gemiam e rangiam. Os mugidos profundos e nervosos do gado misturavam-se ao assobio do vento. Um cavalo relinchou ao longe e outros garanhões lhe responderam, relinchando de aflição e medo. Mas Kurelen e Houlun estavam num mundo próprio de dor e paixão, olhando profundamente nos olhos um do outro.

Então, com muita delicadeza, Kurelen puxou a mão que estava sob a face de Houlun. E, nesse momento, ela se contorceu convulsivamente, dominada de novo pelas dores. Ele a observou, franzindo a testa estreita e alta e dilatando as narinas.

– Está demorando muito – disse ele alto, como se falasse para si mesmo.

Houlun apertava as mãos contra a barriga contraída. Mordia os lábios, mas não conseguia abafar os gemidos na garganta. Agitava as pernas para todos os lados. A aba da entrada foi levantada e uma serva espreitou.

– Senhora, o xamã está aqui de novo – avisou.

Kurelen fez um movimento de anuência, e logo em seguida o xamã, seu inimigo, entrou soturnamente com o manto de lã cinzenta caindo em volta das pernas magras. O rosto moreno e perverso espelhava a inimizade por Kurelen. Seu nariz tinha a forma do bico do abutre, e os olhos eram brilhantes e ameaçadores. Kurelen sorriu para ele candidamente.

– Ah, xamã, estamos precisando das tuas preces esta noite.

O xamã fitou-o com um ódio sombrio, torcendo os lábios finos. Era um homem bonito, apesar de toda a sua magreza. Tinha o ardor do deserto nos olhos, a violência das planícies na face. Mas sua boca era a de um covarde dissimulado.

Ele não deu atenção a Kurelen. Ficou de pé ao lado de Houlun e apreciou-lhe a beleza desgrenhada. Seus olhos flamejaram. Abaixou as pálpebras, enfiou as mãos nas mangas, inclinou a cabeça e seus lábios se moveram numa prece silenciosa.

Kurelen, curvado junto da arca, observava-o, e lentamente seu sorriso se alargou. Encontrou o olhar de Houlun e piscou para ela. Houlun tentou parecer escandalizada, mas não conseguiu evitar um sorriso em resposta.

O sacerdote rezava em voz alta agora. Levantara os olhos para a abertura da tenda, através da qual a fumaça do braseiro saía em espirais, como uma cobra cinzenta e nebulosa.

– Ó espíritos do sagrado Céu Azul, aliviai rapidamente o ventre desta mulher de seu fruto, e que se acabe seu sofrimento! Pois ela é a esposa do nosso Khan, o nobre Yesukai, e este é o seu primogênito, que no devido tempo governará sobre nós. Que a abençoada escuridão do alívio caia sobre as suas pálpebras! Que o seu ventre expila o seu fardo, e que ela tenha paz!

Seu tom era cortante, pois ele notara o sorriso furtivo de Houlun para o irmão. Suas mãos apertavam-se fortemente dentro das mangas. Seu rosto crispava-se de ódio.

Inclinou-se sobre ela. Sacudiu as mãos, descarnadas e encordoadas de veias, sobre sua cabeça e seus olhos. Passou-lhe as mãos lenta e demoradamente sobre os seios, detendo-as sobre a barriga. Massageou-lhe a barriga delicadamente e ela mexeu-se inquieta na sua dor, observando-o com atenção. Kurelen franziu a testa. Sua boca contraiu-se sob o nariz. Ele inclinou-se para a frente, erguendo os ombros até as orelhas.

Subitamente, o xamã, debruçado sobre Houlun, lançou um olhar ameaçador por cima do ombro para o meio-irmão dela.

– Não é bom que um descrente permaneça neste yurt enquanto eu rezo – disse. – Os espíritos não me ouvirão.

Os dois homens trocaram olhares de mútua aversão. Houlun, interessada, esperou.

Então Kurelen se levantou. Pegou o xamã pelo braço. Sorriu.

– Sai – sussurrou.

De novo se encararam ameaçadoramente. O xamã mordeu os lábios, mas não se moveu. Suas narinas palpitavam.

Kurelen enfiou as mãos nas roupas e puxou um curto punhal chinês, largo e cintilante, com o punho incrustado de turquesas. Apertou-lhe delicadamente a ponta contra o dedo. Uma gota vermelha de sangue apareceu. Seus olhos brilhantes fixavam-se no sacerdote. Nada podia ser mais delicado do que a sua expressão.

O xamã empertigou-se. Olhou para Houlun e depois para o irmão dela. Alguma coisa no rosto e no sorriso de Kurelen o aterrorizou. Mordeu os lábios. A raiva alterou seus traços magros. Tentou assumir uma atitude de dignidade, mas a sua respiração ofegante e rápida podia ser ouvida claramente.

– Se esta mulher morrer, direi a Yesukai que foi por tua causa, e por tua blasfêmia, e porque não permitiste que eu permanecesse ao lado dela – ameaçou ele, com a voz entrecortada pela ira.

Sorrindo, Kurelen ergueu lentamente o punhal e encostou a ponta no peito do sacerdote. O xamã esforçou-se para não recuar quando sentiu a ponta aguçada. O terror inundou-lhe os olhos como um reflexo de fogo. Recuou, então, sem conseguir desviar o olhar de Kurelen, dirigindo-se de costas para a saída do yurt. Tropeçou e caiu para trás através da abertura, agarrando-se às abas da tenda. Mas até o fim olhava apenas para Kurelen. Suas pernas tremiam quando desceu da plataforma. As servas estavam reunidas ali e olharam para ele, afastando-se à sua passagem. Enquanto ele se afastava altivamente, ouvia o riso de Kurelen e de Houlun, e resmungava ameaças contra eles na escuridão.

Dentro da tenda, Kurelen disse à irmã:

– Sacerdote imundo! Que espécie eles são! Mas é necessário, creio, que os deixemos viver. De outra maneira, não haveria reis ou opressores para manter o povo na sujeição.

Mas Houlun estava tomada pelas dores de novo. Kurelen tomou-lhe a mão e falou-lhe seriamente:

– Durante meus dois anos em Catai, sentei-me nas academias. Assisti às conferências dos seus médicos. Confiarás em mim para fazer o teu parto, Houlun?

Houlun olhou-o longamente, profundamente, do fundo da sua imensa dor e exaustão. Então, respondeu simplesmente:

– Sim, confiarei em ti.

Ele debruçou-se sobre ela e beijou-lhe a testa. Então foi até a porta da tenda e chamou as servas, que entraram resmungando, apreensivas. Ele ordenou-lhes que dessem à sua senhora uma grande taça de vinho. Uma das mulheres encheu uma taça chinesa de prata com um vinho turco precioso de Yesukai, e Houlun bebeu-o obedientemente. Seus olhos fixavam-se no irmão por cima da borda entalhada. De novo ele ordenou que enchessem a taça, apesar dos protestos da velha serva Yasai. E de novo Houlun bebeu. E ainda uma vez, e outra vez.

Uma névoa dourada e opaca envolveu os sentidos atormentados de Houlun. Estendida na cama, ela achava agora as dores não só suportáveis mas até irreais, como se outra mulher as estivesse sofrendo, e não ela. As paredes caiadas da tenda ampliaram-se, e esta tornou-se um vasto salão povoado de faces coloridas e roupas brilhantes, música, sorrisos e risos. Ela relaxou, riu, falando tolices afetuosas para o irmão, troçando das figuras chinesas pintadas que a sua embriaguez tinha dotado de vida febril e fascinante. As três servas, juntas ao pé da cama, resmungavam em voz baixa, e olhavam para Kurelen ameaçadoramente. Ouviam os risos de Houlun, contemplavam-lhe os olhos brilhantes e os lábios sorridentes.

Então Kurelen ergueu uma lâmpada de Bagdá, que ardia sobre um tamborete, e apertou-a nas mãos. Sentou-se na cama da irmã. Ergueu a lâmpada de maneira que a sua luz se refletisse diretamente nos seus olhos. E começou a falar suavemente, numa voz baixa e calma:

– Não desvies os olhos dos meus, Houlun. Tu não podes desviá-los. Tu estás feliz e em paz. Tu me ouves?

Ela fitou-o nos olhos iluminados. Tudo o mais se dissolveu numa vaga e móvel confusão, mas os olhos dele tornavam-se cada vez mais vivos e brilhantes. Nada mais existia no mundo. O perfil dele, seu rosto, perderam-se na sombra, deixaram de existir. Mas o seu olhar a atraía, subjugava-a com poder hipnótico. Em algum lugar ela ouvia as batidas apaixonadas de um tambor e não percebia que era o seu próprio coração.

A luz vermelha do braseiro, refrescada com excremento seco de animal, fulgurou e definhou, fulgurou e encheu toda a tenda dos seus reflexos sanguinolentos. As servas estavam estateladas e silenciosas de medo. Não conseguiam se mexer, apenas olhavam para o rosto moreno e deformado do homem sentado na cama, para a lâmpada brilhante em suas mãos, e para a bela mulher em transe, cujo corpo esbelto estava coberto pela película bordada do seu manto de seda. E os ventos violentos de fora, como que misteriosamente enfeitiçados, caíram também em silêncio.

Houlun falou numa voz débil mas clara, sem desviar os olhos dos do irmão.

– Sim, Kurelen, eu te ouço.

Ele falou de novo, com calma, delicadamente:

– Logo tu dormirás e não despertarás até que eu te chame. Sonharás sonhos do nosso lar, do nosso pai. Cavalgarás de novo comigo pelas estepes cobertas de neve nos nossos pôneis turcomanos e veremos juntos as luzes do norte reluzindo no céu negro. E, quando despertares, sentir-te-ás refrescada e feliz, sem lembrança de qualquer dor, cheia apenas de alegria pelo teu filho.

Os olhos iluminados de Kurelen ampliaram-se diante dos olhos paralisados e sonhadores de Houlun. A alma parecia fugir-lhe do corpo como fiapos de nuvens, atraída para ele numa torrente de paixão amorosa e desejo de se perder toda nele. Os olhos dele eram como sóis para ela, perdida numa escuridão caótica e sem limites.

Os braços de Houlun relaxaram e caíram para os lados. Uma das mãos deslizou pela beira da cama. Os dedos longos arranharam o tapete. O cabelo negro e os lábios vermelhos ganharam vida intensa na obuscuridade.

Muito lentamente, ainda murmurando, Kurelen pousou a lâmpada ao seu lado. Debruçou-se sobre a irmã, tomou-lhe o rosto entre as mãos e fitou-lhe os olhos semicerrados.

– Dorme, Houlun – sussurrou. – Dorme.

As pálpebras dela se fecharam. Sombreavam-lhe as faces como fímbrias de cimitarras. Ele pousou-lhe a cabeça sobre a cama e ela suspirou suavemente, como se num sono profundo. Kurelen ficou imóvel, observando-a. Ele ignorava as servas, como se fossem figuras pintadas das paredes. Nem elas se mexiam mais do que se fossem essas figuras, pois estavam paralisadas de terror diante de tão estranha cena.

Então Kurelen introduziu as mãos morenas e magras dentro do corpo da irmã e segurou a cabeça do filho dela, que já forçava o anel da sua pélvis. As servas, horrorizadas, mas ainda cheias de terror, retiveram a respiração. Com toda a delicadeza ele moveu a cabeça pulsante. Os ossos e a carne relaxaram em torno dela. Então Kurelen, trabalhando com cuidado, puxou a criança, pouco a pouco. Ela ainda estava meio presa ao corpo da mãe quando começou a chorar alto, angustiadamente, e agitou os bracinhos fortes. Houlun dormia, sorrindo, com os dentes brilhando à luz da lâmpada e do fogo, as vestes sujas de sangue.

As mulheres inclinaram-se para a frente, espreitando e piscando os olhos.

– É um menino – disse Kurelen alto.

A criança estava sobre a cama agora, debatendo-se e berrando, ainda ligada à mãe pelo cordão umbilical. Kurelen, imóvel, admirava a criança e movia alegremente a cabeça de um lado para o outro.

– É um belo rapaz – observou.

Em um dos pequeninos punhos da criança havia um coágulo de sangue. Kurelen chamou Yasai e, sem olhá-la, ordenou:

– Lava a criança e cobre-a. Antes de tudo, corta o cordão umbilical.

Yasai apoderou-se da criança e fez uma careta para Kurelen, como se ele ameaçasse o pequeno. Uma outra mulher cortou o cordão e cuidou de Houlun. Mas ela ainda dormia. Seus pés estavam cobertos por grossas mantas. Sua face apertava-se contra a cama, e ela continuava a sorrir, como que absorvida nos sonhos mais doces. A criança chorava e gritava. E agora os ventos tinham voltado, mais ameaçadores e violentos do que nunca.

Kurelen ficou de pé. De repente ele pareceu exausto, alquebrado, destituído de vitalidade. Enquanto as mulheres se ocupavam da criança, soltando exclamações e falando sem parar, ignorando o homem, ele ficou imóvel ao lado da irmã, observando-a demoradamente.

Por fim, uma das mulheres puxou-o impertinentemente pela manga do seu longo manto de lã.

– Não vais acordá-la agora para que veja o filho?

Kurelen permaneceu em silêncio por tanto tempo que ela pensou que não a tivesse ouvido. O rosto dele estava estranho e sombrio, cheio de tristeza meditativa e de algo impiedoso. Tinha as mãos cruzadas dentro das mangas.

– Não – respondeu ele finalmente. – Não vou acordá-la ainda. Deixa-a sonhar. É o que há de melhor na vida.

3

Yesukai voltou para a aldeia logo depois da aurora púrpura do deserto, acompanhado dos seus possantes e selvagens cavaleiros, com os capturados e os saques.

Kurelen, de pé à entrada do yurt da irmã, observava a chegada do cunhado. Ele não tinha nenhuma afeição ou aversão especial por Yesukai. Nem mesmo desprezo, pois achava os tipos como Yesukai extremamente úteis. Sentia, antes, aquela tolerância divertida e comodista do homem inteligente pelo simples, bovino, que proporcionava o sustento, graças do qual as pessoas inteligentes podiam viver sem trabalhar indevidamente. Havia nele até mesmo uma espécie de gratidão indiferente por Yesukai. Decidira levar a sério o marido da irmã e, assim, assegurar para si próprio confortos moderados, contínuos, e paz de espírito. Algumas vezes odiava Yesukai, mas discretamente, pois, como ele mesmo dizia, só mesmo um cavalo imbecil discute com o seu saco de aveia. Um homem inteligente planejava a própria vida com um mínimo de esforço possível e um mínimo de sofrimento. A existência era um caso doloroso: só mesmo um idiota complicava a própria vida com disputas e dissensões, em troca do consolo evanescente de desabafar eventualmente ou de lutar. Se Kurelen falava realmente com franqueza, publicamente, ele era tão eufemístico que só mesmo a irmã, ou talvez o xamã, o compreendiam.

Yesukai era elementar e ingênuo demais para entender o que quer que fosse. Kurelen notara isso desde o começo.

Kurelen, que amava a beleza e o ritmo, que era belo também, comentou consigo mesmo, como sempre, que havia certa cadência e poesia na pessoa e nos movimentos daquele insignificante nobre das estepes sem fim. Lá vinha ele, de volta para a sua tribo, o seu ordu, sobre o seu veloz garanhão, com o corpo jovem e flexível envolto num casacão de lã, o chapéu pontudo no alto da cabeça altiva, uma cimitarra turca atravessada no cinturão de couro azul. Era evidente que ele pensava, na sua simplicidade, ser um grande Khan e que a sua minúscula confederação de tribos e clãs em ebulição era um terrível império nômade. Kurelen, que conhecia a poderosa civilização de Catai, suave, bonita, adulta e decadente, sorriu do orgulho daquele baghatur, daquele aventureiro infantil dos planaltos e do deserto.

Os teatros de Catai costumavam produzir comédias corruptas e ágeis, nas quais o bufão engraçado, coberto de um número prodigioso de rabos de iaque, era um daqueles "corporais", um daqueles bárbaros agitados e divertidos. Entretanto, Kurelen admitia para si mesmo que toda a beleza encerrada nas pinturas chinesas, embora depravadas, douradas e pintadas, não era nem de longe tão esplêndida como um daqueles bárbaros.

Sob o alto chapéu pontudo de feltro de Yesukai havia um rosto jovem e bonito, e todavia tão indômito e tão simples como o de um animal inocente. Os olhos inquietos eram selvagens e incivilizados, mas havia neles a claridade do deserto. A pele era morena e bronzeada, mas da cor das colinas do deserto contra o sol poente. Tinha o nariz como o bico de uma ave de rapina, mas que lhe dava à expressão uma ferocidade primitiva que traía certa grandeza. Suas costas eram retas, a cintura fina. Enquanto ele rodopiava e cabriolava sobre a areia, Kurelen admirava-lhe a magnificência da postura, tão desafetada, tão inocentemente orgulhosa.

Yesukai era um homem reservado, mas nessa manhã era evidente que estava nervoso, malgrado todos os seus esforços em manter o domínio de si mesmo. Seus guerreiros e caçadores saudavam e gritavam, brandindo os chicotes, os laços e as armas. O vento enfunava-lhes os mantos. Acenavam com os gorros e seus lábios rodeados de barba negra sorriam alegremente. A pilhagem tinha sido excelente. Encontraram uma caravana tártara, que descobriram ser apenas uma escolta para mercadores karaits e naimans, que se dirigiam de Catai à cidade de Karait. A caravana era integrada por cavalos e camelos, e levava carregamentos de chá, especiarias, pratarias, sedas, tapetes, manuscritos e instrumentos musicais, vestes bordadas, joias, turquesas, armas incrustadas de pedrarias e muitos outros artigos luxuosos, produtos da civilização. Entre os mercadores havia um monge budista e um sacerdote cristão nestoriano; o primeiro, missionário e professor, e o segundo, o último de um grupo de missionários trucidados no caminho da Índia para Hsi-Hsia. Este implorara em Catai que lhe permitissem seguir com a caravana até sua casa perto do mar de Aral, e, como ele concordara em carregar os próprios alimentos e provisões, a permissão lhe tinha sido concedida.

Os mongóis tinham dado cabo dos tártaros e mercadores com facilidade depois de um combate feroz. Os tártaros e karaits eram bravos guerreiros, mas eram em menor número. Yesukai tinha poupado os sacerdotes, pois era mais supersticioso do que a maioria dos mongóis. Por outro lado, o budista afirmara, quando interrogado, ser um tecelão habilidoso, e o nestoriano apresentara-se como um excelente curtidor de peles de animais.

Muitos dos mercadores tinham trazido junto as esposas, e Yesukai escolhera cuidadosamente as mais jovens e bonitas, e executou as demais junto com os maridos. Selecionara para segunda esposa uma jovem karait extraordinariamente bela, trazendo-a para o seu ordu, junto com o resto do saque, sobre o lombo de um camelo. A jovem chorava sem parar, chorando mais alto ainda quando Yesukai olhava para ela – o que ele fazia frequentemente. Mas ele não estava convencido de que ela estava inconsolável.

Todos os mongóis que não haviam saído para conduzir os rebanhos ao pasto aglomeravam-se para saudar o chefe e seus guerreiros em seu retorno, soltando exclamações sobre o saque. As mulheres mongóis agarravam as sedas e experimentavam os braceletes, brigando e discutindo, com cobiça. Os velhos riam sensualmente para as mulheres, tocando-lhes os lábios e afagando-lhes os corpos, cheios de inveja, porque sabiam que elas eram para os guerreiros, e não para eles. Uma delas era turcomana e vinha sentada imóvel sobre o camelo, sem dizer uma palavra, com o véu caindo-lhe pesado sobre o rosto.

Os guerreiros, com os ombros e as costas carregados, começavam a levar os quinhões para os seus yurts, onde logo se ouviam suas mulheres soltando exclamações exultantes. As crianças apoderaram-se dos instrumentos de música e logo o ordu ressoava com o alarido dos sons dissonantes, que se misturavam aos gritos dos camelos, aos guinchos dos cavalos, às vozes ásperas jubilosas dos homens, aos latidos excitados dos cães. O terrível calor do deserto já se ia amortecendo sobre a aldeia e as distantes colinas vermelhas e denteadas. O rio, amarelo-cinza e preguiçoso, cintilava, com pássaros selvagens esvoaçando sobre ele e as estreitas faixas cinzentas das margens férteis. As fogueiras já ardiam, e um cheiro de carneiro assado enchia o ar seco.

Yesukai, esquecendo-se momentaneamente da jovem karait, dirigiu-se imediatamente ao yurt da esposa. Encontrou-se com Kurelen na plataforma. O coxo sorriu para o rosto empoeirado do bárbaro.

– Tens um filho – anunciou ele. – É um dia memorável, o do nascimento do filho do grande Khan, no ano do Porco, no Calendário dos Doze Animais. – E Kurelen sorriu de novo, reverentemente, pois considerava a lisonja o preço mais baixo e todavia o mais eficaz para se comprar a tranquilidade e a liberdade sem trabalho. Não tinha ele mesmo dito: "O idiota cozinha e o sábio come?"

A boca aberta e larga de Yesukai distendeu-se num sorriso de gratidão infantil. Atirou-se contra Kurelen, que teve de se desviar do caminho, e entrou no yurt. Houlun ainda dormia, com a face sobre a mão. Ela também estava sorrindo, estranhamente, profundamente. Uma serva acocorada no chão tinha nos braços a criança enfaixada que berrava a plenos pulmões. Yesukai levou consigo força e agitação para dentro do yurt – no escuro, os olhos do bárbaro cintilavam ferozmente. Ele olhou apenas para o filho. Com um grito, segurou-o e levantou-o bem alto. Olhou em volta de si com um sorriso selvagem. Levantou a criança até perto do teto da tenda, como alguém que apresenta um tesouro a um deus, para deleite de deus, pensou Kurelen, que estava de pé à entrada do yurt.

Exultante, Yesukai conclamou os deuses a testemunharem a força e a beleza do seu primogênito, descendente dos bourchikouns, os Homens de Olhos Pardos, e os mais antigos descendentes do lobo azul que concebera os mongóis yakkas. Este era o descendente do Kabul Khan, que rira na cara do imperador de Catai e puxara-lhe imprudentemente a barba. Esta criança seria o maior de todos eles, pois não era irmão de armas de seu pai, o poderoso Khan dos karaits, Toghrul, da mais formidável horda do deserto, aquele conhecido entre os cristãos como Preste João? O Gobi inteiro estremeceria à ameaça de seu filho. As colinas vermelhas e brancas se derreteriam diante dele. Os rios cresceriam e fariam novos pastos para os seus rebanhos, onde somente o deserto ardera antes! Os tesouros de Catai, as mais formosas mulheres do Tibete, da Índia, de Samarcanda e Bagdá pertenceriam todas a ele. Cidades cairiam diante dele!

Ah! Os olhos de Yesukai tornavam-se cada vez mais ameaçadores e selvagens. Ele devolveu a criança, que berrava, aos braços da ama. Precisava encontrar imediatamente o xamã, pois certamente o chefe xamã, Kokchu, confirmaria o que ele falava. Sem dúvida, observou Kurelen ironicamente para si mesmo. Ele olhava Yesukai com grande curiosidade. A vitalidade e a paixão do bárbaro pareciam encher o yurt de um tal vento, que Kurelen não se surpreenderia se o feltro se despregasse da armação de varas trançadas e fosse violentamente arremessado para os céus.

Yesukai mandou chamar o xamã, mas antes que as servas pudessem ficar de pé para obedecer-lhe, ele atirou-se impetuosamente para fora do yurt, chamando-o ele mesmo a plenos pulmões. Kurelen pensou que Yesukai, sem dúvida, seria retido mais tempo do que imaginava. O xamã teria muito que falar com ele antes de voltarem para o yurt. Então Kurelen, prudentemente, decidiu acordar logo Houlun.

Ele ficou de pé ao lado da cama dela. A serva olhou-o com desagravo, cobrindo o rosto da criança que chorava. Mas Kurelen não estava interessado no menino. Ele só via Houlun. Pousou-lhe a mão na testa e inclinou-se sobre ela. Seu rosto tomou logo uma expressão inescrutável, triste e sombria, e muito carregada. Disse em voz alta, serena e firme:

– Desperta, minha irmã. Desperta.

Ela não se mexeu. A serva carrancuda inclinava-se para a frente avidamente, com expressão de prazer maldoso no rosto. Houlun não se mexeu. Apenas seu sorriso se alargou, quase imperceptivelmente. Ele a tinha enfeitiçado, pensou a mulher, e, se ela não despertar, ele será morto. Lambeu os lábios. Seus olhos brilharam maliciosamente.

Kurelen continuava debruçado sobre a irmã, com a mão na sua testa. Estava em silêncio. A expressão inescrutável da sua face aprofundou-se ainda mais. Seus olhos estreitaram-se. Uma terrível luta tinha lugar neste yurt: uma luta entre a vontade da mulher adormecida e a do homem que procurava acordá-la. Acima da cama, dois antagonistas invisíveis agarravam-se nos braços um do outro e ali ficaram aprisionados, imóveis, fitando os olhos um do outro. A luta continuava, passo a passo. Algo no ar calou os gritos da criança, que passou a choramingar mansinho, embora aterrorizada. Gotas de suor rebentavam na testa enrugada de Kurelen, e rolavam-lhe pelas faces como gotas de mercúrio. A serva levantou os ombros até as orelhas numa satisfação secreta e perversa.

Kurelen ordenou em silêncio à irmã: Desperta. Precisas despertar. Não podes triunfar sobre mim, Houlun. Desperta.

Mas Houlun continuara dormindo. Um sorriso sutil curvava-lhe os lábios.

Kurelen levantou a cabeça em alerta. Um tumulto se aproximava. Era Yesukai, acompanhado de Kokchu, inimigo mortal de Kurelen, e muitos guerreiros que se rejubilavam. Os latidos dos cães precediam-nos como as fanfarras de um exército. Os lábios úmidos de Kurelen subitamente ressecaram-se, e uma água salgada encheu-lhe a boca. A raiva e o terror cresceram dentro dele. Seus olhos dilataram-se, relampejaram.

Debruçou-se de novo sobre a irmã, colérico. Agarrou-lhe as mãos, fechou-as com força, e dentro da imobilidade sem respiração do yurt ouviu-se um leve estalido de ossos. Então ele apertou os polegares contra as pálpebras dela, abrindo-as à força. Havia precipitação e pânico em seus gestos. Disse mentalmente à irmã, com desdém e medo: És uma covarde, porque não queres despertar. Mas desperta para mim. Eles estão à entrada do yurt, prestes a entrar. Se não despertares, matar-me-ão. Ordeno-te que em nome de nosso amor despertes, Houlun. Eu odeio a vida, mas odeio ainda mais a morte, e ainda mais que tudo, odeio a dor. (Os olhos dela, vidrados, pareciam olhá-lo como os olhos da morte.)

O rosto de Yesukai assomou à entrada, carregado e funesto. Ele já entrava, quando um débil gemido brotou como uma bolha da garganta de Houlun. Ela moveu a cabeça. A serva prendeu a respiração com acre desapontamento. Ela gritou ansiosamente para Yesukai, que se aproximava da cama com a espada pequena e recurva na mão:

– Ele a enfeitiçou!

Atrás de Yesukai vinha a figura alta e magra do xamã, despojado, com um sorriso de expectativa no rosto comprido.

Kurelen ficou de pé, empertigado. Tinha o rosto pálido e abatido pela exaustão. Olhava para a irmã. Sabia que a tinha vencido. Disse alto, numa voz serena:

– Ela sofreu muito e dormiu profundamente. Mas está despertando agora para saudar o seu senhor.

Yesukai não falou. Ficou de pé ao lado da cama da esposa, com os olhos ameaçadores fixos em Kurelen. Então Houlun gemeu de novo, movendo a cabeça sobre o travesseiro, como quem estivesse sofrendo, até que abriu os olhos. Ainda estavam vidrados, mas uma fraca luz de reconhecimento brilhava neles. E ela também olhava apenas para Kurelen.

Este sorriu para ela, como alguém sorri para uma criança que acabou de voltar do tenebroso caminho da morte.

– Dormiste longamente, minha irmã – disse ele na mais delicada das vozes.

O xamã tinha-se aproximado, então, furioso de desapontamento e ódio.

– Tu a enfeitiçaste! – acusou ele. – Não foi por ti que ela não morreu!

Mas Kurelen ignorou-o como só mesmo um nobre poderia ignorar o clamor dos pastores. Disse para Yesukai, com um sorriso indulgente:

– Ela viverá muito ainda para te dar outros filhos poderosos.

Yesukai coçava a orelha, hesitante. Começou a enfiar de novo a espada no cinturão. Contemplava Houlun e sorria tolamente. Amava-a muito. Inclinou-se aproximando-se dela e beijou-lhe apaixonadamente os lábios.

– Eu trouxe comigo muitos tesouros, e tu terás a melhor parte deles, Houlun, porque me deste o maior de todos os tesouros.

O xamã fez uma careta de desprezo. Voltou-se e fitou Kurelen com fúria. Mas Kurelen apenas sorriu e cutucou-o no sagrado peito com o dedo longo e torto.

– De novo deverás sacrificar apenas carneiros ou carne de cavalo nesta ocasião auspiciosa, Kokchu – disse ele. – Mas, vai-te! És muito destro com a faca e sem dúvida podes prolongar delicadamente a agonia do animal.

Enfurecido, Kokchu afastou o dedo torto. Recuou violentamente como quem repele um toque sujo e sacrílego. Ódio e loucura contorciam-lhe os traços. Seus olhos chamejavam. Kurelen explodiu numa imensa gargalhada.

– Não desperdices a tua imaginação comigo, Kokchu! Vai-te e pensa enquanto isso, e faz grandiosas profecias concernentes a este nobre filho dos mongóis yakkas! Tu poderás, eu sei, invocar as coisas mais espantosas à maneira dos sacerdotes!

E saiu da tenda, rindo mais alto ainda.

4

Ele estava exultante e alegre, e ria alto para si mesmo enquanto coxeava através das passagens entre os yurts. Não parecia notar as carrancas que o saudavam à sua passagem. Finalmente deteve-se. Dois dos prisioneiros, o monge budista e o sacerdote cristão nestoriano, estavam sentados sobre a pilha dos próprios pertences, desconsolados, limpando as faces empoeiradas nas mangas. Ninguém lhes prestava atenção especial, embora cães num semicírculo latissem para eles ameaçadoramente. Kurelen deu um pontapé no líder dos cães, que se afastou uivando do caminho, seguido dos companheiros.

Kurelen olhou os prisioneiros com interesse. O monge budista tinha um rosto brando e amigável, da cor do marfim amarelo. Seus olhos vesgos expressavam paciência. Seu manto de lã estava em frangalhos e os pés nus e sangrentos, incrustados de sujeira. Ele tirara o gorro pontudo, e o sol ardente resplandecia como um halo de fogo em torno da sua calva. Pendiam-lhe da cinta as contas e a roda de rezar. Tinha as mãos cruzadas no regaço e parecia afundado numa espécie de devaneio melancólico e sobrenatural. O sacerdote cristão, entretanto, tinha um ar audaz. Kurelen disse para si mesmo que aquele homem era um bárbaro e não um membro da raça civilizada de Catai, como o monge. Tinha o rosto sombrio, os olhos inquiridores e famintos. Coçava sem parar a barba e o cabelo hirsutos com impaciência, destruindo com vingança os piolhos que encontrava. Seu manto de lã não estava rasgado e a pilha dos seus pertences era muito maior que a do monge. Além disso, usava um punhal respeitável numa bainha de marfim. Era um homem maior e mais viril que o monge. E mais jovem. Da sua cintura balançava-se uma cruz de madeira na ponta de uma corda.

Kurelen não conseguiu identificar sua origem de imediato. Perguntou-lhe:

– Qual é o teu país, sacerdote?

O homem fitou-o belicosamente durante tanto tempo que Kurelen começou a acreditar que não compreendia a sua língua. Por fim, o homem respondeu secamente, na língua de Kurelen, mas com um sotaque desconhecido:

– Eu venho da terra do Mar de Aral.

Kurelen sorriu.

– Dar-te-ás excelentemente com nosso xamã – observou.

Voltou-se para o monge budista, que nem sequer o tinha percebido, tão imerso estava no seu devaneio melancólico. Dirigiu-se a ele na língua de Catai, e a esse som familiar o monge ergueu a cabeça sorrindo, e seus olhos encheram-se de lágrimas.

– Não te deixes abater – disse Kurelen suavemente. Acocorou-se ao lado do monge, olhando-o com um sorriso bem-humorado. – Não somos homens ruins. Faça a tua parte, guarda a tua língua e nenhum mal te advirá.

O sacerdote, entretanto, vivera em Catai e compreendia um pouco a língua. Resmungou irritado.

– Meu pai é um príncipe! – gritou ele.

Kurelen lançou-lhe um olhar cômico por cima do ombro.

– Tudo quanto é lugar maldito está cheio de príncipes – observou ele. – Sê inteligente, acostuma-te. Mas, como eu já disse, sem dúvida dar-te-ás muito bem com nosso xamã. É teu irmão de sangue!

E de novo voltou a atenção para o monge, que começara a chorar. Kurelen levantou as sobrancelhas demonstrando curiosidade. O monge balançava-se sobre seus pertences e se lamentava.

– O Senhor me enviou para que iluminasse os pagãos e os perdidos, e soltou-me no inferno do deserto, onde nenhuma lâmpada reluz.

Kurelen deu de ombros.

– Bem, então difunde a luz da tua lâmpada. Mas eu te aviso, não tentes competir com o xamã. Ele tem atitudes detestáveis.

O sacerdote tinha o mais profundo desprezo pelo budista e dardejava-lhe olhares desdenhosos.

– Teu deus é um espírito do mal, mas o meu é o Caminho da Verdade. Aqui eu fincarei o Seu estandarte e a Sua cruz e conclamarei estes habitantes da escuridão para a Luz Eterna.

Kurelen sorria para ele contemplativamente. O sacerdote mudou de posição sobre os pertences, puxou a barba, olhou em volta de si bufando.

– Onde está o chefe? – gritou ele. – Não posso ser tratado assim! Sou filho de um príncipe!

Kurelen lembrou:

– Tu não foste expulso de Catai? Se bem me lembro, tu e os da tua espécie espalharam um fedor nauseabundo naquela terra, e o imperador cortesmente vos expulsou.

Mas o sacerdote apenas bufou de novo, e não respondeu.

Kurelen perguntou os nomes do monge e do sacerdote. O budista informou-o de que seu nome era Jelmi e que ele vinha de uma antiga família de mandarins. Ah, pensou Kurelen, isto explica a sua delicadeza e a sua cortesia, a sua modéstia e a sua paciência. Somente os verdadeiros nobres, da mente e da carne, possuíam estas qualidades.

O sacerdote inicialmente ignorou a pergunta de Kurelen. Então, anunciou arrogantemente que seu nome era Seljuken, e repetiu ainda mais alto que seu pai era um príncipe. Kurelen sorriu. Ele conhecia esses selvagens "príncipes" das estepes e lagos salgados, esses insignificantes potentados que comiam carne quase crua e dependiam de pilhagens e assassinatos para a sua sobrevivência.

Outro grande alvoroço a distância anunciou a Kurelen que Yesukai saíra do yurt de sua esposa e estava distribuindo o saque. Para a sua nova esposa, a jovem karait, foram designados um yurt e uma serva. Yesukai desapareceu dentro dessa tenda e não reapareceu. Kurelen, que recomeçara a perambular, dando pontapés nos cães e inspecionando curiosamente as pilhas de artigos saqueados, fez uma careta quando passou pelo yurt da nova esposa. Deteve-se para escutar, mas não vinha nenhum som de dentro da aba de entrada fechada.

Ele voltou para junto da irmã. Ela segurava o filho nos braços e este sugava-lhe o seio nu. O rosto de Houlun estava frio, sem atenção na criança, que ela segurava descuidadamente. Mas quando o irmão entrou, seus olhos animaram-se e ela lhe sorriu. Ele deu uma palmadinha no ombro dela, inclinou-se sobre o pequeno e beliscou-lhe com força a face rosada. A criança fez um movimento de impaciência, sacudindo a mãozinha, mas apesar da dor do beliscão, continuou absorvida na sua tarefa com ansiedade.

– Ah – fez Kurelen. – É um belo garoto. Tu achas que ele possivelmente se parece comigo?

Houlun riu. Olhou para a criança com algum interesse, e lentamente, com relutância, uma expressão de orgulho apareceu-lhe no rosto.

– Acho que não. Ele não tem a doçura da tua expressão.

Os dois riram juntos. Ela enrolou um anel dos cabelos do menino nos dedos.

– Olha para este cabelo! Vermelho-dourado como o sol do poente! E seus olhos são tão cinzentos como a areia do deserto. – Então, numa voz hesitante, da qual procurava apagar o orgulho recém-despertado, ela acrescentou: – Será certamente um grande homem, não achas?

– Ah, não tenho a menor dúvida – respondeu ele assertivamente.

Ela o olhou levemente desconfiada, mas nada podia ser mais cândido do que a expressão dele. Ela apertou fortemente a criança contra o peito e disse em voz alta:

– Tu o ensinarás a ler, e o levarás contigo para outras terras, Kurelen! Claro que ele será um grande homem, pois ele é meu filho, e é a minha vida!

Kurelen franziu os lábios pensativo. Beliscou a orelhinha do bebê e, brincando, desviou o rostinho redondo do seio da mãe. A este insulto o pequeno produziu um imenso e furioso berro, debatendo os bracinhos em volta num frenesi de raiva. Kurelen riu. Empurrou de novo o rosto da criança contra o seio túrgido e, contrariado, depois de umas fungadelas, a criança recomeçou a mamar.

Então Kurelen falou tranquilamente, numa voz peculiar.

– Ele é a tua vida, tu o disseste. Mas talvez ele seja também a do pai. Não o ensines a odiar o pai, Houlun. Odiar o pai é algo terrível para a alma de um filho. Eu sei disso.

Ele então voltou-se e saiu da tenda.

Houlun viu-o sair e franziu as sobrancelhas. Apertou fortemente a criança contra ela. Sentiu-lhe os lábios fortes contra o seio.

– Ele é a minha vida – murmurou ela, e franziu de novo as sobrancelhas.

5

Yesukai, exultante, celebrou seu triunfo e o nascimento do filho com uma grande festa, e seu povo celebrou alegremente com ele. A vida era dura para esses homens, habitantes das estepes nevadas e poderosas, das terríveis planícies vazias, das montanhas vermelhas e reluzentes, dos desertos tão secos e sem cor como a barba de um velho. Ventos e relâmpagos, poeira e granizo, trovões e tundras, gelo e tempestades eram seus companheiros do dia a dia. Não conheciam um lar duradouro, esses nômades, e precisavam viajar com as estações, fugindo das tempestades brancas dos mais aterradores invernos, e fugir, no verão, da seca e da areia, do calor e das tempestades do deserto.

A fome era o espectro que se sentava com eles em cada refeição, não importando quão abundante esta fosse ocasionalmente. A tranquilidade e a segurança dos homens de cidade não eram para eles. Muitas vezes acercavam-se da Grande Muralha que protegia o povo de Catai da influência bárbara, mas poucos, a não ser mercadores, conseguiram passar por esse guardião de pedra. Algumas vezes essas hordas acocoravam-se diante da Muralha e olhavam invejosas para os homens gordos que entravam e saíam pelos portões a negócios. Acocoravam-se ali desconsoladas, quando os pastos tinham sido áridos, o gado e os cavalos tinham morrido, e esfregavam as barrigas chupadas e vazias, odiando os habitantes de cidade. Mas quando os pastos tinham sido bons, as pilhagens proveitosas, elas desprezavam os sebentos habitantes das cidades e exaltavam retumbantemente a glória da liberdade e as estepes selvagens com a pálida sombra do sol pairando sobre elas, e as luzes do norte que giravam magnificamente através dos céus de inverno para a alegria dos homens livres, e os vales inexplorados onde os citadinos nunca se haviam aventurado.

Só mesmo aqueles que vivem perigosamente podem regozijar-se plenamente. Logo, cada casamento, morte ou nascimento era pretexto para jovialidade e festividades desenfreadas. Os bárbaros, então, matavam seus cavalos e carneiros gordos e enchiam suas taças de cúmis e vinho de arroz, e dançavam, berravam, batiam palmas e gargalhavam estrondosamente.

O riso do nômade era o riso de um animal feroz, liberto por um momento das exigências da sua vida, do seu medo, perigos e lutas constantes. Os homens de cidade, gordos, fastidiosos e aborrecidos, não podiam rir assim, pois a tranquilidade não produz o imenso riso que nasce ao mesmo tempo da barriga e da alma. O riso do homem de cidade, como dizia Kurelen, nascia debilmente do cérebro, e era tão acre e salobro como a água do deserto. A alegria que vinha do cérebro era ácida e malévola, e nascia principalmente da contemplação das tolices da humanidade. Não era uma alegria sadia, embora divertida para os iniciados, que odiavam os outros homens. Kurelen observara que a dor e o sofrimento, as privações e a incerteza, a penúria e as lutas, eram o combustível do tremendo fogo das orgias, e faziam a própria terra dançar numa animada harmonia, como ela não dançaria nunca pelo luxuoso e pelo pacífico.

À medida que a noite caía, as fogueiras do acampamento começavam a arder com uma vívida chama alaranjada no crepúsculo cor de ameixa. As abas de entrada dos yurts abobadados estavam levantadas e os braseiros flamejavam vermelhos no seu interior. A abóbada do céu perdia-se em imenso nevoeiro fulvo, mas para os lados de leste as colinas, entalhadas e torreadas, projetando-se e íngremes, eram baluartes inexoráveis esculpidos num jade brilhante e róseo, salpicado de heliotrópios. Acima das colinas a curva colossal e difusa da terra era um arco de púrpura. O oeste fluía tremendamente com violentas bandeiras amarelas, tão em estado bruto como o ouro novo, cortadas de um verde gélido e translúcido. A terra flutuava como uma miragem, tomando cores estranhas, com as planícies acidentadas varridas pelo vento, impregnadas de sombras em tons de cinza, azul-alfazema e escurecidos como sombras.

O imenso e desolado silêncio do Gobi parecia ter caído do infinito sobre a terra, e até mesmo a voz do rio amarelo-cinza perdia-se naquele silêncio. Cada vez mais brilhantes, as chamas alaranjadas das pequenas fogueiras elevavam-se mais e mais alto numa bravura patética, e as vozes dos homens eram frágeis e tênues no ar luminoso e fantástico do deserto, apenas um cricrilar de grilos em meio a um sonho universal. E como ínfimos e negros grilos, moviam-se por entre os fogos, parecendo dotados de uma vida febril e sem sentido, saltando e mexendo-se. A pouca distância, as árvores do deserto, pontudas e retorcidas, contorciam-se como que torturadas insuportavelmente, e pareciam inclinar-se para o ordu como fileiras de monstros ameaçadores, eriçando-se de armas estranhas e agitadas – pesadelos monstruosos e silenciosos invadindo aquele sonho universal.

De repente, a terra e o céu foram envolvidos por uma escuridão, que era como a queda de um véu. E então nessa noite intensa surgiu uma lua cintilante e colossal, que pareceu nascer de trás de uma colina do oeste, sem a difusão leitosa que acompanha as luas dos climas mais úmidos. Terra e céu foram iluminados por uma luz espectral e penetrante, incolor e intensa – as distâncias perderam a sua imprecisão, avançando mais para o primeiro plano, distintas e iminentes. Fileiras de colinas irregulares e caóticas, a muitos e muitos quilômetros de distância, pareceram andar por algum momento. Cada seixo, cada pedaço de cascalho, no solo do deserto, coruscava frágil e acremente. Grandes estrelas redondas apareceram ao alcance da mão de um cavaleiro – seu cintilar arrogante não era obscurecido nem mesmo pela lua. Nesse universo de negrume e brancura resplandecente, com essas sombras transparentes pontiagudas e cinzentas, as fogueiras de esterco, alaranjadas e vermelhas, pareciam bandeirolas fantásticas. E de novo os ventos carregados de gelo caíram sobre a terra, ulutantes, repletos de ecos misteriosos, soprando com o luar, chegando dos céus com asas de horror.

Os homens já riam asperamente junto às fogueiras, porque este devia ser um nobre ikhudur, a mais bela festança de muitos dias. Os supersticiosos mongóis estavam muito excitados com a história do coágulo de sangue no punho do primogênito de Yesukai. Sem dúvida era um sinal dos espíritos dos ares e dos céus. Sem dúvida indicava que este não era um filho qualquer de um chefe. Este deveria vir a ser um grande Khan, talvez mesmo um Kha-Khan que conquistaria para seu povo enormes pastagens e faria os gordos habitantes da cidade se ajoelharem a seus pés.

Guerreiros, completamente armados de arcos e flechas, pequenas espadas recurvas e lanças, vestidos de casacos de feltro grosso e peles de carneiro, jaquetas de couro curtido, couraças laqueadas, os rostos magros e morenos reluzentes de gordura, bebiam abundantemente, rindo excitados, ou repetiam a história do coágulo de sangue. Velhos vagueavam de fogueira em fogueira, tocando rabecas de uma corda só, ou contando monotonamente histórias de poderosos heróis e antepassados tribais nas suas vozes débeis e vacilantes. Taças de vinho de arroz eram-lhes oferecidas como recompensa, e eles bebiam, enxugando as barbas molhadas com as costas das mãos nodosas.

Tudo era escuridão e luar além das fogueiras, mas aqui e ali as chamas alaranjadas refletiam-se rudemente numa face ou num lábio moreno e selvagem, numa ponta de queixo, nas córneas de olhos bem abertos e sobranceiros. Ali as cores cruas de um escudo de couro laqueado eram subitamente reveladas nos seus menores detalhes. Acolá reluzia a lâmina de uma cimitarra ou de uma espada. Lá o brilho e o clarão de dentes brancos. Além das fogueiras estava a colmeia amontoada dos yurts, através das abas dos quais as mulheres entravam e saíam, trazendo vinho, carne de carneiro ou doces. As mulheres tinham permissão para se sentar atrás dos guerreiros perto do fogo, mas as crianças discutiam e brigavam, lutando umas com as outras e com os cães pelos restos de comida. Os clamores, as gargalhadas e a música invadiam cavernas sombrias e abobadadas dos céus sem limite, e os ventos respondiam-lhes, tempestuosos, agitando os fogos.

Fazia muito frio e já estava quase na época de procurar os pastos de inverno. As fogueiras tinham de ser continuamente alimentadas e os guerreiros cobriam-se com um manto extra de feltro bordado, friccionando as mãos. Gado, ovelhas, camelos e cavalos, inquietos, eram ouvidos na sua agitação.

As canções dos selvagens e dos bravos raramente eram canções de amor, mas sim canções de coragem, de heróis, de feitos corajosos, da amizade entre os homens. Estas os guerreiros ouviam, juntando-se algumas vezes em coro com as vozes ásperas e exultantes. Perto de uma fogueira um velho, arranhando a sua rabeca, cantou:

Khan de quarenta mil tendas é nosso nobre senhor.
Filho do lobo azul é o nosso Khan, o lobo azul
Que correu pelas brancas estepes como uma sombra silenciosa.
Quem desafiará nosso senhor, que enfrenta a própria lua,
Mais brilhante que a lua, com sua lança e bandeiras?
Quem desafiará seu filho, o amado de seu povo?

E os guerreiros gritavam exultantes:

"Quem desafiará nosso senhor e o filho do nosso senhor?
Seus olhos têm a cor do deserto cinzento. Seu coração
É ferro. Quem desafiará o senhor, o Kha-Khan?"

Kurelen, de cócoras na tenda da irmã, enquanto ela envolvia o bebê em algumas fazendas macias de seda, salpicadas de pedras preciosas, servia-se de doces turcos de uma caixa de prata. Os doces eram feitos da substância e da fragrância das rosas, que enchiam a tenda iluminada pelo fogo de odores celestiais. Kurelen, deliciado, lambeu os lábios e comeu mais alguns. E começou a cantarolar na sua voz singularmente bonita:

Quem desafiará nosso senhor e o filho do nosso senhor?

E explodiu numa risada, balançando a cabeça e enchendo a boca. Houlun franziu as sobrancelhas. No passado não lhe teria desagradado o fato de Kurelen zombar de Yesukai. De fato ela teria rido também.

Mas agora isso aborreceu-a. Seus olhos brilhavam irritados quando se dirigiu ao irmão. Disse:

– Estás perturbando a criança com esse barulho, Kurelen.

Kurelen sorriu para ela, levantando as sobrancelhas.

– Certamente que não – replicou ele maliciosamente. – Que canção soberba é esta! Ouve:

Khan de quarenta mil tendas é o nosso nobre senhor.
Suas tendas são cheias de formosas e ricas mulheres.
Seu gado percorre as planícies e as colinas cobertas de nuvens.
Grande é o senhor, o Kha-Khan, abençoado dos céus!

Houlun fingiu-se muito absorta em envolver a criança.

– És tão tolo, Kurelen – observou ela, sem encarar o irmão. – Além disso, por que estás sempre comendo?

Kurelen, sorrindo de novo, encolheu os ombros.

– Que mais pode um homem sensato fazer no mundo? – E chupou a ponta dos dedos com grande estardalhaço.

Ele olhou em volta à procura de algo mais para comer. Havia uma salva de prata com carneiro cozido e ervas. Escolheu um grande pedaço e comeu-o deleitado, mordendo-o com os dentes compridos e brancos. Houlun interrompeu o que fazia para olhá-lo com reprovação. Ele então, encontrando-lhe o olhar trocista, não pôde deixar de rir também. Ela pousou a criança e, ainda sentada, puxou um tamborete e serviu para o irmão uma taça de vinho de arroz, estendendo-a para ele indulgentemente. Seu longo cabelo negro caía-lhe pelos braços nus. Seus belos olhos pardos estavam cheios de amor. Ele pegou a taça, mas não bebeu. Uma sombra inescrutável tomou-lhe o rosto enquanto a contemplava. Deitado ao lado da mãe na cama, o menino espernava furiosamente nos laços apertados da fazenda brilhante de seda. Houve um súbito silêncio na tenda, mas as canções, os risos e os gritos de fora eram mais altos do que nunca. A tenda estremecia com o vento.

Então Kurelen olhou para o bebê e pareceu refletir.

– Ah, sim – disse ele – é um belo rapaz.

Houlun, espantada, virou a cabeça lentamente e contemplou o filho. Um sorriso vagaroso e indescritível moveu-lhe os lábios. Ela ergueu a criança nos braços e apertou-a contra o peito. A fazenda dos cueiros era antes destinada para o vestido de casamento de uma princesa turcomana – era cor-de-rosa e tinha um brilho de pétala. As pedras vermelhas e azuis com que tinha sido bordada cintilavam. As bainhas eram salpicadas de pérolas.

– Sem dúvida – observou Kurelen – ele será um Kha-Khan.

A inteligente Houlun não parecia mais inteligente. Ela fitava Kurelen com os olhos brilhantes.

– Oh, achas realmente? – gritou ela.

Kurelen estava quase rindo de novo, mas o riso esmaeceu-se. Suas pálpebras fecharam-se. Ele acenou afirmativamente com a cabeça.

– Sem dúvida – repetiu ele. E a irmã não lhe percebeu a ironia.

Yesukai e os guerreiros estavam vindo buscar a criança para a cerimônia da escolha do nome. Houlun não estaria presente, não só porque era mulher, mas também porque ainda estava enfraquecida do parto. A criança foi enfaixada mais fortemente ainda, e tinha o rostinho vermelho de raiva infantil. Houlun vestiu-lhe um casaquinho de pele de marta para protegê-la do ar da noite.

Yesukai, bêbado e excitado, olhar feroz, jovem e glorioso, assomou à entrada da tenda e gritou pelo filho. Trajava o precioso casacão de pele de marta de seu pai. Por baixo dele usava um outro casaco de lã branca, ricamente bordado de vermelho e azul. As abas do seu gorro de pele estavam viradas para cima e Kurelen podia ver-lhe a testa suada.

Ele tomou a criança dos braços de Houlun e ela entregou-a como se o próprio gesto a ferisse. Yesukai não prestou atenção a Kurelen. Já estava na porta quando ouviu a voz branda e insinuante de Kurelen:

– Eu acabei de dizer que a criança será pelo menos um Kha-Khan, Yesukai.

Yesukai voltou-se. Seu rosto bonito e simples iluminou-se de êxtase e orgulho.

– Achas isso realmente? Mas que mais se poderia esperar de um filho dos homens de olhos pardos, Kurelen?

Kurelen levantou-se indolentemente. Coçava o queixo e simulou estar concentrado em examinar o menino, que começara a berrar.

– Ah, sim – murmurou Kurelen. Ele parecia estar tomado por um pensamento. – Tive um estranho sonho esta noite. Vi um homem sentado num trono de ouro, dentro de uma grande tenda, cercado por centenas de nobres guerreiros com aros em torno da cabeça. Ao lado dele vi princesas de Catai e Samarcande. Era o maior de todos os cãs. E eu compreendi que era teu filho, Yesukai.

Yesukai ficou radiante. Pareceu inchar de vaidade. Sacudiu a criança nos braços. Mal podia conter-se. Emitiu um som débil e súplice. E então voltou-se de novo para sair. E de novo foi detido pela voz de Kurelen.

– Yesukai, um dos teus cativos é um sacerdote e o outro um homem santo de Catai. Vi o sacerdote discursando para alguns dos teus homens. Isso é muito mau. Poderá criar dissensões. Ordena a esses dois que fechem a boca se não quiserem morrer.

Yesukai franziu o cenho altivamente.

– Meu pai tinha muitos religiosos entre o seu povo e nunca houve problemas.

Kurelen balançou a cabeça gentilmente.

– Mas não dessa espécie. Eu os vi em Catai. Quantas dissensões provocaram! O imperador era cortês e tolerante, porque era um homem sábio. Mas a sabedoria é algumas vezes tomada por fraqueza pelos homens arrogantes. Foi necessário ao imperador recorrer a massacres para reprimir aqueles do seu povo incitados contra ele pelos cristãos. Dizem que ele chorou. Então, eu estive em Samarcande e lá eu vi também...

– Tens visto muitas coisas – interrompeu Yesukai com rudeza e saiu com o filho.

Houve um curto silêncio na tenda. Então Kurelen, como se lembrasse das últimas palavras de Yesukai, disse para si mesmo delicada e meditativamente:

– Sem dúvida. Sem dúvida. – E balançou a cabeça, sorrindo ironicamente.

Kurelen vagueava por entre as tendas e fogueiras, procurando um lugar onde pudesse conseguir calor, comida e vinho. Mas ele era tão desprezado que ninguém lhe dava espaço; ao contrário, espalhavam-se mais, ocupando os lugares disponíveis. As mulheres fechavam-lhe a cara, pois elas só se interessavam pela beleza física, e acreditavam também que Kurelen as desprezava. Ele coxeava de fogueira em fogueira, tremendo dentro do casacão de feltro, o capuz caído sobre o comprido rosto moreno, com seus dentes brancos aguçados e os olhos cintilantes e cínicos.

Finalmente, aproximou-se da menor fogueira de todas e ali, um local praticamente deserto, estavam agachados o sacerdote Seljuken e o monge budista Jelmi. Um caldeirão de carne de cavalo fervia no fogo e havia abundância de vinho, pois era importante para os mongóis a lei da hospitalidade. Seljuken comia taciturno, arrancando pedaços de carne dos ossos com um ar feroz. Mas Jelmi bebia apenas um pouco de vinho. Estava imóvel, contemplando com suave melancolia o fogo, e parecia esquecido de onde estava. De vez em quando suspirava e coçava os pés inchados e feridos. Seljuken não tomava conhecimento de sua presença, inclinando-se rudemente por cima dele para encher a taça do odre de cúmis.

Kurelen acocorou-se do outro lado da fogueira, saudando os dois homens santos com palavras amáveis. Seljuken grunhiu com a boca cheia, mas Jelmi respondeu às palavras do merkit com grande cortesia e gentileza. E, então, de melancólico iluminou-se. E sorriu. Quando Kurelen começou a falar com ele na língua de Catai, o rosto magro e cansado do monge brilhou de prazer e seus olhos encheram-se de lágrimas.

Kurelen falou-lhe de Catai, dos seus templos e sinos, das suas construções possantes, das suas ruas, dos seus eruditos e seu grande saber, dos seus filósofos, músicos e professores, das suas academias e palácios. Jelmi resplandecia de orgulho, e suas lágrimas rolavam.

– Meu pai era amigo do velho imperador – contou ele – e os seus manuscritos ainda fazem parte dos tesouros dos palácios. Ele era poeta. Chamava-se Ch'un Chin.

– É verdade mesmo? – exclamou Kurelen. – Conheço muitos dos seus poemas. Não há um chamado *A grande taça polida entornada*?

Jelmi sorriu com reprovação e balançou a cabeça.

– Meu pai era um grande cínico. E um grande amante. Não acreditava em nada, nem mesmo em quem não acreditava em nada. A gente tem de ter uma certa compreensão...

Kurelen riu silenciosamente, recordando.

– Os poetas persas não podem igualar-se a ele. Os persas afirmam que nada tem real importância. Mas só os chineses acreditam nisso.

Poesia sem crença não passa de cordões de contas brilhantes e vazias enfiadas em tripas insignificantes; brilham e atraem o olhar, mas não têm nenhum valor.

Seljuken, ao ouvir esse diálogo extraordinário na imensidão silenciosa do deserto do Gobi, arregalou os olhos, com a boca aberta, ruminando lentamente. Uma expressão de desprezo apareceu-lhe por fim no rosto, e ele repudiou aqueles dois imbecis com um dar de ombros. Pensou consigo mesmo com orgulho: Meu pai é um príncipe.

Kurelen continuou a conversar com o monge. Ele ria continuamente e seus dentes cintilavam. Seus ombros erguiam-se até as orelhas. Suas mãos esvoaçavam em gestos veementes. Existia uma vitalidade peculiar nele, que se manifestava no leve sorriso amargo, no fulgor súbito dos olhos sardônicos. Jelmi ria suavemente dos ditos espirituosos de Kurelen. Sua melancolia desvaneceu-se, e, como acontece com todos os eruditos e sábios, ele se esqueceu da penúria da sua situação presente na exaltação e no êxtase das palavras que emanavam do cérebro e não do ventre. Ele parecia estar de novo na casa de seu pai, uma casa cheia de marfim e teca, de tapetes preciosos e peças de seda, de cerâmicas incrustadas de ouro, jade e incenso, e Kurelen parecia ser um daqueles filósofos alegres e cínicos que seu pai tanto apreciava.

Por fim ele gritou:

– Mas como é estranho que permaneças aqui em meio a esta selvageria, quando tens tanto conhecimento!

Kurelen fez uma careta.

– Não tenho tanto conhecimento assim. Tenho apenas a facilidade da palavra e uma mente rápida, que memorizou os gestos e as frases da sabedoria. Mas nenhum conhecimento real. Sou demasiado preguiçoso. Prefiro comer – e serviu-se de um naco macio do prato de Jelmi. Não obstante, parecia satisfeito.

Jelmi abanou a cabeça numa gentil discordância das afirmações autodepreciativas de Kurelen.

Kurelen, com a boca cheia, fitava o monge pensativamente.

– Mas eu tenho uma palavra de sabedoria para ambos. Nosso chefe xamã, Kokchu, é um homem vingativo. Eu o vi observando-vos aos dois hoje, com uma expressão de desagrado, quando faláveis ao nosso povo. Aviso-vos para que permaneçais subservientes a ele. Ele conhece muitos venenos.

Seljuken bufou desdenhosamente.

– Nós, cristãos, somos enviados aos confins do mundo para disseminar as palavras do Senhor, mesmo ameaçados de morte e torturas.

Kurelen levantou as sobrancelhas.

– Não fales tão levianamente de tortura. Não conheces as inventivas técnicas do xamã. Bem, eu te avisei.

– Espalharei a verdade! – retrucou Seljuken com raiva, embora lançasse em torno um olhar inquieto.

Kurelen ruminou meditativamente, e, quando respondeu, olhava para Jelmi, desdenhando o sacerdote como um homem sem conhecimentos.

– A verdade – observou – usa muitas roupagens diferentes e é a meretriz de muitos senhores. Um dos poemas do teu pai, eu me lembro, era de considerações joviais sobre a verdade, que ele declarava ser a mercenária de qualquer príncipe. Acredito que tu, pelo menos, confinarás a tua versão da verdade aos limites dos teus próprios pensamentos.

Ele fez um gesto amplo, indicando as muitas fogueiras e as turbas de guerreiros sentados em torno delas.

– Aqueles são homens fortes, meu amigo, rudes e selvagens. Eles não discursam; eles tomam. Que necessidade têm de lógica ou filosofia? Eles as vivem. E não conversam sobre elas.

– Mas tu – replicou Jelmi – conversas sobre elas.

Kurelen encolheu os ombros, bebeu um gole de vinho.

– Como eu já te disse, meu amigo, sou um preguiçoso.

– Mas por que não voltas para Catai?

– Em Catai – replicou Kurelen sorrindo – eu sou um imbecil entre sábios. Aqui, sou um homem entre animais. E os animais me alimentam. Em Catai são mais inteligentes. Ele lambeu os lábios apreciativamente e então sorriu de leve para o monge. – Não te esqueças: eu disse que eram animais. Sua bestialidade é previsível, mas os homens civilizados são imprevisíveis, a não ser na sua vilania. Espera sempre maldade de cada homem e não ficarás desapontado.

O clamor em torno das fogueiras intensificou-se, afogando as vozes. Kurelen se levantou.

– Meu sobrinho vai ser batizado – disse ele. – Preciso assistir à cerimônia. – E se afastou.

Jelmi viu-o ir-se com melancolia. Mas o sacerdote não via ninguém – estava agradavelmente bêbado. Jelmi não havia tocado no vinho da taça que tinha nas mãos. O sacerdote tomou-lhe rudemente a taça, bebeu-lhe o conteúdo e arrotou ruidosamente, enxugando a barba. Jelmi nem notou. Seu rosto caíra em profunda tristeza.

Kurelen aproximou-se da grande fogueira perto da qual Yesukai estava de pé, com o menino nos braços. O xamã examinava a criança e soltava exclamações sobre a sua beleza, fazendo profecias. Quando os dois homens viram Kurelen, franziram os sobrolhos, mas não disseram nada.

O xamã estava dizendo que, como Yesukai tinha conseguido a maior das suas pilhagens no dia do nascimento da criança, esta deveria ser chamada pelo nome do chefe que Yesukai derrotara e matara. O nome era Temujin. Yesukai ficou entusiasmado, e a criança foi imediatamente batizada de Temujin. Os guerreiros aglomeravam-se em torno para olhar a criança, e maravilhavam-se com o espesso cabelo louro e com os selvagens olhos pardos.

O xamã, empolgado, prometeu que naquela noite convocaria um espírito do Céu Azul e designaria a criança para a sua custódia e proteção. Kurelen começou a rir e o xamã olhou-o com ódio sinistro.

– O último espírito que convocaste, xamã, apareceu sob a forma de um urso que matou duas belas crianças.

O xamã voltou as costas ao escarnecedor, mas Yesukai ficou inquieto; envolveu de novo o menino no casaco de marta, parecendo indeciso.

– Talvez – continuou Kurelen, que estava ligeiramente bêbado – devêssemos ter também outros religiosos nesta ocasião especial. Chama o monge e o sacerdote. Talvez os seus espíritos sejam menos sanguinários.

Yesukai achou que era uma excelente ideia e mandou um guardador de gado chamar os cativos. Enquanto todos esperavam, Kurelen voltou-se para o xamã. Falou em tom cínico:

– Avisei a Yesukai que ele não devia permitir que esses dois homens santos desviassem as mentes do nosso povo com estranhas doutrinas.

O xamã ficou assombrado. Seu olhar de ódio desapareceu, mas os olhos continuaram cautelosos. Kurelen fez um sinal positivo com a cabeça.

– Doutrinas estranhas produzem estranhas inimizades. És suficiente para nosso povo.

Kokchu sorriu sombriamente, mas ainda cauteloso.

– És muito inteligente, Kurelen. Mas nem todos os homens são assim tão inteligentes.

– Eu acho – continuou Kurelen – que eles deviam ser integrados à próxima caravana para continuarem seu caminho. Especialmente o monge. Estou convencido da sua santidade, e talvez os espíritos se aborreçam se ele for morto. Mas o sacerdote não me deu a impressão de estar sob a proteção de qualquer deus importante. Por outro lado, o inverno está se aproximando e precisamos ir-nos, e cada boca extra é também um peso extra.

Kokchu concordou, sorrindo maliciosamente. Umedeceu os lábios.

Kurelen insistiu no assunto.

– O Ano do Porco não é considerado muito propício para os mongóis Yakka. Talvez os espíritos precisem ser aplacados – um sacrifício de valor. Hein, Kokchu?

O xamã respondeu com seriedade, mas seus olhos cintilavam.

– Estou certo de que falas a verdade, Kurelen.

Yesukai estivera ouvindo com perplexidade. Disse ironicamente:

– Os céus desabarão certamente, vendo-vos aos dois de acordo.

Kurelen fitou-o sério:

– Os homens sábios podem discordar em assuntos sem importância, mas nas questões sérias pensam da mesma forma. – Cutucou o xamã na barriga e o religioso santo se encolheu. – Hein, Kokchu?

O xamã esfregou o local dolorido, fulminou Kurelen com um olhar ameaçador, mas respondeu prontamente:

– De novo falas a verdade.

O guardador de gado voltou com Jelmi e Seljuken. Este último cambaleava, mas o monge caminhava com serena dignidade e tranquilidade. O xamã observou os dois homens atentamente. Finalmente seu olhar fixou-se em Jelmi, que detestara à primeira vista. Então, muito lentamente, seu olhar foi até Kurelen e voltou para Jelmi, e o mais maligno sorriso iluminou-lhe a fisionomia pálida.

Yesukai queria a boa vontade e a amizade de todos os deuses nessa ocasião, e por isso saudou calorosamente os cativos e indicou-lhes os lugares mais quentes perto do fogo. Os melhores pedaços de carne foram-lhes logo oferecidos e também taças cheias até a borda. Jelmi sorriu cortesmente e tentou comer e beber. Seljuken empanturrou-se e ficou fanfarrão. Os guerreiros, divertidos, provocavam-no para que fizesse novas extravagâncias, e, rindo às gargalhadas, cutucavam-no com os punhos e enchiam-lhe sempre a taça.

Kurelen, agachado ali perto, sorria com o queixo apoiado nos joelhos. Os velhos tangiam suas rabecas, os fogos flamejavam cada vez mais e alguns guerreiros, completamente embriagados, dançavam uma dança canhestra. Contra o fundo da noite negra, as faces selvagens eram salpicadas de vívido fogo alaranjado, e a multidão de olhos fulgurava de selvageria. Vozes ásperas e gritos misturavam-se ao vento, os corpos contorciam-se com as canções e as rabecas. Os guerreiros batiam com as guardas dos punhais nos escudos, de tal modo que o ar gélido vibrava como tambores. Os risos eram como os berros de animais selvagens.

E com animais também se pareciam os guerreiros com os seus grandes e peludos casacos de marta, de raposa ou de urso, os altos gorros de pele sobre as testas franzidas, os dentes descobertos com um brilho de lobo – irmãos do leão da montanha e do urso das ravinas, das águas dos picos brancos. Simples e ferozes, a piedade para eles era uma palavra nunca ouvida, e a gentileza um som de uma língua desconhecida. Kurelen era da mesma carne deles, da sua terra e deserto, mas sentia-se ali no meio deles tão estrangeiro como um habitante da lânguida e dourada civilização de trás da Grande Muralha. Sentia-se corrupto e velho, sorridente e decadente, preguiçoso e divertido, sutil e impotente.

Achou um lugar ao lado de Jelmi e instintivamente os dois espremeram-se um contra o outro, como homens que se encontram juntos em perigo. Ambos estremeciam constantemente, porque a cada momento o ar mais parecia gelo rarefeito, e a parte que não estava voltada para o fogo ia aos poucos ficando entorpecida, apesar dos mantos acolchoados de feltro e peles. Naquele ar os sons espalhavam-se claros, cortantes, iminentes, e as tosses e risadas de uma fogueira distante misturavam-se aos sons das fogueiras mais próximas.

Alguém lembrou que Kurelen tinha uma bonita voz, e Yesukai ordenou-lhe que cantasse. A essa altura, Kurelen estava muito embriagado. Lutou para pôr-se de pé, e a luz do fogo cobriu-o o inteiramente. Seu capuz caíra-lhe para trás sobre os ombros largos e tortos. Seu rosto moreno tinha um brilho e um fulgor que pareciam reflexo de um relâmpago invisível. A luz vermelha do fogo descia-lhe pelas pregas do rígido manto de feltro e suas córneas estavam cheias de uma vermelhidão lívida. Ele olhou para os guerreiros, e os guerreiros responderam-lhe o olhar, franzindo a testa e resmungando para dentro. De outras fogueiras corriam outros homens ao saber que Kurelen ia cantar, e três sorridentes velhos começaram a tanger as rabecas tentadoramente. Kurelen levantou os braços com um sorriso ao mesmo tempo irreverente e sinistro, e soltou uma gargalhada. Ninguém riu com ele. O sacerdote Seljuken sucumbira ao sono da embriaguez.

Kurelen inclinou-se para Jelmi, que o contemplava com seriedade e tristeza.

– Vou cantar uma das canções de teu pai, traduzindo-a o melhor que puder para estes ouvidos rudes – disse ele. – Eles não vão entender nada e nós dois nos divertiremos.

– Eu compreendo um pouco da língua do teu povo – respondeu Jelmi na sua voz suave. – Já trabalhei entre eles antes. – Certa ansiedade cobriu-lhe o rosto e ele esperou.

Houlun, deitada exausta na cama, ouviu através do ar claro e gelado a voz do irmão. Sentou-se. Jogou um manto de pele sobre os ombros e caminhou com dificuldade até a porta da tenda. Ali ela se sentou, ouvindo, todo o coração concentrado no som, sem ouvir nada mais. Ela ouvia cada palavra, mas ouvia principalmente a voz dele, tão forte, doce, cheia e tão sonora de risos, acompanhada da alta e fantástica algazarra das rabecas.

Pela miséria e a privação traída,
A Nobre Inspiração cede ao medo na mulher,
E a Coragem pousa-lhe as mãos frias
Nos lábios ardentes. Não há Arte que se abeire

Quando a Sabedoria por um osso aplaude o cômico.
Diante da Barriga os próprios deuses se prostram.
Seria bom se alguma verdade restasse
De que o homem atormentado pode renovar sua alma,
De que o caldo insípido não alimenta,
Se não é servido numa tigela polida.
Mas isto é uma verdade, por mais que os tolos torçam o nariz.
Diante da Barriga os próprios deuses se prostram.

A voz dele silenciou, deixando atrás de si uma vibração na noite, como a vibração de uma nota presa. Mas ninguém aplaudiu. Os guerreiros, intrigados, olhavam uns para os outros. Estavam desapontados. Não tinham entendido uma palavra. Só Jelmi compreendera, e o xamã manteve seu semblante misterioso.

Jelmi ficara extasiado com a voz do cantor. Sem dúvida, pensou ele, era a voz do próprio senhor Buda. Parecia-lhe que o imenso vazio da noite do Gobi tinha ampliado aquela voz até fazê-la atingir as estrelas, que tinham ficado imóveis de assombro. O xamã sorria. Sua expressão já não era mais hostil, e ele olhava para Kurelen como um homem olharia para outro homem na companhia de animais sem alma. Enroscado diante do fogo, o sacerdote ressonava.

Então o xamã bateu palmas. Foi o único aplauso. Os guerreiros lambiam os lábios e faziam caretas.

– Não conheces nenhuma canção de valentia? – gritou um deles desdenhosamente.

– Valentia? – repetiu Kurelen meditativamente, como se nunca tivesse ouvido antes a palavra.

Yesukai cuspiu para mostrar seu desprezo.

– É sem dúvida uma palavra sem significado para ti – sugeriu ele entre risos.

– Valentia – replicou Kurelen – é a resposta do imbecil à sabedoria.

E de novo somente Jelmi e o xamã o entenderam, e o xamã riu com um prazer sutil.

– Canta-nos então uma canção de amor – disse outro guerreiro.

E os outros riram aos berros, escarnecendo, golpeando-se uns aos outros nos peitos e ombros, e rolando diante do fogo.

Kurelen e o amor! Essa combinação era simplesmente deliciosa para as suas almas simples. Riram desenfreadamente até que ficaram com dor de barriga, e então sua alegria transpirou das bocas sorridentes em grunhidos animalescos.

Mas Kurelen aguardava, sorrindo, a atenção deles. Sobre seus lábios e na testa apareciam-lhes gotas de suor brilhante.

– Sim – concordou ele. – Cantarei para todos uma canção de amor.

De novo eles riram. Os velhos arranharam as rabecas e sons belos e doces flutuaram pela noite. Kurelen começou a cantar. Sua voz era ardente e lamentosa, cheia de aflição e selvagem desesperança. Os sorrisos nas faces dos guerreiros desvaneceram-se, substituídos por expressões de assombro e encantamento. Inclinaram-se na direção do cantor, como se ansiosos para não perder a menor inflexão daquela voz maravilhosa e forte, tão pura e apaixonada:

Quem cantará da bem-amada do meu coração?
Um milhar de homens e um milhar de canções,
Os ventos da noite e os ventos da manhã,
A longa cegonha no lago de prata,
A voz do deserto nas montanhas escarlates,
A floresta verde-jade nos braços da tormenta,
As flautas do pastor e os tambores de um rei.
Só eu, só eu não me atrevo a cantar!

A voz dele tão bela, tão forte e, contudo, tão insuportavelmente doce, subia como um pássaro selvagem de um abismo de caos sinistro e tormentoso, com as asas brilhantes e o coração palpitando visivelmente. Todo o universo parecia estar ouvindo. Podia-se até imaginar que os outros confins do espaço estavam paralisados de assombro e tristeza pungente, e que até mesmo as montanhas torreadas choravam de transcendental deleite e pesar. Os guerreiros estavam boquiabertos e as formas sombrias mais distantes da luz das fogueiras estavam em transe. Até os cães estavam silenciosos, e o gado, e os camelos. Uma estranha expressão se estampava nos rostos das pessoas, como se a sua bestialidade tivesse dado lugar a uma emoção própria de seres humanos.

O estranho relâmpago invisível coruscava sem cessar no rosto de Kurelen enquanto ele cantava. Ele erguia para o céu os olhos cheios de deslumbramento sobrenatural, e as suas pupilas pareciam ter desaparecido. Sorria, mas era um sorriso torturado. Suas mãos levantavam-se e moviam-se, em gestos agonizantes, convulsos. Ninguém via mais a sua deformidade – ele ganhara esplendor, e destacava-se como um deus à luz vermelha da fogueira.

> Quem fitará a bem-amada do meu coração?
> A raposa e a marta, o urso e a serpente,
> Os califas, de Bagdá, o Príncipe de Catai,
> O rato em seu buraco e o deus nos céus,
> O camelo de olhos vermelhos e o abutre de bico vermelho,
> O sacerdote no templo, o mendigo maltrapilho!
>
> Só eu, só eu não me atrevo a fitar!

As lágrimas rolavam pelas faces barbadas dos guerreiros até o canto dos seus lábios selvagens. O xamã voltou as costas para a fogueira; viram-no enxugando os olhos com a manga. Jelmi ouvia a rude tradução da canção de seu pai. Ele sabia que a tradução perdia muito do valor do original, mas não eram as palavras que comoviam tanto o povo: era a voz de Kurelen que atingia o coração dos homens com sons adoráveis, e doces demais para se resistir a ela.

Aquela voz expressava todas as mágoas de todos os homens, todos os seus anseios inarticulados, suas mãos tateantes na escuridão universal, iluminada apenas debilmente pela luz indistinta de suas almas, e habitada apenas pelos seus terrores insones. Aquele era o grito do homem contra os deuses, contra os seus próprios tormentos, contra o próprio extraviamento e solidão eterna.

Atraída pela voz do irmão, Houlun saiu debilmente de dentro da tenda, arrastando atrás de si as peles em que se envolvia. Deteve-se muito longe de qualquer fogueira, mas podia ouvir o irmão claramente. Via-lhe o rosto, aureolado pela luz vermelha. Ele estava voltado para ela, como se soubesse que ela estava ali. E parecia a ela que somente ele e ela existiam na vastidão do deserto, no silêncio e na noite.

Quem sonhará com a bem-amada do meu coração?
O mais humilde pastor, o Khan de todos os homens.
Só eu, só eu não me atrevo a sonhar!
Meus olhos devem estar cegos e gelada a minha língua,
Sombrios são meus sonhos, vazios como o silêncio,
E solitário o meu leito e frio como o túmulo lacrado!

Só eu, só eu não me atrevo a sonhar!

Na última palavra a voz de Kurelen quebrou-se num soluço. Seus braços caíram, sua cabeça pendeu sobre o peito côncavo. E ele ficou imóvel, sem nada ouvir, enquanto uma tempestade de gritos desenfreados e aplausos explodia em torno dele. Yesukai estava fora de si de admiração e entusiasmo. Ordenou que trouxessem uma das mulheres cativas. O aplauso ainda bramia em torno de Kurelen quando a jovem foi conduzida até a fogueira. Era uma jovem roliça, bonita, e estava muito assustada; seus olhos eram grandes e negros como ameixas, a boca, delicada e franzida como um morango vermelho.

Yesukai, gargalhando, jogou-a nos braços lassos de Kurelen, e gritou:
– Olha, toma-a! Eu a guardava para mim mesmo, mas é tua. Leva-a para a tua tenda e deixa que ela te agrade.

Mas Kurelen não fez nenhum esforço para reter a jovem nos braços. Yesukai ordenou a ela que fosse para a tenda de Kurelen, e um guardador de gado acompanhou-a para mostrar-lhe o caminho. Yesukai sacudiu jocosamente o braço do irmão de sua esposa.

– Vai, Kurelen! Ela é um belo pedaço e nem sequer olhaste para ela. Mas tu estás sempre tremendo e ela te aquecerá, pelo menos.

Os guerreiros gritavam amigavelmente. Kurelen olhou em volta de si divertido. Sorriu fracamente.

– Dai-me mais vinho! – pediu ele.

Várias taças lhe foram oferecidas. Ele bebeu de todas, e a nova admiração dos guerreiros por ele aumentou prodigiosamente. Abriram-lhe caminho, mas ele voltou a sentar-se ao lado de Jelmi. Encolheu as pernas apoiando o queixo comprido nos joelhos. Seu sorriso estava maior e mais grotesco do que nunca. Estremecia constantemente e seus dentes batiam, apesar da proximidade do fogo. Ele tremia de uma alegria interior convulsiva, mas seus olhos pareciam olhar para dentro de si mesmo.

Houlun sentou-se na sua cama. O filho fora-lhe levado de volta e estava deitado sobre seus joelhos, vagindo. Mas ela não parecia escutá-lo. Seus olhos, enormes e cheios de tragédia, fitavam a escuridão.

Enquanto isso, a orgia continuava.

6

Foi na hora mais escura precedendo a aurora que o xamã começou a profetizar sobre o menino Temujin. Uma poderosa fogueira central tinha sido preparada com excrementos secos de animais e madeira nodosa dos pinheiros do deserto. Em volta dessa fogueira amontoara-se todo o povo para ouvir as profecias e ver as coisas estranhas que o xamã evocaria. Kokchu tinha reputação de feiticeiro notável, embora até então bem poucos tivessem testemunhado suas maravilhas e existisse mesmo certo ceticismo em relação a ele.

Agora que o amanhecer se aproximava, espalhara-se o boato de que Kokchu faria evocações poderosas, e todos os das outras fogueiras se aproximaram, de tal modo que uma a uma as fogueiras abandonadas se foram apagando lentamente, como estrelas vermelhas, restando apenas a fogueira maior.

Kurelen nunca antes em sua vida tinha bebido tanto, mas não conseguia manter o estado de embriaguez. Assim, quanto mais vinho de arroz bebia, mais clara lhe ficava a mente, até que se sentiu aflito por uma pungente clareza de percepção que rapidamente se transformou em agonia. Os sons o feriam fisicamente, como se tivesse sido esfolado e ferros quentes lhe fossem aplicados sobre os nervos nus e os tendões sangrentos. A visão se tornou insuportável. Ele apoiou a testa nos joelhos e fechou os olhos. Mas não tinha vontade nenhuma de levantar-se e ir embora. A inércia o prendia por cadeias de entorpecimento e, além de tudo, ele sentia muito frio, um frio como nunca sentira antes em sua vida. Ele nem percebera que o monge Jelmi tirara seu próprio casacão de feltro e o jogara sobre seus ombros. O sacerdote Seljuken começara a despertar do encharcado sono da bebedeira, e estava sentado agora hirto, pestanejando, esfregando a barba e os olhos e recomeçando a comer.

Então um pesado silêncio caiu sobre a fogueira chamejante e coruscante. Kokchu, o chefe xamã, tinha-se levantado. Ficou de pé no círculo carmesim de luz e fixou o olhar nos céus sombrios. Seu pai fora um grande chefe mongol de uma orgulhosa família nobre. Kokchu, ele mesmo, era um homem bonito e mesmo imponente. Era muito alto e magro, tinha grandes e ardentes olhos negros, subjugadores, ferozes. O rosto era comprido e moreno, o nariz adunco de narinas bem abertas, que lhe davam um ar selvagem. A grande boca, forte e caída nos cantos, tinha uma expressão cruel, obstinada, melancólica – a boca do bárbaro. Suas espessas sobrancelhas negras subiam do canto interno dos olhos como asas, de tal modo que todo seu rosto tomava um ar de ferocidade selvagem, ao mesmo tempo bela e intimidante. Entretanto, apesar de tudo, ele tinha uma expressão sutil e astuta, como se a decadência já o tivesse atingido antes de a sua selvageria se ter dissolvido. Na cabeça, usava um alto capuz pontudo, muito estreito e rígido – as bordas chanfradas caíam-lhe sobre o rosto e sobre os ombros, junto com as duas espessas tranças do cabelo negro. Estava vestido até a cintura com um curto casaco de lã cor de creme, com símbolos esotéricos esmeradamente bordados em azul, vermelho e amarelo. As mangas eram longas e largas, dentro das quais ele mantinha as mãos cruzadas. Da cintura para baixo caía-lhe uma volumosa saia de lã azul, de pregas pesadas até o chão. Elas escondiam-lhe as botas de feltro, que alguma mulher enamorada bordara ricamente. Quando ele tirou as mãos de dentro das mangas, pulseiras de ouro cravejadas de turquesas tilintaram-lhe nos pulsos finos e morenos.

Kurelen abriu os olhos e examinou o xamã com interesse. Sorriu. Ali, pensou com admiração, estou eu em circunstâncias mais afortunadas. Às vezes ele gostava de conversar com Kokchu, cuja mente funcionava como um jato reluzente, sem qualquer espécie de escrúpulo. Se Kurelen não risse dos espíritos (nos quais Kokchu absolutamente não acreditava), os dois poderiam ter sido grandes amigos. Mas quando Kurelen ria, o xamã sentia-se em perigo. Não obstante, de vez em quando um admirava o outro, apesar de todo o seu ódio instintivo, pois, como dizia Kurelen, os dois eram os únicos homens de bom senso no ordu de Yesukai. Kurelen dizia francamente ao xamã que não fazia qualquer objeção ao fato de que fizesse dos homens uns porcos com as suas evocações. Mas anunciava também que ele guardava para si o direito de rir tanto do xamã como de seus crentes. O riso era a eterna espada de inimizade entre os dois.

Nessa noite, Kokchu decidira que iria silenciar para sempre o riso de Kurelen, se não com as suas evocações, pelo menos com qualquer outro método. Sentia-se apreensivo, pois Kurelen, que o observava à luz da fogueira, começara a sorrir e parecia interessado.

Kokchu uniu piamente as palmas das mãos e fitou o céu solenemente. Seus lábios moveram-se, seu rosto tomou a expressão de intenso temor religioso. Todos os espectadores caíram também num transe de terror religioso, exceto Kurelen e Jelmi. Os olhares eram erguidos tão para o alto que as testas se enrugavam como pergaminho amassado, e os chapéus de pele escorregavam das cabeças. Entre os lábios, dentes reluziam como dentes de animais de rapina.

Kurelen inclinou-se para Jelmi, reprimindo o riso:

– Nunca deves ter visto nada igual! Observa atentamente.

Jelmi sorriu com a sua perfeita cortesia e fixou o olhar no xamã, rodeado por uma imensidão de olhos brilhantes e rostos em transe. Ele segurava sua roda de rezar nas mãos, e fazia-a girar distraidamente. Sussurrou:

– Deus aparece sob várias formas, e qualquer que seja a que este homem produz, é parte da manifestação eterna.

Kurelen apertou os lábios, mas não respondeu. Observava Kokchu divertido, resistente a qualquer feitiçaria ou mágica. Entretanto, não era insensível ao misterioso silêncio que caíra sobre tudo, como se o universo tivesse sustido a respiração e aguardasse.

Kokchu ergueu os braços lentamente; seu rosto moreno tomara a cor do chumbo, e por ele escorriam gotas de mercúrio, que brotavam de cada poro. As veias do seu pescoço enrolavam-se como nós sob a pele. Não havia nenhum sinal de luta física dentro dele, e todavia todos estavam conscientes da enorme tensão e conflito dentro do xamã. Ele começou a rezar, primeiro num sussurro, depois numa voz que subia, alta e histérica:

– Oh, vós, Espíritos do Eterno Céu Azul! Eu vos conclamo, eu vos ordeno! Vós nos haveis doado um homem-criança de grande beleza e força, e imprimistes em sua mão um augúrio. Nem sempre é dado aos homens prever o futuro, mas, como desejamos conferir a esta criança as honras devidas, suplicamo-vos que nos concedais um sinal da sua grandeza e mistério!

As gotas de mercúrio corriam-lhe vagarosamente pelo rosto. Veias vermelhas raiaram-lhe os brancos dos olhos. Ele estremeceu. Seus punhos cerraram-se. Sem piscar, fixou o olhar em alguma forma terrível nos céus. Agora estava em silêncio, mas a luta dentro dele transbordava e contagiava os espectadores com uma lúgubre inquietação e um medo vago. A grande fogueira subitamente se apagou, de tal modo que restou sobre a terra apenas um amplo anel de carvões em brasa que se mexiam. Esses carvões projetavam uma luz vermelho-sangue, um clarão dentro do qual o xamã de pé imóvel parecia estar envolvido, com a parte superior do corpo na semiescuridão e os pés e os joelhos parecendo em brasa.

De repente um débil gemido saiu do peito dos espectadores. Kurelen inclinou-se para a frente e fixou os olhos no fogo, que os guerreiros contemplavam com expressões de estatelado horror, medo e superstição. Mas ele não via nada além dos carvões vermelhos, irradiantes. Olhou divertido para Jelmi, mas, para surpresa sua, Jelmi contemplava também solenemente os carvões, com o rosto pálido e petrificado. O sacerdote, Seljuken, olhava também com a boca e os olhos escancarados. Seus cabelos eriçavam-se pouco a pouco.

– Isto é impossível – resmungou Kurelen, sacudindo os ombros. E então ficou em silêncio, pois dentro do anel de carvões que esmaecia, algo ia tomando forma. Um arrepio gelado desceu pela espinha torta de Kurelen, um formigamento invadiu-lhe as mãos e os pés. Lentamente, as Coisas dentro do fogo brilhavam, enquanto se iam definindo. Pouco a pouco apareceu a forma de um leão da montanha, deitado sobre a barriga. Era um leão enorme, tinha a cabeça erguida numa atitude de orgulho, coragem e ferocidade. Seus olhos vermelhos cintilavam na luz incandescente. Kurelen podia ver-lhe as patas dobradas, as presas e as garras brancas. Em torno do corpo cheio de ondulações estava enrolada uma serpente grossa e escarlate. Kurelen podia ver-lhe as escamas. Mas ela não estava esmagando o leão – seus anéis estavam tranquilos, sua cabeça comprida e chata pousava sobre a cabeça do leão. Seus olhos ameaçadores, verdes e opalinos, coruscavam. Entre as suas mandíbulas a língua agitava-se sem cessar. O animal e a serpente jaziam ali juntos em paz, cheios de mistério e meditação celestial. Pareciam respirar juntos, com os anéis e o corpo palpitando em uníssono. E, perto deles, olhando apenas para o céu, estava o xamã, com a cor plúmbea da carne ainda mais carregada, o suor escorrendo-lhe pelo rosto, boquiaberto.

Kurelen sentiu o cabelo eriçar-se. Seu corpo, assustado, encolheu-se. Mas sua mente rejeitava o que via.

– Não é possível – disse ele alto, com raiva.

Inclinou-se bem para a frente para ver melhor a fera e a serpente. E lentamente, como se sentissem o enfurecido impacto do seu olhar, as Coisas voltaram juntas as cabeças em uníssono dentro do fogo e fitaram-no. Ele sentiu o golpe daquelas pupilas dilatadas. Ele ouvia as respirações sibilantes e via as presas úmidas. Seu coração começou a bater como imensos tambores de terror e enfurecimento.

O xamã recomeçou a falar numa voz baixa, monótona e entrecortada.

– Oh, Espíritos eternos e terríveis, haveis respondido às minhas preces e concedido um sinal! Forte e ameaçador como o leão da montanha é a criança, e sábia, e tudo envolve como a serpente! Que homem lhe poderá fazer face? Que criatura do ar ou da terra ou da montanha poderá desafiá-la?

Pelo corpo de Kurelen corria um suor gelado. Inclinava-se cada vez mais para a frente. Fitava diretamente nos olhos das Coisas horríveis, que o olhavam com tanta firmeza de dentro do fogo. Ele sentia que elas o viam e compreendiam, embora o vissem e compreendessem com uma medonha indiferença, com uma consciência sobrenatural, que era, todavia, tão remota e impessoal como a morte. Sentiu-se face a face com coisas monstruosas de além da margem indistinta da realidade e da sanidade, coisas de loucura diante das quais os homens eram impotentes e ameaçados e as quais, uma vez vistas, levariam o homem à loucura também.

Tudo o mais foi varrido da consciência de Kurelen. Existia agora apenas ele e esses dois visitantes horríveis, que tinham fugido de um pesadelo para a realidade. Difusamente, ao fundo, ele ouvia a voz monótona do xamã e suas palavras mágicas misteriosas. Mas olhava apenas para os olhos tremeluzentes e incandescentes das Coisas, e elas devolviam-lhe o olhar, respirando regularmente, com os carvões mal vislumbrados através de seus corpos transparentes.

Ele pensou entorpecido: Preciso desafiá-las a declararem que não existem, que são emanações hediondas da própria alma do xamã. E, quando ele pensou isso, as Coisas pareceram fitá-lo ainda com mais intensidade e agora com uma ameaça inimiga e assustadora.

Pouco a pouco, com um esforço quase sobre-humano, ele desviou os olhos do fogo para o xamã. Seu coração palpitou loucamente, pois viu que Kokchu o observava obliquamente e que parecia sorrir com maligna ironia. Os lábios lívidos de Kurelen torceram-se num débil sorriso. Ele voltou-se para Jelmi, que observava as Coisas com profunda gravidade.

– Elas não existem – obrigou-se Kurelen a dizer.

Mas Jelmi não voltou a cabeça. Uma expressão de sofrimento e desespero profundos movia-se como uma nuvem sobre seus traços amarelados.

– Sim – sussurrou ele – elas existem, sim, embora seja verdade que tenham emanado da alma de um homem mau. Mas o mal vive separadamente e nos homens, e pode ser evocado à nossa visão. Somente a bondade é um sonho.

O xamã estava exausto. Tremia visivelmente. Ele exclamou fracamente:

– Nós vimos, ó, Espíritos!

Suas mãos caíram-lhe pelos lados do corpo. Sua cabeça pendeu para o peito.

Lentamente, diante do olhar incrédulo de Kurelen, as Coisas mexeram-se um pouco e começaram a se desvanecer. Seus contornos ficaram indefinidos – e leão e serpente dissolveram-se novamente em carvões ardentes. Mas até o fim seus olhos incandescentes estavam fixos em

Kurelen numa advertência obscena e terrível, e muito depois de os carvões terem enegrecido, ele ainda lhes sentia a influência na alma.

Um profundo e subterrâneo gemido explodiu dos guerreiros.

Estavam enlouquecidos de terror supersticioso. Soltavam gritos histéricos e palavras incoerentes. Kokchu sorria. Sentou-se do outro lado da fogueira, cruzou as mãos dentro das mangas e pareceu absorver-se em meditação. Mas encontrou o olhar de Kurelen, e de novo sorriu sutilmente. És uma fraude, disse-lhe Kurelen mentalmente, e seus olhos fulguraram com a mensagem. Não tinha dúvida de que o xamã lera a mensagem e estava furioso por sua resposta ao olhar desdenhoso.

Yesukai estava fora de si de alegria. Chorava e exultava. As taças de vinho correram de novo de mão em mão. Os rabequistas tocavam histericamente, com os dedos subindo e descendo pelas cordas num êxtase de júbilo. Então, alguém sugeriu que o monge e o sacerdote cativos fossem obrigados a profetizar sobre a criança, Temujin.

O embriagado sacerdote nestoriano, encharcado de vinho, carne e empáfia, estava mais do que disposto a isso. Sua mente inflamada estava intoxicada pelo que acabara de ver. Verdadeiramente, ele testemunhara um santo milagre! Sua mente embaralhou-se: lendas e histórias estranhas, reunidas por sua própria fé, fluíram-lhe através da consciência católica. Ajudaram-no a pôr-se de pé. Seu rosto barbado brilhava de exaltação, embora ele oscilasse nos braços daqueles que o tinham ajudado a levantar-se. Ele ergueu os braços com tanta violência, que teria caído no meio do fogo se as mãos firmes dos dois mongóis não o tivessem segurado.

Ele começou a bradar. Tinha tido uma visão em sua alma! Deus lhe concedera a visão de maravilhas e milagres! Que glórias tinha ele visto, que segredos do passado e do futuro! Seus olhos esbugalhados brilhavam como pedras úmidas à luz do fogo, e espumava pelos cantos dos bigodes. Seu peito arquejava e estremecia e o suor escorria-lhe pela testa. Ele ofegava. Todos o fitavam com terror supersticioso e expectativa medrosa, com exceção do xamã, que franzia as sobrancelhas, e de Kurelen, que ria silenciosamente.

O sacerdote ergueu de novo os braços e então toda a sua expressão tomou um aspecto de loucura. Ficou de pé, rígido, imóvel como uma estátua, ou antes como uma árvore que fora ferida por um relâmpago e agora vibrava. Sua voz, quando emergiu de novo dos seus lábios espumantes, era estridente e entrecortada.

– Que visão é esta! Obscuramente através do nevoeiro eu vejo uma virgem com as vestes da Lua, de pé sobre uma estrela vermelha! Sobre sua cabeça tem uma coroa de fogo e nas mãos traz uma esfera de chamas! A esfera explode em fragmentos, mas esperai! Eles formam sete estrelas! Mas uma das estrelas é maior que todas, e ela explode também e forma por sua vez letras resplandecentes! Qual é este nome sagrado, este nome terrível, este nome mais medonho e santo que todos?!

A multidão de guerreiros inclinava-se para a frente, umedecendo os lábios, os olhos escancarados de terror e alegria. Um êxtase louco e frenético iluminou o rosto lívido do sacerdote. Ele parecia contemplar algo maravilhoso escrito no céu. Pouco a pouco, um a um, os guerreiros acompanharam-lhe o olhar fixo, como se eles também pudessem ver algo lá, alguma maravilha escrita pelo dedo de um deus.

O sacerdote, no silêncio pesado, subitamente uivou, e todo o mundo saltou violentamente. Ele uivou de novo. O xamã e Kurelen encolheram-se, e então trocaram um olhar irônico.

– Eu vejo o nome! – guinchava o sacerdote. – É o nome da Criança que nasceu antes do nascer do Sol! É o nome de Temujin!

Os guerreiros gemeram de alegria. Muitos choravam enxugando as lágrimas com as costas das mãos. Yesukai estava lívido de emoção.

A loucura do sacerdote aumentou. Ele deu um salto no êxtase da sua bebedeira. Aplaudiu com as mãos emitindo um som cortante. Sua barba e cabelo esvoaçaram juntos.

– A Criança nascida de uma Virgem! – gritava ele. – Sete gerações se passaram, mas parece que foi ontem! Sete estrelas e sete gerações até que a Criança nasceu! É ele, o Conquistador, o Rei de todos os homens, a espada e o chicote de Deus!

Kurelen inclinou-se para Jelmi e sussurrou:

– Já ouvi esta história antes, em Catai, dos cristãos. Mas o nome que eles davam não era Temujin!

Jelmi, sem olhar para Kurelen, sorriu debilmente. Parecia aflitamente concentrado no sacerdote.

O sacerdote gritava de novo, mas incoerentemente, e de repente tropeçou na direção do fogo e nele teria caído se não fossem as mãos vivas dos guerreiros. Mas ele estava inconsciente pelo vinho e pela emoção. Deitaram-no cuidadosamente no chão e alguém jogou um manto sobre ele. Ele logo começou a ressonar.

Mas os guerreiros estavam cheios de entusiasmo. A sétima geração nascendo de uma virgem! Não era de admirar que tais sinais e portentos tivessem rodeado o nascimento daquela criança! Cada guerreiro começou a relatar por sua vez muitos fatos estranhos que observara ultimamente, e que não conseguira explicar. Os mais imaginosos contavam histórias fantásticas. Um falcão fora visto pondo águias em fuga. O Sol tinha ficado imóvel nos céus um ou dois dias antes, bem longe do seu poente. Flores tinham crescido, completamente fora da estação, ao longo do rio, cujas margens haviam estado completamente congeladas ainda de manhã. Outros tinham visto sombras atravessando a Lua. O entusiasmo tornava-se cada vez mais vociferante e incoerente.

Jelmi sussurrou para Kurelen com seu leve sorriso:

– É uma história estranha, mas muito antiga. Alguns dos adoradores do Senhor Buda dizem que mesmo ele descende de uma virgem. Isso foi insinuado também a respeito de Lao Tsé, mas ele o repudiou, irritado. Ouvi dizer que o nosso atual imperador olhava a ideia com bons olhos para si mesmo, mas meu pai e outros riram dele até dissuadi-lo disso. É uma ideia muito perniciosa, mas existem alguns, pervertidos e impuros, que a admiram.

Kurelen deu de ombros.

– Ela não fará nenhum mal e poderá assegurar a lealdade de todos ao filho de minha irmã. Mas estou vendo que nosso xamã está verde de inveja. Ele gostaria de ter pensado isso antes.

Mas Jelmi observou que muitos guerreiros agora o olhavam, apontando-o ansiosamente. Então levantou-se de repente um clamor inquieto de que esse santo precisava também profetizar algo. Jelmi empalideceu e tentou fugir da luz do fogo, mas várias mãos já o agarravam, empurrando-o para a frente de todos.

– Profetiza! Profetiza! – gritavam os guerreiros, e muitos deles golpeavam os escudos laqueados com as guardas dos punhais.

O pobre monge ficou de pé, imóvel, indeciso e perplexo diante do fogo. Olhava para os rostos morenos e selvagens em torno dele. Kurelen puxou-o pela barra do manto amarelo e insistiu rindo:

– Tu certamente deves ter tanta imaginação como aquele asqueroso sacerdote!

Jelmi fitava os guerreiros humildemente. E disse na sua voz suave e delicada:

– Sou apenas o mais humilde dos humildes. Quem sou eu para que Deus me dirija a palavra? Nem mesmo me atrevo a rezar. Devo apenas ficar na Sua presença, como um verme que merece um Pé que o esmague. Como poderá o Senhor me ver, se sou menor que um grão de areia e valho menos que uma gota d'água?

Um a um os rostos ferozes contraíram-se perplexos, sem compreender. Um resmungo baixo levantou-se entre os guerreiros.

– Profetiza! – gritaram de novo impacientes.

Jelmi hesitou, e sua expressão estava mais triste do que nunca. Juntou as mãos com grande humildade. Seu rosto emergia da sombra do capuz como uma imagem do mais frágil marfim delicadamente esculpida. Ele fechou os olhos e sussurrou:

– Nada posso fazer senão esperar.

Kurelen ficou inquieto. Os guerreiros não estavam dispostos a ser desapontados. Ele sentiu certa irritação contra Jelmi. Sem dúvida, o homem não era um idiota, era perspicaz. Alguns gritos, alguns gestos desordenados, um berro ou dois, algumas extravagâncias imbecis e os guerreiros ficariam satisfeitos. Era necessário que os santos tratassem os outros homens como imbecis; caso contrário, qual seria a sua utilidade? Se não eram capazes de entusiasmar o povo com mentiras felizes e delirantes, então era melhor que voltassem ao trabalho e à guarda de ovelhas. Sacerdotes e filósofos eram bufões, mas como bufões precisavam mistificar, aterrorizar e extasiar, para merecerem o pão pelo qual não tinham trabalhado honestamente.

Mas Jelmi estava imóvel num silêncio humilde, a cabeça pendida para o peito, os olhos fechados, as mãos entrelaçadas, os lábios trêmulos. De repente pareceu ficar rígido, e seus lábios cessaram com os movimentos silenciosos. Ficou tão pálido como a morte. Parecia ouvir alguma mensagem portentosa e aterrorizante. Sua cabeça caiu-lhe ainda mais sobre o peito, como se tivesse sido ferido mortalmente. Kurelen sorriu aliviado. Os guerreiros inclinaram-se para a frente de novo, aguardando as palavras de mistério e profecia.

Então, lentamente, Jelmi ergueu a cabeça, abriu os olhos e fixou-os no céu. Parecia ter envelhecido. Sua pele amarelada estava esticada e ressecada como um pergaminho descorado. Nos seus olhos havia uma expressão de temor religioso, de horror, de acabrunhamento e terror, como se ele estivesse tendo uma visão demasiado terrível para a mente suportar. Começou a falar numa voz tão baixa que era quase um sussurro:

– Não é possível que me tenha sido dado ter tão terrível visão, não é possível que isto seja verdade! Quem poderia suportar tal visão, ou tal conhecimento, e não morrer à contemplação? Quem pode contemplar tal agonia, tal desespero, tamanho fogo e tamanho êxtase, e ouvir tais gritos sem enlouquecer? Por que me afligiste a tal ponto, ó Senhor Buda? Por que me concedeste tal visão?

O sorriso de Kurelen abriu-se ainda mais. Jelmi era mesmo, no fim das contas, um homem inteligente. Mas sem dúvida não precisava chegar a tal extravagância. Nesse momento, uma percepção apagou abruptamente o sorriso do rosto de Kurelen. Aquela parecia ser, na verdade, uma estranha profecia, e falada numa voz tão desesperada e agoniada! Ele observou Jelmi penetrantemente. A face do monge estava molhada de lágrimas. Ele retorcia as mãos como que tomado de uma mágoa frenética. Não é possível – pensou Kurelen assombrado. – O homem acredita mesmo ter tido uma visão!

Jelmi chorava. Os guerreiros olhavam para ele, umedecendo os lábios, trocando olhares uns com os outros, impressionados e mistificados. O xamã acocorou-se desdenhosamente junto do fogo e ali ficou taciturno.

Numa voz entrecortada o monge continuou:

– Melhor seria para mim ter morrido do que ver isto. Melhor seria eu nunca ter saído do ventre e aspirado o ar. Pois a quem é dado contemplar a monstruosa alma do homem e viver ainda? A quem é dado suportar a luz do sol, com tal conhecimento? Os dias que me restarem serão dias de dor, tormento e sofrimento sem fim.

Os guerreiros resmungavam, e seus resmungos cresceram até um clamor de estupefação. Cada um se virava para o vizinho com uma pergunta atônita nos olhos. Um a um os rostos contraíram-se. Kurelen, muito inquieto, puxou impacientemente a barra do monge. O xamã exultou – seu sorriso era de intensa satisfação. Yesukai, cuja alma simples estava perplexa, guardava silêncio, carrancudo, beliscando o lábio.

Mas Jelmi não prestava atenção em ninguém. Seu choro intensificou-se, e ele gesticulava cada vez mais, como no mais extremo dos desesperos.

– Para que Deus deu Seus filhos à terra? Para que eles morreram? Suas vozes perderam-se no vento, suas pegadas foram cobertas pela areia. As correntes apagam as marcas da sua passagem, as pedras não revelam nenhum sinal. Sobre seu pó marcham as legiões sanguinárias dos loucos e dos perversos, os odiadores dos homens e os destruidores dos homens. Onde pisam são plantadas as bandeiras dos amaldiçoados; onde falaram permanece o guincho do abutre, procurando os mortos. Os incêndios do ódio destruíram as colheitas que os homens plantaram. Um pé de ferro pisou as uvas que eles colheram e espremeu-as, produzindo uma beberagem venenosa. Pois o que é bom se dissolve na terra, mas o que é mau é uma espada imortal.

A voz dele, pesarosa, exaltada e cheia de dor, erguia-se cada vez mais forte no ar subitamente silencioso, como um lamento dirigido apenas ao ouvido de Deus. Ele ergueu o rosto e jogou os braços para o alto como se visse a face do Inescrutável, que escutava.

– Por que nos deste Teus filhos, ó Senhor do Caos? Nós os destruímos, e derramamos seu sangue, e adulamos monstros, e os adoramos porque nos desejaram a morte e a agonia! Teus filhos nos deram amor, e nós gritamos que odiamos amor e desejamos ódio, que abandona nosso irmão inerte em nossas mãos assassinas! Somos uma abominação para Teus olhos e um ruído impuro para Teus ouvidos. Somos os procriadores dos amaldiçoados, os amantes dos despojadores, os adoradores dos loucos e saltimbancos. Geração após geração, cuspimos um demônio, cada um mais sórdido que o outro, até que toda razão e todo amor e toda bondade são gravadas no pó, e os ossos de homens inocentes pulverizam-se ao sol. Geração após geração, o sonho sangrento torna a nascer, até que os céus se avermelhem e a terra convulsa gema no seu asco!

A voz dele decresceu até tornar-se um som lamentoso e profundo. E esse som parecia ecoar nas montanhas até que todo o universo se lamentava indistintamente com esse homem. Ninguém em volta do fogo parecia respirar. Cada mão se imobilizara. Os corpos estavam escondidos na sombra, mas cada rosto estava carmesim com a luz. Todos os olhos cintilavam resolutamente, como os olhos de um animal selvagem encantado.

Jelmi deixou pender a cabeça para o peito. Soluçou alto. E então ficou em silêncio, como que exausto. Depois de longo momento, recomeçou a falar com muita suavidade.

– Eu ouço a Tua santa voz, ó Senhor, mas ela é apenas um murmúrio em meus ouvidos, como o som do vento distante nas florestas...

Subitamente ele levantou a cabeça e uma expressão de felicidade extraterrena lhe brilhou no rosto amarelado. Seus olhos fulguraram de êxtase sobrenatural. Sua boca abriu-se num inefável sorriso.

– Eu Te ouço, ó Senhor! Ouço as Tuas palavras! Ó belas palavras de esperança e amor! Pois Tu dizes que, embora o mal viva e o monstro floresça e as lamentações dos infelizes ressoem de cada montanha e de cada colina, Tu triunfarás sempre! Os loucos vêm e vão, mas o fim da Terra é do Senhor Deus, a Terra ainda ao Senhor pertence, a Terra eternamente ao Senhor pertence!

A voz dele era como um clarim, sonora e triunfante. Seu corpo frágil parecia expandir-se, crescer, vibrar com um poder e um êxtase interiores. Ele parecia mais alto. Mesmo depois de ele ter silenciado, o ar continuava cheio do eco das suas palavras, de tal modo que todos estremeciam sem saber por quê.

Kurelen não se mexeu. Olhava fixamente para o fogo. Seu rosto moreno e magro tinha uma expressão enigmática. Nem o xamã se mexeu. Estava sentado imóvel como uma estátua, mas em seus olhos, quando olhava para Jelmi, brilhava uma luz malévola.

Os guerreiros estavam estupidificados. Lentamente, depois de muito tempo, olharam interrogativamente uns para os outros. Yesukai estava completamente perplexo. Fixava os olhos esperançosos no xamã, à espera de uma interpretação dessa extraordinária profecia.

E então, sorrindo, o xamã ficou de pé, cheio de dignidade e magnificência. Fez uma mesura para o monge distraído, com grande e irônica cerimônia.

– Ele diz que ouviu as palavras do Grande Espírito que vive no Céu Azul. Aquele que ouve as palavras do Grande Espírito está no limiar da morte. O Grande Espírito indicou que Ele deseja que este santo vá para a Sua presença, ou de outro modo não teria permitido que Seu servo ouvisse Sua voz.

Kurelen mal estivera ouvindo, mas de repente a intenção do xamã golpeou-o com um impacto físico. Ele empalideceu. Seus lábios ressecaram-se. Franziu as sobrancelhas, atento.

– É verdade! – vociferaram os guerreiros.

O xamã sorria com prazer.

– E, quanto ao sacerdote cristão, ele também teve uma visão que nenhum de nós viu, e ouviu uma voz que nenhum de nós ouviu...

– É verdade! – gritaram os guerreiros, cheios de um deleite feroz.

O xamã uniu os dedos cuidadosa e delicadamente. Ergueu os olhos piedosamente.

– Vamos atrair a cólera do Grande Espírito sobre nós e sobre a criança que nasceu hoje, recusando-nos a enviar para Ele os servos que Ele deseja? Podemos recusar-lhe este sacrifício?

– Não – clamaram os guerreiros.

E fizeram força para ficar de pé. Exalavam um cheiro de animais selvagens prestes a matar, um cheiro tão forte que era um fedor. Bateram nos escudos. Seus olhos tinham um brilho fosforescente de alegria e loucura. O sacerdote cristão continuava a ressonar contente da vida, com os pés junto do fogo. Mas Jelmi não se mexia. Parecia perdido numa profunda meditação, com a cabeça caída sobre o peito.

Então Kurelen, deformado e curvado, levantou-se com o rosto sombrio. Fitava o xamã com imensa raiva.

– Ó sacerdote imundo! – gritou ele. – Terias coragem de destruir este santo na tua inveja e pequenez...

– Que santo? – perguntou o xamã com um leve espanto. – Este?...
– Desdenhoso, tocou o cristão com a ponta da sandália. – Ou este?... – apontou de modo zombeteiro para Jelmi.

Os guerreiros resmungavam ameaçadoramente. Kurelen estava fora de si de medo.

– Tu sabes que é proibido ferir os santos...

– Feri-los? – repetiu o xamã, levantando as sobrancelhas numa repreensão suave. – Eu não sugeri que o ferissem. Os homens santos são sagrados. E que é que poderia ser mais apropriado, nesta ocasião auspiciosa, do que sacrificar estes dois santos ao Grande Espírito? Além disso, não indicou Ele mesmo que deseja tais sacrifícios?

Sem esperar pela resposta de Kurelen, ele voltou-se para os guerreiros e para Yesukai.

– Mas, afinal de contas, eu sou apenas um pacífico sacerdote. Nada posso fazer além de interpretar de acordo com a sabedoria que me foi concedida misteriosamente. A ordem final deve vir do próprio Khan.

Kurelen olhava desesperado de um rosto ameaçador e sanguinário para outro. Ele via os olhos cruéis e bestiais, as testas franzidas feroz e barbaramente. Uma vez ele tinha ouvido uma frase em Catai: "... além do bem e do mal." Percebeu num relâmpago que aquelas criaturas, sedentas de sangue, estavam verdadeiramente além do bem e do mal, e que qualquer apelo à sua piedade seria um som sem qualquer significado. Ele ficou fora de si. Voltou-se impetuosamente para o marido da irmã e gritou:

– Eu te tenho servido bem, Yesukai! Mas tenho sido solitário pois não ansiei por nenhuma esposa e não tenho nenhuma. E nem terei filhos, assim como tu terás, para me confortarem. Mas neste santo, Jelmi, eu encontrei um amigo e alguém com quem posso conversar. Concede-me a sua vida como uma dádiva!

O sorriso do xamã tornara-se exultante. Ele irradiava de triunfo.

Mas dirigiu-se a Kurelen numa voz ríspida:

– E pelo teu prazer mesquinho e egoísta sacrificarias a boa sorte e talvez mesmo o destino do filho do Khan?

Os guerreiros berraram de raiva contra Kurelen e brandiram as armas quase no rosto dele. Yesukai ficou em silêncio, hesitante, incerto, entre o desejo de conceder esse favor a Kurelen e a superstição – tudo se misturando no seu semblante bonito e simples. Ele olhava para o xamã e olhava para Kurelen, e afundava numa perplexidade ainda mais profunda. Kurelen agarrou-lhe o braço e gritou suplicante:

– Yesukai, eu nunca te tinha pedido um favor antes...!

Yesukai olhava suplicante por sua vez para o xamã.

– Isso não é possível, xamã?

O xamã deu de ombros. Respondeu respeitosamente, mas pesaroso:

– Não é possível, meu senhor!

Yesukai suspirou. Pousou a mão no ombro deformado de Kurelen. Sorria apaziguadoramente.

– Ouve, Kurelen, tu terás tudo o que quiseres. Eu tenho uma capa de zibelina, que tomei hoje, e novas pratarias. Se a jovem que te dei não te agradar, poderás escolher as melhores delas, com exceção de uma. Tu terás as melhores éguas, as mais belas sedas e jades...

Kurelen repeliu a mão de Yesukai.

– Não quero nada além deste homem, Jelmi!

E rojou-se aos pés do cunhado e abraçou-lhe os joelhos. Lágrimas corriam-lhe pelo rosto.

– Não desejo nada além deste homem!

Ele sentiu um toque no ombro. Voltou a cabeça e ergueu o olhar. Jelmi sorria para ele, com ternura e tristeza.

– Também é meu desejo morrer, Kurelen – disse ele com muita delicadeza. – Estou cansado. A vida tornou-se insuportável para mim. Desejo descansar.

– Tu vês, meu senhor – disse o xamã para Yesukai. – O próprio santo ouviu a sua convocação.

– Não! – gritou Kurelen, desesperado, agarrando o monge pelo manto.

Os guerreiros, distraídos da sua presa, olharam atônitos para o coxo. O irreverente e zombeteiro Kurelen não era reconhecível naquele infeliz em prantos. Eles mal podiam acreditar. Mas finalmente uma profunda satisfação os invadiu, e todos sorriram.

– Deixa-me ir em paz – pediu Jelmi na sua voz delicada e suplicante.

Kurelen ficou de pé. Pôs a mão sobre a guarda do seu punhal, que estava preso no seu cinturão. Mas, mesmo enquanto fazia isso, ele pensava amargamente: Eu não morreria, nem mesmo por ele. Nada, no fim das contas, tem valor para mim além de mim mesmo. Isto é apenas um gesto, próprio para provocar risos.

O xamã viu o movimento, e, sutil como era, adivinhou os pensamentos que passavam pela mente sombria de Kurelen. Ele foi rápido em tirar vantagem da situação, entretanto, e gritou muito alto:

– Abatam-no! Ele quer matar o Khan!

Um dos guerreiros saltou sobre Kurelen com um urro animalesco. Golpeou Kurelen em cheio no rosto com o punho, e Kurelen caiu como um boi sob o malho. O sangue correu-lhe dos lábios e do nariz, e, vendo isso, os guerreiros explodiram em berros de risos e zombaria. Davam pontapés no homem caído, espremendo-se em torno dele para terem esse prazer. Mas Kurelen, como que insensível às dores do corpo, agarrou-se ao manto do monge. Seus dedos enrolaram-se nele. Ele via o rosto de Jelmi, que o olhava com terna compaixão. E então, como água, o manto escorregou-lhe por entre os dedos e a escuridão lhe toldou a visão.

7

Quando Kurelen acordou, percebeu que os movimentos ao seu redor tinham cessado. Tomou consciência também de que sofrera muito e de que os tormentos que suportava agora não eram nada em comparação com os que já havia suportado. Mas essa consciência era vaga – débeis lampejos de consciência depois de uma escuridão, da qual ele emergia lenta e dolorosamente.

Estava deitado com os olhos fechados. Ouvia um sibilar seco e fraco acompanhado de um gemido surdo e sombrio e de um grande tremor e sacudidelas. Estes últimos ele reconheceu – eram da neve, da areia do vento. Pensou: o inverno chegou. Estamos a caminho. E esse pensamento fê-lo abrir os olhos abruptamente, e o passado e o presente precipitaram-se juntos, num torvelinho de perplexidade e reajustamento. E, imediatamente, com os olhos já abertos, a vaga consciência dos tormentos, do lapso de tempo e da escuridão inconsciente tornou-se mais aguda e mais intolerável.

Percebeu que estava deitado em sua cama, coberto com camadas de peles e feltro grosseiro. O yurt estava na penumbra, repleto do cheiro e da presença da fumaça de estrume que saía do braseiro ardente no centro. Ele via os contornos indistintos das suas queridas arcas chinesas entalhadas e tamboretes. Via o brilho lívido das suas pálidas pinturas chinesas de seda nas paredes do yurt. Via o fulgor das cimitarras turcas penduradas entre estandartes tremulantes. Mas ele ainda estava confuso, e se perguntava desalentado se não estaria ainda afundado nos semiesquecidos pesadelos dos seus sonhos de sofrimento.

Tudo parecia imóvel em torno do yurt, mas ele ouvia os berros distantes dos homens da tribo, os gritos irritados dos camelos e dos cavalos, os mugidos do gado e os balidos das ovelhas, lá fora no crepúsculo invernoso. Ouvia os rangidos e os roncos dos yurts sendo puxados para posições melhores no acampamento da noite, as pragas dos homens, os desaforos das mulheres e os gritos das crianças. Todos estes eram sons familiares, que retomavam seus devidos lugares na névoa da sua perplexidade. O vento tempestuoso tomando o yurt de assalto, o sibilar da neve misturada com areia contra as suas paredes de feltro negro eram-lhe familiares também, e revelaram-lhe com exatidão o que estava acontecendo e a posição aproximada do ordu.

Tentou mover-se e imediatamente foi tomado por uma dor penetrante. Seu braço direito estava envolvido em tiras de pano e preso firmemente ao lado do corpo. Todo o seu corpo palpitava de protesto em dores agudas e esmagadoras. Sua cabeça parecia voar em fragmentos torturados, e luzes escarlates atravessavam-lhe os olhos. Gemia de espanto e de dor. Então lembrou-se da noite em que tentara salvar a vida do monge budista. E soluçou alto no seu martírio e desespero.

Ouviu um leve ruído próximo, e lenta e dolorosamente virou a cabeça. Agachada ao seu lado, avistou parcialmente a sombra e a forma difusa de uma mulher. O coração dele palpitou fracamente.

– Houlun – murmurou.

A forma mexeu-se de novo e inclinou-se para ele. E então viu que não era Houlun, sua amada irmã, mas sim outra mulher.

O fogo de estrume brilhava e à sua luz vermelha e baça ele viu que aquela era a jovem que Yesukai atirara em seus braços naquela noite distante. Ela tinha enormes olhos negros e pestanas espessas, um pálido rosto moreno arredondado, e uma boca vermelha delicadamente franzida. Ela sorriu para ele e pousou-lhe a mão na testa. Com esse movimento de corpo e das vestes, ela exalou o odor pungente e quente da fêmea jovem, suja e primitiva, como a terra na fecunda primavera. Por alguma razão Kurelen sentiu náuseas e encolheu as narinas para evitar o cheiro.

– Como é o teu nome, jovem? – perguntou.

– Chassa – respondeu ela timidamente.

Kurelen nunca era mau com os simples e os inocentes, e delicadamente continha-se para não ofendê-los. Assim, embora o cheiro desagradável da fêmea o revoltasse na sua fraqueza, ele sorriu com esforço para a dona do cheiro.

– Eu estive... assim, neste estado... muito tempo, Chassa?

– Sim, senhor, muito tempo. Três luas já se foram e nós avançamos muito em nosso caminho, desde que te trouxeram para dentro do teu yurt. – E ela acrescentou: – Tu estavas gravemente ferido, senhor!

– É o que eu imagino – disse Kurelen gentilmente, encolhendo-se com a dor que sentia ao falar.

A algazarra do lado de fora se intensificou. No interior do yurt, Kurelen sentiu-se subitamente abafado com o cheiro, a fumaça e o calor.

– Levante a aba do yurt – disse ele ofegante.

A jovem obedeceu, e o vento do inverno escuro invadiu o yurt, fazendo o braseiro fulgurar num tom carmesim e levando a fumaça para fora, sob a forma de fantasmas coleantes e cinzentos. A entrada era um retângulo de fosca luz azul na escuridão, sacudida pela neve. Muito vagamente ele conseguia discernir os contornos imprecisos do gado e dos homens animados naquela luz azul espectral cheia de neve, à medida que iam e vinham, passando pela entrada do yurt.

O ar tinha certa estranheza, pura, ameaçadora, estéril, como se tivesse sido soprado das montanhas petrificadas da lua congelada, e Kurelen aspirou-o profundamente para dentro do peito exausto. Chassa agachou-se ao lado da porta, olhando para o homem por cima do ombro, paciente e ansiosamente. Flocos de neve juncavam o chão do yurt perto da entrada, ou corriam mais para o seu interior como bolas brancas.

Subitamente o yurt balançou e estremeceu. O povo de Yesukai punha-se a caminho de novo, decididos a viajarem um pouco mais. Os berros do lado de fora redobravam, hastes de madeira rangiam e vergavam.

O gado gemia. As pesadas rodas de madeira guinchavam sobre a neve e o gelo virgens. O vento aumentava a sua fúria. Kurelen balançava-se e rolava sobre a cama, com as pálpebras enrugadas de dor, cravando os dentes nos lábios. A jovem baixou a aba e retomou seu lugar ao lado dele. O fogo de estrume ardia e crepitava, espalhando fagulhas douradas.

Kurelen abriu os olhos de novo e sorriu suavemente para Chassa.

– Minha irmã, Houlun, esteve aqui comigo? – perguntou.

– Oh, sim, senhor! Quando eu adormecia ela ficava ao teu lado com o pequeno.

– Ah! – E a palidez cadavérica do rosto de Kurelen atenuou-se um pouco e foi substituída por uma expressão de vago contentamento.

– E o xamã, senhor... ele o tem visitado muitas vezes, com seus encantamentos e evocações.

Ao ouvir isso, Kurelen explodiu num riso fraco. O sangue correu-lhe dolorosamente pelas veias com esta convulsão involuntária. Mas ele sentiu-se muito melhor, e de novo conseguiu pensar em tudo com interesse. Examinou cuidadosamente as suas feridas, e observou que só mesmo uma assistência excelente tinha sido capaz de salvar-lhe a vida. Chassa debruçava-se sobre ele ansiosa, e, quando ele fixou o olhar penetrante no seu rosto infantil, ela enrubesceu e virou a cabeça para o outro lado. Ele tomou-lhe uma das mãos num aperto febril.

– Eu não mereço teus esforços, Chassa – disse ele.

Mas ele sorriu consigo mesmo, divertindo-se com o fato de ele mesmo não acreditar no que acabara de dizer. Entretanto, pensou, a gente dizer ou fazer o que esperavam da gente raramente fazia algum mal. A vida assim ficava mais agradável para aquele que mentia e para aquele a quem se mentia.

A jovem ficou confusa e alegre e fitou Kurelen com toda a sua alma primitiva e inocente nos olhos. E então algo estranho ocorreu com ele: ficou ligeiramente envergonhado.

A multidão de yurts em toda a volta do yurt de Kurelen roncava, arfava e gemia de maneira diferente e a gritaria parecia ter-se renovado. Chassa levantou a aba do yurt e espreitou para ver o que estava acontecendo lá fora. A noite fechara-se num caos negro e impenetrável, no qual as tochas eram estandartes vermelhos finos e coleantes, que iluminavam apenas os rostos morenos mais próximos, ou o flanco molhado de um animal, ou a aba de um yurt.

Chassa perguntou a um passante por que tinham parado, e ele respondeu roucamente, parando um momento, que o ordu estava parando para passar a noite. A tempestade tornava muito perigoso continuar por aquela região de grandes crateras niveladas pela neve, e que só mostravam as bordas de dentes negros para advertir o viajante.

De novo o ar escuro e enfumaçado se encheu com o barulho e os clamores dos homens e dos animais, que se preparavam para passar a noite.

Chassa jogou mais estrume no fogo, assoprando-o, agachada sem forma nas suas roupas de feltro espesso. O fogo refletia-se-lhe nos olhos e Kurelen observou que eles pareciam os olhos de um tímido animal, puramente selvagem, inumano e intocado. As pupilas eram pontinhos impetuosos e palpitantes, que nadavam num brilho ardente e elétrico. Ela pusera as mãos em concha em torno da boca para concentrar o sopro. O cabelo emaranhado caía-lhe pelas faces redondas e pela testa.

Alguém puxou a aba da tenda, e quando Chassa foi ver quem era, o coração de Kurelen pulava de expectativa. Mas não foi Houlun que entrou e sim o xamã, abaixando a cabeça com o seu capuz pontudo. Ele estava envolvido em peles, e parecia um urso alto apoiado nas patas traseiras. Aproximou-se da cama de Kurelen, e quando viu que o doente estava consciente, sorriu sombriamente. Kurelen fez uma careta de satisfação.

– Tu vês, Kokchu, que as tuas evocações acabaram não me matando no fim das contas.

O xamã, ainda sorrindo, não respondeu. Sentou-se no chão ao lado da cama. Os dois homens fitavam-se em silêncio. Finalmente Kokchu falou, gravemente e com irônica solicitude.

– Eu sou um homem com capacidade de curar além da minha própria expectativa, e tu és a prova. Mas ainda se passarão muitos dias antes da tua recuperação completa. Procura descansar e não pensar em nada.

E acrescentou, inclinando-se para Kurelen:

– Sentes muitas dores?

– A dor – respondeu Kurelen, com deliberada solenidade – é o preço da consciência.

E de novo olharam divertidos um para o outro.

– E meu sobrinho – perguntou Kurelen –, os espíritos foram-lhe propícios?

Kokchu ergueu os olhos piedosa e solenemente para o teto redondo do yurt.

– Posso assegurar-te que sim – respondeu com fervor.

Kurelen estremeceu.

– Como deves ter ficado satisfeito – E mordeu a língua pela infantilidade das próprias palavras.

Mas Kokchu apenas inclinou a cabeça com seriedade. Ele hesitava. Kurelen não percebia nenhuma hostilidade especial nesse homem. Mas de repente ele percebeu solidão. A solidão de Kokchu subitamente era tão pungente e iminente como a sua própria, que tinha o mesmo cheiro, a mesma aparência. Por um momento, Kurelen sentiu compaixão, seguida de um ódio singular, como se odiasse a si mesmo. Ele sabia que estava certo nas suas suposições, pois as palavras seguintes de Kokchu o revelaram.

– Tu e eu, Kurelen, somos ambos homens de compreensão. Somos homens entre animais. Poderíamos rir juntos.

Kurelen sorriu.

– Mas tu me negarias o prazer de rir de ti também.

Kokchu contraiu os lábios divertido.

– Ora, podes rir quanto quiseres de mim. Só te peço que rias em segredo.

– E não das tuas ingenuidades?

Os lábios de Kokchu curvaram-se. Ele parecia fitar Kurelen como que surpreso e desiludido. Debruçou-se sobre ele e puxou-lhe a roupa na altura do peito.

– Escuta, Kurelen: tu viveste em Catai, onde existem homens. Mas estes aqui são apenas animais. Por que não procuras objetos de mais valor para os teus risos? – Sua voz era desdenhosa, os olhos cheios de desprezo.

Kurelen arregalou os olhos, e então seu semblante pálido e contraído ficou coberto de mortificação. Ficou mudo. O xamã levantou-se, sacudiu fastidiosamente as peles e as roupas de feltro. Lançou um olhar para Chassa, ainda agachada perto do fogo. A jovem virou a cabeça, e olhou por cima do ombro para o sacerdote, com o olhar, a humildade e o medo de um cão. Kokchu pegou-lhe uma mecha do longo cabelo e enrolou-a pelos dedos como se enrola o cabelo de uma criança.

– Cuidaste muito bem do teu senhor, Chassa – disse ele com a sua voz pomposa.

E, sem outra palavra para Kurelen, saiu do yurt. Deixou atrás de si uma espécie de vazio, como se alguma essência ou algum poder tivessem sido sugados do ar. Kurelen fechou os olhos – ele ardia de raiva e humilhação. Quando Chassa se aproximou dele, oferecendo-lhe timidamente uma taça de leite de égua quente, ele afastou-lhe a mão e balançou a cabeça.

Ele devia ter dormido, pois quando tornou a abrir os olhos viu que Chassa tinha saído e que era Houlun que estava sentada ao lado dele, imóvel, observando-o. O capuz dela estava caído nos ombros, seu cabelo cintilante moldava-se como tiras de vidro negro em torno do belo rosto. Seus olhos pardos eram suaves e sorridentes. Ela havia lavado o rosto, e ele sentia a fragrância do perfume com que a água quente fora perfumada.

Quando viu que Kurelen estava consciente, ela debruçou-se sobre ele e apertou a face cheia e ardente contra a dele por um momento. O coração de Kurelen pareceu se concentrar no ponto em que ela havia tocado, e pulsava ali, louca e dolorosamente.

– Ah, Houlun – murmurou ele debilmente.

Tomou a mão dela e apertou-a contra o peito com suas duas mãos. Ela sentiu-lhe as batidas do coração sob a palma. Riu docemente e abanou a cabeça para ele.

– Foi bom para ti que eu tivesse acabado de dar ao meu marido um filho, pois assim pude convencê-lo com as minhas súplicas – disse ela.

Kurelen viu que a trouxinha envolta em peles, ao lado, muito irrequieta, era o filho da irmã.

Houlun continuou:

– Mas ele estava certo de que querias tirar-lhe a vida, e levei muitos dias para persuadi-lo do contrário. Ah, Kurelen, precisas ter cuidado!

– Que é que lhe disseste, Houlun?

Ela começou a rir alegremente. Seu rosto brilhava como uma pérola à luz indecisa do fogo.

– Eu disse a ele que era impossível! Disse a ele que não terias coragem de matar um camundongo.

E os dois riram juntos, então. De repente, o interior do yurt parecia de novo cheio e quente, como que impregnado de alegria e contentamento.

– Mas precisas ter cuidado, meu irmão – repetiu Houlun, deixando de rir. – Da próxima vez poderei falhar. Mas o meu medo é que nunca aprenderás a segurar tua língua.

Ela levantou nos braços a trouxinha que se contorcia e que começara a emitir rugidos de protesto. Quando Kurelen olhou para a criança, depois de Houlun ter desenrolado muitas camadas de lã, deu-se conta de quanto tempo estivera doente. O menino estava robusto e tinha um brilho de contrariedade nos grandes olhos pardos. Embora com menos de três luas, ele lutava para libertar-se dos braços da mãe. Seu cabelo vermelho era um emaranhado de ouro em estado bruto sobre a cabeça grande e redonda, e seus lábios eram da cor da romã. Houlun deitou-o ao lado de Kurelen, e o bebê e o homem olharam um para o outro com apaixonada solenidade. A expressão de Kurelen modificou-se relutantemente. Ele pareceu ficar embaraçado depois de algum tempo. Fechou os olhos.

– Leva-o embora – disse ele com um meio riso. – Os olhos das crianças veem demais.

Houlun levantou de novo a criança nos braços. Ela expôs a lua cheia do seio e o menino começou a sugá-lo com grande ruído. A cabeça de Houlun estava inclinada para ele. A luz do fogo marcava os contornos das figuras imóveis, e o rosto de Houlun estava escondido pelo cabelo caído. Kurelen sentiu que era atraído para o profundo círculo de vida e força misteriosas que parecem rodear uma mãe amamentando o filho. Contentamento e paz o envolveram como a água fria sobre a carne queimada.

Houlun informou-o, depois de ter atendido às necessidades da criança, de que ela vivia em relativa tranquilidade. Yesukai raramente a importunava com as suas exigências, pois estava absorvido na sua segunda mulher, a jovem karait. Esta já estava esperando um filho e o xamã tinha prometido outro menino. Mas Houlun recusara-se a conviver com a jovem na sua tenda, como era costume entre as esposas. Yesukai, lembrou Kurelen, sempre tivera certo medo de Houlun: era assim, aliás, que costumava acontecer entre os simples e os autoritários.

De novo a criança estava deitada ao lado de Kurelen, e de novo os dois olharam um para o outro profundamente e em silêncio. Então, subitamente, os cães começaram a ladrar ferozmente do lado de fora. O alarido, ensurdecedor, aumentava. Kurelen sentiu a criança encolher-se com o ruído – os labiozinhos abriram-se e ela choramingou. Um medo, violento e adulto, tornava os olhos pardos do menino maiores e mais intensos na luz vaga.

– Ele tem medo de cães – explicou Houlun, sorrindo. – Mesmo tão novo, ele se encolhe todo no meu colo ao ouvir os latidos.

Mas Kurelen não a ouvia. Estava absorto em algo terrível e inumano que vislumbrava por trás da cortina parda dos olhos da criança, e que não tinha nada a ver com o clamor dos cães.

8

Muitas vezes, à medida que as estações se sucediam, Kurelen fizera essa prodigiosa viagem através das montanhas e do deserto, estepes e planaltos, rios e planícies, fugindo do inverno, procurando ventos mais quentes e pastos verdes. Mas cada vez era como se ele nunca tivesse feito isto antes. A terrível vastidão da imensa solidão, a sensação de que apenas esse pequeno bando de viajantes estava vivo no caos universal de ventanias, neves, montanhas e desertos, exercia um imenso fascínio sobre ele. Um pouco da dor crônica e distante dentro dele atenuava-se e dissipava-se como se a poderosa luta e paixão dos elementos lá fora sugassem os seus próprios tormentos, como um grande mar suga para o anonimato os fios d'água das pequenas correntes. Ele perdia por uma hora a angústia da consciência individual; sua consciência era parte da vaga consciência além dele, e assim ele perdia também os gumes afiados da consciência.

Além do mais, nunca uma cena era tão selvagem, tão terrível, tão esmagadora que o assustasse. Às vezes ele era tomado por um desejo de uivar com os lobos invisíveis, de gritar com os furacões, de rugir com os rugidos das florestas secas de choupos, tamarizes, abetos e juncos. Quando alguns desgrenhados camelos selvagens corriam desordenadamente sob o céu esfumaçado e cinzento, ele gritava de alegria, sentindo-se um deles, sentindo a vergastada violenta do granizo e do vento através dos cabelos empastados, sentindo os longos músculos encordoados pulsarem contra o ar sufocante, sentindo a luta eterna entre o animado e o inanimado.

Agora que recuperava as forças, às vezes envolvia-se com esforço em camadas de feltro e peles, enfiava o capuz na cabeça e saía para a plataforma do yurt. Sentava-se ali, enquanto Chassa, de pé diante da aba fechada do yurt, guiava os bois. A jovem, batida pelo vento cortante, que vinha carregado de areia, de gelo e de neve, abaixava a cabeça para proteger pelo menos parcialmente o rosto com o cabelo e o capuz. Os yurts estavam todos ligados uns aos outros, movendo-se como uma unidade fluida, cada lança presa ao eixo do veículo seguinte. Ali, no lusco-fusco cheio de sombras do inverno que tudo envolvia e perseguia, sentava-se Kurelen durante horas, sem falar, sem se mexer, mal respirando, com toda a sua consciência nos olhos e nas cenas que eles contemplavam infatigavelmente.

Às vezes ele pensava: É bom ser um habitante de cidade diante de um fogo seguro e entre paredes seguras. É bom ter todos os esforços e a alma concentrados na pequenez da perfeição, sentir que nada interessa, a não ser que uma folha deva ser delicadamente pintada num quadrado de seda amarela. É bom acreditar que o requinte tem mais valor do que a vida, e que a única finalidade para a qual o homem é criado é aperfeiçoar suas maneiras, ou admirar os desenhos de uma taça de prata, ou ouvir belos versos e conversar com amigos interessados nos manuscritos mortos de filosofia. Talvez seja delicioso sentir êxtase diante de uma frase que não pode ser superada, ou numa ária de música que atingiu a mais pura excelência e beleza. Mas agora eu acredito verdadeiramente que a busca da perfeição leva apenas à morte. As artes são apenas pálidas excrescências da alma. O criador de frases e o filósofo são os sacerdotes da dissolução.

O Homem-Espectador é o Homem-Cadáver. O Homem-Indivíduo é o Homem Perdido. Só pela sujeição à Alma universal o homem conquista a verdadeira vida, e compreendendo o universo em volta dele e participando dele, adquire a plenitude da felicidade.

Pensava ele: Aqui está a substância do viver, a primavera crua do ser. O perigo e a luta são os estados naturais do homem. Aquele que priva deles seu companheiro e o tranca entre paredes faz do irmão um macaco tagarela envolto em sedas; um eunuco impotente e estéril, um cego artesão de braceletes de ouro, um ofegante polidor de pedras.

O ordu em movimento, colmeias de feltro negro arredondado sobre plataformas de madeira puxadas por bois arquejantes, roncava, gemia e estremecia, dirigindo-se para o sul. Vagarosamente, terríveis panoramas se formavam, afundavam, dissolviam-se e moviam-se diante dos olhos de Kurelen. Cadeias de montanhas negras e recortadas erguiam-se contra os horizontes das estepes cobertas de neve, jaspeadas de gelo lívido e fendidas por crateras íngremes. As cordilheiras curvavam-se como uma cimitarra no seu caminho, então afastavam-se para envolvê-los em imensos cornos de carneiros. Eles subiam por um planalto sem fim, sobre o qual nenhuma árvore ou pedra era visível, e sobre o qual capins altos e cinzentos, secos e murchos, se moviam com um som sobrenatural sob a neve que caía. Passavam por florestas cinzentas e lamentosas, cujas árvores nuas e leitos secos de rios indicavam mudamente os locais onde civilizações férteis tinham vivido e morrido, e depois tinham sido abandonadas às martas e aos lagartos do deserto. Renques de abetos negros avançavam sobre eles ameaçadoramente, o solo em volta deles branco como ossos, os membros cabeludos carregados de tufos de neve. Entravam, penosamente, por labirintos de colinas desoladas, tão nuas como as palmas das nossas mãos. Passavam por paredes esqueléticas e negras de pedra, esculpidas pelo vento incessante, desciam por vales amplos e extensos cortados por cursos d'água congelados, juncados de tamariscos verde-cinza, tornados caóticos pelos calhaus, colunas denteadas e rochas vulcânicas. Aqui e acolá, como vidros estilhaçados, espalhavam-se lençóis congelados de água cor de chumbo polido, e neles se refletiam as vagas formas de nuvens ou a imagem de uma retorcida coluna de pedra. A longos intervalos um gavião solitário ou outra ave de rapina cortava o céu gasoso num voo curvo e perdia-se de vista. Mas moviam-se sem ruído. Mesmo o vento, irresistível e onipresente, parecia mais uma terrífica presença que um som; rolava e varria a imobilidade absoluta das rochas, das colinas e vales como uma tremenda sombra do destino, que crescia e intensificava o silêncio petrificado.

O ordu era a única coisa que se movia no deserto colossal. Assemelhava-se a uma vagarosa fila de formigas, arrastando-se através dos desfiladeiros das montanhas, e lutando para subir os enormes planaltos. Perdido e pequenino, ele desaparecia entre os baluartes escarificados, emergia sobre as planícies de total desolação, arrastando-se na direção de um horizonte que se desvanecia no céu vaporoso. Havia algo de terrível na sua coragem, na sua determinação inflexível. Um a um, os yurts inclinavam-se nos grandes caldeirões rasos, penduravam-se das rochas escondidas pela neve, subiam penosamente para o lado oposto.

E o ordu movia-se sempre para a frente, desafiando o deserto, com a sua pequenina coleção de corações pulsando ardente e fortemente no túmulo universal, sem medo dos xistos cristalinos ou das gigantescas camadas de rochas escorregadias com a neve, inclinadas como grandes caibros e revelando, à luz lívida do dia a pleno, cicatrizes de cristal, escarlates e de um azul vivo – não voltariam nunca pelas ermas estepes, gargantas, ravinas e torrentes, endurecidas pelo gelo cintilante. Na alma dos nômades havia uma ânsia irresistível, a ânsia dos pássaros migratórios que voam antes pelo instinto que pela razão.

As tempestades de gelo bramiam intermitentemente, cobrindo as lanças, as tendas e as rodas de camadas de cristal espesso, salpicando os olhos dos bois e quebrando-se debaixo das rodas com um som de vidro estilhaçado. As tempestades esfolavam os rostos dos mongóis, pois frequentemente vinham carregadas de areia. Às vezes o terrível silêncio era abalado pelas detonações de trovões, e os supersticiosos nômades, aterrorizados, detinham-se no caminho e tapavam os ouvidos aturdidos, murmurando preces.

Mas à medida que se arrastavam para o sul, iam deixando cada vez mais para trás os fluxos de inverno. Agora aproximavam-se de platôs descorados, grandes, rasos e inclinados, que subiam para o céu ou desciam para os vales, como ruínas de imensas escadas de gigantes. Ali havia pouca neve e os ventos gritavam como que aliviados. Os céus eram menos vaporosos. Às vezes, num céu de um pálido tom delicado de turquesa, as nuvens acumulavam-se leves, inflando-se imensamente, camada sobre camada, com suas bordas mais altas brilhantes como prata. A vegetação deformada e mirrada descongelava-se por volta do meio-dia e podia servir de alimento para o gado, cavalos e camelos. As cordilheiras móveis de montanhas, afundando, emergindo e curvando-se, estavam às vezes tingidas de púrpura e amarelo e, no crepúsculo, de rosa brilhante. Barrancos, desgastados pelo vento, fendidos e tortuosos, só tinham neve no fundo. Áreas ilimitadas de terra seca e fragmentada eram cobertas de cascalhos e de vegetação do deserto. Oásis, cheios de ervas e abandonados, eram encontrados cada vez em maior número. Passo a passo, os mongóis avançavam, reanimando sua marcha, rindo de vez em quando. Redes de lagos amarelos e cinza-esverdeados e rios, que só se descongelavam ao meio-dia, podiam ser atravessados pelas pontes de gelo.

Nada escapava ao olhar hipnotizado de Kurelen em toda essa enormidade de céu, deserto e silencioso. Muito tempo depois de todos haverem adormecido ele permanecia sentado na plataforma do yurt, com as pestanas cobertas de gelo, observando a corrente imensurável da aurora boreal e ouvindo-lhe os estalos. Faixa por faixa, por léguas de extensão, ela explodia e desenrolava-se contra o céu negro, ferindo a vista com seus clarões de azul, escarlate e branco deslumbrante. Falsos arco-íris, brilhantes e incríveis, arqueavam-se contra a escuridão sem luz, palpitantes e flamejantes. Coroas com centenas de quilômetros de diâmetro cintilavam e ardiam, com os cumes adornados de estrelas. Às vezes, a grande distância, Kurelen ouvia o uivar melancólico dos lobos, as vozes do deserto.

E agora ele sabia que logo encontrariam outros ordus deslocando-se para o sul. Os pastos para os quais todos se dirigiam ficavam logo ao norte das areias do Gobi e, até então, não tinha havido disputas por eles. Havia lugar para todos, pensavam muito condescendentemente. Assim, os outros ordus, tidos como inimigos durante a viagem, eram saudados com polida reserva. Os meninos das outras tribos pescavam junto com os da tribo de Yesukai, quebrando o gelo da noite e da madrugada dos rios para pegar os peixes gordos. Às vezes um ordu ajudava outro que estivesse com suprimentos reduzidos. Os jovens guerreiros empenhavam-se em luta romana e, muitas vezes, se o casamento entre as tribos era permitido, celebravam-se festas de casamento e muitas festanças. Havia uma sensação iminente de perigo de fuga, que dava ainda mais sabor aos folguedos.

Nesses vales férteis, entre os rios Onon e Kerulon, os invernos eram bastante suportáveis, e havia com frequência alimentação suficiente para os rebanhos. As pastagens do povo de Yesukai estendiam-se mais ou menos do lago Baical para o leste, e ali encontravam-se antílopes selvagens, lebres, raposas, lagartos, martas, e algumas vezes ursos para se caçar. Era uma vida difícil, e às vezes os rebanhos morriam em tal número que o povo era obrigado a viver de cúmis e milhete. Os caçadores saíam desesperadamente em busca da caça esquiva, dormindo sem fogo na neve. Perto da primavera, a comunicação de antes entre as tribos tornava-se menos frequente e havia mau humor e lutas, muitas vezes degenerando em violência sangrenta. Incursões de surpresa eram organizadas, e os meninos passavam noites acordados, vigiando ladrões ou caçando gado extraviado. Jejuns de três dias não eram raros. Às vezes, durante um período difícil de mau tempo, muitos morriam congelados. Mas, na primavera, as éguas e as vacas faziam uma grande festa nos pastos mais abundantes e frescos e produziam grande quantidade de leite, e nasciam potrinhos, bezerros e cordeirinhos, e as tribos empanturravam-se. Então chegava o momento da longa viagem de volta para os pastos de verão, mais alegre dessa vez e menos árdua.

Os chefes partilhavam resolutamente da penúria e da fome de seu povo. Os guerreiros, é verdade, alimentavam-se melhor que os outros, pois da sua força e vigor dependia a própria existência da tribo. As mulheres grávidas recebiam uma porção maior de alimentos do que o usual, mas de outra maneira elas e seus filhos tinham direito apenas ao fundo dos caldeirões. Era uma hora feliz aquela em que começavam a viagem de volta – a amizade se renovava entre as tribos que se cruzavam. A fome, a grande destruidora do amor, da amizade e da tolerância, era sugada no fluxo do novo leite e esmagada sob as piruetas da nova vida. É verdade que os guerreiros, sentindo-se fortes de novo e extremamente satisfeitos, faziam incursões de surpresa em outras tribos à procura de mulheres, e galopavam de volta para seus ordus com elas chorando na garupa dos seus cavalos. Mas isso não suscitava desavenças maiores. As mulheres nasciam para a cama dos homens fortes, e o vencedor era mais ou menos perdoado. As mulheres contavam com isso, e sentiam-se mal utilizadas se não fossem eventualmente raptadas, ou pelo menos disputadas à força.

O inverno de violentos crepúsculos vermelhos, brilhando sobre lagos congelados e tundras brancas, tinha terminado. As estrelas eram mais suaves à noite e a lua mais branda. No seu caminho de volta para os pastos de verão, eles viam que os paredões escarlates e penhascos resplandeciam contra os céus de um azul profundo, e que os rios tinham às vezes cor de sangue por causa dos depósitos do solo vermelho. A relva, as árvores e os tamariscos tinham um tom de jade verde brilhante, e léguas de deserto cobriam-se de flores. Às vezes quilômetros de flores brancas inclinavam-se ao vento forte e fresco, e pétalas azuis, douradas e rosadas derramavam-se pelos planaltos, serras e barrancos como um imenso tapete turco. Os pássaros cortavam os céus brancos e ardentes com suas asas enérgicas, e as suas vozes exultantes enchiam o deserto de sons emocionantes.

A viagem de volta era lenta, pois os rebanhos precisavam forrar as costelas e o povo precisava festejar. Muitas vezes, à noite, os céus eram cortados pelo fulgurar do relâmpago e a terra rugia e estremecia com o trovão. A vegetação, desde as árvores deformadas e mirradas do Gobi à relva espessa e às flores, rebentava durante a noite numa orgia de vida, e o ar inteiro se enchia dos sons do crescimento febril. Parecia que a relva viçosa ficava da altura dos joelhos em poucas horas, e os yurts sacudiam-se, arfavam e rodavam preguiçosamente pelas estepes sem horizontes, que pareciam imensos mares verdes agitados. Os ventos vinham carregados dos odores da fecundidade. Quando as chuvas torrenciais desabavam, cinzentas como chuços e brilhantes como intransponíveis paredes de vidro, os odores eram por vezes sufocantes. Parecia que as terras sem limites e o deserto exalavam nuvens de vapor, esmagadoramente cheias das ardentes emanações de milhares de quilômetros de fecundidade orgíaca. Resplandecentes lagos verde-escuros, correntes, rios e poços eram cortados de fios brancos como mármore líquido. Agora as fogueiras do acampamento eram centros de festanças, canções e gargalhadas, histórias incríveis e basófias.

Kurelen achou a viagem de volta tão emocionante como a viagem para o sul. O menino Temujin, de costas fortes, olhos pardos, membros flexíveis e vigorosos, sentava-se já sobre os seus joelhos na plataforma. Ele ria muito e parecia gostar do irmão da mãe.

Houlun reunia-se contente a eles, embora depois tenha começado a se queixar. Ela estava esperando outro bebê, e a primavera havia sido demais para Yesukai, que arranjara mais uma ou duas novas esposas.

O sol aquecia as costas tortas de Kurelen. O menino agitava-se sobre seus joelhos, ou ria com os buquês de flores de fragrância penetrante e não muito agradável, reunidos para ele. Mas, por vezes, passava uma sombra escura pelos olhos pardos da criança, a despeito do sol deslumbrante. E algo da primitiva ferocidade das tundras, montanhas e desertos transparecia nos traços do pequeno.

Havia um lugar no caminho de volta que Kurelen tinha visto muitas vezes. Ele sempre o procurava ansiosamente. Entre os penhascos vermelhos, abismos e baluartes, entre as pirâmides pontiagudas e os templos, de colunas naturais tão vermelhas como sangue, ele finalmente encontrava uma alta colina de granito cor de aço. O perfil da colina contra o céu intensamente azul era o perfil de um gigante adormecido, um gigante que nunca despertava, cuja face estava voltada para cima, eternamente exposta ao vento, aos céus e às tempestades. Havia algo de terrível naquele repouso petrificado e imutável, algo de apavorante, pensava Kurelen. Era como o espírito do deserto, o espírito da morte ou do destino, esperando pelos éons, talvez para nunca despertar, ou despertando a longos intervalos, para pousar os olhos ameaçadores por um terrível momento sobre o mundo, antes de readormecer.

Muitos anos depois, Kurelen pensava nesse destino adormecido quando fitava o rosto de Temujin.

9

A taça rasa da terra estava cheia de púrpura, esvoaçante, profunda e tênue. Estrias de um amarelo intenso tingiam os lados de oeste. Na lua seguinte começaria a migração de inverno. O ar já estava tão frio como uma corrente gelada da montanha. A púrpura da terra mitigava-se e agora o mundo perdia-se em sombras errantes de um laranja-pálido, violeta, azul-fosco e cinza, depois de perder sua qualidade sólida e tornar-se apenas um sonho de caos.

No seu yurt Kurelen aquecia as mãos no fogo de estrume. Os três meninos ao seu lado ainda não estavam satisfeitos. Queriam mais histórias de Bagdá, Samarcande e das cidades de Catai. Mas Jamuga estava extremamente interessado nas narrativas dos estranhos homens de cotas de malhas que Kurelen tinha visto uma vez e que se destinavam a terras ainda mais estranhas. Kasar tinha tendência para duvidar. Ele só acreditava na existência daquilo que ele mesmo provava, cheirava, tocava, ouvia ou via.

– Se tivesses nascido cego, Kasar, chamarias mentirosos àqueles que te falassem do sol – disse Kurelen.

Jamuga replicara em sua voz suave e firme:

– Kasar nunca teria sido tão idiota assim. Se ele nunca tivesse visto o sol, então, para ele, o sol não poderia existir.

Kurelen sorriu. Ele gostava de Jamuga, mas isso não o impedia de zombar do menino. Parte da sua malignidade era devida ao fato de ele ter descoberto havia muito tempo que Jamuga não confiava nele, e até o desprezava um pouco. Os olhos de Jamuga, dizia Kurelen a Temujin, eram incapazes de olhar para os lados.

Mas Temujin ficava impaciente. Ele não era um menino autoritário, mas detestava conversas fúteis. E também detestava a falta de clareza. Isso não significava que ele era um idiota. Ele compreendia a maior parte da conversa abstrusa entre Kurelen e seu anda, Jamuga, mas achava a conversa abstrata uma imbecilidade porque não era acompanhada de ação. Essa sua aversão não se estendia às narrativas heroicas ou às mais originais. Estas traziam em si o aroma e a violência de acontecimentos que tinham sido realizados.

– Conta-nos mais sobre os homens de rostos pálidos e cotas de malhas – disse Kasar, irmão de Temujin, num tom cético.

Kurelen reprimiu um sorriso.

– Eles não tinham rostos tão interessantes quando os encontramos, perdidos nas areias do Gobi! Suas carnes eram da cor de entranhas cruas, com o calor do sol e com os açoites das tempestades de areia e dos ventos. Usavam cotas de malhas de prata, não como as nossas couraças, que são de couro duro laqueado, e suas espadas eram melhores do que as espadas turcas. Seus cavalos já tinham sido mortos e comidos havia muito tempo. Eram mais ou menos em número de cinquenta, embora tenham explicado que muitos tinham morrido durante a longa viagem, inclusive seu chefe, que chamavam de grande príncipe. Nós conseguimos entendê-los, porque alguns do nosso povo eram cristãos nestorianos, e dois deles tinham estado além das montanhas, numa terra longínqua chamada Rússia, onde se reuniam homens de muitas línguas, especialmente nas margens ocidentais. Parecia que eles estavam perdidos e muito distantes do seu caminho. Quando interrogados, declararam que tinham inicialmente saído das suas terras natais muito distantes para os lados de oeste com o propósito de irem para uma terra estranha, onde se empenhariam em combate mortal para libertar a terra daqueles que eles chamavam de "infiéis".

Kurelen acrescentou refletivamente:

– Nós finalmente compreendemos que aqueles "infiéis" eram turcomanos, ou raça afim, que viviam na terra estranha, onde o deus desses homens de rostos pálidos tinha habitado, e onde morrera. Tudo era muito estúpido e confuso. Os homens devem lutar por mulheres, comida e pastos, e talvez, algumas vezes, por coisas belas. É digno que lutem por espaço se se sentem sufocados. Mas por nenhuma dessas razões lutavam aqueles imbecis. Sua língua e atitude eram muito nobres, e muitos de nós ficamos impressionados, embora ao mesmo tempo intrigados e desdenhosamente compassivos. Desde o início, eu duvidei seriamente da história que eles nos contaram. Depois de alimentados e com unguentos sobre as suas carnes queimadas, e depois de absorverem grande quantidade de vinho turco, eles perderam toda sua nobreza muito rapidamente. Começaram a contar lorotas. Contaram-nos a verdadeira razão da sua procura e da sua luta. Queriam encontrar alguém que chamavam Preste João, o Velho da Montanha, um ser fabuloso que vivia numa cidade gigantesca, cujas tendas eram feitas de fazendas de ouro, e que possuía muitos tesouros. Além de tudo, eu consegui perceber através de toda a confusão de suas narrativas que tinham ouvido falar de Catai. As ruas e os templos, contaram-nos eles condescendentemente, eram feitos de ouro, e os portões dos templos e palácios incrustados de turquesas e muitas outras pedras preciosas. Até mesmo os cavalos eram ajaezados de pedras e joias, e as mulheres eram extremamente formosas. Quando falavam dessas coisas, seus olhos cintilavam, lambiam os lábios e coçavam-se.

"Eu disse-lhes: É verdade que em Catai existem muitos tesouros, mas não os que procurais. São tesouros da mente, joias da filosofia, gemas das maneiras finas e do viver encantador. Mas dessas coisas eles nunca tinham ouvido falar, e arregalaram os olhos para mim desdenhosamente, assombrados, como se costuma olhar para um maluco. Era mais do que evidente que eles eram o que o povo de Catai nos chama a nós: bárbaros. Na verdade, eles ainda eram menos civilizados do que nós, pois tentaram pagar nossa hospitalidade com traição e roubo, apesar de todas as suas belas palavras sobre seu deus. E, além do mais, nossas mulheres não estavam seguras com eles por perto. Uma manhã, quando acordamos, descobrimos que eles se tinham ido com os melhores cavalos de nosso pai e duas de minhas irmãs. Nós fomos em perseguição deles e os alcançamos sem maiores dificuldades. Abandonamos seus corpos aos abutres, para que os devorassem até os ossos. Meu pai me disse, pois eu era muito jovem na época: Desconfia daquele que chega com palavras santas, olhos piedosamente erguidos e cantos de boca piedosamente caídos, pois com certeza ele é um ladrão, um mentiroso e um traidor. Então meu pai ordenou que os cristãos nestorianos do nosso povo fossem torturados e mortos, pois eles pareceram ter compreendido algo do que os homens pálidos tinham dito, embora tivessem ficado um tanto intrigados.

Kurelen encheu a boca com um pedaço de carne de carneiro novo que escolhera, e mastigou-o com expressão de prazer, como que satisfeito com os próprios pensamentos.

– Meu pai era um homem sábio. Ele preferia o assassinato à discussão. Eu muitas vezes pensei que ele tivera inveja das espadas e cotas de malha dos cristãos, e que lhe fora grata a traição deles. De outra maneira, teria sido muito difícil para ele encontrar uma maneira de violar as leis da hospitalidade.

Os meninos riram. Jamuga ouvira apaixonadamente.

Kurelen olhou para ele.

– Como tu sabes, Jamuga, tua mãe é esposa de Lotchu, meio-irmão de Yesukai. Ela vem dos naiman, e era uma das suas jovens mais formosas. Mas antes de ela casar com Lotchu, ficou esperando um filho de um desses homens pálidos. Tu eras essa criança. E todavia é estranho: não és tortuoso, untuoso, traidor ou manhoso. Isso prova que o sangue bom pode prevalecer sobre o ruim.

Jamuga sorriu com reserva; era um menino sem senso de humor e desconfiava daqueles que o tinham. Estava certo de que Kurelen estava zombando dele. Mas sentiu-se intimamente orgulhoso. Os sóis ardentes e os ventos do Gobi não conseguiam escurecer-lhe completamente a bonita pele. Seus olhos eram tão azuis como as águas profundas do Lago dos Amaldiçoados, que ele tinha visto uma vez. O azul dos seus olhos nada tinha de feroz ou ardente; era, antes, melancólico, frágil e muito pálido. Embora Temujin, seu anda, tivesse os olhos pardos dos Bourchikoun, e o cabelo da cor do ouro bruto, parecia mais moreno do que Jamuga, cujo cabelo fino era da cor de uma folha de outono. Além do mais, o corpo de Jamuga era mais leve e mais delicado, os olhos maiores e mais redondos em vez de oblíquos, o nariz menor e torto, a boca fina e reservada. Não existia nenhuma ferocidade nele, nenhuma ameaça selvagem e indômita. Quando zangado, ele se sentia tão frio como a morte, e somente a rigidez dos seus traços finos lhe traíam a emoção. Embora corajoso, ele não apreciava a luta, que era o principal divertimento dos jovens mongóis yakka.

Por outro lado, não gostavam muito dele, a não ser os de espírito subserviente, pois ele possuía um temperamento estranho, quase insociável, arredio, arrogante, autoritário, embora às vezes gentil e sensível. Quando os caçadores voltavam com os despojos das suas incursões, ele não se interessava pelas espadas, lanças, cimitarras, caixas de flechas e flechas dos mais variados tamanhos, nem pelos escudos laqueados, ou pelo gado e pelos camelos. Tampouco se interessava pelos sacos de moedas de prata e de ouro. Mas ele era o favorito da mãe e também muito amado pelo padrasto Lotchu, que tinha medo de Jamuga, e este podia sempre obter com lisonjas e afagos tudo o que desejasse dos quinhões dos pais.

No yurt que partilhava com os meio-irmãos, ele tinha uma forte arca chinesa só sua, feita da mais dura madeira negra. Nessa arca ele tinha guardadas léguas de fazendas prateadas, figurinhas de marfim delicadamente entalhadas, manuscritos enrolados pintados com estranhos personagens de rostos pequeninos e bonitos e adoráveis paisagens chinesas, belíssimas taças de prata, punhais com bainhas de marfim incrustadas de prata, pequenos tapetes que cintilavam como joias, e até mesmo fios de turquesas e pérolas e flautas de prata e marfim.

Ninguém ria de Jamuga pela frente, em parte porque Lotchu era um guerreiro feroz, e em parte porque havia algo de misterioso e estranho no próprio Jamuga, que fazia os risos soarem falso. Jamuga aprendera havia muito tempo que as pessoas só riam daquelas que lhes concederam muita familiaridade, e que se uma pessoa se senta ao nosso lado, come conosco regularmente e bebe de nossa taça, ela se considerará igual ou mesmo superior a nós. Jamuga no íntimo não julgava ninguém seu igual ou superior, embora não existisse nenhum desprezo dentro dele, exceto por pessoas como Kurelen, que riam quando o riso não era indicado. Até o fim da vida, Jamuga desconfiou daqueles que riam apenas com os olhos, e especialmente daqueles que riam interiormente, era, também, imensamente egoísta, mas tinha o dom de esconder esse egoísmo dos simples, embora de Kurelen e do xamã, que o detestava, ele não conseguira esconder.

Além do mais, apesar de generoso com uns poucos, especialmente os infelizes, ele era avarento, egocêntrico e dissimulado. Raramente seus olhos se aqueciam com ternura ou qualquer outra emoção humana, a não ser por Temujin (a quem ele não considerava muito inteligente) e pela mãe. Ele suspeitava, e com razão, de que Kurelen compreendia também isso dele, e com a sua aversão pelo coxo, misturava-se uma fria apreensão.

Mas Kurelen gostava dele, porque sabia que Jamuga nunca mentia ou trapaceava, ou era conscientemente cruel, e que a palavra dele, uma vez dada, era ainda mais rígida do que a palavra dos mongóis, se isso era possível. Kurelen sabia que Jamuga punha a honra acima de qualquer crença, e que era valente e inflexível. Kurelen ensinara-o a ler a língua de Catai, e até mesmo o pouco que ele conhecia da língua dos turcomanos, dos habitantes de Badgá e de Samarcande. Ele lhe ensinara filosofia e a religião dos outros homens. Mas nunca conseguira ensinar-lhe aquele delicado rir dos outros, sem brutalidade, com cinismo irônico e alegria ao mesmo tempo. Jamuga, pensava Kurelen com algum pesar, era demasiado egoísta para o humor, pois acima de tudo ele sentia paixão pelo próprio orgulho e profundo amor por si mesmo. Kurelen desconfiava de que era desse orgulho e desse amor que brotava a sua honra áspera, seu ódio pela ferocidade, seu temperamento contemplativo.

Kurelen, que nos últimos anos vivera em relativa amizade com seu velho inimigo, o xamã, disse-lhe uma vez:

– Kokchu, quando tu finalmente te livrares de mim, terás outro com quem conversar: Jamuga. E o outro é muito mais confortável, pois, não tendo a faculdade de rir, não será uma víbora em tuas mãos.

Mas o xamã dera seu sorriso sutil e sombrio e replicara:

– Os homens de espírito que riem são perigosos, mas mais perigosos ainda são os homens de espírito que não riem.

Dera uns tapinhas no peito de Kurelen e continuara:

– Tu e eu, Kurelen, somos dois velhacos, e por isso nos apreciamos um ao outro. Mas esse jovem não é um velhaco, e eu não tenho nenhum amor por ele.

Jamuga, observou Kurelen sorrindo, tampouco tinha amor pelo xamã. Mas Jamuga não condescendia em caçoar do xamã ou em discutir com ele, ou conceder-lhe honras tribais. Simplesmente não tomava conhecimento dele. A mãe de Jamuga era uma mulher simples e muito graciosa, e Kokchu a apreciava havia muito tempo. De outra maneira, Jamuga já podia ter sido encontrado com uma faca nas costas, ou ter sido misteriosamente abandonado aos abutres do deserto. Havia muito tempo já Kokchu reconhecera nele um inimigo mortal.

– Os homens de pensamento – dizia Kurelen – que não têm alegria ou humor, são inimigos inflexíveis de todos os charlatões, enquanto os homens de pensamento e humor toleram-nos e lhes são gratos por suas palhaçadas num mundo enfadonho.

Uma vez ou duas Kurelen desejara que Jamuga gostasse dele – isso porque ele era o anda de Temujin, a quem Kurelen amava de todo o coração, como amava Houlun. De início ele tivera medo de que Jamuga pudesse prejudicar o afeto de Temujin pelo tio, e depois perdera o medo;

Jamuga era incapaz de se intrometer nas lealdades dos outros, mesmo dos seus amigos.

Uma vez Jamuga queixara-se fastidiosamente de algumas crueldades e orgias exageradas dos mongóis yakkas. A sensualidade deles ofendia-o, sua selvageria e desumanidade revoltavam-no. Então, com profunda surpresa para Jamuga, Kurelen dissera-lhe:

– São essas coisas que fazem o nosso povo irresistível, forte e invencível. Os habitantes de cidades, que tu admiras, são fracos. Os templos são lugares para eunucos, e as academias são casas de castração. O homem que se senta nas suas cadeiras e cai em contemplação tem a alma de um escravo, e aquele que escreve em livros e aquele que os lê é um homem sem entranhas.

Enquanto Jamuga estava profundamente interessado no assunto dos cristãos errantes, Temujin estava interessado apenas nas narrativas de Kurelen sobre as imensas riquezas e poder de Catai, sua grandeza decadente, seu cínico declínio, seus generais, ministros, príncipes e imperadores. Ele gostava de ouvir o tio falar das Famílias do Norte e da dinastia natal de Sung de Catai e do trágico caos em que os conflitos internos estavam mergulhando aquele magnífico império. Acima de tudo, como observava Kurelen, o menino absorvia até os menores detalhes em cada narrativa sobre a fraqueza militar de Catai e sobre a força das cidades e aldeias turcas nas vizinhanças do rio Orkhon. Enquanto Temujin ouvia, suas narinas dilatadas abriam-se ainda mais, como que com desprezo, e havia um brilho ardente nos olhos pardos e oblíquos.

Temujin era um menino bonito, embora não tão alto e de envergadura tão impressionante como Bektor, seu odiado meio-irmão, nem tão largo de ombros como Belgutei, irmão de Bektor. Mas Temujin era ágil, veloz como uma raposa, nunca se fatigava e seus passos eram mais ligeiros que os dos outros, seu olhar mais rápido e mais agudo, os gestos mais curtos e mais decididos. Seu rosto era bronzeado pelo sol e pelo vento, e seus ossos malares maiores e mais proeminentes, emoldurados por duas grossas tranças de cabelo vermelho. Tinha boca reta e firme, raramente ria, embora soubesse sorrir de vez em quando, se bem que com certa impaciência. Seus olhos brilhantes, suas narinas dilatadas no nariz proeminente, o rosto moreno e largo e o queixo implacável percebiam o olhar mais casual e guardavam-no. Pois havia uma ferocidade funesta em torno dele, que não tinha nada da inocência primitiva e do animalismo simples. Era antes uma ferocidade absolutamente consciente e tão implacável como a pedra, e tão cruel e impessoal como a morte.

Jamuga podia não considerar Temujin muito sagaz ou inteligente, mas Kurelen sabia que Jamuga não era um bom juiz dos homens. Pessoas como Jamuga passavam suas vidas numa confusa e ressentida perplexidade, porque aqueles sobre os quais tinham feito um juízo, mais tarde não o justificavam. Jamuga, até o fim da sua vida, não chegou a compreender a profundidade de Temujin, e, quando chegou o seu dia de morrer, só pôde morrer em desespero e cansaço, ainda sem compreender. Dentro da sua própria alma existia sempre esse cansaço, essa impotência fatigada, mesmo na juventude, e a energia inquieta de Temujin, sua busca ávida, seu prazer de viver, sua paixão exuberante por tudo, incomodavam-no. Certa vez ele chamou Temujin de bárbaro, e, quando Temujin arregalou os olhos de espanto e soltou uma sonora e longa gargalhada, Jamuga sentiu-se afrontado como por algum insulto aguçado. Quando, já perto do fim da vida, ele adivinhou vagamente o que existia sob a superfície da natureza impaciente de Temujin e de seu comportamento rude e firme, Jamuga ficou tão assombrado, tão arrasado, que se voltou para a morte, como alguém se volta pata o ópio, desprezando-se a si mesmo, cheio de ódio e angústia. Dizia a si mesmo que podia ter sabido se não fosse um idiota, mas o seu próprio egoísmo, a sua própria necessidade de condescender, tornaram-lhe impossível discernir em Temujin aquilo que Kurelen e uns outros poucos tinham discernido desde o início.

Kurelen soubera sempre. Ele tinha tentado fazer a irmã compreender quando ela lhe pedira que ensinasse Temujin a ler e a escrever. Mas ela também era egoísta, e durante muito tempo houve a mais acrimoniosa disputa entre o irmão e a irmã por causa da recusa de Kurelen.

– Tu ensinas a esse Jamuga de lábios pálidos, a esse camelo de rosto branco! – gritava ela colérica. – Mas a meu filho, meu Temujin, não queres ensinar.

E ele replicou-lhe, muitas e muitas vezes:

– Houlun, Temujin não tem necessidade de palavras escritas. Existe nele algo que as palavras deturpariam. Ele é maior do que as palavras, mais poderoso do que imbecilidades escritas. Eu não me atrevo a ensinar-lhe nada.

E ele costumava acrescentar:

– Leva teu filho para trás das muralhas de Catai, para aqueles que fazem de homens, eunucos. E então eu lhe ensinarei.

Kurelen pensava de novo nisso ao observar a combinação violenta de brilho selvagem e sombra no rosto de Temujin quando este ouvia as narrativas do tio sobre a fraqueza, a impotência e o esplendor do poderoso império de Catai. Kurelen disse consigo mesmo ironicamente: Eu sou o único que se lembra das profecias que cercaram o seu batismo, e eu, no fim das contas, sou o único que acredita nelas. Pois, com toda certeza, na sua testa jovem, alta e ampla, nos seus olhos inquietos e ávidos da cor do granito, na sua boca, com o lábio inferior proeminente, em toda a sua expressão, ao mesmo tempo selvagem, feroz e fria, havia algo superior aos outros homens, algo que tornava as almas pequenas intranquilas e medrosas, e que tornava as almas maiores ainda mais intranquilas e receosas. Essa intranquilidade estava sempre presente no rosto de Jamuga quando ele falava ou voltava os olhos na direção do seu querido anda, e tentava escondê-la numa simulação de superioridade ou, às vezes, numa irritabilidade caturra.

Desviando a atenção desses dois, enquanto contava suas histórias, Kurelen encontrava algum alívio em olhar para Kasar, o irmão mais novo de Temujin. Ali estava um espírito absolutamente simples e sem complicações, sem os abismos sinistros do de Temujin e a impertinência insignificante de Jamuga. Pequeno, largo, poderoso e direto, Kasar era um jovem para quem se podia olhar com uma sensação de serenidade, pois não havia nenhuma avidez nele, nenhuma inveja, nenhuma intranquilidade, nenhum apetite além dos normais do corpo-animal, nenhuma busca, nenhuma angústia da mente. Ele amava a mãe e o irmão Temujin. Odiava Bektor, porque Bektor odiava Temujin. Amava Kurelen, porque Kurelen amava Temujin. Ele era inimigo do xamã, porque percebera que o xamã não gostava de Temujin. Tudo era simples assim para esse menino simples e leal. Havia apenas uma tortuosidade em todas as suas emoções, e esta era seu sentimento em relação a Jamuga, que era mais amado por Temujin do que ele mesmo. Por Jamuga, Kasar sentia um ódio tão puro e primitivo como o de um animal. Mas escondia-o profundamente no coração, temeroso de que Temujin o desprezasse se o descobrisse.

Sua face era tão redonda e achatada quanto a lua cheia, e também ligeiramente amarela. Acima da larga prateleira dos seus grandes ossos malares estavam fixados seus olhos negros e oblíquos. Suas narinas eram tão dilatadas, seu nariz tão achatado, que ele tinha certo ar porcino. Sua grande boca era cheia e vermelha e um tanto rabugenta. Esse menino nada original, com um coração de cão, só tinha uma originalidade: cortava o áspero cabelo negro bem rente ao grande crânio redondo.

Jamuga queria saber mais sobre o misterioso continente do oeste, de onde seu pai tinha vindo. Kurelen tinha que espichar muito o que ouvira para aumentar o pouco que tinha visto. Mas ele tinha o dom de separar o verdadeiro do falso e as suas histórias eram surpreendentemente exatas. Além do mais, Jamuga, que não conhecia nada além do deserto e das montanhas do Gobi, tinha a incompreensível faculdade de discernir a falsidade, embora sem experiência. Então, Kurelen, que poderia ter colorido sua narrativa com fantasias para satisfazer Temujin e Kasar, restringia-se apenas àquilo que acreditava ser verdadeiro.

– Jamuga Sechen – disse ele – tu és um buraco na areia, que nunca se enche. As histórias que te contei são tudo o que conheço.

Jamuga sorriu seu sorriso vago e frígido.

– Conta-as de novo, Kurelen. Sabe que eu poderia ouvi-las durante horas e ainda assim permanecer insatisfeito.

Kurelen encolheu os ombros resignado. Temujin franziu de leve as sobrancelhas e então escutou atentamente. Kasar bocejou e procurou no caldeirão de Kurelen algum pedaço esquecido de carne. Enfiou o dedo bem fundo no caldeirão, pegou alguns fragmentos de carne com molho e lambeu os dedos com um prazer simples e desafetado.

Chassa estava ausente com as outras mulheres nessa noite. Kasar levantou-se sobre as pernas curtas e fortes e realimentou o fogo de estrume. Kurelen lançou-lhe um olhar de agradecimento, satisfeito de pousar os olhos nele como um alívio do exigente Jamuga Sechen. Depois de reavivar o fogo, Kasar continuou de pé junto dele, com as pernas bem separadas, as mãos nos quadris e uma expressão de aborrecimento no rosto. O fogo de estrume era como um feixe de luz projetado sobre o corpo de Kasar; e seu círculo estendido terminava logo abaixo dos olhos, que cintilavam como os olhos do lobo das montanhas. Seu longo manto rodado de lã áspera cinzenta era atado na cintura por um cinturão de couro vermelho, no qual estava enfiada uma cimitarra turca recurva e o seu punhal curto. Ele olhava apenas para Temujin, com uma expressão de devoção canina no rosto.

O som do vento nas paredes do yurt era como o de tambores abafados.
Kurelen falava mecanicamente:

– É uma terra estranha para os lados de oeste, a Europa, uma terra de muitas nações e muitos climas, mas mais fértil do que a Ásia Superior, segundo se diz. Existem nela florestas de árvores como nunca vimos, e montanhas tão altas como as nossas e azuis como o crepúsculo, uma olhando por cima do topo da outra e coroadas de neve. Existem estepes como as nossas, quilômetros sem conta delas, e existem rios que nunca terminam, tão verdes como a relva ou dourados. E lagos como mares de prata polida. Existem lugares que são escuros e sinistros, cheios de gigantes de cabelo amarelo e olhos de falcão, homens tão destemidos como águias. Existem nações que são quentes e langorosas, cheias de frutas estranhas e povos que riem. Há muitas cidades espalhadas por essas terras, mas nenhuma tão grande, tão bonita, tão encantadora como as cidades da Ásia. São cidades de pedra cinzenta, lama e madeira podre, imundas além de qualquer imaginação. E aqueles que nelas habitam são tão crus como suas cidades, e igualmente feios e sujos. Eu sei tudo isso de fonte segura. Eles não têm nenhuma civilização, essa gente, e sua estupidez e ignorância comparam-se apenas à sua manha e covardia. Seus templos são reflexos das suas almas – toscos, insólitos e atarracados.

"As cidades – continuava ele – são muito distantes entre si e não existem boas estradas ligando-as, mas apenas desertos espinhosos, florestas negras e rios traiçoeiros. Cada povo luta com o vizinho e as suas batalhas são marcadas pelo ódio mais virulento, pela traição e a violência. Não existe nenhuma generosidade entre eles, nenhuma honra, nenhuma lealdade, nenhuma amizade. Os turcomanos desdenhavam-lhes a crueza e violência. Não faça esse ar incrédulo, Jamuga Sechen, eu sei que tudo isso é verdade. A maior parte deles é seguidora do cristianismo, que deve ser na verdade um credo perigoso, se gera tais monstros. Quanto às mulheres, dizem que têm as pernas tortas e os dentes podres, e têm um fedor absolutamente insuportável."

Os meninos riram. Kasar, de pé, debruçado sobre o fogo, mostrou os dentes úmidos e brancos.

– Eles não têm nem música, nem cultura, nem homens de saber, nem filosofias, nem academias de qualquer espécie – continuava sempre Kurelen. – O mais ínfimo escravo das ruas de Catai cuspiria desdenhosamente para eles. Suas poesias são basófias de crianças pusilânimes, e suas canções um arranhar áspero de menestréis vagabundos. Seus reis não se podem comparar aos sultões da Pérsia, Bocara, Kunduz, Balkh e Samarcande, pois são como ursos que vagueiam sobre as pernas traseiras e rugem profundamente. Diante dos servos do Islã, diante do imã e do seide da Pérsia, os sacerdotes desses cristãos são palhaços sujos e tartamudeantes, sem qualquer saber ou conhecimento. Eles têm tido petulância, segundo eu soube, de enviar alguns dos seus sacerdotes às esplêndidas cortes de Catai, onde o imperador, um homem imbecil que acreditava na gentileza e na tolerância, os recebia com a cortesia de um idiota. E lá eles sentavam-se, esses bárbaros, com seus mantos de algodão e lã com cintos de corda, os pés sujos calçados de sandálias de couro, as barbas e cabelos abundantes de piolhos, um cheiro tão nauseabundo como o das aves de carniça, e olhavam em torno de si arrogantemente, condescendentemente, para as senhoras e senhores bem-nascidos da corte do imperador, espalhando seus bichos pelos ricos tapetes, estendendo os corpos asquerosos em canapés de seda e fazendas de ouro, enfiando os dedos sujos nas tigelas de porcelana. Na verdade, o imperador era mesmo um idiota. Mas também já me disseram como esses sacerdotes traíram o imperador.

– Eu nunca vi esses homens das terras estranhas – disse Temujin – mas desprezo-os.

Kasar bocejou. Levantou a aba do yurt e espreitou para fora.

– Chepe Noyon e Bektor estão lutando – disse ele animadamente. – Bektor não obedece às regras. Está tentando atingir Chepe Noyon na barriga com o pé.

Temujin ficou de pé num rápido desenrolar das pernas. Espreitou por cima do ombro de Kasar e gritou:

– Ó desgraçado! É isso mesmo, Kasar. Vamos até lá ensinar a Bektor a primeira regra das boas maneiras.

Os dois meninos saltaram para fora da tenda, deixando Jamuga e Kurelen sozinhos. Kurelen enxugou as mãos e observou que não tinha mais nada para contar. Jamuga fitou-o sério, e a sua desconfiança e aversão por Kurelen tornou-lhe os olhos frios e reservados.

– Há apenas mais uma coisa, Kurelen, que desejo saber. Qual era mesmo o nome ou o ramo daqueles homens dos quais meu pai era irmão?

Kurelen reprimiu um sorriso.

– Eles se davam o nome de cruzados ou libertadores. Queriam trazer para a Ásia, segundo diziam, a dignificante beleza do seu credo, a suavidade civilizadora do seu deus. Eles não trouxeram nada, mas não voltaram de mãos vazias. Levaram a doença dos sarracenos para as esposas e para as camas de todas as suas mulheres.

10

Chepe Noyon, um meigo e valente, mas ardente, jovem de temperamento apaixonado e emoções volúveis, era muito querido por Temujin, que via nele um irmão mais novo. Era um tanto pequeno, delicado, magro, mas vigoroso de corpo, e tinha o rosto brilhante de uma criança, com a boca sorridente e os olhos brincalhões. Era conhecido pelo seu senso de humor, sua alegria e seu amor pelas mulheres. Temujin jurava frequentemente que Chepe Noyon compreendia a linguagem dos cavalos, pois bastava que ele se aproximasse deles para que relinchassem para ele animadamente, com os olhos cintilando e revirando. Aparentemente ele não lhes dava nenhuma ordem audível, embora fosse obedecido imediatamente, e moviam-se como parte do seu pequeno corpo.

Por causa do seu senso de humor, que podia ser tão agudo como uma lasca de gelo de cristal, ele não era o favorito de todos da sua tribo, e especialmente não o era do ciumento Jamuga, que só o tolerava por causa de Temujin, mas desconfiava dele por causa dos seus risos e da sua língua. Mas Chepe Noyon era admirado por todos os homens por sua prodigiosa coragem, espantosa num corpo tão delgado e feminino, por sua pontaria infalível com o arco, e sua ferocidade desenfreada numa batalha ou numa incursão. Embora ainda muito jovem, ele podia assombrar os velhos por sua astúcia e conhecimentos. Era amado pelas mulheres, pois condescendia em tomar conhecimento delas e lisonjeá-las. E tinha a garantia de lhe serem reservados os melhores bocados nos caldeirões por sua mãe, irmãs e amigas.

Bektor, meio-irmão de Temujin, odiava Chepe Noyon, como odiava a todos que amassem Temujin e fossem amados por ele. Ele era um jovem forte, quadrado, de rosto bem moreno, sobrancelhas proeminentes, malares triangulares e lábios grossos e emburrados.

Embora fosse um fanfarrão, não era covarde. Seu corpo moreno era o corpo de um lutador e de um guerreiro, e havia em toda a sua pessoa um esplendor primitivo que fascinava até mesmo seus inimigos, que não eram em pequeno número. Não havia ninguém que ele amasse, com exceção do irmão mais novo, Belgutei, o qual às vezes demonstrava uma desconcertante admiração por Temujin e desejo da sua companhia. Ninguém percebia o patético do amor de Bektor por Belgutei, e a taciturna ansiedade que ele demonstrava pela afeição indiferente de Belgutei. Sombrio, de poucas palavras, irritadiço, formidável de rosto e expressão, esplêndido e destemido, seu coração era cheio de amargura e ódio, especialmente por Temujin. Era ele, pensava Bektor, que devia ter sido o primogênito de seu pai, Yesukai, e não esse de olhos pardos, de cabelos vermelhos, filho de Houlun, que zombava dele a cada encontro. Pois cada um dos dois sabia o que ia no coração do outro, e sabia que adversário tinha.

Bektor não tinha amigos. Nem mesmo Belgutei era seu verdadeiro amigo, pois Belgutei não gostava de coisas sombrias e sinistras, e preferia a alegria dos que cercavam Temujin. Mas Belgutei era um jovem afável, generoso, amável e acomodado, e nunca para ser levado muito a sério. Era muito egoísta. Permaneceria devotado e leal a um líder e a um vencedor, e sacrificaria mesmo sua vida por tal homem. Mas se esse líder ou vencedor fosse derrotado, Belgutei seria dos primeiros a ajudar na sua destruição. Embora ele ainda fosse um menino, já especulava ponderadamente sobre os méritos do irmão Bektor e do meio-irmão Temujin, e perguntava-se a quem dedicaria por fim a sua lealdade. Enquanto isso, era amigo de ambos e muito querido por Temujin.

Quando Temujin e Kasar correram para a fogueira central, compreenderam, pelas grandes gargalhadas dos velhos e dos guerreiros que assistiam, que Chepe Noyon estivera atormentando Bektor com a sua falta de popularidade entre as mulheres da tribo, e lhe dera alguns conselhos obscenos. Bektor, admitiam os espectadores satisfeitos, tinha aguentado nobremente as chacotas, até que por fim sua pouca paciência se esgotara e ele atacara Chepe Noyon, que era muito inferior a ele em peso e destreza.

Os mongóis não aceitavam a ideia de que um mais forte atacasse um mais fraco, e houve um murmúrio de descontentamento. Mas logo em seguida esse murmúrio cessou e gritaram de prazer, pois Chepe Noyon, recuperando-se do primeiro assalto, devolvera os golpes de Bektor corajosamente, lutando como uma pequena raposa contra as arremetidas de um lobo. Bektor ficou desconcertado. Somente o xamã percebeu que ele estava moderando os golpes, e era apenas a sua raiva que lhe dava um aspecto tão formidável. Finalmente, para acabar com um combate que ele sabia que seria desigual se se soltasse, Bektor levantou o pé e enfiou-o na barriga de Chepe Noyon. Fora este gesto que Kasar vira e que lhe despertara a grande indignação.

Quando ele e Temujin chegaram, Bektor, na pressa de acabar com a luta, da qual já se envergonhava, agarrara Chepe Noyon pela cintura e encurvava-o para trás. As costas do pequeno já começavam a estalar. Uma expressão de dor retorcia-lhe o rosto feminino mas sem medo: havia uma intensa expressão de concentração nos seus olhos atormentados, como se apenas a sua vontade resistisse à morte. Ele enfiara os polegares nas narinas de Bektor, e fios de sangue cintilavam à luz do fogo escorrendo pelos lábios e o queixo de Bektor.

Temujin, depois lançar um rápido olhar, deu um grande grito e saltou sobre o meio-irmão. Puxou os braços de Bektor e Chepe Noyon caiu como uma trouxa a seus pés. Alguém arrastou o semiconsciente rapaz para longe do fogo. Um silêncio absoluto caiu sobre a plateia de velhos e guerreiros. Yesukai fixou os olhos severamente sobre os dois filhos e mordeu os lábios. Por trás da fileira de cabeças de homens apareceram rostos de mulheres e crianças, com a boca e os olhos escancarados.

Houlun estava lá e ao lado dela estava a mulher karait, a mãe de Bektor. Entre as duas mulheres existia a mais venenosa inimizade, e quando seus olhos caíram sobre os dois rapazes que se encaravam como duas estátuas coloridas e bárbaras, inclinadas para a frente a partir dos quadris, com os dentes fulgurando, as narinas dilatadas, os punhos cerrados, cada uma das duas susteve a respiração e rezou ao seu espírito particular para que ajudasse o respectivo filho. Ninguém percebeu que Kurelen se aproximava coxeando, nem Jamuga, silencioso e imóvel, com o rosto pálido, mais pálido ainda enquanto observava.

Os olhos negros, sombrios e ferozes fitavam selvagemente os ferozes e dilatados olhos pardos. Um podia sentir o hálito quente do outro. A luz do fogo emprestava-lhes um aspecto violento e animalesco. O rosto retorcido de Bektor, cheio de ódio e raiva, era escuro como a noite, e seus lábios distendiam-se, mostrando os dentes num rosnar silencioso. O rosto de Temujin era da cor do chumbo chinês, e seus olhos cor de prata emitiam o clarão de um relâmpago.

Kurelen observou que ali estava a beleza primitiva na sua perfeição. Os dois rapazes eram altos, embora Bektor fosse mais encorpado e mais largo do que Temujin. Mas Temujin era mais ágil e rápido. Estavam bem à altura um do outro, e entre eles havia um ódio que era tão puro como o ódio de um animal por outro, livre de sutilezas e traição.

Um encarava o outro, esperando que o outro fizesse o primeiro movimento, e nenhum dos dois se mexia ou falava. Cada um dos guerreiros franzia as sobrancelhas impaciente, na expectativa. Cada narina encolhia-se numa ardente inspiração. Não havia nenhum som além do crepitar do fogo alto e resplandescente. Logo ficou evidente que Bektor não vibraria o primeiro golpe.

Então, quase que depressa demais para ser seguido pelo olhar, Temujin saltou sobre o inimigo. Agarrou-o pela cintura. Tencionava arremessá-lo ao fogo. Uma fúria como uma tempestade negra redemoinhava dentro dele. Chepe Noyon já estava esquecido. O ódio que fermentava dentro dele havia anos expandiu-se no seu coração, e derramou-lhe o seu veneno no cérebro. Havia nele uma exultação, um apetite apaixonado de matar.

Depois da primeira arremetida, os dois ficaram imóveis, presos nos braços um do outro, os pés afundados na terra cascalhosa, os músculos crescendo por toda a extensão dos corpos. Um rosto colava-se ao outro, e cada um podia ver a pupila brilhante do outro nadando na íris cintilante, via-lhe os dentes úmidos e sentia-lhe o hálito queimante. Enquanto se fitavam assim, ambos sentiram que nada mais existia no mundo além desse combate e que somente eles estavam vivos em todo o universo morto. Esqueceram quem eram e onde estavam. Eram apenas duas forças dos elementos no meio de um caos estático. Sentiam apenas um apetite, um desejo: matar.

Mas os dois equiparavam-se de tal maneira que ficaram imóveis como pedra. Mas ninguém se iludia, todos sabiam que ali havia uma luta gigantesca. Viam os rostos dos dois rapazes aos poucos se tornarem purpúreos pelo esforço. Viam-lhes as veias que saltavam na testa e no pescoço. Viram o fulgor aos poucos se tornar chamejante nos olhos que nada viam além dos olhos do outro. Viram-lhes as unhas ficarem tão brancas como giz e os pés nas sandálias arqueados e fletidos.

Kurelen pensava: Eles deviam ser reproduzidos em porcelana, nas cores vermelho-cru, preto, branco e amarelo, com a luz escarlate do fogo marcando-lhes os contornos e enchendo cada ruga da pele e dos mantos cinzentos. Mas não, não em porcelana, polida e delicada, mas em pedra lisa, fincada no deserto, cercada de colinas róseas e areia da cor do osso.

Os guerreiros de repente soltaram um grito. Temujin envolvera as coxas do irmão com a perna. E corpo foi apertado contra corpo, e se fundiram. Então, muito lentamente, com audível estalar de ossos, Bektor foi inclinado para trás, e sua inclinação era seguida pela inclinação do corpo de Temujin. Aos poucos, quase imperceptivelmente, a espinha de Bektor se curvou. Entretanto, nem por um instante os olhos ferozes de um se desviavam dos olhos ferozes do outro. Mas Temujin começara a sorrir como um lobo.

Logo depois, com um gemido, Bektor sucumbiu. Ficou mole nos braços do irmão. Espuma brotou-lhe nos lábios. Seus olhos viraram para cima, mostrando as córneas estriadas de vermelho – tinham-se tornado vidrados, como os olhos de um morto. Mas Temujin continuava a dobrá-lo para trás. Um momento mais e ele quebraria a espinha de Bektor.

De repente ouviu-se um grito fino e penetrante. A mãe de Bektor abriu caminho através da multidão de guerreiros com uma força sobrenatural. Ela atirou-se sobre Temujin, fincou-lhe os dentes no pescoço e pendurou-se nele como uma doninha na garganta de um lobo. Ela não emitiu mais nenhum som depois do primeiro grito angustiado, mas seus dentes cravavam-se cada vez mais profundamente, sua cabeça entre a de Temujin e a do filho desmaiado, com o rosto contorcido escondido pelo longo cabelo.

Temujin, espantado com o ataque, sentiu uma dor lancinante na garganta. Viu o seu sangue correr através dos dentes assassinos da mulher, que parecia ter-se tornado parte dele, um vampiro que não mais o largaria. Ele vacilou e seus braços ficaram fracos como água. Ouviu um baque fraco e sentiu um peso sobre os pés, quando Bektor caiu sobre eles. Agora ele só tinha consciência dessa coisa abominável, que o enchia mais de horror do que de medo. Seu coração batia com repugnância. Sentia que a qualquer momento vomitaria. Sacudia a cabeça de um lado para o outro, cambaleando feito bêbado. Mas a mulher continuava pendurada, como se concentrasse toda a sua vida nos dentes. Ele dava-lhe safanões, feria-a, apertava-a, já sem conseguir respirar, mas ela não o largava.

Vagamente ele ouviu um grito, seguido de outros, e então berros de prazer exaltado. A escuridão caiu-lhe sobre os olhos, e ele sentiu que escorregava pela encosta de uma montanha escura para dentro da escuridão. Tinha consciência de uma dor ardente no pescoço e uma sensação de intenso asco e vergonha. Então, os gritos e os berros de gargalhadas arrebatadas aumentaram-lhe ainda mais nos ouvidos. Ele abriu os olhos frouxamente.

Estava deitado de costas, com a cabeça quase no fogo. Mas ninguém mais olhava para ele. Vaiando, empurrando-se uns aos outros de prazer e alegria desenfreada, balançando-se sobre os quadris, os guerreiros contemplavam uma luta louca, que arranhava, rasgava, guinchava e se debatia, entre Houlun e a mulher karait. Elas rolavam pelo chão para todos os lados, espalhando o fogo, os pés batendo nos rostos dos pobres guerreiros que choravam de tanto rir, e seus corpos rapidamente iam-se desnudando. Agora uma perna nua aparecia por entre a confusão dos corpos enlaçados. Depois era um peito nu que se expunha, e ainda uma coxa, e finalmente umas costas. Elas tinham agarrado os cabelos longos e emaranhados da outra, e seus dentes abocanhavam. Emitiam rugidos de ursas, e se mordiam, enfiando as presas nos ombros nus, na garganta ou no braço. Uivavam como lobas. Houlun punha-se de joelhos, batendo e arranhando, depois era a mulher karait que ficava por cima. Seus rostos contorcidos tinham perdido qualquer semelhança com fisionomias humanas, e sangue escorria por eles. Seus olhos estavam inchados e negros. Uma luta que anunciara a morte terminava num espetáculo.

Finalmente as duas ficaram completamente nuas, peito esmagado contra peito, cobertos apenas intermitentemente pelos cabelos desordenados. Pernas envolviam pernas, braços como cobras esmagavam braços. Suas respirações roucas assobiavam-lhes nas gargantas. Suas expressões eram de loucas.

Os guerreiros rolavam sem forças pelo chão, ofegantes de riso, resfolegando como velhos. Temujin sentou-se, sacudindo a cabeça para apagar os clarões de luz vermelha que lhe atravessavam os olhos. Bektor fora arrastado para longe do lugar da briga das duas mulheres. E então, quando Temujin viu sua mãe naquele estado, nua e coberta de sangue, com o rosto quase irreconhecível, sentiu a mais profunda vergonha e degradação. Rebentou em lágrimas.

Ouviu gritos renovados. Yesukai interviera na briga, brandindo um chicote de camelo. Ficou de pé junto das duas mulheres que rolavam, açoitando indiscriminadamente. Seu chicote cortava, arrancando sangue da carne nua das duas e abrindo sulcos vermelhos; colhia mechas dos cabelos emaranhados e arrancava-os do couro cabeludo. Elas rolaram, afastando-se uma da outra, tentando proteger os corpos com as mãos, encolhendo as pernas. Suas nádegas encolhiam-se sob os golpes, envolviam os braços em torno dos seios delicados, e escondiam a cabeça entre os ombros.

Temujin, chorando, fechou os olhos. Sentiu que o carregavam para longe dali. Quando ele reabriu os olhos, estava no yurt de Kurelen. O coxo estava exausto de tanto rir. Mas Jamuga, com o rosto pálido de repulsa, lavava gravemente o rosto do seu anda com água fria e limpava-lhe o sangue coagulado da garganta.

– A loba te mordeu – disse ele baixinho.

Temujin ergueu a voz em lamentações pela desonra da mãe. Kurelen sacudiu a cabeça, rindo profundamente dentro do peito.

– Nunca lamentes nada que tenha sido motivo de risos, Temujin – replicou ele.

Mas Jamuga fitou-o severamente, com aversão.

– Estás errado, Kurelen. Há ocasiões em que o riso é mais amargo do que a morte, e menos suportável.

11

Bektor chorou também, ao saber da desonra da mãe.

– Nunca mais erguerei o rosto e olharei diretamente nos olhos de alguém, sabendo que foi minha mãe, uma fraca mulher, que me salvou da morte – lamentou-se ele.

Ele não quis ver a mãe, apesar de estar todo machucado, quebrado e dilacerado, e ela ficou do lado de fora do yurt ocupado por ele e pelo irmão Belgutei, esperando humildemente para falar-lhe. Ele não podia perdoá-la, e só permitiu ao xamã, que era o seu conselheiro mais velho e amigo, e ao irmão que cuidassem dele. Quando seu pai, Yesukai, entrou no yurt e o repreendeu duramente em termos vagos, ele escondeu o rosto de vergonha. Mesmo quando Yesukai lhe deu selvagemente um pontapé, não ofereceu nenhuma resistência. Ele compreendeu que o chefe tinha sido desonrado também, e não conhecia outra maneira de vingar-se.

Yesukai dizia que se sentia ultrajado, quando seus filhos se atacavam uns aos outros. Mas Bektor sabia que ele não teria ficado tão aflito se um dos filhos tivesse matado o inimigo. O mongol aceitava a dor com muita simplicidade – era um dos aspectos da vida. Mas nunca aceitava a desonra. Seus filhos, gritava ele, deviam ter sido enobrecidos pela morte, ao passo que vivos só eram motivos de risos até para os mais insignificantes dos guardadores de gado e escravos.

Bektor aceitou a descompostura e o pontapé com humildade, adivinhando a verdade nas palavras do pai. Ele beijou os pés de Yesukai num acesso de arrependimento e pesar. Melhor mesmo seria ter morrido e ser esquecido, do que viver e ser lembrado com zombarias e ridicularizado, declarou.

Yesukai ouviu-o sombriamente. Então disse:

– Dia virá em que isso terá que ser resolvido com sangue e morte. Prepara-te para esse dia, Bektor.

A Temujin, em quem também deu um pontapé e repreendeu, ele disse o mesmo. E logo correu o boato por todo o ordu que Yesukai tinha ordenado aos filhos que se empenhassem num combate de morte para a salvaguarda da sua honra. Mas deviam esperar até que o tempo lhes desse força e suficiente dignidade.

Enquanto isso, o xamã tentava consolar Bektor:

– Temujin é mais velho do que tu quase um ano – disse ao seu favorito, que estava nas suas boas graças em parte por uma afeição genuína, e em parte por causa do próprio ódio de Kokchu a Temujin. – E ele usa de astúcia, enquanto tu tens apenas força.

– Mas ele lutou muito bem! – exclamou Bektor abruptamente.

O xamã trocou um olhar de desprezo com o dócil Belgutei, que sorria furtivamente. Esses dois compreendiam-se um ao outro com incrível perspicácia.

– Sabe, Bektor, que um combate tem de ser vencido a qualquer custo. Tu mesmo já me disseste antes que uma vitória não será uma verdadeira vitória se for maculada por manhas ou traição. Isso é crença de um idiota. Um vitorioso, como quer que obtenha sua vitória, será sempre justificado pelos seus seguidores e pelo tempo. É somente o vencido, no fim das contas, que é julgado um velhaco.

Bektor olhou-o com certo medo, desconfiança e indecisão. Mas ele era essencialmente de natureza simples. E tinha também a humildade dessa natureza e a crença na superioridade de quem quer que tivesse uma língua sutil e desembaraçada. Ele mordiscou os lábios intumescidos e franziu as sobrancelhas. Com toda certeza devia estar errado e o xamã, certo. Entretanto, não conseguia deixar de se sentir intranquilo.

Ele disse:

– Talvez eu pudesse tocaiá-lo e enfiar-lhe uma faca nas costas quando ele não estivesse esperando.

– É verdade – concordou o xamã, franzindo a testa meditativamente. – Mas isso te traria pouca honra. A astúcia deve ser tão habilidosamente disfarçada que pareça valor. Deixa-me julgar por ti e aconselhar-te, Bektor. A idiotice dos idiotas, embora desprezados, deve ser levada em conta.

Bektor, na sua simplicidade, consentiu. Mas ainda estava intranquilo.

Quando o xamã se foi, depois de besuntar as costas de Bektor com um unguento mágico para lhe aliviar a dor dos músculos e ligamentos rompidos, Belgutei começou a rir. Bektor observou-o por um momento, e então, com o rosto cada vez mais carmesim, fez força para soerguer-se na cama e jogou uma bacia em cima do irmão. Belgutei desviou-se do projétil e renovou o riso.

– Estás tão sério! – gritou ele. – Foi uma luta corajosa, até que as mulheres apareceram. Entretanto, estou contente de que elas tenham interferido. De outra maneira eu teria perdido meu irmão.

Bektor fez uma careta. Mas tinha sido tocado pateticamente por essas palavras afetuosas. Finalmente sorriu e disse, num tom quase conciliador:

– Tu me preferes a Temujin, Belgutei?

Sem nenhuma hesitação, o astuto rapaz replicou:

– Tu és meu irmão. És tu que deves ser o Khan, quando nosso pai morrer, e não Temujin. Tens apenas que fazer o que o xamã quiser que tu faças.

– Tu confias nele?

Belgutei arregalou os olhos. Sorriu levemente.

– Eu não confio em ninguém, Bektor, nem mesmo em ti. Tu és demasiado simplório, mas os outros são demasiado traiçoeiros. Confia no xamã até o ponto em que os fatos sirvam aos próprios interesses dele. Além daí, não confies em ninguém.

Um sentimento de indizível tristeza se apoderou de Bektor. A despeito de sua aparência morena e descomunal, ele parecia magoado. Era o homem simples, triste pelo fato de outros homens poderem ser tortuosos e traidores, e invejando-os um tanto no fundo do coração por sua capacidade de enganar.

Depois de deixar Bektor, o xamã foi até o yurt de Temujin. Kurelen, que já estava ficando aborrecido com as lamentações do sobrinho e com a melancolia e mortificação de Jamuga, acolheu o xamã com prazer, embora o fitasse penetrantemente, pois sabia da sua predileção por Bektor.

– Ah, agora, Kokchu, tu podes dar a estes meninos feminis alguma força. Eles lamuriam-se como meninas.

O xamã franziu os lábios e, sem replicar, examinou as feridas de Temujin.

– A mordida de uma mulher é como a mordida de um cachorro – comentou ele. – Há veneno na sua baba.

Kurelen fez uma careta irônica. Apertou os olhos. Não estava gostando da expressão séria no rosto do antigo inimigo, que ele sabia ser hipocrisia. Kokchu passou as mãos longas, morenas e flexíveis como serpentes sobre a garganta de Temujin e murmurou um encantamento. Kurelen começou a sorrir. Jamuga observava tudo com reserva, com um pano ensanguentado na mão.

Depois de praticar seus encantamentos, o xamã olhou para Temujin severamente.

– Não é bom que parentes briguem – disse ele. – Vim da companhia de Bektor e ele está devidamente envergonhado. Eu disse a ele: Sabe que cada homem precisa de cada amigo e de cada irmão, pois este é um mundo ameaçador, sem piedade ou esperança para o vencido. Apaga a tua briga com teu irmão, Temujin. É um dia mau aquele em que corre o sangue de parentes.

Kurelen ergueu as sobrancelhas a essas palavras moralistas. Mas Kokchu, sem um olhar para ele ou para Jamuga, saiu com um passo imponente do yurt, cada movimento do seu corpo demonstrando sua reprovação e indignação. Depois que ele saiu, Kurelen trocou um olhar com Jamuga, que estava pálido de raiva.

– Quando uma serpente fala de amor fraternal, é hora de os homens honestos fugirem – observou.

Temujin não disse nada. Seu rosto parecia uma máscara de taciturnidade. Mas Jamuga replicou vivamente:

– É verdade, Kurelen. Se Bektor tivesse matado Temujin, o xamã não se empenharia nessa bela conversa de sangue de irmãos. Kokchu é ambicioso.

Kurelen acenou que sim com a cabeça.

– Que os homens tenham cuidado quando um indivíduo de grande cobiça aparece entre eles, mas que os homens se armem quando um sacerdote ambiciona o poder.

12

Temujin e seus amigos, Jamuga Sechen, Chepe Noyon e Subodai, e seu irmão Kasar, voltaram para o ordu ao entardecer, exultantes. Temujin adorava garanhões brancos e seu pai lhe dera um numa ocasião em que estava satisfeito com ele. O jovem topara com um grande urso inesperadamente e matara-o com seu punhal curto – um feito prodigioso. O garanhão branco dava sorte. Dali em diante, Temujin não cavalgaria nenhuma outra raça de cavalo. Mas Jamuga Sechen preferia os cavalos negros, pequenos, velozes e compactos, com sua elegância limitada. Chepe Noyon gostava de cavalos alegres, que cabriolavam com entusiasmo. Sua montaria era uma égua nova mosqueada de olhos inteligentes e maliciosos e cauda arqueada. Subodai, a quem Kurelen chamava a verdadeira destilação da virtude, cavalgava uma égua cinzenta, que deslizava como uma sombra espectral, quase invisível, por entre os rebanhos e os grupos de pessoas.

O ordu de Yesukai havia alcançado as pastagens de inverno. As estepes cinza-esverdeadas eram orladas ao entardecer de gotas cinzentas de cristal congelado. Além desse mar fosco de relva alta e sussurrante havia massas de colinas violeta distantes e flutuantes, cortadas de um rosa fantasmagórico. Mas o oeste era um lago de escarlate sombrio e selvagem, e as figuras dos cinco jovens cavaleiros avultavam contra ele, negras, nítidas, sem fisionomia, galopando velozmente e gritando através da relva que se curvava.

A caçada havia sido boa nesse dia. Cada um dos rapazes montava o seu cavalo como se fosse parte dele, eretos, com as costas jovens oscilando ligeiramente com o movimento do animal, as pernas fortes e rijas retesadas contra os estribos. Seus chapéus altos e pontudos cortavam o crepúsculo como negros punhais. Suas túnicas de feltro estavam apertadas nas cinturas estreitas e sólidas. Levavam as aljavas às costas. Mas embora sem fisionomia e sem cores, Kurelen conhecia a silhueta de cada um dos rapazes contra o céu flamejante. Lá estava Temujin, mais alto que os outros, no seu cavalo também mais alto, cavalgando com um orgulho tranquilo e selvagem, como um cavaleiro que descesse dos céus de algum outro mundo misterioso. Em volta dele, cavalgavam seus amigos, jovens paladinos de um rei, cheios de uma espécie de dignidade selvagem, esplendor na pose de suas cabeças e nos ombros eretos.

Kurelen refletiu que Temujin tinha o dom de inspirar devoção em homens bons, valentes e valorosos, e muitas vezes em homens mais nobres do que ele mesmo. Entre os que o amavam sinceramente, não havia nenhum de caráter falho e malicioso, nenhum que o seguisse apenas para proveito próprio. Kurelen ficava assombrado com isso, pois Temujin era um rapaz sombrio e furioso às vezes, violento, duro e implacável, inflexível, e muitas vezes inexorável. Ele tinha pouca paciência para as pequenas coisas, e podia ser extremamente brutal e exigente. E, contudo, existia nele o melhor da generosidade e audácia mongóis, e a sua palavra, uma vez dada a um amigo, nunca seria quebrada. Ele era honesto com aquela honestidade mongol, simples e primitiva. Se às vezes chegava a ser sutil, nunca o era com aquela sutileza de Jamuga, mas com profunda e inocente sutileza, que era ainda mais profunda do que a dos outros. Com o tempo, Temujin seria um homem sábio e feroz, magnífico, dotado de uma dignidade heroica e primitiva.

Mas não era tudo isso que inspirava a devoção dos seus amigos. Era algo que existia no seu olhar pardo, firme como o da águia, algo no seu perfil altaneiro, com o seu ar modorrento de poder terrível e força infinita. Era um jovem moldado pelos misteriosos agentes de poder sobrenatural para ser um rei entre os homens, um instrumento feito pelos deuses para alguma esplêndida e espantosa empresa digna dos próprios deuses. E os amigos de Temujin sabiam disso inconscientemente.

Temujin podia inspirar devoção em homens como Kasar, infantil e irrefletido, como a grande maioria da humanidade. Podia inspirar amor em homens como Jamuga, que amava a filosofia, a sabedoria e o pensamento. Podia atrair a afeição de homens como Chepe Noyon, aventureiros alegres, corajosos, risonhos, impetuosos e irresistíveis. E, mais estranho que tudo, esse jovem Temujin, sem verdadeiras virtudes, podia conquistar a adesão apaixonada de homens como Subodai, silencioso, meditativo, bravo, devotado e altivo. Na verdade, ele era um Khan em embrião de todos os homens, e para sua bandeira de rabo de boi, o símbolo do clã, acorria toda espécie de temperamentos, inclusive gente como Belgutei, que seguia o vencedor para compartilhar os despojos.

Kurelen observava muitas vezes que na presença de virtudes imaculadas, como a de Subodai, as pessoas ficavam intimidadas e inquietas, ou inspiradas por um amor altruísta, ou convulsas de malignidade e ódio implacáveis. Subodai tinha o rosto e o corpo de um jovem deus, belo, sereno, meditativo. Seu sorriso era um clarão, seu olhar um raio de luz. Sua voz era mansa e doce. Nunca se soube de nenhuma crueldade ou traição sua. E todavia ninguém era mais corajoso do que ele, ninguém mais destemido, ninguém mais ligeiro com a espada ou mais elegante a cavalo. Às vezes Kurelen desconfiava de que ele era mais profundo que Jamuga, com seus lábios pálidos e mordazes e os olhos penetrantes e ciumentos. Subodai falava com muita simplicidade, de modo que o homem mais estúpido podia compreendê-lo. Seus inimigos eram mais venenosos que os inimigos de Temujin, e os que o amavam amavam-no ainda mais profundamente do que os que amavam o jovem filho do Khan. Kurelen tinha-o ensinado a ler. Jamuga, durante as lições, era desinibido e lúcido nos seus comentários, mas Subodai ouvia em silêncio, com os olhos azul-escuros imóveis, fixos radiosamente nos lábios de Kurelen, e o rosto de cor bronze, pálido e polido. Até o fim da sua vida, ninguém soube nunca o que ele pensava, nem mesmo Kurelen, que só podia tentar adivinhar. O xamã odiava-o mais do que a Jamuga Sechen, que muitas vezes podia ser seduzido por uma frase inteligente.

Subodai entendia mais de cavalos do que Chepe Noyon, que lhes entendia a linguagem. Quando ele montava a sua égua cinza-escura, com a luz da manhã refletida no rosto, parecia a muitos um espírito formoso e majestoso que comunicava seu pensamento à sua montaria por um simples sopro, suspiro ou toque. Ele era um gênio para organizar uma cavalaria poderosa, e, embora fosse ainda muito jovem, Yesukai já o indicara como o mestre dos cavaleiros mais jovens, o que deixara Chepe Noyon bastante ressentido. Mas ninguém, nem mesmo os mais ambiciosos, podiam ficar ressentidos por muito tempo com esse cavalheiresco jovem, que não ofendia ninguém a não ser com o próprio resplendor da sua natureza e da sua alma e a beleza da sua figura.

Kasar tinha ciúmes dele, assim como Jamuga Sechen, pois parecia-lhes às vezes que Temujin o amava mais do que a eles. Mas outras vezes Temujin ficava inquieto com Subodai, parecia impaciente, e evitava-o. Esses eram momentos, comentava Kurelen, em que as ações de Temujin não podiam manifestamente suportar a luz do dia.

No mais, Subodai era um flautista maravilhoso, e quando ele tocava, muitos achavam que não era um instrumento de prata que ele segurava na boca, mas que era a própria voz do seu espírito que ouviam. Por meio da sua flauta, o coração de Subodai se manifestava, tão pungente e emocionante em cada nota, que lágrimas solenes assomavam aos olhos daqueles que o escutavam.

Quando Subodai estava alegre, não ria abertamente como os impulsivos mongóis, que amavam tanto a gargalhada como as caçadas e as incursões. Mas todo o rosto de Subodai, desde os olhos até os lábios, se iluminava e de imediato ele parecia a própria alma da alegria e do prazer.

Era muito significativo, pensava Kurelen enquanto os jovens entravam cavalgando tão galantemente na aldeia de tendas, que todos tivessem assumido seus lugares apropriados em volta de Temujin, que cavalgava no centro dos seus seguidores. À sua direita estava o seu anda, Jamuga Sechen, à sua esquerda, Subodai, o cavalheiresco. Atrás de Temujin trotava o simples e fiel Kasar. Cabriolando precipitadamente para a frente e para trás, adiantando-se e atrasando-se, galopando aos gritos, vinha o alegre aventureiro Chepe Noyon. Mas sempre, como um ímã, Temujin atraía para o seu entorno, magnética e irresistivelmente, os corpos e os corações dos seus seguidores. Esse jovem tempestuoso e veemente, de olhos pardos zangados e perfil violento, tinha um poder misterioso e indefinível, a que ninguém se podia opor.

Depois de os despojos da caça terem sido distribuídos, o entusiasmo dos rapazes ainda estava no auge. A lua já tinha aparecido e as colinas distantes tinham tomado a cor negra do ébano polido sob a luz argêntea, e seus topos arredondados eram chapeados de prata resplandecente. A longa relva das estepes tinha-se tornado luminosamente cinzenta, oscilando como um mar espectral com o vento. Do céu infinito jorrava um brilho leitoso e o ar, frio e claro como cristal, parecia conter algo de excitante.

Os rapazes apostavam corrida, berrando e gritando pelas estepes, estalando os chicotes furiosamente, de pé nos estribos, com as túnicas cintadas esvoaçando hirtas nas suas costas. Os cães precipitavam-se no encalço deles, latindo ferozmente e mordendo as patas traseiras dos cavalos que galopavam na retaguarda. Os velhos vinham até à entrada de seus yurts, e, sorrindo, assistiam à corrida, com os olhos enfraquecidos brilhantes de inveja. As jovens batiam palmas e riam, as crianças guinchavam. As mulheres, ao lado das fogueiras alaranjadas, mexiam a comida nos caldeirões e sorriam de emoção. Os camelos soltavam berros estridentes, forçando as cordas que os prendiam. Os outros cavalos, loucos de ciúmes, relinchavam e empinavam-se. Até o gado mugia e as ovelhas baliam. Quando os rapazes finalmente voltaram para o ordu, seus cavalos estavam brancos de espuma.

Temujin e seus seguidores reuniram-se em torno da fogueira de Kurelen, bem cuidada pela muda e devotada Chassa. Não foi apenas a afeição que os levou ali – eles tinham aprendido havia muito tempo que no caldeirão de Kurelen encontrariam os melhores pedaços de carne e os molhos mais suculentos. De alguma maneira, Kurelen sempre conseguia ter doces turcos e chineses nas suas caixas de prata. Seus odres estavam sempre arrebentando de vinho e cúmis. Se o leite andava escasso no ordu, sempre podia ser encontrado no fogo de Kurelen. Então, depois de jantarem a ponto de estourar, os rapazes geralmente conseguiam persuadi-lo a cantar as mais estranhas canções, que lhes agitavam o sangue e os enchiam de uma misteriosa inquietação. Ali eles podiam rir, brincar e lutar livremente, certos de encontrarem simpatia e amizade. Sabiam que Kurelen amava a juventude, embora ele fosse irônico, e que ele os admirava profundamente pela beleza, força e coragem.

Kurelen não tinha cachorros, pois os detestava. Temujin, que nunca conseguira dominar o terror que tinha deles, podia ir até lá, sem ser forçado a esconder o terror dos seus olhos dos companheiros. Quando os rapazes basofiavam, Kurelen não os olhava com a jocosidade e os sorrisos mordazes dos velhos, que os odiavam e invejavam. Ao contrário, ele os ouvia, com uma sobrancelha levantada na direção do longo cabelo negro, um sorriso com um misto de afeição, interesse e divertimento no rosto comprido e magro. Mesmo quando ele falava venenosamente, eles podiam rir, pois sabiam que aquele veneno era dirigido principalmente a ele mesmo, ou, pelo menos, era bem-intencionado.

Temujin comeu com um apetite monstruoso nessa noite. Um fogo e um entusiasmo interno pareciam devorá-lo. Bebeu até Kurelen ser obrigado a levar para longe dele os odres, com uma observação maliciosa e ferina. Ele insistiu para que cada um dos companheiros lutasse com ele, e, mesmo depois de derrotá-los, um após outro, a chama que o consumia não parecia ter-se apagado ou pelo menos atenuado. Seus olhos cintilavam naquela mistura de luz de fogo e luar. Sua respiração era forte, audível e rápida. Ele não podia sentar-se, e ficou de pé junto do fogo, com as pernas separadas, as mãos nos quadris, a boca distendida numa risada ofegante. Apesar do ar frio, ele abrira o casaco e a túnica de lã, e seu peito bronzeado e úmido brilhava com o suor ardente.

– Canta-nos uma canção! – gritou ele para o tio, e atiçou o fogo até que este chamejasse intensamente.

Então Kurelen cantou, e todos os que estavam em torno das fogueiras próximas e distantes ficaram em silêncio, enquanto aquela voz divina flutuava forte e docemente até as estrelas. Ele cantou primeiro uma das canções favoritas de Temujin:

Morrerei na sela com as botas e as esporas,
E morrerei com a minha espada na mão.
Embora muitas vezes tenha titubeado e muitas vezes tenha errado,
Como os grandes e os pequenos da terra,
Seja esta a minha história onde quer que homens tenham pisado:
Ele morreu na sela e morreu como um deus!

– Sim, sim! – gritava Temujin ofegante. – Eu morrerei no alto da sela. Morrerei como um deus! Mas não antes de ser o Imperador de todos os homens, o Guerreiro Perfeito, o Soberano Poderoso!

Seus companheiros riram às gargalhadas a essa afirmação grandiloquente. Chepe Noyon gritou:

– Khan de quarenta mil tendas! É um bravo império!

Temujin deu-lhe um pontapé e Chepe Noyon rolou pelo chão para longe dele. Então Temujin, com o riso apagado do rosto, olhou em volta para os amigos surpresos, com o rosto moreno contraído numa careta de fúria tempestuosa, os olhos flamejantes. Ele apertou os olhos e mordeu o lábio, pensativo.

– Quem é o camelo que quer rir agora? – gritou Temujin.

Jamuga Sechen disse tranquilamente, contrariado:

– Senta-te, Temujin. Estás com muito cúmis na barriga.

Temujin voltou-se para ele com raiva.

– Dizem, Jamuga, que teu fígado é amarelo e que jorra bílis no teu sangue.

Jamuga não disse nada, mas imediatamente seu rosto pálido e rígido ficou cor de pedra descorada. Ele ergueu os olhos tranquilamente e fixou-os com um olhar firme e penetrante no rosto do seu anda. Todos os outros ficaram subitamente em silêncio.

Os olhos de Temujin foram atraídos e capturados pelos de Jamuga, e então ele enrubesceu de vergonha e confusão. Kurelen achou que era tempo de interferir.

– Para um "Guerreiro Perfeito", tu tens a língua de uma velha matraca, Temujin. Estás tão inchado como uma bexiga transbordante. Vai em paz e alivia-te, que nós esperamos por ti.

Os rapazes sorriram. Temujin, ofegante de novo, com o rosto da cor do sangue, olhou ferozmente para eles. Mas Jamuga não estava sorrindo. Ele voltara o rosto para o outro lado. Seus olhos, fixos nas colinas distantes, eram frios e inescrutáveis.

Como se as palavras lhe viessem contra a vontade e intempestivamente, Temujin exclamou:

– Perdoa-me, Jamuga.

Jamuga, sem se voltar para ele e sem desviar os olhos das colinas, disse serenamente:

– Eu já te perdoei.

Temujin, cuja exaltação teve espantosa queda, sentou-se no chão. Chepe Noyon ria um pouco, e Kasar olhava em volta ameaçadoramente, pronto a defender o irmão de qualquer ridículo, agora que ele se tinha abrandado. Mas Subodai olhava para Temujin gravemente, em silêncio, com o belo rosto calmo. Foi esse olhar que feriu mais forte o coração de Temujin, e ele prometeu de novo, como já prometera centenas de vezes antes, que controlaria sua língua rebelde, que era como uma espada que feria os amigos. Decidiu que no dia seguinte daria para Jamuga o seu mais querido bem: um punhal chinês, cujo punho de prata era incrustado de turquesas. Mas refletiu tristemente que não era fácil apaziguar os sentimentos de Jamuga e cicatrizar suas feridas. Muitos dias se passariam antes que a confiança se restabelecesse entre os dois. Enquanto isso, ele, Temujin, sofria intensamente. Era nessas horas que ele se dava conta de como era profunda sua afeição pelo seu anda. Sentiu nojo de si mesmo.

Subodai pedira a Kurelen que cantasse uma das suas próprias canções favoritas, e a voz de Kurelen ergueu-se de novo, apaixonada e melancólica, e de novo as fogueiras distantes ouviram e até os rebanhos ficaram silenciosos.

E veio a mim um anjo radiante,
Com asas de luz em uma chuva de prata,
E nas mãos, brilhantes como a lua,
Segurava duas taças de vinho transbordantes.

Numa voz como a da flauta mais melodiosa, disse docemente:
"Terás de escolher entre estas duas taças,
E nunca mais, enquanto o mundo for mundo,
Poderás arrepender-te e partilhar da outra.

Nesta taça brilhante que tenho nesta mão,
Está eterno prazer numa terra de cristal,
Onde o amor e a vida, como duas chamas imortais,
Ardem na chama alta de uma única tocha.

Tu mesmo viverás onde só a alegria reside,
Intocado, imutável, enquanto todas as marés
Da mudança, da ruína e da morte transformarão a terra em pó,
E solitariamente o sol escuro girará nos céus.

Mas nesta taça inferior há apenas paz,
E somente a escuridão e a pálida libertação
Que se sente no túmulo. Aqui não há dor,
Mas silêncio interminável quando teu coração parar.

Aqui não há alegria nem êxtase sublime.
Nem a doce consciência de um clima perfumado.
Nem amor, nem riso, somente olhos de mármore
E lábios de mármore para sempre mudos no tempo."

Perturbado, ergui os olhos
E disse para o anjo: "Beberei
Sem pesar, mas com um suspiro de cansaço,
Desse vinho pálido da taça inferior."

Era apenas a beleza da sua voz que prendia o interesse dos que o ouviam, com exceção de Jamuga, Subodai e Temujin. Pois ninguém compreendia a letra, a não ser os três, e cada um com uma reação curiosa e diferente. O belo rosto de Subodai ficou ainda mais triste e grave. Uma inquietação lívida como a sombra da água ondulante desceu sobre os olhos de Jamuga. Mas o rosto de Temujin ensombreceu-se e contraiu-se, como se ele sentisse algum desprezo secreto. E ele exclamou:

– Essa é a canção dos velhos.

E levantou-se. Olhou em volta de si com olhos que se tinham tornado ferozes e sombrios. Então ergueu a cabeça e olhou fixamente para o céu. A luz do fogo iluminou-lhe com um clarão vermelho a parte inferior do rosto. Mas acima dessa sombra vermelha seus olhos estavam na penumbra, embora, estranhamente, mais poderosos por causa disso.

Ninguém viu Bektor aproximar-se silenciosamente. Ninguém o viu deter-se, nem viu sua fisionomia assumir uma expressão de negra amargura e ódio sinistro.

13

Yesukai mandou chamar Temujin. Ele estava sentado no seu yurt com o xamã ao lado e dois velhos. Temujin, impaciente, ficou de pé diante do pai, enquanto Yesukai o examinava inteiramente dos pés à cabeça.

– Já tens idade bastante para te casares, meu filho – disse ele finalmente. – Decidi levar-te para as tendas do Olhonod, onde existem belas jovens de boas prendas. Prepara-te, pois, como tu sabes, permanecerás com os pais da tua noiva. Podes levar contigo dois amigos que lá permanecerão também durante algum tempo, para confortar-te e para que não sintas falta de casa.

Sua testa franzida suavizou-se por um momento enquanto fitava o filho. Certamente ninguém tinha um filho tão bonito. Mas Temujin franzira as sobrancelhas consternado.

– Tenho de ir agora, meu pai?

– Neste momento. Apressa-te, Temujin. Nossos cavalos já estão selados.

Temujin foi para o yurt da mãe. Ela era uma mulher prática, e não quis ouvir as lamentações dele.

– Já tens idade bastante para te casares – disse ela, repetindo Yesukai. – Mas, quando te casares, voltarás para o ordu de teu pai, e, quando ele morrer, serás o Khan.

Ela lhe deu uma pequena caixa de prata com unguentos perfumados para a noiva. Sorriu para ele, com os olhos pardos brilhantes de afeto indulgente.

– Dá-me muitos netos, meu filho – disse ela.

Apertou o rosto dele entre as longas palmas das mãos num abraço rápido. Sua altura e beleza agradavam-lhe e despertavam-lhe o orgulho.

– Nenhum homem pode viver sozinho. Na hora apropriada ele deve levantar a espada do dever. Aquele que se esquiva ao dever, deve morrer. Sempre foi assim.

Kurelen ouviu filosoficamente as lamúrias zangadas de Temujin. O coxo enfiou o dedo num gesto obsceno no peito do rapaz.

– Quê! Tu não és homem? Se não és, então volta até teu pai e pede a ele mais tempo.

Temujin ficou vermelho de fúria. Fixou o rosto sorridente de Kurelen e pela primeira vez na vida foi tomado do desejo de bater nele. Enquanto ele lutava contra esse impulso, Kurelen, sempre rindo, abriu uma das suas arcas e tirou de lá dois braceletes de prata, de delicado artesanato. A prata parecia uma rede de teias de aranha, tão fina era, tão delicadamente moldada. O desenho era de uma videira florescente e ascendente e as pétalas eram feitas de turquesas e escuras pedras vermelhas.

Kurelen pendurou-os carinhosamente nos dedos, e Temujin, esquecendo a sua breve cólera, agachou-se e admirou as quinquilharias.

– Ah – disse Kurelen calmamente, e passou-os dos seus dedos para as mãos ávidas de Temujin.

Os olhos de Kurelen apertaram-se um pouco com pesar, mas sorriu. Então enfiou de novo a mão na arca e tirou um colar largo e pesado, semelhante aos braceletes. Temujin não conseguiu conter uma exclamação quando o colar tilintou e chocalhou sobre os seus dedos.

– Que ela seja suficientemente bonita para dar ainda mais brilho a estas quinquilharias – disse Kurelen. – E que a sua virtude seja igualmente preciosa. Dizem que aquela que usar estes adornos nunca deixará de ter filhos.

E acrescentou, enquanto Temujin enfiava os braceletes pelos dedos para ver o efeito:

– Que a tua mulher te ame acima de tudo. Nosso povo despreza o amor das mulheres, não o considera algo de valor. Só exigimos que sejam boas nas nossas camas e nos deem muitos filhos. Mas isso é porque somos bárbaros. Fica sabendo, Temujin, que na verdade nada é mais precioso do que o amor da mulher que desejamos, e que o amor é a água num deserto, um cavalo entre inimigos, uma espada durante a batalha e um lar cheio de calor. É uma fortaleza e um refúgio. Aquele que tem uma mulher assim tem uma joia acima de qualquer preço e todos os céus com ela.

Temujin ficou surpreso. Ergueu os olhos, esperando ver um sorriso malicioso no rosto do tio. Mas a expressão de Kurelen era sombria e fatigada.

– Tu já amaste alguém, Kurelen? – perguntou atônito.

E olhou em volta. Chassa estava sentada ali perto, prendendo o cabelo com uma corda. Mas ela respondeu ao olhar de Temujin com um estranho sorriso e abaixou a cabeça.

– Sim – respondeu Kurelen tranquilamente. Seu rosto estava tão suave como leite novo, e inexpressivo. – Mas, agora, vai-te, teu pai te chama.

Depois que Temujin se foi, Kurelen ficou sentado em profundo silêncio, com as mãos penduradas molemente entre os joelhos. Finalmente ele levantou os olhos e viu que Chassa o contemplava com uma expressão de angústia, pesarosa. Ele inclinou-se e pegou-lhe a mão. Quando fez isso, um fluxo escarlate subiu ao rosto da jovem.

– Eu devia ter-te dado a um homem viril há muito tempo, Chassa – disse ele delicadamente.

Ela começou a chorar, e pousou a cabeça nos joelhos dele.

– Não, meu senhor! Não, meu senhor. – E beijou os pés dele com humildade, num frenesi de paixão e dor.

Ele pousou delicadamente a mão sobre a cabeça dela, e uma expressão de espanto e gratidão brilhou nos olhos dele. O amor não deve ser desprezado, pensou ele, quase com humildade, mesmo quando se manifesta numa pobre criatura como esta, ou mesmo num cachorro. É um vinho de uma safra sem preço, e não é menos inebriante numa taça de barro do que numa de ouro.

Temujin escolheu Subodai, Chepe Noyon e Jamuga Sechen para acompanhar a ele e ao pai ao ordu de sua noiva. Depois do primeiro momento de consternação, os rapazes ficaram hilariantes e ansiosos pela aventura. Até Jamuga riu mais do que de costume. Temujin zombou dele porque ainda não estava noivo, e Jamuga jurou que se casaria antes dele. Mas Subodai apenas sorriu, e cavalgou um pouco mais rápido, com os olhos fixos à sua frente.

Cavalgavam na direção do poente, com os capuzes bem enfiados na cabeça, pois o ar esfriava rapidamente. Já tinham deixado para trás havia muito as planícies férteis, e agora cavalgavam lentamente sobre o solo irregular do deserto, coberto da luz vermelho-sangue do sol poente. Ali havia espalhadas grandes pedras negras como ébano, incrustadas de lampejos porfíricos. Duas grandes colunas lisas erguiam-se diante deles, como as ruínas do pórtico de um templo. A distância erguiam-se dois baluartes despedaçados, com os topos e os lados nervurados, achatados e negros, contra os céus chamejantes. Os mongóis não encontraram nenhuma outra criatura viva nesse terrível universo de fogo vermelho, pedras negras, terra de lampejos carmesins e pavorosa solidão. Logo foram dominados pelo temor supersticioso, e olhavam em volta apavorados, para o céu infinito flamejante e a terra arruinada ilimitada, embebidos da luz sobrenatural do inferno e do silêncio inabalável da morte. Seus cavalos sentiram a apreensão e estremeciam quando seus cascos batiam com um som vibrante em alguma pedrinha que se reduzia a fragmentos. Os brancos dos seus olhos refletiam a irradiação vermelha e ardiam, revirando-se.

E então, quando subiam por um platô, depararam com uma cena fantástica à esquerda. Um grande lago nevoento, de azul e violeta sombrios, num vale fundo, com as margens indistintas juncadas de pirâmides de pedra púrpura escura. Ali estava ele, flutuante, frio e perdido, não recebendo nenhuma luz vermelha dos céus vermelhos, com seus contornos nebulosos e pálidos, suas águas tão paradas como um espelho na sombra. Havia algo de terrível no aspecto daquela água remota e imóvel, que tinha a aparência de um sonho no crepúsculo ardente. Imóvel mas fluida, parecia quase ao alcance da mão, e adiante, a uma centena de quilômetros, aprofundava-se e empalidecia nos seus tons obscuros de turquesa e ametista. Suas margens confundiam-se e eram indefinidas no deserto vermelho sem vegetação.

Temujin soltou um grito de assombro quando viu o lago. Jamuga murmurou algo, mas Subodai, sobre seu cavalo, contemplava-o em silêncio. Yesukai, entretanto, olhou por cima da água sem se perturbar.

– Não pode ser! – exclamou Temujin. Aspirou profundamente, mas o ar ardente e acre não tinha o cheiro fresco da água.

Yesukai assentiu.

– E não é mesmo, na realidade – disse ele. – Não passa de uma miragem do deserto, um sonho. Mas aparece em cada poente, assim, neste mesmo lugar, imutável, e os homens o chamam o Lago dos Amaldiçoados, pois muitos têm perdido a vida tentando aproximar-se dele. Em pleno dia, com o sol a pino no céu, não há nada ali a não ser a planície branca, juncada de pedras esverdeadas. Os velhos sábios dizem que já uma vez, há muitos anos, existiu realmente um lago ali, numa terra fértil cheia de clamor das cidades e das idas e vindas de uma grande população. Isso não é senão o espectro desse lago, uma ilusão ruim, que leva os homens à morte.

Os rapazes caíram num silêncio pesado enquanto contemplavam o lago, cujo aspecto de um sonho fantástico se intensificava a cada momento. Uma sensação confusa de horror se apoderou deles. Temujin sentia uma ânsia irresistível de descer até o vale e cavalgar até o lago. Toda a sua alma fora invadida por esta ânsia, que trazia em si certo terror. Ele fixava as baixas pirâmides de pedra purpúrea espalhadas pelas margens. Uma tinha a forma de um templo, com colunas despedaçadas vividamente discerníveis. Temujin balançou a cabeça. Seu coração batia violentamente, e naquele silêncio de morte ele ouvia o som vibrante.

De repente, o discreto Jamuga soltou um grito alto e ressoante de medo:

– Vamos embora!

E, sem esperar resposta, esporeou tão ferozmente seu cavalo, que este se ergueu nas patas traseiras e depois mergulhou em frente. Temujin começou a rir, assim como Yesukai. E seguiram Jamuga. Quando já se tinham distanciado um pouco, deram por falta de Subodai. Viram-no, uma silhueta negra contra o céu vermelho, contemplando o lago. Parecia uma estátua de ébano, imóvel sobre o cavalo. Gritaram por ele, mas só depois de gritarem muitas vezes foram ouvidos, e ele então seguiu-os num meio galope tranquilo. Quando chegou junto deles, viram que no seu rosto estava estampado algo da característica fantástica e irreal do lago amaldiçoado.

O céu flamejante rapidamente empalideceu e apagou-se, e quase num piscar de olhos a noite desceu sobre o deserto. Eles armaram acampamento logo que os últimos raios se foram. Nessa noite, enrolados nas suas peles e feltros perto da fogueira, Temujin teve um sonho estranho e sobrenatural. Sonhou que ele e Jamuga estavam montados em seus cavalos perto da margem do lago dos Amaldiçoados. Este exercia um terrível fascínio sobre ele; não conseguiu desviar os olhos do lago. Tinha consciência de uma selvagem exultação dentro de si, e sentia o suor quente escorrendo-lhe pelas costas e pelo rosto.

Mas quando olhou para Jamuga, foi como se olhasse para um rosto morto e sofredor. Os olhos de Jamuga estavam arregalados e cheios de um brilho angustiado. Ele apontava para o lago. Seus lábios moviam-se, e embora Temujin não ouvisse nenhum som, sabia que Jamuga o estava avisando, solenemente e com agonia.

E então, quando Temujin, perplexo, olhou, Jamuga abriu seu casaco e mostrou o peito. Havia uma ferida sangrenta nele, horrível de se ver, e nas suas profundezas esponjosas ele viu o coração de Jamuga, palpitando e morrendo, jorrando abundantes fontes vermelhas de sangue.

14

Mas no dia seguinte o lago e o sonho foram esquecidos, pois o solo do deserto parecia um lençol enrugado de ouro puro ao sol, e as colinas irregulares, os baluartes, os templos e as colunas tremeluziam com uma cor de jade delicado contra um céu pérola brilhante. O vento incessante, cintilante e forte soprava como ondas sobre o cascalho no solo do deserto, que parecia formado de fragmentos de bronze polido. Os rapazes apostavam corrida, aos gritos, à frente de Yesukai, davam meia volta, estalando os chicotes e esporeando os cavalos, pulando por cima das pedras, empinando-se e volteando, e suas vozes ecoavam nas encostas dos penhascos e das colinas.

Ao meio-dia fazia tanto calor que eles foram obrigados a procurar abrigo contra o flanco de uma parede natural descorada, semelhante às enormes costas do esqueleto de algum monstro pré-histórico. Agora o céu era um arco de chama azul palpitante e ardente, contra o qual as colinas despedaçadas a distância pareciam de bronze ígneo, e o solo do deserto era cor de topázio fragmentado. O lugar em que eles pararam para descansar era um vale em forma de caldeirão, juncado de moitas de um árido jade-esverdeado. Um fulgor branco violento cobria tudo, e seu brilho insuportável fazia os olhos se encherem de água. Os cavalos ficaram imóveis, arquejantes, com a cabeça entre as pernas dianteiras, enquanto os mongóis se cobriam inteiramente, a não ser os olhos, com as dobras dos capuzes.

Temujin, atordoado pelo calor, observava languidamente os escorpiões e os lagartos do deserto, que rastejavam do abrigo de uma pedrinha para outra, acompanhados de suas sombras negras recortadas. Nada mais se mexia nesse abrasante e petrificado mundo de pedras sol e deserto.

Então, de repente, nesse inferno impiedoso, uma pequenina figura a cavalo assomou ao longe, uma mísera mosca negra no fulgor branco, arrastando-se cuidadosamente pelo solo amarelo do deserto. Yesukai e os rapazes ficaram em alerta, endireitando os punhais e as aljavas. Os cavalos ergueram a cabeça e soltaram um queixume. Os homens permaneceram sentados com as costas contra as costelas fragmentadas cor de creme do paredão e aguardaram. À luz do sol, os olhos de Temujin eram cor de esmeralda clara.

Levou muito tempo até o cavaleiro chegar junto deles, pois as distâncias são enganadoras no deserto. As sombras já estavam mais longas quando ele finalmente desceu, cavalgando para o caldeirão. Quando deparou com os homens, que o esperavam, puxou as rédeas do cavalo e olhou-os intensamente. Era um velho moreno e descarnado, com um rosto matreiro como de um macaco velho. Sob as abas pendentes do seu capuz, fitava-os com olhos brilhantes e astutos. Pelos sulcos do seu rosto enrugado o suor corria como fios d`água. Ele sorriu.

– Eu vos saúdo, irmãos – disse ele cortesmente.

Seu olhar passava de um para o outro, a finalmente pousou em Temujin e ali se deteve. Acrescentou:

– Eu sou Dai Sechen.

Yesukai e os rapazes levantaram-se e responderam ao velho com igual cortesia.

– Eu – disse Yesukai – sou o Khan dos mongóis yakkas. Este é meu filho, Temujin, para quem estou em vias de assegurar uma noiva do clã de Olhonod, da gente de sua mãe. E este é Subodai, do povo das renas, cujo pai é agora membro da minha tribo. E este é Chepe Noyon, cujo pai pertencia a um clã hostil, mas que agora me serve. – Pôs a mão no ombro de Chepe Noyon, e sorriu-lhe com afeto. – Ninguém é mais corajoso que Chepe Noyon, nem mesmo seu pai. Ele, sozinho, atacou Gutchluk da Catai Negra e roubou grande manada de cavalos de focinho branco, que me ofereceu como presente e como símbolo de conciliação. E este é Jamuga, o anda de meu filho.

Mas Dai Sechen, embora sorrisse polidamente à medida que Yesukai ia fazendo as apresentações de Subodai, Jamuga e Chepe Noyon, continuava a fitar Temujin intensamente. Finalmente disse:

– Olhos como pedra verde ardente tem teu filho, e um rosto como o céu ao meio-dia. Ontem à noite eu tive uma visão de um falcão branco descendo dos céus, carregando o sol e a lua. Deteve-se diante de mim, mais brilhante que o dia, e seus olhos eram os olhos de Temujin. E então, quando minha filha, Bortei, saiu do yurt, o falcão voou até ela e pousou-lhe na mão. Cunhado, minha tribo não é hostil à tua. Traz teu filho ao meu ordu e deixa-o contemplar minha filha, que é a mais formosa das donzelas.

Yesukai hesitou. Mas Temujin disse com ênfase:

– Não haverá nenhum mal em contemplar a jovem, e poderemos passar a noite pelo menos.

Vendo a hesitação de Yesukai, Dai Sechen continuou:

– Isto é um augúrio. Os deuses puseram teu filho no meu caminho. Eu tenho algo a evocar, pois meus tios eram xamãs. Teu filho reinará sobre muitos povos e muitos ordus.

Yesukai, supersticioso, não resistiu a essa lisonja. E logo que o sol desceu num arco chamejante para o oeste, acompanharam Dai Sechen.

Chegaram a um oásis amplo, mas ervoso, onde estava reunida uma aldeia de tendas de mais de vinte mil yurts. Dai Sechen conduziu-os até seu yurt, por entre uma multidão de mulheres curiosas, crianças e cães que latiam. Ouvindo os cães, o rosto de Temujin empalideceu e os cantos de seus lábios tremeram. Subodai, que nunca ria do medo do amigo, cavalgou protetoramente para o lado dele, brandindo o chicote sobre os vira-latas, enquanto Chepe Noyon zombava dele.

Os cinco convidados foram recebidos com grande cordialidade pelos guerreiros. Foi-lhes oferecida água em bacias de prata, para lavarem as mãos e os rostos ardentes. Uma grande festa foi preparada. Quando a noite caiu e as fogueiras crepitavam alto, Dai Sechen tomou Temujin pela mão e levou-o até o yurt onde vivia sua primeira esposa e a única filha Bortei, a Formosa. Ele chamou pelas mulheres, e elas saíram vagarosamente, vestidas com macias túnicas de lã creme. Em volta da cintura de Bortei havia uma serpente retorcida de prata, com olhos de pedras vermelhas. Sobre os ombros, ela trazia um magnífico manto de pele de marta, presente de noivado do pai.

Temujin havia sido seguido pelo pai e pelos amigos, mas, quando viu Bortei, nada mais existiu no mundo para ele. Ele viu uma jovem pequena, pouco mais que uma criança, com uma narizinho reto e braços delgados. Mas, embora pequena de estrutura, ela parecia cercada de uma aura de inefável e inabalável dignidade e orgulho. Sua cabecinha, com a sua grande massa de cabelo escuro e brilhante, tinha uma postura altaneira como se fosse a filha de um imperador, em vez da filha de um desgrenhado baghatur das estepes desertas. Os olhos dela, grandes e serenos, eram pardos e frios como o vento de inverno, e cercados por pestanas negras e sedosas, tão espessas que lhe espalhavam sombra sobre as maçãs do rosto. No seu rosto pálido e liso, a boca florescia de repente como uma flor vermelha, dando-lhe à expressão um ar de paixão, apesar de todo o alheamento. Temujin via-lhe os seios pequenos e redondos e a curva virginal dos quadris sob a túnica creme.

A esposa de Dai Sechen inclinou bem baixo a cabeça, saudando os visitantes, mas Bortei olhou direta e friamente nos olhos de Temujin. Pareceu a ele que uma chama lhe percorrera todo o corpo, invadindo-lhe o sangue, consumindo-lhe os ossos. Sentia que seu coração tinha ficado enorme e grosso dentro do peito. Batia tão violentamente que ele tinha certeza de que sua palpitação era visível na sua garganta e têmporas. Seus joelhos tremiam debaixo dele. Foi tomado por uma sensação de alegria e êxtase, de fome, desejo e ânsia apaixonada. Quando os lábios da jovem se abriram e ela lhe deu um sorriso distante e ligeiramente desdenhoso, ele teve vontade de tomá-la nos braços e apertar intensamente a boca contra a dela.

Dai Sechen, sorrindo seu sorriso astuto ante as provas de emoção avassaladora do rapaz, pegou a mão da filha e pousou-a sobre a mão de Temujin. Quando este sentiu o toque dos dedos da jovem, sentiu o coração explodir. Balançou a cabeça e ofegou levemente, incapaz de desviar os olhos da boca e da garganta de Bortei.

Yesukai examinou a jovem com olhar julgador, como se ela fosse uma potranca que ele tencionasse comprar, e então voltou-se para Dai Sechen e começou a debater com ele sobre o dote. Seu filho não era o filho de um pastor, e sim de um Khan de quarenta mil tendas. Dai Sechen precisava compreender isso. Dai Sechen concordou com a cabeça, coçando-se inquieto. Sobre o ombro de Temujin, Chepe Noyon espiava curiosamente Bortei, e fez um leve estalo de aprovação com os lábios sorridentes. Subodai fitava-a seriamente. Mas Jamuga, o eterno ciumento, olhava-a com reserva sombria e frieza de gelo.

Temujin agradou a Bortei, embora ele tivesse ficado imóvel como um grande bezerro, apertando-lhe a mão, com os olhos cinza-esverdeados fixos nela, devoradores e, contudo, tão suplicantes. Ela disse para si mesma que tinha sorte em casar-se com o filho mais velho de um Khan, pois ela tinha uma ambição secreta de poder no seu corpo de menina. Sempre fora mimada pelo pai, e logo que a sua jovem beleza se manifestara, ele tinha-lhe prometido que não a casaria com um mero homem da tribo, mas com um Khan, um rei de um poderoso ordu. Agora o jovem Khan tinha aparecido, e ele era belo, forte e intrépido, apesar do seu rosto e expressão estranhos e um tanto misteriosos. Ela viu que ele era corajoso e altivo, e sentiu o aperto de sua mão, imperioso e inexorável. Um pequeno arrepio ardente correu-lhe pelas pernas e pelo peito, e ela sorriu de novo, langorosamente agora, e seus lábios floresceram escarlates.

A natureza de Bortei era dominadora, orgulhosa e obstinada, e ela era uma mulher com toda uma compreensão de mulher do que era um homem. Sentiu que ali estava um que ela poderia governar pelo simples poder do seu corpo, braços e lábios. Ela o dobraria à sua vontade e ele correria para atender às suas ordens. E então, quando ela olhou de novo em cheio nos olhos dele, sentiu uma punhalada fria no coração. Então já não estava mais tão certa, e ficou até um pouco temerosa.

Para recuperar seu sobressaltado equilíbrio, ela desviou os olhos dos dele e repousou-os em Subodai. Uma expressão de assombro apareceu-lhe no rosto, e ela entreabriu os lábios. Esquecendo-se de Temujin, passou a ignorar a mão que ainda retinha a sua. Foi como se uma completa consciência se precipitasse para as janelas dos seus olhos. Fitava-o fascinada. Ela nunca vira tamanha beleza num rapaz, tamanho orgulho, doçura e majestade. Uma onda de cor correu-lhe pelo rosto e seus lábios ficaram úmidos, como que de um orvalho súbito. Ela sorriu para ele, num ato nada pudico, e sentiu que a sua carne se incandescia, como se ela tivesse soltado voluntariamente a túnica e saído dela, nua. Seu peito pareceu inchar, e seus calcanhares moveram-se num impulso irresistível na direção dele.

Temujin não via nada, exceto a beleza dela, e tinha consciência do próprio desejo. Mas Chepe Noyon comprimiu os lábios em silêncio. Subodai, alheio como uma estátua, devolveu o olhar dela, sério, mas amável. Ele parecia não vê-la, mas sim estar absorto em alguma contemplação interior distante.

A língua vermelha de Bortei apareceu deliciosamente e ela correu-a sobre os lábios. Suas narinas dilataram-se. Ela parecia a sensualidade corporificada e delicada. E então, como que inexoravelmente atraída por uma voz severa, ela foi impelida a desviar os olhos de Subodai e voltá-los para Jamuga.

E então foi como se toda luz, fogo e cor desaparecessem dela, deixando-a como uma forma pequena e descolorida de carne de mulher. Pois, quando seus olhos encontraram os de Jamuga, ela viu que ali estava um inimigo mortal que a compreendia e a odiava com toda a alma. Os olhos dele tinham a cor da pedra dura e seus lábios rígidos eram talhados em granito.

Mesmo quando ele se voltou abruptamente e os deixou a todos, ela o acompanhou com um olhar de ódio e o coração cheio de veneno, como se uma serpente lhe tivesse cravado as presas no peito.

15

Yesukai, que secretamente gostou da noiva do filho, fingiu estar achando o dote inadequado.

– Meu irmão de armas é o Toghrul Khan do Karait – vangloriou-se ele. – Ele dará grandes presentes ao meu filho, se lhe apreciar a noiva.

Dai Sechen exclamou:

– E minha filha é de um povo nobre como o teu, Yesukai. Pertence tanto ao povo de Olhos-Pardos como Temujin.

Entretanto, acrescentou de má vontade mais alguns tesouros ao dote da filha.

– Quando meu filho se sentar na pele de cavalo branco, inúmeras tribos e clãs lhe renderão homenagem – continuou Yesukai, exultante.

Ele deixou Temujin na noite do segundo dia. Jamuga, Chepe Noyon e Subodai ofereceram-se para acompanhá-lo, mas ele viu a ansiedade no rosto do filho e insistiu para que os amigos ali permanecessem por mais alguns dias. Disse adeus a Dai Sechen e à sua tribo, e pousou as mãos sobre a cabeça de Bortei para abençoá-la. "Menina sensata", pensou ele.

E ele não estava nada errado. Bortei, enamorada de Subodai, compreendera, entretanto, que Temujin, que a excitava, era o filho do Khan dos mongóis yakka, e Subodai, apenas seu seguidor. Se lhe tivesse sido possível desafiar os costumes, seu pai e todas as leis da sua tribo, para casar-se com Subodai, ela não o teria feito. Como Houlun, ela era sagaz e inteligente. Mas quando ela pensava em Subodai, sorria para si mesma, e a ponta da sua língua tocava os lábios delicadamente.

Bortei evitava Jamuga, que nunca falava com ela, mesmo quando se encontravam. Ela dizia consigo mesma: Escorpião de rosto pálido! Não mais serás o anda de Temujin quando eu for sua esposa em sua tenda.

Pois em Jamuga ela adivinhara uma inimizade eterna, desconfiança e ódio. Se ela viesse a governar o ordu de Temujin como rainha e tivesse influência incontestável sobre o marido, precisaria livrar-se desse inimigo malévolo, que velava sobre Temujin como uma águia vigilante. Não importava para onde ela fosse no ordu com o noivo, lá ela via esses olhos severos e vigilantes fixos sombria e desdenhosamente nela. Às vezes o corpo dela estremecia de repugnância, e outras vezes sentia os dedos gelados do medo lhe apertarem a garganta.

Bortei tinha consciência de que não existia nenhuma vingança que se pudesse comparar à vingança de um homem discreto e sem paixões. Uma vez ou duas ela tentou conquistar-lhe as boas graças com sorrisos encantadores, fitando-o deliberadamente com olhos brincalhões e luminosos. Mas ele sempre desviava os olhos dela sem falar ou sorrir.

Algumas vezes ela tinha medo de que ele falasse com Temujin e o persuadisse a abandoná-la. Para evitar isso, demonstrava paixão por Temujin na presença de Jamuga, reduzira-o à humildade com petulância, inflamava-o até o êxtase com seu toque e risos.

Além do mais, ela não tinha feito nada que alguém pudesse achar repreensível.

YESUKAI, CANTAROLANDO alegremente consigo mesmo, afastou-se a cavalo da tribo de Dai Sechen. Passou pelo lago dos Amaldiçoados ao entardecer, e parou por um momento para contemplá-lo. Mais do que nunca nessa noite ele tinha o aspecto de um sonho ruim flutuando no imenso silêncio do deserto. Por alguma razão, ele, o homem sem imaginação, estremeceu e galopou velozmente para longe dali. Parecia-lhe que o sol se punha essa noite mais rapidamente do que de costume. Ele já não cantarolava mais. O vento estava mais severo do que nunca quando o sol mergulhou por trás dos baluartes negros e despedaçados do oeste. Embora afeito à solidão e à desolação, ele não conseguia impedir que seu coração batesse inquieto. Quando avistou uma fogueira ao rodear o flanco que parecia uma espinha dorsal, ele mal conseguiu conter um grito de alívio.

Mais e mais fogueiras flamejavam no lusco-fusco purpúreo e sombrio, e ele deteve-se, vagamente apreensivo, quando viu que se aproximara de um acampamento de tártaros. Depois de alguns momentos, antes de os cães o descobrirem, ele recobrou-se, lembrando da inexorável lei das estepes, pela qual a hospitalidade deve ser oferecida gratuitamente, mesmo quando solicitada por um inimigo. Entre seu povo e os tártaros existia uma hostilidade imortal. Ele entrou no acampamento, exausto, e quando o chefe apareceu, pediu hospitalidade para aquela noite.

Ele olhou para os rostos sombrios e taciturnos reunidos em torno do seu cavalo, e levantou bem alto e destemidamente a cabeça. Depois de um momento de pesado silêncio, o chefe convidou Yesukai a ser seu hóspede.

Eles serviram o prato esmaltado dele muitas e muitas vezes, e ofereceram-lhe grandes quantidades de vinho. O chefe ouvia com sorrisos sombrios as histórias do noivado de Temujin e Bortei, e trocava olhares com os guerreiros quando Yesukai vangloriava-se prodigiosamente. Yesukai retomara sua coragem. Tornou-se bastante condescendente com o chefe, que fingia estar muito impressionado.

Ao amanhecer, ele partiu. Não se sentia especialmente bem, e atribuiu isso ao fato de ter comido e bebido demais. Ele não percebeu a ironia nos sorrisos e nas saudações do seus anfitriões quando partiu. Mas, quando olhou para trás, para acenar-lhes com o braço em adeus, eles não se mexeram, e o olhavam sem responder.

O sol estava alto e quente, e de repente Yesukai compreendeu que estava mortalmente doente. O suor que lhe corria pelas faces era frio como gelo. Sentia cãibras violentas na barriga. Debruçou-se do cavalo e vomitou. O deserto ardente dançava-lhe diante dos olhos em círculos, e havia muitos sóis violentos no céu escarlate.

Ele pensou simplesmente: Eles me envenenaram. Apertou fortemente o laço em torno da sua cintura e amarrou-se ao cavalo. Recostou a cabeça no pescoço do cavalo e caiu num negro sofrimento. O sangue começou a escorrer-lhe da boca. Finalmente, ele perdeu a consciência.

Quando reabriu os olhos, viu que estava no seu próprio ordu, e que o tinham deitado na sua cama. Via os rostos consternados de sua gente e os olhos pardos de Houlun. O xamã murmurava seus encantamentos. Incapaz de suportar a dor, Yesukai cravou os dentes no lábio inferior e então gritou pelo filho Temujin.

Kurelen aproximou-se e ajoelhou-se ao lado da sua cama. Um pesar sincero estampava-se no seu rosto. Yesukai sorriu-lhe debilmente.

– Aconselha meu filho, Kurelen. Tu és um homem sábio, embora muitas vezes tolo.

Ele fechou os olhos. Um correio já tinha sido despachado para Temujin, e este correio era Kasar.

Mas, quando Temujin chegou, seu pai já havia morrido.

16

— Lealdade? – Kurelen deu de ombros, e olhou o sobrinho com compaixão irônica. – Só existe uma maneira de assegurar a lealdade agonizante dos teus seguidores: faz com que seja o mais vantajoso possível para eles serem fiéis a ti.

– Isso não é justo – replicou Jamuga com amargura e raiva. Chepe Noyon riu vagamente, mas olhou para Temujin com olhos coruscantes como joias.

– Quanto a mim, Temujin, sabes que tens a minha vida se dela precisares.

Kasar estava de tal modo dominado pela emoção, que precisou fazer uma expressão tão feroz como a de um urso para esconder as lágrimas nos olhos. Ele não conseguia falar. Só batia um punho no outro e fitava o irmão com imenso amor.

Mas Subodai disse gravemente, e sua testa parecia iluminada:

– Tu me conheces, Temujin.

Temujin, cujos olhos estavam vermelhos de chorar de dor pelo pai, levantou os braços ferozmente.

– Mas o que somos nós, afinal de contas? Quem são meus seguidores?. Um coxo, uma mulher e vós, que não passam de crianças? – Sua voz era áspera. Fitava a todos com fúria impotente.

Ninguém falou por um momento. Os semblantes estavam sombrios contemplando a verdade das palavras de Temujin. Este então, mais furioso do que nunca, exclamou:

– Até o xamã me abandonou. Está do lado de Bektor. Acho que tramam contra minha vida.

– Estou certo disso – disse Kurelen sem zombaria e numa voz tão serena que Temujin, que sempre contava com a ironia e o bom humor de Kurelen para reanimá-lo, sentiu o coração gelar.

– Então vou sair e matar Bektor agora mesmo! – bradou Kasar na sua simplicidade. Arrancou a cimitarra do cinturão e correu-lhe o dedo levemente pelo gume.

– Isso seria loucura – observou Kurelen. – Kokchu só teria de achar outra espada contra ti. Para destruir um inimigo, é perda de tempo arrancar-lhe a espada da mão. O próprio inimigo deve ser destruído.

Chepe Noyon puxou o punhal e declarou com pronta resolução:

– Eu matarei o xamã.

Kurelen sacudiu a cabeça, sorrindo:

– Não, esse é um prazer que reservo para mim mesmo no futuro. Enquanto isso, vou apreciando a conversa com ele. Além disso, sois todos tolos jovens. Podeis matar o rei de um povo. Podeis destruí-lo, escravizá-lo e derrubar-lhe os heróis. E, mesmo assim, se fordes poderosos bastante, ele se submeterá e perdoará, e até mesmo oferecerá seu amor. Mas ponde a mão sobre seus sacerdotes e ele se levantará e vos destruirá tal é o poder da superstição. No fim das contas, os homens sempre têm medo dos seus deuses, não importa quanto riam deles. Assegurai a lealdade dos sacerdotes de um povo e não tereis nada a temer dele. Sugiro-te, Temujin, que assegures a do xamã.

– Mas como?

– Tornando valioso para ele o fato de ser fiel a ti.

E todos caíram num silêncio taciturno.

A situação de Temujin era verdadeiramente tremenda. Ele olhava para os companheiros contrariado, mas sentindo-se impotente, o rosto sombrio, os olhos de um verde translúcido como os olhos do lobo da noite.

Yesukai havia morrido fazia já dois dias quando Temujin chegou de volta a casa. Antes da sua chegada, os chefes do clã, descontentes, tinham discutido detalhadamente todo o problema. Muito mais que a metade deles resolveu abandonar a bandeira dos rabos de boi e procurar novos e mais fortes chefes a que pudessem aderir e servir.

Afinal de contas, argumentavam eles, tinham esposas e famílias e rebanhos próprios para proteger e precisavam encontrar sustento e protetores para eles: Quem restava agora no ordu de Yesukai? Uma mulher fraca e seus filhos e rapazes sem experiência; era um quadro bem pobre para sustentá-los. Uma espada fragmentada para defendê-los. Uma bandeira rota para seguir.

– A roda forte quebrou-se – declararam eles. – Os cavaleiros perderam seus cavalos. A água do sustento foi absorvida pela areia. Vamos embora.

Eles eram gente inarticulada, mas o xamã sutilmente lhes pôs palavras na boca. Bektor, insinuara ele, era um jovem resoluto e forte. Ele os conduziria a novos protetores. Mas o que era Temujin? Um jovem de caráter arrogante e incerto, dado a paixões e acessos de cólera desenfreados. Era bom que os homens fossem fiéis, mas, no fim das contas, o que era a fidelidade se levava à morte? Uma miragem perseguida apenas pelos idiotas. Viver era o dever e a sabedoria dos homens.

Assim, quase dois terços dos membros do clã decidiram abandonar o ordu. Enquanto Temujin discutia o desesperador estado de coisas no yurt do tio, o pessoal da tribo arreava os bois e reunia os rebanhos e cavalos. Era primavera, e a viagem para os pastos de verão já havia começado. Em torno dos yurts de Temujin e da sua família havia um círculo vazio de deserção e silêncio. Até os cães os tinham abandonado.

A aba do yurt foi erguida e, curvando a cabeça, Houlun entrou. Seu rosto sereno tinha uma expressão severa, mas seus olhos faiscavam com relâmpagos ardentes e afronta. O capuz do manto de pele caíra-lhe sobre os ombros e sua cabeça emergia, forte e heroica, pois todo o seu cabelo estava riscado com fios cor de aço. Ficou parada um momento, olhando para os filhos e o irmão, e seu lábio superior levantou-se rigidamente com desprezo.

– Ficais sentados aqui como cães açoitados enquanto a esposa do Khan morto é insultada no seu próprio ordu! Mas a pedra forte despedaçou-se e nada restou senão cascalho!

Eles ficaram desconcertados com a sua súbita aparição e seu olhar de cólera majestosa e severidade gélida. Então Kurelen levantou-se e tomou-lhe a mão, apertando-a entre as suas, e sentiu-lhe a frieza e o tremor fixo.

– Que queres dizer, Houlun? Estamos aqui estudando o que há de melhor a fazer. Quem foi que te ofendeu?

A cólera severa dela pareceu crescer, mas Kurelen viu grandes lágrimas subindo-lhe aos olhos.

– O xamã acaba de dizer-me que me é recusado acesso aos sacrifícios. Eu protestei e as mulheres lançaram-me gritos de desprezo e ordenaram-me que deixasse seus campos e pastos. "És uma estrangeira", disseram-me com desdém. "Nossos maridos não te seguirão, tu és uma pária com teus filhos entre nós. Vai-te embora."

Os filhos e os amigos de Houlun estavam de pé em torno dela e estremeciam de cólera. Suas respirações enchiam o yurt com seu ruído áspero. Kurelen fitou penetrantemente os olhos da irmã. Então ergueu a mão direita. Segurava um chicote e, presos nesse chicote, havia fios de cabelo. Ele sorriu e abaixou a mão. Disse:

– Minha irmã, tu és a senhora entre as mulheres. Não temas que nós te abandonemos sozinha no campo.

Ele saiu sozinho do yurt. Tinha as mãos cruzadas dentro das mangas, pois segurava alguns objetos nelas. O ordu estava em grande confusão, observou ele ironicamente. O gado corria, perseguido aos gritos por guardadores e pastores. Os preparativos da partida eram evidentes por toda parte. Uma longa fileira de camelos e yurts, gado, ovelhas e cavalos, já estava organizada na direção do horizonte. As fogueiras estavam sendo apagadas e as crianças reunidas. Poucos se davam ao trabalho de olhar para Kurelen, e os que o faziam cuspiam desdenhosamente e viravam-lhe as costas. Mas ele continuou serenamente seu caminho até o yurt de Kokchu, o xamã.

Dois guerreiros levantaram-se à sua aproximação e advertiram-no de que fosse embora. Ele olhou-os humildemente e falou-lhes numa voz súplice:

– Só quero um momento com o xamã, para lhe dizer adeus.

– Ora! – fez um dos guerreiros, cuspindo nos pés de Kurelen.

– Ele não tem nada a tratar com o parente de uma estrangeira e seus miseráveis pirralhos. Além disso, o xamã está se preparando para partir e não pode ser incomodado com conversa mole.

Kurelen ergueu a voz bastante para ser ouvido de dentro do yurt. Ele sabia muito bem que, por trás da aba, o xamã ouvia atentamente.

– Entretanto, se isso o agradasse, eu gostaria de ter apenas uma palavrinha com ele. É assunto de extrema importância. – Suspirou. – Entretanto, assuntos graves são muitas vezes tomados por assuntos triviais. Se ele não me quer ver, então não me verá.

E voltou as costas ao yurt. A aba foi levantada, e sem grande surpresa sua o xamã apareceu na plataforma, desconfiado, frio e formal, com olhos como fragmentos e projéteis duros. Abaixou os olhos para Kurelen numa atitude desdenhosa.

– E então, Kurelen, que querias comigo?

Kurelen, sorrindo consigo mesmo, olhou em volta timidamente para a gente da tribo que se apressava e partia.

– Perdoa-me, Kokchu. Vejo que estás em meio de grande confusão. Não tomarei o teu tempo.

Ergueu os olhos para o xamã, e eram tão suaves, brilhantes e simples como os de uma corça. Kokchu lançou-lhe um olhar penetrante, e então de repente sorriu cinicamente com íntima satisfação.

– Entra no yurt – disse – e entrou ele mesmo de novo, abruptamente.

Os guerreiros, resmungando com surpresa, afastaram-se quando Kurelen subiu a plataforma. Ele amarrou a aba cuidadosamente atrás de si.

Kokchu já estava sentado no chão sobre as pernas cruzadas, com as mãos dentro das mangas, esperando.

Kurelen disse:

– Seria inútil falar-te de lealdade ao filho de Yesukai?

Kokchu sorriu ainda mais.

– Não vamos perder tempo com a linguagem dos idiotas, Kurelen. Somos homens de bom senso. Senta-te.

Kurelen sentou-se. O xamã encheu cortesmente uma taça de vinho e ofereceu-a ao velho inimigo. Kurelen agradeceu-lhe e bebeu avidamente.

– Sentirei tua falta, Kurelen. Desta noite em diante terei de limitar minhas conversas aos camelos.

Kurelen balançou a cabeça tristemente.

– Escrevi ao Toghrul Khan. Ele é o irmão de armas de Yesukai, e assistirá o filho dele. Além do mais, é um homem inteligente e de muita fama. Eu prometi a ele edificantes conversas contigo.

O xamã ergueu as sobrancelhas surpreso. Percebeu a ameaça por trás das palavras de Kurelen, mas fingiu só ter ouvido as palavras.

– Transmite o meu pesar ao Khan. Mas talvez eu me encontre com ele algum dia, no futuro.

– Kokchu, estou certo disso.

E estendeu a taça para o xamã, que a tornou a encher. Mas, enquanto fazia isso, fixou os olhos sutis e imóveis no outro homem.

– Diz ao Khan, Kurelen, que até os sacerdotes precisam viver, e que os próprios deuses desprezam os vencidos.

– Mas os deuses frequentemente cometem erros – replicou Kurelen, com um sorriso indulgente para as idiotices deles. – Eles iam cometer um grave erro hoje, por exemplo.

E tirou as mãos de dentro das mangas. Kokchu, assombrado, viu que estavam cheias de quinquilharias de ouro e prata, incrustadas de pedras preciosas. Kurelen, observando-o atentamente, viu-lhe o rosto empalidecer.

– Apenas uma mancheia de presentes que Toghrul Khan enviou para a noiva de Temujin. Mas os presentes eram tantos, e a promessa de mais presentes tão generosa, que meu sobrinho me deu este punhado. Estou triste de que te vás, Kokchu. Como símbolo de minha estima, e como lembrança, escolhe para ti qualquer um deles.

E estendeu as mãos para o xamã, que não conseguia evitar arregalar os olhos e empalideceu cada vez mais.

Kurelen ria suavemente.

– Com qualquer um destes, tu poderias comprar uma bela mulher, ou um cavalo branco, ou as espadas de cem homens. Kokchu ergueu a cabeça e fitou-o com o sobrolho carregado.

– És um mentiroso, Kurelen.

Kurelen riu.

– Talvez.

– Toghrul Khan é famoso por sua cobiça e avareza. Eu sei disso. – Kurelen balançava a cabeça indulgentemente.

– Não obstante isso, faz tua escolha, Kokchu; eu possuo muito mais.

O xamã cuidadosa e demoradamente escolheu um fio de contas de ouro alternadas com contas de turquesas.

– Tu és também um ladrão – observou ele.

– Talvez. Mas, como costumas dizer, os deuses gostam do homem inteligente.

O xamã pousou carinhosamente no chão, ao lado, o colar. E de novo fitou Kurelen.

– Que tens para oferecer? – perguntou quase com desprezo.

Kurelen deu um suspiro de alívio.

– Ah, agora sim começamos a falar como homens honestos. É verdade que Toghrul Khan assistirá Temujin e o vingará, se necessário. Mas isso não vem ao caso. Eu tenho fé no destino de Temujin. Tu mesmo profetizaste o que ele viria a ser. – E Kurelen sorriu.

O xamã sorriu sombriamente, mas não disse nada; apenas esperou.

– Eu me considero um juiz dos homens – continuou Kurelen. – Jura aliança a Temujin, e tu serás um Khan entre sacerdotes. Abandona-o, e não mais prosperarás. E isto não é uma opinião, ou uma superstição. É um fato.

– Ora! – disse o xamã. Mas ele franziu as sobrancelhas e examinou as unhas.

Kurelen agitou seus tesouros. Escolheu um colar de contas de ouro e jogou-o displicentemente contra o joelho de Kokchu.

– Outro símbolo da minha estima – disse.

O xamã ergueu lentamente os olhos. As íris negras estavam imóveis nas córneas cintilantes. Seu rosto sombrio ensombreceu-se ainda mais.

– Temujin tem uma sina – observou Kurelen. – Aconteça o que acontecer, o poder acabará por lhe vir às mãos.

Kokchu sorriu, e então, subitamente, riu alto. Pousou o colar de contas de ouro junto com o de ouro e turquesas. Inclinou-se na direção de Kurelen, pôs-lhe a mão sobre o ombro e sacudiu-o.

– Kurelen, não posso dispensar a tua conversa! Vem comigo.

Os dois homens, sorrindo amigavelmente, saíram do yurt juntos. Os guerreiros olharam-nos atônitos. Para os lados de leste, as nuvens de poeira que seguiam a deserção de muitos dos da tribo encapelavam-se como vapor de ouro. Só um punhado de homens tinha ficado, e este se preparava para seguir os outros. Quando o xamã irrompeu entre eles, acompanhado de Kurelen, suspenderam os preparativos e acompanharam-nos com olhares espantados. Ele foi até o centro quase deserto, onde estivera a grande aldeia, e chamou alto. Sua figura alta e majestosa, sua cabeça magnífica, eram recortadas contra o poente ardentemente amarelo, como a figura de um ente celestial. Dali a pouco tempo, todos os que restavam do ordu de Yesukai estavam ali, com exceção de Houlun, que tinha desaparecido misteriosamente. Bektor, mal-humorado e confuso, estava ao lado do irmão, Belgutei, e da mãe. Temujin estava entre os amigos, com o rosto carregado de cólera e desespero. A algazarra de vozes desconcertadas amainou diante do olhar feroz e desdenhoso do xamã, e cada um ouviu o que ele tinha a dizer.

– Para onde ides? – gritava o xamã. – Estais desertando do vosso Khan, o filho de Yesukai, ó cães covardes? Não existe nenhuma lealdade em vossos corações, nenhuma fidelidade em vossas almas? Sois como a roda frágil que se quebra contra uma pequena pedra, uma espada de couro que dobra ao primeiro golpe? Vossas costas são costas de homens, ou coxas de mulher?

A gente da tribo fitava-o boquiaberta, assombrada, com os olhos pestanejando, os rostos contraindo-se de perplexidade. Ele fitava cada um dos homens de cada vez, cada face contraída, bronzeada, e os olhos arregalados. Diante do seu olhar feroz, desviava-se o olhar de cada homem, que se perguntava, confuso, se tinha ouvido direito o xamã no dia anterior.

O xamã sorria com um desprezo sombrio.

– Sei que acreditais que sereis bem recebidos pelo Khan dos taijiuts. Mas acreditais erradamente, e fatalmente para vós. Pois o Khan dirá consigo mesmo: Que espécie de traidores são estes, que abandonam seu chefe quando precisa deles, e vêm uivando como cães arrojar-se aos pés de outro? Homens desta espécie devem morrer, pois são pedras de farinha nas paredes de uma fortaleza, espadas de bambu num conflito, cavalos de perna quebrada em meio a uma batalha.

"Sabeis que o Khan não vos receberá – continuou. – Mas, se não acreditais, ide. Pois assim vosso jovem Khan não terá traidores entre a sua gente, nem corações de camelo cavalgando junto com ele."

Belgutei, que evitara Temujin, acreditando-o vencido, agora lançava-lhe olhares com sorrisos amigáveis e calorosos. Bektor mordia o lábio. Os olhos de Temujin dilataram-se de surpresa, e Jamuga voltou as costas com asco. Mas os demais homens da tribo coçavam o corpo e trocavam olhares inquietos, ruborizando-se.

Vagarosa e portentosamente, o xamã fixou os olhos sobre a área descorada para além do ordu. Então, ainda vagarosa e portentosamente, voltou-se para seu povo, e, como um homem que vai a um pomar e colhe uma a uma as frutas, assim ele colheu cada olhar, retendo-o. Um silêncio intenso caiu sobre tudo, cheio de um medo inominável, enquanto cada homem olhava para o rosto do xamã, que parecia iluminado por um estranho relâmpago.

– Olhai! – exclamou Kokchu, numa voz baixa e magnética. – Os espíritos enviaram um augúrio!

Então cada um olhou, e um profundo e aterrorizado grito explodiu de cada garganta. Kurelen olhou também e contraiu os lábios. Seus olhos brilharam de alegria e admiração. Inicialmente não havia nada para ver além do vapor dourado, que seguia a ampla partida dos rebanhos, camelos, cavalos e yurts. Então esse vapor abriu-se como uma cortina, afastando-se para os lados, e lá, onde nada além do deserto existia antes, havia uma hoste de cavaleiros gigantes e espectrais, imóveis no enorme silêncio, as lanças em riste tremulantes de estandartes fantasmagóricos, as faces tão funestas e sombrias como os perfis das colinas, que Kurelen havia visto. Havia algo de aterrorizante no imenso silêncio, algo de terrível na sua portentosa espera. Suas cabeças pareciam mais altas que as colinas. Seus cavalos, cinzentos e irreais, tinham três vezes o tamanho de cavalos vivos. Os estandartes fantasmagóricos tremulavam a um vento sobrenatural, aparentemente nas próprias nuvens. Relâmpagos pálidos fulguravam em volta deles, e cada homem, no seu extremo terror, julgava ouvir o som remoto e terrível de cometas e tambores.

O xamã ergueu o braço e gritou numa voz pavorosa:

– Os Espíritos do Céu Azul vieram em ajuda de Temujin, filho de Yesukai.

Um único gemido de completo terror se elevou do povo. Caíram todos de rosto no chão e cobriam a cabeça com os braços. O gado, os camelos e os cavalos, que não viam nada, mexiam-se e empinavam-se inquietos, sentindo o cheiro acre do terror humano. Mas Temujin e os amigos e Kurelen não caíram com os rostos no chão. Kurelen sorria. Pensava: O velhaco tem tanta imaginação como eu!

Lentamente a hoste apagou-se e o vapor cresceu de volta como uma nuvem de ouro. Um a um, os homens se levantaram, intimidados e trêmulos. Um a um, caíram de joelhos aos pés de Temujin e juraram sua fé e devoção. Por cima das cabeças curvadas Kokchu e Kurelen trocaram um débil sorriso. Kurelen tocou a própria testa, zombeteiramente, com admiração. Presunçosamente, Kokchu recebeu a saudação com uma agradecida inclinação de cabeça.

Mas, no fim das contas, só restara com Temujin um punhado de homens. O jovem Khan estava melancólico. Nada podia consolá-lo. Ele foi atrás da mãe, e logo voltou correndo do yurt dela gritando:

– Minha mãe desapareceu, e não se encontra em nenhum lugar!

Quando caiu a noite, Houlun voltou, e o povo ficou mais assombrado do que nunca. Pois aquela intrépida mulher tinha-se esgueirado para fora do ordu a cavalo, e, carregando o estandarte dos rabos de boi, perseguira os desertores da tribo, e, alcançando-os, fizera-lhes um discurso e persuadira alguns deles, pela vergonha, a voltarem a renovarem sua dedicação a Temujin.

Ela cavalgou de volta para o ordu, com o cabelo negro flutuando em torno dos ombros, a heroica cabeça altiva, carregando orgulhosamente bem alto o estandarte nas mãos, e os envergonhados membros da tribo seguiam-na nos seus yurts, rodeados por seus rebanhos.

Kurelen ergueu os olhos para a irmã, e por um instante seu sorriso não foi irônico. Mas Temujin, depois de primeiro olhar, ficou vermelho de tão furioso. Rodou sobre os calcanhares e entrou no seu yurt. Estava magoado de todo coração com a mãe. Pela segunda vez, ela o envergonhara.

17

— Tu és um tolo – disse Kurelen brandamente.

Temujin olhou-o com raiva. Toda a violência da sua natureza lhe transparecia na lividez dos lábios e no verde vivo dos olhos, que mudavam de cor de acordo com seu estado de espírito.

– Fui envergonhado para sempre por minha mãe! – gritou ele.

Kurelen deu de ombros.

– Repito, tu és um idiota. Graças à tua mãe, ainda tens um povo em torno de ti, e ainda estás vivo. Mas talvez preferisses ter sido abandonado sem qualquer ajuda, ou então ter sido morto! Querias uma morte de herói? Acho que devias ter mais juízo. Lembra-te de uma coisa: não importa como um homem sobreviva, e sim que sobreviva. Não importa como sua vitória tenha sido obtida, e sim que ele seja o vencedor. Sê sensato. Lembra-te apenas de que ainda és o Khan dos mongóis yakkas, e empenha-te na tarefa de consolidar teus ganhos e planejar sagazmente o futuro. Pois estás ainda em extremo perigo de perder teu clã e tua vida.

– Kurelen tem razão – disse Jamuga vagarosamente, erguendo meditativamente as sobrancelhas. – Tu não estás em condições de bancar o herói ou de fazer bela figura. Teu povo precisa de ti.

Chepe Noyon começou a rir.

– Deixa que o povo cante em memória dos heróis. Eu, por mim, prefiro cantar junto com eles do que ser objeto da canção.

Subodai disse de novo ao seu chefe:

– Temujin, estou feliz que estejas vivo e não morto.

Mas Kasar, que era um eco de todas as emoções de Temujin na sua adoração pelo irmão, exclamou:

– Não estais compreendendo meu irmão! Só estais vendo a oportunidade e os ganhos, mas não vedes a desonra.

Kurelen fitou-o gentilmente, mas com desprezo indulgente.

– É bom que Temujin tenha um coração como o teu ao lado dele, Kasar. Mas, para o bem dele, abstém-te de aconselhá-lo.

E ele voltou-se para Temujin, que ofegava.

– Senta-te. Estás sendo ridículo. Deixa-me dar-te uns conselhos. Faz amizade com teu irmão, Bektor, pelo menos na aparência. Não deves atrever-te a fomentar qualquer divisão em teu ordu por enquanto. Corteja o xamã e convence-o da tua resolução. Se um rei tem os sacerdotes por si, estes valem mais do que mil guerreiros. O sacerdote faz o que quer com o povo. E o rei poderá estar certo da lealdade dos sacerdotes se os mantiver gordos e seguros. Presenteia Kokchu com a mais formosa mulher da próxima incursão. Lisonjeia-o. Tu não o iludirás quanto aos teus verdadeiros sentimentos, mas pelo menos ele ficará lisonjeado se o consultares, pois isso o convencerá do próprio poder. A lisonja é muitas vezes mais valiosa do que qualquer presente. E uma língua aduladora faz amigos mais rápido do que todas as virtudes.

– Os homens são uns idiotas – replicou Temujin desdenhosamente.

Kurelen fez que sim com a cabeça.

– Os homens sábios sabem disso, mas nunca o dizem. – Ele continuou: – Mas guarda as sutilezas para mais tarde. Tu e teu povo estais em grave perigo. Os parentes de teu pai, Targutai-Kuriltuk e Todyan-Girte, os dois chefes taijiuts, sabem que enquanto tu viveres terão um inimigo a enfrentar e um possuidor dos pastos que eles cobiçam. Sabem que lhes é vantajoso matarem-te e absorverem teu povo nos seus próprios clãs e tribos. Além do mais, teu pai era um homem valente e desafiava-os com sucesso, embora fosse tão menor e mais fraco. Desconfiam (e se estão com a razão ou não tu é que o sabes) que és um sucessor condigno. Eles já tomaram a maior parte do teu povo como vassalos, e o teriam todo, se não fosse tua mãe e Kokchu. Que é que pretendes fazer?

– Apelarei para Toghrul Khan.

Kurelen levantou um ombro.

– Toghrul Khan. Esse cristão nestoriano matreiro, conhecido por sua astúcia, traição e covardia! Mas talvez tu lhe agrades, mas só se o convenceres de que mereces ser patrocinado. A prova virá primeiro antes de ele te ajudar.

– Vou respirar um pouco – disse Temujin.

E saiu para o vento carregado da noite. Relâmpagos fulguravam a leste e havia um ruído de trovões por trás das colinas, que os relâmpagos tornavam incandescentes a intervalos. As fogueiras do acampamento já estavam amortecidas. A maior parte dos membros da tribo estava adormecida. Só os vigias dos rebanhos estavam acordados e alguns cabeceavam sobre os fogos baixos. Isso encolerizou Temujin; ele ergueu o chicote e fustigou os dorminhocos violentamente. Mas ele nunca desperdiçava palavras: vibrou as chicotadas em silêncio e depois continuou seu caminho. Os homens despertados esfregaram as costas e os ombros e acompanharam-no com os olhos arregalados, piscando de espanto aterrorizado, enquanto ele avançava pelo acampamento, com as dobras do manto flutuando atrás de si.

No dia seguinte, muitos deles disseram às suas esposas:

– O rapaz tornou-se o jovem Khan num piscar de olhos. Cresceu mais de 30 centímetros na estatura. Caminhava como um rei. Quando olhou para mim, seus olhos brilhavam como os olhos de um lobo na escuridão, e eu tive medo.

Temujin, apesar de toda a sua preocupação sombria e encolerizada dessa noite, aprendeu a sua primeira e mais significativa lição: que alguns homens podem ser conquistados com palavras, uns poucos com amor, muitos com presentes, mas todos com a ameaça da força. Ele aprendeu que um forte chicote na mão de um senhor vale mais que qualquer filosofia, e que uma bota rigorosa era mais temida do que todos os deuses. Iria aprender também que uns poucos, mas somente muito poucos, podiam ser conquistados pela razão, e que menos ainda não temiam nada além da própria consciência. Mas quando aprendeu isso, soube que esses poucos seriam insignificantes em influência, desde que o senhor nunca perdesse a crença no seu próprio domínio.

Saiu do ordu e ficou sozinho sob as estrelas, com o vento carregado no rosto e os olhos fixos nas colinas que saltavam ao fulgurar dos relâmpagos. Batia nas botas com o chicote e sua expressão era sombria. Quando um cão se aproximou farejando os seus calcanhares e rosnando, ele golpeou o animal ferozmente e jogou-o longe aos uivos. Com isso sua expressão iluminou-se. Sua sensação de impotência atenuou-se um pouco. Andou um pouco mais, encontrou uma grande pedra plana e sentou-se nela. Descansou o queixo na palma da mão e começou a pensar.

Seus pensamentos tornaram-se mais ansiosos, difusos, e finalmente, como uma nuvem, subiram e desvaneceram-se. A tranquilidade voltava-lhe aos poucos. Ele sentia a força do seu corpo jovem, sentia a pulsação forte do coração. Ergueu a cabeça e contemplou de novo as estrelas.

Uma intuição imprecisa estimulou-lhe o espírito e seus pulsos começaram a cantar de exultação. Quem me pode conquistar, pensava ele, se eu me recusar a ser conquistado? Kurelen riria de mim por isso. Mas deixemo-lo com as suas sutilezas. Filosofias foram inventadas para os fracos: nos seus risos, que aquiescem a tudo, está o unguento das feridas que os fortes lhes infligem. Eu não vou rir, vou viver.

Levantou-se e dirigiu-se para o yurt dos meio-irmãos, Bektor e Belgutei. Os rapazes estavam dormindo, mas Temujin bateu imperiosamente na aba do yurt e despertou-os. Belgutei avivou o fogo e à luz vermelha e obscura fitou Temujin amigavelmente. Mas Bektor sentou-se no seu monte de peles e esperou, mal-humorado. Temujin olhava demoradamente um e outro com os olhos brilhantes.

– Somos irmãos – disse ele mansamente. – E, como vosso irmão mais velho, e Khan, eu exijo a vossa lealdade. Se eu cair, caireis também. Dai-me vossa fidelidade, não pelo nosso sangue ou porque estou pedindo vosso amor, mas sim apenas por conveniência. Se me falhardes, eu vos matarei com minhas próprias mãos. Se permanecerdes ao meu lado, não tereis nada de que vos queixardes.

– Não sou um traidor – retrucou Bektor, numa voz alta e soturna.

– Tu tiveste sempre minha dedicação. E amor – declarou Belgutei, numa voz apaziguadora, a que se esforçava por imprimir um tom de admiração. Seus olhos espertos brilhavam de afeição simulada.

Temujin ficou em silêncio. Continuava a fitar um e outro demoradamente. Pensava: Bektor me odeia, mas ele não me trairá. Mas, por causa do seu ódio, ele é uma tentação para aqueles que poderiam utilizá-lo. É um simplório e um idiota; um escravo das palavras. Mas Belgutei me seguirá fielmente aonde eu o conduzir, enquanto estiver seguro de que não cairei ao longo do caminho. Não é tão perigoso como Bektor. Ele desconfia das palavras, pois, como é palavroso ele mesmo, sabe o pouco valor que elas têm.

Então, ali mesmo Temujin decidiu que Bektor precisava morrer. Decidiu isso sem a menor ponta de remorso ou angústia. A situação dele era demasiado desesperadora e nunca na vida fora de hesitar por razões sentimentais ou pessoais.

– Eu nunca cairei – disse ele em voz alta, dirigindo-se a Belgutei.

E saiu, pulando agilmente da plataforma do yurt. Foi ao encontro da mãe. Ela levantou a aba para ele, que entrou na tenda. Fitava-o ansiosa, com um sorriso, sabendo como ele estava encolerizado com ela. Mas bastou um olhar para o rosto dele e ela ficou em silêncio, compreendendo que se tinha tornado um homem finalmente. Ele inclinou-se e beijou-lhe a testa.

– Eu te agradeço, minha mãe. És uma mulher de grande sagacidade. Eu sempre te procurarei em busca de conselhos. És a senhora dos meus yurts. Amanhã trarei minha esposa a ti, e tu a aconselharás sobre a melhor maneira de ser uma digna esposa e mãe dos meus filhos.

Ela ficou profundamente comovida mas cheia de respeito e alegria.

– Temujin, há muito sei que teu destino seria maior que o de outros homens. Tens um longo e amargo caminho diante de ti, mas tu o trilharás com coragem. Lembra-te de que o homem não é tanto o escravo dos seus semelhantes como da consciência da sua própria inferioridade. Crê que és maior que os outros e serás maior que os outros.

– Eu sempre cri nisso – replicou Temujin, e ele acreditava mesmo que isso era verdade.

Ele foi ao encontro de Kokchu, que estava ocupado fazendo misturas de uma poção. Recebeu Temujin com estudada cerimônia, mas o rapaz observou que havia considerável ironia nela. Encontrou o olhar de Kokchu e fitou-o severamente.

– Kokchu – disse – eu te conheço como velhaco e traidor. Como vês, falo-te objetivamente; pois não tenho tempo para adulações. Tu sempre preferiste Bektor. Ele te ouve, e eu não. Além do mais, sonhaste utilizá-lo para me destruir, por causa do teu ódio. É estranho que tu não admires os homens da tua própria espécie e sim os odeies em teu coração! Além disso, tu conspiras pelo simples prazer da conspiração, como os sacerdotes costumam fazer. Mas agora eu te digo que preciso de ti, porque és um homem sábio e culto. Serve-me bem e algum dia tu me coroarás um Kha-Khan. Atraiçoa-me e eu te arrancarei as vísceras. Tu me compreendes?

Kokchu olhava-o penetrantemente, com os olhos apertados e os lábios pálidos até um tom de chumbo. Pensava: Filho de uma mísera raposa! Ainda disputarei em humor contigo, e então serei eu que rirei de ti. Aquele que desafia e ameaça um sacerdote não sabe o inimigo que cria.

Entretanto, enquanto fitava Temujin, ficou estranhamente entusiasmado. Talvez, pensou, este não seja apenas um rapaz tolo, cheio de basófia. Mas veremos. Tudo dependerá, entretanto, de que meu desejo de poder seja maior do que o meu desejo de vingança.

Ele assumiu uma expressão de pesar e amor paternais.

– Temujin, tuas palavras são duras, mas é minha missão perdoar e aconselhar e dedicar minha lealdade ao meu Khan. Esperemos que nos compreendamos melhor um ao outro enquanto viajamos juntos. Tuas ameaças enchem-me de pesar, mas levo em consideração que és jovem e inexperiente e que não quiseste imprimir nenhuma malignidade nelas.

Ambos fixaram o olhar um no outro intensamente em pesado silêncio. Então, muito lentamente, Temujin começou a sorrir sombriamente. Pousou a mão no ombro do Xamã.

– Vive as tuas palavras, Kokchu, tão bem como as dizes. Isso é tudo que te peço.

E deixou o xamã.

Kokchu ficou muito tempo imóvel ali. Muitos pensamentos e emoções deslizaram-se por seu rosto escuro e astuto. Finalmente começou a rir.

"Preciso lembrar-me de que a vingança é menos doce do que o próprio proveito. Mas, mesmo assim, veremos." E continuou pouco depois: "Será possível que Kurelen o tenha industriado nessas palavras? Se foi assim, sei o que preciso fazer. Se não, preciso retraçar meu caminho."

No dia seguinte, Temujin reuniu toda a sua gente. Ficou ali diante de todos, alto, ameaçador, resoluto, com um rosto que ficara mais duro e adulto. Declarou:

– Nossa situação é desesperadora. Mas nada me pode tocar. Se me atraiçoardes, pereceremos todos. Segui-me e nada nos resistirá. E não falo em vão.

Kurelen pensou assombrado: Ele acredita mesmo nisso!

18

Temujin foi buscar a noiva.

Dai Sechen, que ouvira falar da desorganização do ordu de Temujin, hesitou. Era melhor que Temujin consolidasse seu povo e ficasse mais forte antes de levar sua jovem esposa para o seu pobre acampamento, para o meio de gente assustada e empobrecida. Mas quando Temujin se voltou rapidamente e ele lhe viu a expressão do rosto, caiu num silêncio inquieto. Finalmente disse:

– Eu não esperava que tu estivesses vivo.

E organizou uma grande festa de casamento. Todos os jovens guerreiros se reuniram, envoltos nas suas peles de ovelha, com peitorais laqueados fantasticamente pintados, jaquetas de couro curtido, amplas, vermelhas e bordadas, as lanças penduradas ao ombro e as aljavas cheias de flechas agudas. Seus rostos crestados reluziam de camadas de gordura, que os protegiam dos ventos cortantes do Gobi. As mulheres adornaram-se com as suas melhores vestes de lã, enchendo-se de braceletes e colares, os cabelos entrançados com fios brilhantes. Os mais gordos cavalos e ovelhas foram mortos e logo os odores apetitosos de carne cozida invadiam o ordu.

Os guerreiros empilharam suas armas à entrada dos yurts, como símbolo da sua amizade, e sentaram-se ao lado direito dos mais velhos. Bebia-se prodigiosamente. Antes de cada gole, cada guerreiro entornava libações para os quatro cantos da terra. Os menestréis, velhos com as suas rabecas de uma corda só, cantavam canções heroicas e de casamento, vagueando de fogueira em fogueira, espreitando o conteúdo dos caldeirões e emborcando vinho.

Os guerreiros bebiam e batiam palmas, gritando e cantando. Leite fermentado e vinho de arroz fluíam como água. Logo estavam dançando desajeitadamente com as suas botas de pele de veado, batendo com as mãos ritmadamente nos escudos de couro. Quando a noite caiu, a orgia intensificou-se. Os rostos ossudos e bronzeados à luz vermelha do fogo, que se refletia em bocas que riam e dentes úmidos e brancos, tornavam grotescos os canhestros dançarinos, que pareciam animais peludos saltando. Ao longe estendiam-se as planícies escuras e as estrelas no horizonte sem limites.

As festividades continuaram por três dias, e então Bortei foi trazida para sentar-se ao lado esquerdo do noivo. Ela trajava um vestido de feltro branco, bordado de escarlate, azul, amarelo e prateado, e sobre a cabeça, pesadamente incrustado de contas de prata e turquesas azuis redondas, usava um toucado cônico, feito de cortiça forrada de seda bordada. Ela sentou-se, recatada e silenciosa, com os olhos baixos, de modo que suas pestanas pareciam cimitarras negras sobre as faces. Seus lábios eram carnudos, vermelhos e macios, como um botão de papoula. Sobre os ombros trazia seu manto de pele e nos pulsos tinha pesados braceletes de contas de prata e delicadas figuras também de prata.

Temujin permaneceu imóvel, olhando para sua noiva com as narinas palpitantes e os olhos chamejantes. Tinha o lábio superior aljofrado de suor e sua respiração era ruidosa e ofegante. Quando ela ergueu rapidamente o olhar para ele por debaixo das pestanas, um débil sorriso lhe encrespou os cantos da boca e seu peito arfou ligeiramente. Ele juntou as mãos e olhou sério em volta, como que desafiando qualquer espectador a achá-lo desmoralizado ou tomado por emoção indigna de um homem.

Perto de Temujin estavam sentados o tranquilo Subodai, sobre quem Bortei concentrava toda a atenção, Chepe Noyon, alegremente bêbado como de costume, e o rígido Jamuga, de lábios lívidos com as pálpebras petrificadas, que não bebia nada e observava tudo. Às vezes, Bortei, atraída por aquele olhar imóvel, olhava para Jamuga, e então parecia-lhe que o seu coração se contorcia de medo, raiva e asco, e jurava para si mesma, mais uma vez, que Jamuga devia ser destruído e afastado do seu marido. Nesses momentos, a cor dos seus lábios ficava menos ardente e uma sombra azulada estreitava-lhe as narinas.

Um velho menestrel parou diante do jovem casal e cantou:

A minha bem-amada é aquela que está sentada ao meu lado,
Adornada com as faixas azuis e as vestes de casamento.
Ela será meu consolo da minha juventude à minha velhice,
Quando a minha barba for mais cinzenta do que estepes
[e meu coração
For mais lento do que as águas represadas pelo gelo.
Ela terá meus filhos, cada um deles mais forte que o último.
Ela coroará minha vida de fertilidade e doçura como puro mel.
Ela aquecerá meu leito frio e meu coração frio.
Suas mãos envolverão meu pescoço como um colar de terno fogo.
Ela curará minhas feridas e guardará meus rebanhos,
Baterá feltro para o meu yurt, coserá minhas roupas
E fará minhas botas de pele de gamo. Aonde quer que eu vá,
Onde quer que eu morra, aí estará minha esposa, meu consolo,
Meu refúgio, minha lareira e minha esperança. Bendita seja ela
Acima de todas as outras mulheres. Oh, bendita seja ela,
[minha esposa!

Bortei olhou para Subodai, e seu peito dilatou-se e sua respiração ficou mais rápida. Temujin tomou-lhe a mão, e, quando ela o sentiu, encolheu-se.

Dai Sechen, entretanto, ainda estava inquieto. Pediu a Temujin que o acompanhasse até sua tenda, no auge das festividades. Ele não era direto, e sim astuto e ardiloso, características que Temujin desprezava. Depois de muita hesitação e sussurros meditativos, o velho disse, encolhendo-se um pouco diante da expressão do olhar de Temujin:

– Ouvi falar de todo o trabalho que tiveste e de todos os teus feitos prodigiosos e os de tua mãe para conservar teu lugar sobre a pele do cavalo branco. Ouvi falar de como foste perseguido e de como teu povo desertou. Sei também que ainda não estás livre dos problemas e perigos...

Temujin interrompeu-o com desprezo:

– Sabes demais, Dai Sechen, e estás me cansando com a recitação das minhas penas. Tens alguma sugestão? Dize-a e teremos conversado.

Os olhos de Dai Sechen estreitaram-se numa expressão astuta.

Ele disse mansamente:

– Ah!

Cofiou então a barba e continuou:

– Eu ficaria mais tranquilo dentro do meu coração quanto à minha filha se tu apelasses para a proteção do anda de teu pai, seu irmão de armas, Toghrul Khan, o chefe dos turcos karait. Monta teu cavalo, vai até as cidades muradas dos karaits e pede a Toghrul Khan a assistência que ele jurou prestar-te quando solicitado.

Parou abruptamente de falar, pois Temujin fitava-o encolerizado. O rapaz ficou de pé e começou a caminhar de uma extremidade à outra do yurt, como se não se pudesse controlar. Finalmente deteve-se diante do sogro e gritou-lhe furiosamente:

– Não tens nenhuma sabedoria, Dai Sechen, se não sabes que ninguém deve apelar para um amigo com as mãos vazias, se não desejar encontrar desprezo, hesitação ou desculpas. Vai fortemente, a cavalo, com tesouros, e o amigo te saudará alegremente e te oferecerá toda a sorte de assistência. Se eu fosse hoje até Toghrul Khan, ele diria consigo mesmo: "Este é um rapaz fraco e lamuriento, que esvaziará qualquer cofre sem esperança de restituição, e me porá em perigo por causa da minha ajuda."

E ele não estaria errado. O forte ajuda o forte. Preciso provar ao meu pai adotivo que mereço sua ajuda antes de pedir ajuda ou esperar por ela.

Dai Sechen ponderou sobre isso com o rosto contraído de desapontamento e contrariedade. Pensava: Mesmo agora ainda posso recusar minha filha, dizendo que ela vai inevitavelmente para a morte ou a fome, e que seu marido precisa ter um lugar seguro para ela antes que ela abandone a tenda de seu pai. Se não concordar, bem, afinal de contas, ele não passa de um jovem indefeso, acompanhado de apenas três rapazes, e eu poderei facilmente destruí-lo. Nem sequer seu povo poderá vingá-lo, porque é muito mais fraco que o meu.

Temujin observava o velho, sentado no chão diante dele sobre as pernas cruzadas. Seu rosto ensombreceu-se e seus lábios apertaram-se numa linha cruel e feroz. Começou a falar tão baixo que Dai Sechen demorou um momento até tomar consciência das suas palavras:

– Faz-me qualquer traição, Dai Sechen, e não terás mais amanhãs. Foi dito de mim no meu nascimento que eu seria o governante de todos os homens. Como podes desafiar os espíritos que ordenaram isso?

Dai Sechen ergueu os olhos e examinou o rosto jovem e duro acima dele. Então, demorada e astutamente, ele começou a sorrir.

– Tu não acreditas nas profecias, Temujin, mas resolveste cumpri-las.

Ficou de pé e segurou o braço de Temujin.

– Talvez eu seja um tolo, na minha senilidade, mas há algo de fatídico em ti. Olho para o teu rosto e vejo algo estranho, como que um destino. Ouve: mandarei junto com minha filha não só suas servas, mas também dez guerreiros com seus yurts e famílias. – Ele fez uma pausa e suspirou. – Dizem que Toghrul Khan e seu povo são muito ricos, possuidores de muito ouro, prata e armas, e mesmo do fogo-que-voa dos chineses, e que suas cidades têm muralhas invencíveis. Não queres reconsiderar?

– Não – respondeu Temujin mansamente. – Quando eu for até ele, será como um aliado e não como um suplicante. Derrotarei os taijiuts com os meus próprios recursos. Confia em mim.

Dai Sechen disse pensativamente:

– Tuas palavras são vangloriosas, como o são as dos jovens, mas eu creio que não és verdadeiramente um fanfarrão.

Temujin sorriu sinistramente.

– Já não sou jovem. Não são os anos que envelhecem e sim os conhecimentos. Aprendi muito, mas a mais importante lição foi que um homem não precisa usar a razão para tornar-se poderoso e invencível. Precisa, sim, usar promessas de vantagens com alguns homens. Mas essas promessas de vantagens devem ser apenas para os seus próprios paladinos. Com seu povo ele deve usar da força e do terror. Sua vontade precisa tornar-se uma vontade divina para eles. Ele não pode ser apenas um homem entre homens, mas sim um deus, com o poder da morte na mão. Precisa rodear-se de mistério, inquietação e superstição. Precisa usar uma coroa ameaçadora e carregar uma espada impiedosa na mão. Um rei bondoso é um rei fraco, e seu povo inevitavelmente o desprezará.

Seu rosto subitamente contorceu-se, tornou-se sombrio, demonstrando certo desdém.

– Aprendi também que a alma do homem é a alma de um camelo, que só atende ao chicote! Mas eu temperarei minha implacabilidade com generosidade para com aqueles que me servirem bem, e ninguém jamais poderá dizer que a palavra de Temujin é como a água. Por tudo isso, meu povo me amará, e então quem poderá nos enfrentar? Quanto a mim, enquanto não confiar em homem algum, serei inconquistável.

Nesse ponto, Dai Sechen sorriu ligeiramente e cofiou novamente a barba. Então passou o braço pelo de Temujin, dizendo-lhe:

– Bem, então, estamos entendidos. Voltemos para a tua noiva.

Agora era o momento em que Bortei precisava esconder-se entre as meio-irmãs e as servas, e em que Temujin devia persegui-la através das tendas como se a conquistasse à força do ordu do pai. Ele tinha que vencer as mulheres por ela, quando estas lhe bloqueassem a perseguição, e ela fugiria por entre os yurts. Era uma brincadeira alegre, em que todos tomavam parte com risos e conselhos obscenos. O caminho de Temujin era bloqueado também pelos guerreiros bêbados que cantavam e lutavam com ele aos gritos. Ele jogou alguns longe, e chutou outros para fora do caminho. O sangue de Temujin exultava, seus dentes cintilavam. Agora seus olhos tinham o tom do azul ardente de uma chama.

Bortei, ouvindo o tumulto da aproximação dele, fugiu do yurt em que estava escondida e precipitou-se para outro quase deserto num lugar mais sossegado. Ela o tinha alcançado e estava quase subindo para a plataforma quando uma sombra cinzenta na luz difusa da aurora se ergueu diante dela. Apertou as mãos contra a boca para reprimir um grito assustado, e então viu que a sombra era de Jamuga.

Ficaram os dois como estátuas, sem voz, sem movimento, olhando um para o outro. Alguns momentos se passaram e o tumulto da procura ficou mais próximo. Mas nem o rapaz nem a jovem falaram coisa alguma. Fitavam-se mudamente como dois gladiadores. Um fogo prateado fluía ao longo do horizonte oriental, e a terra flutuava num mar de leite. E os dois continuaram imóveis. Mas quando a luz brilhou, um viu o ódio do outro. E Bortei compreendeu que Jamuga a estava advertindo e desafiando e que ela tinha um inimigo implacável até a morte.

A visão da festa da caçada irrompeu plenamente. Bortei, cujo rosto estava pálido como a morte, olhou para Temujin, que se aproximava, e para aqueles que o seguiam correndo. Então virou-se para olhar Jamuga ainda uma vez. Mas ele já havia desaparecido. Parecia que a terra o tinha engolido, pela rapidez com que sumira.

Quando Temujin a agarrou com um grito de triunfo, ela lhe ficou inerme nos braços, sorrindo fixamente. Mas seu coração pulsava como um tambor e um frio correu-lhe pela espinha.

19

Com cínica compaixão, Kurelen assistiu à volta triunfante de Temujin com a esposa. Havia um desafio exultante e turbulento no comportamento dele, uma largueza impetuosa que à primeira vista parecia fanfarrice de rapaz. Mas depois de um exame pensativo, Kurelen, assombrado, viu que estava errado. Devo estar envelhecendo, pensou, numa tentativa de escarnecer de si próprio, pois acredito em presságios.

Agradou-lhe a beleza de Bortei, mas depois da primeira boa impressão viu o quanto ela era ambiciosa, imperiosa, frívola e voluntariosa. Ela trouxe para Houlun um manto de peles negras de zibelina, um presente precioso, mas entregou-lho com um respeito arrogante, sem deixar nenhuma dúvida de que achava o povo de Temujin pobre e fraco, e que ela viera de um clã mais rico e de vida mais fácil. Os pastos de seu pai tinham sido assentados e eram férteis. Ele não era perseguido, e, ao contrário, era razoavelmente respeitado pelos outros chefes.

Bortei já ouvira falar na história sórdida da fuga recente de Temujin para escapar do assassinato às mãos de Targoutai, que anunciara ser então o único senhor das pastagens do Gobi setentrional. Temujin tinha-lhe contado isso, com contrariedade e mortificação. Mas mesmo a sua explicação de que tinha de fugir por algum tempo, porque ainda não estava preparado para lutar pelos seus pastos e conservá-los, não haviam atenuado a desonra, na opinião dela. Para ela, um homem que tinha de fugir era uma mísera criatura. Entretanto, ela não lamentava seu casamento. Temujin era sempre um Khan, embora Khan de um miserável punhado de gente. E ela era uma jovem muito astuta. Acreditava nele, embora o temesse mais do que amasse.

Tinha decidido desde o início que ele viria a ser um Kha-Khan, e diligentemente planejara consigo mesma os passos necessários para tanto. Lembrava-se presunçosamente de que seu pai muitas vezes lamentara o fato de ela não ser um homem, por causa da sua inteligência superior. Seria necessário apenas ter Temujin sob a sua total influência, para guiá-lo acertadamente. Para tanto, ela precisava livrar-se de Jamuga, que desconfiava não ser nem cruel nem exigente. Mas, para desespero seu, viu-se defrontada não só por Jamuga mas também por Houlun e Kurelen.

Kurelen inspirara-lhe maus pressentimentos e ódio. Sondara-o quanto aos planos dele em relação a Temujin, e, com súbito prazer e deleite, descobriu nele o seu próprio ceticismo e filosofia realista. Mas percebeu também que, embora seus objetivos fossem aceitáveis para ele, não os levava a sério. Seria bom, dissera-lhe ele francamente, que Temujin se tornasse o que ela queria. Mas se apenas conseguisse sobreviver com paz e conforto, então também seria bom. Afinal de contas, um homem precisava apenas de um mínimo de pão para viver.

– Tu pensas assim porque és um impotente – observou a jovem, fitando-o com selvagem candura.

Os olhos dela eram tão cinzentos como um lago congelado, pensou Kurelen, enquanto sorria, e levantava as sobrancelhas com malícia.

– Bem, que querias tu então para Temujin, criança?

Os olhos pardos coruscavam como se um relâmpago se tivesse refletido neles.

– Eu o queria senhor de todo o Gobi – respondeu ela, não muito alto, mas com certa impetuosidade.

– Isso porque tu o amas?

Ela hesitou. E então pensou que Kurelen amava a candura, porque esta o fazia rir, e, quando ele ria, ficava sem veneno e ela não precisava temê-lo.

– Não – replicou ela com um sorriso encantador. – Porque eu amo a mim mesma.

Eles se entendiam, eram prudentes um com o outro, mas não se desgostavam. Se Kurelen se opunha a ela, a jovem concluía sagazmente, era apenas para provocá-la. Ele a olhava com intenso interesse e ajudava-a quando necessário. Havia muito que ela percebera que sob o escárnio nele em relação àqueles que amavam o poder havia uma inesgotável ânsia de poder nele mesmo. Somente o seu grande senso de humor evitara que ele se tornasse um conspirador; somente o seu conhecimento de si mesmo o fizera refrear-se de conspirações invejosas. Ele conhecia as próprias limitações, mas era sábio em não procurar vingar-se delas. E, como muitas vezes ele mesmo explicava, preferia comer, e preferia também que o que comia não fosse maculado pela amargura.

Mas Houlun, reconhecendo-se na outra, odiou de imediato a jovem esposa, que ameaçava o seu próprio domínio. As duas mulheres fitaram-se. Houlun pensou furiosa: Já não sou jovem. E Bortei pensou: Já governaste demais. E assim começou uma luta por Temujin, que só devia terminar com a morte, e um ódio que seria incansável e implacável.

Um por um, Bortei analisou aqueles que a ajudariam ou se lhe oporiam. Só não se preocupou com Kasar, dando-lhe o seu mais doce sorriso quando lhe descobriu a idolatria pelo irmão. Ele era bravo, simples e devotado, um bom companheiro. Ela logo o convenceu de que adorava Temujin, de que só lhe desejava o bem e era ambiciosa por ele. Em troca, ele ofereceu-lhe adoração sem limites e cega devoção. Nada daí em diante poderia fazer estremecer sua dedicação a ela.

Chepe Noyon, como ela sabia, admirava-lhe a extravagante beleza. Mas ela era esperta. Ele podia estar seduzido pelos seus olhos e lábios, mas só de longe, e com prazer cortaria a garganta dela se descobrisse qualquer traição sua contra o marido. O corte da garganta seria feito com precisão e sem nehuma hostilidade pessoal. Ela decidiu conquistá-lo e fingia uma inocência que não o iludia, mas apenas o divertia. E isso a divertia também. Tomaram-se abertamente grandes amigos. Ela tinha a garantia de que ele não se oporia a nada que contribuísse para o progresso dos interesses de Temujin, por mais tortuosos e astutos que fossem os seus métodos. Ele era supremamente leal, mas tinha pouca integridade pessoal, observou ela com alívio. Ela, porém, era muito inteligente para se surpreender com paradoxos.

Bortei logo compreendeu que o xamã era uma força temível, que ela não devia subestimar. Percebeu que ele era extremamente vulnerável à beleza e às lisonjas femininas, mas só até o limite dos seus próprios interesses. Ele não sacrificaria nem arriscaria o que quer que fosse por qualquer sedução feminina. De início, ela ficou preocupada, mas depois encorajou-se. Só tinha que lhe mostrar que o seu próprio proveito estava com Temujin, e então ela o teria por si completamente. Mas foi aí que ela descobriu Bektor.

Percebeu que Bektor era, em sua inocência, o mais perigoso inimigo que ela teria de enfrentar, por causa de Kokchu e de outros que odiavam Temujin. Sem remorsos, decidiu que ele precisava morrer. Só tinha de preparar o caminho. Uma vez Bektor morto, o xamã não teria outra escolha senão Temujin. E o assassinato devia ser providenciado logo, concluiu ela. Veneno, talvez. Sua própria mãe tinha-lhe ensinado as mais poderosas toxinas. Ela pensaria nisso dali a alguns dias e planejaria a ocasião propícia.

Jamuga também precisava morrer ou ser afastado de qualquer outra maneira. Talvez não devesse ser morto, pois isso solidificaria sua influência junto a Temujin, que nunca iria acreditar em qualquer acusação ou rebeldia, a não ser que ele próprio a testemunhasse. E ele precisava ser levado a testemunhá-la, e pelo próprio Jamuga. Isso tudo exigia um planejamento. Bortei metodicamente pôs de lado a ideia para ser trabalhada depois, com tempo, pois ela requeria grande astúcia. Enquanto isso, ela analisaria Jamuga, e descobriria a maneira de fazê-lo arruinar-se a si mesmo.

E, finalmente, havia Subodai, o cavalheiresco, o puro e o belo, cuja alma era como água cristalina numa taça de prata. O desejo por ele crescia nela dia a dia, de tal modo que lhe parecia que fogo líquido lhe corria nas veias em vez de sangue. Se quisesse seduzi-lo, teria de fazê-lo com extrema habilidade e prudência, pois havia olhares demais sobre ela. Imaginou se Kurelen ou o xamã já teriam percebido sua paixão. Kurelen, concluiu ela, não interferiria, a não ser que ela se desviasse dos seus deveres para com Temujin. Uma vez ele tinha-lhe dito: "Entre nós, o adultério é um crime. Entre os civilizados, é uma arte." Entretanto, ainda não estava certa de que a tolerância dele se estenderia a ela, a despeito do seu sorriso de troça quando falava da simplicidade do seu próprio povo. Percebeu que Kurelen, no fim das contas, só lhe pediria que não o forçasse a assistir pessoalmente a sua traição a Temujin. Quanto ao xamã, ela precisava tomar cuidado para não lhe ofender a vaidade. Precisava reservar suas lisonjas mais delicadas para ele.

Mas o próprio Subodai era o maior obstáculo no caminho da sua sedução. Ele era um verdadeiro Cavaleiro Branco, generoso, valente e leal. Nunca seria seduzido por uma paixão, e sim por um grande amor. E não poderia pairar nenhuma sombra sobre esse amor. Ela concluiu que ele precisava ser levado a amá-la em segredo. Ela não acreditava seriamente que, no fim de tudo, algum homem pudesse resistir à paixão, desde que fosse devidamente estimulado. Mas sua tarefa, como ela sentiu, seria árdua e longa. Ela precisava aparecer aos olhos dele como uma esposa pura, devotada e heroica, cheia de meiguice e de todas as virtudes. Então ele a amaria. Sua capitulação então seria apenas uma questão de tempo. Ele nunca começaria pelo desejo; mas terminaria por ele.

Algumas vezes ela sentia grande desprezo por ele e duvidava da sua virilidade. E então seu próprio desejo varria essa sensação, e ela percebia que nada mais importava além desse desejo e da sua satisfação, e então nascia nela um respeito indomável por aquele homem, que só amaria uma mulher se ela fosse virtuosa e devotada ao seu marido.

Mas sempre, a cada desvio tortuoso do labirinto da sua natureza, ela se deparava com os olhos inflexíveis de Jamuga, o anda de Temujin, que este amava mais que a todos os outros, até mesmo que a sua esposa:

o obstáculo que precisava ser destruído, para que todos os desejos dela pudessem ser satisfeitos.

Ela não aprendera, e talvez nunca viesse a aprender, que Temujin, no seu íntimo, só era influenciado por si mesmo, e só fazia, no fim das contas, aquilo que ele mesmo decidira fazer. Se outras pessoas acreditassem tê-lo influenciado, teriam a cega gratificação da sua própria vaidade. Ele nunca se dava ao trabalho de desiludi-las. Ele achava que pessoas iludidas eram sempre uma vantagem, e que a sua ilusão só solidificava a lealdade a ele. Desde muito ele tinha compreendido que os homens só são devotados a um chefe em quem acreditam ver sua própria liderança e desejos por meio da influência. Sua própria presunção era a primavera da sua devoção. Traí-lo seria traírem-se a si mesmos. E somente os santos e os loucos se traem a si mesmos.

Apenas Kurelen desconfiava da verdadeira natureza de Temujin, e por isso mesmo tinha o cuidado de disfarçar seus conselhos com risos, de tal modo que seu sobrinho nunca podia ter absoluta certeza da natureza deles.

Enquanto isso, ele, Kurelen, achava a vida muito interessante. Era observador, e via estímulo e alegria em tudo.

20

Kurelen dissera a Temujin:

– O dia em que o homem compreende que não tem amigos é o dia em que se liberta dos cueiros.

Temujin acreditava nisso, com algumas reservas. Acreditava que só era dado a uns poucos ter um verdadeiro amigo, e mesmo assim só um. Ele podia ter companheiros devotados como Chepe Noyon, Kasar e Subodai, mas só pelo fato de ser especialmente abençoado podia ter um amigo como Jamuga Sechen, seu anda espiritual e irmão de armas.

Um homem podia ter uma mãe tão nobre como Houlun, uma esposa formosa, zelosa e inteligente como Bortei. Podia ter um conselheiro que o amasse, como Kurelen, mas raramente teria um amigo que estivesse acima de mãe, esposa, filhos, sacerdote e parentes.

Mesmo mais tarde, ele nunca duvidou do amor e da devoção de Jamuga por ele. Nem, a despeito de muitos fatos, duvidou jamais da lealdade fundamental de Jamuga. Somente a Jamuga podia ele falar com liberdade e simplicidade. Havia em Temujin uma eterna sede de liberdade e simplicidade, não maculada por risos, sutilezas e todas essas coisas entediantes. Ele voltava a elas como um homem que volta a um oásis depois de grandes saques. Quaisquer que fossem as suas outras ânsias, predominava essa sede profunda. Ele a satisfazia com Jamuga.

Podia conversar com Jamuga. Muitas vezes não concordavam um com o outro, eram muito diferentes e não gostavam das mesmas coisas. Mas confiavam um no outro, e compreendiam-se. Temujin disse uma vez a Jamuga que toda a devoção dos outros era baseada nas ilusões individuais quanto à sua verdadeira personalidade. Mas Jamuga conhecia perfeitamente Temujin, e, logo, só podia amá-lo completamente. Ele, Jamuga, nunca ficava chocado ou desconcertado com Temujin, com o que quer que ele fizesse. Não por causa do seu afeto, mas pela sua compreensão, mesmo quando estranha à sua própria natureza.

Algumas vezes os outros ficavam ofendidos ou enciumados com o hábito dos dois rapazes de cavalgarem juntos para longe; mas era uma necessidade para Temujin sentir que, quando estava com Jamuga, estava verdadeiramente só, com seu outro ego acompanhando-o, e com quem não precisava fingir. Muitas vezes ele tinha de mentir. Mentir o aborrecia, porque era uma perda de tempo. Com Jamuga ele nunca precisava mentir. Sentia alegria em ser ele mesmo, como se tivesse arrancado roupas quentes e incômodas e mergulhasse nu na água fria.

Por causa do seu inimigo, Targoutai, que se declarara o senhor do Gobi setentrional desde a morte de Yesukai, a gente de Temujin tivera de se desviar consideravelmente do seu caminho usual nas viagens das pastagens de inverno para as de verão. Temujin, inicialmente, ficara furioso, mas não era da sua natureza ficar muito tempo furioso contra o inevitável. Só os idiotas desperdiçavam a essência das suas almas em fúrias inúteis. Ficou exasperado por ter de conduzir seu povo clandestinamente para os pastos mais pobres para não enfurecer Targoutai.

Mas Temujin reconhecia a necessidade de convencer Targoutai de que ele já não era mais um inimigo digno de ser aniquilado. Sabia que a sua melhor arma contra Targoutai era o próprio desprezo de Targoutai por ele. Não importava que Targoutai dissesse consigo mesmo: "Esse jovem Khan não passa de um cãozinho covarde indigno da minha inimizade e de ser caçado por mim." E assim Temujin continuava vivo, e tornava-se mais forte.

Enquanto isso, enviara um membro da tribo a Targoutai, fingindo traição. O membro da tribo, pretextando desertar para Targoutai, fora orientado para dizer:

– Temujin compreendeu que não é um verdadeiro chefe, e no fundo do coração o que deseja é jurar dedicação a ti. Mas ele tem certo orgulho, e deseja reunir alguma força para poder apresentar-se diante de ti e dizer: Sou digno de ser um dos teus vassalos, um dos teus noyon.

Mais tarde, Temujin soube que Targoutai tinha rido desdenhosamente e dito: "Ele, então, tem mais bom senso do que eu julgava possível num filho de Yesukai. Deixemos que ele prove seu valor, e talvez eu lhe permita mais tarde jurar-me dedicação."

Temujin, que ficara pálido de cólera, foi capaz ainda de sorrir sinistramente a essa resposta. A despeito da sua natureza tumultuosa, ele possuía a terrível paciência do nômade. Mas não possuía a maleabilidade e o fatalismo. Não podia dar de ombros e esquecer. Ele podia, sim, dar de ombros, mas nunca se rendia à inexorabilidade. O destino para ele era inflexível, mas apenas uma espada que podia ser empunhada por um homem forte.

Enquanto isso sua gente queixava-se da pobreza crescente e da aridez dos pastos. Temujin estava aparentemente resignado a ser chefe de um ordu miserável. Ouvia os resmungos e comprimia os lábios, mas não dizia nada, olhando para todos com silenciosa malevolência, de tal modo que todos se enchiam de terror dele.

Uma tarde, pouco antes do crepúsculo, ele afastou-se a cavalo com Jamuga para ficar um pouco sozinho. Algumas vezes, a despeito de si mesmo, sua ira e seu abatimento eram tão insuportáveis, que ele precisava sair para onde pudesse meditar.

Por causa do seu medo e da sua pobreza, o povo tivera que rodear as boas pastagens, e na volta foram forçados a entrar pelos contrafortes de grandes montanhas, onde os pastos eram escassos e o terreno acidentado e irregular. Ali havia muitos antílopes, ursos e raposas para caçar, mas pouca relva boa.

O ar estava fresco e frio, e perene, impregnado da pungência do abeto e da pureza da rocha. Temujin cavalgou um pouco à frente de Jamuga com súbita impaciência, como se algum pensamento doloroso o tivesse atingido. Seu garanhão branco saltava lepidamente para uma saliência de pedra, ou então detinha-se como uma estátua, com a longa crina e a cauda encrespando-se ao vento. Contra o fundo do céu palidamente brilhante e as montanhas de um azul intenso, cavalo e cavaleiro pareciam petrificados, com algo de atraente e fatídico na sua postura. O perfil escuro e violento de Temujin estava cheio de melancolia, faixas de luz pálida mas vívida cortavam-lhe as faces como um reflexo da neve. O sol, remoto, frio e brilhante, reluzia-lhe nos arreios do cavalo e no punho do punhal e da cimitarra. Seus olhos tomaram o tom do céu, e cintilavam como pedras de azul intenso. Seus ombros, largos, magros e retos, e suas costas eram as de um soldado. Seu cabelo descoberto brilhava como fios de ouro bruto. Selvagem, feroz e ameaçador, com a pele bronzeada contraída e áspera, ele parecia parte dessa imensa paisagem azul e branca, desse tremendo horizonte de céus e montanhas.

Em que pensava ele? Perguntava Jamuga a si mesmo, observando o amigo com profunda gravidade. Lembrava-se do Temujin mais jovem, turbulento e veemente, risonho e barulhento. Parecia-lhe que Temujin era como um ser vívido e movente, cheio de impetuosidade, imbuído de chama e paixão, que subitamente se congelara na eterna imobilidade bem no momento de uma atitude heroica. Sua juventude se fora para sempre e algo de terrível tomara-lhe o lugar.

Jamuga, tomado de um medo súbito e vago, esporeou seu cavalo negro e estreito, e alcançou Temujin. Ficaram lado a lado por muito tempo sem falar, enquanto o olhar de Temujin abrangia as montanhas e os vales cortados de água com uma avidez sombria. Não parecia existir nada além do silêncio, da pálida luz do sol e do vento que soprava sem qualquer som.

Então Temujin disse:

– Precisamos de pastagens. Muitas pastagens. Ou morreremos. Meu povo tem medo de mim, mas tem mais medo da morte. No fim, esse é o medo que vencerá. De alguma maneira, eu preciso vencer Targoutai em combate aberto. Preciso ser o senhor do Gobi setentrional.

– Por que não se oferece para juntar-se a ele?

Temujin não se moveu nem respondeu de imediato. Então, voltou-se para Jamuga e fitou-o com um olhar cortante, mas com a voz calma:

– Não, eu preciso vencê-lo. Preciso pedir a ajuda de Toghrul. Mas antes preciso fazer com que Toghrul me dê valor como aliado. Pensei em algo. Levarei o manto de pele de zibelina negra para ele e o convencerei de que mereço sua ajuda.

– Como farás isso?

Temujin sorriu. Fustigou seu garanhão branco com o chicote e o cavalo sacudiu a cabeça, erguendo-a, de maneira que sua crina de neve se ergueu como uma crista espumante sobre ela.

– Ouve, Jamuga: na realidade, o que somos nós, e o que era meu pai? Ladrões sórdidos, caçadores de bons pastos. Um entre milhares de pequenos aristocratas das estepes, que lutam sanguinariamente entre si, e ninguém é melhor do que ninguém no fim. Assaltantes, caçadores, guerreiros, fanfarrões, escravos da pobreza e do sofrimento, constantemente temerosos da aniquilação. Entretanto, todos juntos, unidos e jurados, seríamos temíveis, uma ameaça poderosa para as povoações e cidades, que podiam ser obrigadas a pagar tributos.

Jamuga franziu as sobrancelhas. Seus lábios descorados ficaram rígidos.

– Tributos – murmurou ele. – Mas procuramos apenas pastagens. E paz.

Temujin sorriu de novo, dessa vez com desprezo. Fitou Jamuga com os olhos cintilantes. Prosseguiu, como se Jamuga não tivesse falado:

– Ouve de novo: cada um dos nossos pequenos senhores procura atrair adeptos, de maneira que se fortaleçam bastante para atacarem as tribos mais fracas. Cada pequeno noyon precisa ser bem-sucedido ou morrerá! Esses constantes sucessos ou derrotas destroem os pequenos aristocratas, os cãs pequeninos. Cada homem precisa provar que é forte pela força das armas, e não por meio de presentes, como fazem os habitantes das cidades. Um homem fraco que dá presentes é objeto de desprezo. Somente o forte pode se atrever a dar presentes. Os homens seguirão o forte que é generoso. Assim, é necessário que as incursões sejam contínuas e as campanhas entre nós, constantes. Um líder forte atrairá muitos adeptos. Por que não, então, apenas um líder forte, um Khan, exigindo obediência e lealdade de todos os habitantes das estepes, em vez de alguns como Toghrul Khan e Targoutai, que se odeiam, e que provocam a anarquia e a desordem com as suas disputas constantes um com o outro e dos outros com eles?

Jamuga fitava-o sério.

– E tu achas que unindo todos os pequenos cãs e líderes sob as ordens de um homem irresistível poderás conseguir paz e harmonia, e todos os homens depois disso poderão coabitar sem temores e com conforto?

De novo Temujin sorriu, mas dessa vez ele desviou os olhos de seu anda e contemplou as montanhas. Sua voz, forte e rouca, desceu até uma nota grave:

– Paz! O homem que deseja paz é um homem que olha para a própria sepultura!

E esporeou seu cavalo, que desceu, saltando do platô de pedra. Temujin subitamente soltou um grito, ergueu o chicote e fustigou o garanhão ferozmente. Este saltou no ar, contorcendo-se, empinando-se sobre as pernas traseiras, e Temujin destacou-se contra o céu como uma estátua que retomasse violentamente a vida. Seu rosto adquirira aquela expressão selvagem e fatídica que enchia Jamuga de um terror inominável. Seus olhos eram pura chama verde. Então o cavalo, dominando novamente as quatro patas, galopou em frente como louco para dentro do vale, saltando de um platô para outro, escorregando por entre uma nuvem de poeira dourada em um solo íngreme. O ruído dos seus cascos ia despertando ecos, até que todo o ar se encheu de um trovejar próximo.

Depois de algum tempo, Jamuga seguiu-o pensativamente no seu ágil cavalo negro. Tossiu com a poeira amarela. Temujin detivera-se embaixo, numa fenda plana das montanhas. Seu cavalo arquejava. Mas quando Jamuga se aproximou dele, Temujin olhou-o com aquele sorriso doce e magnético a que ninguém podia resistir. Entretanto, havia no seu olhar uma luz maliciosa e clemência pelo seu anda.

– Se tu não fosses tão bravo, Jamuga, eu desconfiaria que eras um dos eunucos da cidade de que Kurelen nos fala.

Jamuga enrubesceu. Aquela cor rara lhe subia relutantemente às faces e, mesmo assim, só quando estava profundamente perturbado ou encolerizado.

– Não te compreendo, Temujin! – exclamou ele. Mas sentia-se um pouco mal, como que com um pressentimento.

Mas Temujin já tinha esquecido o que dissera e o estado de espírito que o motivara. Ergueu o chicote e apontou.

– Lá fica o império Khwarizmian da Ásia Central. E lá, mais adiante, o império Kin de Catai. Ambos ricos, elegantes e vastos, cheios de academias, universidades, templos, livrarias e palácios, ruas brancas rodeadas de árvores e incrustadas de lagos e jardins. Kurelen me contou. Contou-me também que esses impérios estão em decadência, como velhos gordos e sensuais com as entranhas doentes. Sentam-se nos seus jardins, cercados de mulheres que cantam, os dedos cobertos de joias, os queixos múltiplos afundados no peito, os corpos preguiçosos envoltos em vestes de ouro e seda bordada, os pés tão macios como suas mãos pálidas e inchados como bexigas. Só se mexem para comer ou beber. Ouvem filosofia e conversam com eruditos. Anseiam por prazeres estranhos e fracos, quando então são raramente incitados ao movimento. Sorriem com deleite sonolento à música de muitos cantores lânguidos. Suas barrigas são intumescidas de gordura. A riqueza, os apetites degradados e a segurança fizeram deles eunucos na alma, assim como no corpo. Estão prontos para serem destruídos, para serem mortos pela espada pura e forte.

Fez uma pausa. Fixou os olhos sorridentes, agora inocentemente azuis, em Jamuga, que franzia a testa num esforço para compreender.

– Jamuga, tu não te lembras das histórias que os persas contam, de que Kurelen nos falou, sobre um conquistador estrangeiro que veio do oeste, e que era chamado Alexandre da Macedônia, o divino, o Conquistador?

Jamuga, achando que Temujin estava brincando com ele com o seu humor incompreensível, assumiu uma expressão de dignidade para esconder sua confusão.

– Mas que tem tudo isso a ver com busca por proteção para nosso povo junto a Targoutai e encontrar e conservar boas pastagens para eles?

Mas Temujin apenas sorriu. Sua respiração era curta e rápida enquanto fitava Jamuga.

Jamuga, ainda ofendido, disse:

– Tu falas de um ulus, ou confederação. Isso é impossível. Os tártaros, ou merkits, os turcos, os urghurs, os naimans, os taijiuts, estes nunca poderão coabitar sob as ordens de um só chefe. Fez uma pausa e disse em voz baixa: – Mas não poderão mesmo? Acrescentou em voz alta: – Eu sempre amei a paz. Mas onde está o homem que poderá proporcioná-la?

Olhou interrogativamente para Temujin, cujos olhos começavam a fulgurar de impaciência. Mas Temujin não respondeu. Ele, mesmo enquanto fitava seu anda, parecia absorvido em algum sonho vago e imenso, cujos contornos aos poucos iam ficando nítidos para ele.

Jamuga, erguendo a voz como se Temujin fosse surdo, perguntou:

– Mas que tem tudo isto a ver com boas pastagens para nossos rebanhos?

Seu cavalo subitamente hesitou, pois Temujin explodiu numa imensa e selvagem gargalhada.

– Nada! Nada! – gritou ele.

Outra vez então puxou violentamente as rédeas do seu cavalo, de tal modo que o garanhão empinou de novo sobre as patas traseiras, e depois, contorcendo-se, lançou-se para a frente tão rapidamente que Jamuga, imóvel sobre seu cavalo, desistiu de segui-lo. Continuou imóvel e em silêncio, com um desalento estranho e melancólico, um pressentimento frio no coração. Observava Temujin varando furiosamente o estreito vale embaixo. E então disse em voz alta, em que se misturavam a perplexidade crescente e o medo.

– Mas ninguém poderia querer mais do que pastagens e paz!

21

Por alguma razão, que ele mal podia definir, Jamuga evitou Temujin naquela noite. Comeu tranquilamente com os meio-irmãos junto à fogueira diante do yurt deles. Eram todos meninos, alegres e barulhentos. O menor tinha que ser puxado de vez em quando para não cair no fogo. Mas havia neles um animalismo simples que Jamuga, apesar de todo o seu silêncio e fastio, achou refrescante e apaziguante nessa noite. Ele suspeitava, com dor, de algo secreto e ameaçador em Temujin, de que ele nunca desconfiara antes, e de que o jovem que ele considerava turbulento, veemente, falante e decidido, era alguém que ele não conhecia. Sua própria falta de perspicácia irritava-o mais do que o que tinha aprendido sobre seu anda, pois seu egoísmo, embora não de todo agressivo, era crescente, e não conseguiria combatê-lo.

Em meio a seus pensamentos conturbados, ele ergueu rapidamente o olhar e viu que o dócil e amável Belgutei se juntara ao grupo em torno do fogo. Quando lhe encontrou o olhar, Belgutei sorriu, apanhou o pequeno jeitosamente na sua última escapada na direção do fogo e o pôs de pé. Sentou-se e começou a brincar animadamente com as crianças, que lhe corresponderam entusiasticamente.

Jamuga, franzindo a testa com perplexidade, observava o rapaz nas suas brincadeiras com as crianças. Parecia estar vendo o meio-irmão mais novo de Temujin pela primeira vez. Belgutei era esguio e ativo, tinha um rosto afável e receptivo, e nenhum inimigo. Isso parecia estranho para Jamuga, embora não pudesse deixar de admitir para si mesmo que a razão disso poderia ser porque Belgutei nunca ofendia ninguém, nunca era agressivo, arrogante ou raivoso, mas estava sempre pronto para o riso e a amizade, e totalmente receptivo para quem quer que se abrisse para ele. E, ainda assim, Jamuga duvidava. Uma aparência aberta escondia muitas vezes corações tortuosos. Um sorriso agradável era algumas vezes uma porta sem obstáculos por trás da qual a vilania esperava de tocaia. Além do mais, ele sempre sentira que Belgutei nunca dizia realmente o que pensava, e que ele ria com veneno, só que algumas vezes o veneno era tanto que se traía.

A mãe de Jamuga apareceu ralhando com os meninos, e Jamuga e Belgutei ficaram sozinhos. Foi então que Jamuga percebeu, com leve desprezo: não fora apenas a amabilidade que o trouxera ali. Pelo canto dos olhos, viu que Belgutei o examinava especulativamente. Quando ele olhou francamente para o outro rapaz, Belgutei imediatamente se abriu num sorriso natural, que Jamuga não retribuiu.

- Ouvi uns boatos de que Temujin em breve pedirá ajuda a Toghrul Khan – disse Belgutei com a sua voz amena.

Jamuga deu de ombros.

– Quem sabe? – respondeu friamente.

Belgutei fitou-o refletivo, sabendo que não o iludia.

– Eu sempre amei Temujin – disse ele candidamente. – Sempre acreditei no seu destino.

Por alguma razão isso irritou Jamuga, que disse com impaciência:

– Que destino? É estranho que todo o mundo mastigue essa palavra como um camelo comendo abrolhos. Mas tu não vieste até aqui à minha procura, Belgutei, apenas para discutir os sonhos vangloriosos de Temujin.

Quando disse isso, tomou consciência de uma leve sensação de mal-estar, como se tivesse sido pego em traição. Mas havia uma ferida dolorosa nele, que precisava limpar.

Belgutei riu bem-humorado.

– Tens razão, Jamuga. Não vim para discutir os planos de Temujin. Só vim motivado por preocupação fraternal. Ontem à noite houve uma tentativa de envenenamento de meu irmão, Bektor.

Jamuga ficou assombrado. Voltou-se e encarou em cheio e irritado Belgutei.

– Mas Temujin não desceria a essa baixeza de envenenar Bektor! Tu és um idiota, Belgutei! Qualquer que seja a desavença entre os dois, esta será declarada aberta e justamente. – Mas consigo mesmo, com mal-estar crescente, pensou: Como posso ter certeza disso? Conheço realmente Temujin?

Belgutei encolheu os ombros apaziguadoramente:

– Estou contente de que acredites nisso, Jamuga. Isso alivia minha cabeça de muitas apreensões. Eu amo Bektor. Entretanto, embora esteja inclinado a acreditar em ti, foi feita uma tentativa para envenená-lo. Ele não tem andado de muito bom humor nos últimos dias e tem comido pouco. E isso lhe salvou a vida.

Estimulado pela ansiedade, Jamuga exclamou:

– Conta-me. – Ele sentia os lábios frios.

Belgutei disse, com o rosto novamente grave e sombrio:

– Ontem à noite Bektor passou pelo yurt de Temujin. Bortei mexia num caldeirão onde preparava um belo cozido de antílope. Temujin jantava com Kurelen, como ele faz com frequência, e Bortei, ao ver Bektor, simulou um ar de afeição e gentileza e convidou-o a partilhar da refeição com ela, chamando-o de "irmão".

Ele fez uma pausa e fixou os olhos, subitamente penetrantes, nos olhos do silencioso Jamuga.

– Ela declarou a Bektor que estava muito incomodada com a afeição de Temujin por Kurelen, pois assim a deixava muitas vezes sozinha. Meu irmão, que é uma alma simples e atormentada, responde à amabilidade como um cão ferido. Sob a sua aparência truculenta e intratável, ele anseia por gentileza e paz. Toda a sua ferocidade se origina do seu grande desejo de ser aceito. Suas maneiras brutais são apenas um disfarce da sua perplexidade. Homens assim podem ser amansados até à lealdade e à generosidade. Mal interpretados, ninguém pode ser mais terrível.

De novo ele fez uma pausa. Jamuga permaneceu em silêncio, mas uma ruga profunda aparecera-lhe entre os olhos pálidos.

Belgutei suspirou.

– Bektor sentou-se ao lado de Bortei, sem censurá-la pelos modos atrevidos. Ele estava muito só. Ela encheu o prato dele e o dela de cozido do caldeirão. Apressou-o para que comesse. Mas de repente sua tristeza sombria tomou-o todo, e só por cortesia ele engoliu uns bocados. E logo que lhe foi possível, ele a deixou.

Belgutei encolheu os ombros levemente.

– Ele me disse que havia algo naquela mulher que lhe repugnava, embora ela fosse tão formosa.

Ele esperou, mas Jamuga ainda dessa vez não disse nada. Belgutei continuou tranquilamente, já sem qualquer alegria nos olhos.

– Bektor deitou-se para dormir. E então, subitamente, despertou com um grito, apertando a barriga. Mandou chamar o xamã. Quando Kokchu apareceu, gritou que meu irmão tinha sido envenenado. Ele preparou uma infusão asquerosa e obrigou meu irmão a bebê-la. Bektor vomitou. O alimento que ele tinha comido foi cuspido pela boca, vermelho-vivo pelo sangue.

Jamuga ficou gelado de horror e asco. Começou a falar gaguejando:

– Mas tu disseste que Bortei comeu do mesmo caldeirão, sentada ao lado de Bektor!

Belgutei concordou gravemente com a cabeça.

– É verdade. Interroguei intensivamente Bektor. A mulher entrava e saía do yurt, trazendo taças, cúmis e milhete. Em algum momento, ela teve oportunidade de misturar o veneno separadamente com a porção que servia no prato de Bektor. Ele lembrou-se de que a comida tinha um vago e estranho odor. Ou talvez ela tenha misturado o veneno na taça dele.

Jamuga baixou a cabeça e fixou o olhar no fogo.

– Ouve, Jamuga – disse Belgutei sensatamente. – Bortei não teria nenhuma razão para envenenar Bektor, a não ser por ordem de Temujin.

Jamuga respondeu em voz baixa, sem olhar para ele.

– Não te ocorre que ela possa ter sido movida por fervor de fidelidade a Temujin e tenha planejado tudo sozinha?

Belgutei jogou a cabeça para trás e soltou uma gargalhada:

– Ah! Ela tem olhos de devassa! Estou espantado que ela não tenha tentado até agora envenenar o próprio Temujin, pois qualquer pessoa pode ver como ela deseja Subodai! Não, ela envenenou Bektor por ordem de Temujin.

Ele parou abruptamente de falar, pois o olhar de Jamuga estava cheio de fogo. O reservado rapaz parecia tomado por uma paixão e cólera frenéticas, e Belgutei encarava-o com os olhos arregalados, assombrado.

– E mentira! – gritou Jamuga. – Na verdade, ela tentou envenenar Bektor por iniciativa própria. E, no meu íntimo, conheço o motivo dela.

Ficou de pé e tremia visivelmente. Lutava para controlar-se. Quando falou de novo, sua voz estava artificialmente calma.

– Não temas qualquer outra traição como esta contra Bektor. E agora deixa-me.

Depois que Belgutei se afastou, Jamuga ficou imóvel, tremendo, por muito tempo. Então, puxando o capuz para cima da cabeça, deslizou por entre as fileiras de yurts, e dirigiu-se ao yurt de Temujin. Bortei estava sentada diante da sua fogueira, junto com Houlun, e, quando elas perceberam Jamuga, olharam-no interrogativamente. Houlun acolheu-o com reserva, mas Bortei não disse nada, e só empalideceu um pouco. Jamuga não respondeu à saudação de Houlun, mas disse diretamente a Bortei, baixando o olhar cheio de ódio e repulsa para ela:

– Tu tentaste envenenar Bektor!

Houlun soltou uma exclamação, mas Bortei, ficando pálida como o toucinho, olhou para ele audaciosamente e respondeu:

– É mentira.

Jamuga sacudiu a cabeça para ela com uma espécie de ferocidade fria:

– Não é mentira e sabes bem disso. Ouve, Bortei... Temujin tem uma discórdia para resolver com Bektor. Se tu a resolveres por ele, pelos teus próprios motivos, que eu conheço, ele será motivo de zombaria para seu povo. Não vou contar nada a Temujin, porque ele te mataria pela tua astúcia asquerosa. Mas levanta um dedo contra Bektor de novo e teu marido saberá de tudo sobre ti.

Houlun olhou para ele com ansiedade e interesse:

– Que é que sabes de Bortei, Jamuga?

Mas ele olhava apenas para Bortei, cujos lábios tinham ficado lívidos, e cujos olhos, imensamente dilatados, estavam cheios de ódio e de terror. Ele então voltou-lhes as costas e afastou-se. E logo ouviu as vozes acrimoniosas das duas mulheres, xingando-se uma à outra, acusando-se, até que, ao ouvir um grito, percebeu que Houlun tinha dado um tapa no rosto da nora.

Ele voltou para seu yurt. Seus irmãozinhos já estavam dormindo. Deitou-se na sua cama de peles e feltro e fechou os olhos. Mas não conseguiu conciliar o sono. Ele sentia um grande mal-estar, mas não estava pensando em Bortei.

Repetidamente perguntava-se: Será possível que tenha sido por ordem de Temujin?

22

Mas Jamuga subestimou tragicamente Bortei quando acreditou que a tinha assustado ou afastado do seu objetivo. Ele simplesmente lhe demonstrou que ela precisava ser mais cuidadosa e adotar métodos diferentes.

Extremamente ardilosa e sem consciência nem escrúpulos, ela sabia como ganhar a confiança das pessoas, mesmo de uma pessoa como

Houlun, que era ciumenta e a quem ela desagradava intensamente. Não levou muito tempo para convencer Houlun de que a sua preocupação pela segurança e bem-estar de Temujin era sincera e abrangente. Inicialmente, Houlun ficou ressentida e com ciúmes, mas depois aquiesceu.

Um dia Bortei disse à sua sogra:

– Não tenho nenhuma inimizade por Bektor, meio-irmão de meu marido. Mas posso ver claramente que ele é um perigo.

Houlun, surpresa e recuando diante da astúcia da jovem, concordou. Mas que se podia fazer? Bortei olhou pensativamente para o rosto perplexo da sogra. Ouviu a defesa honesta de Bektor por Houlun, e concordou séria, balançando a cabeça, quando a mulher mais velha sugeriu que o melhor seria uma reconciliação entre os dois rapazes. Mas Houlun, mais tarde, teve a sensação perturbadora de que o grave aceno de cabeça da jovem havia sido meramente diplomático e que Bortei não acreditava naquilo absolutamente.

Bortei acreditava secretamente que havia certas naturezas que nunca poderiam ser reconciliadas ou se compreenderem umas às outras. Ou, na melhor das hipóteses, a reconciliação não passaria de uma tentativa. Isso não era assunto que suscitasse cuidados se não houvesse algumas circunstâncias externas e perigosas a serem consideradas também. Mas, no caso de Temujin, havia circunstâncias externas e perigosas. Além do mais, Bortei achava que as reconciliações eram muito positivas, desde que não tomassem tempo demais. Se as reconciliações exigissem longo período de sutilezas e delicadezas, então uma pessoa inteligente deveria recusar-se inflexivelmente até mesmo a levá-las em conta. Precisava eliminar o inimigo. A vida era muito curta para se tomarem caminhos com muitas voltas, mesmo tendo por causa a piedade e a doçura. Valia mais abater uma árvore florida que impedisse nosso caminho do que dar laboriosamente uma volta em torno dela. Assim, friamente, ela raciocinava.

Ela sabia que Temujin não tinha tempo a perder. Além do mais, muito astutamente, ela imaginou que ele se apressaria a pôr em prática um plano sugerido por outra pessoa, desde que já se tivesse decidido por esse plano até então. Assim, com muito tato e cuidado, ela o abordou sobre o perigo inerente na própria existência de Bektor. Ela fingia falar com relutância, dando-lhe a entender que era apenas seu amor intenso e devoção que a levavam a falar. Afinal de contas, disse ela, olhando para Temujin com gelo no olhar, um homem devia indignar-se com quaisquer insinuações sobre seu próprio irmão, mesmo se elas partissem de sua esposa. Seu olhar assumiu um ar inocente; ela estava sendo extremamente cuidadosa para não deixar que Temujin suspeitasse de que ela sabia da inimizade dele com o irmão.

Temujin ouviu-a com interesse, com o rosto sombrio e desconfiado. Mas seus olhos suavizavam-se a despeito dele mesmo, quando olhava para sua bela mulher, a quem amava com paixão e desejo intensos, e todavia com algo de mais estranho e ainda mais profundo que isso. Ela estava sentada aos seus pés enquanto falava com a sua voz macia, amorosa e pesarosa, deixando-o enrolar desajeitadamente os dedos nos seus cabelos escuros matizados de vermelho. Inclinava-se um pouco para a frente para que ele pudesse ver a forma dos seus seios altos e adoráveis, com seus mamilos cônicos. Versada nos truques femininos, ela tinha displicentemente estendido uma perna e a lã do seu vestido modelava-a, revelando a coxa torneada e a esbelteza da graciosa barriga da perna.

Falava sensatamente com ele, mas habilmente coloria essa sensatez com um convite ao desejo. Sabia que os argumentos de uma mulher são mais poderosos se acompanhados de insinuação sensual, e que mesmo a sabedoria é recebida sem ressentimentos quando vem com um rosto jovem e um odor de fêmea. Misturado com esse seu conhecimento primordial estava seu desprezo pelos homens, cuja força e resolução se tornavam água ao aparecimento de um seio de mulher, e cuja sabedoria se tornava impotente diante de coxas que se rendiam.

Temujin, que toda sua vida foi anormalmente suscetível às mulheres, olhava-a inquieto e desviava os olhos. Desconfiava da própria susceptibilidade. Entretanto, tinha que admitir que ela era uma mulher inteligente e esperta. Ele já estava decidido quanto à morte de Bektor. Quando Bortei sugeriu a sua necessidade, ela lhe deu o último empurrão no sentido do seu cumprimento. Não obstante isso, ele não lhe diria nada. Até o fim da sua vida, ele nunca lhe disse tudo. Havia apenas uma pessoa a quem ele dizia tudo.

Havia em Jamuga algo de que Temujin tinha medo no íntimo, ou, antes, algo que ele temia e diante do qual ficava envergonhado. Ele próprio não estava acima de coisas inescrupulosas e tortuosas, pois apesar de tudo achava que nada importava senão o fim, e que uma coisa seria boa se sobrevivesse e fosse bem-sucedida, como quer que tivesse sido atingida. Mas em Jamuga ele sabia que essa necessidade urgente não existia, nem essa fria implacabilidade de espírito. Kurelen podia desaprovar determinada ação e levantar sua sobrancelha direita zombeteiramente. Mas se no fim esta fosse bem-sucedida, ele riria, como diante de um gracejo irônico.

Chepe Noyon, que amava a aventura pela própria aventura, acharia divertido também, desde que o fato se realizasse com inteligência e sabor. Subodai, o imaculado, não via nenhum mal em homem algum. Kasar adorava Temujin sob quaisquer circunstâncias e não achava nada de ruim nele. Mas Jamuga não veria nenhum bem num resultado se os meios para alcançá-lo tivessem sido maus, traiçoeiros ou ignóbeis. Era justamente com essa rigidez sombria, esse horizonte estreito do olhar, essa simples e sublime certeza do certo e do errado que Jamuga envergonhava Temujin. E algumas vezes, quando Jamuga fitava severamente Temujin com seus olhos claros e inexoráveis, acusadores e levemente desdenhosos, Temujin sentia ao mesmo tempo raiva e vergonha.

Entretanto, ele não era capaz de esconder de Jamuga assuntos que o preocupassem profundamente. Por mais que jurasse a si mesmo realizar o que tinha em mente sem o conhecimento de Jamuga, até que fosse um fato consumado e já não mais para ser lamentado incontinente, ele sempre se surpreendia insinuando-o a Jamuga, como que para se certificar de antemão com seu anda dos resultados dos seus atos.

Agora ele tinha certeza de que precisava matar Bektor. Não devia haver mais delongas sutis, como Kurelen sugeria com seus melindres. Tinha de ser uma morte limpa e implacável, isenta de qualquer inimizade, ditada pela necessidade. Assim Temujin dizia para si mesmo. E todavia, quando encarava Jamuga, desejando contar-lhe, caía em silêncio, com o rosto da própria cor da cólera. A cada dia dizia para si mesmo: Hoje eu direi a Jamuga que preciso matar Bektor. E a cada dia, olhando dentro dos olhos alheios e reservados de Jamuga, que esperava, seus lábios ficavam frios e silenciosos. Então, como sempre, ele abordou o assunto por circunlóquios.

Jamuga, imaginando que Temujin tivesse algo da maior gravidade para lhe dizer, sentia medo. Mas dessa vez ele sabia que Temujin não realizaria o fato impiedosamente, contando-lhe só depois, como fazia algumas vezes. Era demasiado importante. Com isso, ele sentia ao mesmo tempo alívio e medo, mas era susceptível demais para precipitar o assunto. Sentia que, quanto mais este fosse adiado, por mais tempo conservaria sua própria paz de espírito.

Então, certo dia, quando Temujin casualmente lhe sugeriu que saíssem os dois juntos, a cavalo, Jamuga pensou: É hoje que ele vai me contar. E não sabia se devia sentir-se aliviado ou inquieto. Dirigiram-se para as colinas intensamente vermelhas. Tinham-se afastado muito das montanhas azuis, penetrando bastante no território de Toghrul Khan, onde havia pastagens verdes abundantes, mas estreitas. Ali, pelo menos, não seriam indevidamente importunados.

Detendo-se finalmente junto a uma grande pedra vulcânica, que lhes proporcionava alguma sombra no monstruoso calor, Temujin sorriu para seu anda com aquela candura simples, que nunca deixava de provocar apreensão em Jamuga. Desmontaram e sentaram-se na sombra negra e pontiaguda projetada sobre a terrível brancura do deserto.

Temujin ofereceu vinho de arroz ao amigo. Estava loquaz nesse dia, e ria mais do que de costume. Seu riso tinha um som áspero e violento, como se houvesse uma inquietação subjacente. Jamuga obrigou-se a sorrir. Temujin tinha pouco senso de humor, mas este era acre e cruel. Uma febre parecia arder dentro dele. Sua agitação íntima traía-se no cintilar verde penetrante dos olhos, na própria cor ardente do seu rosto largo, no lampejo e fulgor dos dentes brancos. No centro da sua ferocidade grande e bárbara, a inquietação reluzia como um carvão em brasa. Não era nada de tão complicado e gasto como a consciência de um habitante da cidade, mas simplesmente uma necessidade zangada e irritada da aprovação do seu anda.

Finalmente ele disse, numa voz demasiado descuidada:

– Dentro de alguns dias, devo ir visitar Toghrul Khan com as minhas sugestões e pedidos. Tu irás comigo, e também Chepe Noyon, Subodai e Kasar, para que ele veja que eu tenho nobres paladinos. Mas só existe um problema: quem manterá a ordem e a unidade no meu povo durante a minha ausência? Tu sabes que eles são nervosos como um antílope da montanha e podem debandar. Isso é um grave problema, que precisa ser resolvido.

Por um instante Jamuga ficou aliviado. O assunto, então, não era tão grave...

Ele observou:

– Certamente Kurelen e tua mãe têm experiência e sabedoria para tanto. E tua esposa é inteligente e resoluta. Ou então, há ainda o xamã, que conhece seu dever, ou, pelo menos, sua própria segurança.

O rosto de Temujin ficou sombrio e seus olhos pareciam fendas de esmeralda ardente. Mordeu o lábio. Olhou para longe e disse mansamente:

– O xamã! Essa é a minha dificuldade. Não confio nele. Quem pode confiar num sacerdote? Quando eu me tiver ido, ele conspirará contra mim com o seu ódio e ambição. E eu não estarei presente para intimidá-lo com a minha invencibilidade. Os sacerdotes têm memória curta, quando se trata do seu próprio proveito.

Jamuga redarguiu pensativamente:

– Kurelen é adversário para ele. – Um ligeiro tremor correu-lhe pelos nervos, e ele sentiu um frio, como que de pressentimento. Continuou:

– Ou então leva-o conosco.

Temujin subitamente se pôs de pé, como que impelido por uma força interior. Apoiou-se com a mão contra a grande pedra negra, cujos contornos pareciam enormes contra o céu azul ardente. Estava de costas para Jamuga e sua voz soava abafada.

– Não se pode confiar no povo, sem o sacerdote para controlá-lo, assim como Kurelen ou minha mãe. – Fez uma pausa. – Tu conheces a predileção de Kokchu por Bektor...

Um grande terror, e que tudo via, apoderou-se de Jamuga. Ele pôs-se de pé e ficou imóvel ao lado de Temujin. Sugeriu numa voz alta e cortante:

– Leva Bektor conosco! Ora, sei quanto o odeias, mas é um rapaz inofensivo, que só deseja ser leal a ti, se tu lhe permitires! Tu dizias que ele te odiava, mas só por causa do teu próprio ódio. Deixa-o provar a lealdade a ti... concede-lhe um sinal de reconciliação fraternal...

Temujin explodiu numa gargalhada alta e raivosa.

– Então tu não sabes que existem inimizades que são parte do nosso próprio sangue e nervos e nunca podem ser reconciliadas? Quando eu olho para Bektor, eu vejo meu inimigo natural que precisa ser destruído. Até mesmo Kurelen vê isto.

Na garganta de Jamuga havia um fragmento que parecia um pedaço de pedra cortante. Engoliu. Forçou uma voz leve, quando replicou através dos lábios frios como gelo:

– Kurelen não é um sábio absoluto, embora tu sempre o tenhas achado. Além do mais, ele fala negligentemente, sem saber que um homem potente nunca fala a não ser precedendo a ação. – Sorriu acidamente. – É por isso que eu mesmo não sou potente. Como Kurelen, eu falo como um antídoto para a ação. Se... algum mal... viesse a acontecer a Bektor, Kurelen seria o primeiro a ficar desgostoso.

Temujin não disse nada. Jamuga via-lhe apenas o perfil agressivo, tão impiedoso e selvagem como os contornos da pedra vulcânica contra a qual se apoiava.

Jamuga levantou a voz.

– Não existem inimizades que não possam ser apaziguadas, nenhum ciúme que não possa ser satisfeito, nenhum inimigo que não possa transformar-se num amigo.

Temujin voltou-se para ele furioso, e Jamuga percebeu que parte da sua fúria era contra si mesmo.

– Não tenho tempo! – gritou ele. – Não posso hesitar! Preciso fazer o que é preciso fazer!

Jamuga perguntou mansamente, controlando o próprio tremor:

– E o que é que precisas fazer?

Mas Temujin não lhe respondeu de imediato. Sua respiração era curta e ofegante. Então, numa voz estranhamente serena e baixa, ele declarou:

– Bektor precisa ser eliminado.

Jamuga abafou qualquer agitação no seu tom de voz, quando replicou:

– Mas como?

Lembrou-se do veneno de Bortei e fechou os olhos num espasmo de náusea. Mas como Temujin não lhe respondeu, reabriu os olhos. Uma máscara de pedra descera sobre o rosto do seu anda, e, por trás dela, invisível mas terrível, o espírito dele observava.

Jamuga forçou seus lábios rígidos num sorriso bem-humorado.

– Tu não o matarias, não é, Temujin?

E, como Temujin ainda dessa vez não falou nada, a voz de Jamuga soou estrangulada:

– Tu não assassinarias teu irmão, não é?

E ele cambaleou, pois o espírito de Temujin assomara por trás da máscara e sua visão fora terrível para os olhos de Jamuga. Por muito tempo os dois rapazes fitaram-se. Jamuga estava fascinado pelo que via, como se estivesse fascinado por algum horror extremo que o paralisava.

Então, numa voz suave e sorrindo malevolamente, Temujin perguntou:

– Tu não és o meu anda?

E de novo os dois jovens olharam um para o outro. O rosto de Jamuga estava da cor da pedra crestada pelo relâmpago. Seu coração pulsava numa estranha desordem, que era cruciantemente dolorosa.

Ele sussurrou:

– Eu sou teu anda. Quem poderia desfazer isso? Acho que nem mesmo tu?

Temujin sorria ainda. E então, sem outra palavra, voltou as costas ao amigo e montou decididamente em seu cavalo. Afastou-se cavalgando, como se estivesse sozinho, e como se tivesse sido sempre sozinho, sem um olhar para trás.

Jamuga via-o partir. Sentia-se tão tonto e fraco que teve de encostar-se na pedra para não cair. Fechou os olhos. Ouvia o galope do cavalo de Temujin, até que não restou mais nada senão silêncio.

TEMUJIN CAVALGOU de volta para o ordu, sem pressa, e apenas com um inexorável e sereno objetivo. Procurou Kasar, que, por causa da sua destreza, era conhecido como Arqueiro. Perguntou-lhe, olhando-o nos olhos:

– Onde está Bektor?

Kasar era um rapaz simplório, mas quando viu a expressão de Temujin, adivinhou-lhe o propósito. Seu próprio rosto empalideceu levemente, mas seus traços simples não se alteraram. Ele respondeu:

– Bektor está fora com os cavalos, para os lados de leste. Belgutei está com ele.

Temujin ordenou:

– Vem comigo!

Primeiro ele entrou em seu yurt para pegar seu arco e flechas, e pendurou-os nos ombros. Quando saiu, Kasar já estava armado. Montaram seus cavalos e afastaram-se, ainda sem pressa. Temujin ia à frente e Kasar um pouco atrás. Temujin raramente tinha muito o que dizer ao irmão, e não falava muito mais com ele do que com seu garanhão branco, do qual sentia a mesma devoção e cega obediência.

Os cascos dos cavalos ressoavam na argila cor de creme do deserto. Lagartos atravessavam-lhes correndo o caminho, como criaturas esguias cravejadas de joias. As colinas vermelhas a distância eram um anel em pedaços. O calor aumentava e o céu ficava cada vez mais azul. Não havia nenhuma sombra em parte alguma, a não ser os pontos negros junto das pedras, dispersas e imóveis desde tempos imemoriais pelo solo do deserto. Uma ave do deserto irrompeu de tufos de capim seco com um grito estridente e terrível, e voltou ameaçadoramente sobre suas cabeças. O vento movia-se como um fluxo de água invisível sobre eles, sem amortecer o clarão eterno e cegante.

Desceram para um platô raso de pedra e argila, e adiante, abaixo deles, despontava o verde vívido e deslumbrante de um vale fértil e estreito, um oásis, no qual havia um aglomerado de palmeiras com folhas finas como cimitarras. O pequeno rebanho de cavalos pastava ali, com as cabeças baixas e absortas e as crinas esvoaçando. Numa pedra, sob as palmeiras, estavam sentados Belgutei e Bektor.

Belgutei foi o primeiro a ver Temujin e Kasar, e soltou um grito de saudação. Levantou-se para ir ao encontro deles, acenando com o braço. Os cavalos ergueram as cabeças e relincharam à aproximação dos outros animais. Mas Bektor pôs-se de pé vagarosa e relutantemente, e surgiu de detrás das palmeiras. Mesmo àquela distância, sua figura parecia sombria, impregnada de amargura e silêncio.

Belgutei aproximou-se do cavalo de Temujin sorrindo. Começou a falar, erguendo a cabeça. Mas quando viu a expressão de Temujin, a voz morreu-lhe na garganta. Ergueu a mão como se fosse agarrar as rédeas de

Temujin, mas esta caiu-lhe ao lado, frouxa. Seu rosto tomou a cor amarelada do deserto. Ele não se moveu. Uma expressão estranha desceu-lhe sobre a fisionomia, e seus olhos brilhavam sombriamente. Parecia um homem diante de um destino inexorável.

Temujin passou por ele. Kasar deteve-se um instante e tirou uma flecha da aljava. Então ele também passou por Belgutei. Temujin empunhava a espada. Cavalgou até junto de Bektor, que aguardava com as sobrancelhas franzidas. Baixou o olhar para Bektor, e os olhares dos dois cravaram-se um no outro.

De repente, o infeliz Bektor compreendeu o que tinha levado Temujin ali. Seu rosto ficou da cor do ferro. Seu corpo inclinou-se para a frente. Mas seus lábios ficaram duros e imóveis e os olhos firmes e serenos. Acima da gola alta do seu casaco, uma pulsação purpúrea saltou.

Kasar alcançou Temujin. A flecha já estava ajustada ao seu arco. De repente um frenesi apoderou-se dele. Não conseguiu suportar a expressão de Bektor. Foi um gesto de autodefesa, quase como se empunhasse a arma para tapar a visão, que o fez puxar a corda do arco e disparar a flecha sobre Bektor. Uma flecha só em geral era suficiente para ele matar, pois era extremamente hábil, mas no último momento a mão lhe tremeu e a flecha atravessou Bektor na barriga.

O pobre rapaz cambaleou para trás. Suas mãos agarraram a flecha vibrante que lhe penetrara fundo nas entranhas. E imediatamente o sangue lhe correu pelos dedos. Ele curvou-se em dois e caiu sobre os joelhos. Mas não gemeu, nem seus olhos se desviaram dos de Temujin.

Temujin olhou para Kasar com uma expressão terrível.

– Seu idiota, seu idiota errado – disse ele mansamente.

Arrancou o arco das mãos frouxas do irmão e, calmo e resoluto, ajustou nele uma de suas próprias flechas. Então fez uma pausa. Baixou os olhos para a forma sangrenta e ajoelhada do seu meio-irmão. Bektor estava curvado em dois. Por entre os seus dedos crispados o sangue vermelho e brilhante escorria para a terra sedenta.

– Eu te teria poupado isto – exclamou Temujin.

Pela última vez se olharam ambos nos olhos. Uma terrível tranquilidade pairava sobre eles. Belgutei estava afastado observando. Kasar tinha a cabeça curvada. Pareciam todos estátuas de pedra ao fulgor ardente e intenso do sol.

Nos olhos de Bektor já luziam a morte e a agonia. Bolhas de sangue apareceram-lhe nos cantos dos lábios lívidos. Escorreu-lhe um fio de sangue de uma narina. Suas mãos estavam ensopadas e escarlates em torno da flecha cravada no ventre. E, todavia, ele conseguia encarar Temujin, firme e silenciosamente.

Temujin retesou a corda do arco. O arco curvou-se. Como um raio de luz a flecha partiu do arco e varou o coração de Bektor. Sem emitir qualquer som, ele caiu para a frente sobre o rosto e rolou inerme para o lado. Entretanto, até o último momento, com os olhos virados para cima, imobilizados pela morte, olhava para Temujin.

Temujin devolveu o arco ao irmão. Fez o cavalo dar meia-volta. As narinas do animal palpitavam com o cheiro de sangue e morte, e ele estremecia. Kasar seguiu-o. Começara a ter ânsias de vômito.

Temujin aproximou-se de Belgutei e deteve-se, baixando os olhos para ele. Belgutei devolveu-lhe o olhar, sem medo, até mesmo sorrindo ligeiramente com os lábios pálidos.

– Vou morrer também? – perguntou por fim, quase com indiferença.

Temujin ficou em silêncio por um longo momento, e então ordenou em voz baixa:

– Segue-me.

E continuou seu caminho. Kasar ia atrás dele lentamente. Belgutei montou um cavalo escolhido do rebanho, que os seguiu, fazendo um amplo e nervoso círculo em torno do corpo de Bektor.

Temujin ia à frente, mais rápido, e todavia não como alguém que fugisse. Para Kasar, que o observava com os olhos nublados, ele assomava como uma figura do outro mundo, grave, funesta e gigantesca, seguida pela sombra do destino.

23

Kurelen disse com frieza e desgosto:

– Tu deves ser extremamente orgulhoso, para matar um rapaz indefeso.

Temujin respondeu tranquilamente:

– Se ele fosse indefeso, eu não o teria matado.

Contrariado, Kurelen ficou em silêncio por um momento, refletindo e reconhecendo com indignação a verdade daquilo. Então observou com os olhos ainda desviados do sobrinho:

– Poderias tê-lo casado com uma jovem de outra tribo, e dessa maneira também ficarias livre dele.

Temujin sorriu sombriamente.

– Isto também teria tomado tempo. E eu não tenho tempo.

Então Kurelen fitou-o com curiosidade e atenção. Disse consigo mesmo: Isso é verdade. Não obstante foi tomado de um medo raro. Gabava-se de ter uma enorme influência sobre Temujin, e do fato de seu sobrinho sempre o consultar, naquele seu jeito indireto, antes de tomar qualquer decisão importante. Temujin não o tinha consultado. Portanto, ele, Kurelen, tinha perdido sua influência. E, se a tinha perdido, é que na realidade ele não conhecia inteiramente Temujin. Era um estranho que se encontrava diante dele, trancado na fortaleza negra da sua própria alma, onde ninguém podia penetrar. A vaidade de Kurelen estava ferida. O intérprete dos homens não era intérprete coisa nenhuma. Ele não sabia mais do que o mais simplório dos simplórios. Ele pensou: estava equivocado. Não existe nenhuma escala com que se possa medir e pesar todos os homens. Cada homem constitui uma lei e um tipo em si mesmo. Aquele que diz compreender os homens não compreende nada e não passa de um tolo presunçoso. E essa tentativa de compreensão resulta apenas em confusão e frustração.

Kurelen tinha acreditado por muito tempo que havia uma força diferente e espantosa em Temujin. Agora tinha certeza disso. Ele sempre se apavorava diante de uma força tremenda que parecesse irracional e medonha, uma espécie de cataclismo da natureza, que os homens precisavam enfrentar, impotentemente aterrados. Entretanto, enquanto olhava agora para Temujin, sentia que essa força não era irracional ou estupidamente cataclísmica. Era mesmo ainda mais terrível, porque deliberada e racional. Ele não era implacável apenas por natureza: era implacável pela vontade. E essa era a violência mais aterradora.

Ele disse, hesitante e um tanto incoerente:

– Vai-te. Não suporto olhar para ti.

Mas ele sabia que era para a própria futilidade, para a própria vaidade ferida que não suportava olhar. Concluiu consigo mesmo, amargamente:
– Não sei absolutamente nada.

Houlun, tomando conhecimento naquela noite do ato repugnante de Temujin, envolveu-se no seu manto e puxou o capuz para a cabeça. Foi até a tenda da mãe de Bektor. O choque da pobre mulher fora tamanho que não tivera lágrimas para chorar. Quando ela viu Houlun, tudo o que fez foi encará-la com os olhos brilhantes e secos. Houlun ajoelhou-se diante dela e beijou-lhe os pés, chorando.

Ela gritou:
– Perdoa-me por ter dado vida a um assassino!

A mulher karait era inculta, simples e tola. Entretanto, com uma simplicidade mais profunda que a inteligência, ergueu Houlun e abraçou-a, dizendo:
– Tu tens razão maior do que eu para chorar. Deixa que eu te console.

E a inimizade entre as duas mulheres findou entre lágrimas.

Na morte, essa pobre mulher ainda respeitava seu filho. Mas Houlun sabia que já não tinha Temujin. Sabia que nunca mais o amaria inteiramente, pois não mais confiaria nele. Entre os dois, esse assassinato projetar-se-ia sempre como uma sombra sangrenta. E, de repente, com uma certeza frenética e repugnante, pensou na nora e odiou-a mortalmente.

Foi ao encontro de Temujin, sentado sozinho em seu yurt com Kasar. O terror, a dor e o desespero dela contorciam-lhe o rosto, tornando-lhe a expressão feroz e enchendo-lhe os olhos de fogo. Seu cabelo, como que contagiado pela desordem do seu espírito, estava em total desalinho. Seu peito arfava com a respiração angustiada. Baixou o olhar para os dois rapazes com desprezo ardente e fúria. Mas dirigiu-se apenas a Temujin, que erguera para ela os olhos escuros, inescrutáveis e frios como gelo.

– Ó monstruoso covarde! – bradou ela. – O homem que ergue a mão contra o irmão é amaldiçoado! Cuida de ti! Toma conta da tua sombra, para que não se erga sobre ti e te abata! Toma conta do teu coração, porque nenhum outro coração de homem baterá de novo em confiança por ti. Segura firme teus chicotes, porque nenhum outro chicote de homem se erguerá em tua defesa. Afia tua espada, porque será a única que terás para te proteger. Chama o xamã para montar guarda diante do teu yurt, pois os espíritos procurarão vingar-se de ti!

Temujin ouviu em silêncio, mas, quando sua mãe acabou de falar, sorriu ligeiramente. Por alguma razão esse sorriso ligeiro afligiu-a ainda mais do que o que ele tinha feito, e encheu-a ainda mais de terror.

Temujin respondeu finalmente numa voz serena:

– Volta para tua tenda e acalma-te, mãe. Tuas palavras são excessivas. Eu só faço o que preciso fazer, e não havia nenhuma cólera em mim contra Bektor. Mas tu não passas de uma mulher e não podes compreender. Vai-te.

E, paralisada e perplexa pelo terror, ela se foi, com os lábios frios e os olhos cegos. Mais tarde, quando a mulher karait foi até seu yurt, Houlun se atirou nos braços dela e chorou copiosamente.

Temujin ficou só com Kasar, cujo rosto estava pálido, mas resoluto. Ele esperava. E então, um a um, seus amigos foram-lhe ao encontro, como ele tinha certeza de que iriam. Chegou Subodai, cujos belos olhos brilhavam intensamente, mas sua expressão era calma. Ele fitou Temujin em silêncio por longo tempo. Então, ajoelhou-se diante dele, ergueu a mão de Temujin e a pôs sobre a cabeça: Falou na sua voz suave:

– Até o fim eu afastarei os teus inimigos. Serei tua espada. Serei o yurt que te protegerá do vento. Isso é o que serei para ti até o fim da minha vida.

Temujin ficou extremamente comovido, pois sabia que essa lealdade, por não ser cega, era a maior de todas as lealdades.

Então apareceu Chepe Noyon, pálido mas brilhantemente sorridente. Era evidente que ele tinha ensaiado o que iria dizer a Temujin. Mas uma vez no yurt, frente a frente com o homem cujas mãos ainda estavam vermelhas do sangue do irmão, não conseguiu falar por algum tempo, e apenas sorriu, falsa e resolutamente. Então, de repente, o sorriso desapareceu-lhe do rosto e foi substituído por uma expressão de severidade; uma rara expressão no alegre aventureiro. Ele ajoelhou-se diante de Temujin, mas olhou-o diretamente nos olhos.

– Tu és o meu Khan – declarou ele com o lábio superior contraindo-se-lhe como se as palavras lhe saíssem dolorosamente.

Temujin pensou: Ele ainda me será leal, porque eu o convenci de que não me deterei diante de nada. Forçou-se a sorrir e tocou levemente Chepe Noyon no ombro.

– E tu és Chepe Noyon, meu paladino – disse ele. Com profunda intuição, ele compreendeu que apenas um leve toque, um leve sorriso, seriam suficientes para abordar Chepe Noyon.

E então chegou Belgutei. Os outros ficaram vagamente surpresos ao verem-no, mas não Temujin. Ele estendeu a mão para Belgutei e convidou-o:

– Meu irmão, senta-te ao meu lado!

Belgutei, com uma expressão suave que ninguém conseguiu interpretar, apesar do leve rubor em redor das pálpebras, sentou-se do lado esquerdo de Temujin. Tanto ele como Chepe Noyon admitiram a perfeição das palavras e da atitude de Temujin. Um pouco menos de perspicácia teria feito de Belgutei um inimigo mortal. Mas agora Belgutei tinha absoluta certeza de que Temujin merecia lealdade.

E todos continuavam a esperar, num silêncio absoluto. Cada um sabia por que esperavam. Esperavam por Jamuga, o anda de Temujin. À medida que o tempo passava e Jamuga Sechen não aparecia, a simplicidade de Kasar coloria-se de cólera. Como se atrevia o anda de seu irmão a afrontá-lo dessa maneira? Ele olhava em torno, com as narinas dilatadas, os olhos fulgurantes, como que desafiando a todos.

Mas a expressão de Temujin era tranquila. Ninguém adivinhava a perturbação que lhe ia no coração. Ele pensava: Se Jamuga não vier até a aurora, então saberei que ele violou nossa fraternidade.

Mas o fato de ter compreendido isso só o entristeceu em vez de enraivecê-lo. Se Jamuga não viesse, ele sofreria a maior perda que lhe seria possível sofrer. A mágoa ia pesando cada vez mais dentro dele como chumbo. Não podia suportar o pensamento de perder o amor e a amizade de Jamuga. No fim, todo o poder da sua natureza estava concentrado num grito silencioso para que Jamuga fosse até ele, mesmo que apenas para repreendê-lo. Já não ansiava pelo perdão de Jamuga, já não queria mais a sua compreensão. Queria apenas a presença física de Jamuga.

A aurora já começava a raiar num fogo pálido e irregular ao longo do horizonte a leste, quando Jamuga finalmente apareceu. Apareceu tão silenciosamente, que ninguém se deu conta da sua presença senão quando já estava no meio de todos.

Temujin foi o primeiro a percebê-lo. Quando ergueu o olhar para seu anda, de pé ali tão imóvel diante dele, seu coração deu um salto. E então viu que Jamuga estava branco como um cadáver e que tinha a aparência de quem vinha de um longo sofrimento.

Os lábios de Temujin moveram-se em silêncio muitas vezes, pois havia algo no olhar seco e firme de Jamuga que o enchia de vergonha.

Finalmente ele disse:

– Jamuga, eu não tinha nenhuma inimizade contra Bektor.

Jamuga continuava a fitá-lo imóvel. Então, numa voz débil, perguntou:

– Temujin, tu tentaste envenenar Bektor uma noite ou duas atrás?

Temujin encarou-o com os olhos arregalados de espanto genuíno.

– Envenenar Bektor? Estás louco, Jamuga?

Ele parou abruptamente, pois Jamuga subitamente rebentara em lágrimas. Ele esperou, ainda atônito, enquanto Jamuga ajoelhava-se lentamente diante dele. Jamuga fitava-o com os olhos cheios de lágrimas. Disse simplesmente:

– Tu és meu anda.

E tomou seu lugar do lado direito de Temujin.

De novo esperaram em silêncio. Temujin esperava pelo xamã.

Inicialmente, pensou em ir ele mesmo ao encontro de Kokchu. E então, depois de rápida reflexão, viu o perigo disso. Se fosse ao encontro de Kokchu, então Kokchu seria o último vencedor.

A aurora já brilhava nos céus quando Temujin ordenou a Chepe Noyon:

– Vai até o xamã e diz-lhe que venha imediatamente à minha presença.

24

Quando o xamã entrou no yurt estava muito calmo, embora seu rosto estivesse contraído, cinzento e engelhado. Entretanto, nunca parecera tão nobre, tão magnífico. Não sabia o que o esperava. Seria a morte? Até que ponto Temujin sabia dos fatos? Seria o rapaz demasiadamente levado à violência pela razão? Mas embora houvesse uma possibilidade de morte pela tortura, o castigo dos traidores, Kokchu caminhava com tranquila dignidade, e, se sentia medo, não se traía.

Não olhou para ninguém além de Temujin, sentado arrogantemente em silêncio no meio dos seus jovens heróis. Mas quando viu os olhos de Temujin, agora tão mansos, pardos e luminosos como os de uma pomba, preparou-se para o pior. A astúcia tornava os olhos de Temujin inocentemente azuis. A cólera coloria-os com um tom de ardente esmeralda. Mas o assassínio lançava sobre eles uma sombra parda suave e enevoada.

Kokchu não se ajoelhou. Pensava: Se ele decidiu matar-me, não irá deleitar-se antes com o espetáculo da minha humilhação.

Inclinou gravemente a cabeça e aguardou.

Temujin começou a falar de forma gentil, enquanto a tépida cor parda se intensificava nos seus olhos:

– Eu sei que amavas Bektor, Kokchu, e que sua morte é dolorosa para ti.

As pálpebras de Kokchu estremeceram, mas ele respondeu em voz baixa:

– Tu és o Khan, Temujin, e um pobre sacerdote não tem outra escolha senão achar todos os atos do seu Khan virtuosos e justos.

Temujin sorriu. Simulou um ar de satisfação genuína. Mas agora o pardo transformava-se em esmeralda nos seus olhos.

– Porque amavas Bektor como a um filho, sinto-me constrangido a explicar-te o meu ato. E como tu és tão leal, preciso da tua ajuda junto ao povo. Ouvi dizer que estão assombrados e horrorizados com um gesto que era necessário.

Kokchu ficou em silêncio, mas fixou seu olhar sem pestanejar no de Temujin. Perguntava-se a si mesmo: Será possível que ele esteja com medo? Mas logo depois concluiu pesarosamente que Temujin não estava com medo.

Temujin prosseguiu, ainda com a ameaçadora voz mansa:

– Se não tivesse havido traidores entre a minha gente, eu não teria precisado matar Bektor, que podia ser uma espada nas mãos deles contra mim. Então achei necessário matá-lo. A motivação do gesto, portanto, não está em mim e sim nos traidores. Nas suas mãos está o sangue de Bektor.

A despeito da sua calma, o coração de Kokchu deu um salto e tremeu, assustado.

– Entretanto – continuou Temujin, refletivamente –, eu quis agir com violência. Espero que a morte de Bektor seja uma advertência para os traidores. – Fez uma pausa e depois, falando alto e com dureza, acrescentou:

– Tu me compreendes, Kokchu?

Através dos lábios rígidos e pálidos, o xamã respondeu:

– Eu te compreendo, ó meu Khan.

Temujin descontraiu-se e deu seu sorriso terrível.

– Tu és um homem de bom senso, Kokchu, assim como um sacerdote. Mas meu tio tem dito muitas vezes que os sacerdotes são homens de bom senso. Eles inevitavelmente apoiam o forte contra o fraco. Eu não sou fraco, Kokchu.

O xamã inclinou a cabeça reverentemente. Pensou: Não vou morrer então? Ficou suspreso com o súbito tremor das suas pernas pelo grande alívio.

Temujin continuou, olhando-o com severidade:

– Eu odeio a traição. Não hesitarei em matar de novo com as minhas próprias mãos. É isso que dirás ao povo, Kokchu. Tu lhe dirás que Bektor era um traidor e merecia morrer como todos os traidores. Mas da próxima vez o traidor não será morto tão misericordiosamente.

De novo o xamã inclinou a cabeça com submissa reverência.

– Dirás também ao povo, Kokchu, que tu contavas com a morte de Bektor, porque foste informado da sua traição em um sonho.

Kokchu ergueu lentamente a cabeça. Seus lábios tinham a cor da pedra. Então, depois de longo momento, respondeu quase inaudivelmente:

– Seguirei tuas ordens, Temujin.

Temujin tirou um largo anel de ouro cravejado de pedras verdes e violeta. Fora-lhe dado por Kurelen, mas agora ele o estendeu para Kokchu, enfiando-lhe no dedo. Kokchu arregalou os olhos para o anel, e um pouco de cor lhe voltou ao rosto abatido e contraído.

– Reis sem sacerdotes podem prosperar. Mas sacerdotes sem reis devem desaparecer da face da terra – declarou Temujin.

Kokchu tocou na própria testa e curvou-se quase até os joelhos. Temujin lançou um olhar rápido para os silenciosos paladinos com um sorriso triunfante.

– Vai-te agora, Kokchu, e lembra-te das minhas ordens.

O xamã saiu do yurt. O leste estava cor de prata e pérola. As mulheres já estavam ateando o fogo das fogueiras, e a fumaça subia escura e direta para o ar puro da manhã.

Kokchu ficou imóvel, em silêncio, olhando para o céu. Tinha o rosto contorcido. Ergueu o punho fechado com intensidade, como para proferir selvagens imprecações. Os primeiros raios do sol nascente refletiram-se nas pedras verdes e violeta do anel que Temujin lhe tinha dado, e ele reluziu. Kokchu olhava para o anel com os olhos dilatados. Aos poucos seu punho se abriu e a mão caiu-lhe ao lado do corpo, enquanto um sorriso malicioso lhe distendia os lábios.

Continuou seu caminho, ensaiando mentalmente as coisas mais apaziguantes para dizer ao povo.

TEMUJIN FOI PARA a tenda de sua esposa. Ouvindo-o enquanto ele subia para a plataforma (pois ela não havia dormido toda a noite), ela abriu seu manto de lã branca. Quando ele entrou, ela levantou-se da cama e o manto caiu-lhe aos pés. À luz vermelha e baça do braseiro ela apareceu, nua, com os braços estendidos para ele, um sorriso de inefável sedução na adorável boca vermelha. Temujin ficou parado um momento, deliciando-se com a visão dos pequenos seios de lua cheia, dos quadris e coxas que pareciam alabastro rosado e transparente. Ela olhou para o rosto dele e o assustado estremecimento do seu coração transformou-se lentamente num pulsar firme e triunfante.

Ela atirou-se nos braços dele, e, com um grito em que misturava desejo, amor e exultação, ele apertou os lábios contra os dela.

Parte II
A caravana fantasma

Uma parada momentânea – uma momentânea prova
De existência do povo em meio do deserto...
E eis que a caravana fantasma chegou
Ao Nada de onde partiu... Oh, apressa-te!

OMAR KHAYYAM

1

— Meu povo – disse Temujin – tem sido vencido e dispersado. Tem sido aterrado e coberto de vergonha e humilhação. É pobre e miserável. Eu sou Khan de um punhado de crianças e velhas assustadas, e de homens cujas entranhas se transformaram em água com o medo. Mas eu os vingarei! Eu os conduzirei do deserto para grandes pastagens, e eles erguerão suas tendas em paz à beira de águas rumorejantes.

Assim ele falou ao seu povo antes de partir junto com Chepe Noyon, Jamuga Sechen, Subodai e Kasar, para sua visita ao irmão de armas de seu pai, o poderoso, mas covarde, Toghrul Khan, o cristão nestoriano, o turco karait.

Ele indicou o tio, Kurelen, para substituí-lo durante sua ausência e deixou as mulheres e as crianças aos cuidados de sua mãe, Houlun. Do lado direito de Kurelen ele colocou diplomaticamente o xamã, e do lado esquerdo seu meio-irmão Belgutei. Sua esposa, advertiu Temujin, era uma rainha, portanto suas ordens deviam ser obedecidas.

Ele contemplava o povo miserável e esfarrapado, um mero punhado, como ele mesmo dissera. Via-lhes os yurts pobres, os escassos rebanhos de cavalos, gado, cabras, ovelhas e camelos. Por um momento ficou completamente desesperado. Mas ninguém poderia sequer imaginar isso por trás do seu rosto implacável e dos olhos ferinos, pois a luz sanguínea da aurora derramava sobre ele todo seu esplendor. Sua mão segurava resoluta a lança. Montava o cavalo como um imperador, com os paladinos em torno de si. Sobre o arção da sela levava o seu tesouro mais precioso: um pesado manto de peles de marta escura, presente para Toghrul Khan.

Ele pensava: Contando apenas com estes miseráveis, que posso fazer? A partir de toda esta pobreza desesperadora, como posso emergir como um poderoso governante? Eu estava decidido a me tornar um imperador: o que é necessário para tanto? Serão meu braço, minha coragem, meu ódio, meu ímpeto e minha ambição suficientes? Serão seus corações miseráveis fortes o bastante para me seguirem? Posso eu transformar nômades esfomeados, ignorantes e medrosos em conquistadores?

A Jamuga ele disse, olhando para o seu anda com os olhos agora tão inocentemente azuis como os de uma criança:

– Meu povo precisa de espaço, pastagens, regiões de caça e paz. A Chepe Noyon ele disse:

– Nenhum homem está realmente vivo se não for um aventureiro. Eu darei ao meu povo aventura.

A Kasar disse:

– Meu povo me ama. Eu amo meu povo. Eles são homens simples e homens simples são sempre sensatos e bons. Eu só procuro servir o meu povo.

A Subodai disse:

– Eu preciso tornar meu povo forte, pois somente o forte pode sobreviver. Mas eu também os farei generosos e excelentes vizinhos, cheios de virtude.

A Kurelen ele disse:

– Precisamos sobreviver.

Mas a si mesmo dizia: "Só eu mesmo importo."

Ele era tudo para todos os homens. Era a imagem que cada homem via no seu próprio reflexo, mas glorificada, invencível e poderosa. Enganava até mesmo Jamuga, que queria apaixonadamente acreditar. Mas não enganava nem a Kurelen nem Kokchu. Kurelen esperava o melhor. Kokchu esperava apenas pelo reflexo do poder.

Ele pôs-se a caminho, sombrio e inabalável, seguido dos seus paladinos. Kurelen ofereceu-lhe alguns dos seus tesouros para serem oferecidos a Toghrul Khan, mas Temujin respondeu:

– Não. Um homem que aparece demasiado carregado de presentes desperta a suspeita de que não é forte.

Temujin não permitiria que ninguém imaginasse quão perturbado estava quanto à lealdade ou não do seu povo. Sabia que tinham ficado consternados com a morte de Bektor, embora fossem tão rudes e simples. Se ele tivesse sido desafiado por Bektor, e ambos se tivessem empenhado numa luta aberta e honrosa, embora terminando em morte, não teria havido nenhum horror, nenhum ódio. Mas o ataque dele, acompanhado pelo de Kasar, contra um rapaz indefeso, a quem não havia sido dado tempo de se defender, tendo sido brutalmente assassinado sem apelação pelo próprio irmão, aterrou o povo.

Mas Temujin disse consigo mesmo que não tivera tempo. Por outro lado, tinha uma vaga percepção de que o horror abre o caminho ao poder e o terror é o seu sequaz. Se ele tivesse desafiado abertamente Bektor, isso também teria tomado tempo. Além disso, Temujin não tinha muita certeza de que venceria Bektor, pois nunca fora tão forte como ele. Mais tarde ele ganharia a reputação da mais estupenda audácia, mas, na verdade, ele nunca era audacioso. O conquistador, viria ele a dizer, deve parecer arrojado, mas a sua ruína começa quando começa estupidamente a seguir o próprio conselho. A audácia impressiona as massas, mas é suficiente que um governante seja dotado de talento histriônico e tome atitudes dramáticas.

O poderoso Toghrul Khan, de quem se dizia possuir quarenta tendas feitas de tecido de ouro, ocupava as terras do rio junto à Grande Muralha de Catai. Os karaits ocupavam muitas cidades muradas, com casas feitas de lama e argila, mas sólidas. Compostos em grande parte de indivíduos da raça turca, eles eram excelentes e prósperos mercadores, e seus homens mais abastados viviam em grande luxo nas cidades.

Toghrul Khan, agora já velho, era um homem de maneiras agradáveis e rosto sorridente e hipócrita. Sua voz era delicada e insinuante e ele era dado a grandes atos piedosos. Mas sua religiosidade era muito flexível: quando lhe era conveniente, ele amava o Islã e rendia homenagem a Maomé. No entanto, quando era necessário, enchia-se da doçura cristã. Seu povo tinha em grande parte sido convertido ao Cristianismo por santo André e são Tomás, e ele, quanto mais envelhecia e achava oportuno, inclinava-se para essa religião. Era um grande velhaco, mentiroso, hipócrita, cheio de manhas, traição e egoísmo, e nunca recuava diante de um assassinato, mas capaz, em qualquer tempo, de ligar uma frase cristã a um ato monstruoso.

Tão envolvente era, entretanto, o seu extraordinário charme, que ele conseguia assegurar o juramento de irmandade de armas de muitos pobres e insignificantes chefes como Yesukai. Ele frequentemente quebrava as suas promessas mais solenes, mas os simples e crédulos chefes nunca tomavam isso contra ele, pois as suas desculpas eram tão pesarosas, suas explicações tão válidas, que acreditavam em tudo que ele dizia. Eles fitavam dentro dos olhos grandes e inocentes daquele rosto velho e grave e ouviam-lhe a voz suave, e eram atraídos de novo para uma aliança que a ele proporcionava tudo e aos outros frequentemente não proporcionava nada.

Uma vez ele disse cinicamente ao filho:

– Sê um homem de grande valor, honra e coragem. Sê um herói diante do qual todos os obstáculos desapareçam. Sê nobre, justo e bravo. E tudo isso não servirá de nada para conquistar a fé e o amor de outrem. Mas fala palavras de mel, não discutas com ninguém, mas concorda em tudo. Sorri doce e ternamente. Sê cheio de promessas que não seja necessário cumprir. Deixa que teus olhos pousem com afeição em cada homem, mesmo que o detestes. E eu te digo que o povo, que tem alma de cachorro, seguirá rente às tuas pegadas e morrerá alegremente por ti. Uma língua maleável não custa nada, mas trará tesouros ao seu possuidor.

Seu filho perguntou-lhe se os grandes conquistadores possuíam línguas maleáveis e sorrisos doces. Toghrul Khan, franzindo os lábios, balançou a cabeça pensativamente e respondeu:

– Existe outro caminho para conquistar a dedicação alheia, um caminho mais cruel, que é o caminho do terror. Mas é demasiado fatigante. Eu prefiro o caminho mais baixo, mas também mais fácil, e contento-me com a segurança. Os homens que tomam o caminho do terror não aparecem senão uma vez em cada século. São os deuses terríveis que não precisam de delicadeza.

Nesse tempo ele habitava temporariamente os bancos do Tula, junto às tremendas florestas de pinheiros azuis. Nômade de alma como ele era, não podia suportar por muito tempo os limites das suas ricas cidades karaits, e embora fosse velho, ainda ansiava ocasionalmente pelos espaços livres, pelas estepes e pelo deserto. Mas sempre levava consigo suas mais luxuosas tendas, seus homens mais fortes e suas mulheres mais belas para tornar confortável sua estada sob as estrelas selvagens do seu nascimento.

Ele já era muito conhecido nas lendas dos europeus, que o chamavam Preste João, e esses cristãos visitavam-no frequentemente nas suas cidades e usufruíam sua hospitalidade. Nessas ocasiões, eram pendurados nos aposentos dele grandes crucifixos de ouro e prata, e reinava em toda parte grande devoção cristã. Ele distribuía muitos presentes às visitas e exibia-lhes suas riquezas. Essas visitas nem de longe poderiam imaginar o desprezo que aquele velho astuto e traiçoeiro sentia por elas, bárbaros das terras do ocidente.

Às vezes, se eles viessem cheios de riquezas também, mercadores com esperanças de ampliar as rotas das caravanas dos tesouros do oriente para a desolação do ocidente, uma palavra sussurrada era lançada por Preste João aos seus homens, e esse sussurro alcançava longe os limites ocidentais das cidades karaits. E era assim que nessas ocasiões os mercadores nunca voltavam para as suas próprias cidades, e deixavam seus esqueletos branquejando no deserto e seus tesouros percorriam caminhos tortuosos até os cofres de Preste João.

Temujin só conhecia Toghrul Khan pelas histórias do pai. Yesukai, como todos os pequenos chefes das estepes, adorava Toghrul Khan e falava dele com apaixonada reverência, terror e amor. Mas Temujin já tinha aprendido a desconfiar de boatos. Ele foi ao encontro do irmão de armas do pai com os olhos abertos e a mente alerta. Ouvia em silêncio as histórias dos seus paladinos. Jamuga estava num dos seus momentos raros de débil entusiasmo. Ele lembrava que Toghrul Khan tinha a reputação de príncipe justo e amável, dedicado aos seus adeptos e atento ao seu bem-estar. Além do mais, ele não era ambicioso, segundo diziam preferia a paz e a civilização e tinha reputação de culto. Uma de suas esposas era uma mulher persa, filha de um grande nobre. Ela era muito versada em música, literatura e pintura, e de todas as esposas era por ele a mais amada. Diziam que ele tinha aprendido muito com ela. Jamuga prometia a si mesmo belas conversas e orgias de beleza e filosofia. Como seria esplêndido estar diante de pessoas de cultura e civilização!

Chepe Noyon declarava que ficaria sufocado dentro das cidades. Mas estava entusiasmado, a despeito de si mesmo. Só interessava a

Kasar que Temujin conseguisse realmente assegurar a ajuda de Toghrul Khan. Quanto a Subodai, não dizia nada, como sempre, e ninguém soube o que ele pensava.

Lentamente, enquanto galopavam todos velozmente na direção do rio Tula, uma espécie de premonição se apoderou misteriosamente de Temujin, e, embora nunca tivesse visto Toghrul Khan, soube quem era ele. Através de toda a sua vida terrível ele viria a ter essas profundas e fantásticas premonições, e às vezes falaria delas, dando origem assim à lenda entre seu povo de que se comunicava com os espíritos. Inicialmente ele tinha a intenção de pedir a ajuda do velho. Mas resolveu reformular essa resolução; forçaria sutilmente Toghrul Khan a renovar ele mesmo seu antigo compromisso.

Naquelas últimas semanas Temujin se libertara de qualquer superstição. Mas, embora jovem, ele sabia do valor da superstição como meio de controlar os outros. E também ainda estava muito ligado à terra em que nascera para não sentir a influência de presságios, a despeito da sua inteligência.

Passaram-se três dias e três noites da longa jornada. Ao entardecer do terceiro dia uma terrível tempestade desabou sobre o deserto irregular e caótico. Temujin não se impressionou, mas os outros, até mesmo o frio Jamuga, ficaram apavorados. Eles encontraram um buraco no fundo de uma estrutura de terra em ruínas e acocoraram-se ali, esperando e observando com os olhos dilatados de medo.

Uma escuridão como a de uma noite sobrenatural e prematura caiu sobre a terra, de tal modo que esta parecia transbordar com um mar vago e sombrio. Mas o céu sem limites ardia, rolava e contorcia-se com nuvens verdes ameaçadoras, continuamente rasgadas por chamas escarlates, que abriam os céus para emitir trovões ensurdecedores que abalavam a terra violentamente. Esses relâmpagos iluminavam o deserto por léguas, queimando as sombras escuras e revelando colinas vulcânicas e esqueletos de abrigos com crua e horrível clareza. Às vezes tudo brilhava com uma incandescência rósea, de tal modo que as menores pedrinhas eram visíveis a grande distância e as colinas e os baluartes pareciam formados de chama petrificada. Era uma visão da lua, não da terra, cheia de crateras, caótica e convulsiva, iluminada pelo fogo de um sol que explodia.

Não havia chuva, apenas um vento terrível, que parecia com a sua força estar prestes a despedaçar o baluarte sob o qual Temujin e os companheiros estavam agachados. Havia momentos em que eles chegavam a acreditar que a terra iria dissolver-se e erguer-se numa coluna de fogo sob esse assalto sobrenatural. O vento era carregado de pó e areia de lugares distantes e de pequenos fragmentos de cristal, que lhes cortavam os rostos e as mãos e lhes obstruíam a respiração. Finalmente, incapazes de suportar a visão, o som e o vento, eles voltaram o rosto para a rocha e fecharam os olhos.

Mas Temujin não estava assustado. Ele olhava tudo, embora estivesse meio cego e meio surdo. A conflagração desenfreada dos céus fascinava-o em vez de apavorá-lo. Cobriu a boca com a ponta do manto e apertou os olhos diante do vento cortante. Então, dentro do seu coração, uma fúria gêmea cresceu para responder à fúria insensata dos céus e da terra; era uma fúria de exultação, invencível e quase louca.

Disse consigo mesmo: Isto é um augúrio. Como isto eu sou e como isto serei sempre!

Quando a tempestade se afastou, rugindo e ardendo, para os baluartes distantes, os companheiros de Temujin riram debilmente de alívio, congratulando-se uns com os outros por estarem ainda vivos. Foram acalmar os cavalos que tremiam e relinchavam, amarrados juntos sob um abrigo de pedra.

Mas Temujin olhava para os amigos em silêncio, com desdém. Eles lhe pareciam estranhos e insignificantes. Quanto a si mesmo, acabava de perder o que restara da sua juventude.

Ele já não se sentia apreensivo quanto à visita a Toghrul Khan. Encarava o futuro com estupenda calma e fatalismo.

Eles chegaram numa suave e clara aurora ao enorme acampamento do velho líder.

O acampamento, organizado e imenso, composto de milhares de grandes yurts, juncado aqui e ali de imensas tendas de tecido de ouro ou de prata, elaboradamente decoradas e cheias de bandeirolas, fora erguido num fundo vale verde junto ao purpúreo rio Tula, cujas águas pareciam salpicadas de inquietas gotas de mercúrio. Por trás do acampamento erguiam-se as montanhas, cordilheira sobre cordilheira, nítidas, crescendo do mais delicado azul cristalino para o mais carregado violeta, e depois para o mais profundo e brilhante tom de ametista com os topos incandescentes contra o céu diáfano. Florestas de pinheiro azul juncavam as montanhas, enchendo o ar puro de uma fragrância forte e penetrante. Era realmente um local adorável, silencioso e majestoso, este em que Toghrul Khan estabelecera sua corte temporária, bem longe das suas cidades quentes e apinhadas. O vento suave da manhã vinha carregado do mugir do gado e dos gritos longínquos dos pastores, que conduziam seus rebanhos aos pastos.

Quando Temujin aproximou-se do acampamento com os companheiros, um som vibrante e claro cortou a tranquilidade matinal; eram as notas de aviso de uma trompa de chifre. Imediatamente vários guerreiros apareceram diante do acampamento, montados nos mais belos garanhões. A buzina da trompa fora de alarme. A Temujin, que continuava cavalgando tranquilamente para o acampamento, pareceu uma trompa anunciando a chegada de um conquistador. Ele não diminuiu o passo. Aproximava-se resolutamente, apressando o cavalo, muito adiante dos companheiros. Um sacerdote, envolto num manto marrom de lã, apareceu entre os guerreiros e avançou na direção dos visitantes.

Quando Temujin parou diante do sacerdote, este levantou a mão direita e fez o sinal da cruz.

– A paz esteja convosco – disse ele, olhando para todos com desconfiança.

A saudação era estranha para Temujin, mas ele também ergueu a mão sério, numa saudação majestosa.

– A paz esteja contigo – respondeu. – Desejo falar a meu pai adotivo, Toghrul Khan. Vai dizer-lhe que Temujin, filho de Yesukai, solicita-lhe uma audiência.

O sacerdote e os guerreiros que se tinham aproximado olharam-no com hesitação. Consultaram-se uns aos outros. Então os guerreiros galoparam em torno de Temujin e seus companheiros, e o chefe anunciou que seriam levados a Toghrul Khan imediatamente.

Já não estavam mais desconfiados, mas apenas desdenhosos ao reconhecerem em Temujin mais um dos insignificantes e miseráveis nobres das estepes e do deserto.

2

Primeiramente eles foram conduzidos a um dos yurts reservados para as visitas. Alguns servos lhes trouxeram água fresca e límpida em bacias de prata e porcelana, lindamente esmaltadas, e toalhas do branco mais puro para enxugarem as mãos e o rosto. Depois ofereceram-lhes pães doces e leite novo de égua e uma bandeja de tâmaras carnudas e cheirosas. Essa era a hospitalidade que proporcionavam a qualquer visita, mas de novo para Temujin isso foi também um augúrio.

Um guerreiro, não mais desconfiado mas cada vez mais desdenhoso, veio-lhes ao encontro e anunciou-lhes que o Khan os receberia. Conduziu-os à maior de todas as tendas, com mais de 6 metros de diâmetro e cintilante em seu suntuoso tecido de ouro.

Eles entraram na tenda e seus pés afundaram em ricos tapetes de Bocara. Ao longo das paredes inclinadas, lâmpadas de porcelana, prata e ouro ardiam mansamente sobre tamboretes entalhados de teca. Num divã coberto de sedas, lãs bordadas e peles, reclinava-se o velho Khan, que bebia de uma taça de leite fresco.

Temujin entrou sozinho, ordenando aos companheiros que permanecessem do lado de fora. Ele ficou ali de pé na obscuridade da luz das lâmpadas, com a pele morena, curtida pelo sol, alto e resplandecente de juventude e coragem.

Toghrul Khan, erguendo os olhos com o sorriso paternal reservado para os pequenos chefes que o visitavam, parou de sorrir e fitou Temujin com um olhar subitamente penetrante. Seus olhos estreitaram-se. Com muita lentidão entregou a taça a uma escrava ajoelhada a seu lado, mandando-a para fora da tenda.

Ainda sem falar, Temujin ajoelhou-se diante do homem e tocou o chão com a fronte sem humildade, mas sim com certa arrogância. Depois disse, erguendo a cabeça e olhando agudamente para Toghrul Khan:

– Teu filho vem a ti, meu pai adotivo, para jurar a aliança de seu pai Yesukai.

Ele viu diante de si um velhinho careca e pálido, com um rosto suave e gentil e olhos pequenos e vivos como os de uma ave. Viu os braceletes de ouro nos pulsos mirrados, os muitos anéis tilintantes nos dedos nodosos. Viu a riqueza das roupas de seda. Mas, mais que tudo, viu o Khan, e compreendeu que a sua premonição não falhara. Um olho menos penetrante só teria visto com certeza um velho com uma expressão doce e maneiras delicadas e paternais e nada mais. Mas Temujin viu além de tudo isso, e o que viu fez seus lábios apertarem-se sombriamente e todos seus sentidos ficarem aguçados e precavidos.

Então, depois de um longo momento, Toghrul Khan estendeu a mão e disse numa voz de grande afeição e alegria:

— Sê bem-vindo, meu filho! Meus olhos se enchem de alegria com a tua vinda. Senta-te ao meu lado direito e deixa-me saborear o prazer tê-lo junto.

A voz dele era doce e acariciante. Pousou a mão no ombro de Temujin e fingiu estar ternamente encantado com ele. Perguntou-lhe se tinha partilhado da refeição matutina. Perguntou-lhe pelos detalhes da morte do pai, balançando a cabeça com mágoa e pesar. Ninguém poderia ser mais delicado. Nenhum pai teria demonstrado mais afeto e interesse. Mas, mesmo enquanto ouvia o velho e lhe sentia o peso da mão amorosa no ombro, Temujin observava-o atentamente, compreendendo a cada momento que este era o ser mais implacável que ele já conhecera, o mais avaro, cruel e traiçoeiro.

E, de repente, com essa observação, sentiu um profundo desprezo. O Khan podia ser tudo o que ele era, e ríspido, brutal e frio além de tudo, e Temujin o teria homenageado e admirado. Mas, acima de tudo, ele sentia nojo da hipocrisia. Para ele, a mais repugnante de todas as coisas era uma alma má falando as palavras doces do amor, da paz e da piedade. Mas ele não demonstrou o que compreendeu de Toghrul Khan e presenteou-o com o manto de pele de marta. Inicialmente, vendo todo o esplendor do acampamento e da tenda, tinha pensado que o manto era um presente muito pobre. Mas agora sabia que tudo era bem-vindo para aquele voraz abutre karait. E, na verdade, era um bom presente, com as bonitas peles, macias e peludas.

Toghrul Khan, com pequenos gritos de prazer, afundou os dedos na pele, alisou-a carinhosamente, ergueu uma ponta e apertou-a delicadamente contra a face. Temujin, observando-o, sentiu repulsa. Havia algo de estranho na visão dos dedos velhos e mortos percorrendo avidamente a tepidez viva das peles, algo de repulsivo no contraste delas com a face velha e chupada. Ele lembrou-se de quando tinha visto a pele da última vez, sobre os ombros roliços e jovens de Bortei, e sentiu uma pontada de raiva e nojo. Era como se as velhas mãos licenciosas tivessem agarrado lascivamente a própria carne de Bortei.

E então compreendeu que Toghrul Khan, apesar de toda a sua riqueza e poder, invejava-lhe a bela juventude e força, a cor dos olhos jovens, a esbeltez da cintura e a largura e firmeza dos ombros. E sabia também que a inveja é sempre a irmã gêmea do ódio. Disse consigo mesmo: Arranjei um inimigo.

Mas se tinha sentido que Toghrul Khan seria um inimigo, sua tarefa agora era aplacar essa inimizade, e fazer com que o velho o desejasse como aliado. Mesmo a inimizade recua diante do proveito.

Temujin olhou em volta para todas as mostras de luxo que a tenda continha. Não sentiu nenhuma cobiça e ficou vagamente surpreendido com isso. Olhou os braceletes do velho, as roupas e os anéis, e pensou consigo mesmo como seriam belos em Bortei. Tinha visto os rebanhos gordos e desejou-os para seu povo. Quanto a si mesmo, desejava algo mais grandioso. Um grande entusiasmo se apoderou dele.

Ouviu Toghrul Khan prometer-lhe uma bela festa. Haveria grandes celebrações em homenagem à sua vinda.

– Não tive nenhum prazer como este por muitos dias! – disse o velho. – Mas agora meu filho adotivo veio até mim e encheu meus olhos de alegria. Deus lembrou-se da minha idade e trouxe-me outro filho.

Ele ergueu os olhos reverentemente e Temujin, acompanhando-lhe o olhar, viu que um grande crucifixo de ouro pendia sobre o divã, lindamente marchetado de esmalte, brilhando e cintilando à luz das lâmpadas. Temujin olhou-o com curiosidade. Um ou dois indivíduos do seu povo eram cristãos nestorianos, mas ele nunca percebera nenhum isolamento por parte deles. Kokchu ressentia-se da presença deles, como aliás sempre se ressentia de qualquer coisa que ameaçasse sua própria influência.

Temujin acreditava, como seu pai, que um homem podia ter a fé que quisesses, desde que isso não interferisse na sua lealdade ao seu chefe. Mas

209

agora, estranhamente, ele sentia que a cruz de ouro era parte do próprio Toghrul Khan, e que a inimizade do velho estava de alguma maneira envolvida com ela.

Toghrul chamou um dos servos que esperavam numa tenda menor ligada à sua. Ordenou ao servo que conduzisse os paladinos de Temujin a outros yurts, onde todo o prazer e conforto lhes fosse proporcionado.

– E quanto a ti, meu filho – disse ele, voltando-se de novo para Temujin e pousando-lhe carinhosamente a mão no braço –, tu permanecerás comigo por algum tempo e me falarás mais de ti mesmo, e de que maneira eu te posso ajudar.

Temujin fitou-o por longo tempo, e Toghrul Khan, que fizera aquela observação agradável e afetuosa com a sua cortesia fluente habitual, ficou espantado, quando, ao olhar de novo para Temujin por causa do seu silêncio, viu a estranha expressão do rapaz e os fulgurantes olhos de esmeralda.

Seu primeiro pensamento inquieto, cauteloso como sempre, foi que Temujin tinha levado a sério e tinha talvez algum desconcertante pedido a fazer. Seu segundo pensamento, ainda mais inquieto e desconfiado, foi de que ele não tinha nenhum pedido. Um dos seus axiomas era de que um homem nunca deve deixar de observar os outros homens, e que o homem astuto observa sem demonstrá-lo. Ele via que Temujin o observava, mas não se dava absolutamente ao trabalho de disfarçá-lo. E isso não era falta de astúcia e sim apenas desprezo pela tortuosa arte de tais astúcias. De repente, o velho mordeu o lábio inferior com uma sensação de impotência hostil. Logo depois voltou a sorrir e apertou o braço de Temujin com a mão.

– Mas que descuido o meu! – exclamou ele, rindo divertido de si mesmo. – Minha filha, Azara, devia ter-te recebido junto comigo! A mãe dela era uma mulher persa, e ela própria é uma adepta do Senhor Jesus. Mas eu tive de arranjar tutores e professores para essa menina, pois ela possui muita sabedoria, e eu aprecio muito a sua companhia. Ah, se ela fosse um homem! Vou mandar chamá-la.

Chamou um servo de outra tenda e ordenou que a filha viesse à sua presença. Depois de fazer isso, ficou surpreso e aborrecido. Ele nunca pensara em expor a filha àquele chefe insignificante e maltrapilho. Mas ficara confuso, e, para disfarçá-lo, teve essa ideia. Ardia de cólera internamente, enquanto esperava, e tentava disfarçar seu irritado embaraço com sorrisos renovados e palavras de afeto. Pensava: Que fiz eu? Por que havia de fazer isso para este mestiço das estepes, este esfarrapado bárbaro do deserto? E toda a sua consternação desaparecia no espanto e na aversão pela própria atitude.

A aba da grande tenda foi afastada e Azara entrou. Temujin, sempre vulnerável à visão de uma bela mulher, ficou impressionado, pois nunca vira um rosto tão adorável, um corpo tão perfeito.

Azara era mais alta que qualquer outra mulher que conhecera, quase tão alta como ele. E pensou: Ela parece um vidoeiro novo, branco e esguio, que se curva com o vento. A jovem estava envolta, da cintura para baixo, em algo vaporoso e branco, quase diáfano, preso em torno dos quadris estreitos por um cinto enrolado de ouro fino. Seus seios, altos, pontudos e virginais, eram cobertos por círculos de ouro cravejados de joias. Os braços, a garganta e o pescoço eram mais brancos que o leite e brilhantes como pérolas. Seu rosto, de um puro e delicado oval, coberto pela névoa leitosa do véu, também era como pérola, e cobria-se de um róseo suave nos lábios e nas faces. Seus olhos, negros e coruscantes como azeviche, eram franjados de pestanas douradas, macias como seda, e a longa torrente dos seus cabelos era dourada também, mas de um tom tão pálido e tão brilhante que era quase inacreditável. Ela estava carregada de joias, colares, braceletes e anéis, de tal modo que toda a sua figura rutilava sob a luz das lâmpadas.

Sua atitude era calma e digna, mas dava a impressão de que ela se movia mecanicamente e como num sonho. Mesmo quando sorriu modestamente e se inclinou diante do pai e do seu convidado, para Temujin ela pareceu estar apenas parcialmente acordada. Seu encanto por ela se intensificou: Que prêmio ela é, que glória, que beleza! Seu coração batia violentamente e o suor despontava-lhe na testa e no lábio superior.

Toghrul Khan pousou a mão carinhosamente sobre a cabeça da filha e fê-la sentar-se ao seu lado esquerdo. Brincava com as mechas de ouro pálido do seu cabelo de seda.

– Antes de a lua empalidecer, ela desposará o califa de Bocara, que já ouviu falar da sua grande beleza – disse ele, com toda a sua astúcia momentaneamente amortecida pelo orgulho paternal.

Ele olhava-a com prazer, como alguém olharia para uma bela égua que não pode compreender a linguagem dos homens, mas não passa de um animal bonito e submisso. A jovem abaixou a cabeça, e um rubor profundo lhe cobriu as faces, a garganta e o colo. Temujin esqueceu Bortei. Todo o seu corpo inchou e se retesou no desejo dessa maravilhosa criatura. Ele já ouvira falar do califa de Bocara, um velho libertino com um grande harém. Subitamente teve a visão de Azara, nua, nos braços do califa, e todo o sangue lhe subiu à cabeça, de tal modo que seu rosto ficou carmesim de cólera. Sua carne estava tão quente como uma pedra ao sol, e contudo úmida do suor. Olhou para as mãos da jovem, tão alvas e delicadas como flores e cobertas de joias, e involuntariamente lembrou-se das mãos de Bortei, curtas, quadradas e ásperas, acostumadas ao trabalho da costura, da tecelagem e da ordenha.

A jovem respirava como alguém adormecido, profunda e lentamente, com o peitoral mal se movendo junto com os seios. Sua cabeça tinha pendido para o peito, como alguém que dorme e está tomado de sonhos. Ela não parecia uma criatura viva, mas uma visão pintada, que a custo vinha à vida. Ela pertencia às grandes cidades gastas, a uma alcova cheia de sedas, iluminadas vagamente por lâmpadas e cheia de divãs macios. Seu corpo exalava um odor de jasmim e rosas, embriagante como a bebida mais forte.

Toghrul Khan observava Temujin. Ele viu as sombras alternadas de vermelho e carmesim que corriam pelo rosto do rapaz, enquanto olhava para a jovem e a desejava. Viu-o subitamente empalidecer tanto que parecia a própria morte. Viu-o estremecer, viu-o apertar os lábios até ficarem exangues. Então compreendeu que tinha mandado chamar a filha num desejo de vingança. E ficou absolutamente atônito consigo mesmo por condescender em vingar-se de um miserável mongol do deserto ardente. Tão atônito ficou, tão desconcertado, que o sorriso fixo do seu rosto desapareceu, dando lugar a uma expressão vazia de cólera.

Forçou-se a falar brandamente, forçando também o sorriso de volta aos seus lábios.

– Esta noite, meu filho, tu me dirás o que desejas de mim, e eu te digo desde já que está concedido!

E mal pôde acreditar que tivesse dito essas palavras, e ficou consternado com elas, perguntando-se o que o teria levado a manifestá-las. Mal tinha acabado de falar e toda a sua alma recuou em total confusão para dentro da sua fortaleza íntima de astúcia e traição.

Mas Temujin, dirigindo-se a ele sem desviar, em seu devaneio os olhos da jovem, respondeu:

– Eu não quero nada de ti, meu pai. Vim apenas para oferecer aliança, para oferecer-te qualquer assistência que desejes.

Essas palavras extraordinárias, ditas numa voz firme e alta, sem arrogância, mas com força ilimitada, despertaram Azara. Ela ergueu vagarosamente a cabeça pesada e bonita, como um lírio da água se ergue todo para o sol. Lentamente, através do seu véu diáfano, os olhos dela focalizaram Temujin, e então, como a aurora, uma luz os iluminou e ela o viu em cheio.

Os dois fitaram-se intensamente, em silêncio. Uma expressão surpresa e assustada, embora fascinada, surgiu no rosto da jovem, como se despertada bruscamente do sono por um exigente e de certa maneira terrível estranho. Ele viu-lhe os lábios róseos entreabrirem-se e ouviu-lhe a respiração sustida. E então, de repente, enquanto ela o fitava assim tão fixamente, lágrimas brotaram-lhe como uma névoa dos olhos negros, e a expressão dela suavizou-se, docemente alarmada e pungentemente confusa. Seu peito ergueu-se e estremeceu. Ela sorriu subitamente, com uma espécie de alegria selvagem e frágil, modesta, mas insuportavelmente bonita. Parecia uma jovem surpreendida na sua alcova virginal por alguém por quem ansiara vagamente.

E então, sem pedir permissão, ela ficou de pé num só movimento. Abaixou a cabeça, virou-se e saiu da tenda de ouro do pai, como se estivesse fugindo. Ela se fora como uma pombinha branca num adejar silencioso.

Toghrul Khan, que sempre via tudo, sorriu malevolamente. Ele não se preocupou com a emoção da filha, pois, afinal de contas, ela era apenas carne de mulher e não possuía realmente uma alma. Ela não passava de um belo corpo, próprio para a cama de um califa. Ele só se interessava por Temujin, e o que viu confortou e recompensou sua alma venenosa.

Então parou de sorrir, pois Temujin voltara-se para ele, e seu rosto pálido estava ferino, os olhos coruscantes de um fogo verde. Nunca Toghrul Khan tinha visto um rosto ou olhos como os dele, e pensou involuntariamente: Aqui está alguém como nunca vi antes, alguém que é como um lobo, para ser muito temido.

Em seguida ele pensou, quase com ódio mortal: Mas ele não passa de um pobre diabo miserável do deserto, e eu o esmagarei como um verme! Toghrul Khan estava inquieto. Obrigou-se a sorrir ternamente para Temujin. Mas acima do seu sorriso, seus olhos, cercados de rugas, eram perversos.

Temujin disse calmamente, com a expressão sinistra ainda mais intensa no rosto:

– Esta noite eu te direi coisas importantes, meu pai.

Depois que ele se foi, o velho Khan sentou-se sozinho, afundado nos seus pensamentos. Então ergueu o olhar e disse alto:

– Tu nunca voltarás para casa, filho insolente de um rato faminto do deserto!

E então parou abruptamente; a tenda se encheu com a sua respiração desordenada e áspera e seus olhos se encheram de fogo maligno. Olhou ameaçadoramente em volta de si com as narinas dilatadas. Berrou por um servo e pediu vinho. Quando este lhe foi trazido, bebeu avidamente.

A taça tremia-lhe nas mãos.

Enxugou os lábios com uma toalha de seda branca. E então seus olhos coléricos caíram sobre o crucifixo de ouro. Ergueu o punho.

– Eu me vingarei! – gritou.

E então, como se as suas palavras soassem disparatadas mesmo aos seus próprios ouvidos, ele explodiu numa gargalhada estridente e dissonante.

3

Temujin sentou-se ao lado de Toghrul Khan no banquete, e enquanto observava todos os esplendores licenciosos exibidos diante dele, pensava desdenhosamente: Será que os homens lutam e morrem por tais coisas, por tais molezas para o corpo que matam qualquer desejo?

Ele podia beber prodigiosamente sem ficar embriagado. As bebidas fortes só intensificavam a ferocidade da sua natureza, só lhe aumentavam o já colossal desejo de poder. Quando bebia, sabia que tudo lhe era possível. Sua perspectiva ampliava-se, seu coração pulsava mais forte com feroz resolução. Ele sentia-se mais que humano. Parecia estar sozinho no topo de uma montanha inspecionando seus domínios sem limites. Toda a sua implacabilidade de pedra ficava ainda mais dura. Ele sabia então, quando bebia, que sempre acreditara que seria um Kha-Khan, e compreendia por que nunca tinha sentido medo, respeito ou reverência por qualquer homem. Compreendia por que tinha sentido só desprezo, um desprezo como o que sentia agora pelo poderoso Toghrul Khan, que só cobiçava as coisas do corpo e se contentava com maciez debaixo das nádegas. Ele sentia que seu destino crescia ainda mais dentro de si, como uma mulher sente o aumento e o crescimento da criança no ventre. Olhava lentamente em torno, com força inexorável, como um leão entre chacais.

Toghrul Khan, levado pelo seu ódio, e desejando intimidar aquele presunçoso pedinte das estepes e do deserto, tinha-se excedido no esplendor e no luxo na organização da sua festa. Mesmo enquanto preparava tudo, ele se perguntava furioso e com assombro: Por que estou fazendo isto? Por que ofereço a ele o que reservo para príncipes?

Não sabia. Pensou que se tinha degradado e espantou-se com a própria pequenez. Era como um rei deslumbrado com um mendigo.

As tendas, com suas abas erguidas, brilhavam com as lâmpadas. Lanternas de ouro, cristal e prata pendiam de postes fincados na relva luxuriante. Grandes fogueiras, sobre as quais tinham sido lançados punhados de mirra e sândalo, ardiam freneticamente, enchendo o ar límpido da montanha de fragrâncias embriagantes. Caldeirões ferviam nas fogueiras, cuidados por mulheres vestidas de escarlate, azul e branco. Frangos eram assados em espetos. Carne de carneiro e cavalo ardia em fogo lento em molhos suculentos. Pães de farinha, brancos como a neve, amontoavam-se em travessas de prata, e em outras travessas amontoavam-se frutas raras e rosadas como joias. Jarras e odres de vinho eram tão abundantes como água. Havia pratos cheios de doces turcos, que espalhavam odor de rosas, e pastéis, folhados e delicados, em variedades ilimitadas. Ervas eram embebidas de molhos fragrantes e exóticos. Havia peixes dos rios das montanhas, nadando em vinho. As tigelas eram de prata e os pratos, do esmalte mais delicado. Estandartes de seda e pintados com coloridos emblemas chineses flutuavam por toda a parte ao vento escuro da montanha. Havia um constante ir e vir de servos e servas, sacudindo braceletes de prata, e, fora das vistas, músicos tocavam suave e encantadoramente e mulheres cantavam com vozes agudas e melodiosas.

Toalhas de seda branca delicadamente bordadas estavam estendidas sobre mesas baixas. E nessas mesas baixas estavam sentados, em almofadas de seda com enchimento de penas, Temujin, Toghrul Khan, Azara e os amigos de Temujin.

Por trás deles, negras e sinistras, erguiam-se as poderosas montanhas, silenciosas sob as estrelas cintilantes, e a lua correndo por entre as nuvens. O ar estava tão puro e fresco quanto a água. A algazarra, as canções e as gargalhadas tornavam-se ensurdecedoras. Os chefes e generais de Toghrul Khan estavam sentados junto dele, bebendo e gritando, e, a intervalos, lançavam olhares furtivos de desprezo e risos disfarçados para Temujin e seus pobres e maltrapilhos companheiros. Pois esses generais e chefes, como o próprio Khan, estavam adornados de túnicas de seda e cintilavam de joias. Eram homens letrados, habituados às cidades, chefes de exércitos e regimentos. Eles tinham percebido a animosidade de Toghrul Khan, e embora este não o tivesse dito, sabiam que aquela era uma festa de morte. Quando falavam a Temujin e seus amigos, suas vozes eram cheias de falso respeito e apurada ironia.

Mas Temujin, que tinha o olfato de um animal acostumado ao perigo, percebia tudo. E estava muito calmo. Fingia estar impressionado com tudo o que via. Toghrul Khan, depois de pouco tempo, compreendeu que o rapaz não estava absolutamente impressionado, e que já tinha pressentido a ameaça no ar. Então pôs-se em campo, com afeto e amabilidade excessivos, para afastar as suspeitas de Temujin.

Disse num tom de simpatia paternal:

– O parente de teu pai, Targoutai, é teu inimigo agora, segundo ouvi dizer, e tirou injustamente vantagem da tua situação. Ofereço-te a ajuda que quiseres.

Temujin sorriu repuxando fortemente os lábios.

– Eu te sou grato, meu pai, pela tua gentileza. Mas lutarei sozinho contra Targoutai. Tenho comigo valentes heróis, jovens paladinos que dariam suas vidas por mim. Quanto a mim, no fundo de meu coração eu sei que nenhum homem poderá conquistar-me ou destruir-me. – E encarou em cheio os olhos de Toghrul com uma expressão amena e aberta como a de uma criança, e seus olhos estavam mesmo infantilmente azuis e cândidos.

Toghrul olhou profundamente esses olhos e pensou: Ele é uma pantera dos desertos! E sorriu gentilmente, pousando a mão mirrada amigavelmente sobre a de Temujin por um instante. Ficou atônito pelo fato de seu coração ter começado a pulsar dolorosamente.

Temujin fitou audaciosamente Azara, que estivera ouvindo atentamente. Mas, quando ela encontrou aquele olhar, ruborizou-se e baixou a cabeça. Vestida com roupas cintilantes de ouro, com o maravilhoso cabelo trançado com pérolas, ela parecia um sonho de beleza. Quando Temujin a viu enrubescer, sorriu consigo mesmo como um conquistador.

Houve de repente um estridor de címbalos, que enviou ecos vibrantes até as estrelas. E então, numa clareira entre as mesas, apareceram dançando muitas escravas formosas, vestidas com calças de harém de seda azul, escarlate e branca, com os pés em sandálias cravejadas de joias. Mas seus seios ardentes e redondos estavam nus e reluziam à luz de muitas lâmpadas. Seus cabelos negros caíam-lhes soltos pelos ombros jovens e eram coroados com tiaras de ouro cintilantes de pedras preciosas. Seus braços eram envolvidos por braceletes largos de ouro cravejados também de pedras preciosas. Seus lábios vermelhos revelavam dentes brilhantes, brancos como leite. Seus olhos eram grandes, escuros e suaves, como olhos de corças. Elas dançavam numa aura de perfumes embriagadores, como um vento tépido e fragrante.

Dançaram inicialmente com simplicidade e sonhadoramente, ao som das notas delicadas das flautas e do ressoar persistente e suave dos tambores. Pareciam jovens inocentes, movendo-se em puros sonhos de amor, em vez de huris habituadas a prazeres licenciosos e alegrias impudicas. Seus braços, seios e ombros reluziam como seda. Suas joias coruscavam inquietamente. Seus pés, movendo-se no intrincado labirinto dos passos da dança, refulgiam como estrelas. Elas sorriam como se estivessem adormecidas, afundadas em visões de bem-aventurança. Pareciam não perceber as centenas de olhos lúbricos fixos nelas e os sorrisos famintos como caretas de animais esfomeados. A música sonhava seus sonhos, como que inconsciente daquelas que dançavam ao som de suas notas.

E então a música acelerou e os tambores ergueram suas vozes ásperas. As dançarinas soltaram um grito débil e provocador, como se as visões que viam se tivessem tomado insuportavelmente extasiantes. Ergueram os braços. Seus peitos começaram a ofegar. Cada vez mais rápido gritavam as gaitas e as flautas. Cada vez mais rápida, profunda, e imperiosamente ressoavam os tambores. Os troncos nus começavam a brilhar com o suor e seu cheiro misturava-se aos perfumes ardentes, até se tornar quase insuportável. Olhos fulguravam ferozmente. Lábios vermelhos entreabriam-se e revelavam dentes brancos. As mulheres pareciam tomadas pelas flautas e pelos tambores irresistivelmente, como se fossem sugadas involuntariamente para uma entrega e orgasmo desenfreados.

Os guerreiros então começaram a berrar, a balançar-se nas pernas, a bater palmas. O suor rolava-lhes pelos rostos escuros. Estendiam as mãos como garras para as mulheres, que agora ofegavam audivelmente e gemiam docemente, com os corpos flexíveis e úmidos retorcendo-se como serpentes. Seus olhos fulguravam como relâmpagos para os guerreiros, cheios de risos animalescos e convites. Seus seios pareciam inchar. Agora todo o ar era cortado e rasgado pela doçura e êxtase insuportáveis das flautas, e os tambores ressoavam em ritmo enlouquecedor. As mulheres balançavam as nádegas num movimento lascivo, olhando por cima dos ombros, enquanto soltavam gargalhadas profundas, sacudindo os seios. Muitos dos guerreiros saltaram para a frente tentando agarrá-las, segurar cabelos ou braços, mas com gritos de alegria as mulheres esquivavam-se, curvavam-se e afastavam-se dançando. Era uma cena selvagem e dissoluta; as flautas, os tambores e as fragrâncias dominavam os sentidos.

Então houve outro choque de címbalos e, como o vento, as dançarinas se foram com suas risadas ressoando atrás de si. Os guerreiros olharam para os rostos cor de carmesim uns dos outros com sorrisos apalermados, e sentaram-se de novo, recomeçando a beber como que para varrer da memória o que tinham acabado de ver.

Mas Temujin olhava apenas para Azara, que cobrira o rosto com o véu.

Toghrul Khan disse a Temujin:

— Mesmo os califas de Bocara e Samarcande não possuem mulheres formosas como estas. Não reparaste que cada uma é a reprodução exata das outras? Até eu não consigo distingui-las. Os mercados de escravos foram todos percorridos para combiná-las. Cada olho e cada boca é igualzinho ao outro, e mesmo os cabelos são todos da mesma cor e textura. Ofereceram-me uma fortuna por elas.

E Temujin, olhando apenas para Azara, respondeu numa voz alta e firme:

— Nunca vi nada mais bonito.

A voz dele penetrou na confusão dos sentidos da moça. Ela ergueu a cabeça e voltou o rosto para ele. Enrubesceu e então sorriu tímida e docemente, compreendendo-o. E de novo baixou a cabeça e ajeitou melhor o véu sobre o rosto. Todos os seus gestos eram tomados de confusão e recato. Suas mãos tremiam e o véu estremecia com a sua respiração.

Toghrul Khan viu tudo, e seu rosto liso enrugou-se como uma noz em um sorriso malévolo. Fez um gesto para um escravo, que tornou a encher a taça de Temujin. O rapaz não tinha parado de beber, mas nunca ficava embriagado. Seu olhar era mais firme do que nunca e seus gestos eram tranquilos e controlados.

A bebida e a orgia continuavam, acompanhadas pela música e vozes distantes e provocadoras. Os estandartes de seda flutuantes refletiam a luz do fogo e das lâmpadas e tremeluziam ao vento. As fogueiras ficavam mais altas, de tal modo que os troncos e os galhos dos pinheiros da floresta que os rodeava eram banhados por uma luz rósea.

Toghrul Khan pensava: Ele tem muito para me dizer. Por que então não o diz? Por que será que espera? E examinava o jovem Temujin furtivamente, admirando-o a contragosto pelo seu controle e serenidade. Mas mesmo essa admiração só lhe intensificava o ódio.

Um escravo aproximou-se e cochichou no ouvido de Toghrul Khan e este anuiu com a cabeça. Ele voltou-se para Temujin e disse:

– Há aí um mensageiro que me traz novas de importância. Preciso deixar-te por um momento.

Temujin levantou-se e cortesmente ajudou-o a levantar-se. Quando Toghrul sentiu o aperto forte e irresistível no braço, seu coração encheu-se de cólera e sentiu a própria velhice e impotência. Quando se afastou para falar com o mensageiro, tropeçou e pensou furioso: Sou um velho!

Temujin escorregou agilmente para a almofada vaga de seu anfitrião. Inclinou-se para Azara. Suas narinas dilatavam-se e ele aspirava o perfume do corpo dela, que parecia ter algo de doce e virginal. Viu que ela tremia à sua proximação e cerrou os punhos fortemente. Sussurrou:

– Quando olho para ti fico deslumbrado e cheio de assombro. Quem se pode comparar a ti, bela jovem?

Arrebatado pela própria emoção, ele pegou-lhe no braço. Sua respiração ardente agitava-lhe o véu de seda. Temujin murmurou ferozmente.

– Olha para mim, Azara!

Ela ainda conservava a cabeça abaixada, e então, como que atraída, ergueu-a e voltou o rosto para ele. Através do véu os olhos dela, cheios de névoa, fitaram os dele, e dilataram-se e brilharam. Ele via-lhe a sombra rosada dos lábios através do véu. E via também como seu seio arfava. Puxou-a para mais perto dele e seu corpo ansioso encostou-se ao dela.

– Eu te amo, Azara! – murmurou ele no ouvido dela, encostando-lhe a boca.

Ela estremeceu violentamente. Olhava fascinada para aqueles olhos fulgurantes de cor de esmeralda, para a garganta morena. Ela parecia tomada de terror. Mas seus olhos imploravam-lhe que continuasse, como se ele estivesse proferindo palavras de deleite incomparável.

– Nada se interporá entre nós, Azara! – murmurou ele entre os dentes, cerrados na sua paixão. – Eu voltarei um dia e lutarei por você.

Ao ouvir isto, ela empalideceu até que seu rosto ficou tão branco como o véu. Seu tremor cessou. Dissipou-se a névoa de seus olhos, que brilharam abertamente, como que com imenso medo. Ela lançou um olhar por cima do ombro e estremeceu de novo, como tomada de um frio mortal. Atônito, Temujin largou-lhe o braço. Azara inclinou-se para ele e pela primeira vez ele lhe ouviu a voz, sussurrante e precipitada:

– Quando meu pai te oferecer uma taça de vinho numa salva de prata ao seu lado e te pedir para ergueres um brinde em honra do vosso pacto mútuo de ajuda, tu deverás pegar a taça, mas de maneira nenhuma beber dela!

Ele olhou-a arquejante, boquiaberto. E então, fixando penetrantemente os olhos nos dela, que estavam cheios de lágrimas, sorriu sombriamente e apertou os olhos. E a jovem, ajeitando o véu sobre a face, levantou-se antes que ele pudesse detê-la e afastou-se como uma corça fugindo do caçador.

Temujin ergueu sua taça de vinho vagarosamente, pensativo, e bebeu um gole. Olhou para os companheiros na outra mesa. Estes o observavam em alerta. Ele inclinou a cabeça, tranquilizando-os, pois tinham acompanhado a emoção da jovem e a sua fuga. Chepe Noyon, sorrindo maliciosamente, cutucou Subodai, certo de que Azara tinha fugido diante da ansiedade dos avanços de Temujin.

Toghrul Khan voltou, e vendo o lugar de Azara vazio, perguntou:

– Onde está minha filha?

Temujin respondeu tranquilamente:

– Ela me pediu que te pedisse desculpas por ela, mas estava fatigada e retirou-se para sua cama.

– Ah! – murmurou o velho Khan pensativo, com a pele amarela franzida, e se sentou.

Temujin parecia absorto no sabor delicioso do seu vinho condimentado. Toghrul pensou com satisfação maligna: Azara fugiu das importunações dele, e agora ele finge um alheamento inocente!

Contente, sua voz era mais harmoniosa do que nunca quando se inclinou para Temujin e disse:

– Mas tu tens muito a me dizer, meu filho, e quando é que teremos melhor ocasião?

Temujin pousou a taça e inclinou a cabeça cortesmente:

– Sim, meu pai, tenho muito a dizer-te, e, se estiveres disposto, digo-to agora.

Seu rosto se enrijeceu, os lábios ficaram duros como pedra. Ele começou serenamente:

– Primeiro, preciso chamar tua atenção para muitos fatos. Tu és rico e poderoso nas tuas cidades com suas muralhas e fortalezas. Mas mesmo tu te sentes inseguro, por causa da grande insegurança, lutas, conflitos e indisciplina dos milhares de tribos nômades que povoam os desertos e as montanhas. Apenas três em cinco das tuas caravanas atingem os seus destinos. Cada pequeno chefe é o cabeça da sua própria naçãozinha, atraindo adeptos de uma tribo ou outra para o lado dele, quando a sua reputação em roubos e incursões ricas se torna prodigiosa bastante para tanto. Os roubos e os assassinatos são, nessas circunstâncias, inevitáveis, e os mercadores das cidades sofrem as consequências disso. Quando a fome aperta, as tribos assaltam as cidades menores sob a tua jurisdição e devastam-nas. Isso não pode ser modificado sob o sistema dos dias de hoje, sob um sistema patriarcal que impera independente e ferozmente por toda a Ásia setentrional.

Toghrul Khan ouvira de início com um meio sorriso e o coração cheio de escárnio ladino. Mas agora, a despeito do seu ódio e do plano que arquitetara, estava assombrado com a astúcia e a clareza de raciocínio desse bárbaro inculto. O sorriso desapareceu. Seus olhos apertaram-se. Olhou em cheio para o rosto de Temujin e disse calmamente:

– Continua. – Subitamente ficara imensamente entusiasmado. Temujin sorriu. Seus olhos tinham a cor de jade bruto.

– Nós, nômades, temos uma rude sociedade militar. Mas como estamos separados uns dos outros por inimizades, invejas e cobiças, guerreamo-nos mutuamente, destruindo-nos. Cada um despoja e arruína o outro. Antigamente, meu pai me dizia, nós éramos artesãos de grande reputação, trabalhávamos o bronze, o ferro, a cerâmica, e nossos carpinteiros e ferreiros faziam nossas próprias armas. Mas hoje nós precisamos obter nossas armas em Khorasan e Catai, pois não temos tempo para produção adequada.

Toghrul disse num sussurro:

– Continua.

Temujin bebeu um gole de vinho e disse serenamente:

– Eu pareço estar divagando, mas tu sabes que eu não costumo divagar. Tem um pouco de paciência comigo.

– Dizem que vós, ricos homens de cidade, não nos ajudam mais. Vós já não escolheis homens fortes que possam unir as tribos. Em consequência disso, por causa da vossa própria cupidez, pequenez de espírito e falta de compreensão, não há nenhum chefe, e nossas tribos estão cheias de mentirosos, assassinos, ladrões e salteadores. Cada chefe tem de fazer o que faz para sobreviver, e vós sofreis por causa dessa necessidade dele.

A cabeça e o rosto de Toghrul Khan pareciam a cabeça da própria morte. Seu crânio brilhava úmido à luz da lâmpada. Sua fisionomia era simiesca.

Temujin encheu de novo sua taça tranquilamente e levou-a aos lábios. Bebeu profunda e demoradamente. Afastou a taça da boca, enxugou-se e estalou a língua alto.

– Eu nunca provei antes um néctar como este – declarou ele com um sorriso infantil para o pai adotivo.

Toghrul Khan agarrou-lhe o braço com os dedos como tenazes, que afundaram na carne resistente quase até o osso, e Temujin ficou surpreso com aquela força febril. Os olhos do velho ardiam vermelhos como brasas se apagando.

– Continua! – murmurou ele por entre os dentes.

Temujin ergueu as sobrancelhas candidamente.

– Parece-me que já bebi bastante – disse ele.

– Ainda não bastante! – gritou o velho Khan impetuosamente. – Continua!

De novo Temujin encheu sua taça e bebeu sem pressa, enquanto os olhos de Toghrul Khan ardiam sobre ele. Os generais e oficiais nas outras mesas, atraídos pela expressão do seu Khan, inclinavam-se para a frente na esperança de ouvir algo, mas a música, os gritos e as gargalhadas frustravam seu intento.

Temujin pousou a taça e de novo enxugou os lábios. Voltou-se para Toghrul Khan e seus olhos fulguraram, apesar do seu leve sorriso.

– Nenhuma segurança, nenhuma proteção, nenhuma garantia, nenhuma lei ou ordem – disse ele suavemente. – E vós, homens da cidade, mordeis os punhos em cólera impotente por causa da perda de vossas caravanas. Vós, mercadores urgurs, karaits e muçulmanos, que perdeis vossas grandes e ricas caravanas nas rotas do norte de Catai, Samarcande ou Bocara, nas rotas ao sul do Altai! Vós, homens de cidade, sentados suntuosamente nos vossos jardins e lamentando vossas perdas! E por quê?

A voz dele crescia num tom de áspero desdém, e repeliu os dedos do seu braço.

– Porque vós não tendes cabeça para pensar, mas apenas cobiça de lucros – continuou ele. – Porque não sabeis que entre todas as tribos que habitam os desertos, famintas, existe um apaixonado desejo de unificação, de um chefe que lhes garanta alimento suficiente, proteção e conforto. Nós fazemos o que fazemos por causa da nossa terrível necessidade. E vós, mercadores, pagais com o vosso próprio sangue o fato de não quererdes chamar um chefe para ajudar-vos, para unificar todas as tribos nômades e controlá-las, e de não lhes proporcionardes proteção dos vossos próprios bolsos.

Toghrul segurou o lábio mirrado entre os dentes e falou baixo:

– Continua! – E seus olhos coruscaram sob as pálpebras enrugadas.

Temujin deu de ombros.

– Eu já te disse. É preciso pôr um fim às lutas contínuas, turbulência e anarquia entre nossos nômades famintos e miseráveis. É preciso haver defesa contra eles nas rotas das caravanas. Mas apenas um único homem forte, um chefe, apoiado pela tua riqueza, equipado com armas e cavalos em número ilimitado, poderá unir essas tribos e garantir vossas caravanas. Era o que eu tinha a dizer-te.

E estendeu a mão e serviu-se de pastéis oferecidos por um servo. Encheu a boca com toda aquela maciez e começou a mastigá-lo, fazendo ruídos de apreciação. Parecia ter apagado tudo o mais da sua mente.

Toghrul Khan afundou-se na sua fofa almofada. Ficou imóvel como uma estátua. Mas seus olhos estavam terrivelmente vivos. Umedeceu os lábios. Movia a cabeça como se estivesse sufocado. Ouvia a pulsação áspera, dos próprios pulsos. Então pousou a mão sobre o braço de Temujin e sorriu com doçura revoltante.

- Tua conversa é extremamente fascinante, meu filho. Continua. Tu realmente delicias meus ouvidos, porque és cheio de astúcia e sabedoria.

Temujin ergueu as sobrancelhas. Fingia estar tocado de modéstia e vaidade. Ele falou de novo:

- Meu tio Kurelen disse-me que a bondade do mundo reside nos seus poetas, filósofos e sábios. Mas quem se preocupa com a bondade? Tu mesmo sabes que o mundo pertence aos mercadores, aos lojistas, aos manufaturadores de armas e matérias-primas.

Ele sorria malevolamente e seus olhos brilhavam de desprezo sardônico.

- Rendo minhas homenagens a vós mercadores, pois quem sou eu senão um miserável nômade, que não sei se amanhã festejarei ou morrerei de fome? Nada importa, aliás, no fim das contas, senão os lucros do mercado, e o sacrifício de um mundo de homens é bem-vindo em função desses lucros. Tu sabes de tudo isso. Mas tu não sabias até aqui que apenas um homem forte poderá proteger-te da cobiça e da fome de inumeráveis homens inseguros.

Ele enxugou as mãos suadas numa toalha branca bordada. E falou tão mansamente que inicialmente Toghrul não percebeu a veemência e o ódio sob as suas palavras:

- Eu vos detesto a vós, mercadores. Mas detesto ainda mais a massa sem nome da humanidade, que só consegue pensar com a barriga e com o sexo. Mas vós precisais contar logo com eles, ou morrereis. Vós precisais dar apoio a um chefe que os deteste, mas que tenha habilidade e inteligência para uni-los, subjugá-los e liderá-los, para a vossa própria proteção e manutenção dos vossos lucros. Eles desejam apenas um pouco de pão e vinho, e um único ódio. Isto um chefe lhes poderá proporcionar.

O silêncio pesado que caiu sobre os dois só era invadido pelos risos e berros dos outros. Mas ambos se olhavam profundamente, sem pestanejar; Temujin, com infinita e inalterável calma e imobilidade, e Toghrul com os olhos e a expressão de uma serpente concentrada.

Então Toghrul Khan sussurrou, inclinando-se para o rapaz, até que este sentiu no rosto seu hálito quente e fétido:

- Mas onde está tal chefe?

Temujin continuava a fitá-lo nos olhos. E então, depois de um longo momento, deu de ombros.

– Quem sabe? – replicou indiferente.

E ainda uma vez tornou a encher sua taça e bebeu profundamente. Toghrul observava-o ofegando asperamente, com um sorriso que parecia uma careta.

Um servo aproximou-se deles, trazendo duas taças de ouro cravejadas de joias sobre uma bandeja de prata. Ele inclinou-se diante de Toghrul Khan.

– Aqui estão, senhor, as taças que solicitaste.

Toghrul Khan voltou-se energicamente e olhou para as taças. Temujin voltou o rosto afável para ele com interesse ingênuo. Toghrul continuava a olhar para as taças, e então, finalmente, voltou lentamente a cabeça e fitou agudamente Temujin nos olhos. Por longo tempo olharam um para o outro.

Então Toghrul sorriu um sorriso doce e malévolo. Balançou a cabeça e recusou o vinho.

– Não – disse ele. – Não gosto desse vinho, Chaffa. Leva-o daqui.

O servo inclinou-se e afastou-se.

Temujin sorriu sombriamente consigo mesmo. Toghrul Khan fitava-o com intenso afeto.

– Tu és um rapaz estranho, Temujin, mas gosto de ti! E quero dar-te um pequeno presente como símbolo da minha afeição. – Procurou dentro das roupas e puxou uma bolsinha de pano. Abriu-a. A luz da lâmpada cintilou em moedas de ouro. Ele reapertou a bolsinha e jogou-a no colo de Temujin. Depois tirou um anel do dedo e enfiou-o no dedo de Temujin. – Aí está, meu filho! Agora tu sabes como gosto de ti! Eu sou teu pai adotivo, e lembro-te agora, com toda a solenidade, do nosso sagrado pacto de ajudar um ao outro! Eu te conjuro a que nunca te esqueças disso!

E abraçou Temujin.

Vendo isso, os generais e oficiais soltaram exclamações de assombro. Os companheiros de Temujin explodiram em gritos de exultação, levantaram as mãos e sacudiram-nas no ar. Mas os generais e oficiais olhavam uns para os outros estupefatos.

Um pouco depois, antes de se retirarem, Toghrul Khan disse a Temujin:

– Estou pensando muito no que disseste, Temujin. Mas como pode um homem forte unificar todas as tribos assassinas e salteadoras?

Temujin ergueu a mão mais alto que a cabeça, e, vagarosamente, cerrou o punho, como se estivesse esmagando algo.

E respondeu serenamente, quase num sussurro, mas seus olhos estavam cheios de uma luz terrível:

– Pela força. Somente pela força.

4

Os companheiros de Temujin estavam exultantes com o sucesso da visita. Voltando para casa, cantavam e gritavam. Até mesmo o silencioso Subodai ria imoderadamente, com afeto, feliz pelo fato de o seu chefe não ter sido menosprezado pelo poderoso Toghrul Khan.

Temujin cavalgava tranquilamente, observando sorridente as momices alegres dos amigos. Mas Jamuga não apostava corrida, nem ria ou gritava. Cavalgava pensativamente ao lado de Temujin com a cabeça pendida para o peito, mordendo o lábio exangue.

Temujin já conhecia bem esses amuos do seu anda, e sabia que se deviam em parte à inquietação, desconfiança e desaprovação, motivadas por suas próprias ações. Às vezes esses amuos irritavam-no, e ele se punha a discutir calorosamente com Jamuga, defendendo-se e dando vazão a uma linguagem disparatada, em que ameaçava condutas ainda mais odiosas e dúbias. Outras vezes esses amuos embaraçavam-no, e ele discutia sensatamente com Jamuga, procurando a sua aprovação, compreensão e consentimento. E ainda outras vezes (e essas ocasiões se tornavam significativamente cada vez mais frequentes) ele se mantinha em tranquila indiferença e indulgente impaciência.

Jamuga, que esperara que Temujin o provocasse para uma discussão exaltada, exigindo-lhe a razão do seu silêncio, sentiu um desânimo que já se ia tornando familiar para ele. Lançou um olhar rápido para o perfil bronzeado e metalicamente duro de Temujin, que estava maduramente calmo e sereno, e sentiu o coração confranger-se-lhe.

Foi o primeiro a falar.

– Temujin, tu te vangloriaste com Toghrul Khan. Fizeste promessas extravagantes e tolas. Mas não lhe pediste ajuda, que era o objetivo da nossa visita. Trazes no dedo um novo anel, mas não temos nenhum guerreiro do acampamento de Toghrul Khan acompanhando-nos. Por que fizeste assim?

Temujin sorriu e respondeu sem voltar o rosto para seu anda.

– Eu não pedi a ele nem guerreiros nem ajuda.

Jamuga ficou vermelho de raiva, mas conservou a voz calma:

– Mas por que, Temujin? Isso não é uma loucura? Estamos voltando tão pobres como antes, e igualmente impotentes. A não ser pelo anel que tens no dedo – acrescentou com sardônico azedume –, que não nos comprará pastagens nem protegerá nossas mulheres e crianças.

Temujin fustigou de leve com o chicote seu garanhão, e o animal deu um salto para a frente. Ele contemplava o céu pálido e vívido tranquilamente. Falou como que consigo mesmo:

– Existem ocasiões propícias para pedir, e existem ocasiões não propícias. Essa não era propícia.

Jamuga exclamou com a voz suave, mas dura e fria:

– Mas as últimas palavras de Toghrul Khan foram para lembrar-te de que não deves esquecer o juramento que vos liga aos dois! Isso não era propício?

– Não. Mais do que qualquer outra, essa ocasião era inadequada.

E ele olhou serenamentes para Jamuga, por cima do ombro.

– Tu és um homem sábio, mas, como a maioria dos sábios, não sabes nada sobre a humanidade. Vives num mundo onde as palavras são válidas, os atos corretos, os sorrisos honrosos, quando, na realidade, todas as coisas são simples e têm pouco sob a sua superfície. Ai de mim! O teu não é o verdadeiro mundo, em que só existem duplicidade, traição, ganância, mentiras, crueldade e rapina. Eu lido com este mundo verdadeiro, e observo cada jogador quando lança seus dados, sabendo que mesmo as manchas que revela são mentiras, e que cada sorriso seu é uma máscara de outro sentimento, e sua própria voz não passa de uma nuvem que esconde sua verdadeira face.

– E tu achas que Toghrul Khan não te teria ajudado? – perguntou Jamuga incrédulo.

Temujin abanou a cabeça.

– Talvez ele ajudasse. Estou certo, aliás, que no fim das contas ele teria dado o que eu desejasse. No entanto, a ocasião era impropícia, e, como ele ofereceu, era mais que necessário que eu recusasse.

– Mas que dirá Kurelen? Ele te censurará por isso. Ele sabe quão desesperadamente precisamos de ajuda.

Temujin sorriu levemente.

– Kurelen, que é arguto, compreenderá melhor que qualquer outra pessoa.

Mas Jamuga estava amargamente desapontado e cheio de desânimo.

– Tu desdenhaste pedir, porque querias impressionar uma jovem de cabelo dourado! – gritou ele. – Oh, eu te vi! Todo afetado e fazendo pose, com o olhar fixo e sorrindo tolamente! Não consegues ignorar nenhuma mulher se ela não tiver cara de camelo!

Temujin soltou uma imensa gargalhada.

– É verdade que amo as mulheres, e que a maciez das coxas de uma mulher valem bem um império. Mas elas custam mesmo um império, e por isso tratarei de adquirir um.

– Tu te vanglorias como uma criança – replicou Jamuga desdenhosamente. – Eu te ouvi! "Um chefe forte", disseste a Toghrul Khan, e ele riu de ti por dentro, um nômade maltrapilho possuidor de oito capões e cinco garanhões, e chefe de um bando esfomeado de mulheres, crianças e guerreiros miseráveis. Tu falaste como se fosse um Kha-Khan, quando na verdade não possuis nada além da bolsa de ouro que ele te atirou, como atiraria um osso a um cão! Tu sonhas os sonhos de um louco, mas tens a barriga plana e cheia de alimentos como uma pedra!

Temujin respondeu-lhe com tanta brandura que Jamuga sentiu um frio no coração, como que de um pressentimento:

– Toghrul Khan não riu por dentro. Tu estás certo: eu sonho sonhos, mas dessas quimeras construirei um império. Eu me tornarei, realmente, um Kha-Khan!

Jamuga tentou rir acremente, mas o riso morreu-lhe na garganta. Finalmente, numa voz sufocada, disse:

– Pensa, antes, em aliviar teu povo, que é pobre e miserável. Estão famintos e desorientados. O bom chefe é aquele que fala com delicadeza e piedade, e vive apenas para que seu povo tenha conforto e proteção. Antigamente um chefe era o pai do seu clã e o alimentava e guiava. Mas o antigo laço de sangue desapareceu. Vivemos numa nova sociedade. Cada um dos nossos homens precisa lançar-se ao saque por si mesmo, como um cão selvagem deixando a matilha...

– Eu disse que precisamos unificar-nos – observou Temujin com indiferença.

– Mas não dizes isto com o mesmo sentido que eu – gritou Jamuga, corando. – Tu procuras a unificação em função da conquista. Eu a procuro em função da paz e segurança, e do conforto dos pobres e desabrigados.

Temujin voltou o rosto para ele, e estava tão sereno e inexpressivo como uma pedra polida.

– Devo lembrar-te, Jamuga, que tu mesmo disseste que eu sou pobre e maltrapilho, e que não devo sonhar sonhos grandiosos.

Jamuga fitou-o em silêncio e gritou:

– Preciso de ar!

E esporeou seu cavalo negro e estreito e ultrapassou os outros. Logo a sua figura se tornou minúscula galopando a distância ao longo da fímbria do horizonte, através dos tamariscos, pedras e arbustos do deserto. Os outros aproximaram-se de Temujin. Kasar perguntou-lhe ansiosamente:

– Que é que te preocupa, meu irmão?

– Nada – respondeu Temujin placidamente. – Jamuga simplesmente quis tomar ar mais puro. – E ele riu alegremente.

Foi só quando pararam para passar a noite sob um penhasco saliente que Jamuga voltou. E ele vinha pálido e taciturno, falando a custo. Fora em vão que ele se lembrara insistentemente de que Temujin precisaria mourejar durante anos para conseguir sustento para seu povo, e que os obstáculos contra a mera sobrevivência pessoal dele mesmo eram esmagadores. Ele era jovem. Fora abandonado por mais de dois terços da sua tribo. Era pobre e não tinha aliados, e ninguém era seu amigo. Nenhum Khan poderoso o tomara como vassalo e lhe prometera ajuda e apoio. Era inevitável que dentro de pouco tempo mesmo o remanescente do seu povo o abandonasse por algum chefe mais poderoso, capaz de guiá-lo e sustentá-lo. E então ele, como um cão acuado, seria destruído por chefes mais fortes de outras tribos, a não ser que se tornasse um humilde membro da massa anônima. Por essas razões ele, Jamuga, tentara de todas as maneiras afastar o medo vago e imenso, que não tinha forma, e que proviera do simples rosto estranho e fatídico de um rapaz, que nada possuía além de um manto sobre os ombros. Mas fora tudo em vão. O medo permanecera, e, quando a noite caiu, ele não conseguiu dormir. Perto de si ouvia a respiração profunda e regular de Temujin, e imaginou-o adormecido.

Mas quando a lua, movendo-se pelo céu, enviou um raio longo e frio para dentro da concavidade do penhasco e caiu sobre o rosto de Temujin, Jamuga viu que os olhos do seu anda estavam abertos e fixos, e que ele não estava absolutamente adormecido.

Soergueu-se apoiado no cotovelo e chamou suavemente:

– Temujin!

E todo o seu desgosto gritava pela sua voz, todo o seu desejo de paz entre os dois transparecia ansioso em seu rosto.

Temujin voltou lentamente a cabeça e sorriu com afeto.

– Também não consegues dormir, Jamuga? Vem, caminhemos um pouco ao luar.

Ele pôs-se de pé e Jamuga seguiu-o, apertando o manto contra si por causa do ar da noite, que estava tão cortante e frio como gelo. Os dois afastaram-se dos companheiros adormecidos, envoltos nos mantos. Passaram pelos cavalos, que dormiam também com a cabeça pendida, as selas espalhadas em volta sobre pedras baixas. Ambos caminhavam lenta e suavemente sobre a terra negra chapeada de prata brilhante, e sob um céu que parecia uma tigela de prata emborcada, polida até um ponto de radiação deslumbrante. O silêncio fantástico e inabalável do deserto engoliu-os. A distância havia um paredão negro, que parecia um baluarte construído pelo homem, e a cada passo eles tinham a impressão inquieta e misteriosa de que milhares de olhos espectrais os observavam. Um arbusto alto ou um abeto morto e solitário pareciam presenças malignas e em expectativa, prestes a ganharem vida. Eles tinham uma sensação de irrealidade, não uma irrealidade de sonho, mas de uma consciência sobrenatural, como se tivessem sido transportados para um planeta longínquo, onde nenhum homem estivera antes. As sombras dos dois, negras e profundas como azeviche, estorciam-se por trás deles no solo do deserto, dotadas de vida oculta.

Temujin deteve-se e contemplou o céu. Sua voz era calma quando disse:

– Em noites como esta, Jamuga, no meio dos milhares de noites do deserto, eu me sinto em estranha comunicação com um outro mundo, um mundo de malevolência, horror e vida ardente. Não sei explicar. Não posso ver esse mundo, mas sinto que respiro seu ar, que meu corpo roça pelos seus habitantes, que sinto as pulsações dos seus corações, dentro e em torno de mim. Às vezes sinto medo, consciente de terrores medonhos que não consigo discernir. E às vezes, como agora, sinto que compreendo tudo!

Ele ficou em silêncio por um momento, e então gritou numa voz estranhíssima:

– Ó vós, misteriosos espíritos que viveis no ar dos homens e os odiais! Eu estou convosco! Imploro-vos a vossa presença e a vossa ajuda! Sei desde sempre que vós e eu nos compreendemos uns aos outros, como vós compreendeis homens que vêm como eu, do vento, do terror e da chama, e voltam para eles! Eu sei que venho, mas não sei por quê. Só vós o sabeis! Não vos peço para penetrar o mistério, mas apenas invoco vossos poderes! Não me abandoneis, porque eu vos conheço e sou a espada em vossas mãos!

Seu rosto, erguido para os céus, era uma máscara de pedra negra com os ângulos talhados por uma lâmina de prata. Seus olhos coruscavam como os olhos de um louco. Ergueu os braços e o manto caiu-lhe em volta em pesadas pregas. Ficou ali imóvel, sob a lua, alto, vibrante, uma estátua de mármore escuro iluminada pela luz de um outro mundo mais terrível.

Jamuga disse consigo mesmo: Ele está louco. E de novo: Ele está louco. E de novo: Ele está louco! Mas sabia que mentia em seu íntimo e estava, sim, cheio de terror e medo. Olhava apavorado para o céu. Por um momento terrível teve certeza de que alguma apavorante Malignidade se detivera, parara para ouvir, e, com seus olhos que tudo viam, olhava para Temujin. Talvez algum demônio, pensou Jamuga, meio fora de si. Talvez alguma Presença, cujo simples toque poderia transformar toda a terra em pó.

Temujin deixou cair os braços. Voltou o rosto e sorriu para Jamuga.

– Continuemos – disse ele numa voz normal.

Jamuga seguiu-o. Falou, por fim, com esforço:

– Que pretendes fazer agora, já que não pediste a ajuda de Toghrul Khan?

Temujin deu de ombros e sorriu de novo:

– Eu conheço o fim da jornada. Sei o que me espera. Eu sou como o homem que viaja por um caminho destinado a ele, mas que só pode ver determinada extensão diante de si. Irei de ponto em ponto, sabendo apenas que estou no caminho. Meu destino me guia, e, como sei disso, estou tranquilo.

Pôs o braço em torno dos ombros de Jamuga e disse:

– Vem comigo, meu anda. Continuemos juntos.

Então Jamuga, contra todos os argumentos da razão ou ceticismo, ouviu-se (para seu próprio espanto perplexo) gritando violentamente:

– Não, não! Nunca! Para o fim do mundo, nunca!

5

Enquanto cavalgavam na direção do pequeno rio Tungel, onde os mongóis yakka estavam acampados, Temujin pensou com prazer na sua jovem esposa Bortei, para junto de quem voltava. Lembrou-se de que não tinha pensado nela nem sequer uma vez durante a visita a Toghrul Khan, e achou engraçado. A formosa Azara, que ele não via desde a noite do seu desesperado aviso, tinha ocupado todos os seus desejos e deslumbrado todos os seus sentidos. Quando ele reviu em pensamento o rosto de Azara, pareceu-lhe que se lembrava de um sonho num paraíso, que toda a sua vida ele lutaria por conquistar.

Havia algo mais do que mero apetite sensual no seu desejo por ela. Ela era a glória pela qual todos os homens sonham; mais uma glória do que uma carne de mulher. Ele a olhara fundo nos olhos e vira resplendor, ternura e compreensão. Nunca a esqueceria e algum dia ela seria sua. Enquanto isso, ela seria a lua sublime, que vogava em luz de prata sobre os penhascos e cavernas escuras, onde ele vivia o seu dia a dia. E nessas cavernas e à sombra desses penhascos ele poderia viver com muito conforto e afeto com Bortei. Na sua mente, as duas mulheres nunca se aproximavam. Eram criaturas distintas, uma do céu, outra da terra.

Ele só teria que acelerar seus planos, antes que Azara fosse concedida em casamento ao califa de Bocara. Pensava: Ela é a companheira do meu coração e da minha alma, e nada poderá separar-nos. De Bortei ele pensava: Ela é a companheira da minha carne, a mãe dos meus filhos e a confortadora da minha cama. Quanto mais ele se aproximava de Bortei, mais contente ficava. Era como o homem voltando para o calor do lar depois de uma viagem a lugares distantes e gloriosos que nunca esqueceria. Entretanto, a lembrança de Azara impregnava seus pensamentos de um suave perfume, embriagante e estimulante.

Eles galopavam velozmente de volta para casa, agora sobre o solo liso do deserto, onde as colunas vermelhas quebradas jaziam ao lado das suas sombras negras caídas na luz em fusão. O vento ardente pressionava a pele do rosto dos rapazes contra os ossos e eles puxaram os capuzes sobre a cabeça e testa para protegê-las. Os cavalos já espumavam pelos cantos da boca e arquejavam no calor. Eles viam o fulgor amarelo do pequeno rio a distância e apertavam ainda mais o galope. Circundaram o flanco de um despedaçado penhasco vermelho e soltaram um imenso grito para avisar seu povo da sua chegada. Viram os yurts negros, fincados junto do rio, e os cães acorriam ladrando para saudá-los.

De repente, Temujin freou seu cavalo com uma exclamação em voz baixa para os companheiros. Estes também puxaram os freios dos cavalos, e estacaram num silêncio rígido e imóvel, olhando espantados para a pequena aldeia de tendas no vale embaixo. Tudo estava imensamente silencioso ao fulgor magnífico e penetrante do sol em fusão, a não ser pelos latidos dos cães, que tinham um som frágil e metálico. Mas não havia nenhum movimento na aldeia, nenhum sinal de cavalos ou rebanhos, nenhuma criança correndo, nenhuma mulher, nenhuma fogueira. Era como se toda a vida, com exceção dos cães, se tivesse desvanecido. Eles viam os yurts nos lagos negros das suas sombras. Viam o brilho dourado preguiçoso e intermitente do rio. Viam as fantásticas colinas escarlates e os arbustos verdes do deserto no solo amarelo da terra. Mas não havia nada mais.

Temujin, com um grito selvagem, esporeou violentamente o cavalo, e o animal deu um salto para a frente, como se quisesse levantar voo. Ainda golpeando o cavalo, o rapaz galopou na direção da aldeia, seguido pelos companheiros, gritando alto na sua tristeza e apreensão. Atrás deles corriam os cães, latindo e mordendo as patas dos cavalos. No meio de uma nuvem de poeira ardente, Temujin irrompeu no centro da aldeia, atirou-se de cima do garanhão, e correu na direção do yurt onde vivia sua mãe, seu tio e sua esposa. Não encontrou vivalma no caminho. As abas de todos os outros yurts estavam levantadas e batiam lentamente ao vento ardente. Mas quando se aproximava do yurt da sua família, ele ouviu débeis e desesperados lamentos e soluços. Deu um salto para cima da plataforma do yurt de Houlun e atirou-se através da aba de entrada.

Kurelen jazia inconsciente sobre sua cama com um rosto que parecia a máscara da morte. Perto dele estava ajoelhada Houlun, num silêncio sombrio, e cujo rosto não estava menos pálido. Ela lavava o rosto e o queixo disforme de Kurelen com mãos firmes. Toda a sua atenção estava concentrada nele, como se fosse a sua própria vida que jazesse ali, declinando pouco a pouco. No chão em volta dela estavam agachadas Chassa, duas velhas servas e três ou quatro mulheres mais jovens com seus filhos nos braços. Delas vinha um gemido constante, enquanto oscilavam de um lado para o outro sobre os calcanhares. No outro lado da cama de Kurelen estava o xamã, com o rosto sombrio e imóvel e os braços cruzados ao peito. Somente ele ergueu os olhos à entrada de Temujin, e então seus olhos cintilavam fugazmente com uma luz maligna.

– Já era tempo de voltares – disse ele numa voz sinistra. – Mas de nada te servirá agora.

Temujin empalideceu. Suas narinas dilataram-se. Aproximou-se da mãe e pôs-lhe a mão sobre o ombro. Mas esta não ergueu os olhos para ele. O coração dela estava todo nos olhos enquanto banhava e cuidava de Kurelen inconsciente. Ela não tinha consciência de nada mais. O filho sacudiu-a, primeiro gentilmente, depois com mais intensidade. Ainda sem receber atenção da mulher em transe, voltou-se ferozmente para o xamã, que sorria maldosamente.

– Que aconteceu? Onde está minha esposa? Onde está meu povo?

Seus companheiros, que tinham acabado de chegar, estavam do lado de fora da plataforma e tentavam olhar para dentro do yurt.

De novo Kokchu sorriu com a maldade do ódio.

– Depois que te foste, no segundo dia, os merkit vieram, os bárbaros do mundo branco congelado. Nossos guerreiros tentaram defender o ordu: todos com exceção de seis foram mortos, e esses seis fugiram para salvar suas vidas. Entre eles estava Belgutei. Os merkit apoderaram-se de muitas das mulheres e crianças. – Ele fez uma pausa e seu olhar fixo em Temujin se tornou malévolo.

– Eles invadiram o yurt de tua esposa, Bortei, e agarraram-na. Kurelen tentou defendê-la. Um dos merkit atravessou-lhe o ombro com a lança, deixando-o como morto. – Ele deu de ombros. – Eu lhes supliquei que poupassem Bortei, mas eles me responderam com gargalhadas de desprezo, dizendo que eram do clã de tua mãe, Houlun, que fora roubada do marido. E agora, disseram eles, eles a dariam como escrava a um parente do primeiro marido de tua mãe, como recompensa e vingança. Eles levaram também nossos rebanhos e a mãe de Belgutei.

Enquanto ele falava, Temujin ia ficando mais pálido do que antes, até que pareceu que todo o sangue lhe tinha abandonado o corpo. Ele não fazia nenhum movimento, mas Chepe Noyon, Subodai e Jamuga gritavam de dor e desespero e pularam precipitadamente da plataforma do yurt, para procurar em vão pelas mães e irmãs nos outros yurts. E ainda, momento após momento na obscuridade tépida do yurt, cheio do pranto das infelizes mulheres e crianças, Temujin não se moveu. Sua cabeça estava pendida para o peito, o rosto mais branco que a neve. E o xamã observava-o, sorrindo sombriamente com seu triunfo maligno, deliciado, mesmo em prejuízo do seu povo, com o fato de Temujin ter sido tão ferido.

Que estás pensando, presunçoso sonhador? pensava ele maldosamente. Não estás derrotado, fanfarrão, Kha-Khan, imperador de todos os homens? Feliz estou eu de que estejas reduzido a isso, mendigo, acuado na face do deserto! Tu falhaste, pois nenhum dos homens de Toghrul

Khan está contigo, e não tens mais ninguém por ti além destas miseráveis mulheres e teus mendigos famintos que se chamam a si mesmos teus heróis! Para onde irás agora, cão selvagem? Não existe uma mão de homem que não esteja contra ti, e, antes que a noite caia, teu corpo será oferecido aos abutres.

Então, lentamente, como que ouvindo esses pensamentos virulentos, Temujin ergueu a cabeça e fixou os olhos terríveis sobre o xamã. E involuntariamente Kokchu encolheu-se, umedecendo os lábios com um vago terror, como que defrontado com um animal temível, que subitamente preparasse o bote contra ele. Mas a voz de Temujin era muito calma quando disse:

– Mas tu, Kokchu, ainda estás vivo.

O xamã estremeceu. Abriu a boca, mas passou-se um tempo antes que ele conseguisse replicar, e então disse apenas, debilmente:

– Eu não sou um guerreiro. Sou apenas um sacerdote.

Temujin franziu os lábios e disse:

– Ah, sim. É verdade que quando homens bons morrem, o sacerdote sobrevive.

Kokchu encolheu-se ainda mais e de novo umedeceu os lábios. Mas não disse mais nada.

Kurelen, que jazia inerte na cama, moveu a cabeça e gemeu fracamente. Temujin debruçou-se sobre ele e pousou a mão sobre a testa do tio. O suor quente nela surpreendeu-o. E agora, Houlun, como que consciente pela primeira vez da presença do filho, olhou-o com olhar profundo, repleto de angústia. Ela soltou um grito estrangulado e rebentou em lágrimas. Apoiou a cabeça nos quadris do filho e abandonou-se à sua dor, com o longo cabelo negro caindo-lhe sobre a face.

Temujin concentrou sua atenção subjugante nas pálpebras contraídas do tio.

– Kurelen – chamou ele em voz alta e premente. – Kurelen! Sou eu, Temujin, que cheguei para vingar-te!

Kurelen mexeu-se de novo, como se do âmago mais profundo da imobilidade do seu corpo agonizante ele ouvisse Temujin, e lutasse para emergir das profundezas até chegar a ele. Kasar ajoelhou-se ao lado da mãe, fez com que ela apoiasse a cabeça no seu peito, e silenciosa e desajeitadamente tentou consolá-la. Os gritos e os soluços dela cortavam-lhe o coração.

Mas Temujin olhava apenas para o tio, e sua vontade atraía-o, forçava-o a vir até a superfície do mar negro em que ele ia submergindo.

Suas pálpebras contraídas agitaram-se, seus lábios partidos estremeceram. E então, quase imperceptivelmente, as pálpebras abriram-se e os olhos vidrados fixaram-se em Temujin. E Kurelen sorriu e tentou erguer a mão. O braço e ombro opostos estavam cobertos de panos manchados de sangue coagulado.

Temujin aproximou o ouvido da boca do tio, pois era evidente que o coxo tentava dizer-lhe algo. Ele sentiu a agitação dos lábios secos de Kurelen e ouviu-lhe o sussurro tênue:

– Ah, então tu voltaste! Agora viverei!

Temujin sorriu para ele através dos lábios brancos.

– Com toda a certeza viverás, meu tio. Mais do que nunca, eu preciso de ti agora. Mas dorme e recupera-te.

Ele pousou a mão na testa de Kurelen, alisou-a delicadamente e fechou-lhe os olhos. Uma débil coloração voltara aos traços cor de cera de Kurelen. Ele inspirou profundamente, voltou a cabeça e adormeceu.

Então Temujin voltou-se para a mãe, ajoelhou-se e tomou-a nos braços.

– Não chores, minha mãe, pois Kurelen não morrerá. Eu te prometo isso. E prometo-te também que vingarei tua dor e o teu sofrimento.

Ela chorou encostada ao seu ombro, e então relaxou, e, ajoelhada ali mesmo, adormeceu nos braços do filho, dominada por profunda exaustão. Depois de algum tempo, ele a entregou às servas, que a deitaram delicadamente no chão ao lado do irmão, e abanaram-na com suas mangas.

Enquanto isso, chorando asperamente, os outros tinham voltado. Temujin saiu para o sol ofuscante e, de pé na plataforma, baixou os olhos para eles, que viam-lhe o rosto, esculpido em pedra, e os olhos cor de esmeraldas fulgurantes.

– Meus companheiros – disse ele serenamente – uma grande desgraça nos acometeu a todos. Mas não podemos perder tempo com lamúrias. Precisamos vingar-nos. Eu preciso recuperar minha esposa, minha noiva, e vós, vossas mães e irmãs. Não podemos atrever-nos a nos deixar deter pela dor, nem a ser dominados pelo desespero, senão estaremos nós também perdidos. Chepe Noyon, volta imediatamente até Toghrul Khan e pede-lhe a ajuda para mim, sem demora. Subodai, Kasar e Jamuga ficarão comigo.

Chepe Noyon, muito pálido, tocou na testa com a mão. Foi até o yurt deserto da mãe e encheu seus odres de cúmis e milhete, e reuniu suprimentos para ele mesmo e para seu cavalo exausto. Então os outros ouviram-no deixando a aldeia a galope, e viram sua figura subindo acima da borda do vale. Pouco depois já havia desaparecido por trás do flanco de um penhasco vermelho. Mas por algum tempo ainda eles puderam ouvir o eco duro do galopar do cavalo de Chepe Noyon lançando-se pela terra cheia de rachaduras.

Temujin deixou a mãe dormir algum tempo e depois acordou-a, e ordenou que ela e as outras mulheres preparassem o pouco alimento que restava, pois ele e os companheiros estavam famintos. Ele sabia que a atividade é o anódino do desespero. Logo, duas ou três fogueiras ardiam. Enquanto isso, Kasar, Jamuga e Subodai haviam saído à caça, e conseguiram trazer algumas raposas, martas e coelhos. Os rebanhos tinham sido roubados pelos merkits e não restava mais nenhum alimento, além do que poderiam matar no deserto e nas colinas. Foi um grupo pequeno e abatido, mas de alguma maneira animado, que se reuniu à noite em torno das fogueiras para comer a comida escassa e beber o que restava de cúmis e vinho. Temujin tinha-os contagiado com um pouco da sua resolução e coragem.

Depois que comeram, ele ordenou a Kasar e Subodai que lhes proporcionassem um pouco de música, e Kasar cantou na sua forte voz infantil e Subodai tocou melodias bonitas, alegres e ritmadas na sua flauta. Além das fogueiras, as abas dos yurts vazios drapejavam ao vento do deserto, e as estrelas nasciam, grandes e frias. No seu yurt, Kurelen, desperto e menos febril agora, ouvia e sorria, segurando a mão da irmã. Mas o xamã, assustado, escondeu-se no seu yurt e ficou só consigo mesmo.

Jamuga estava acabrunhado de dor, não só porque seu pai adotivo tinha sido assassinado pelos merkits, e sua mãe, irmãozinhos e irmãzinhas tinham sido roubados, mas também porque sua arca de tesouros fora levada pelos invasores. Ele tinha tanto amor a esses tesouros como se tem amor à própria pele, e, sentado junto do fogo, ele mal conseguia comer, apesar de tão esfomeado. Lembrava-se de cada estatueta de marfim, de cada punhal marchetado, de cada taça e prato esmaltado, de cada manuscrito terminado em ponta, e parecia-lhe que tinha o próprio coração coberto de feridas. Pensava: Quando a beleza e a doçura desaparecem, que resta ainda na terra? E enxugava as lágrimas com a barra da manga.

Nessa noite Temujin deitou-se sozinho em sua cama, com o lugar de Bortei vazio ao seu lado. Ele olhava fixo para as paredes negras do seu yurt e sua boca estava rígida e contraída. Mas dizia a si mesmo que tinha de dormir, pois no dia seguinte havia muito a fazer. Fechou resolutamente os olhos e tão intensa era a sua vontade que em pouco tempo dormia placidamente, com a espada na mão.

6

Na manhã seguinte, Temujin disse aos amigos que precisavam caçar, através do deserto e das montanhas, os seis guerreiros e Belgutei que tinham fugido dos merkits. Ele e Jamuga iriam juntos pela região mais perigosa, onde estavam estabelecidos os taijiut, e Subodai e Kasar iriam para o norte e oeste, respectivamente. Mas primeiro buscariam alimentos para as mulheres e crianças. Quando reuniram suprimentos bastante para vários dias, partiram à procura dos guerreiros.

Temujin e Jamuga cavalgaram lado a lado por muito tempo, detendo-se apenas para alimentar-se e para examinar cada pegada na região perigosa. Mas apenas o silêncio das tundras os recebia, apesar dos seus gritos retumbantes, quando entraram numa região de cavernas, penhascos côncavos e vales fundos. Apenas o sol ofuscante e o vento ardente os receberam ali, além dos berros ásperos de algumas aves do deserto e as corridinhas de lagartos assustados sobre o solo duro. Eles evitavam os oásis e riachos durante o dia, temendo os taijiut, e procuravam água somente à noite e no silêncio.

No terceiro dia Jamuga foi dominado por um medo tenaz, pois parecia-lhe que não era Temujin que cavalgava ao lado dele tão silenciosa e inexoravelmente, mas uma implacável fúria feita de pedra, inexaurível. Temujin falava cada vez menos, e continuava a galopar rapidamente, quando Jamuga já estava certo de que ele mesmo cairia do cavalo prostrado. O perfil de Temujin, erguido contra o azul ardente do céu, era o perfil de uma ave de rapina, duro, bronzeado e bravio, que nunca voltaria e continuaria sempre na sua perseguição até cumprir sua vingança.

Cada vez mais ele se curvava, sua pele ficava mais escura e sua boca mais sombria. Os dois rapazes já não conversavam um com o outro, guardando as forças para os gritos e chamados periódicos. E então, ao penetrar cada vez mais na região dos taijiut, usavam mais os olhos que as vozes, e procuravam sinais na terra cascalhosa. Uma vez, no crepúsculo violeta, eles viram as fogueiras alaranjadas distantes de um acampamento dos taijiut, e esgueiraram-se para bem longe em círculo, como sombras.

Finalmente Jamuga disse:

– Não é possível, Temujin, que eles tenham vindo tão longe, para dentro desta região perigosa. Voltemos agora.

Temujin não respondeu durante muito tempo, e depois disse:

– É verdade. À noite, se não os tivermos encontrado, voltaremos. Entretanto, tenho o pressentimento de que eles não estão muito distante de nós hoje.

Tinham entrado numa vasta estepe. De pé no meio da relva verde que lhes batia pelos joelhos, Temujin olhou em volta e declarou:

– Estas são as pastagens do meu povo. Eu as conquistarei para eles.

– Elas já foram nossas antes – replicou Jamuga tristemente.

– Os taijiut não precisam de todas estas pastagens. Por que os homens hão de conquistar mais do que precisam? Com toda certeza há espaço bastante no mundo todo para todos os homens.

Com muita lentidão, Temujin voltou o rosto para ele, e o sombrio desprezo nele golpeou Jamuga como uma bofetada. Mas Temujin não disse nada. Simplesmente fez o cavalo dar meia volta de novo e afastou-se galopando.

Eu já não o compreendo mais, pensou Jamuga com profundo abatimento. Mas será que já cheguei a compreendê-lo realmente?

Entretanto, mais tarde, quando emparelhou com Temujin, nada podia ser mais delicado do que o sorriso do jovem Khan. Os dois cavalgaram lado a lado num silêncio afetuoso; Temujin inclinando-se para seu anda, com a mão pousada de leve no seu ombro. Para Jamuga isso era a paz e a felicidade, e ele pensava consigo mesmo que ficaria contente em cavalgar assim por toda a eternidade, com a mão de Temujin no ombro e o sol batendo-lhes na face.

Com toda a certeza, com toda a certeza, pensava ele com uma espécie de paixão, nada podia haver de mais doce do que a amizade, a confiança e o amor – e só os homens que não os possuíam andavam cegos, armados apenas pelo ódio, homens perigosos, a quem os outros precisavam matar para salvar o mundo.

ACAMPARAM AQUELA NOITE numa floresta de altos pinheiros, e dormiram com apenas um cobertor. Pelos menos Temujin dormiu, diferentemente de Jamuga. Conciliar o sono nunca fora algo fácil para ele, pois seus pensamentos eram demasiado tristes e melancólicos. Mas ele se maravilhava ante a vontade de ferro de Temujin, que conseguia dormir na própria soleira do inimigo, e nunca se permitia o miserável luxo da ansiedade e desespero. Ele estava deitado de costas com a face serena e dura voltada para a lua, e Jamuga lembrou-se do colossal e fatídico perfil que Kurelen lhe apontara, dizendo que era o perfil de Temujin. Era verdade. Aquele rosto de um homem adormecido era o rosto de um gigante adormecido, fantástico e cheio de poder sobre o destino.

E de novo o coração de Jamuga se confrangeu de tristeza, e ele compreendeu que fora presa de uma ilusão e que não conhecia absolutamente Temujin. Soergueu-se apoiado no cotovelo e contemplou seu anda. Sentiu-se confuso e pareceu-lhe que toda a claridade da lua se focalizara no rosto adormecido de Temujin, e que além dele nada mais existia, a não ser uma nebulosa irrealidade. Ficou apavorado, fascinado e aterrorizado. Balançou insistentemente a cabeça, como que para libertá-la da sua confusão crescente. E a lua tornava-se ainda mais brilhante com a sua luz de prata, moldando uma expressão de ferocidade em Temujin, mesmo enquanto dormia; uma expressão fatal. Uma mecha do seu cabelo vermelho agitou-se-lhe suavemente sobre a testa. Mas isso não lhe alterou a expressão; era como uma borboleta adejando sobre uma pedra.

Na manhã seguinte, Jamuga disse:

– Precisamos voltar. Eles não estão nesta região.

Temujin concordou. Mas havia um brilho estranho nos seus olhos, e Jamuga percebeu que ele estava pensando em algo mais. O olhar dele tinha a imobilidade de um lago cinzento sobre o qual seus pensamentos pairavam como nuvens, mas não podiam ser identificados. Finalmente, ele observou:

– Estas pastagens são maravilhosas, desconhecidas para nós. Mas eu as conquistarei para o meu povo.

Estavam numa vasta planície verde cheia de sereno resplendor. Por muitas e muitas léguas, não viam nada além dessa imensa superfície verde, que parecia um mar ondulando suavemente ao vento. Para os lados do norte havia um único pico branco, incandescente ao sol, cintilando como cristal. O ar era tão puro como água de montanha, e igualmente cristalino, e o vento estava carregado da fragrância fresca da terra e da relva.

Como Jamuga não disse nada, Temujin voltou-se para ele com um sorriso.

– Tu achas que eu me vanglorio. Não acreditas em mim.

Jamuga olhou-o por um instante em silêncio, e então declarou amargamente:

– Eu acredito em ti!

E então, dominado pelos seus pensamentos tristes e perturbadores, picou o cavalo, adiantando-se, seguido pela risada alegre e indulgente de Temujin.

Ao meio-dia, Temujin disse:

– Tu tens razão. Precisamos voltar agora.

Fizeram os cavalos dar meia volta e afastaram-se a galope do alto pico branco, do qual parecia nunca conseguirem aproximar-se. Deixaram a estepe no fim da tarde, e subiram por um platô arqueado. Mas, assustados, detiveram-se por um instante, imóveis, pois avançando na direção deles vinha um destacamento de cavaleiros, os taijiut.

Por fim, Jamuga soltou um grito abafado.

– Os taijiuts! Já nos viram! Fujamos!

Os cavaleiros já os tinham visto realmente. Eram liderados por Targoutai, o velho inimigo de Temujin, que reconheceu de imediato o rapaz pelo belo cabelo vermelho e a postura elegante sobre o cavalo. Ele soltou um berro estridente e triunfante e, seguido pelos seus homens, galopou na direção de Temujin, brandindo a lança.

– Vamos – disse Temujin em voz baixa, e eles fizeram os cavalos dar meia volta e fugiram a galope acompanhados de suas sombras.

Ouviam sons de canções, e viam flechas voando em torno deles. Os cavaleiros iam ganhando terreno, enchendo o ar ensolarado de berros roucos, pois seus cavalos estavam mais descansados e os de Temujin e Jamuga já estavam exaustos. Temujin puxou as rédeas de seu cavalo e olhou para Jamuga ferozmente.

– Continua, Jamuga, que eu vou tentar detê-los por algum tempo para que ganhes distância.

Jamuga olhou-o direto nos olhos e respondeu com firmeza:

– Não. Eu fico contigo, e, se morreres, morrerei ao teu lado.

– Idiota! – exclamou Temujin, mas ainda assim sorriu para seu anda.

Puxou com mais força ainda as rédeas do cavalo, e este empinou-se sobre as patas traseiras antes de fazer de novo meia volta. Temujin empunhou a lança e Jamuga ajustou uma flecha no arco. E ali ficaram contra o céu azul, prontos e imóveis.

Os taijiut, surpresos com essa parada inesperada, sofrearam os cavalos e diminuíram o passo. Mas Targoutai, que só queria matar Temujin, continuou, pensando que seus homens ainda o acompanhavam de perto. Temujin apertou os olhos, ergueu a lança, calculou a distância que diminuía entre ele e o velho inimigo. Targoutai continuava, como uma sombra de vingança, galopando sobre a relva verde. Então Temujin ergueu a lança, apontou-a e arremessou-a com todo o poder da sua força jovem. Um segundo depois sua ponta penetrava na coxa de Targoutai, e a seguir a flecha de Jamuga era atirada com violência contra o pescoço do cavalo de Targoutai.

O cavalo, com um guincho de agonia, empinou-se, e Targoutai, com um grito estridente de dor, tentando em vão agarrar-se às rédeas, caiu para trás e rolou do cavalo, esmagando-se pesadamente no chão. O cavalo perdeu o equilíbrio e caiu também, e suas espáduas feriram Targoutai na barriga. Os cavaleiros, que se aproximavam em galope acelerado, desviaram-se, mas dois deles tropeçaram no homem caído e seu cavalo, e foram atirados de cabeça para baixo dos cavalos. O ar estava cheio dos gritos dos cavalos e dos homens.

– Vamos! – disse Temujin, e de novo ele e Jamuga fugiram.

O medo da morte os impulsionava para longe dali, e eles esporeavam os cavalos energicamente. Galopavam furiosamente, curvados para a frente e de pé nos estribos, sem se preocupar com a direção que tomavam, querendo apenas fugir dos inimigos. E seus cavalos, contagiados pelo terror, esqueceram a fadiga e galopavam loucamente, com a barriga quase tocando a relva.

Temujin olhou para trás por cima do ombro e o que viu o fez rir de exultação. Os taijiut tinham ficado muito para trás. Só três deles os seguiam agora, e mesmo assim sem muito entusiasmo, brandindo seus laços desanimadamente, perseguindo os dois rapazes com vagas ameaças. Pouco tempo depois, Temujin já tinha perdido de vista seus perseguidores. Ele e Jamuga precipitavam-se agora para um nível mais baixo do vale na direção do pico branco incandescente, a montanha Burkan.

Temujin fixou os olhos firmemente no pico. Ali haveria relativa segurança por algum tempo, pelo menos. Os cavalos arquejavam. Tinham o corpo coberto de espuma, mas eles ainda os esporeavam, esquadrinhando ansiosamente o céu, esperando pelo rápido crepúsculo das estepes.

E ele veio, como uma cortina de púrpura descendo sobre a terra. Agora o pico branco estava de um rosa fulgurante contra o céu de ametista. O vento se intensificou até atingir um som de trovão, como a voz de um imenso tambor. Por cima da montanha apareceu a face trêmula da lua, brilhando momentaneamente. Eles estavam sozinhos na terra e afrouxaram o passo. Os cavalos arquejavam fortemente. Para deixá-los descansar um pouco, os rapazes desmontaram e conduziram-nos pelas rédeas.

O solo já não era mais relvoso, e sim juncado de seixos e pedras planas. E então a terra mergulhava e crescia em cavidades íngremes.

Ao abrigo de uma saliência de terra e pedra, os dois rapazes pararam para passar a noite, e não se atreveram a armar uma fogueira, embora a temperatura tivesse ficado fria como gelo. Envolveram-se nos seus mantos e enroscaram-se juntos sob os cobertores. E imediatamente adormeceram de exaustão; até mesmo Jamuga, cuja mente era sempre um campo de batalha de pensamentos angustiantes. Acima deles crescia a montanha Burkan, como uma proteção gigantesca, negra e prateada contra o céu leitoso.

A aurora nasceu, toda de pérola, azul e ouro. Temujin declarou:

– A montanha salvou minha vida. Até o fim dos meus dias oferecerei sacrifícios aqui, e ordenarei a meus filhos que pelo menos um deles venha fazê-lo em meu nome.

Cruzou os braços contra o peito e inclinou-se profundamente três vezes diante da montanha, a que a manhã dera um tom branco chamejante. E depois inclinou-se para o sol, conclamando o Eterno Céu Azul a que o protegesse para sempre.

Mais tarde, depois de terem bebido de uma fria nascente da montanha e engolido um punhado de milhete seco, eles deram a volta ao flanco da montanha e cautelosamente começaram a viagem de volta para casa, evitando tanto quanto possível quaisquer extensões descobertas de terra durante o dia, e galopando através delas durante a noite.

Levaram muitos dias para voltar a alcançar o pequeno rio Tungel e o acampamento mongol. E lá, para sua grande alegria, descobriram que Belgutei e os outros tinham sido encontrados e estavam de volta. Kurelen estava fora de perigo, e ouviu com atenção, ansioso, a narrativa de Temujin sobre sua fuga dos taijiuts. Nessa noite o xâmã, depois de uma breve insinuação de Temujin, prestou sacrifício ao Céu Azul, pelo fato de o jovem Khan ter conseguido escapar.

Duas noites depois, Chepe Noyon voltou triunfante, seguido por um grande e formidável destacamento de guerreiros karait, enviados em ajuda a Temujin por Toghrul Khan.

7

Observando a atividade incansável de Temujin, exortando os próprios guerreiros e os karait sobre suas condutas na incursão planejada contra os merkit e coordenando cada detalhe do complicado plano, Kurelen maravilhava-se. Ele sabia que esse seria mais do que um ataque de vingança, e vagamente começou a perceber o que seria na realidade. Temujin dava ordens no sentido de que só aqueles entre os merkit que resistissem deveriam ser mortos. Deveriam fazer prisioneiros, e todo o ordu dos merkit, se possível, deveria ser tomado intacto. Ele insistia particularmente no fato de que as mulheres e todas as crianças dos merkit deveriam ser poupadas, e os guerreiros, especialmente, só deviam ser desarmados e subjugados. E acrescentou, com certa ironia, que o xamã não devia sofrer nenhum mal, nem os velhos pais de família.

Não fez qualquer menção à sua jovem esposa Bortei, e um tanto curioso, Kurelen chamou o sobrinho ao seu yurt. Era realmente extraordinário, disse ele, que Temujin aparentemente não procurasse nenhuma vingança sangrenta pelo rapto de sua mulher e o assassinato e escravização da maior parte do seu povo. Talvez, insinuou Kurelen com uma expressão maliciosa, o coração de Temujin se tivesse abrandado, ou ainda, talvez estivesse indiferente quanto a Bortei, que poderia considerá-lo uma criatura vil por não lhe vingar a humilhação.

Então Temujin respondeu com o que viria a ser repetido por muito e muito tempo:

– Os homens são mais do que vingança, e a união mais do que o desejo pessoal.

Kurelen mordeu uma unha meditativamente e deu um breve sorriso.

– Não significa nada para ti, então, que tua esposa tenha sido raptada por um merkit, e que talvez se torne a mãe do filho dele?

O rosto moreno de Temujin ficou pálido, mas replicou serenamente:

– Eu disse que há coisas maiores do que uma mulher e mais poderosas do que o coração de um homem.

– Corajosas palavras – observou Kurelen num tom reflexivo e cínico. – Parece até que não tens paixões humanas, e és, ao contrário, o mais frio dos realistas.

– Naquilo que eu tenho a fazer não há lugar para paixões humanas, que são insignificantes.

– O que é que desejas? – perguntou Kurelen curioso.

Temujin sorriu ligeiramente.

– O mundo – respondeu, e afastou-se.

Sozinho, Kurelen explodiu numa gargalhada.

– O mundo! – exclamou. – Que rapaz louco! E, todavia, eu acredito que ele o terá!

Ele foi até a porta de seu yurt, apoiando-se ao ombro de Chassa. Espreitou para fora. Temujin estava montado no seu garanhão branco, com Kasar, Jamuga, Chepe Noyon, Belgutei e Subodai em torno de si. Atrás dele, sobre cavalos descansados, estava o restante dos seus guerreiros, e, atrás destes, os guerreiros karaits, de rostos morenos e inescrutáveis, que observavam Temujin com cautelosa curiosidade e interesse. Ele já os tinha convencido da sua coragem, inteligência e resolução, e essas qualidades, combinadas com as ordens de Toghrul Khan, tinham-nos persuadido a segui-lo e obedecer-lhe até o fim.

Temujin estava imóvel sobre o cavalo, com os raios vermelhos do sol da tarde formando-lhe uma auréola em torno. Seu garanhão sacudia sem cessar a cabeça de crina branca, dando patadas no chão e fazendo rodeios. Mas a voz de Temujin, quando deu as últimas ordens, era serena e penetrante. Mesmo os cães, parecendo compreender que algo solene estava para acontecer, apenas farejavam os calcanhares da horda. Acima deles, o céu da tarde fulgurava em conflagração grandiosa, e refletia-se no cabelo brilhante de Temujin.

Então ele ergueu a lança, volteou e pôs-se a caminho. Com berros roucos e gritos exultantes, a multidão o seguiu, cavalgando em formação cerrada. O solo tremeu sob a sua partida. Eles cavalgavam na direção do poente, com as silhuetas negras recortadas contra o horizonte, levantando nuvens de poeira carmesim atrás de si.

Kurelen baixou a aba do yurt e voltou-se com um estranho sorriso. Pôs a mão no rosto de Chassa.

– Tu sabes, Chassa, que acabaste de assistir ao início da convulsão da terra? – E prosseguiu:

– Podes rir de mim, Chassa, porque sou um velho tolo e coxo, que balbucia insanidades. E, contudo, mesmo enquanto te ris, sabes que eu falei a verdade.

A LUA APARECEU, banhando a terra e os céus de luz de prata. Agora Temujin e sua horda cavalgavam tão silenciosamente quanto possível, ouvindo-se apenas o tilintar dos seus arneses e as pisadas macias dos cascos dos cavalos. Ninguém dizia uma palavra. Deslizavam suavemente sob a lua, eretos, prudentes e em alerta, de lança na mão, e suas sombras avançavam com eles. Esgueiravam-se através de desfiladeiros estreitos entre penhascos sombrios e salientes, desciam por crateras, subiam por platôs. Quando a lua atingiu seu ápice, circundaram o flanco de uma colina lisa, e depararam com as fogueiras e a fumaça luminosa do acampamento merkit abaixo deles.

Temujin sofreou seu cavalo e estudou cuidadosamente a localização do acampamento, que era muito amplo, composto de mais de cinco mil almas. Os yurts negros amontoavam-se num vasto círculo, com as fogueiras no centro. Eles ouviam o mugido inquieto dos rebanhos e débeis sons de risadas e música. E agora os cães, farejando-lhes a presença, começaram a latir.

– Vamos! – ordenou Temujin.

Ele ergueu a lança e gritou ferozmente, e a horda imitou-lhe os gritos. Os cavalos relinchavam e atiravam a cabeça para cima. E então, como a própria vingança, a horda abateu-se sobre o acampamento em meio a uma imensa vaga de ruídos, gritos e fragor de cascos.

Os merkit não esperavam por isso, e certamente não esperavam que Temujin aparecesse com tanto reforço. Foram pegos desprevenidos. Mal tiveram tempo de erguer o olhar e ver esse poderoso batalhão de ferozes guerreiros quando o bando irrompeu sobre eles como uma onda. Os guerreiros correram aos seus yurts para pegar as armas, mas o inimigo bloqueou-lhes o caminho, fustigando-os com chicotes, amarrando-os com grandes laços, derrubando-os com seus cavalos. Os que resistiam eram eliminados, e estes foram muitos, pois os obstinados merkit eram lutadores valorosos e não se rendiam com facilidade. Os relinchos dos cavalos, os guinchos das mulheres e das crianças, os gritos e os chamados dos homens, os latidos dos cães e os lamentos dos rebanhos enchiam a noite enluarada de confusão e clamor.

Temujin, abatendo os defensores, ferindo-os de cima do seu garanhão, fustigando-os com sua espada, abriu caminho através da turba desorientada. Galopou através da aldeia de yurts, chamando desesperadamente pela esposa. E então ele já não era mais um guerreiro vingador, mas apenas um marido procurando pela mulher.

– Bortei! – chamava ele. – Bortei, minha amada, sou eu. Temujin!

Alguém o alcançou, agarrou-lhe os freios e pendurou-se neles.

Ele levantou o punho para abater a criatura, mas viu que era a própria Bortei. Com um brado de alegria, ele estendeu o braço, envolveu-a pela cintura e sentou-a na sua frente. Ela envolveu-lhe o pescoço com os braços, recostou-se-lhe ao peito e chorou.

– Meu marido! Meu marido! Vieste finalmente!

O cabelo dela cobria o rosto dele. Seu peso era suave e precioso contra ele. E Temujin, mesmo naquele momento de feroz confusão, morte e luta, apertou a boca contra a dela, abraçou-a forte e confortou-a.

– Tu duvidaste que eu viria, querida?

Nesse meio tempo seus guerreiros tinham rapidamente subjugado os merkit. Conduziam-nos diante de si com chicotes, homens, mulheres e crianças, invadindo os yurts e arrastando para fora seus aterrorizados ocupantes. E depois que todos haviam sido arrebanhados para uma clareira do acampamento, o grupo rodeou-os e Temujin aproximou-se para falar-lhes:

– Ouvi, merkit. Eu não vim apenas pela vingança, embora aquele que tomou minha esposa vá morrer da maneira mais terrível possível. Mas eu vim até vós como amigo e como conquistador. De agora em diante sereis meus vassalos e meu povo, e eu, vosso senhor. Apressai-vos, pois, e atrelai vossos bois aos vossos yurts, e segui-me.

Ele baixou os olhos para os rostos brancos contorcidos e sorriu. Respondeu-lhe o silêncio. Ele viu apenas expressões estranhas e obstinadas, e lágrimas. Mas ficou satisfeito.

Quando amanheceu, cavalgou de volta para seu próprio ordu, com os milhares de cativos e seus guerreiros atrás de si, e, atrás destes, os gordos rebanhos e os numerosos cavalos. Atrás dele seguiam as centenas de yurts, cheios de mulheres e crianças, que choravam. Mas os guerreiros merkit cavalgavam obstinados e sombrios, olhando em volta ameaçadoramente.

Naquela noite, o homem que raptara Bortei foi lenta e metodicamente queimado até morrer, com os cerimoniais apropriados.

8

Temujin, vitorioso, conquistara seus primeiros vassalos. Mas se se sentia exultante ou não, não o demonstrava com a sua atitude calma e inescrutável, sua voz forte e serena, seus movimentos controlados. O estandarte dos nove rabos de boi tremulava triunfantemente do lado de fora do seu yurt. Mas ninguém sabia o que ele pensava.

Ele conhecia bem a utilidade do terror, e por isso mandou chamar o xamã.

Kokchu veio imediatamente, subserviente e arguto. Seu olhar para Temujin exalava respeito maligno. Mas sua voz era humilde quando se curvou diante do jovem senhor, estirado indolentemente no seu divã com a jovem esposa ao lado. Temujin brincava com as longas mechas escuras do cabelo de Bortei enquanto fitava o xamã.

– Kokchu, hoje darei uma grande festa celebrando minha primeira vitória. E depois desta festa tu falarás ao meu povo. Tu lhes falarás de uma visão que tiveste ontem à noite.

O xamã curvou-se ainda mais.

– E que visão foi essa, senhor? – perguntou suavemente, com uma longínqua nota de ironia na voz.

Temujin sorriu.

– Que eu nasci para ser o senhor do Gobi, e que aquele que me seguir, seguirá a glória, a vitória e muitas riquezas. E que aquele que me falhar, morrerá horrivelmente e sem contemplação, e que os Espíritos do Céu Azul para sempre o amaldiçoarão.

Kokchu respondeu com um sorriso:

– Mas eu já disse isso ao povo.

– Diz-lhes de novo! O terror precisa ser uma constante para eles. Terror de mim, do meu olhar, da minha voz, da minha mão. Invoca os espíritos.

Os olhos argutos de Kokchu cintilaram.

– Melhor ainda, eu farei com que o senhor dos espíritos desça à terra e lhes diga, ele mesmo.

Ele relanceou um olhar a Bortei, que sorria, e fez-lhe uma mesura.

Depois que o xamã se foi, Temujin explodiu numa gargalhada.

– Realmente, o homem que tiver os sacerdotes ao seu lado será um homem a quem ninguém se atreverá a resistir!

Beijou Bortei apaixonadamente, e ela retribuiu-lhe os beijos. Mas entre os dois havia uma expectativa sombria. Uma lua ficara cheia e se desvanecera, e Bortei sabia que estava esperando criança. E Temujin também sabia. Mas nenhum dos dois sabia se essa criança era de Temujin. Aquilo não era uma questão de extrema importância para ele, persuadia-se Temujin. Pois os mongóis amavam e valorizavam as crianças como provas de poder tribal, e os filhos eram, como os rebanhos, as primeiras recompensas da guerra.

Os homens, como Temujin costumava dizer, tinham mais valor do que arcas de ouro. Entretanto, quando ele apertava Bortei nos braços, e pensava que outro homem a tinha apertado assim também na intimidade escura e quente da noite, seu coração crescia como uma chama devastadora e queimava-lhe toda a carne. Mas de dia o assunto tornava-se insignificante. Ele amava Bortei. Ela o divertia e o encantava com seu humor perspicaz e inteligência e a beleza do seu corpo jovem. Ele não percebia quanto era influenciado por ela, pois a sua susceptibilidade às mulheres era enorme.

E Bortei, que era extremamente esperta, conteve sua amargura e sabia que devia esperar. Ela esperara, antes de ser raptada pelo merkit, que um filho solidificasse seu poder sobre Temujin, e ele daí em diante fosse mais facilmente controlado. Mas agora o filho viria sob uma nuvem. Ela sabia que precisava esperar outro filho, incontestavelmente de Temujin. Enquanto isso, precisava preparar o caminho que queria que fazê-lo trilhar com muita delicadeza e sagacidade, sem premência demasiada.

O desejo dela por Subodai tinha antes aumentado do que diminuído. Ela lhe conquistara o respeito e a admiração com a sua dedicação a Temujin. Muitas vezes, quando ele ia ao yurt de Temujin e a encontrava junto do marido, olhava-a gentilmente com seus olhos bonitos e serenos, e muitas vezes divertia-se com o senso de humor dela e ria com cândida sinceridade.

Ela necessitava de muito consolo e coragem, pois Houlun, que não perdoara a Temujin o assassinato de Bektor, e a posterior observação insultuosa dele a ela, fazia tudo o que podia para disciplinar duramente a jovem esposa e tornar-lhe a vida difícil. A moça tinha de curvar-se diante dela, honrando-a e respeitando-a, e Houlun exercia esse privilégio com incansável severidade e frieza. Era como se ela se vingasse de todas as humilhações, desesperos e dores. Foi só mesmo quando ficou definitivamente estabelecido que Bortei estava esperando criança que Houlun deixou de lado seu chicote e conteve seus impulsos de surrar a nora, como era seu costume quando esta a aborrecia.

Por baixo da superfície brilhante do triunfo de Temujin, todas as espécies de pequenas e sombrias paixões se contorciam, invisíveis. Mas como ele não era um homem comum, mantinha-se nessa superfície brilhante e recusava-se a preocupar-se com o que havia abaixo disso. Ele já começara a trilhar o seu caminho, e insignificâncias não iriam interferir.

A festa que ele organizara foi calorosa e agitada. Os merkits já se tinham conciliado com seu novo senhor, pois a lei do Gobi era a lei da sobrevivência e do triunfo dos mais aptos, uma lei da natureza diante da qual todos se curvavam sensatamente. Eles tinham confiança em que Temujin lhes proporcionaria segurança e pastagens. E isso era tudo que desejavam. Se um senhor mais forte os dominasse, então eles o serviriam com igual lealdade e submissa devoção.

Os guerreiros karait que Toghrul Khan enviara a Temujin permaneceram com ele, e Toghrul enviou-lhes depois suas esposas, filhos e yurts. E com eles mandou um cofre de prata cheio de brilhantes moedas de ouro, e um kibitka carregado de espadas, lanças, escudos e cimitarras. Um ou dois dias depois ele mandou outro presente para Temujin: vinte das suas melhores éguas de raça e seus potrinhos, e um gordo rebanho de ovelhas.

Temujin sorriu sinistramente quando recebeu esses presentes. E sorriu ainda com mais sinistra satisfação quando uma caravana passou perto do acampamento dele e entregou-lhe uma mensagem de louvor e oferta de apoio dos mercadores que tinham expedido a caravana. E o mensageiro ofereceu a Temujin outro cofre, maior que o anterior, cheio de moedas de prata e pedras preciosas.

Então, Temujin, para mostrar sua gratidão, enviou cem dos seus melhores guerreiros para protegerem a caravana através das mais perigosas regiões do Gobi. Quem os comandava era Chepe Noyon, o engenhoso e inteligente, o melhor dos estrategistas, em quem se podia confiar inteiramente para conduzir a rica caravana em segurança ao seu destino.

Posteriormente, Chepe Noyon, durante muito tempo e com uma horda crescente de guerreiros, foi quem se encarregou dessa tarefa. E nunca mais uma caravana passou por ali sem enviar um rico presente para Temujin, cartas de agradecimento e ofertas de apoio ilimitado. Às vezes os presentes eram escravos hábeis na fabricação de selas e rédeas, carpinteiros, ferreiros, fabricantes de espadas e tecelões.

Temujin formou a nova instituição do nokud, com companhias seletas de cavalaria, coragem, devoção e inteligência. Kurelen observava tudo com intensa admiração e surpresa. Ele perguntava a Temujin sobre esse novo núcleo militar que ele estava organizando, e admirava-se em voz alta pelo fato de seu sobrinho se ter lembrado disso.

E Temujin replicava:

– O homem inteligente, o senhor, não precisa sempre forjar as circunstâncias. Ele simplesmente domina as mudanças e as necessidades e faz delas suas servas. Ele tem de adaptar acontecimentos inevitáveis aos seus próprios propósitos. O mundo se modifica constantemente, mesmo aqui no Gobi, como se a mudança fosse misteriosamente ordenada pelos deuses. O vencedor é aquele que prevê essas mudanças e cavalga à sua frente.

Ele fazia cada nokud lhe prestar juramento pessoalmente, imprimindo nele o fato de que a dedicação a ele era mais importante que qualquer outra dedicação a outra tribo, família, esposa, filho ou amigo. O nokud era inteiramente livre, não um vassalo, nem um trabalhador escravo. Ele era um servo militar, um comandante, um organizador do comando de homens inferiores. Tinha a sua própria dignidade e orgulho, e como Temujin não interferia (astutamente) nessas questões e não exigia nada além da mais absoluta obediência implícita e dedicação, o nokud servia-o como a um deus e não hesitaria em dar sua vida por ele. Eles compartilhavam os melhores frutos dos saques, as mulheres mais belas, os melhores cavalos. Impetuosos mas disciplinados, ferozes e dedicados, impulsivos e obedientes, eles eram a primeira casta militar do deserto e das tundras. E Temujin, como sempre, parecia inspirar em todos eles uma adoração e amor quase supersticiosos. Ele nunca quebrava sua palavra, pois ele mesmo dizia que a primeira lei que um chefe deve impor a si mesmo é a de observar implicitamente as próprias promessas, quer fossem promessas de castigo, quer de recompensa.

Em pouco tempo, as histórias sobre suas leis correram através dos desertos para outras tribos, e dizia-se dele que era um homem senhor de um país. Era um príncipe que exigia dedicação quase sobre-humana, mas em troca era dedicado ao seu povo e o primeiro servo de todos.

Jamuga assistia à formação dessa nova casta militar com aflição. Para ele, o nokud consistia em parasitas, que viviam pela escravização dos fracos, dos pobres e infelizes. Até então, cada membro da tribo fora um indivíduo por si mesmo, oferecendo serviço apenas quando exigido pelo seu chefe, mas orgulhoso de sua intensa vida pessoal, na qual o chefe não interferia. O chefe proporcionava-lhe pastagens, exigindo-lhe apenas que o ajudasse a protegê-las. Mas agora cada membro era servo de algum nokud, e sua vida era cheia de obrigações constantes e trabalho. Já não havia mais possibilidade de se levar a antiga vida livre e independente, quando cada um guardava para si o que conquistara. Cada um dos indivíduos mais humildes era escravo absoluto e servo do seu nokud, e precisava submeter tudo o que conquistava a um montante comum, que o nokud dividiria da maneira que achasse mais adequada e justa. Não se tinha vida própria. Os deveres eram rígidos e em função do bem de todos. Era exigida obediência, e a menor infração era motivo de severa punição e mesmo de morte.

O nokud era duro e impiedoso, e além disso queria incutir no povo a convicção de que a primeira lei da sobrevivência era a obediência, e aquele que cometesse a menor desobediência era um inimigo de todo o clã. Aquele que fizesse objeções ou se lamentasse era considerado traidor, e o castigo descia sobre ele como uma espada.

O nokud de Temujin era composto de muitos comandantes, e entre eles estavam Chepe Noyon, Jamuga, Subodai, Kasar e Belgutei. Ele os formou como um corpo de guarda pessoal para si mesmo, e assim se afastou dos assuntos triviais da tribo, que o nokud resolvia, e reservou-se para questões mais importantes.

Jamuga admitia para si mesmo que pela primeira vez numa tribo havia ordem e disciplina, e que todo o ordu se movia como uma unidade, forte, formidável e obediente, cada membro apenas como um elo numa cadeia, apenas como um raio de uma roda. Mas isso parecia terrível para Jamuga, uma violação da eterna integridade e orgulho individual do nômade, quando cada membro servia seu chefe apenas para a própria proteção, e era a única lei para si mesmo, quando serviços imediatos já não eram mais exigidos dele. Mas agora já não existiam indivíduos orgulhosos, nem amor-próprio. Só existiam escravos sob o chicote e a voz do nokud, sem nenhuma vida pessoal.

Temujin aos poucos tornava-se um estranho para ele. Temujin ainda demonstrava pelo seu anda a velha afeição e confiança, mas Jamuga sentia que algum terrível estranho tinha tomado conta do corpo e da voz de Temujin, e que o espírito que olhava através dos olhos dele era alguma malignidade que nunca poderia ser aplacada. E ele não conseguia ficar à vontade com esse estranho, com esta malignidade. Não conseguia falar-lhe francamente. A amargura e o desalento de Jamuga sombreavam-lhe o rosto e a voz, e cada vez mais ele evitava Temujin.

Um dia, no seu desespero, ele foi falar com Kurelen, esquecendo as velhas desconfianças. Começou a falar do nokud, da inflexível casta militar, dos comandantes que tratavam os que estavam sob suas ordens como cães sem alma. Ele gaguejava em seu desânimo e sua mágoa, e sua voz extinguiu-se.

Kurelen levantou uma das suas sobrancelhas enviesadas e negras e sorriu.

– Eu vejo a lei e a ordem pela primeira vez, Jamuga – disse.

– Mas a que preço! – exclamou o rapaz.

Kurelen encolheu os ombros.

– Fica sabendo, Jamuga, que eu não dou mais valor à lei e à ordem do que aos corações dos homens. Mas isso é porque eu sempre detestei a disciplina implacável. Entretanto, isso não significa que a lei e a ordem não sejam desejáveis, pela segurança e harmonia que trazem. Antes nós tínhamos inquietação, indisciplina e descontentamento. Garanto-te que essas coisas são subjugadas pelo medo. Mas talvez o medo seja necessário neste novo mundo que Temujin conquistou e criou.

E acrescentou com um sorriso irônico:

– Quando foi que, antes disso, estivemos tão protegidos, tão seguros? Precisamos render todas as homenagens a Temujin.

Jamuga olhou-o com azedume.

– Então é inútil apontar-te que nosso povo consiste hoje em escravos e não mais em homens livres?

De novo Kurelen deu de ombros.

– Liberdade! Nem todos os homens são capazes de merecê-la, e ela não os faz mais felizes. Eles preferem a obediência e a segurança. Nosso povo parece mais contente, mais à vontade. Cada um sabe que não morrerá de fome, pois o nokud reserva o quinhão de cada um. A vida é curta. Parece-me que renúncia à liberdade é um preço bem pequeno para uma vida confortável. Em seguida, acrescentou:

– Há já muito tempo que eu concluí isto. Deixem que os outros tomem as decisões por mim, desde que eu tenha o que comer em intervalos regulares.

Jamuga olhou-o com seriedade gélida.

– Tens a alma de um escravo, Kurelen! Mas eu prefiro tomar minhas próprias decisões, e para a minha própria paz de espírito prefiro ver os outros também tomarem as suas próprias decisões.

Kurelen sorriu, mas não respondeu. Jamuga não percebeu o cinismo e a ironia daquele sorriso, o autodesprezo e o escárnio. Voltou-lhe as costas e foi-se embora. Levado por sua angústia, uma noite ele procurou finalmente Temujin. Temujin já estava dormindo, mas pareceu ficar satisfeito quando Jamuga entrou no seu yurt. Ergueu uma lâmpada e iluminou o rosto pálido de Jamuga. Viu-lhe os olhos azul-claros pisados e sombrios. Por um longo tempo os dois rapazes fitaram-se em silêncio. Então Temujin pousou a lâmpada sobre o tamborete e convidou Jamuga a sentar-se ao lado dele. Mas Jamuga permaneceu de pé, alto e esguio, como uma lâmina de aço.

– Temujin – começou em voz baixa – eu vim à tua procura por causa da minha desgraça e desespero, e minha sensação de estranheza impotente. Vim porque me sinto relegado e perdido.

Temujin olhou-o com intensidade. Seus olhos eram tão azuis e delicados como um céu de verão. Replicou com simpatia:

– Relegado, Jamuga? Isso é realmente estranho! Eu pensava que os tesouros que perdeste para os merkit tivessem sido recuperados cem vezes mais. Eu acreditava que tivesses recebido o melhor quinhão das mais delicadas joias, marfins e pratarias que Toghrul Khan e os outros mercadores me enviaram como presente.

Jamuga chegou a abrir a boca para replicar, desgostoso, pensando que Temujin não o tinha compreendido. Mas sua boca ficou rígida, pois viu muito claramente que Temujin o tinha compreendido perfeitamente. Uma sensação de completa impotência se apoderou dele. Sentiu-se fisicamente mal. Mas a sua natureza era obstinada e tenaz e ele não ia desistir facilmente. Ajoelhou-se diante de Temujin e começou a falar numa voz aflita e precipitada, cheia de desespero e ansiedade.

– Olha, Temujin, não precisas escarnecer de mim. Tu conheces meu coração. E eu vim à tua procura por causa da nossa velha afeição, que pareces ter esquecido.

Temujin ficou em silêncio. Uma expressão dura e estranha acentuava-lhe o sorriso fixo. Mas seus olhos ainda eram gentis. Ele desviara-os um pouco, de modo que não fitava diretamente seu anda. Jamuga pegou-lhe o braço, como se com um toque físico pudesse recuperar o amigo. Mas sua confusão aumentou.

– Temujin, antigamente tu tinhas honra, cortesia e orgulho. Hoje não tens nada disso, e meu coração se confrange. E, como eu gosto de ti, venho à tua presença com súplicas e censuras...

Então Temujin olhou-o diretamente, e seus olhos eram como o jade verde polido, e igualmente sem expressão. Mas sua voz era ainda simpática:

– Jamuga, tu pensas demasiado. Arranja uma esposa, muitas esposas. Olha, amanhã poderás ter as melhores dentre as minhas mulheres.

Há uma que tem o cabelo da cor da asa do corvo e olhos tão azuis como a água da primavera. Quando a alma de um homem o perturba, ele precisa apenas de uma mulher, e não de filosofia.

Jamuga fitou-o magoado e aparvalhado, em silêncio Temujin sacudiu-o leve e afetuosamente.

– O homem que desenvolve a alma resseca o próprio corpo, Jamuga. Tu meditas demais sobre esses teus manuscritos chineses, que estão cheios de sutilezas enervantes. O homem perde a razão numa floresta de palavras, e sua espada enferruja-se nas águas estagnadas do pensamento. Tu começaste a substituir a ação pela conversa e estás perdendo tua virilidade. Eu te digo de novo: arranja uma mulher.

Ele sorria com deleite afetuoso, mas intimamente estava irritado com a mágoa insistente e sombria de Jamuga.

Jamuga respondeu simplesmente:

– Eu vivo apenas para servir-te, Temujin. Não gosto de ninguém além de ti. Sou dedicado à tua vida. Tu sempre soubeste disso. Tu pensas que muitos gostam de ti: Kurelen, Houlun e Bortei. Mas ninguém gosta tanto de ti como eu, e é por isso que venho a ti sem medo, e preciso falar.

Temujin bocejou.

– Tu arranjas horas estranhas para falar, Jamuga. Esta é a tua peculiaridade. Mas fala e depois vai-te, e deixa-me dormir de novo.

Jamuga ergueu as mãos num gesto pesado e desesperado e deixou-as cair. Mas continuou a falar num tom tranquilo e baixo:

– Desde que te tornaste Khan, Temujin, tornaste-te um estranho para mim. Teu pai tinha a sua honra de nômade. Tu não tens nenhuma. Por exemplo, essas caravanas, cujos donos te pagam com lisonjas e tributos, são protegidas por ti, mesmo à custa das vidas de muita gente nossa. Mas as caravanas que entram sem presentes no teu território são saqueadas, os homens escravizados, os tesouros pilhados. Isso é honra?

Temujin sorriu.

– Tu querias que eu saqueasse e roubasse sem discriminação?

Mas Jamuga contestou com firmeza:

– Não há nenhuma honra na discriminação, quando esta é comprada. Eu sei que precisamos viver, mas não por tais meios.

Temujin replicou impaciente:

– Estás ficando sutil, Jamuga, e eu desprezo a sutileza. Mas continua, ainda tens mais a dizer.

– Sim, muito mais, Temujin. Eu odeio teu nokud. Nosso povo está escravizado, privado da sua integridade pessoal. Privado das suas almas.

Temujin olhou-o com os olhos de um animal selvagem.

– Que almas? – perguntou desdenhosamente. – Vai-te, Jamuga! Tu te lamurias como um monge budista, como uma mulher tola. Qual é o objetivo do homem? Sobreviver! Se eu sobrevivo, meu povo sobrevive. Há menos de três luas, eu era um mendigo acuado, privado do ordu e rebanhos. Agora sou forte. Conquistei mais de dez tribos mais fracas e anexei-as a mim. Sou um verdadeiro Khan e não mais um fugitivo esfomeado. Meu povo reconquistou boas pastagens e segurança. Desde quando existe segurança na honra? Meu nokud é meu corpo de guarda de guerreiros, meus oficiais. Eu institui a ordem e a disciplina para o bem de todos. Tudo isso é pouco para pagar aquilo em que nos tornamos.

Jamuga, cansado, deixou a cabeça pender para o peito.

– Eu prefiro a paz – murmurou com tristeza.

– Paz! – E Temujin explodiu numa risada desdenhosa. – Nós tínhamos paz quando éramos caçados?

– Tu não compreendes, Temujin.

Temujin sorriu com desprezo.

– Jamuga, tu sempre me subestimaste. Eu te compreendo muito bem. Mas a paz não é para homens de ação. A paz é para o conquistador, quando ele pode proporcioná-la. Eu não posso proporcioná-la. Tu compreendes?

– Tu não a desejas, Temujin.

– Talvez não. Eu ainda sou viril, Jamuga.

Então Jamuga ergueu a cabeça e olhou-o diretamente.

– Que é que queres, Temujin?

E Temujin, com um sorriso, respondeu o mesmo que respondera a Kurelen:

– O mundo.

Jamuga se pôs de pé e, em silêncio, dirigiu-se para a saída do yurt. Já a tinha alcançado quando a voz de Temujin, peremptória e dura, o deteve:

– Jamuga, tu és meu anda.

Jamuga voltou-se para ele vagarosamente e fitou-o com mágoa.

– Não fui eu que esqueci isto, Temujin, e sim tu.

E saiu.

Temujin não se deitou logo para voltar a dormir. Franziu as sobrancelhas no yurt. Lembrava-se de que uma vez Jamuga lhe dissera que pessoas com objetivos muito diferentes não podiam ser verdadeiras amigas, e sim só podiam ter ódio, especialmente se esses objetivos entrassem em choque com suas consciências. Ele balançou a cabeça irritado. Claro que Jamuga não o odiava! Ele o conhecia muito bem, disse consigo mesmo. Não havia lugar para traição naquele coração frio e inflexível, nem lugar para astúcias naquela consciência estreita! Ele poderia confiar em Jamuga até o fim da vida, a despeito da predileção do seu anda por filosofia e paz.

Entretanto, fragmentos de outras vozes juntavam-se aos seus pensamentos irritados. Lembrou-se do que Bortei dissera ainda naquela manhã:

– Há muito por trás do rosto pálido e imóvel de Jamuga. Ele ama os velhos e vagarosos caminhos, e odeia e desconfia dos novos. Que lugar pode haver para um homem que está ligado ao passado, num mundo que está em plena transformação? Os homens assim agarram-se tenazmente às coisas mortas e temem as que estão vivas. E, por isso, não podem ser fiéis ao novo caminho, porque desconfiam dele, e não veem nele nenhum bem. Temujin, meu amor, não te peço para quebrar teu juramento de sangue de irmandade com Jamuga, mas, como eu te adoro, tenho de avisar-te para confiar pouco em Jamuga e vigiá-lo sempre.

Houlun tinha ouvido essas palavras e seu rosto se tornara inescrutável ao fitar o filho. Mas ela dissera apenas:

– Bortei fala acertado.

Temujin fora à procura então de Kurelen, e contara-lhe as palavras da mulher e da mãe. E Kurelen, depois de longo silêncio, perguntara:

– Tu desconfias realmente de Jamuga?

– Não – havia replicado Temujin com impaciência, mas desviando o olhar involuntariamente.

Kurelen sorrira e dera de ombros.

– Eu te conheço bem, Temujin. Tu só ouves os outros quando já concordaste com eles no teu íntimo. Não tenho mais nada a dizer.

Temujin deitou-se no seu divã, mas continuava com as sobrancelhas franzidas na escuridão. Ele nunca mentia para si mesmo. Pensava: Será que estou preparado para desconfiar de Jamuga, só porque ele me irrita? Será que estou pronto para achá-lo traidor, só porque seus meios não coincidem com os meus? Será que eu me tornei tão idiota que só acho fiéis aqueles que me dizem "sim, senhor"? Em quem posso confiar realmente?

E seu coração respondeu sinceramente: Apenas em Jamuga.

Fez um movimento impaciente e forçou-se a dormir.

Jamuga caminhava lentamente sob as estrelas. Sua luz branca e penetrante iluminava toda a vasta estepe relvosa. Ele via as sentinelas avultando contra os céus, imóveis como estátuas. Um outro cavaleiro conversava com uma delas, e ele viu que era o nokud – Chepe Noyon. Este saudou-o com seu sorriso alegre de covinhas. Jamuga deteve-se e olhou para ele seriamente.

– Tu voltaste, então, Chepe Noyon. Quantos dos nossos guerreiros morreram em defesa da última caravana que nos pagou tributo?

Chepe Noyon sorriu, mas seus olhos alegres estreitaram-se. Ele olhou para Jamuga do alto do seu cavalo.

– Dez, Jamuga; mas por quê?

Jamuga não respondeu. Deixou pender a cabeça e continuou a caminhar. Chepe Noyon seguiu-o com um olhar especulativo, comprimindo os lábios. Ele achava Jamuga bastante tolo, mas não tinha nenhuma animosidade pessoal contra ele, sabendo da pureza da sua dedicação. Comentou em voz alta:

– Existe inquietação naquele coração. E, quando um homem tem o coração inquieto, que os seus amigos tomem cuidado.

E acrescentou, pensativo: "Há muitos que invejam o lugar de Jamuga." Ele não sentia nenhum pesar. Alegre, afável e oportunista, ele, como tantos outros homens fascinantes, era absolutamente egoísta. Sabia dos boatos maliciosos sobre Jamuga, e sabia que eram mentirosos. Mas, para o seu próprio progresso, não os desmentiria. Ele tinha, disse para si mesmo, que cuidar da própria ascensão. Que os acontecimentos tomassem o rumo que quisessem!

Jamuga voltou para seu yurt solitário. Acendeu a bela lâmpada de prata e cristal que Temujin lhe dera. Abriu sua arca entalhada e tirou dela seu mais precioso manuscrito chinês, e começou a lê-lo, sentado sobre as pernas cruzadas numa banqueta baixa e almofadada, com o rosto curvado e meditativo, esculpido em luz e sombras pela lâmpada.

"Que um homem busque a virtude, e encontrará a devassidão. Que busque a honra entre os homens, e descobrirá que está num covil de ladrões. Que busque a Deus no mundo, e só encontrará o nada. Que procure um homem justo, e encontrará uma espada sangrenta. Que grite por amor junto ao coração dos homens, e só obterá por resposta o ódio. Que busque a paz nos lugares da humanidade, e encontrar-se-á na própria morte. Que clame às nações por verdade, e obterá por eco apenas a falsidade e a traição. Mas que ele procure dentro de si mesmo toda a bondade, com humildade, brandura e fé, e verá a própria face de Deus, e achará o mundo todo adornado de luz e piedade. E então, finalmente, já não temerá mais nenhum homem."

Jamuga fechou o manuscrito. Olhava sombriamente para o espaço diante de si. E então, uma a uma, as lágrimas escorreram-lhe pelas faces. Mas seus olhos serenos estavam cheios de melancólica tranquilidade.

Ele disse alto:

– Eu concordo com Temujin em que a união é necessária entre as tribos rivais. Mas não é necessário que seja uma união forjada pela força e pela violência, mas sim pela confiança, pela honra e pelo consentimento voluntário de todos, em busca apenas de pastagens e paz, e não de conquistas e tributos.

9

Targoutai-Kirltuk e Todoyan-Girte, irmãos e chefes taijiuts, reuniram-se para uma consulta mútua, cheios de apreensão e fúria.

– Esse cãozinho de cabelo vermelho, nosso parente, está-se tornando incrivelmente arrogante e poderoso. Dizem que Toghrul Khan, aquela velha raposa intrigante, o está ajudando. Antes que ele aumente seu poder, precisamos destruí-lo.

Enquanto falava, Targoutai esfregava a velha e dolorosa ferida na coxa que Temujin lhe infligira.

Todoyan-Girte fez uma careta.

– Somos nós que estamos ficando velhos e deixamos escapar uma oportunidade. Por que não tratamos de procurar apoio dos comerciantes, citadinos e mercadores, e nos oferecemos para proteger suas caravanas? Faltou-nos esperteza, Targoutai. Vamos tratar agora, como dizes, de destruir Temujin, e de fazer tratados com as cidades, como ele fez. Ainda somos mais fortes do que ele. Oh, Targoutai, tu és o culpado por não o teres matado quando tiveste a oportunidade.

Targoutai rilhou os dentes.

– Vamos. Eu só peço que Temujin seja poupado para as minhas próprias mãos, e eu te prometo que não escapará de novo!

Todoyan-Girte mordeu o lábio pensativamente.

– Nós poderíamos, talvez, assegurá-lo como vassalo, pois ele tem inteligência e valor, e sabe como governar os homens. Está bem, não precisas me fazer uma careta tão feroz, irmão. Ele será todo teu para fazeres com ele o que quiseres.

E acrescentou:

– Mas então Toghrul Khan não se tornará nosso inimigo, se nós matarmos o seu querido filho adotivo?

Targoutai riu asperamente.

– Eu conheço aquele velho lobo piedoso! Ele nos acolherá como irmãos, não importa o que façamos, se formos todo-poderosos, e lhe pudermos proteger as caravanas!

Os MONGÓIS YAKKAS consistiam agora em 14 mil guerreiros, poderosos, sinceros e devotados com idolatria a Temujin. Nunca um chefe inspirara tal amor, tal adoração supersticiosa, tão profunda obediência. Pois ele era cruel com justiça, e todos sabiam que podiam confiar em sua palavra. E ele fizera-os acreditar que, no fim das contas, era apenas servo de todos e vivia apenas para o seu bem-estar.

Em curto espaço de tempo, ele tinha atacado, conquistado e absorvido pequenos e fracos clãs pertencentes aos merkits, aos naimans, aos uighurs, aos onguts e aos turcomanos, e mesmo aos karaits e às tribos taijiuts. Houvera pouca resistência, pois a sua energia, a sua implacabilidade, a sua coragem e a sua ferocidade marchavam à testa de sua horda, como o cheiro de uma fera arrastado pelo vento. Houvera poucos amuos, pouca revolta e ódio na conquista desses pequenos clãs. Pois ele era gentil e justo com aqueles que lhe juravam dedicação, e frequentemente lhes assegurava que não os tinha conquistado para escravizá-los e sim para uni-los num único, formidável e irresistível todo.

Generoso, nunca fugindo à sua palavra, cavalheiresco quando lhe era conveniente, distribuindo castigos e recompensas com igual impessoalidade, belo, vigoroso e insone, os novos membros do seu ordu crescente não tardaram a olhá-lo com idolatria. Ali estava um chefe forte que sempre sabia o que queria e não temia ninguém. Ali estava um homem que fazia promessas e as cumpria. E logo sentiram um imenso orgulho de pertencerem ao estandarte dos rabos de boi. E logo se vangloriavam arrogantemente de que seu novo senhor era um verdadeiro senhor, que os tinha conquistado por causa do seu amor por eles e preocupação pela segurança e opulência de todos. Eles morreriam por Temujin, e procuravam constantemente oportunidades para provar sua fidelidade e afeto.

O sistema do nokud de Temujin serviu também para evitar-lhe contactos mais íntimos com seu povo, para dotá-lo de uma auréola de distância e superstição. Ele aparecia diariamente entre seu povo, mas sempre cercado pelas lanças e espadas do seu corpo de guarda militar; era um rei movendo-se entre príncipes de faces de bronze, com o olhar de águia e a postura de um grande conquistador. Ele sabia que a familiaridade embotava o gume da mais poderosa espada e que, quando um rei ri junto com seu povo, no fim este acaba rindo dele. Por isso mantinha-se à parte deles, nunca ria com eles, nunca participava de uma festa comum. E, por conseguinte, era adorado. Mesmo o fato de saberem todos que ele não hesitaria em ordenar-lhes a morte pela menor infração às regras tribais só servia para intensificar-lhes o temor supersticioso e a adoração. Ele sabia que, acima de tudo, o homem simples devia ter um ídolo, mas um ídolo que eles pudessem ver e ouvir, e não algum espírito abstrato e invisível que as suas imaginações infantis não fossem capazes de conter.

Temujin sabia então que a crença de Jamuga na integridade e santidade inata de cada um era o sonho de um homem fora da realidade e sem a compreensão dos homens. Ele achava que só mesmo um louco poderia acreditar que o homem simples tinha profundo orgulho humano, independência e impenetrabilidade e possuía a virtude da razão. A experiência o convencera de que os homens querem um chefe mais forte para tomar as decisões por eles, para comandá-los sem consultá-los, para dizer-lhes "tu farás", e não "vamos fazer?". Ele sabia que a responsabilidade individual aborrecia, confundia e assustava a massa simples, e que tudo o que desejavam era orientação, proteção, deveres e um ídolo.

O chefe que consultava seu povo era um chefe não respeitado, e mesmo olhado com desprezo. Sua sensatez marcava-o para seu povo como uma criatura fraca, não merecedora de honra e fidelidade. A lei, e não a razão, era o estrado sobre o qual o verdadeiro rei apoiava seu trono, sabedor de que a espada tem muito mais poder quando manejada sem explicações.

Anos depois ele declararia a um historiador persa: "Eu não passava de um rapaz quando compreendi que o capricho é a fatalidade de um governante. O tempo todo seu povo precisa saber que as suas leis são irrecorríveis, e que determinada ação ocasionará um determinado e fixo resultado. Isso lhes proporciona paz de espírito e tranquilidade. Como crianças, os caprichos de um governante imprevisível lhes inflige perplexidade e medo, e exigir-lhes o ato de pensar fará com que se sintam sobre areias movediças cobertas por águas traiçoeiras. Um governante deve desprezar as almas do seu povo, e guiá-lo com seu chicote para bons pastos, e todos se curvarão diante dele e o chamarão de senhor."

Kurelen assombrava-se continuamente e sorria diante da incrível presciência desse rapaz de pouca experiência. Finalmente, falou sobre isso com o xamã. Kokchu inclinou a cabeça e sorriu também.

– Kurelen, preciso agradecer-te verdadeiramente porque me persuadiste a permanecer aqui e apreciar tua conversa. Pois eu descobri que Temujin é um homem de poder e destino, como disseste uma vez. Mas tu me perguntaste agora como é que ele sabe tudo o que deve fazer, e em troca só lhe posso responder que talvez existam realmente deuses, e que talvez eles lhe sussurrem sua sabedoria. Uma vez um sacerdote persa me disse: "É Deus quem decreta as marés que arrastam as almas dos homens, e é Ele quem coloca sobre essas marés a alma de um grande homem, como um navio que navega por águas turbulentas para uma terra predestinada."

Kurelen observou:

– Tu profetizaste o que ele faria. E agora acreditas nessa profecia.

Kokchu, com uma expressão sincera, replicou:

– Talvez os espíritos tenham posto a profecia em minha boca. – Kurelen mandou que trouxessem vinho e eles beberam um gole em honra do jovem Khan.

Kurelen disse então:

– Uma vez eu disse a Temujin que ele tinha a luz do destino nos olhos. Ele acreditou em mim. Talvez a oportunidade seja apenas a serva da crença. Aquele que acredita em si mesmo já venceu a primeira e última batalha.

– Ele é senhor de homens e sacerdotes – observou Kokchu com malícia. – Não, não penses que me ressinto por ser o primeiro dos seus servos, e por ele me ditar os decretos dos Espíritos do Céu Azul. Quando um sacerdote é senhor de um povo, esse povo é ao mesmo tempo traiçoeiro e impotente. Eu prefiro servir a ser servido. Isso me traz mais paz de espírito, e, no fim das contas, mais prazer.

Kurelen, sorrindo, observou:

– O primeiro desejo de um homem é o prazer. E, se ele for esperto, será sempre o seu desejo.

UMA MANHÃ, Temujin tomava o seu desjejum com Kasar, Subodai, Chepe Noyon e Jamuga, que eram chamados de "os quatro Cavaleiros de Temujin, os quatro sabujos de prata". Um mensageiro, extenuado, sangrando e ofegante, foi admitido em seu yurt e lançou-se, esbaforido, aos pés de Temujin. Quando conseguiu falar, gritou:

– Senhor, os taijiut, chefiados pelos dois irmãos, Targoutai e Todoyan, com trinta mil cavaleiros, estão vindo para Khan, jurando que morrerás hoje.

Os quatro cavaleiros empalideceram e de um salto puseram-se de pé. Então, instintivamente, olharam para Temujin, aguardando ordens.

Mas Temujin acabou tranquilamente acabado de partir o pão. Estendeu sua taça a Chepe Noyon, que, assombrado, a encheu. Temujin, então, ofereceu a taça ao mensageiro que desfalecia, e obrigou-o a beber. Perguntou finalmente:

– A que distância estão de nós?

O mensageiro choramingou.

– Antes de o sol ficar alto nos céus, mais próximo do zênite, eles nos alcançarão.

Temujin deu de ombros, ergueu os olhos e sorriu palidamente para seus perturbados nokud.

– Então, por que não terminamos nossa refeição?

Um por um, ainda pálidos, eles retomaram seus lugares em torno de Temujin, que fez-lhes um gesto com a mão, e eles dominaram a sua inquietação e continuaram a refeição. Temujin serviu-se de mais comida e parecia absorto em pacíficos pensamentos.

Finalmente, olhou-os de novo e disse:

– Ontem à noite estava precocemente frio. Precisamos deslocar-nos mais rápido para as pastagens de inverno, para que a neve e o gelo não nos ataquem como lobos. Embora este vale seja abrigado, havia uma camada de gelo sobre o rio, mesmo quando o sol estava no ápice ontem.

Todos ficaram em silêncio e trocaram olhares perturbados. Mas a disciplina do seu senhor entranhara-se-lhes de tal modo nas almas que eles aguardaram. Jamuga era o mais tenso de todos, e o olhar que fixou em Temujin era triste, mas resoluto e calmo.

Quando a refeição terminou, Temujin levantou-se e saiu para o sol alto e incolor. A relva do longo vale já ia ficando marrom. Milhares de cavalos, ovelhas, cabras, gado e alguns camelos pastavam. Fogueiras matinais ardiam diante da cidade de tendas. Os gritos dos pastores cortavam o ar claro até o céu límpido e exangue. Até onde a vista podia alcançar, havia apenas pacíficos rebanhos, mulheres tranquilas, crianças brincando e guerreiros ocupados afiando suas espadas, treinando luta corpo a corpo, tratando dos seus garanhões e éguas, praticando tiro ao alvo com seus arcos e flechas e gargalhando ruidosamente. Temujin olhava para tudo isso e limpava os dentes meditativamente com uma palhinha. Atrás dele estavam seus quatro cavaleiros, calmos, mas em alerta, aguardando ordens.

Ninguém sabia o que ele estava pensando. Mas, na realidade, sua mente estava ocupada com pensamentos tumultuosos. Inicialmente, ele considerou a possibilidade de fuga, sabendo como eram inferiores em número. Mas fugir significava o abandono dos rebanhos, dos tesouros do clã, das mulheres e crianças; a perda de tudo que ele conseguira ganhar. Permanecer e lutar provavelmente resultaria em serem completamente cercados, seus guerreiros mortos, e ele mesmo feito prisioneiro à espera de um destino pior. Ele via a quase inevitável destruição no que quer que decidisse. Olhou para o sol. Dentro de pouco tempo os taijiut os alcançariam. Precisava agir imediatamente. E então sua alta e serena figura imbuiu-se de ímpeto. Voltou-se para os nokud e lançou uma breve ordem.

Os nokud inclinaram as cabeças solenemente e afastaram-se correndo, lançando ordens em gritos altos e peremptórios. Ele, então, dirigiu-se rapidamente, mas sem pressa especial, ao yurt de sua mãe. Ali encontrou Houlun supervisionando os preparativos da refeição matutina para suas servas e a jovem esposa Bortei. Pois Bortei já estava sentindo as náuseas horríveis do seu estado. Além disso, esta preocupava-se pouco com os afazeres domésticos, achando que devia reservar as energias mentais para assuntos mais importantes. Naquele momento, ela ainda estava no seu próprio yurt, contíguo ao de Houlun, profundamente adormecida.

Houlun, vendo o filho, franziu friamente as sobrancelhas, e observou:

– Tua esposa ainda está dormindo, enquanto eu preparo o que tu comerás e os teus orgulhosos nokud. Se não estivesses enamorado do corpo dela, irias até lá e ralharias com ela com severidade.

Temujin sorriu ligeiramente e pousou a mão com afeto no braço da mãe, admirando-lhe, mesmo naquele momento, o seu porte de rainha, sua bela cabeça, a face lisa e o cabelo cinza e negro lindamente trançado. Esposa e mãe de senhores de uma horda bárbara, ela dava a impressão de ascendência e sangue nobres e grande dignidade. Quando Temujin a tocou, ela encolheu-se um pouco, e afastou-se dele, lembrando-se de Bektor, que fora morto por razões que não eram válidas para ela.

– Que querias comigo, Temujin? – indagou.

Nunca mais ela o chamara de filho, e nunca mais seus olhos se tinham aquecido de amor por ele. Mas a sua perspicácia dizia-lhe que ele não a tinha vindo procurar por um motivo trivial.

– Mãe, estamos enfrentando a mais grave crise da nossa vida. Dentro de uma hora, os taijiut e meus parentes queridos nos atacarão. Antes de o sol mergulhar no poente, nós seremos conquistadores ou conquistados e eu estarei morto. Ouve cuidadosamente minhas ordens e vai reunir as mulheres e dizer-lhes o que devem fazer.

Ela inclinou a cabeça em arrogante submissão e ouviu atentamente. Mas mesmo enquanto uma parte do seu cérebro alerta escutava, ela pensava com a outra, e com medo: Meu irmão! E com este pensamento empalideceu, seus olhos dilataram-se e seus lábios ficaram ressecados.

Quando Temujin acabou de falar, ela fixou o olhar intensamente no rosto dele, que a luz pálida e forte da manhã parecia iluminar. Ele soltara o colarinho do casaco, e ela viu, abaixo da pele bronzeada pelo sol e pelo vento, a carne leitosa que ficara protegida deles. Ela viu como seus olhos, em geral pardos e opacos, tinham tomado a cor verde-azulada do céu de inverno. E maravilhou-se diante da expressão calma dele e da sua voz serena e sossegada enquanto dava suas ordens. Involuntariamente, ela pensou: Eu dei à luz um homem fora do comum! E via como o cabelo vermelho dele flamejava por baixo do gorro de peles redondo, como seus largos ossos malares eram como pedras escuras, a superfície da sua face era forte, e como era firme e cheio de vida seu corpo esbelto e alto.

– Aquilo que ordenaste será feito imediatamente – disse ela, e, embora suas palavras fossem humildes, o tom não o era.

Ela o viu afastar-se e mordeu o lábio.

Ele saltou para cima da plataforma do yurt de sua esposa e entrou. Bortei dormia em sua cama coberta de peles, com a pequena mão sob a face e o cabelo descendo-lhe pelos ombros e pela cama. Ela sorria dormindo, provocadoramente e com uma espécie de volúpia. Ele ficou de pé ao lado da cama e contemplou-a durante muito tempo, observando como seu seio alto e redondo se movia com a respiração, e como era adorável a curva da sua pequena coxa, e como eram espessas suas pestanas negras contra o rosto infantil. Então desviou os olhos e suspirou, recordando uma mulher que nunca lhe deixara o pensamento, uma mulher com o cabelo de ouro, lábios vermelhos e olhos melancólicos.

Sacou do seu punhal e segurou-o na mão. Então delicadamente despertou a esposa. Ela acordou simples e completamente como uma criança. Sorriu para ele e langorosamente ergueu os braços. Ele ajoelhou-se ao lado dela e beijou-lhe o pescoço e depois a boca. Mas, vendo-lhe os olhos, ela parou de sorrir e sentou-se na cama.

– Que é que te aflige, meu senhor?

Ele lhe disse, e, enquanto ouvia, ela ficou branca até os lábios. Ele pousou o punhal ao lado dela, que o olhou como que fascinada.

– Se eu for morto e tu e as outras mulheres fordes feitas cativas, precisas prometer-me agora que enterrarás este punhal em teu coração, e que tu, minha esposa, nunca ocupará a cama de outro homem, e que meu filho, que carregas no ventre, nunca será o escravo de um taijiut.

Os olhos dela dilataram-se, e ela empalideceu ainda mais. Não conseguia desviar o olhar do punhal.

Ele a tomou nos braços apaixonadamente e a beijou com violência.

– Bortei, meu amor, minha esposa!

E, todavia, sob os lábios ele sonhava que beijava outra mulher. Um momento depois ela retribuiu-lhe os beijos distraidamente, olhando de esguelha para o punhal.

Ele a soltou.

– Bortei! Tua promessa!

Ela sorriu para ele, pousou-lhe os braços sobre os ombros e encarou-o clara e candidamente nos olhos.

– Meu senhor, por acaso pensaste que eu faria diferente, mesmo se não me tivesses ordenado?

– Falaste como a esposa de um Khan, Bortei, e eu te amo!

Ele apanhou o punhal e o pôs na mão dela. Os dedos de Bortei encolheram-se ao toque do punhal, mas ela assumiu um ar corajoso e resoluto e fitou-o destemidamente.

Temujin beijou-a de novo e deixou-a abruptamente. Sozinha, ela ficou imóvel por algum tempo, sorrindo fixamente. Então olhou para o punhal. Sua expressão transformou-se e tornou-se cruel e desdenhosa. Lançou de si o punhal que caiu a certa distância. Fez uma careta.

– Eu sou a esposa de um idiota! – exclamou em voz alta.

Deitou-se de novo em sua cama e fixou o olhar no teto arredondado do yurt. Através da sua abertura, via o céu intensamente azul, com um sol brilhante. Sorriu e mexeu-se voluptuosamente na cama. Enrolou uma mecha do cabelo nos dedos. Seu sorriso acentuou-se, tornando-se lânguido e provocador. Acariciou com as mãos os seios jovens e bonitos, e imaginou se Targoutai não a admiraria e se não a faria chefe das suas esposas.

Nesse meio tempo, Temujin fora até o yurt do tio, Kurelen. O xamã estava com ele. Pareciam excelentes amigos nos últimos dias. Tomavam o desjejum juntos e caçoavam um do outro. Quando Temujin entrou rapidamente, ergueram os olhos para ele e sorriram, mas, vendo-lhe a expressão, ficaram sérios. Ele contou-lhes o problema. O rosto de Kurelen pareceu murchar, seus lábios crisparam-se. Levou a mão ao punhal. O xamã empalideceu, baixou os olhos diante dos de Temujin. Mas nem ele nem Kurelen disseram palavra.

Então Temujin disse ao tio:

– Se eu não tornar a ver-te, Kurelen, lembra-te de que te amei.

Kurelen respondeu gentilmente, sem desviar o olhar:

– Tu me verás de novo, Temujin. Nunca senti tanto pesar como hoje, em que só te posso oferecer minha bênção. Não vale muito, mas tu a tens.

Temujin ajoelhou-se diante dele, pegou-lhe a mão e apertou-a.

– Eu sei que a tenho, meu tio. – E levou a mão torta e morena aos lábios.

A boca envergada de Kurelen estremeceu. Desde a infância que ele não derramava lágrimas, mas agora elas subiram-lhe aos olhos como fogo líquido. Sentiu-se como um pai, cujo único filho estava prestes a enfrentar a morte. E pensou: Em espírito, ele é realmente meu filho.

Temujin ficou de pé e voltou-se para Kokchu.

– Vem comigo imediatamente.

O xamã, ainda sem dizer nada, levantou-se e acompanhou Temujin para fora do yurt, para o sol ardente de quase meio-dia.

O vale era comprido, embora um tanto estreito. As colinas em forma de colunas a distância, e os baluartes em socalcos de um branco descorado a leste, tremeluziam àquela luz intolerável. Os nokud não haviam perdido tempo. Cada um tinha o seu estandarte, e, sob esse estandarte, que diferia somente na cor do estandarte dos nove rabos de boi de Temujin, cada nokud reunira os homens sob o seu comando. Uma grande atividade fervilhava por toda parte. Os kibitkas, com seus yurts, já se movimentavam rapidamente e uma poeira amarela e quente pairava sobre tudo. Os rebanhos enchiam o ar cortante e brilhante de berros ensurdecedores.

Por trás do acampamento havia uma densa floresta de abetos e de choupos secos. Ela formava um dos lados de uma praça irregular. Do outro lado da praça, um nokud havia organizado seus homens num esquadrão, a primeira fileira usando pesados peitorais de ferro, amarrados com correias. Eles usavam elmos blindados ou de couro laqueado. Seus cavalos também usavam peitorais blindados, e seus peitos, pernas e pescoços eram revestidos de couro. Os guerreiros traziam pequenos escudos redondos de couro, lanças e duros chuços com ganchos recurvos nas pontas. Os laços pendiam-lhes das selas. Por trás dessa primeira fileira estavam os outros guerreiros, mais ligeiros e lestos, sem as armaduras de ferro, mas protegidos por couro e trazendo dardos e arcos. Seus cavalos eram pequenos e ágeis, e entre as fileiras dos homens com armaduras havia espaços abertos, através dos quais os guerreiros mais rápidos e com trajes mais leves irromperiam a um sinal. Esses homens, também a um sinal, deviam cavalgar à frente, deixando os guerreiros pesados para protegerem a cidade. Cada fileira era constituída de quinhentos homens.

Cada nokud tinha reunido seus homens nos dois outros lados da mesma maneira. Para o centro dessa praça viva de guerreiros tinham sido conduzidos os rebanhos, as mulheres e as crianças, os pastores e os kibitkas. Aos rapazes foram entregues flechas e laços.

Fora da praça, Temujin reuniu seus próprios homens selecionados, em duplos esquadrões de mil homens, com dez de fundo. Antes esses esquadrões marcharam até a garganta do estreito vale, e prepararam-se para fazer frente ao primeiro assalto. Havia apenas 13 unidades, e os taijiuts, Temujin sabia-o, tinham sessenta bandos. Mas estes teriam primeiro que enfrentar a garganta do vale, guardada pelos densos esquadrões de Temujin. Ali o número não contaria tanto como a coragem.

Tudo estava pronto. Tudo se organizara com incrível presteza e um mínimo de confusão. A poeira pairava no ar como um pálio amarelo. Mas havia pouco barulho. Temujin, para onde quer que olhasse, só via faces morenas, resolutas e sérias. Por trás das paredes blindadas vivas da praça, ele via a densa cidade de yurts.

Temujin afastou-se dos seus esquadrões e galopou velozmente no seu garanhão branco até a praça. Viu como o sol se refletia nas lanças, espadas, dardos e sabres. Os guerreiros olhavam-no num silêncio duro e alerta quando ele passava cavalgando pelo meio deles, dardejando os ferozes olhos verdes sobre todos, reparando em tudo. Na mão segurava uma cimitarra turca recurva. Aproximou-se de um nokud, Subodai. Deu-lhe um sorriso breve.

– Tenho muita confiança em tua excelente cavalaria, Subodai.

Este retribuiu-lhe o sorriso com a sua bela expressão, aberta.

– Tua confiança não será traída, senhor – respondeu ele serenamente.

Temujin hesitou por um momento, então inclinou-se para Subodai e beijou-lhe a face. Todo mundo estava em absoluto silêncio. As lágrimas assomaram aos olhos de Subodai. E nesse silêncio profundo de expectativa, Temujin galopou até o outro lado da praça, com os cascos do cavalo ressoando alto na imobilidade empoeirada. Aproximou-se de Chepe Noyon, cujo rosto alegre formava covinhas e cujos olhos sorriam. Temujin sorriu também, um sorriso muito alegre para ele.

– Não vais participar de nenhuma brincadeira, Chepe Noyon – disse, pousando a mão sobre o pescoço do cavalo do outro.

Chepe Noyon comprimiu os lábios, brincalhão.

– Mas eu gosto de brincar com os taijiuts, senhor – respondeu, fazendo uma voz aguda e efeminada, como a de uma mulher petulante. Os rostos morenos dos seus guerreiros relaxaram-se num leve sorriso.

Temujin soltou uma risada curta. Deu umas palmadinhas no pescoço do cavalo de Chepe Noyon e afastou-se. Galopou até o último lado da praça. Ali seu simples e bravo irmão, o arqueiro Kasar, estava montado diante dos seus homens. Temujin ficou em silêncio por um momento, olhando profunda e afetuosamente para o irmão. Mas nenhum dos dois falou. Temujin pousou rapidamente a mão sobre a de Kasar e relanceou um olhar rápido pelos guerreiros. Kasar fixava o olhar no rosto de Temujin como alguém que contemplasse, enlevado e intrépido, um deus.

Então Temujin afastou-se a galope. Num amplo espaço aberto estava o xamã, a pé, aguardando. Temujin fez-lhe um curto aceno de cabeça.

– Fala tu agora aos meus guerreiros.

Kokchu estava de frente para a praça. Ergueu a mão solenemente. Ficou ali de pé, imóvel, alto, largo, imponente, nos seus trajes azul e branco, o chapéu alto e pontudo sobre a cabeça. Seus olhos fulguravam ao sol, e seu rosto severo e bonito era austero.

– Guerreiros do senhor Temujin! – começou ele, e sua voz ecoou no intenso silêncio. – Hoje nós estamos diante de uma prova de fogo, espada e morte. Mas não deveis vacilar, ou duvidar, ou sentir terror. Pois não podereis ser conquistados. Os Espíritos do Eterno Céu Azul ordenaram que nenhum homem saia vitorioso jamais sobre Temujin, seu servo e seu soldado. Aquele que duvidar, que voltar e fugir, será destruído pelos raios dos espíritos. Pois eu vos digo de novo, que não podeis ser derrotados, não, nem mesmo se o número dos taijiuts fosse de centenas de milhares, e não de apenas trinta.

Ele ergueu os dois braços então e abençoou-os melancolicamente. Todos inclinaram a cabeça e, erguendo os olhos, olharam devotamente para a redoma azul brilhante dos céus. Temujin sorriu ironicamente consigo mesmo e então afastou-se a galope para junto dos seus esquadrões. Ele tinha, como oficiais imediatos, os nokud Belgutei e Jamuga. Belgutei sorriu-lhe ligeiramente quando ele se aproximou.

– Estamos prontos, senhor – disse para o meio-irmão.

Temujin fez um aceno afirmativo com a cabeça.

– Estou vendo. Organizaste tudo muito bem, Belgutei.

Ele pôs a mão no ombro do outro e sacudiu-o amigavelmente.

Voltou-se para Jamuga. O rosto exangue de Jamuga permaneceu impassível, seus pálidos olhos azuis estavam serenos e profundos com discreta coragem. Ele montava desempenado seu cavalo. Em sua mão estava a espada nua.

Temujin pensou: O homem de paz está preparado para lutar e morrer por mim, com a fidelidade e bravura de sempre, mas seu coração não está aqui.

Ele sentia-se ao mesmo tempo contrariado e comovido, reconhecendo que Jamuga não hesitava em violentar-se a si próprio, embora sentisse aversão por tudo aquilo. Ele simplesmente inclinava a cabeça diante da necessidade, com amargura e resolução. A fidelidade contava mais para ele, pelo menos nesse momento, do que a própria integridade e convicções. Lutaria apenas por amor a Temujin.

Entretanto, por um instante, Temujin, influenciado, a despeito de si mesmo, pelas insinuações da mãe, da esposa e do xamã, duvidou desse amor. E pensou que os homens podem morrer sombriamente por dever e necessidade, mas não tão apaixonadamente como morreriam por amor. Perguntou a si mesmo: Por que meu anda já não gosta de mim como gostava antes? Ele olhou interrogativamente Jamuga nos olhos, e este respondeu-lhe ao olhar diretamente. Mas Temujin não conseguiu ler nada naqueles olhos bravos e serenos. Que queria ele que eu fizesse? perguntou a si mesmo com desdém. E então lembrou-se das palavras de Jamuga: "Um homem que se faz poderoso fica infestado de inimigos, como um camelo fica infestado de piolhos."

Inclinou-se um pouco na direção de Jamuga e disse desajeitadamente, só para dizer algo para aquele rosto grave e silencioso:

– Temos uma dura batalha diante de nós, Jamuga.

Os lábios descorados de Jamuga moveram-se e ele replicou tranquilamente:

– Sempre haverá batalhas, Temujin.

Só ele naqueles dias chamava seu anda pelo nome, e não dizia "senhor". Mesmo Belgutei, meio-irmão de Temujin, não se dirigia a ele pelo nome.

Temujin acenou solene às palavras de Jamuga. Então, sentindo-se um tanto embaraçado, afastou-se. Jamuga seguiu-o com os olhos, e dentro dele havia uma grande e magoada tristeza.

Temujin galopou até a frente dos seus esquadrões.

E agora todos esperavam em absoluto silêncio. As paredes de guerreiros da praça atrás dos esquadrões de Temujin não se moviam. Pareciam estátuas equestres coloridas com armaduras. Até as mulheres, as crianças e os rapazes dentro da praça estavam em silêncio. Nada se mexia além dos estandartes, que flutuavam ao vento, e das nuvens, que lançavam suas sombras arredondadas transitoriamente sobre o vale. Sombras corriam sobre os baluartes vermelho e brancos, e por vezes assemelhavam-se às imensas fachadas de templos e paredões com socalcos, janelas e colunas.

Tudo parecia aguardar. Até mesmo os cavalos, meio arquejantes, erguendo e baixando as cabeças, pareciam saber o que se preparava. O sol resplandecia nas lanças erguidas, nas espadas e armaduras. O sol subia para o seu zênite, e a terra inteira ficou inundada de luz, insuportável e inalterável.

Subitamente ouviu-se um grito distante e estrondear de cascos. E, de repente, entre os desfiladeiros dos penhascos, irromperam as hordas escuras dos taijiut em galope, o único movimento em todo aquele vasto fulgor cru. Eles vinham nos seus velozes garanhões, brandindo as espadas, as lanças e os dardos, girando os laços e ajustando flechas nos arcos.

Temujin via-os mergulhar pela garganta estreita abaixo do vale. Maravilhava-se diante da sua torrente infindável, galopando sob o estandarte dos dois chefes, Targoutai e seu irmão. Eles chegavam como ondas de formigas negras, amontoando-se, avolumando-se. E então, de repente, detiveram-se. Seus gritos de triunfo foram sustidos. E de novo o terrível silêncio do deserto caiu sobre tudo. Os taijiut haviam ficado mudos num assombro perplexo. Tinham esperado encontrar uma pacífica cidade de tendas, despreparada e confiante, os rebanhos espalhados, as fogueiras ardendo, os guerreiros desarmados. Mas o que eles viam embaixo era uma imensa massa de guerreiros em expectativa e, à frente da praça, a multidão dos esquadrões de Temujin.

Targoutai e o irmão debruçaram-se em seus cavalos, apertando os olhos incrédulos, boquiabertos, com a testa contraída. Atrás deles, através das passagens estreitas, detidos pelos que os precediam, estavam os outros trinta mil taijiut. Não vendo nada à frente além das costas dos silenciosos camaradas, surpresos, resmungavam perguntas uns para os outros e sofreavam os cavalos.

Finalmente Targoutai voltou-se para o irmão.

– Mas, afinal de contas, eles são apenas 14 mil ou menos. Avancemos!

Ele ergueu o braço e soltou um berro rouco. Seus oficiais responderam-lhe numa onda de gritos ferozes, e ergueram as espadas. Os gritos estenderam-se pelos baluartes e penhascos. Os cavalos golpeavam o solo com os cascos num estrondo abafado.

E então, como uma torrente da morte, as hordas dos taijiuts despencaram desfiladeiro abaixo na direção dos esquadrões de Temujin, esporeando as montarias, berrando como águias. O sol relampejava em milhares de olhos dilatados, em milhares de espadas nuas, que eram como espelhos refletindo a luz ofuscante.

Temujin relanceou um olhar para seus dois nokud, Belgutei e Jamuga.

– Agora! – exclamou ele em voz baixa.

Imediatamente, os homens com couraças mais leves nos seus ágeis cavalos deram um salto para a frente como se fossem alados. Logo depois já se haviam misturado com o primeiro assalto dos taijiut. Cataratas de flechas rutilavam no ar, que estava cheio do fragor de cavalos e homens rugindo, dos baques de corpos caindo, do retinir das espadas, do estardalhaço surdo de armas contra escudos laqueados. O cheiro de sangue crescia num imenso mau cheiro. A confusão era indescritível. A poeira cobria tudo, de tal modo que dificilmente poder-se-ia distinguir se o rosto feroz e os olhos coruscantes que tinham diante de si eram de um amigo ou inimigo.

Atrás dos esquadrões, os nokud haviam distribuído suas ordens aos guerreiros na praça. Agora os homens com couraças mais leves irrompiam irresistivelmente através das brechas entre os seus companheiros, e avançavam em ajuda dos esquadrões. Atrás deles, mais pesados, moviam-se os guerreiros com armaduras de ferro, avançando num trote implacável. Os homens à frente inclinavam-se para trás, volteando seus laços, curvando arcos reforçados com poderosos chifres, ou arremessando lanças vivas e velozes. Nenhum arco era curvado, ou arma empunhada ou lança arremessada em voo sem visar um objeto determinado, e inevitavelmente esse objeto era atingido e o inimigo atirado longe aos guinchos, do cavalo, para ser esmagado ou trespassado pelo meneio relampejante de uma cimitarra.

Os taijiut, desalentados e confusos, estavam em desvantagem, pois os milhares que vinham atrás deles chocavam-se nos desfiladeiros com os que estavam à frente e com os montes crescentes dos que tinham sido abatidos. Mas, graças ao seu imenso número, milhares ainda conseguiram penetrar no vale e espalhar-se. A rápida cavalaria dos taijiut, sob o comando do irmão de Targoutai, girou ordenadamente para tomar posição e arremessou-se em massa compacta para a frente, aos urros, a galope.

Encontraram pela frente os mongóis pesadamente armados, que estavam misticamente isentos de medo, e sabiam que nunca seriam derrotados. Estavam armados com a fé na ajuda dos espíritos. Os taijiut estavam armados apenas com a cobiça, o ódio e a coragem.

As colinas enviavam em ondas os ecos de gritos e estrondos. Os taijiut, que tinham galopado a fundo para o interior do vale, não conseguiram arrastar os homens pesadamente armados consigo. Protegidos apenas por espessas camadas de couro, não eram páreo para os guerreiros de Temujin. Os mongóis, separando-se velozmente em pequenos bandos, rodopiavam e volteavam, lançando flechas e laços, abatendo os inimigos com as mãos nuas quando perto demais para usarem a espada, o laço ou o arco. Nada lhes podia resistir. Acima e abaixo do vale estreito o combate rugia, e a terra estava em ebulição com os homens, cavalos e estandartes. Sozinhas nas suas tendas, encolhidas as mulheres oravam, apertando contra o peito os rostos dos filhos que choravam. Os rebanhos, guardados resolutamente por rapazes e pastores, berravam e tentavam estourar, mas eram contidos.

Temujin havia dado suas ordens muito antes. Seus homens espalharam-se para envolver as hordas taijiut num tênue círculo de batalha. Implacavelmente, eles iam estreitando o círculo, apertando os inimigos contra si mesmos, até que por fim eles se chocaram e foram esmagados pelos corpos dos próprios companheiros e renderam-se impotentes.

Temujin estava bem no centro da batalha. Seu braço, que ia abatendo os taijiut, parecia não se cansar nunca. Ele era um guerreiro sobre-humano, brandindo sua espada, de pé nos estribos para melhor abater as hordas que lhe vinham ao encontro. Tinha um ferimento aberto no ombro, e pelo seu casaco branco escorriam filetes de sangue. O gorro caíra-lhe da cabeça e seu cabelo vermelho parecia uma chama à luz do sol. Mas a qualquer momento que olhasse para sua direita, Jamuga lá estava ao seu lado, com a espada lampejando ofuscante para protegê-lo, o cavalo esmagando os que tinham sido abatidos, mas que se soerguiam pelo cotovelo tentando ferir o cavalo de Temujin com a espada.

Mesmo então, em meio a todo aquele tumulto de morte, sangue e aço, de cavalos cambaleantes e homens gritando, Temujin pensava: Eu estava errado, ele ainda gosta de mim. E esse pensamento despertava-lhe uma tal exultação, que ele ria um pouco consigo mesmo, espantado com a própria emoção. Um vez seu olhar encontrou o de Jamuga, e este sorriu debilmente. Havia cor em suas faces exangues, um brilho nos seus pálidos olhos azuis. E de novo Temujin foi tocado por certa curiosidade de saber o que estaria pensando esse estranho homem de paz e pensamento.

Então, de repente, Targoutai apareceu-lhe pela frente, com o olhar feroz e selvagem, um homem de meia-idade cheio de ódio hereditário por um homem mais jovem, que era mais forte e audacioso que ele. Targoutai sabia que não obteria a vitória enquanto Temujin estivesse vivo e que nunca poderia haver paz entre os dois. O domínio dos desertos e das estepes era o prêmio, e um dos dois precisava morrer.

Temujin viu o fulgor demente dos olhos naquela face estreita e barbada e o cintilar demente dos dentes. Targoutai tinha mais coragem e ferocidade que os outros homens, e vinha também armado com ódio furioso. Temujin viu o braço erguido empunhando a espada sangrenta. Ficou tão surpreso com a súbita aparição do seu parente e a loucura da sua expressão que seu próprio braço ficou momentaneamente paralisado. Não ouvia nem via nada além de Targoutai. Via a espada de Targoutai avançando-lhe na direção do peito, e sabia que agora nada poderia salvá-lo, pois havia perdido um momento precioso. Então ficou imóvel e estupidificado no túmulo de homens e cavalos. E num instante ali estava Targoutai, sorrindo insanamente e brandindo a espada, e no instante seguinte havia apenas sobre seu cavalo um cavaleiro sem cabeça, com o pescoço cortado esguichando pequenas fontes de sangue, com a espada ainda na mão. E então, vagamente e com imensa dignidade, o tronco sangrento inclinou-se para o lado e caiu pesadamente do cavalo. Temujin olhou para a sua direita, com a boca escancarada de assombro. Jamuga estava ao lado dele, com a espada gotejante. E de novo Jamuga sorriu debilmente e enxugou o sangue no flanco da sua égua cinzenta.

– De novo salvaste minha vida! – exclamou Temujin.

Jamuga não disse nada. Simplesmente continuou a voltear a espada destramente contra aqueles que continuavam a atacar. Mas Temujin viu que ele ainda sorria, possivelmente de um pensamento triste e irônico.

E subitamente todo o ar foi tomado de crescentes gritos selvagens e exultantes. Temujin pestanejou, sacudiu a cabeça. Os taijiuts, sabendo misteriosamente da morte de Targoutai, estavam em fuga feroz. Como um só homem, milhares deles galopavam na direção dos desfiladeiros entre os baluartes, debruçando-se para a frente sobre seus cavalos aterrorizados, esporeando-os cruelmente.

Os mongóis vitoriosos davam gritos de alegria, perseguiam os inimigos fugitivos, trespassando-os, derrubando-os dos cavalos com os laços, atravessando-os com as espadas, arremessando-lhes flechas. Agora o terror se apoderara do inimigo completamente. Cada um só pensava em salvar a própria vida. Centenas deles jogaram fora as espadas e erguaram os braços em sinal de rendição. Só uns poucos conseguiram safar-se. Todos acreditavam ter sido vencidos por demônios, e não por homens.

Foram mortos cinco mil taijiuts. Mais de dez mil foram feridos, e outros milhares foram feitos prisioneiros. Entre os prisioneiros estava o irmão de Targoutai, Todoyan-Girte. Três mil dos melhores guerreiros de Temujin foram mortos. O próprio Kasar estava terrivelmente ferido. Muitos dos nokud menores tinham morrido. E outros milhares de homens de Temujin tinham sido feridos.

Viera o crepúsculo e o oeste estava cortado de tons de prata, pálidos e deslumbrantes, e de fogo escarlate. Ondas de ametista corriam sobre o campo de batalha, juncado de mortos e agonizantes.

Temujin conseguira a sua primeira grande vitória. O domínio supremo das estepes e desertos do Gobi setentrional agora era seu. Ele vencera graças à superstição mística dos seus guerreiros e à sua coragem desprendida e seu desespero. Mas, mais do que tudo, ele vencera porque todos o amavam.

10

Temujin, sensatamente, nunca passava de um ato importante para outro sem dormir entre os dois. Naquela noite, portanto, ele, seus guerreiros e seu povo, assim como todos os cativos, dormiram o sono mortal da absoluta exaustão. E, durante a noite, os abutres, assim como os lobos e todos os outros habitantes dos desertos, ocuparam-se dos que jaziam mortos no campo de batalha.

Imitando Toghrul Khan, Temujin tinha um yurt, com mais de 6 metros de diâmetro, que ele reservava para consultas com seus oficiais e para as transações de negócios importantes. Nessa noite, ele dormiu nesse yurt, e, em volta da sua cama, dormiram seus cinco nokud principais, Kasar, Belgutei, Chepe Noyon, Jamuga e Subodai. Jamuga, seu anda, dormiu ao lado dele sobre a larga cama, debaixo dos mesmos cobertores, pela primeira vez depois de muitas luas.

Belgutei disse a Kasar:

— A frieza entre o nosso senhor e seu anda desapareceu. De agora em diante, nada mais se erguerá entre os dois.

Kasar respondeu, com uma expressão azeda e de ciúmes no rosto largo e simples:

— Jamuga não tem sangue nas veias, mas apenas leite, embora seja valente. Mas tem o valor da pedra, que resiste, porque não pode fazer nada mais.

Belgutei ficou pensativo por um momento, e depois disse, na voz suave do homem que reflete:

— Homens sem sangue são homens sem verdadeira lealdade.

Kasar, que pelo seu ciúme estava inclinado a ouvir o que quer que fosse contra Jamuga, exclamou:

— Tu não achas que ele poderia trair nosso senhor na coisa mais mínima, não é?

E de novo Belgutei fingiu refletir. Mas via a face do irmão morto, Bektor. E, então, replicou:

— Jamuga é ambicioso.

Ele nunca tinha dito isso a qualquer outra pessoa, pois sabia que lhe ririam na cara; pelo menos os nokud ririam. Mas ele já o tinha dito a Houlun e a Bortei, reconhecendo que, onde havia inveja e antipatia, havia sempre uma ânsia por acreditar. Agora ele o dizia a outro, sabendo que o ciúme é o servo da violência.

Kasar rilhou os dentes e disse em voz baixa para os dois:

– Que eu desconfie dele na menor coisa, e o matarei com minhas próprias mãos! – E seu rosto simples se contorceu com o ódio febril.

Antes de dormirem, Jamuga limpou e untou o ferimento de Temujin. Ele tinha mãos tão jeitosas e delicadas como as de uma mulher, e Temujin mal sentia alguma dor, pois Jamuga era dotado do dom de curar. Havia algo de mágico no seu toque. Depois que ele terminou, Temujin ergueu o rosto e sorriu-lhe, como alguém que está imensamente comovido.

– O amor e o corpo de uma mulher são preciosos como um rico perfume, Jamuga. Mas o amor entre um homem e seu amigo está muito além das coisas da carne.

Jamuga fez apenas uma breve pausa no que estava fazendo. Tinha a cabeça abaixada. Finalmente disse numa voz estranha e serena:

– Eu nunca me esqueci disso, Temujin. Só te peço para te lembrares também.

Subitamente um ar sombrio tomou a face de Temujin, mas ele não replicou. Por algum tempo pareceu perturbado, mas depois ergueu o cobertor de sua cama e disse, olhando apenas para Jamuga, embora seus outros nokud também estivessem ali:

– Assim como dormimos uma vez à sombra da Montanha Burkan, durmamos juntos esta noite, pois tu salvaste de novo minha vida.

E nessa noite Jamuga sentiu a amargura deixar o seu coração, não inteiramente, mas em grande parte. Temujin adormeceu, mas ele não, pois, deitado ali, pensava: Eu não devo dormir esta noite, mas sim ser feliz, pois meu espírito me diz que nunca serei de novo carne da sua carne como sou agora. Ele podia rejubilar-se, pois Temujin não tinha ido procurar nem a mãe, nem a esposa, nem o tio. Procurara apenas o amigo para pensar seu ferimento.

Mas mesmo enquanto Jamuga permanecia deitado insone na escuridão, pensando, a tristeza como o peso de uma pedra pesava-lhe sobre o peito.

Na manhã seguinte, Temujin apareceu diante das fileiras dos seus guerreiros vitoriosos, e recebeu suas ovações triunfantes e afetuosas. Ao lado dele estava Jamuga Sechen, silencioso e pálido como sempre, atrás dele estavam seus principais nokud e, atrás destes, a formação dos seus outros oficiais.

Temujin, com dignidade e calma, agradeceu ao seu povo pela sua devoção, lealdade e coragem.

– Já não somos mais um pequeno clã e sim uma grande tribo. Minha glória é a vossa glória. Meu triunfo é vosso também. Vós provastes a mim e a vós mesmos que nada nos pode resistir, pois os Espíritos do Céu Azul nos concederam sua bênção. Eu, como vós, aguardo suas próximas ordens. Enquanto isso, rejubilemo-nos. Não quero para mim nenhuma parte nos despojos desta batalha. São todos vossos.

Ele ordenou que se preparasse uma grande festa. Sabia da importância do relaxamento e da distração depois da luta. Ele era sempre generoso quanto ao bem-estar de seu povo, embora somente Jamuga desconfiasse que isso era apenas por conveniência, e não de fundo do coração. Uma vez, Temujin tinha-lhe dito:

"O general que não poupa seus homens quando eles deram muito de si, e não se preocupa com as coisas mais leves que eles desejam, é um general sem compreensão, a quem seus guerreiros só darão lealdade a contragosto."

Setenta chefes taijiuts, entre eles Todoyan-Girte, tinham sido feito prisioneiros. Estavam sentados junto com os próprios guerreiros, em silêncio sombrio, desesperados, ouvindo o rejubilar da festa daquela noite. Todos acreditavam que era a morte que os aguardava.

No dia seguinte, quando Temujin se sentou em assembleia com seus nokud e seu tio, Kurelen, o xamã entrou em seu yurt e fez uma reverência.

– Senhor – disse ele humildemente – os espíritos te abençoaram realmente, mas agora é mais do que justo que lhes concedas um sacrifício em troca.

Temujin piscou maliciosamente para os amigos, mas respondeu seriamente:

– E que é que sugeres, Kokchu?

Kokchu fixou o olhar arguto nele.

– As vidas dos setenta chefes que capturaste, meu senhor.

E tocou com a sua língua vermelha e afiada os lábios e umedeceu-os como que saboreando um petisco.

Temujin franziu as sobrancelhas e refletiu. Os nokud trocaram olhares. Então Subodai disse:

– Esses setenta, e particularmente Todoyan-Girte, são um perigo para ti, senhor. – Falou com gravidade e repugnância.

Chepe Noyon deu de ombros.

– Sempre é bom destruir os chefes de um bando, e fazer o bando assistir à destruição. Ficam aterrorizados. Mas tu desejas matar todos eles, senhor?

Temujin não respondeu. Ele voltou a cabeça lentamente. Seu olhar dirigiu-se Kasar, que esperava impacientemente para falar. Mas o olhar de Temujin passou por ele e foi até Jamuga. Diante disto, os dentes e os punhos de Kasar cerraram-se.

– E tu, Jamuga, que dizes?

Jamuga olhou-o em cheio no rosto e respondeu:

– Já houve mortandade demais. Esses setenta chefes são bravos e valorosos. Reconcilia-te com eles.

Kasar estivera prestes a dizer o mesmo, mas o ciúme inflamava-o agora. Ele gritou, embora Temujin não estivesse olhando para ele:

– Um inimigo reconciliado é um amigo traiçoeiro! Mata-os, senhor!

Mas Temujin só olhava para Jamuga, que observou serenamente:

– Só um homem que no íntimo se considera fraco mata os inimigos que lhe caíram nas mãos. É a sua própria impotência que ele teme, e a violência que ele descarrega sobre os cativos não passa de uma tentativa de violência contra a própria covardia.

Temujin sorriu, e Jamuga, olhando para esse sorriso que tinha algo de terrível nele, sentiu o coração abater-se extenuado.

Temujin perguntou com malícia:

– Por acaso estás insinuando que sou um covarde, Jamuga?

Os outros murmuraram. Belgutei sorriu intimamente e trocou um olhar com o silencioso e encolerizado Kasar. O xamã, assombrado e deliciado, mostrou os dentes através dos lábios entreabertos. Mas Kurelen, inquieto, franziu a testa e mordiscou a unha.

Jamuga não via ninguém além de Temujin, e Temujin não via ninguém além de Jamuga. Olhavam um para o outro num silêncio que parecia cintilar como uma lâmina nua. Toda a cor tinha abandonado o rosto de Jamuga. Seus olhos azul-claros pareciam afundar nas órbitas, como por uma súbita exaustão da alma.

Finalmente replicou, quase inaudivelmente:

– Eu nunca disse isso, Temujin.

Temujin riu de leve.

– Mas quiseste insinuá-lo, meu anda.

Os lábios pálidos de Jamuga moveram-se, mas ele permaneceu em silêncio. Disse para si mesmo: Que adianta eu falar?

Kurelen interveio, numa voz desdenhosa:

– Tu sabes muito bem, Temujin, que Jamuga não quis insinuar nada dessa ordem. O homem que brinca com o coração de um amigo, logo descobrirá que está brincando com um coração que morreu.

– Ou com um coração de um inimigo – sorriu o xamã.

Kurelen relanceou um olhar para o xamã e encolheu os ombros.

– Às vezes não és nem um pouco perspicaz, Kokchu. Algumas vezes, tu te esqueces de que já não és o maltrapilho e imundo xamã de um bando de mendigos. – E voltou-se para Temujin, fixando nele severamente os olhos enviesados. – Um verdadeiro príncipe não tem tempo para brincadeiras de gato e rato, Temujin, e aquele que condescende com elas devia limitar-se a um pequeno fogo doméstico.

Temujin riu bem-humorado, embora ninguém mais ousasse falar daquela maneira com ele. Pousou o braço sobre o ombro de Jamuga, que pela primeira vez na vida não lhe correspondeu. Ele sorriu para o perfil frio e o olhar desviado do seu anda, que parecia ter-se tornado de pedra.

– Jamuga, tu não tens nenhum senso de ridículo. Eu estava apenas brincando contigo. Aprende a rir. Tu sabes como eu gosto de ti.

Vagarosamente, Jamuga ergueu a cabeça e voltou o rosto para ele. Estava pálido de tristeza e profundamente desesperado.

– Eu não sei – respondeu.

Um pesado silêncio de consternação e surpresa caiu no yurt. Temujin continuava a apoiar o braço no ombro de Jamuga, e este continuava a fitá-lo nos olhos sem sorrir. Mas o sorriso de Temujin tornara-se um tanto fixo. E então, finalmente, ele tirou o braço e desviou o olhar.

De repente, então, Kasar ficou de pé de um salto e desembainhou a espada. Tremia visivelmente. Olhava ferozmente para Jamuga.

– Covarde e traidor de barriga branca! Tu afrontaste nosso senhor e por isto morrerás!

Temujin olhou para o irmão e começou a rir alto, e, depois de um momento, todos riram junto com ele, exceto Kokchu. Temujin dava palmadas na própria coxa. Seu riso tornou-se estridente. Deu um empurrão no irmão, como alguém empurra uma criança tola. Então, ainda congestionado pelo riso, disse:

– Kasar, isto é uma assembleia importante e não um yurt cheio de crianças. Vai lá para fora brincar com os outros pequenos.

Ofegante, Kasar olhou seriamente em torno, de um rosto risonho para outro. Sua respiração ficou ainda mais forte. Tremia ainda mais. Olhou também para o irmão, baixando o olhar para ele, com a espada ainda na mão. E então, comovedoramente, assomaram-lhe lágrimas aos olhos ardentes. Reembainhou a espada, baixou a cabeça e saiu do yurt.

Temujin acompanhou-o com o olhar, com o rosto cintilante de riso.

Então voltou-se para Kurelen.

– És o único que ainda não ouvimos. Que devemos fazer com os setenta chefes, Kurelen?

Kurelen ergueu as sobrancelhas e olhou-o com malícia.

– Temujin, tu já decidiste o que fazer, e não precisas lisonjear-nos dando-nos a impressão de que realmente nos estás consultando. Mas se por acaso decidiste matar esses setenta bravos homens, então peço-te apenas que me poupes o espetáculo revoltante. Estou ficando velho e meu estômago já não é mais o mesmo.

Voltou-se para Kokchu e deu-lhe uns tapinhas no braço.

É estranho, mas, quanto mais velho um sacerdote fica, mais sedento fica de sangue.

Kokchu replicou friamente:

– Preocupo-me apenas com um sacrifício justo.

– Então sacrifica aquela linda jovem merkit, que aprecias tanto. Os espíritos, que são masculinos, preferirão um bocado suculento como ela à carne encaroçada de guerreiros curtidos e endurecidos.

Silenciou um instante, enquanto o xamã o olhava com olhos inquietos e maléficos.

– Quê! Não queres sacrificar uma mulher em gratidão pela vitória do teu senhor?

Temujin, cada vez mais deleitado, forçou o rosto a assumir uma expressão de expectativa severa e voltou-se para o xamã. Kokchu estava da cor do carmesim. Começou a gaguejar, dirigindo-se a Temujin:

– Senhor, seria um insulto para os espíritos oferecer-lhes uma mulher escrava.

Temujin soltou uma gargalhada e todos riram com ele. Levantou-se e disse:

– Vamos acabar agora com todas estas pequenas alterações. Temos trabalho para fazer.

Kurelen e o xamã foram os últimos a sair do yurt. Kurelen voltou-se para o xamã com um sorriso irônico:

– Tu ainda aprecias a minha conversa, Kokchu?

Kokchu replicou, mal-humorado:

– Tu continuas inteligente, Kurelen.

Kurelen deu-lhe uns tapinhas amigáveis nas costas.

– Não sejas demasiado inteligente, meu amigo. Quando um sacerdote comete um erro como esse, acaba com um laço em volta do pescoço: o mesmo laço que armara para outro.

Temujin mandou que trouxessem todos os cativos à sua presença, os milhares deles e os setenta chefes. Ficou de pé diante deles, examinando-lhes atentamente os rostos, com o sol como uma chama sobre seu cabelo vermelho e os olhos cinza-esverdeados cintilando como água refletindo o céu. Inicialmente eles retribuíram-lhe o exame com expressões de desafio, resignação e fingindo desprezo. E depois, a contragosto, naquele silêncio profundo, ficaram impressionados e assustados. Viam que aquele rosto bronzeado e vincado, embora jovem, era o rosto de um rei, duro, poderoso e cheio de força inexorável. Além disso, cada homem sentia que, quando Temujin o olhava, arrancava-lhe da alma uma súbita e servil resposta a despeito de si mesmo.

Temujin começou a falar, com serenidade e força, mas sem pressa:

– Vós sois meus cativos, capturados em batalha justa. Eu não tenho nada contra vós, pois a luta pela existência e o poder é a lei primeira dos desertos e das estepes, e só aquele que sai vencedor merece viver e governar. E eu sou esse vencedor. Procurai em vossas almas, ó taijiuts, em silêncio, e perguntai-vos se entrareis para o meu serviço com lealdade, desprendimento e dedicação. Sois homens bravos e destemidos, sem hipocrisia ou covardia, e a resposta que me derdes sei que será a verdadeira. Aqueles que não ficarem comigo deverão morrer. Mas o medo da morte não é um dos vossos vícios, e, embora saibais que a morte vos aguarda, sei que me respondereis honestamente.

Ele esperou um momento, olhando para aquelas fileiras de faces escuras e inescrutáveis. Então prosseguiu:

– Sabeis que nunca quebrei minha palavra dada a algum homem que fosse meu amigo ou seguidor. Eu vivo apenas para meu povo. Sou seu servo. Conquisto para que eles possam ser conquistadores. Quem quer que me siga nunca será traído ou terá motivos de arrependimento. O poder dos reis está nos seus homens. E eu desejo homens e não riquezas.

Ele voltou-se então para os setenta chefes. À frente de todos estava o primo de seu pai, Todoyan-Girte, e ele, mais que todo o seu povo, olhava para Temujin com ódio e cólera irreprimíveis. Seu irmão era-lhe muito querido. Com a sua dor, vinha misturada uma ardente humilhação e desespero.

Temujin dirigia-se a cada chefe individualmente, dizendo:

– Juras aliança a mim?

E um por um, depois de momentânea hesitação, cada chefe ajoelhava-se diante dele e curvava a cabeça em sinal de submissão aos seus pés. E à medida que cada um o fazia, seus guerreiros cativos murmuravam, até que o murmúrio se tornou um estrondo surdo no ar. E, lentamente, à medida que os chefes se ajoelhavam, ajoelhavam-se os esquadrões dos taijiut, oferecendo a sua submissão junto com a dos chefes. E, logo, os milhares de homens estavam de joelhos e em silêncio, olhando para Temujin com olhos serenos e orgulhosos, dizendo-lhe com esses olhos que ele os tinha conquistado porque era um grande senhor e eles desejavam segui-lo, e não porque estivessem com medo.

Mas Todoyan-Girte não se ajoelhou. Ficou de pé diante de Temujin, com fúria e desprezo estampados no rosto. Eles se fitavam em profundo silêncio, e todos os observavam.

Temujin perguntou finalmente:

– Tu não me darás tua aliança, ó parente?

– Nunca! – gritou o taijiut com estridente violência. – Nunca, cão de cabelo vermelho de mongol! Nem me rebaixarei a essa pretensão vergonhosa, ou para salvar minha vida renderei homenagem ao vil filho de Yesukai!

Temujin voltou-se lentamente para as fileiras de taijiuts ajoelhados, para ver como estariam recebendo esse desafio de febril e bravo desespero. Mas eles pareciam hipnotizados, não ouvindo nem vendo nada além do seu senhor. Ele mordeu o lábio e franziu as sobrancelhas, e virou-se de novo para Todoyan-Girte, que ofegava fortemente, com os olhos lançando faíscas. Havia uma expressão de admiração no rosto do jovem Khan, e também de pesar. Ele ouviu um sussurro junto ao ouvido. Era Jamuga, que dizia ansiosamente:

– Liberta-o e manda-o de volta para seu ordu. É um homem bravo e nobre.

Temujin olhou para os outros. O bonito rosto de Subodai estava severo, mas inescrutável. Chepe Noyon sorria. Kasar olhava ferozmente para Todoyan-Girte. Kurelen tinha as sobrancelhas erguidas, e baixou a cabeça. Mas Kokchu umedecia os lábios avidamente, com o olhar fixo no chefe taijiut.

Então Temujin sacou do próprio punhal e estendeu-o pelo punho ao taijiut. Sorria para ele.

Todoyan-Girte olhou espantado para o punhal em sua mão e depois para Temujin. Seus braços contraíram-se fortemente. Por um instante, pareceu esmagado pelo desespero. Então, ainda olhando para Temujin, ergueu deliberadamente o punhal e mergulhou-o fundo no próprio coração. Até o fim, antes de cair, sua expressão foi de indomável ódio e desprezo.

Ali ficou ele, morto e sangrando, à luz violenta e selvagem do sol, que descia do céu de um azul ardente. Milhares de olhos fixavam-se nele. Os taijiuts não ficaram perturbados nem comovidos. Mais que nunca, sua submissa admiração por Temujin cresceu. Achavam que o que ele tinha feito era nobre e cavalheiresco. Somente Jamuga, cujo rosto parecia de mármore, e Kurelen, que pressionava os lábios, desviaram o rosto.

Temujin, de pé ao lado do corpo do valoroso chefe morto, ergueu os braços e gritou para todo o povo:

– Vós sois meus e eu sou vosso! Segui-me até os confins da terra!

11

Temujin enviou ao velho pai adotivo, Toghrul Khan, a cabeça de Targoutai, envolta em sedas, numa cesta de prata lavrada. Junto com esse presente encantador, enviou uma carta, que Temujin ditara ao letrado Jamuga Sechen.

"Saudações, ó venerável e reverenciado pai! Já se passaram muitas luas, desde que pela última vez me sentei ao teu lado, mas na verdade parece que se passaram muitos anos, e eu olho para trás através da árida perda de tempo para essas horas resplendentes que passei contigo."

Ao ler isso, Toghrul Khan fez uma expressão de desagrado. Relanceou um olhar de nojo para a cabeça envolta em seda e afastou-a com o pé. Continuou a ler, e à medida que o fazia, seus traços pareciam mais acentuados e engelhados, como que sugados por um fluido acre.

– Ah – fez ele enquanto lia.

"Tu tiveste fé em mim e eu não traí tua sagacidade. Teu poder e tua glória vêm do teu conhecimento dos homens. Tu me conheceste, ó meu pai! E agora eu sou o senhor todo-poderoso do Gobi Setentrional, e estou apenas começando.

"Tu sabes como estão seguras tuas caravanas. Nenhuma delas foi saqueada por ladrões, graças aos meus esforços infatigáveis. Teu último presente foi munificente. Agradeço-te por ele.

"Envio-te a cabeça de meu parente, Targoutai, como sinal de que a espada dos assaltantes, assassinos e ladrões taijiuts foi quebrada, e novas rotas de caravana poderão ser reabertas através do seu território anterior."

Toghrul Khan ergueu as sobrancelhas, e refletiu com agradável surpresa sobre isso. As novas rotas economizariam tempo e homens para os comerciantes e mercadores, muitíssimo tempo mesmo. Novos mercados seriam obtidos. Novas riquezas para seus cofres. Ele distraidamente pegou um doce da terrina de ouro e esmalte ao seu lado e mastigou-o com demorado prazer.

– Há algo em tudo isso – refletiu ele. – Não obstante...

Continuou a ler.

"Frequentemente, caravanas estavam para ser atacadas quando a palavra era lançada: Temujin garantiu esta! E os assaltantes espalhavam-se como poeira ao vento, com gritos de terror. Só o meu nome vale mil guerreiros para aqueles que viajam a negócios teus, ou a negócios daqueles que foram gentis e astutos bastante para confiar em mim e recompensar-me.

"Eu te saúdo, ó meu pai. Às tuas ordens. Teu filho, Temujin."

Toghrul Khan ficou imóvel em profunda meditação depois de terminar de ler a carta. Então seu olhar caiu de novo sobre o cesto de prata, que continha a cabeça de Targoutai. Fez uma careta e de novo chutou a cabeça, ordenando a um dos servos:

– Leva-a daqui. E, ah, sim, enche-a até a borda com moedas de prata. Não, metade de prata, metade de ouro, e um colar de pérolas envolto em cinco medidas de uma peça de seda bordada de turquesas para a esposa de Temujin Khan. E diz ao meu escriba que venha ao meu encontro ao pôr do sol para uma carta para meu nobre filho Temujin.

Quando o servo se curvou profundamente e estava prestes a sair, Toghrul Khan acrescentou:

– E um rebanho de três mil garanhões para meu filho também, para acompanhar o mensageiro e seu corpo de guarda. Mil e quinhentos dos negros e mil e quinhentos dos brancos.

Um presente para um príncipe, pensou o escravo ao sair dos frios e amplos aposentos do velho Khan.

Toghrul Khan estava passando os frios meses de inverno em uma das maiores cidades karait, pois seu reumatismo estava incomodando de novo e praticamente o aleijava. Seu palácio era pequeno, mas perfeito, pois pertencera a um nobre persa falido, que apreciava demais o jogo e as mulheres. O palácio fora construído em linhas elegantes, algo efeminadas, em mármore branco, e seus jardins verdes, cheios de árvores pesadas, palmas frondosas e lagos de esmeralda, pontes brancas e muitas flores, eram os jardins de um poeta. Toldos de seda listrada de vermelho e branco constituíam ilhas de sombra nos dias mais quentes, e o ar estava cheio do murmurar das fontes e dos risos suaves das mulheres do harém. Toghrul Khan era um amante de sedosos gatos negros, e também dos da variedade persa cinzenta felpuda. Eles corriam por toda parte e eram meticulosamente cuidados pelos escravos.

Um deles, grande e cinzento como uma nuvem macia, estava deitado aos pés de Toghrul, sentado entre as suas almofadas de seda nos seus aposentos sombreados. Embora o ar dos jardins fosse balsâmico e o sol estivesse quente, havia ainda uma brisa cortante, que essa sua doença não podia suportar. Suas velhas pernas mirradas estavam cobertas com mantas de lã e peles, e um braseiro ardia tepidamente junto dele sobre o qual um escravo lançava de vez em quando punhados de mirra e outras fragrâncias doces. O quarto era grande e arejado, o chão revestido de blocos alternados de mármore branco e negro, brilhando baçamente na obscuridade. Atrás dele havia uma pequena colunata de pilares brancos acanelados, pois o nobre persa tinha pretensões à velha elegância grega. Essa colunata era aberta ao sol, e a luz era uma cortina deslumbrante, através da qual brilhava o céu intensamente azul.

Das suas almofadas ele podia ver as copas das árvores verdes, e ele gostava de apreciá-las cintilando e balançando ao vento. Ouvia as risadas alegres das mulheres divertindo-se nos jardins e a vibração suave e feliz da música. Outros ambientes eram separados por espessas cortinas de seda carmesim, franjadas de ouro. Por trás do Khan estava uma formosa escrava morena com argolas de ouro nas orelhas, que se refletiam nas suas faces arredondadas. Estava nua até a cintura e daí para baixo vestida com uma seda diáfana salpicada de pedras preciosas. Segurava um grande leque de plumas de avestruz na mão flexível, e agitava-o languidamente, para manter a fumaça do braseiro e as moscas longe do crânio do seu senhor. Seu reflexo no chão de mármore movia-se junto com ela e as pedras preciosas das suas vestes faiscavam debilmente. Seus seios morenos tremeluziam com a respiração. Seus olhos negros reviravam-se e refletiam a luz. Às vezes ela erguia um pé desnudo e pequenos chocalhos de ouro ressoavam. Quando ela bocejava, seus lábios cheios e vermelhos revelavam dentes tão brancos e cintilantes como os de um animal.

A sala estava cheia de arcas entalhadas, pesadas mesas de teca entalhada com pernas esculpidas, imitando pernas e garras de dragões, macios divãs revestidos de seda e estojos de ébano e marfim. Havia também banquinhos e tamboretes de ébano. Havia estandartes escarlates pendurados nas paredes de mármore. E em uma das paredes Toghrul Khan pendurava seu crucifixo favorito, grande, de ouro e intrincadamente cinzelado.

Por essa época especificamente ele era cristão, embora no dia anterior, com a visita de um pequeno sultão, ele se tivesse revelado o mais devoto filho do Islã. Nessa manhã, um rico bispo nestoriano tinha-o visitado para discutir a condição daqueles do seu povo que eram cristãos. Toghrul Khan refletiu que no dia seguinte ele teria que ser maometano de novo, pois os primeiros enviados do califa de Bocara iriam visitá-lo para organizar os últimos preparativos para o casamento de Azara, que se realizaria dali a quatro semanas.

Toghrul ordenou à escrava morena que puxasse as cortinas carmesins a meio contra a abertura que ligava a sala à pequena colunata. Queixava-se de que o vento havia virado, e que estava soprando bem sobre a sua cabeça careca e amarela. Em seguida, ele estendeu-se de novo sobre as almofadas e absorveu-se em pensamentos. Tinha o gato nos braços e acariciava o mimado animal distraidamente, com gestos voluptuosos. Seu olhar errava pelo grande quarto, e parecia interessado nos vasos cor de jade de porcelana chinesa com seus braços retorcidos, e os escrínios cintilantes de ouro e prata, e as lâmpadas de cristal e prata sobre as mesas. Um imenso vaso de porcelana, com metade da altura de um homem e com quase tanta largura, delicadamente esmaltado num verde lustroso, dourado e escarlate, estava contra uma seção de uma parede de mármore, e estava cheio de flores brancas e rosadas. Essa era a tarefa afetuosa de Azara: mantê-lo cheio para deleite do pai. As flores exalavam uma fragrância ao mesmo tempo delicada e pungente, que se destacava dos odores do incenso no braseiro.

O olhar de Toghrul continuava a errar pelo aposento. Agora abaixara para o chão, e pareceu fixar-se nas ricas tonalidades lustrosas dos pequenos tapetes persas e turcos espalhados sobre o mármore. Mas na realidade ele não via nada além dos próprios pensamentos. Finalmente bateu palmas com um som seco, impaciente, e um eunuco, grande, gordo e nu até a cintura, com uma cimitarra enfiada no cinturão de prata, entrou e curvou a cabeça até os pés do velho.

– Diz ao meu filho Taliph que venha imediatamente ao meu encontro.

Taliph era o filho mais velho e favorito de Toghrul, o primogênito da sua primeira e favorita esposa. Ele veio logo ao encontro do pai; era um homem alto, esguio, moreno, ainda jovem, tinha a cabeça estreita e luzidia e o rosto astuto de um sacerdote. Ele se acreditava um poeta refinado, mas toda a sua poesia era plagiada dos poetas persas, especialmente Omar Khayyam. Mas era muito habilmente plagiada, e às vezes havia uma linha, ou um verso, que era original e inteligente, e tão engenhosamente misturado às frases e estrofes emprestadas, que seus amigos eruditos podiam louvá-la sem demasiada hipocrisia. Estava vestido com esmero e com algo de efeminado, e usava grande quantidade de anéis. Mas Toghrul Khan perdoava-lhe a poesia e a vestimenta, pois Taliph tinha malícia, era inescrupuloso, sábio, espirituoso e extremamente sagaz. Além do mais, ele agradava ao pai com sua ambição e iniciativa, e porque o velho nunca conseguia enganá-lo.

Toghrul fê-lo sentar-se ao seu lado, e serviu-lhe, ele mesmo, vinho condimentado num cálice de cristal. Enquanto o filho bebia, ele contemplava-o com o usual deleite afetuoso. Admirava muito o seu rosto estreito e moreno, comprido e inteligente, e os olhos negros atentos e espirituosos, bem fundos sob uma testa alta e estreita. As faces eram côncavas e fortemente enrugadas, dando-lhe uma expressão ascética e ávida, quase de morbidez interessante. Mesmo em repouso, a boca fina e grande parecia enviesada num sorriso cruel e irônico. Seus anéis coruscavam na semiescuridão, e sob as amplas mangas Toghrul desconfiou que havia braceletes cravejados de pedras preciosas. Mas ele podia perdoar mesmo isso, olhando para o competente punhal no cinturão dele, e as mãos fortes e esguias, tão morenas e longas.

– Que estavas fazendo? Divertindo-se com as mulheres ou escrevendo poesia como sempre? – perguntou ele, tentando emprestar à voz afetuosa um tom de desprezo.

Taliph sorriu e esfregou levemente os lábios. Fitava o pai com afeto desrespeitoso.

– Nada disso. Estava tomando um banho.

Toghrul fungou cuidadosamente e fez uma careta.

– Ah! Então isso explica a essência de rosas! Por que não experimentas a verbena para variar? Eu a prefiro.

Taliph deu de ombros.

– Eu ainda prefiro a essência de rosas. Combina com a minha melancolia.

– Azara gosta de violetas. Eu descobri que as mulheres que gostam de violetas são muito mais desejáveis do que as mulheres que gostam de rosas. Isto é, se alguém se der ao trabalho de lhes prestar atenção. As devassas veneram as rosas. Atualmente, prefiro que Azara se limite às violetas. Mas, então, temo que ela nunca mude para a essência de rosas.

Taliph bocejou.

– Tu perturbaste meu banho para discutir as preferências de Azara e para fazer comentários sobre a sua castidade?

– Não obstante, indiretamente, Azara tem ligação com as minhas novas. Aqui está: lê esta carta que recebi de Temujin, esse bárbaro e suarento baghatur dos desertos.

Taliph leu a carta. Começou a rir.

– Queres saber o que eu acho? Esse animal do Gobi está tomando ares de superioridade contigo!

Toghrul não mostrou nenhum ressentimento. Sorriu com genuíno deleite.

– Eu achei isso, também. Tu precisavas tê-lo visto! Mas não terias suportado o cheiro. Mesmo que ele se banhasse no teu banho perfumado, ele ainda federia a cavalos, a estrume, a leite azedo e a braços de mulheres sujas. Mas, todavia, há algo de esplêndido em todo ele. O esplendor é frequentemente atributo de feras fortes, que ficam de emboscada nos desertos e montanhas pedregosas. Ele tem terríveis olhos de jade, e o cabelo tão vermelho como o poente, e uma voz a que se precisa dar ouvidos, mesmo que com relutância e desdém.

Taliph levantou uma sobrancelha.

– Não obstante, ele protegeu tuas caravanas, e fez-te duas vezes mais rico do que já o eras antes. Meus amigos me dizem que seus pais submetem-se a ele por supersticão. E por esta carta eu concluiria que ele se tornou a si mesmo um poder entre as hordas. – Torceu os lábios e continuou. – Ora! Essas hordas! Não são homens, e sim selvagens. Uma vez eu achei que comporia um poema épico em torno delas, mas justamente na época eu senti o cheiro dos insignificantes nobres que visitavam um dos nossos bazares. Algumas vezes eu desejaria não ter um nariz tão sensível. – Suspirou pesarosamente. – Teria sido um belo poema. As hordas contra o céu vermelho da tarde, no deserto cinzento e purpúreo! Fogueiras e canções primitivas. Belas mulheres selvagens montando garanhões brancos. Mas agora devo admitir que não passam de animais, que se dão o nome de homens por cortesia nossa. Uma vez eu cheguei a pensar que os visitaria, e sentiria os ventos dos desertos na face, e depois eu comporia um poema que seria cantado através dos tempos.

Toghrul soltou uma gargalhada.

– Se alguém desejar ser sentimental, precisa antes controlar o próprio nariz. Mas, por falar nisso, Temujin não cheirava pior do que o sultãozinho que me visitou ontem. Eu gostaria que o tivesses visto. A distância, naturalmente.

Taliph aguardava. Fixava os olhos penetrantemente no pai. Toghrul suspirou.

– Eu tenho tentado decidir-me se mando matá-lo ou não. Tu és astuto. Já discerniste o que significa ele. Ele continuará a avançar. Quem sabe se não chegará mesmo posteriormente a dominar todo o Gobi? Quem pode prever o que irá acontecer? Eu o encorajei e ajudei, e assim fizeram meus amigos, por causa das nossas caravanas. Mas será que ele se contentará apenas com os desertos?

– Acho que não – respondeu Taliph friamente. – Mas tu podes secretamente encorajar outros pequenos cãs contra ele, e assim mantê-lo ocupado defendendo-se. Nunca permitas que um vassalo se torne demasiado forte. O equilíbrio do poder deve permanecer com o senhor. Mas saber até que ponto tolher um vassalo exige sabedoria e senso crítico. Por um lado, ele pode ser tão enfraquecido a ponto de fazer mesmo o senhor perder o que ele o ajudou a ganhar. Por outro lado, seus confrontos com os outros, secretamente encorajados pelo senhor, poderão torná-lo ainda mais poderoso, e o conquistador final. Tu precisas ter muito cuidado para manter um bom equilíbrio. Talvez uma confederação, acordo e permuta pacíficos entre todos os pequenos nobres das estepes. Confederações seriam excelentes para o senhor, se todos se aglomerassem sob o seu estandarte para proteção e proveito mútuos.

Toghrul balançou a cabeça.

— Tu não conheces as hordas! Confederações pacíficas não podem existir entre eles, a não ser pela violência e pela força. E aquele que conseguir organizá-los com tal violência e força será o seu verdadeiro senhor. Então nós, da cidade, teremos bons motivos para ficar apreensivos. Lembra-te de que não estamos lidando com homens civilizados, e sim com bárbaros.

— Existe realmente pouca distinção entre os dois — observou Taliph. — Todos são dóceis ao proveito próprio. Por que não dizer a esse Temujin que tu não estás muito satisfeito com o que ele fez e que ele agora pode tirar proveito de suas vitórias? Ou de suas mulheres? Dize-lhe que tu farás com que ele mantenha seu domínio sobre o Gobi setentrional, mas que não poderás garantir-lhe nenhuma ajuda se ele tentar ampliar seu domínio. Tu o conheces: talvez possas sugerir-lhe também, com uma leve nota de reprovação, que tu não favorecerás nenhuma conquista ulterior, e que, se ele não te obedecer, tu poderás mesmo lhe tirar o apoio que lhe tens proporcionado.

Toghrul olhou-o com admiração.

— Como és astuto, Taliph. Mas e quanto aos outros mercadores e citadinos? Seguir-me-ão eles nessa decisão? Ou continuarão eles, por inveja ou inimizade, a encorajar Temujin se eu lhe tirar meu apoio? Serão eles capazes de entender o perigo que existe em potencial nas suas conquistas ilimitadas?

— Não posso animá-lo quanto a isso, meu pai — replicou francamente Taliph. — Os gordos mercadores e comerciantes não têm nenhuma imaginação. São como ovelhas supernutridas e avaras, sem olhos. Só veem o proveito imediato, e apoiarão servilmente aquele que lhes prometer rendas continuadas. A maioria deles te odeia. Podem mesmo entrar em acordo com esse fedorento Temujin, e contratá-lo para conquistar tuas caravanas, dividindo os despojos com ele. Não existe nenhuma honra entre comerciantes.

Toghrul ficou em silêncio, mas seus pequenos olhos brilhavam. Ele e o filho olhavam-se intensamente. Então Taliph riu pesarosamente e balançou a cabeça.

– Temo que isso não traga nenhum resultado, meu pai. Uma vez que sugiras a Temujin que conquiste outras caravanas para ti, ele cobiçará também as tuas. Mas tenho a impressão de que ele é esperto demais para fazer dos teus competidores inimigos. Tudo indica que ele visa algo mais.

– É isso que temo. Ora, que é que estou dizendo? Nossas cidades e povoados são muito bem fortificados, e nossos soldados, bem treinados. Ele não poderá tornar-se tão forte numa só geração. E depois que eu estiver morto, já não me interessa.

No entanto, ele estava inquieto. Mordia o lábio.

– Eu ainda acho que deves continuar a dar-lhe ricos presentes e ligá-lo a ti – observou Taliph, depois de longa reflexão. – Quem sabe? Nós temos imaginação e podemos ampliar nossos horizontes. A ampliação de horizontes é fácil nas cidades, entre os citadinos. Mas esse Temujin provavelmente é incapaz, no fim das contas, de uma visão mais ampla e sagaz. Os animais fortes raramente têm consciência da própria força, e sempre podem ser mantidos em submissão por uma mão jeitosa, que também os alimente bem.

De novo seu pai ficou em silêncio. Taliph olhava-o pensativamente, e por fim sorriu deliciado.

– Mas tu o detestas pessoalmente, não é, meu pai?

O rosto pequeno e enrugado de Toghrul contorceu-se num sorriso maligno e um tanto embaraçado. Mas ele disse:

– Tua argúcia imagina demasiadas coisas. Eu percebo, entretanto, através da conversa contigo, que não devo atrever-me a matá-lo. Nossas caravanas já não teriam nenhuma proteção contra as hordas. Tive uma ideia: vou convidá-lo para o casamento de Azara. Então tu poderás analisá-lo à vontade.

Taliph fingiu-se preocupado.

– Mas tu sabes que não posso suportar fedores! Não o hospedes no palácio. Levanta-lhe a tenda fora dos teus jardins. – Ele pôs-se de pé e riu de leve. – Como nós somos absurdos, na verdade! Temos imensos exércitos. Atrás de nós temos o colossal império de Catai, com as suas legiões. Temos cedido muito aos nossos devaneios. Mas, em todo caso, traz mesmo esse Temujin para perto de mim e deixa-me estudá-lo. Talvez eu possa até escrever um poema, no fim das contas, sobre ele, mas tapando o nariz com o indicador e o polegar.

E foi assim que, no dia seguinte, os mensageiros de Temujin foram despachados com os ricos presentes e uma encantadora carta, convidando Temujin para assistir à cerimônia de casamento de Azara, do maravilhoso cabelo pálido.

Toghrul Khan, rindo de si mesmo por causa dos pesadelos que a sua imaginação convocara, pensava: O Gobi é vasto. Ninguém pode conquistá-lo em toda a sua extensão. Ninguém, durante apenas uma vida. E, mesmo que pudesse, que chefe bárbaro sequer sonharia em atacar a poderosa Catai, e o império Khwarismian, e todas as nossas poderosas cidades turcomanas? Ele seria esmagado como uma mosca presunçosa. Eu sou um velho impotente, e tenho sonhos grandiloquentes que eu mesmo gostaria de realizar, se Deus me concedesse incontáveis legiões.

Mas, apesar de tudo, ele vagarosamente decidiu consigo mesmo que logo chegaria o dia em que precisaria destruir Temujin, não por temor dele, mas por causa do seu ódio.

Nós armamos aqueles que odiamos com armas sobrenaturais e nos encolhemos diante deles, pensou ele. E assim, no fim, não são eles que nos vencem, e sim nós mesmos.

12

Certo dia Temujin teve duas razões para rejubilar-se e exultar. A mais importante foi o nascimento de Juchi, o filho de Bortei. A segunda foi a chegada dos triunfantes mensageiros com os presentes de Toghrul Khan.

Já estava amanhecendo quando Houlun, com o cabelo, já ficando grisalho, coberto pelo capuz, acordou o filho e contou-lhe que sua esposa tinha dado à luz um menino. De pé, imóvel, ela dava a notícia, com uma lâmpada na mão, cuja luz baça projetava sombras escuras em seu magro rosto heroico. Seus olhos pardos na proeminência estreita da testa olhavam para ele grave e inescrutavelmente. O corpo alto e magnífico tinha a mesma antiga postura de orgulho e dignidade, com as pesadas pregas das vestes seguindo cada linha das coxas e dos seios. Parecia uma sacerdotisa anunciando estranhos fatos.

Temujin, com um grito de alegria, levantou-se de um pulo e lançou uma pele sobre os ombros. Com a cabeça nua, correu para fora do yurt para a misteriosa luz da manhã. Os cães, perturbados, começaram a latir. Ele precipitou-se para dentro do yurt de sua esposa e encontrou-o cheio de mulheres atarefadas. Bortei, extenuada mas tranquila, jazia exausta sobre o leito, e observava uma serva que ungia o corpinho nu e agitado do bebê. Era uma criança forte, que berrava indignada, embora não tivesse nem uma hora de nascida.

À luz das lâmpadas de sebo, Temujin olhou para a criança e viu um rostinho vermelho zangado, uma cabeça grande e redonda coberta por um cabelo negro molhado e o peito largo de um futuro soldado. Ele pensou: Será este meu filho, ou filho de um outro? Ele sabia que nunca saberia. Mas de repente isso não teve nenhuma importância. Era um filho, e provavelmente o fruto das suas próprias entranhas, e um belo garoto. Isso era suficiente para o mongol faminto de homens.

Ele arrancou a criança dos braços da mulher e contemplou-a com imenso deleite. O bebê parou de berrar e sua voz decresceu até uma lamúria. Ele era cego e inconsciente como um gatinho recém-nascido, mas Temujin tinha certeza de que o bebê olhava diretamente para ele, reconhecendo-o.

– Como chamaremos meu filho? – gritou ele.

As servas trocaram olhares furtivos e astutos, mas ficaram em silêncio. Bortei sorriu languidamente. E então a voz de Houlun veio dura e forte de trás do filho, e todos se espantaram e se assustaram, pois ninguém a tinha visto nem ouvido entrar.

– Chama-o Juchi! – exclamou ela.

Juchi! O Sombrio! Todos fitavam. Ela estava junto à entrada do yurt, parecendo especialmente alta e arrebatada, com o rosto pálido de desprezo, os olhos coruscantes. Bortei soltou um gemido triste e abafado, e virou a cabeça para o outro lado. As servas encolheram-se diante da sua senhora.

Mas Temujin olhou com firmeza para a mãe por cima do corpinho da criança que se debatia. Seus olhos estavam tão verdes como a relva à luz da lâmpada.

– Sim, será Juchi – disse ele numa voz serena.

Pousou a criança sobre a cama. Bortei passou protetoramente o braço em torno dela. Houlun, respirando rápido e audivelmente, sorriu maliciosamente como que de uma exultação secreta, e desviou-se do caminho. Temujin pousou os lábios na testa úmida da esposa, sobre a qual caíam cachos de cabelos negro e úmido como os de uma criança.

– Cuide de meu filho com todo o cuidado, minha esposa – disse ele.

E então, sem um olhar para a mãe, saiu do yurt.

As servas, embaraçadas e temerosas, recomeçaram seus afazeres, tagarelando. Houlun ficou só. Apertara as mãos contra o peito, como que para acalmar alguma dor mortal. Seus olhos estavam sombrios, e todo o ardor lhe deixava as faces, de tal modo que parecia fria e sem cor como a morte.

Ela esperou até que as mulheres tivessem terminado os afazeres e então aproximou-se do leito de Bortei. As duas mulheres olharam-se longa e fixamente. Bortei sorriu debilmente. Ela tinha vencido. Em seu sorriso havia algo de triunfante e de vil. Mas Houlun, cujos lábios estavam pálidos e contraídos, não sorriu. Ela ergueu a criança nos braços e examinou-a penetrantemente, com uma espécie de mágoa feroz.

– Meu neto é um belo garoto – disse ela.

E com a rendição amarga, mas orgulhosa, de Houlun, Bortei não pôde sentir mais nenhuma sensação de triunfo.

A primeira visão que Temujin teve quando deixou o yurt da esposa foram ruidosos mensageiros e três mil garanhões. Guerreiros, mulheres, crianças, guardadores de gado e pastores, irrompiam dos seus yurts, e chegaram soltando exclamações, maravilhando-se e gritando de exultação. Pois era um maravilhoso presente. Os mensageiros entregaram orgulhosamente o cofre de prata repleto de tesouros, e Temujin rugiu quando lhe viu o conteúdo. Ordenou que lhe trouxessem Jamuga e foi para o seu yurt, desenrolando a folha de pergaminho que continha a mensagem de Toghrul.

O sol era agora um disco vermelho chamejante no horizonte oriental. As fogueiras foram acesas. Os rebanhos estavam sendo reunidos em preparativo para o pasto. Fazia muito frio, pois o inverno já chegara, e agora eles precisavam pôr-se a caminho para novas pastagens. O céu já estava descorado, alto e frio. Já não se viam mais nele gansos voando numa longa linha à frente do vento interminável. Os lagos já estavam cobertos de pesada camada de gelo cinzento, e o rio estava silencioso. Sobre os topos arredondados e negros da cidade de tendas, a fumaça pairava, baixa e espessa, como uma nuvem.

Jamuga apareceu imediatamente, reservado e tranquilo. Encontrou Temujin comendo ruidosa e vigorosamente, e foi convidado para acompanhá-lo. Enquanto uma serva enchia as tigelas de milho e leite quente, e cobria uma travessa de prata com carne de carneiro fumegante, Temujin estendeu o pergaminho ao seu anda e, impaciente, esperou que ele o lesse alto.

Jamuga leu primeiro em silêncio. Depois de fazê-lo, olhou para o seu anda com uma expressão estranha.

– Disseram-me que tens um filho – disse.

Temujin levou um susto. Tinha-o esquecido, momentaneamente, embora a consciência da sua paternidade estivesse pendurada como uma cortina tépida por trás dos seus pensamentos exultantes.

– Sim, sim – respondeu precipitadamente.

Seu sorriso era um pouco constrangido. Para disfarçar o embaraço, apontou para o pergaminho com uma mão que segurava um grande bocado de carne de carneiro.

– Lê a carta – ordenou.

– Deixa-me oferecer-te as minhas felicitações – disse Jamuga.

Temujin arregalou os olhos.

– Ahn? – exclamou ele.

Por um momento perguntou-se que notícias tão boas a carta continha para Jamuga felicitá-lo. Seu rosto brilhava de amor-próprio. E então ocorreu-lhe que Jamuga estivesse se referindo ao nascimento da criança. Ruborizou-se. Riu francamente.

– É um belo garoto – comentou.

E riu de novo. Jamuga, que ficara apreensivo de manhã em relação a Temujin, riu também. E riram os dois juntos como que de uma grande piada, como somente amigos que se compreendem podem rir.

– Eu lhe dei o nome de Juchi, o Sombrio – disse Temujin. E sorriu largamente.

Por um momento, Jamuga ficou sério. E pensou que realmente não compreendia absolutamente Temujin, e esse pensamento voltou a entristecê-lo pesadamente.

– Mas lê a carta! – exclamou Temujin. – Vou morrer de curiosidade.

Jamuga começou a ler na sua voz baixa e sem inflexões:

"Saudações ao meu querido filho, Temujin.

Tu realizaste grandes coisas, e o coração de teu pai adotivo pulsa de orgulho e alegria. Nunca ele esperava menos de ti, mas é bom para o coração de um velho, se ele encontra justificada sua fé nos filhos.

Os presentes que te envio são pobres em comparação com tudo o que fizeste. As novas rotas de caravanas serão abertas imediatamente, e eu sei que estas também terão a tua proteção."

Temujin, mastigando prodigiosamente, acenou que sim com a cabeça. Disse, num tom abafado:

– Velho imbecil! Quando um homem já não encontra conforto no ventre quente de uma mulher, satisfaz seu apetite sensual com ouro. Que ele o tenha!

A testa lisa de Jamuga enrugou-se quando ouviu isto, mas continuou igualmente:

"Em cada cidade, em cada bazar, em cada loja de comerciante, em cada palácio e escritório comercial, a fama de Temujin cresce como incenso."

– Ah! – bufou Temujin. Cuspiu fora um pedaço de carne com um ruído de desprezo. – Que fama esta! Ser cantado pelas vozes esganiçadas de comerciantes castrados! – Pegou outro pedaço de carne de carneiro e sacudiu-o diante do rosto fastidioso de Jamuga. – Sabes o que eu acho? Acho que terei que dar um pontapé nesses comerciantes um dia destes para a minha paz de espírito!

Jamuga suspirou.

– Queres ouvir o resto ou não?

Temujin deu de ombros.

– Ah, continua.

Pôs a carne na boca e olhou para Jamuga com os olhos esbugalhados. As narinas delgadas de Jamuga fecharam-se com asco. Ele olhava fixamente para o pergaminho, e prosseguiu:

"Mesmo nos mercados de Catai ouvi elogios ao intrépido Temujin, o amigo dos mercadores, o protetor do pacífico comerciante."

Jamuga olhou para seu anda friamente.

– Temujin, peço-te que não faças tantos ruídos desagradáveis. Sem dúvida, o que queres é transmitir um verdadeiro desprezo. Mas meu estômago está me causando enjoos hoje.

Temujin reprimiu o riso.

– Perdoa-me. Ouvirei o resto em decoroso silêncio. Mas quem pode deixar de arrotar diante de tamanha hipocrisia?

– Não acho que Toghrul seja hipócrita – replicou Jamuga numa voz gélida. Ele está realmente agradecido. Afinal de contas – acrescentou amargamente –, tu mataste muitos homens para proteger as caravanas dos bons comerciantes.

Ele fez um ruído com o pergaminho. Suas mãos tinham começado a tremer, mas sua voz ainda era serena quando continuou:

"Tu me proporcionaste muitas ocasiões para rejubilar-me. E eu tenho ainda outra razão. Antes da próxima lua cheia, minha filha Azara contrairá núpcias com o califa de Bocara. Eu, por conseguinte, para bem da alegria que proporcionaste aos meus olhos cansados, convido-te para o casamento. Então, a minha taça estará realmente cheia."

Jamuga fez uma pausa. Esperava algum comentário de Temujin.

Como não veio nenhum, ergueu o olhar surpreso. Temujin se detivera no próprio ato de mastigar. Tinha o rosto contraído e sem expressão. Ficara lívido. Seus olhos, inertes e brilhantes, estavam da cor de uma pedra azul.

Finalmente ele virou a cabeça e cuspiu o resto de comida que tinha na boca. Manteve o olhar desviado. Caíra num silêncio ameaçador. Jamuga via-lhe o perfil, voraz como o de uma ave de rapina. Via-lhe o lábio inferior apertado contra os dentes cintilantes. Seus maxilares sobressaíam fortemente e os músculos estavam tensos em torno deles.

Jamuga ficou inquieto. Gritou:

– Temujin! Que há contigo? – E estendeu a mão para seu anda.

Temujin lentamente voltou o rosto para ele. Sorriu. Estava ainda extremamente pálido, e seus olhos coruscavam e faiscavam. Mas ele respondeu bem placidamente:

– Iremos a esse famoso casamento. Mas ele não diz nada mais?

Jamuga, perturbado, ainda o olhava espantado, e então relutantemente voltou a atenção para a carta:

– Não há nada mais, além de efusivas asseverações do afeto dele, da sua gratidão e do desejo de ver-te de novo.

Temujin encheu a taça de vinho e deu grandes goles. Encheu-a de novo e bebeu. Então pôs-se de pé.

– Sim, precisamos realmente ir a esse famoso casamento.

13

Ele fez todos os preparativos no dia seguinte, após a desenfreada festa de comemoração do nascimento do filho. Bebera prodigiosamente, e tivera de ser carregado para seu yurt. Mas no dia seguinte não mostrava nenhum sinal do seu desregramento, nem na expressão do rosto, nem na atitude.

Consultou todos os seus noyon e nokud. Mas todos sabiam, já na época, que o fazia por pura cortesia. Ele tomava todas as suas decisões sozinho.

Levaria consigo Chepe Noyon e Kasar. Deixaria Jamuga como Khan em seu lugar, competentemente assistido por Subodai. Ele só levaria alguns dos seus nokud e um destacamento de guerreiros selecionados. De repente, pareceu entrar numa ansiedade imensa. Sua voz ficou rápida, forte e impaciente. Às vezes ele parecia afundar numa meditação profunda e opressiva, da qual emergia com renovada irritação.

Kurelen observou:

– Mas não é estranho que deixes Jamuga Sechen em teu lugar? Tu conheces a sua incompetência em matéria de organização e compreensão dos homens.

Temujin deu de ombros.

– É o mínimo que posso fazer por ele – respondeu.

Kurelen levantou uma sobrancelha a essa resposta extraordinária, mas não fez nenhum comentário.

– Além disso – acrescentou Temujin –, Subodai fica aqui, e a maior parte dos nokud. O papel de Jamuga será apenas um lugar de honra. Dei ordens para que ele não fosse levado muito a sério, embora devesse ser tratado com o mais apurado respeito e reverência, como meu representante. Subodai é arguto e os nokud são inteligentes. Jamuga não poderá desconfiar nunca que não tem a autoridade suprema.

Kurelen sorriu.

Temujin, com a sua costumeira generosidade, distribuíra todas as moedas do cesto de prata. Conservara apenas a fazenda prateada para Bortei. Kurelen teve grande participação nas dádivas. E também ganhara a nata dos garanhões brancos. Kurelen acalentou alegremente em pensamento tudo isso. Tinha quase esquecido o que estava falando antes com o sobrinho, e, surpreso, ouviu-o dizer:

– Além de tudo, não há ninguém menos vulnerável às sugestões de um sacerdote do que Jamuga.

Então Temujin foi à procura de Kokchu, que ganhara peso nos últimos meses e ficara extremamente gordo. Ele agora tinha seis xamãs mais jovens para assisti-lo nos mistérios da religião, e tinha conseguido convencê-los da sua absoluta santidade e onipotência. Seu yurt era tão grande como o de Temujin, e muito mais esmerada e ricamente decorado e mobiliado. Suas mulheres eram praticamente tão bonitas e atraentes, suas vestes tecidas com seda e lã bordadas, e sua arca estava atulhada de tesouros.

Ele recebeu Temujin com grande cerimônia e respeito.

Mas Temujin falou como sempre, sem preâmbulos:

– Sacerdote, restringe-te aos teus deuses e deixa que os homens tratem dos negócios do mundo. Tu me compreendes?

Kokchu fingiu de início ficar perplexo, e então, vendo que Temujin apenas sorria para ele, fingiu ficar profundamente sentido.

– Tu não confias em mim, senhor – disse numa voz baixa e magoada.

Temujin soltou uma gargalhada.

– No dia em que um rei confiar num sacerdote, nesse dia terá de procurar um assassino embaixo da sua cama. Deu umas palmadinhas no peito gordo de Kokchu. – Lembra-te, nada de artimanhas.

Havia uma tal excitação sombria em todo ele, que logo contagiou toda a cidade de yurts. O alvoroço normal tornou-se um longo clamor de confusão, no qual cada ser vivo tentava ser ouvido acima dos outros. Entretanto, não se relaxava nunca a disciplina. Os nokud vieram separadamente, ouviam suas breves ordens, saudavam e retiravam-se antes da entrada do seguinte.

Subodai veio e ouviu atentamente, com o belo rosto atento, os olhos fixos nos lábios ríspidos de seu senhor. A lua estaria completamente cheia nessa noite, e assim Temujin tencionava partir rapidamente depois do entardecer.

Jamuga foi o último a chegar. Parecia perturbado. Disse:

– Temujin, nós devíamos ter partido há muitos dias para nossas pastagens de inverno. Agora, precisamos esperar pela tua volta, não importa quão longa seja. Isso implicará provações para nosso povo.

– Acho que não. Eles têm suprimentos em quantidade. Talvez os rebanhos não se conservem tão gordos, mas isso será resolvido tão logo eu volte. Além disso, três caravanas deverão passar por aqui de Samarcande, e eu prometi dar-lhes proteção. Mas faz de maneira com que recebas a recompensa antes de conceder a proteção.

Jamuga não disse nada. Mas sua perturbação pareceu aumentar. Temujin observava-o com um sorriso irônico. Finalmente, Jamuga perguntou, numa explosão de amargura:

– Não tens medo de confiar em mim?

Temujin arregalou os olhos e então soltou uma gargalhada.

Golpeou duramente Jamuga na barriga com o punho cerrado.

– Acaba com a tua infantilidade, Jamuga!

O outro ruborizou-se, aflito. Temujin olhava para ele com todo o rosto cintilando de alegria incontida. Parecia prestes a dizer algo mais, mas evidentemente pensou melhor, e apenas pousou o braço por um momento no ombro do seu anda e observou que ainda tinha que cuidar de preparativos importantes.

Jamuga saiu do yurt, ponderando consigo mesmo sobre a razão para a aceitação do convite de Toghrul Khan por Temujin. Nessa época do ano, e logo depois de uma vitória precária, era uma decisão perigosa. E, além de tudo, estava intrigado com o estranho e repentino riso de Temujin e suas ordens cuidadosas. Seu olhar, aguçado pelo afeto, havia notado a rapidez dessa ebulição, com faíscas lançadas pelos olhos de Temujin, como as ondas turbulentas lançavam lampejos. Outros poderiam iludir-se e acreditar que nada perturbava o jovem Khan, mas não Jamuga. Havia uma ferocidade e uma loucura sob a superfície do comportamento controlado de Temujin.

Jamuga foi para seu próprio yurt, sentou-se e caiu em reflexão. Suas sobrancelhas claras e finas se juntaram, e ele voltou ao passado, quando Temujin fora convidado de Toghrul Khan. Cuidadosamente relembrou-se daquele dia. Lembrou a noite da festa e o aparecimento de Azara, com seus meigos olhos negros e os cabelos de ouro. Subitamente o coração de Jamuga pulsou mais rápido. Era verdade que a susceptibilidade de Temujin às mulheres era maior que a dos outros homens, e ele tinha franca e despudoradamente demonstrado seu desejo pela filha de Preste João. Seus companheiros tinham caçoado dele depois. Mas não havia nada de estranho nessa lembrança, concluiu Jamuga.

Mas, espera: talvez houvesse. De repente lembrou-se do dia anterior, e da leitura da carta. Lembrou-se da súbita palidez de Temujin e da malícia em seus olhos quando escutara o convite de Toghrul Khan para o casamento da filha: "Precisamos certamente assistir a esse famoso casamento!"

Com um grito de aflição, Jamuga ergueu a cabeça. Toda aquela louca expedição tinha algo a ver com a beleza de uma mulher só vista uma vez. Que loucura estaria planejando Temujin? Que conspiração suicida? Que tencionava fazer? Jamuga fazia muito já havia desconfiado da inveja, da malevolência e do ódio de Toghrul Khan, e da sórdida hipocrisia. Ele, Jamuga, temera durante toda a visita que Temujin estivesse em monstruoso perigo. Uma espécie de premonição fê-lo ouvir entonações malévolas sob a voz doce e paternal de Toghrul. E, agora, Temujin arriscava a própria existência do seu povo, sua segurança e estabilidade, a própria vida e a dos seus amigos, por algum incrível e louco plano só dele. O que poderia fazer? Jamuga conhecia-o bastante bem para saber que nada o demoveria uma vez que tivesse decidido; nenhum conselho, nenhuma súplica, nenhum argumento adiantaria. Será que ele tencionava raptar a filha do poderoso Toghrul Khan bem debaixo do seu nariz, no seu próprio palácio, entre os milhares de sentinelas? Não, isso estaria além do próprio Temujin! Mas estaria mesmo?

Jamuga pôs-se ansiosamente de pé e saiu precipitadamente à procura de Temujin. O crepúsculo azul e cor de açafrão já caíra. A terra estava mergulhada em sombras cinzentas, róseas e amarelas. A distância, na direção do leste, havia uma nuvem de pó. Temujin já tinha partido. Jamuga olhou fixamente para a nuvem de pó, com a garganta seca, o coração pulsando apressada e dolorosamente. Então, voltou-se e dirigiu-se ao yurt de Kurelen.

Kurelen, observou ele com repugnância, estava comendo de novo, embebendo uma fatia de pão em um molho suculento e escuro, sugando-o com ruído e prazer como sempre fazia. A fiel Chassa, uma resoluta mulher de meia-idade agora, com seios opulentos, cabelo grisalho e rosto redondo e plácido, assistia ao deleite de Kurelen com um sorriso maternal. A intervalos, ela tornava a encher-lhe o cálice de excelente vinho. Soltava o tempo todo exclamações solícitas, incitando-o a comer mais, quando ele já estava repleto. Ela franziu a testa quando Jamuga apareceu, indicando pelo seu jeito que, agora que ele tinha interrompido, seu menino já não mais empanturraria a sua triste desnutrição.

Ao ver Jamuga, Kurelen convidou-o a partilhar de sua refeição. Jamuga recusou secamente. Lançou um olhar ríspido para Chassa, que teimosamente se recusou a perceber-lhe o olhar, e encheu de novo o cálice de Kurelen. Kurelen sorriu e deu-lhe um tapinha na face.

– Estou satisfeito, Chassa. E agora, deixa-nos por algum tempo, mas não por muito tempo.

Depois que Chassa, com uma careta, se retirou, Jamuga recusou de novo a sentar-se e partilhar da refeição. Ficou de pé ao lado de Kurelen, baixando o olhar febril para ele. Kurelen, por sua vez, ergueu o olhar para o corpo esguio e flexível do rapaz, e também lhe examinou o semblante pálido e rígido.

– Que é que te aflige, Jamuga? Que angústia arde em tuas entranhas agora?

E reprimiu um breve riso. Cada vez mais se divertia com Jamuga. Ele era um velho agora, mais macilento do que nunca, mais curvado e mais desalinhado. Seu liso cabelo negro tinha se tornado cinza opaco. Suas faces estavam encovadas. Mas seus olhos eram tão vivazes e maliciosos como na juventude.

Jamuga disse abruptamente:

– Não sei que espécie de ajuda podes dar-me, mas preciso dizer-te a verdade: Temujin está enamorado da filha de Toghrul Khan. Ele a desejou abertamente, quando nós visitamos o acampamento do Khan. Ontem eu li para ele a carta de Toghrul, na qual o convidava para o casamento dessa jovem com o califa de Bocara.

Kurelen ergueu uma sobrancelha.

– Se me lembro bem, Temujin tem estado continuamente enamorado de uma mulher ou outra. Ele tem um harém de inspirar respeito a um sultão menor. Não vejo razão para a tua aflição.

Jamuga disse em tom inexorável:

– Quando eu li para ele a carta, ficou subitamente branco como lã descorada. Seus olhos encheram-se de violência e maldade. Parecia um louco, tentando esconder a própria loucura. Estou convencido de que ele vai a esse casamento para raptar a jovem.

Esperou que Kurelen soltasse alguma exclamação ou fizesse algum comentário, mas Kurelen simplesmente fixou os olhos nos dele e não falou nada. Sua expressão era inescrutável. De repente, Jamuga foi levado a um frenesi por esse silêncio e essa calma. Agachou-se ao lado do velho e segurou-o pelo braço.

– Tu não vês, então, a situação? – bradou ele iradamente. – Toghrul Khan, o poderoso governador dos karaits! O califa de Bocara, senhor de legiões militares e cem cidades, poder ilimitado e riquezas! São esses que serão os afrontados, para se tornarem os inimigos implacáveis de um pequeno chefe bárbaro com um punhado de guerreiros e um bando errante de mulheres e crianças! Eles o matarão e nos destruirão, com a mesma facilidade com que se esmaga um formigueiro com o pé. Que Toghrul Khan lance a ordem, e no dia seguinte mergulharemos no nosso próprio sangue. O Gobi inteiro cairá sobre nós como um mar de aço! E tudo o que ganhamos à custa de tanto sofrimento e privações, tantas dores enormes e força imensa, destruído por causa do corpo rosado de uma mulher e do apetite incontrolável de um homem!

Kurelen desviou a cabeça e olhou pensativamente para sua tigela. Depois de longo momento, durante o qual o débil ofegar de Jamuga encheu o yurt, Kurelen pegou outra fatia de pão, embebeu-a no molho, levou-a à boca e mastigou. Então, vagarosamente, ainda mastigando, voltou de novo o rosto para Jamuga, e a expressão inescrutável era ainda mais densa nos seus olhos. Mas agora havia também um fulgor penetrante neles.

Falou mansamente:

– Jamuga Sechen, Temujin te fez Khan temporário no lugar dele. As ordens que deres serão obedecidas. Tu podes, por exemplo, dar ordens para que partamos agora para as pastagens de inverno. Se viajarmos rápida e imediatamente, poderemos estar longe daqui ao despontar do dia, e imensamente mais longe quando Temujin cometer a sua loucura. Tão longe, na verdade, que seria difícil encontrar-nos. – E acrescentou, ainda com mais suavidade:

– Tu és o Khan, Jamuga Sechen.

Um silêncio como o que se segue ao coruscar do relâmpago e ao ensurdecedor estrondo do trovão tomou conta do yurt. Os olhos de Kurelen brilhavam como fogo enquanto se fixavam no rosto de Jamuga, que rapidamente empalidecera. Ele viu o movimento súbito e convulsivo do lábio delgado e pálido de Jamuga. Viu o súbito clarão dos claros olhos azuis de Jamuga. O estudioso de homens não sentia nada além da mais intensa curiosidade e especulação. Inclinou-se um tanto para a frente para ver melhor o rapaz na obscuridade do yurt. Ele sorria levemente. Toda a sua expressão se tornou sagaz, sombria e atenta. Ele pensou: Eu não me tinha enganado. Nesse peito frio e dedicado existe a paixão insana do homem insensível pelo poder e o domínio, que ele acredita que poderão vingá-lo num mundo de homens mais sensíveis.

Subitamente, Jamuga ficou de pé como que espicaçado por uma dor intolerável. Voltou as costas para Kurelen, como se não pudesse suportar o reflexo de si mesmo nos olhos argutos do velho. Apoiou-se pesadamente a uma arca alta. A cabeça pendia-lhe para o peito.

Kurelen recolheu-se profundamente em si mesmo, agachado sobre as suas almofadas no chão. Começava a sorrir com irreprimível ironia e satisfação. Perguntava-se: Será que Jamuga, no seu apetite desperto, encontrará alguma nobre desculpa para seguir minha sugestão? Ele sempre precisará de uma nobre desculpa, este homem sem violência e entranhas, para concretizar as paixões do seu pálido mas virulento coração! Nunca mais ele terá oportunidade como esta, e ele sabe disso! Ele precisa decidir entre o amor e a lealdade, que não lhe têm trazido senão humilhações, amarguras e invejas, e uma última oportunidade de agarrar aquilo com que tem sonhado no fundo da alma nas suas noites de impotência e anseio lívido.

Para Kurelen, os conflitos, lutas e batalhas que rugiam no íntimo de um indivíduo eram mais divertidos e mais excitantes do que aqueles que rugiam em volta dele no mundo exterior. Ele sabia exatamente o sofrimento pelo qual Jamuga estava passando na sua tentação, e compreendia que se o amor e a lealdade prevalecessem, seria apenas porque Jamuga tinha finalmente derrotado, subjugado e destruído a si próprio. E esta morte, do mais profundo do seu coração seria uma verdadeira morte. Mas ele não sentia nenhuma pena, mas apenas curiosidade e irônico deleite.

Finalmente, ele ouviu um profundo e quase trêmulo suspiro. Lentamente, Jamuga voltou-se de novo para ele. Seu rosto fino e lívido estava salpicado de lágrimas frias. Seus olhos pareciam os de um afogado que morrera em agonia e desespero. Cambaleou um pouco. Teve de apoiar-se à arca ao lado dele para não cair. Mas sua expressão era muito calma, e, quando falou, sua voz era também controlada e calma.

– Talvez o que sugeriste fosse a solução mais sábia para todos nós, Kurelen. Mas não é possível. Se Temujin perecer na sua loucura, então devemos perecer também. Não pode haver vida para nós se ele morrer. Ele é o nosso coração. Nós somos apenas o seu corpo.

Kurelen sorriu ironicamente. Examinava o rosto de Jamuga com uma curiosa mistura de desprezo e respeito. Encolheu imperceptivelmente os ombros. Encheu um cálice de vinho e estendeu-o para o rapaz.

Jamuga pegou o cálice, mas este quase lhe escorregou dos dedos frouxos, e precisou segurá-lo com as duas mãos trêmulas. Levou-o aos lábios e bebeu profunda e desesperadamente, como alguém beberia a taça de veneno da sua execução. E, o tempo todo, Kurelen examinava-o com um sorriso venenoso e especulativo.

Quando Jamuga lhe devolveu o cálice, Kurelen disse friamente, notando a absoluta exaustão e palidez de prostração do rapaz:

– Jamuga, não te atormentes mais, e conforta-te um pouco. Tu pensaste no perigo que Temujin poderá trazer ao seu povo e a ele mesmo. Não o subestimes: ele mesmo, sem dúvida, já pensou nisso. É verdade que ele tem uma natureza arrojada e violenta. Mas não é nenhum idiota, concordas comigo?

Aguardou, sorrindo, a resposta de Jamuga. Mas Jamuga não poderia falar ou notar o arco sardônico das sobrancelhas de Kurelen. Ele simplesmente acenou afirmativamente com a cabeça.

– As mulheres são valiosas e deleitosas para Temujin, mas nunca tão valiosas e deleitosas como ele próprio e a sua própria vida. Eu posso assegurar-te que ele retornará para junto de nós a salvo, talvez com alguma cicatriz, mas voltará. E ainda terá a amizade de Toghrul Khan. Logo, fica aliviado e em paz.

Jamuga inclinou a cabeça. Parecia completamente despedaçado. Voltou-se para a porta do yurt, como que para sair. Então deteve-se. Subitamente, voltou-se de novo para Kurelen. Algo parecia tê-lo incomodado. Começou a falar na voz rápida e incoerente de um homem que desabafa seus tormentos íntimos:

– Como podemos compreender um homem como esse? Ele não nos compreende absolutamente!

Kurelen riu, num riso fino e escarninho.

– Não te iludas, Jamuga! Ele nos compreende, mas nós não o compreendemos.

Jamuga fez um gesto desordenado e desamparado, sentindo-se completamente prostrado e despedaçado.

– Mas quem pode ler os seus pensamentos... os pensamentos de um homem como ele? Eles são enigmas cruéis, faces de pedra de mistérios eternos, semblantes brutais, sem ternura nem piedade!

E então Kurelen compreendeu que as fortalezas de gelo íntimas de Jamuga se tinham desmoronado, e que ele estava ali de pé diante dele, nu, aterrorizado e desesperado, como nunca estivera antes diante de nenhum outro homem. Por um momento, Kurelen ficou cheio de rara compaixão e piedade. Sua expressão tornou-se gentil e um tanto triste.

– Certamente, Jamuga Sechen, nós não podemos nunca compreender tais homens, tentando decifrar-lhes as almas pelos nossos próprios códigos. Se o tentamos, acabamos ficando confusos. Não podemos utilizar o próprio código deles, porque é secreto, e nunca poderiam ser compreendidos por nós. Se nós mesmo vagamente o imaginássemos, ficaríamos atônitos e incrédulos, e acreditaríamos estar tendo um pesadelo, onde as sombras se tivessem tornado luz, e a luz, sombras. Mas não tentes compreender para não ficares louco.

Jamuga subitamente sentou-se ao lado dele, como se as suas pernas já não lhe pudessem mais suportar o peso, e também porque precisava falar naquele momento ou perderia a cabeça com aquela antiga pressão.

– Eu não compreendo! Não posso compreender! Eu tenho tentado, durante anos, mas só me tenho confrontado com a face barulhenta da loucura! Mas que posso fazer?

Suas palavras eram gritos de dor e desespero. Ele olhava para Kurelen com o rosto rígido e nu de um homem cujas últimas defesas tinham sido abatidas, e que precisava voltar-se para alguém para pedir ajuda, não importando quem fosse.

Kurelen fitou-o intensamente num longo silêncio. A piedade cresceu no seu coração sombrio e contorcido. Ele já não mais sentia desprezo por Jamuga, nem o via com ironia.

Finalmente, indagou gentilmente:

– O que desejas?

Jamuga olhava-o com medonho desespero, sem falar. E então, como já não podia suportar mais a compreensão nos olhos do velho, deixou a cabeça pender para o peito.

Kurelen pousou a mão afetuosamente sobre o ombro magro de Jamuga. Este mexeu-se sob a sua mão, e logo ficou imóvel.

– Jamuga, tu nasceste tarde demais ou cedo demais. Se a primeira hipótese for a certa, procura consolo nos poetas persas. Se for a segunda, enforca-te. Mas, se forem as duas, vai-te para Catai. Pois o que Catai já foi é o que o mundo será no futuro, se os homens sobreviverem.

Jamuga, sem erguer a cabeça, indagou obtusamente:

– E que é que Catai já foi?

Kurelen, sem responder, inclinou-se para a frente e abriu uma de suas arcas. Puxou dela um antigo manuscrito, atado com uma fita de ouro. Desenrolou-o. O rolo estalou secamente. Kurelen puxou uma lâmpada de prata sobre um tamborete para mais perto.

E começou a ler mansa e lentamente:

"Onde está o Estado perfeito, onde o coração do homem encontrará descanso e sua alma, paz, e onde poderá conviver com os companheiros e não mais destruí-los?

"Procura esse Estado em teu próprio coração, ó homem, e, quando O tiveres encontrado, então Ele existirá em todo o mundo.

"Quais serão Seus atributos?

"A condição em que todos os homens busquem a perfeição, mas sem nunca a atingirem completamente. Onde existir brandura com dignidade, bondade, delicadeza com razão, saber com aristocracia, amor com orgulho, paz com força, piedade tão ampla como a terra, sabedoria com humildade e conhecimento com assombro.

"Respeita a alma de outrem, ó homem, e exige respeito pela tua própria. Despreza o idiota acima de todos os outros homens. Se fores um governante, sê o primeiro servo do teu povo, sem hipocrisias. Deleita-te no que é belo e horroriza-te com o que é mau. Disciplina-te alegremente para o bem dos teus companheiros. Ama a verdade, pois a falsidade é a língua do escravo. Não fales de dinheiro, mas de amizade e de Deus. Se fores sacerdote, serve a Deus e não aos homens.

"Não desonres tua alma e assim não desonrarás nada mais. Tem fé, pois sem fé um povo perecerá.

"Sê de paz. Sê justo. Lembra-te de que o mundo diante de ti é apenas teu próprio sonho. Por conseguinte, nenhum homem poderá ferir-te, embora destrua teu corpo.

"Ama a Deus e busca-O sempre, com cada respiração tua, com cada pensamento teu, com cada palavra ou ato. Só Ele não te trairá nem falhará. Nele está a única realidade.

"Acredita em todas estas coisas, e o Estado perfeito será teu, e do mundo inteiro."

Kurelen terminara. Esperou alguma palavra de Jamuga. Não veio nenhuma. Mas, pelo rosto do rapaz, viu que descera a serenidade do homem que adormece depois de grande dor.

Quando ele finalmente se foi, Kurelen pensou:

– Jamuga perdeu o mundo todo, mas encontrou finalmente sua própria alma.

14

Jamuga não era o único que se perguntava por que Temujin fazia essa longa viagem para assistir ao casamento de Azara, filha de Toghrul Khan, com o califa de Bocara. Chepe Noyon especulava cinicamente, e Kasar apenas, com perplexidade. Chepe Noyon, finalmente, não teve mais dúvidas. A formosa Azara era a estrela polar que atraía o susceptível Temujin. Depois de algum tempo, Chepe Noyon ficou inquieto, mas entusiasmado. Que será que Temujin queria levar a cabo? Que será que ele esperava com isso?

Temujin também se perguntava isso. Às vezes repreendia-se e ridicularizava-se a si mesmo. Mas isso era apenas nos raros momentos em que esquecia momentaneamente os atrativos de Azara. Mas não lhe era possível resistir ao impulso que o atraía tão inexoravelmente para a jovem. As paixões dele eram breves, intensas e selvagens, e essa paixão era a mais intensa que já sentira. Quanto mais ele se aproximava das cidades karait, mais louco ficava, até que por fim todos os seus pensamentos, todos os seus desejos, as batidas do seu coração, seu pulso, sua alma e sua própria respiração estavam emaranhados como fios inermes na rede do cabelo pálido e brilhante de Azara. Ele estava impotente, agora, para convocar sua própria força de vontade, mesmo que o desejasse. Não conseguia pensar nada. Era como um homem morrendo de sede que não visse em torno de si nem deserto, nem vales, nem colinas, sem consciência mesmo do seu próprio ser, mas cujo olhar fixo só visse um oásis distante. Ele via o rosto de Azara por toda parte. Ouvia-lhe a voz em cada sopro do vento. Quando o céu tomou o tom rosado do poente, viu-lhe os lábios. Finalmente, sua sede por ela tornou-se tão dilacerante que ele mal podia falar, e mergulhou em profundo silêncio e taciturnidade, que ninguém conseguia quebrar.

Ele não era o tipo do homem de longos planejamentos, que elabora meticulosamente suas ideias com muita antecedência. As maquinações estavam lá, tremeluzindo, mas nebulosas, a distância, e ele se contentava em aproximar-se delas passo a passo com segurança, confiando nas circunstâncias, no destino e na sorte para ajudá-lo, para guiá-lo, quando chegasse o momento adequado. Os detalhes não eram cautelosamente estabelecidos para o futuro. A cidade erguia-se diante dele numa colina, as milhares de cidades da sua vida, brilhantes, magníficas, mas sombrias, e era suficiente, para ele, Temujin, e sempre lhe seria suficiente, marchar para elas inexoravelmente, armado da sorte, do desejo e da impiedade, e aguardar até estar junto dos próprios portões antes de planejar a última campanha decisiva.

Assim, ele nunca desperdiçava energias precocemente, e chegava até o último momento bem disposto, entusiasmado e irresistível. Nem era tolhido ou desviado por planos previamente elaborados, e podia avançar brilhantemente, tirando vantagem de cada circunstância que se lhe apresentasse e que ele nunca poderia ter previsto. Historiadores diriam mais tarde que cada campanha conduzida por ele era planejada muito antes, nos mínimos detalhes. Mas isso não é verdade. Como todo grande homem, ele só vislumbrava vagamente o vasto e glorioso futuro, mas era inteligente o bastante para conduzir apenas as escaramuças imediatas, confiando no destino, acreditando que este o guiaria para a seguinte e, depois, ainda para a seguinte, cada vez mais próximo do objetivo supremo. Assim, ele viveu sempre em função do elemento surpresa, tanto para si mesmo como para os outros. Não sabendo exatamente o que faria a seguir, seus inimigos não o podiam saber, tampouco.

Uma vez Kurelen havia-lhe dito:

– Aquele que planeja completamente para amanhã é um idiota. Ele terá esquecido de incluir nos seus cálculos a equação humana, que deverá sempre frustrá-lo e zombar dele. Além de tudo, o Destino é um velhaco cheio de manhas, e só se delicia em apresentar ao conspirador novos labirintos e novos desfiladeiros, que em todos os seus planos nem sonhava existirem.

Ele não sabia o que faria quando chegou ao palácio de Toghrul Khan. Mas sabia que precisava ver Azara, que precisava apertá-la nos braços, que precisava possuí-la. Este último desejo erguia-se diante dele envolto nos seus véus. Mas ele não tinha dúvida de que era capaz de romper esses véus e conquistar o bem supremo para sua própria satisfação. Mas até aquele momento, não sabia como. Nem isso o preocupava demasiado. Se o Destino era um velhaco, era também uma mulher caprichosa, que amava o homem temerário.

Por isso, embora fosse temerário, ele era também arrojado. Nunca duvidou nem por um instante que era irresistível.

Cavalgava à frente dos seus companheiros e guerreiros, com o pesado casaco marrom flutuando ao vento frio, o gorro de pele de raposa sobre a cabeça, a lança na mão, os olhos verde-azulados firmes, mas excitadamente fixos à frente. Nem prestou atenção à longa e árdua jornada. À noite, mal dormia. Era como um homem em transe, mas num transe mortal. Seu estado de espírito contagiara os que o acompanhavam, e todos ficaram temerários e sombrios alternadamente, e belicosos.

Passaram por muitas caravanas, e Temujin ficava egocentricamente satisfeito quando descobria que essas caravanas estavam sob a sua proteção, e que lhe levavam presentes. Os batedores, quando viam os mongóis dirigindo-se para eles, ficavam primeiro inquietos, e depois delirantemente felizes quando ficavam sabendo da sua identidade. Nessas ocasiões, os mongóis eram recebidos como príncipes, e comiam e bebiam prodigiosamente, com os condutores das caravanas rendendo-lhes homenagens servilmente, e fazendo-lhes mesuras como servos.

Entre os presentes que Temujin ordenou que entregassem diretamente ao seu povo acampado, havia um colar de cintilantes pedras de ônix engastados numa cadeia de ouro pálido brilhante e pérolas, e também um bracelete. Logo que os viu, fizeram-no lembrar de Azara, com seus olhos negros e cabelo dourado e pequenos dentes brancos. Ele a presentearia pessoalmente com as joias! Pegou o pequeno cofre de ouro, forrado de seda branca, que continha as joias, e levou-o cuidadosamente consigo. À noite, contemplava as joias, deixando-as escorregar por entre os dedos lentamente. Pareciam-lhe tépidas e voluptuosas ao toque. Ele beijava-as muitas e muitas vezes, com paixão crescente e desejo incontrolável, fazendo a luz baça da lâmpada refletir-se nas deslumbrantes pedras negras, observando os reflexos da fogueira no brilho redondo das pérolas. Pareciam-lhe coisas vivas. E sobrevinha-lhe algum alívio para o seu tormento ardente, enquanto dormia com as joias apertadas contra o peito e contra os lábios.

Mas quando chegaram à grande cidade karait, ele estava pálido e sombrio, com seu plano implacável. Sentia que nem mesmo a morte poderia frustá-lo. E estava absolutamente certo de que, de alguma maneira, Azara devia saber do objetivo da sua vinda, e que ela esperava por ele, tão aflita, desejosa e apaixonada como ele.

Era meio-dia quando ele e os guerreiros entraram na cidade. Temujin já havia visto aldeias menores, mas nunca uma cidade como aquela. Quando passou através dos portais, ficou assombrado com o que lhe pareciam multidões incontáveis, indo e vindo febrilmente para os inexplicáveis afazeres dos homens de cidade. Ele cavalgava estrondosamente através das ruas estreitas e sinuosas, com suas sarjetas fétidas e casas brancas baixas, de telhado plano e jardins, e via em torno de si os olhares carrancudos e selvagens do habitante da estepe.

A multidão apertava-se contra as paredes para deixá-lo a ele e a seus guerreiros passarem, admirando-lhes o porte, os cavalos, os laços e os sabres, mas também curiosos com a sua selvageria, seus rostos bronzeados e seu cheiro acre. Mas estavam mais acostumados aos bárbaros dos que os bárbaros a cidades, e por isso não ficaram especialmente agitados com a aparição deles. Dificilmente se passava uma semana sem que um chefe do deserto viesse fazer a sua corte e jurar sua dedicação ao poderoso Toghrul Khan. Mas eles nunca tinham visto um bárbaro com o rosto, os olhos e o cabelo de Temujin, e ele provocava comentários à medida que ia passando.

Temujin, embora desprezasse os homens de cidade, e tudo o que eles simbolizavam, estava, todavia, ligeiramente intimidado com a imensidão da cidade e a gente elegante por que passava. De repente, deu-se conta do que ele devia parecer aos olhos dessa gente, com o seu áspero casaco marrom, o gorro de pele de raposa e o sabre nu. Portanto, ele fixava os olhos ferozmente à frente, fingia desprezar a todos, sofreando o cavalo e queixando-se irritado quando alguma liteira de cortinas de seda subitamente lhe aparecia pela frente a uma esquina.

Num dado momento defrontou-se com um séquito especialmente grande, servido por imensos eunucos. As cortinas escarlates, bordadas com crescentes dourados, estavam puxadas em volta da liteira. À frente da liteira e à frente dos eunucos iam dois adolescentes com vestes de seda escarlate, carregando sinetas de ouro, que eles sacudiam imperiosamente. Avançavam com insolência e arrogância, e Temujin involuntariamente afastou-se do caminho, ordenando com um gesto aos que o seguiam para fazerem o mesmo. Quando a liteira chegou ao lado deles, as cortinas foram discretamente afastadas, e a face alegre e delicada de uma dama espreitou para fora, com a pele bastante branca, olhos negros e cabelo negro cuidadosamente penteado. O véu nebuloso que trazia sobre a face não lhe escondia as feições, nem o sorriso provocador e o olhar que ela ergueu diretamente para o jovem mongol. Ele baixou os olhos para ela, e não pôde evitar retribuir-lhe o sorriso, que era um tributo ardente a si mesmo. Ele acompanhou a liteira com o olhar até perdê-la de vista, satisfeito consigo mesmo, e especulando quanto à dama, que ele já percebera que não seria inabordável.

Ele estava num incrível bom humor quando chegou aos portões do palácio. Um pressentimento já lhe assegurara que não seria a última vez em que veria a delicada dama. Tinha a impressão de que ela mesma trataria disso.

Ele e os companheiros foram recebidos com algum espanto pelos criados, que aparentemente não se tinham preparado para um grupo tão grande. Ele foi informado por um arrogante e desdenhoso mordomo que ele, e possivelmente seus noyon, Chepe Noyon e Kasar, poderiam instalar-se em apartamentos especiais no palácio, já preparados para eles. Mas os guerreiros seriam alojados do lado de fora em habitações próximas, que estavam esperando para recebê-los. Enquanto dava essas informações, o mordomo manteve-se o tempo todo torcendo o admirável nariz e acariciando a corrente de ouro que trazia ao peito.

Temujin olhou em torno de si. Estavam num pátio amplo, calçado com blocos de pedra polida branca, metodicamente orlados de grama, flores e palmeiras, e cintilantes gotas d'água de numerosas fontes. Ali o ar era mais balsâmico que o ar do deserto e impregnado de milhares de deliciosos odores. Do outro lado do pátio, nos seus jardins suntuosos, erguia-se o palácio, branco, resplendente, esplêndido. Temujin estava estupefato com todo aquele fausto e beleza, mas também intensamente exaltado. Desmontou do cavalo e jogou as rédeas na cara do mordomo. Um servo apanhou-as destramente. O mordomo recuou, tocando abertamente no nariz com seu dedo branco. Chepe Noyon sorriu, mas Kasar estava irritado. Quando este último desceu do cavalo, sua mão tremia no punho do sabre.

O mordomo, andando à frente desdenhosamente, conduziu-os ao longo de uma parede branca para as dependências do palácio. Eles o seguiram através de longos corredores brancos, cujos portais em arco eram cobertos diretamente por cortinas azuis, escarlates e amarelas, bordadas grotescamente com cruzes e com o crescente e estrelas muçulmanos. Essa engraçada e divertida proximidade, dos símbolos das duas religiões antagônicas não foi notada por Temujin. Mas não passou despercibida ao mais sofisticado Chepe Noyon, que achou aquilo intrigante.

Algumas arcadas estavam abertas e revelavam vislumbres de luminosos jardins verdes, mornos lagos azuis e um ardente céu do meio-dia. Detrás dos portais cortinados vinham risos suaves e vozes de mulheres, e réstias de luz e leve música de flauta ou de instrumentos de corda para danças. Às vezes ouviam-se berros roucos de papagaios, provodados por alguma jovem. Ali o ar era frio, obscuro e cheio de reflexos cintilantes. Pelo chão branco liso estavam espalhados tapetes persas e turcos, carmesins e floridos. Por toda parte pairavam fragrâncias inebriantes de flores e perfumes exóticos, e a langorosa tepidez de especiarias, e por toda parte, mesmo durante a calma do meio-dia, se ouvia o murmurar da vida no confortável palácio, e o ir e vir invisível de uma multidão de servos. E, a cada poucos passos, havia enormes eunucos, gordos e nus até a cintura, de turbante, empunhando espadas, em guarda, parecendo estátuas coloridas. Todos eram glabros, usavam argolas de ouro nas orelhas, largas faixas douradas nos braços e sandálias cravejadas de pedras preciosas nos pés. A luz baça mas cintilante lampejava em barrigas úmidas e peitos lisos e sem pelos, em cinturões cravejados de pedras preciosas, e em calças de seda pesadamente bordadas. Os olhos dos eunucos, fixos mas remotos, não pareciam ver Temujin e os companheiros, e todavia davam a impressão de ávida vigilância.

Logo as vozes das mulheres se distanciaram. O mordomo deteve-se desdenhosamente junto a uma ampla arcada, e afastou as espessas cortinas de seda com franjas douradas. Temujin e seus companheiros acharam-se num belo e frio aposento, todo de paredes e chão brancos, divãs de seda e mesas chinesas. Painéis de seda carmesim bordada ornavam as paredes em intervalos, e o chão estava coberto de pequenos tapetes intensamente coloridos. As arcadas mais distantes abriam-se para os jardins, brilhantes e verdes à luz do sol. Imóveis, com os braços cruzados sobre o peito, três servos, vestidos de azul e escarlate, aguardavam o momento de servir os hóspedes.

Com um grito de prazer, Temujin arrancou o gorro da cabeça e jogou-o sobre uma mesa. Soltou o cinturão com um suspiro de alívio, atirou-se violentamente sobre um macio divã e estendeu as pernas com as suas bárbaras botas de pele de veado. Chepe Noyon sentou-se em outro divã e espreitou o conteúdo de uma caixa de doces de prata. Kasar sentou-se cautelosamente sobre uma pilha de almofadas. Os servos começaram a trazer-lhes, em tigelas esmaltadas, frutas, carnes e delicado pão branco, bacias de água e lindas toalhas alvíssimas. Na água, delicadamente perfumada, flutuavam pétalas de rosas. Garrafas de vinho de cristal e de prata foram dispostas sobre as mesas.

Temujin sentou-se e coçou a cabeça. Lavou as mãos e enxugou-as numa toalha. Franziu os lábios desdenhosamente.

– Que luxo! – exclamou em voz alta e insolente. – Não é de admirar que esses citadinos sejam moles!

Chepe Noyon ergueu as sobrancelhas. Ele sabia que Temujin só estava tentando impressionar os servos, com seus olhos baixos e semblantes pálidos e inescrutáveis. Os servos não demonstraram, por nenhum gesto ou olhar, terem ficado impressionados. Só suas narinas se dilataram.

Quanto a Kasar, estava descontente. Fez uma careta para o servo que lhe ofereceu uma bacia d'água e bruscamente mandou-o afastar-se. Mas

Chepe Noyon lavou esmeradamente as mãos e bebeu demoradamente o vinho. As covinhas apareciam e desapareciam no seu rosto alegre.

– Eu nasci para isto – observou ele, estendendo um cálice de cristal para um servo encher. – Espero, ardentemente, que tu sejas capaz de assegurar isto para todos nós, senhor.

Temujin bradou desdenhosamente:

– Eu nunca me preocupei com luxos efeminados!

Chepe Noyon lançou-lhe um olhar irônico. E então compreendeu que Temujin falava a verdade, por mais impressionado que pudesse estar com o que o rodeava.

Temujin prosseguiu:

– Não, eu nunca me preocupei com luxos. Nem os desejei. Pefiro o vento e o deserto. Lá não se é eunuco, nem de corpo, nem de espírito. Mas, eu te prometo: conseguirei tudo isto para ti, se o desejas. – E deu uma risada. – Mas não posso compreender tal desejo.

Chepe Noyon fitou-o placidamente.

– Desejo-o realmente. Prefiro um divã macio a um de terra e crina de cavalo. Prefiro este bom vinho temperado ao cúmis. Meu estômago responde agradecido a este delicado pão branco, em lugar de milhete cozido e côdeas. Além disso, meu corpo anseia por sedas, em lugar de lã áspera. Preferia também uma mulher perfumada e ungida a uma das nossas fêmeas de pele áspera do deserto. As mulheres da cidade são menos diretas no amor, segundo dizem, mas muito mais sutis.

Temujin deu de ombros.

– Se eu não te conhecesse tão bem, Chepe Noyon, diria que não és um soldado.

Chepe Noyon soltou uma gargalhada.

– Não acho que um homem seja pior soldado por preferir fragrâncias a fedores, senhor. Nem ele será menos destro em matar se, depois da batalha, se deliciar com música suave e com as mãos macias de uma mulher asseada, e com o brando conforto de um macio divã.

Kasar grunhiu irritado do fundo da sua infelicidade.

– Eu prefiro o vento, a lua do deserto e a areia, sempre.

Temujin, que começara a caminhar de um lado para o outro como um ágil felino, deteve-se ao lado do irmão e deu-lhe rudemente uns tapas no ombro.

– Falas como um verdadeiro soldado, Kasar, e não como um libertino como o nosso Chepe Noyon! – E soltou uma gargalhada impetuosa.

Esparramou-se de novo sobre um divã, e comeu fartamente. No teto alto e branco refletiam-se as sombras trêmulas das árvores do lado de fora. Sons de música nasciam do vento suave e dos débeis e longínquos risos das mulheres. Os servos atendiam aos hóspedes silenciosamente. O zumbido indistinto da vida no palácio rodeava-os como o zumbido de abelhas satisfeitas.

As cortinas foram afastadas e um eunuco assomou à entrada, fazendo um salameleque. Dirigiu-se a Temujin, que bebia ruidosamente.

– O senhor Taliph, filho do Khan, solicita a presença do nobre senhor Temujin, tão logo esteja suficientemente revigorado.

Temujin sentou-se, enxugando a boca na manga e desdenhando a toalha oferecida languidamente a ele por um dos servos.

– Ah! – fez Temujin.

E pôs-se de pé, sacudindo-se e apertando o cinturão aberto. Arrumou o desgrenhado cabelo vermelho com as palmas das mãos; depois olhou para Chepe Noyon, refestelado voluptosamente no seu divã, e soltou uma gargalhada.

– Entorna, Chepe Noyon, e dorme. E tu também, Kasar.

Kasar impetuosamente pôs-se de pé de um pulo, fazendo uma careta.

– Vou contigo, senhor, para proteger-te. Nunca se sabe com esses homens de cidade.

Mas Temujin fez um gesto negativo com a cabeça.

– Não, fica aqui com Chepe Noyon e vigia-o para que não saia em exploração por entre as mulheres e viole a hospitalidade do Khan. Não, Kasar, não quero mesmo. E nada de protestos.

15

Temujin acompanhou o desdenhoso eunuco, deixando no aposento Kasar resmungando e franzindo o sobrolho. Seguiram através de corredores sinuosos, e então subiram por uma imensa escada branca para o andar de cima. O eunuco deteve-se junto a uma arcada e afastou as cortinas.

Temujin entrou num apartamento elegante e ainda mais luxuoso que o que lhe fora destinado. Ali, tesouros artísticos chineses, persas e turcos enchiam os amplos aposentos delumbrantes. Vasos, lâmpadas de prata, mesas entalhadas, estatuetas, painéis de seda pintados, tapetes franjados, divãs, colunas, arcas e espelhos de prata, revelavam-se ao olhar, em profusão desconcertante. No meio da sala havia uma fonte em forma de dragão, verde, cravejado de pedras preciosas, de cuja boca se derramava água perfumada. No lago com bordas de mármore, sobre as quais estava sentado o dragão, flutuavam nenúfares brancos, como flores de alabastro com centro de ouro. As paredes estavam cobertas de delicados ladrilhos persas, brilhantemente coloridos e decadentemente desenhados, com linhas e formas intrincadas. Sobre um pedestal de mármore erguia-se um cavalo empinado de bronze, obra de arte persa antiga, e sobre outros pedestais erguiam-se estatuetas de cerâmica de velhos reis persas, delicadamente coloridas e reluzentes.

Embora à primeira vista houvesse excesso de cores e formas e complexidade de desenhos nas pinturas, cortinas e tapetes e ladrilhos, e uma profusão estonteante de cerâmica, bronze, marfim e prata, o efeito geral era encantador no seu ar corrupto e na elegância persa. A sala parecia feita de pedras preciosas, tão brilhantes e penetrantes eram as muitas cores, tão adoráveis as tonalidades de esmalte, tão lustroso o brilho dos ladrilhos e tapetes. As cortinas bordadas ao fundo do cômodo estavam puxadas teatralmente, de maneira a aproveitar as tonalidades do lado de fora do jardim, céu e lago. Sobre um tamborete havia um grande e sorridente Buda de jade cor-de-rosa, de cujos lábios brotava uma lenta e coleante fumaça de incenso.

Temujin pestanejou diante de todo esse brilho e vivacidade de cores, que reluziam, coruscavam e cintilavam aos seus olhos. E, então, viu que duas pessoas esperavam por ele, reclinadas num amplo divã de seda; uma delas era um homem jovem de grande elegância, de rosto moreno, sagaz e longo, e a outra, uma dama velada. De repente, Temujin reconheceu a dama. Era a dama provocadora da liteira escarlate. Ele desviou a atenção do cavalheiro imediatamente e, sorrindo, concentrou sua atenção na dama, que pudicamente baixou a cabeça e ajeitou o véu mais discretamente sobre a face. Ela fez um movimento com a intensão de levantar-se e sair, mas o jovem negligentemente pousou-lhe a mão sobre o ombro branco desnudo, e ela submeteu-se. Ele fitava Temujin com amabilidade, e acenou com a mão na direção de outro divã próximo.

– Saudações, meu senhor – disse ele numa voz baixa e suave, ligeiramente irônica. – Sinto imenso prazer em poder dar-te as boas-vindas à morada de meu pai, o Khan, que te implora que o desculpes por sua ausência uma hora, mais ou menos. Ele é um velho, e ficou extremamente fatigado depois de longa audiência com os enviados do califa de Bocara.

Temujin sentou-se com os seus movimentos ágeis e felinos e olhou diretamente para Taliph. Os dois jovens observaram-se, levemente sorridentes, em silêncio; um, o elegante e poético homem de cidade, o outro, o bárbaro viril do deserto e das estepes. Temujin pensou: ele fala como um homem, mas tem a alma de uma mulher. Uma combinação realmente perigosa! E Taliph pensou: ele tem os olhos verdes da serpente, e o corpo de um rei persa. Mas, Allah! Como cheira mal!

Gostaram um do outro imediatamente.

Temujin disse:

– É a minha mais sincera esperança que o Khan me receba o mais cedo possível, pois estou ansioso por ver de novo meu pai adotivo.

Taliph replicou com preocupação filial:

– Ele se fadiga demasiado na ajuda aos outros.

Então sorriram um para o outro largamente, e compreenderam-se um ao outro com a mais completa perfeição.

Enquanto isso, a dama da liteira escarlate lançava olhares furtivos, discretos, mas licenciosos para Temujin. Suas pestanas piscaram e ela ruborizou-se, como sob um ávido contacto físico, quando ele a olhou. Mas seus lábios róseos, mal entrevistos através do véu, afastaram-se e houve um rápido cintilar dos seus dentes brancos.

Taliph bateu palmas de leve e uma escrava entrou, trazendo um balde de prata cheio de água fria, na qual havia vinho temperado numa jarra cravejada de joias. Os dois jovens beberam vagarosamente. A dama apanhara um grande leque de alvas plumas de avestruz e começou a abanar Taliph com movimentos lânguidos e flexíveis da mão coberta de joias. As plumas, por vezes, escondiam em parte o rosto dela, e, através das plumas, ela dardejava olhares convidativos para Temujin, que de novo começara a fitá-la audaciosamente.

Taliph pousou seu cálice ao lado e sorriu para seu convidado.

– Ouvi falar muito do teu valor e sabedoria, meu senhor – disse ele. – Eu, por mim, sou apenas um poeta, e nada entendo de proezas militares. Mas gosto de ouvir falar sobre elas. Tu tens a reputação de possuidor de imensa sagacidade e do gênio da organização. Todos falam com entusiasmo dos teus numerosos triunfos. Não poderias dizer-me como conseguiste realizar tanto em tão curto espaço de tempo?

Temujin sorriu. Seus olhos tomaram a cor de inocentes turquesas.

– Eu avanço sempre a partir da premissa de que os homens são estúpidos – respondeu ele, com a sua voz forte e firme em surpreendente contraste com as entonações musicais de Taliph.

Taliph pareceu satisfeito. Olhou para Temujin com admiração e respeito, que era apenas em parte fingida.

– Mas tu não encontras ocasionalmente homens que não são estúpidos?

– Sim, mas esses são chefes, e então eu trabalho com eles e não contra eles. Isto é, quando interessa aos meus objetivos. Mas sempre me lembro de que os homens são estúpidos, diferindo apenas no grau de estupidez. Até hoje não precisei reformular minha opinião, nem sofri reveses por julgar erradamente.

Taliph suspirou levemente.

– Eu gostaria de discordar de ti, mas a experiência me obriga a dizer-te simplesmente que estás absolutamente certo. Meu pai às vezes não é tão arguto. Às vezes comete o erro de acreditar que seu oponente é tão inteligente quanto ele.

Ele olhou direta e ironicamente para Temujin, que começou a sorrir, e a rir silenciosamente, com os dentes reluzindo na luz colorida da grande sala. E então Taliph começou a sorrir também com a sua face morena e comprida, e mordeu o lábio num esforço vão para conter esse sorriso. Fitaram-se nos olhos um do outro e subitamente riram francamente, largamente, de novo compreendendo-se um ao outro. Tomaram outro cálice de vinho. Taliph abanou a cabeça, como que numa negativa irreverente, enquanto bebia.

Indagou, numa voz franca e cândida e cheia de amizade:

– Homens como tu sempre desejam algo vorazmente, meu senhor. O que é que desejas?

Temujin compôs uma expressão de inocência juvenil.

– Eu? Não amo senão a ordem e a paz, meu senhor. E sou o servo, assim como o filho, de teu pai. Vivo apenas para servi-lo.

Taliph franziu os lábios. Balançou a cabeça com um sorriso e uma expressão de desapontamento.

– Ah, eu pensei que nos compreenderíamos um ao outro. Pensei que usarias de sinceridade comigo.

Mas Temujin simplesmente inclinou a cabeça, apertando os olhos e sorrindo. Disse, por fim:

– Eu não passo de um soldado, meu senhor. E os soldados são notoriamente dedicados e estúpidos.

Taliph estava impressionado. Entre seus amigos ele só encontrava inteligência decadente, uma afetação de cínico mundanismo e desilusão. Descobrira que em Temujin existia um intelecto superior a todos os que encontrara antes, e uma irreverência e ironia que não eram simuladas, mas sim extraídas da própria realidade e da sua compreensão, e eram revigorantes.

– Ah, vós, militares! Vossa dedicação àqueles que vos... contratam... é notável. Servis vossos senhores com uma lealdade que deve provir, na verdade, do coração e não do bolso.

Temujin fez uma expressão bem-humorada.

– Tu falas como se esta lealdade do soldado àquele que o contrata fosse, de certa maneira, vergonhosa. Eu, por mim, acho que não o é. Acho que é o sinal da superioridade do soldado sobre os outros homens. Lealdade por amor ou por idealismo é uma tolice, porque é baseada em fatos que não existem. Mas o dinheiro é sempre a primeira e última realidade, a pedra sobre a qual o homem pode construir sua casa e ter certeza de que ninguém poderá assaltá-la.

Taliph deu uma risada sardônica.

– Como és realista, meu senhor Temujin! E tu verdadeiramente crês na imensa superioridade do homem militar?

Temujin já não sorria. Fitava Taliph com franco desprezo.

– Sim. Ouve, meu senhor: eu já disse muitas vezes antes que os homens são incapazes de pensamento e razão. Qualquer que seja a felicidade que sintam, não passa da felicidade de um animal que come bem, e excreta, e odeia feroz e temporariamente, cuja natureza total é cheia de simples ferocidade e do desejo de lutar. A vida o designou para ser apenas um instrumento militar, e, quando ele consegue tornar-se esse instrumento, ele é completamente feliz, pois terá todas as oportunidades para satisfazer todas as exigências da sua natureza inerente. E, assim, como ele passa a ser completamente ele mesmo, é o instrumento perfeito nas mãos do seu senhor, e, sendo completo, ele é superior àqueles homens que enlouquecem no opressivo padrão de vida que estupidamente designaram para si mesmos.

Taliph escutava atentamente. Este bárbaro, pensava ele, expressa-se como um poeta, ou um filósofo! Ele não sorria enquanto ponderava sobre as palavras de Temujin. Lembrou-se de que ouvira seu pai dizer que Temujin era analfabeto; e, todavia, ele falava como um homem de grande saber. Realmente, as estepes eram uma poderosa escola! Curvou a mão delgada como a asa de um pássaro escuro sobre a boca, para dissimular seus surpreendentes pensamentos. Contemplava Temujin com intensa reflexão e certa perturbação. As plumas recurvas do leque de avestruz lançavam-lhe formas alternadas de luz e sombra sobre o rosto elegante. A fonte cantava suavemente na quietude tépida. Os olhos negros da dama brilhavam sobre Temujin com uma espécie de lascívia e fascínio.

Finalmente, Taliph abaixou a mão, desvelando o rosto, e um sorriso disfarçou suas reflexões.

– Tens bem pouco amor aos teus companheiros, meu senhor! Não te culpo. Entretanto, os filósofos, apesar de toda a amargura das suas línguas, exortam-nos à piedade e à brandura. Temo que não sejas um filósofo. Mas com certeza acreditas em algo, não é?

– Em mim mesmo.

A voz de Temujin era serena e firme. Taliph arqueou sarcasticamente uma sobrancelha. Mas não houvera, na voz de Temujin, nenhuma arrogância, nenhum egocentrismo. Ele apenas expressara uma verdade, evidente por si mesma, com simplicidade e franqueza.

– Eu também creio na força – acrescentou ele, depois de algum tempo. – Argumentos e filosofia são frágeis armas numa batalha. A espada não faz perguntas, nem responde a elas. Todos os homens compreendem a espada, mas seus ouvidos são como os ouvidos de burros, que são surdos a palavras.

Taliph suspirou, ergueu as mãos e abaixou-as num gracioso gesto de fina ironia.

– Temo que devas desprezar-me também, Temujin. Eu acredito na palavra. Acredito que ela acabará por conquistar a espada. Acredito na mansidão e na filosofia. Acredito na beleza.

Ele parou de falar, porque Temujin explodira numa grande gargalhada, dando palmadas na coxa.

– Tu me acusaste de odiar meus companheiros, meu senhor! – bradou ele. – E agora voltas a acusação contra ti mesmo!

Taliph empalideceu. Ergueu o lábio friamente com a afronta. Então, como ele nunca mentia para si mesmo, súbito enrubesceu intensamente. Começou a sorrir. Por fim riu abertamente, com os olhos coruscantes e sacudindo o corpo esguio. E a dama riu com um som de guisos, embora não tivesse compreendido nada.

Exausto, finalmente, pelo riso, Taliph observou:

– Temo que sejas demais para mim, Temujin. – Sua voz era alegre e branda. – Tu és desconcertantemente sagaz. Além do mais, desconfio que sejas poeta também, embora queiras repudiar esta ideia.

Temujin, lisonjeado pela apreciação desse citadino consumado, estava pronto a ser indulgente e conciliador.

– Não, não sou poeta, meu senhor. Mas amo a poesia. Tu não me darias a honra de recitar-me algumas das tuas poesias?

Taliph também ficou lisonjeado. Ele passara toda a manhã escrevendo poesia – uma poesia só levemente semelhante à de Omar Khayyam. Estendeu a longa mão coberta de joias e apanhou da mesa ao lado um manuscrito enrolado.

– Isto é apenas um fragmento de uma espécie de rubaiyat, Temujin – disse ele suspirando languidamente. – Uma expressão de enfado e cansaço, e resignação do desespero. Detesto extremamente impô-la a ti, mas tu tens concepções puras, e talvez possas dizer-me o que há de errado nela.

A dama, devidamente experiente no que devia fazer, ergueu um pequeno instrumento músico da mesa, e correu delicadamente os dedos brancos pelas cordas. O instrumento emitiu um tremor de sons, pungente e melancólico, que pareceu estremecer no ar tépido e perfumado como um suspiro. Taliph recostou-se nas suas almofadas, e começou a recitar com suavidade e emoção:

Ah, com vinho abastecei a minha vida que se esvai
E lavai a minha carne cuja vida feneceu,
Enterrai-me amortalhado com a videira viva
À sombra de alguma encosta de montanha.

Ai de mim! Os deuses que amei por tanto tempo
Causaram muito dano à minha honra nesta terra,
Afogaram meu espírito no copo brilhante
E venderam minha sabedoria à turba do mercado!

A música tremulou e silenciou. A voz de Taliph extinguiu-se, cheia de melancolia musical. Passou-se algum tempo antes que ele erguesse os olhos para Temujin, esperando o seu comentário. Ficou desconcertado e irritado ao descobrir que Temujin sorria descarada e abertamente. E então sua irritação inflamou-se até transromar-se numa cólera fria, quando Temujin começou a aplaudir alto, com nítida ironia.

– Eu sempre amei estes versos! – exclamou ele. – Mas creio que eram ligeiramente diferentes. Posso repeti-los para ti, meu senhor?

Taliph ficou da cor do cúmis branco-azulado. Seus lábios tomaram o tom do chumbo.

Temujin, ainda sorrindo, fez um aceno para a dama, que arrancou do instrumento uma ária mais forte e saltitante. Então o jovem mongol endireitou-se no divã, e assumiu uma atitude teatral:

Ah, com a uva abastecei minha vida evanescente
E lavai o corpo de onde a vida partiu,
E enterrai-me amortalhado na parra viva
Junto a algum jardim que não esteja abandonado.

De fato, os ídolos que por tanto tempo amei
Fizeram muito mal ao meu bom nome neste mundo:
Afogaram minha glória num raso copo
E trocaram a minha reputação por uma cantiga.

Taliph ficou assombrado. Seus lábios abriram-se, desmesuradamente, dando-lhe uma expressão idiota. Ele já vivera muito para ser surpreendido pelo que quer que fosse, mas agora estava completamente perplexo. Achou que devia estar sonhando. Incrédulo, recusava-se a acreditar que aquele bárbaro ignorante tivesse realmente recitado os versos do super-civilizado e decadente poeta persa Omar Khayyam. Esse bárbaro, com o seu casaco de lã áspera, suas botas de pele de veado, seu rosto bronzeado e olhos de esmeralda, seus dentes cintilantes de animal, seu cheiro e sua virilidade bestial! Era um pesadelo, um sonho grotesco, do qual iria despertar, rindo ofegante. Ele apenas olhava perplexo para Temujin e toda a sua elegância paradoxal, e suas mãos caíram, frouxas, ao lado do corpo.

Temujin gozava abertamente seu triunfo. Piscou para a dama, zombeteiramente, e esta piscou-lhe também, lascivamente deliciada.

Taliph resmungou um leve murmúrio. Forçou-se a sorrir. Temujin sorriu-lhe sem malícia.

– É o seguinte, meu senhor – disse ele, num tom que Taliph mal podia suportar – meu tio, Kurelen, é versado em poesia e filosofia, e pode recitar versos infinitamente. Omar Khayyam é um dos seus grandes favoritos. Já o ouvi recitar todo o Rubaiyat muitas vezes. E o sei quase de cor. Mas felicito-te: seria preciso um ouvido muito cuidadoso, na verdade, para detectá-lo nos teus versos. E devo confessar-te que acredito que tu os aperfeiçoaste.

Taliph achou que estas últimas palavras eram as mais insuportáveis de todas. Contorceu-se intimamente. Suas unhas pintadas cravaram-se-lhe nas palmas das mãos. Seu sorriso era o de um réptil venenoso. Ninguém antes em todo o mundo se atrevera a afrontá-lo assim. Mas finalmente conseguiu rir, debilmente, roufenhamente.

– Temo que sejas demais para mim, Temujin! – exclamou, fingindo enxugar lágrimas de riso dos olhos. Piscava enquanto olhava para Temujin. – E temo também ter-te subestimado. Aceita as minhas desculpas.

Temujin riu levemente. Mas seus olhos já não reluziam mais de zombaria e divertimento. Pois agora compreendia que tinha criado o seu mais encarniçado inimigo, que não recuaria diante de nada para destruí-lo.

De início, ficou desconcertado. Disse para si mesmo que era um idiota, pois já aprendera havia muito tempo que só os estúpidos faziam inimigos desnecessariamente, ou os fortes demais para se preocuparem com isso. Mas o homem sábio, dissera-lhe Kurelen muitas vezes, luta para fazer amigos, mesmo que seja apenas para traí-los mais completamente no futuro. Ele acabara de fazer um inimigo desnecessário, onde poderia ter feito um amigo, que não se oporia demasiado a ele. E depois menosprezou o fato. Pelo menos, que eu faça justiça a um inimigo importante, pensou. Que posso temer deste flácido citadino, cujo pescoço eu poderia torcer tão facilmente como torceria o pescoço de um cordeiro?

Seu largo rosto moreno tornou-se frio, com arrogância e desdém.

Ele saiu logo depois, abruptamente, sem pedir a permissão do seu anfitrião. Taliph expressou de novo seu prazer pela presença de Temujin no palácio, e prometeu que os dois conversariam muitas outras vezes. Mas a atmosfera estivera carregada de veneno nos últimos momentos em que estiveram juntos, e o rosto de Taliph ainda estava pálido por ter sido malevolamente humilhado.

Mal Temujin tinha saído, o jovem senhor foi à procura do pai, que acabava de acordar da sua sesta da tarde.

– Meu pai – disse Taliph, com um ar de sincero pesar – falei com esse vassalo bárbaro. Não tenho senão uma coisa para dizer-te neste momento: ele é um animal perigoso, e precisa morrer. Mas não imediatamente. Precisamos escolher o momento certo.

16

Chepe Noyon viu de imediato que seu senhor estava perturbado, porque tinha as sobrancelhas franzidas e respondia às perguntas com uma irritabilidade seca.

– Eu fiz papel de idiota – disse ele depois de algum tempo a Chepe Noyon.

E então contou-lhe tudo o que se passara entre ele e Taliph. Chepe Noyon ouviu-o com uma expressão irônica e um meio-sorriso. Kasar, cuja mente simples não podia entender nenhuma sutileza, só percebeu que Taliph tinha aborrecido seu irmão adorado, e bradou que iria imediatamente ensinar maneiras apropriadas ao jovem e efeminado senhor.

Essa explosão restituiu a Temujin seu bom humor, e ele zombou de Kasar, provocando o pobre rapaz até este ficar completamente perplexo e à beira de lágrimas de raiva.

– Mas, falando sério, meu senhor – observou Chepe Noyon, que sempre tomava mais liberdade com Temujin do que qualquer outro, porque era o que o compreendia melhor – tu foste excessivamente indiscreto. – Tossiu delicadamente. – Confesso que não compreendo o que nos trouxe aqui, mas o que quer que tenhas em mente está ameaçado pelo teu desejo de ridicularizar o senhor Taliph. Kurelen uma vez nos disse que tu podes roubar um homem, traí-lo, derrotá-lo a cada encontro, e mesmo assim poderás algum dia obter-lhe o perdão e mesmo a sua amizade. Mas, se o humilhas e ris dele, ele nunca te perdoará, mas permanecerá para sempre teu implacável inimigo.

Temujin franziu as sobrancelhas. Subitamente lembrou-se que Taliph era o irmão de Azara e o filho de Toghrul Khan. Ele com toda certeza poderia prejudicar muito seus planos. Sua irritação consigo mesmo cresceu rapidamente. Mas exclamou:

– Não pude resistir, garanto-te! Mas que tenho a temer de um homem que escreve poesia, e má poesia, roubada?

Chepe Noyon deu de ombros.

– Se ele escrevesse boa poesia, e própria, mesmo que o tivesses ridicularizado, ele perdoaria, porque saberia que não passavas de um bárbaro ignorante, e nada mais se poderia esperar de ti. Por conseguinte, tens muito a temer dele.

– Ora, tu pareces uma velha! – replicou Temujin com desprezo. Chepe Noyon não se sentiu ofendido. Simplesmente voltou a encolher os ombros, bocejou, recostou-se nas almofadas e fechou os olhos com um ar de bem-aventurança.

Temujin olhou-o ferozmente e começou a caminhar pela sala, resmungando. Kasar observava-o com humildade e ânsia no olhar. Tinha vontade de reunir todo o palácio em defesa do irmão.

Um eunuco apareceu e anunciou que o grande senhor, Toghrul Khan, requisitava a presença do seu nobre filho adotivo, Temujin, para a refeição da noite. Sobre o braço, o eunuco trazia desdenhosamente uma túnica de macia seda branca, um cinturão de prata trançada, um colar e pesados braceletes de prata e turquesas, e sandálias feitas do mais macio couro azul. Estas, observou o eunuco na sua voz alta e efeminada, eram as vestes escolhidas pelo próprio Khan para seu hóspede.

Enquanto Temujin, dando risadas, examinava as belas roupas, e jurava que nunca as usaria, entraram alguns servos e informaram-no de que o seu banho estava pronto.

– Parece que não gostam do nosso cheiro – observou Chepe Noyon, acariciando invejoso a seda e fazendo tilintar o colar e os braceletes.

– Eu não vou usar isso! – repetiu Temujin.

E então mordeu o lábio. Teve um pressentimento de que Azara estaria presente, embora a etiqueta oriental e muçulmana proibisse a presença de mulheres. Ele examinou as vestes com súbito interesse, e então lançou-as de si desdenhosamente.

– Talvez, entretanto, fosse descortês da minha parte recusar os presentes do meu pai adotivo.

– Não vamos acompanhar-te, senhor? – indagou Kasar, desalentado.

O eunuco respondeu-lhe com frieza arrogante:

– O convite é apenas para o nobre senhor Temujin.

Temujin acompanhou os servos até o banheiro. Ali, numa sala do mais puro mármore, havia uma banheira cavada de água quente e perfumada. Ele arrancou o manto marrom e as vestes de baixo de lã áspera e tirou as botas, recusando a ajuda dos servos. Ficou nu diante deles, e os servos ficaram assombrados com a alvura leitosa da sua pele nas partes que haviam ficado protegidas do sol do deserto. Admiradores pagãos da perfeição física, ficaram em silêncio, espantados, contemplando-lhe o corpo bonito e esbelto, musculoso e firme como uma estátua. Sua carne encrespava-se e luzia como seda. Apenas sua garganta, rosto e braços eram morenos. Ele destrançou o cabelo, e este caiu-lhe sobre os ombros, vermelho como ouro bruto, e igualmente brilhante. Era um deus jovem, absolutamente esplêndido. Pulou para dentro d'água e espadanou vigorosamente, cônscio da admiração dos escravos, e fingindo ignorá-los.

Quando saiu da água, com as gotas aderindo à pele e reluzindo como mercúrio, eles o enxugaram com toalhas macias de linho e ungiram-no com unguentos perfumados. Então trouxeram-lhe suas novas vestimentas. Mas, antes de vesti-lo, rasparam-lhe das faces e do queixo a barba vermelha. Ele emergiu desses cuidados limpo e revigorado. Escovaram-lhe e pentearam-lhe o cabelo até fazê-lo brilhar, e sugeriram-lhe que o deixasse solto. Ele achou que ficaria efeminado, mas os escravos asseguraram-lhe que os mais nobres cavalheiros de Bocara, Bagdá e Samarcande usavam-no assim, e, depois de algum tempo, conseguiram persuadi-lo.

Temujin olhou-se no espelho de prata erguido para ele, e permitiu-se achar que os cabelos ondulados lhe davam um ar bem irresistível. Quando ele irrompeu, com certa arrogância, diante de Chepe Noyon e Kasar, eles olharam-no incrédulos e boquiabertos. A túnica de seda branca macia caía-lhe admiravelmente. O cinturão de prata e turquesas cingia-lhe a cintura estreita. Em torno do pescoço usava o pesado colar, e em torno dos braços morenos e nus usava os braceletes brilhantes. Debaixo da túnica reluziam as sandálias azuis. Seu cabelo vermelho caía-lhe em ondas lânguidas sobre os ombros, e era tão brilhante como o sol e da mesma cor do poente. Além de tudo, exalava uma aura de perfume.

Finalmente Kasar recuperou a voz e se queixou:

– Fizeram do meu senhor uma mulher!

Mas Chepe Noyon andava em torno do pujante jovem e admirava-o de cada ângulo.

– Eu não teria acreditado! – murmurava em tom abafado. Aspirou audivelmente. – Rosas de jardins molhados de orvalho! Ah, eu nasci para isto!

Temujin se sentiu ridículo. Fez uma careta de desagrado, mas por puro fingimento. Estava extremamente orgulhoso de si mesmo. Pensava o tempo todo que agora nenhuma mulher lhe resistiria. Correu as mãos sobre as turquesas incrustadas do cinturão e sorriu.

– Vais ofuscar qualquer outro cavalheiro desta corte! – exclamou Chepe Noyon. – Mas creio que o Khan não permitirá que nenhuma das suas mulheres te veja!

Temujin empertigou-se vaidosamente, enquanto Kasar o observava com olhos essbugalhados e sem fala, certo de que seu senhor estava completamente destruído. Temujin estava deliciado. Fez um gesto franco e obsceno.

– Não fiques tão perturbado, Kasar. Asseguro-te que ainda sou um homem!

Chepe Noyon dava gargalhadas. Mesmo os servos sorriram. Mas Kasar ergueu cautelosamente a barra da túnica de Temujin, e, quando lhe viu as pernas nuas debaixo, ergueu a voz em tamanhas contrariedade, que Temujin se jogou sobre um divã, rindo a mais não poder, e Chepe Noyon rolava no chão, em risos convulsivos.

Temujin ainda ria quando acompanhou o eunuco através dos corredores sinuosos até os aposentos de Toghrul Khan. Os eunucos em guarda admiravam-no com os olhos, mas reprovavam-lhe as maneiras com expressões severas. O eunuco que o conduzia afastou pesados cortinados escarlates, e Temujin penetrou na sala branca e deslumbrante do seu pai adotivo.

Agora que o sol se pusera, a noite ia ficando rapidamente fria. Havia braseiros fumegantes nos quatro ângulos do salão. As lâmpadas de cristal e prata tinham sido acesas, e erguiam-se, irradiantes e suaves, sobre as várias mesas. Vários divãs baixos haviam sido arrastados para um semicírculo no centro do ambiente, e sobre esses divãs estavam sentados Toghrul Khan, Taliph e sua esposa favorita, a dama da liteira escarlate, Azara e um velho com veste simples branca e carmesim. Diante deles havia mesas baixas, cobertas de alvas e brilhantes toalhas, e carregadas de pratos persas esmaltados, pratos de prata chinesa, taças de ouro e tigelas de frutas que pareciam joias, repletas de tâmaras, figos, peras e maçãs.

As cortinas escarlates fecharam-se atrás de Temujin, e ele apareceu diante deles, como uma estátua branca, e já não ria mais. Seu olhar os percorreu a todos rapidamente. Mas agora só via Azara, envolta em prata, e sem véu. Viu de imediato que sua face estava branca e fria como o mármore, e fina, e que seus olhos estavam sombreados de violeta. Mas ela foi a única, de todos os presentes, que não olhou para ele. Tinha o rosto ligeiramente desviado.

Toghrul Khan olhou Temujin com sorridente surpresa.

– Ah, meu filho, bem-vindo à casa de teu pai!

E estendeu a mão em forma de garra para Temujin, que avançou, tomou-lhe a mão, e ajoelhou-se, tocando com a testa os pés do Khan.

– Eu não te teria reconhecido – observou Toghrul Khan admirado. – Que mudança a seda branca e o perfume podem operar num homem. Levanta-te e deixa-me apreciar-te inteiramente.

Temujin levantou-se. E agora Azara lentamente ergueu a cabeça e olhou para ele, e ele olhou apenas para ela. Ela não sorriu. Seus olhos negros dilataram-se. Seus lábios estavam pálidos, frios e secos como uma folha. Olharam um para o outro como que de uma distância imensa, enlevados, fascinados e desconsolados. Temujin pensou: Nunca imaginei que a amasse tanto! Não existe nenhuma outra mulher no mundo para mim. Mas que tormento lhe terá escurecido os olhos e empalidecido os lábios?

Toghrul Khan estava indicando um lugar ao seu lado para o filho adotivo, e Temujin sentou-se. Então, pela primeira vez, dirigiu a sua atenção para os outros presentes. Taliph era um quadro de afetada elegância persa, usando um casaco curto bordado de seda vermelha, de gola alta, justo e cravejado de pedras preciosas, que lhe descia apenas até os joelhos. Por baixo do casaco usava elegantes calças de pálida seda amarela, que terminavam em estreitas botas de couro vermelho. Sobre a cabeça trazia um turbante retorcido de seda amarela, no qual estava fincada uma pluma branca. Suas mãos ofuscavam o olhar com a luz de muitos anéis faiscantes. Sob o turbante, que lhe ficava muito bem, seu rosto fino e moreno parecia mais sagaz e sensível do que nunca. Ele sorriu para Temujin com um ar alegre e camarada, e ergueu uma taça para ele num silencioso brinde.

Ao lado dele estava sentada a dama que lhe servia de complemento, vestida também de seda amarela, com uma mantilha vermelha solta sobre a cabeça. Ela também não trazia véu, e seu pequeno rosto branco com os lábios cheios e proeminentes e os olhos negros era encantador. Ela dirigiu a Temujin um sorriso coquete e insinuante, e inclinou a cabeça. Ele retribuiu-lhe o sorriso, como se os dois dividissem um delicioso segredo, que discutiriam em ocasião mais propícia e mais íntima.

Toghrul Khan, careca, pequeno e pálido, vestia azul e branco, e sua cabeça estava envolvida num turbante branco. Sua velha face enrugada sorria docemente. Os olhos reluziam de afeto paternal sobre Temujin, e sua voz era macia. Mas nunca ele parecera tão maligno ao rapaz.

Então sua atenção foi atraída pelo velho de vestes branca e carmesim, e Temujin, surpreso, disse consigo mesmo que nunca vira antes um rosto tão belo e bondoso, tão iluminado e brando, apesar das suas rugas e da expressão fatigada. A pele era tão amarela como marfim antigo, e a cabeça descoberta estava bastante careca. Mas os olhos, brilhantes com uma luz interior, eram bondosos e pacíficos e cheios de sabedoria e ternura patriarcal. Era evidentemente um chinês, pois a sua atitude era profundamente serena e infinitamente calma. Ele assemelhava-se a uma estátua de marfim de Buda, que tivesse sido testemunha de séculos em silêncio e compreensão. Ele não usava joias. Ao seu lado direito estava sentada Azara.

Toghrul Khan voltou-se para ele e disse:

– Este é um dos meus vassalos mais promissores, senhor; um jovem de talento e valor. Foi ele que tornou seguras nossas rotas de caravanas, por todo o território que conquistou. Eu lhe devo muito.

Pousou afetuosamente a mão no ombro de Temujin, e, numa voz reverente, apresentou:

– Meu filho, este é um príncipe de Catai, para quem eu sou apenas um filho na fé. Ele é Chin T'ian, irmão do imperador Chin, e o bispo cristão nestoriano de Catai. Ele me concedeu a honra insigne de partilhar da minha pobre hospitalidade, enquanto conversa comigo sobre as condições para o bem-estar dos meus súditos cristãos. Ele é também um dos meus convidados mais ilustres para o casamento de minha filha.

Em seguida, curvou a cabeça para o peito reverentemente.

O bispo sorriu suavemente para Temujin. O sorriso pareceu correr-lhe pelo rosto amarelo como raios de luz. Mas ele ficou em silêncio. Temujin fitou-o abertamente, com o coração ligeiramente confrangido de estranha emoção. Por causa da estranheza da sua emoção, ele não soube se estava aborrecido ou satisfeito. Depois de algum tempo, ficou embaraçado ao tomar consciência do seu olhar fixo. Desviou o olhar, que foi atraído por um clarão. Casta mas magnificamente sobre uma parede antes vazia, estava pendurado o crucifixo de ouro cravejado de pedras preciosas que ele havia visto na tenda de Toghrul Khan. Por baixo dele havia uma mesa, e sobre esta uma grande lâmpada, em forma de lua. Havia algo de ostentoso nessa iluminação, e Temujin observou-o, embora sem compreender. Os crescentes e estrelas estavam conspicuamente ausentes da sala.

Ele disse:

– Entre a minha gente há muitos cristãos.

E o bispo falou. Sua voz era mansa e baixa como música.

– E tu não interferes com a religião deles, meu filho?

Temujin franziu um tanto as sobrancelhas.

– Por que o faria? – indagou abruptamente. – Não exijo nada de nenhum homem, a não ser que me sirva antes de tudo, acima de todos os outros homens e todos os deuses.

A expressão do bispo modificou-se um pouco, tornando-se ligeiramente triste. Mas seus olhos, graves e ternos, fixaram-se no rosto de Temujin.

– Os homens devem servir a Deus antes de tudo, e, se o fizerem com fé e sinceridade, não poderão senão servir aos homens.

Temujin achou isto um tanto obscuro. Enquanto ponderava sobre essas palavras, o bispo falou de novo:

– Tu tens um sacerdote cristão entre o teu povo?

– Não, acho que não. Os meus cristãos não são muito devotos. Ele assistem aos sacrifícios, embora me tenham dito que esses sacrifícios são uma abominação para suas concepções. Se assim é realmente, então eles dissimulam a sua aversão com muita habilidade.

Ele riu. Taliph riu, e também sua mulher. Toghrul Khan, porém, fingiu ficar sério, e contraiu os lábios. Mas Azara, que não conseguia desviar os olhos de Temujin, não pareceu ouvir-lhe as palavras, apenas a sua voz.

Temujin, lembrando-se subitamente de que o bispo era um grande príncipe de uma grande casa de um grande império, parou de rir e encheu-se de assombro. Espantava-o que um tal homem se sentasse daquela maneira, humilde e serenamente, entre pessoas tais como Toghrul Khan, Taliph e ele mesmo, e as duas mulheres. E começou a duvidar da autenticidade da sua condição de príncipe. Olhou penetrantemente para o bispo, que era o único dentre os homens que não sorria. Parecia em contrição e meditativo. Mas ele não disse nada.

Ainda intrigado, foi um alívio para Temujin concentrar sua atenção em Azara. E de novo, através de um espaço que era tão longo como a eternidade, e todavia não mais distante do que o pulsar próximo dos seus corações, os dois fitaram-se longamente e com curiosidade. Já não existia mais ninguém na sala, no mundo. O rosto pálido de Azara ficou ainda mais pálido. Seus lábios entreabriram-se com a dor angustiada de uma criança. Suas narinas dilataram-se com a respiração mais rápida, e seus olhos aumentaram com uma silenciosa e desesperada súplica a ele por ajuda. Por um momento, suas mãos mexeram-se, como que prestes a se estenderem para ele, e seus lábios estremeceram, como se estivesse prestes a chorar. Não havia mais em suas maneiras uma modéstia decorosa e virginal, nenhum artifício, nenhum recato ou rubor, tal como ele se lembrava do seu último encontro. Agora ela era apenas uma mulher, angustiada e cheia de desespero, chamando pelo seu amado, certa de que ele não lhe falharia ou a trairia, chamando simples e súplice, sem pejos.

O rosto de Temujin ensombreceu-se, suas narinas estremeceram. Ele ouviu-lhe o chamado com o corpo e a mente, e compreendeu-o. Agora percebia a razão da palidez e da magreza de Azara, a profunda e sofredora agonia de seus olhos. Ele fixou o olhar no dela, chamando-a também, prometendo-lhe, assegurando-lhe que o amor dele era sua espada e seu escudo, e que nada se interporia entre o coração dele e o dela. E, enquanto lhe dizia isso pelo olhar, encheu-se em êxtase de júbilo e alegria. Mas parte da sua mente permaneceu alerta, espantada, dizendo-lhe que nunca ele se sentira assim por nenhuma outra mulher, e nunca mais sentiria por nenhuma outra o mesmo que sentia por Azara.

Estava assombrado. E mesmo enquanto via o pulsar delicado das veias violeta na garganta de Azara, a transparência dos ombros jovens e o maravilhoso brilho pálido do seu cabelo e a luz dos seus grandes olhos negros, não sentia nenhuma ânsia no corpo, nenhum desejo sensual por ela, nenhum apetite devorador. Sentia apenas uma imensa e apaixonada ternura, um amor profundo e revigorante. E então compreendeu que nunca antes em todo o mundo amara outra mulher que não aquela, e junto com essa certeza veio outra: que nunca amaria assim de novo.

Os olhos dele reluziam, e Azara via os seus pensamentos. As mãos dela continuavam imóveis, pousadas sobre o regaço de prata. Uma débil cor, como a aurora, veio tingir-lhe os lábios brancos. A angústia abrandou-se-lhe nos olhos. Ela sorriu e Temujin ouviu-lhe o leve suspiro. E agora ela o olhava como uma mulher para um deus, com toda a alma resplandecendo-lhe no rosto.

A dama da liteira, de todos os presentes, era a única que tinha observado esse profundo e apaixonado intercâmbio entre o bárbaro do deserto e a bela irmã de seu marido. Inicialmente uma expressão de ciúme e ultraje fulgurou-lhe no olhar. Mas esta desvaneceu-se e agora ela começara a sorrir maliciosamente, e por baixo das suas pestanas negras ela fitou pensativamente seu sogro, e depois o marido. Seu sorriso acentuou-se. Ela parecia prestes a rir alto. A maldade brilhava-lhe nos olhos, até que se tornou o fulgurar de uma espada. O riso estremecia-lhe sobre o semblante como o reflexo do sol na água.

Enquanto isso, os servos traziam o banquete: delicada carne de cordeiro cozido em molhos ricos e condimentados, aves tenras nadando em creme cozido, pão tão macio e alvo como o leite. E montes de figos e tâmaras, favos de mel dourado, pastéis recheados de amêndoas e espessas conservas turcas, tigelas de frutas coloridas, jarras de vinho temperado e fortes e amargos licores turcos.

Temujin, acostumado à dura carne de carneiro cozida, à carne de cavalo, ao milhete cozido e ao cúmis acre do seu povo, comeu vorazmente, embora assegurando a si mesmo que os cavaleiros das estepes e dos desertos nunca poderiam sobreviver com uma comida tão decadente e delicada, adequada apenas para mulheres, poetas e eunucos.

Como de hábito, ele bebeu demais. Parecia-lhe que o vinho frio conseguiria afogar-lhe a feroz exultação, êxtase e paixão que ameaçavam irromper dos confins da sua carne e inflamar o ar. Ele ouvia a pulsação violenta do seu coração, os pulsos cantantes nas têmporas e na garganta. Mas o vinho não o esfriou. Simplesmente o inflamou. A atmosfera começou a flutuar em luz extática, que brilhava como um halo em torno da cabeça de Azara e lhe enchia os olhos de fulgor. Agora ele sentia aquela velha e embriagante sensação de que tinha o mundo na palma da mão, de que era mais alto que a estrela mais alta, de que era possuidor dos segredos dos céus e da terra e de que era invencível, onipotente e revestido de terror e poder.

Algo dessa terrível convicção parecia emanar-lhe do corpo, flamejar-lhe nos olhos. Taliph, no seu ódio suave e sorridente, decidira humilhar Temujin, desmascará-lo diante das mulheres e do pai como um bárbaro ignorante e fanfarrão, que devia ser esmagado debaixo do salto do sapato como um verme venenoso. Mas embora o sorriso maligno lhe permanecesse fixo na face, ele sentia uma espécie de horror, como se estivesse padecendo pelos labirintos de um pesadelo apavorante. Pois esse jovem mongol, sentado ali no divã nos seus adereços de empréstimo, transpirava em todo ele um esplendor e um terror que era evidente, mesmo para os olhos invejosos de um ódio mortal.

Taliph, aterrado, olhou em volta para os outros, e viu que seu pai contemplava Temujin com os olhos estreitos da especulação acovardada, que o bispo o olhava fixamente em concentração fascinada, que a sua própria mulher o fitava com franca lascívia e desejo e que Azara olhava para ele como uma mulher em transe diante da temível majestade de um deus.

O jovem nobre karait sacudiu a cabeça como que para livrar os olhos de teias ofuscantes. Disse consigo mesmo: Eu fui encantado. Estou sonhando. Este homem é uma serpente de olhar feroz, um lobo voraz dos desertos, analfabeto, tosco e mal-cheiroso, um furacão vazio que não deixa nada atrás de si. Sentiu-se humilhado e encolerizado em seu coração frio pelo fato de ele, filho do poderoso Toghrul Khan, conceder àquele bárbaro a honra de qualquer espécie de reflexão.

Entretanto, quando Temujin sorriu para ele com franca cordialidade, com os dentes e os olhos verdes brilhando à luz das lâmpadas róseas, Taliph sentiu que algo despertava dentro dele, uma reação rápida e estarrecedora, um tremor hipnotizado das suas veias. Pensou: ele é um feiticeiro capaz de agarrar as almas dos homens com as mãos. Por um instante pungente, sentiu pesar pelo fato de odiá-lo. E, no instante seguinte, deleite e desdém por ter sentido essa atração magnética e misteriosa.

Temujin continuava a beber e a empanturrar-se. Assegurou a si mesmo solenemente que, antes de se deitar naquela noite precisava lembrar-se de enfiar o dedo bem fundo na garganta. De outro modo, estaria doente no dia seguinte. Agora seus pensamentos flutuavam em círculos coloridos e brilhantes pela sala, visíveis aos seus olhos inflamados. Azuis, escarlates, da cor do luar, dourados, moviam-se em círculos concêntricos, rodopiando em torno da cabeça de Azara, em torno da cabeça do bispo. Finalmente, ele não via mais ninguém além desses dois.

Subitamente pareceu-lhe que a face do bispo brilhava como a lua à meia-noite, suave, radiante e delicadamente resplendente, enchendo todo o espaço de um brilho luminoso. E, embora o bispo não dissesse palavra, parecia a Temujin que ele tinha falado, e que o ar tépido da sala estava cheio do retinir de sinos em surdina. Ele pousou a taça e diretamente, durante muito tempo, fitou o velho.

Toghrul Khan estivera falando com o filho na sua entonação baixa e melosa. Estava no meio de alguma frase longa e rebuscada quando a voz de Temujin, áspera, alta e bárbara, trespassou as palavras de Toghrul Khan como uma espada trespassa a seda.

– Meu senhor – disse ele ao bispo – tu não és como os outros homens. Há uma radiação no teu rosto como a radiação do sol.

O bispo sorriu. Seus olhos aqueceram-se de delicada ternura.

Toghrul Khan ficou ofendido, mas Taliph riu deliciado e com escárnio a essa vulgaridade, e sua mulher, que agora odiava a todos na sala, inclusive Temujin, riu também.

– Não, meu filho – replicou o bispo gentilmente. – Não passo de um homem mortal, igual aos mais humildes. Se há uma radiação em meu rosto, ela provém do teu coração. Diante de Deus, não existem príncipes, iluminados e esplêndidos, nem mendigos, com chagas e andrajos. Existem apenas homens.

Ele voltou-se para Azara, ao lado dele, e tocou-lhe a face com a mão.

– Tu acreditas em mim, minha filha?

Ela sorriu para ele com todo o rosto iluminado de amor recatado. E curvou a cabeça.

Temujin arregalou os olhos. Através de toda a sua excitação, através da névoa do vinho que bebera, ainda conseguia pensar. Agora ele compreendia muitas coisas. Compreendeu por que as duas mulheres estavam sem véu, e porque se sentavam livremente com os homens à refeição. Para esse estranho sacerdote, as mulheres eram iguais aos homens, e todos os homens eram iguais entre si. Não passavam todos de humanidade comum, sem distinção. E então ele também compreendeu por que os enviados muçulmanos do califa de Bocara não estavam presentes à refeição.

Ficou atônito e desconcertado. Pestanejou, acreditando ter ouvido algo fantástico, que devia ser seguido de riso. Mas ninguém riu. Toghrul Khan inclinara humildemente a cabeça coberta de turbante. Taliph olhava fixamente para as próprias mãos entrelaçadas. A dama da liteira também tinha baixado a cabeça, com a humildade adequada. Mas Azara olhava confiante para o bispo, como uma criança olharia para o pai.

Então Temujin explodiu numa risada alta e desdenhosa. Balançou a cabeça vermelha para o bispo.

– Tuas palavras são singulares, senhor, extremamente singulares para saírem dos lábios de um príncipe.

O bispo sorriu para ele.

– Não, eu não sou nenhum príncipe, Temujin.

Então é isto! Pensou Temujin, num rompante, enraivecido e com escárnio. Ele não era príncipe coisa nenhuma, mas apenas um sacerdote mendigo, em nada melhor que o seu próprio xamã Kokchu! Sua cólera contra Toghrul Khan intensificou-se, pois este o tinha humilhado, fazendo-o sentar-se com um mendigo. Talvez o velho Khan achasse que isso seria suficiente para seu vassalo! Seu vassalo! Temujin cerrou os punhos. Seu rosto tornou-se purpúreo com a revolta, e seus olhos lançavam chispas vermelhas. Seu vassalo! Havia de vir o dia em que o Khan se inclinaria diante dele, e lhe beijaria os pés!

Toghrul Khan voltou-se afetuosamente para o filho adotivo.

– Temujin – disse ele na sua voz doce – tu não compreendes. Entre nós, os cristãos, não há distinções entre os homens. O príncipe se considera igual ao mais humilde dos seus súditos, e apenas um homem diante de Deus. Nosso bem-amado bispo é irmão do imperador Chin, embora não acredite ser melhor que o mais humilde escravo que ande pelos saguões do palácio real do irmão. Um grande general é muitas vezes inferior ao seu mais íntimo soldado, aos olhos do Senhor. Somente Ele é grande, porque é modesto, bondoso, cheio de virtudes e brandura.

Temujin arregalou os olhos para todos, incrédulo, sem poder acreditar. Sacudia a cabeça como se estivesse entorpecido. Então protestou de novo, em voz alta:

– Isso é loucura! Não devo ter ouvido direito!

O bispo inclinou-se para ele e pousou-lhe a mão mirrada sobre o joelho.

– Deixa-me explicar-te, meu filho. Vejo que sabes quem são e o que são os cristãos. Tu balanças a cabeça. Queres dizer que sabes que se dão o nome de cristãos, mas não sabem por quê. Eu te direi.

– Há muitos séculos – continuou – 12 distantes séculos atrás, viveu, numa determinada pequena nação, e nasceu de uma determina pequena gente, um Homem. Mas ele não era como os outros homens. Deus tinha-O enviado como Seu mensageiro de amor, de fé e piedade a todo o mundo. E Ele veio a nós, não cegamente, não sem compreender, mas ajudado por anjos, sabendo Quem era e por que tinha vindo. Ele viveu, porém, muito pouco tempo, até tornar-se pouco mais velho do que tu. Mas nesses curtos anos Ele estendeu uma cruz de Luz sobre a face sombria da terra, e esta nunca mais seria a mesma. Pois Ele lhe tinha dado Seu sangue, e tinha-a redimido do negrume da morte, e trouxe o homem do fundo da tumba para a luz do Dia eterno.

E prosseguiu:

– Ele disse a todos os homens: Vós sois todos Meus irmãos, Meus filhos, carne da Minha carne e alma da Minha alma. Eu vos pertenço e vós Me pertenceis. Eu vos revelei o Caminho. Segui-Me, e não morrereis, não, nem mesmo que o mundo pereça, e as estrelas dos céus se enrolem como pergaminhos e se esqueçam.

Temujin escutava-o, boquiaberto, com o cálice cheio de vinho na mão, inclinando-o e entornando-o. Tinha as sobrancelhas franzidas. Sua expressão era de profunda incredulidade e perplexidade. Mas quando o bispo terminou de falar, ele exclamou:

– Isto é uma história louca! Se um grande Espírito tivesse realmente descido à terra, então, com toda certeza, todos os homens o teriam sabido, e haveria apenas uma única fé, uma única alegria, e uma única paz!

O bispo balançou a cabeça pesarosamente:

– Não, isto não é próprio de Deus. Pois assim estaria destruído o livre arbítrio com que cada homem nasceu. Cada homem precisa encontrar por si próprio o caminho da Cruz de Luz, tropeçando pelas cavernas e pela escuridão do mundo, na sua própria e solitária jornada, guiado apenas pela sua fé, amor e esperança. Cada homem precisa empreender a sua própria peregrinação, pois só ele pode salvar a própria alma.

Temujin riu zombeteiramente:

– É uma história louca! E só os loucos podem acreditar nela! É uma história que deve ser contada à meia-noite, na escuridão, pois à luz do dia soa ridícula aos ouvidos, refutada por tudo o que existe no mundo.

– Não – replicou o bispo, quase sussurrando, olhando-o com olhos iluminados – o mundo é refutado por ela. Todas as suas instituições, as suas crueldades, suas violências, seus ódios, suas mortes e seus tormentos, sua ignorância e sua cegueira, sua monstruosidade de homem contra homem: tudo isto é refutado e destruído pela história da vinda de Deus.

Temujin disse consigo mesmo que ele estava ouvindo as palavras de um louco, que por causa dessas palavras a terra lhe estremecia sob os pés, e que o rosto dele assumira uma expressão grotesca e insana.

Declarou de repente:

– Essa história é a história de um escravo!

O bispo curvou a cabeça.

– A história de um escravo que era um Rei – replicou, com a voz trêmula.

Temujin fitou-o fascinado. A história de um escravo que era um Rei! A atitude do bispo, sua cabeça baixa, suas humildes mãos entrelaçadas, sua delicadeza e mansidão eram do mais ínfimo escravo. E, todavia, ele podia ter sido um rei. O sangue dos mais poderosos reis do mundo corria-lhe nas veias. De novo, o jovem mongol balançou a cabeça, absolutamente confuso.

E ele disse de novo, em tom alto e de protesto:

– Se cada homem acreditasse nisso, não haveria reis, nem generais, nem governantes, nem guerras e conquistas!

O bispo ergueu a cabeça e sorriu, e pareceu a Temujin que a sala se inundara de luz.

– É verdade – ponderou o bispo suavemente. – Não haveria nada disso!

E, de repente, apoderou-se de Temujin uma verdadeira fúria de impaciência.

– Tua fé emascularia a força dos homens! Reduziria o mundo a uma lamurienta casa de escravos! Roubaria ao homem a sua maior alegria: guerras e glórias! Arrancaria a barba da face dos homens, destruiria a aspereza da sua voz, poria os homens a lavrar e a fiar, e derrubaria as muralhas das cidades fortes! Em que sobriveria a alegria, o júbilo e a coragem numa tal congregação de eunucos?

O bispo olhou para ele diretamente, sem desviar o olhar. Pois o rosto de Temujin estava cheio de fogo e poder, cheio de esplendor, selvagem e violência. O próprio ar vibrava em torno dele. As próprias paredes ressoavam com a sua voz. Os outros olhavam também para ele, e subitamente Taliph tomou consciência de que seus próprios membros eram macios e fracos, seu próprio corpo sem masculinidade, suas próprias entranhas sem potência. E Toghrul Khan pensou com ódio agudo e acre: Eu sou um velho, maldito seja eu, e maldito seja ele!

Mas a dama da liteira ofegava fortemente e com desejo, e Azara fixava Temujin com uma espécie de terror, como se o deus de ouro começasse a emitir raios e a falar com trovões.

O bispo perguntou com delicadeza e pesar:

– Meu filho, em que acreditas tu?

Temujin soltou uma grande gargalhada, exultante, desdenhosa. Ergueu o punho cerrado.

– Em mim mesmo, e naquilo que posso fazer! Acredito na força, na energia, no poder e na conquista! Na estupidez dos homens, no seu ódio e na sua cobiça, e na sua incapacidade de pensar! Acredito que tenham sido criados para que alguém como eu os conquistasse, e que, ao serem conquistados, sintam uma voluptuosa capitulação e adoração pelo seu conquistador! Só o que é forte pode liderar os outros homens! Só o que sabe manejar a espada é merecedor de adoradores! Os homens merecem um deus, mas deve ser um deus de poder, e não um que ande por aí vagando como um cordeiro recém-nascido.

O bispo replicou dolorosamente, empalidecendo, com a face contraída.

– E não sentes nenhuma preocupação pela alma dos homens?

Temujin bradou:

– Que alma? Eu me preocupo com o corpo do homem forte, com seu braço e destemor. E não existe mais nada além disso.

E, então, o bispo indagou com crescente aflição:

– Que queres, meu filho?

Temujin sorriu, e seu sorriso era terrível.

– O mundo!

Ao ouvir isso, Taliph cobriu a boca com a mão e, por trás dela, sorriu. Toghrul Khan suspirou, inclinou a cabeça como um velho pai de filhos rebeldes cujas opiniões precisasse repudiar. A dama da liteira riu suavemente. Mas Azara fitava Temujin com o coração nos olhos, de novo ouvindo-lhe somente a voz. E o bispo fitou-o também, pálido de pesar e com uma espécie de compreensão horrorizada, à vista da qual ficou petrificado. Parecia alguém que se tivesse confrontado com uma visão medonha, demasiado pavorosa para a vista do homem. Fechou os olhos. Estremeceu. Falou, com os olhos ainda fechados:

– E tu o terás! Acabei de ter uma visão, e, diante dela, sinto-me prostrado e grito para Deus: Por que quiseste isto? Por que afligiste assim Teus filhos? E vejo a terra desolada e devastada. Vejo muralhas de cidades desmoronando e as cidades envoltas em chamas. Todo o mundo está cheio de lamentos, desespero e ruínas, e do cavalgar de imensas hordas sinistras. E, atrás dessas hordas, vêm outras, interminavelmente, eternamente, com os cavalos ferrados com a morte, as espadas recobertas de fogo. E eles vêm sempre, cercando o mundo por todos os lados, vomitados através dos séculos, galopando sempre, até que o último homem seja abatido em agonia e não torne a se levantar.

Ergueu as mãos e, numa voz cheia de terror e angústia, bradou:

– Por que fizeste isto, ó Senhor? Por que criaste tais monstros do ventre da escuridão e os lançaste sobre a terra vasta e impotente? Por que os deixaste marchar sobre nossos corações?

Apenas a sua voz enchia a sala. Os servos junto às arcadas olhavam para o velho sem conseguir se mover. Taliph olhava para o velho como se ele fosse um louco, e Toghrul Khan sorria um sorriso débil e mordaz, e era sacudido por risos silenciosos. Mas Temujin, franzindo o sobrolho sinistramente, fixava o bispo mordendo o lábio, acreditando que estava sendo ridicularizado, e que, em algum momento, o velho explodiria num riso de mofa, ao qual todos fariam coro. Então o bispo baixou as mãos lentamente. Sua face pálida como a morte tornou-se cinzenta de fadiga e sofrimento. Deixou a cabeça pender para o peito. Parecia estar ouvindo algo. E começou a falar de novo, com a voz baixa e fraca, mas aos poucos ganhando força.

– Ouço a Tua voz, ó Cordeiro de Deus! Ouço-a debilmente! Mas cada vez se torna mais forte, e eis que ouço Tuas palavras! Pois Tu dizes que a Terra é Tua, para toda a eternidade, embora os séculos gerem tigres de fauces sangrentas, para devastarem, romperem e matarem, e imprimirem sua marca nas almas dos homens! E Tu dizes que para sempre, até o fim dos tempos, a Terra é Tua. Eternamente, para sempre, Tu dizes que não a poderão conquistar!

Agora sua voz era forte e ressoava como um clarim. Ele ergueu a cabeça. Seu rosto estava coberto de alegria misteriosa e sobrenatural, e seus olhos fulguravam como o sol.

– Pois a Terra é do Senhor! A Terra ao Senhor pertence! Sempre e para sempre a Terra ao Senhor pertence!

Alguma força mística pareceu erguê-lo, pô-lo de pé. Ele ergueu os braços. Parecia escutar uma Voz terrível, que proviesse do caos medonho do espaço e do tempo. Ele virou-se, e, antes que alguém se pudesse mover, saiu da sala, como um fantasma, como um espectro, como uma aparição. E todos o viram ir-se, sem se moverem, olhando-o fixamente, incrédulos.

A cortina caiu atrás dele. E, então, todos trocaram olhares. Taliph esboçou um sorriso e riu alto. Apontou para Temujin com um dedo delicado.

– Que é que fizeste com o nosso santo príncipe cristão, Temujin! Tu, tigre de fauces sangrentas! Mas, por enquanto, há apenas molho no teu queixo e uma expressão idiota em teu olhar!

Sua mulher começou a rir. Toghrul Khan sorriu maliciosamente, abanando a cabeça. Mas Azara não sorriu nem riu. Sua cabeça curvara-se para o peito. Então ela levantou-se, e a mulher do seu irmão, irritada, levantou-se também. Azara voltou-se e saiu da sala, e a dama foi obrigada a acompanhá-la. E depois que as duas se foram, Taliph soltou outra gargalhada tonitroante.

Temujin ficou sério. Sentia que de alguma maneira o tinham feito de idiota, e ele ansiava por vingança. Mas quando viu que Taliph não estava sendo maldoso, e apenas ria em puro deleite, e que Toghrul Khan sorria bem-humorado, sua cólera desvaneceu-se.

Começou a rir também, primeiro rudemente, e por fim com absoluto deleite e prazer.

17

Mas quando ele voltou para seus aposentos e encontrou os companheiros dormindo o sono sadio de começo de noite do habitante da estepe, já não estava mais achando nada engraçado.

– Fui insultado por um ínfimo sacerdote! – exclamou em voz alta.

Largou as cortinas que isolavam o quarto de dormir de Chepe Noyon e Kasar, e foi para o seu próprio quarto. Sentou-se na cama e, descansando as mãos nos joelhos, apoiou o queixo e fitou sério o vazio em frente. A imensa quantidade de vinho que tomara fazia-o ouvir zumbidos, como se de milhares de mosquitos. Mas não estava exultante e agitado como em geral ficava quando bebia demais.

Então esqueceu-se do bispo, e só podia pensar em Azara. De repente todo o seu corpo foi invadido por um angustiado desejo por ela. Incapaz de permanecer sentado, levantou-se e começou a caminhar para cima e para baixo pelo quarto, com passadas rápidas e febris. Não conseguia entender-se a si mesmo. Já tinha desejado outras mulheres antes, mas nunca dessa maneira, com uma espécie de terror e sensação de fatalismo, de dor, ternura e amor. O rosto dela, pálido de medo e sofrimento, aparecia-lhe diante dos olhos. Ele o via, mesmo que fechasse os olhos e cerrasse os punhos convulsivamente.

– Que está havendo comigo? – perguntou a si mesmo em voz alta, como que assustado. – Não passa de uma bela mulher, afinal de contas!

Mas então compreendeu de novo que nenhuma outra mulher poderia significar para ele o mesmo que Azara. Ela parecia carne da sua carne, parte da sua respiração e do seu coração. Os pensamentos dela pareciam invadir o quarto e misturar-se aos dele, como exalações vivas.

Ele viera até o palácio, mas não estava mais perto de Azara do que antes. A noiva do califa de Bocara era guardada como o mais precioso tesouro, para que fosse entregue ao seu senhor como a mais pura e imaculada joia. Ele compreendeu, com uma exclamação de cólera e desespero, que não sabia o que fazer a seguir. Mas precisava vê-la, mesmo que tivesse que abater todos os guardas do palácio.

Com um esforço de vontade, sentou-se.

– Isto é loucura – grunhiu.

Tentar vê-la, forçar a passagem através das sentinelas, seria fazer não só de Toghrul Khan um inimigo mortal, mas também o poderoso Califa. Não haveria mais lugar na terra em que se pudesse esconder deles, e traria a ruína para a sua gente. Tudo aquilo que ele conquistara à custa de tanto sangue, mortes, força e tormentos, estaria perdido.

Mas, de alguma maneira, ele apenas sabia o que custaria, mas não conseguia senti-lo na mente. No seu terrível esforço para percebê-lo, para penetrar através do entorpecimento do seu cérebro, ele agarrou a cabeça com as mãos e correu febrilmente os dedos pelo espesso cabelo vermelho. Rolava a cabeça de um lado para o outro. Suava. Soluçava. Mas ainda assim, nada importava além de Azara. Perderia o mundo por ela.

Mas, estranhamente, tampouco conseguia convencer-se disso completamente. Nada importava, entretanto, além da paixão devoradora e do desejo aflito por ela que agora o convulsionava. Os pensamentos dele voavam para ela como mensageiros alados de fogo. Toda a sua carne tremia e estava banhada em suor frio. Lembrou-se de que sempre tinha feito o que desejava, esquivando-se depois das consequências.

Uma vez Kurelen tinha-lhe dito: "Abocanha mais do que podes mastigar, e depois mastiga-o." E de repente ele riu ligeiramente, mas o riso parecia um grunhido.

Se conseguisse finalmente vê-la, que faria depois da breve submersão da sua paixão nas águas frias? Como poderia ele libertá-la dos braços e do harém do velho califa?

– Não vou pensar nisso por enquanto – decidiu, ainda falando em voz alta.

Levantou-se e rasgou as vestes de seda branca de Toghrul Khan. Lançou-as longe com uma careta. Vestiu-se então com a única muda de roupa que trouxera consigo – uma túnica solta de linho riscada de vermelho e branco. Calçou as botas de pele de veado. Enfiou o punhal no cinturão e apanhou o sabre. Correu delicadamente o dedo sobre o seu gume. No misto de luar e luz de lâmpada do seu quarto, a lâmina larga e recurva brilhou como um pálido relâmpago. Lançou o manto sobre os ombros, puxou o capuz para cima da cabeça. Das suas profundezas sombrias seus olhos brilhavam como os de uma fera voraz.

Então parou, imóvel como uma estátua, com toda a sua mente selvagem concentrada num débil ruído. Ouviu-o de novo, um suave arrastar de passos abafados. Afastou as cortinas. Um grande eunuco apareceu diante dele, e, quando viu o jovem mongol, curvou-se profundamente. Pôs o dedo sobre os lábios.

– Vem comigo, meu senhor – sussurrou.

Temujin encarou-o desconfiado.

– Quem te mandou aqui? Para onde me vais levar? – indagou em voz baixa e imperiosa.

Mas o eunuco simplesmente curvou-se de novo e sussurrou:

– Vem comigo.

Temujin hesitou, mordendo o lábio. Franziu o sobrolho ameaçadoramente para o eunuco. Mas a expressão do homem, mal vislumbrada na obscuridade, era amável, embora um tanto intimidada. Olhava continuamente por cima do ombro. Temujin sentiu com a mão o punhal na cintura. Apanhou o sabre de cima da cama e agarrou-o com firmeza.

Seu coração batia violentamente. Será que Azara tinha mandado chamá-lo? Não havia outra explicação. Subitamente cada pulsação do seu corpo cantava, cada veia tremia de alegria selvagem. Ele estava incrédulo, entretanto; ela não faria isso, por mais que o desejasse. Não era mulher de ter esse tipo de atitude.

– Vamos – disse ele abruptamente.

O eunuco esticou o braço e apagou a lâmpada. Agora apenas um luar brilhante e pálido enchia os aposentos. Temujin ouvia as respirações profundas dos companheiros adormecidos. Ele seguiu o eunuco pelo longo corredor do lado de fora. Não havia ninguém à vista. Essa área do palácio estava calma e adormecida. Mas, no outro extremo do corredor, um eunuco apoiado no longo sabre dormitava com a cabeça pendente. De novo o guia de Temujin levou temerosamente um dedo aos lábios e prosseguiu na ponta dos pés. Temujin seguiu-o com o sabre firme na mão. O eunuco afastou uma pesada cortina carmesim e Temujin achou-se num pequeno pátio privativo, cheio de imensos vasos de flores. O luar inundava o pátio de luz, e o vento tépido da noite secou o suor do rosto de Temujin. A atmosfera estava carregada de milhares de fragrâncias de flores, e ele ouvia o rumorejar musical e indolente de fontes distantes. Do outro lado dos pátios estavam os jardins, escuros e imóveis, embora pirilampos fizessem reluzir suas luzes sobrenaturais continuamente através da relva.

Ele acompanhava seu guia, com o capuz bem caído sobre o rosto, o sabre nu sempre em punho. Andavam sobre a relva, deslizando como sombras. Rodearam uma parede e um fluxo de luz de lâmpada amarela penetrou fundo na escuridão. Toghrul Khan e o filho tinham-se reunido aos enviados do califa de Bocara para as últimas festividades. Temujin ouvia agora o tilintar de instrumentos, o som alegre e abafado de címbalos, os risos licenciosos das dançarinas e as gargalhadas ásperas dos homens. Temujin sentiu-se momentaneamente contrariado e afrontado por não ter sido convidado para essa festividade. Os bárbaros dos desertos não eram companhia adequada para os elegantes homens de Bocara, os suaves cavalheiros persas das grandes cidades! Rangiu os dentes. Deteve-se e ergueu o olhar para o fluxo de luz amarela.

Sentiu um puxão no manto. O eunuco, inquieto, pedia-lhe que continuasse. Ele repeliu a mão do homem, com o coração batendo de fúria. De novo, o eunuco puxou-o pelo manto, e sussurrou:

– Senhor, precisamos continuar! Se formos encontrados aqui pelos guardas, seremos mortos imediatamente!

Temujin lançou um último e sinistro olhar carregado para a luz e continuou a caminhar. O eunuco aproximava-se da extremidade do muro baixo e ergueu a mão de sobreaviso. Soldados, carregando tochas, armados e alertas, marchavam para a frente e para trás diante da entrada do palácio. Quando passavam um pelo outro, trocavam a senha e continuavam seu caminho. O eunuco, espreitando por trás do muro, observava-os atentamente. Temujin espreitou também.

– Apenas quatro – sussurrou ele. – Posso vencê-los sozinho! Aterrorizado, o eunuco balançou a cabeça.

– Não; espera, senhor. Precisamos esperar. Não há outro caminho.

Uma explosão mais forte de risos, canções e músicas irrompeu do palácio. As grandes portas de bronze abriram-se e vários cavalheiros saíram, sob o frio da noite, para se refrescar. Um deles chamou os soldados, fazendo moedas tilintarem na mão. Um soldado correu para ele, e sua tocha deixou um rastro vermelho na escuridão.

Mas o cavalheiro, com uma risada desdenhosa, jogou no ar as moedas, e a luz da tocha as fez cintilar. A luz vermelha brilhou no seu rosto persa, moreno e delicado, no seu turbante cravejado de pedras preciosas, no cinturão também cravejado e nos dedos cobertos de joias. Os outros soldados, às gargalhadas, tentaram apanhar no ar as moedas, antes que caíssem.

Era um momento propício, e o eunuco fez um sinal a Temujin. Os dois deslizaram através das sombras, apenas a alguns passos dos soldados que gritavam e dos cavalheiros que riam. Atingiram a segurança de uma fileira espessa de árvores farfalhantes. Ali pararam, ofegantes, à escuta. Mas os soldados não os tinham visto. Tinham retomado a guarda, carregando suas tochas, de muito bom humor. As portas fecharam-se de novo atrás dos cavalheiros persas. E de novo caiu sonolência tépida e abafada sobre a noite. Temujin tinha consciência de odores soporíferos e pesados de rosas.

Agora caminhavam por entre as árvores e foram sair nos jardins onde murmuravam as fontes. Um rouxinol subitamente irrompeu num canto luzente, enchendo a noite das notas mais puras e pungentes. Um outro juntou-se-lhe. A lua destacava-se por entre os topos das árvores como uma roda de prata, emitindo raios de luz argêntea.

Temujin sentiu no rosto uma corrente de ar fresco. Estavam descendo para uma gruta, onde corria água. O odor de árvores e flores era avassalador. Ali havia silêncio, umidade e escuridão completa. Ele mal conseguia distinguir seu guia, embora este só estivesse um passo à frente.

O eunuco deteve-se.

– Não passo daqui, senhor – sussurrou ele. – Mas esperarei aqui por ti. Caminha mais dez passos e então detém-te.

Temujin hesitou de novo. Seria uma armadilha? Mas por que Toghrul Cã usaria de tanto sigilo? Existiam meios mais fáceis e menos complicados para se matar um homem. Ele agarrou o sabre ainda com mais força, e, passando pelo eunuco, caminhou lentamente, contando dez passos. Então parou. Não via nada além de completa escuridão, e não ouvia nada além do suspirar de árvores pesadas, e o canto de rouxinóis, que enchiam a noite de milhares de canções doridas. Sentiu um toque no braço, como o toque de uma folha caindo. Estendeu o braço e agarrou o braço de alguém. Mas o braço era macio e coberto de um véu de seda, e ele percebeu que segurava uma mulher. Puxou-a para ele rudemente. Apertou-a nos braços.

– Azara! – sussurrou.

E seu corpo pareceu inchar como se o seu sangue se tivesse esquentado e suas veias não mais o pudessem suportar. Ele ouviu um riso suave e sentiu lábios velados tocarem os seus. Era um riso lascivo e um hálito ávido. Sentiu a pressão de seios firmes e suaves de mulher contra o peito, a pressão de pernas desejosas curvando-se contra suas coxas. Suas narinas encheram-se do odor de carne de mulher, perfumada e ardente. Mas ele sabia agora que não era Azara, mas apenas a dama da liteira.

O coração de Temujin confrangeu-se dolorosamente. Afastou-a rudemente. Podia enxergar um pouco agora. Alguns raios exangues de luar penetravam a custo através da sombra espessa. Ele distinguiu a forma velada diante de si e ouviu uma risadinha divertida. A forma aproximou-se de novo dele. Ela ergueu-se na ponta dos pés e aproximou os lábios da orelha dele.

– Não tenhas medo, meu senhor! Eu sou uma esposa virtuosa, mas não pude resistir ao desejo de beijar-te. Ah, teus lábios são como fogo! Já é bastante. Eu vim para guiar-te até teu amor, que espera por ti.

O coração dele ainda estava confrangido. Seus sentidos flutuavam. Sentiu que lhe tomavam o braço, mas não conseguiu mexer-se por algum tempo. Sua mente estava tão clara e aguda como gelo. Ele pôs a mão no pescoço da dama. Ela soltou um suspiro sobressaltado e estremeceu, e apertou a carne tépida e tenra contra os dedos duros dele. Mas estes não lhe apertavam o pescoço com desejo, e sim um colar que ele lembrava-se que ela usava, um colar de pérolas e ouro. Ele agarrou-o firmemente. Houve um leve ruído de algo que se rompe e o colar lhe ficou na mão. Ela soltou um grito, debilmente, e recuou. Mas ele subitamente agarrou-a pelo cabelo. Um cacho macio enrolou-se-lhe nos dedos. Ele ergueu o sabre e cortou-o. Ela viu o fulgurar da lâmina ao luar e soltou um grito abafado.

Ele sorriu sinistramente. Agarrou-a de novo nos braços e apertou a boca veementemente contra a dela, em parte para abafar-lhe o grito, e em parte porque lembrava-se de que ela era muito atraente, e que o tinha desejado, apesar de toda a sua virtude. Ela rendeu-se em seus braços, e ficou imóvel, retribuindo-lhe os beijos com paixão voraz. Ela apertou as macias palmas das mãos contra as faces dele, para atraí-lo para si. A mão dele fechou-se sobre o seu seio e apertou-o.

Ela ofegou um pouco. Seu hálito era ardente e perfumado. Parecia quase desmaiada em seus braços e murmurava algo no fundo da garganta. E de novo os pulsos de Temujin cantaram, e seus sentidos foram arrebatados numa nuvem rodopiante de prata. Mas, finalmente, depois de um longo tempo, ele afastou-a de novo. Os dentes dele cintilavam na obscuridade.

– E agora eu tenho teu colar e uma mecha do teu cabelo, para recordar-me de ti – sussurrou ele zombeteiramente. – Uma doce recordação! Vou guardá-los como um tesouro para sempre, lembrando-me dos adoráveis momentos em que me diverti contigo! E vou guardá-los também como resgate, para que não me pregues nenhuma peça, minha deliciosa mulherzinha!

Ele ouviu-a ofegar. Sabia que devia estar encolerizada. Ele riu ligeiramente.

– Se eu não amasse tão profundamente outra mulher, que fez meu sangue tornar-se frio para qualquer outra, eu permaneceria contigo – disse ele. – Mas, quem sabe? Talvez amanhã à noite, neste mesmo lugar?

Então ela começou a rir, quase silenciosamente.

– Eu não te trouxe até aqui para mim, Temujin, mas para conduzir-te até Azara, que enlanguece por ti. Eu já não te disse que sou uma mulher virtuosa? Mas quem sabe se não estarei aqui amanhã? – E acrescentou, num tom mais calmo:

– Segue-me.

Mas ele pegou-lhe o braço de novo.

– Por que fazes isto?

Ela riu, com uma nota baixa e maligna no riso.

– Porque eu odeio Toghrul Khan e meu marido, que me trata como um cão, aquela serpente muçulmana! E porque eu odeio Azara também! Será uma feliz recordação nos dias futuros saber que turvaste a pureza da joia reservada para o grande califa de Bocara, e fazer conjeturas sobre se o filho de Azara não será fruto das tuas entranhas!

– Tu és cristã – Temujin começava a compreender.

– Sim, uma virtuosa mulher cristã, meu senhor. – E ela riu de novo, com um riso frio e maldoso.

Temujin ficou em silêncio. Um espasmo de enjoo e desprezo contraiu-lhe o estômago. Essas mulheres! Astuciosas como serpentes, cruéis como a morte, frias de coração como a pedra! Ele, que matara o próprio irmão com as próprias mãos, sentiu repulsa diante de tal traição, tamanha maldade e indignidade. Então riu para si mesmo, divertido com os próprios pensamentos.

A dama já ia se afastando. Ele viu indistintamente que ela lhe acenava. Seguiu-a cautelosamente. Mal podia distingui-la, pois a luz era tão tênue e os movimentos dela espectrais. Saíram do matagal. Diante deles erguia-se uma longa escada de degraus brancos, tremeluzindo ao luar. Subiram os degraus. Atingiram uma colunata estreita, sem guardas. Entraram num quarto debilmente iluminado, o quarto da dama.

Não havia ninguém por perto. Aparentemente ela tinha dispensado os servos. Ela o fitou e ele pôde vê-la claramente. Os lábios dela riram para ele através do véu, e os olhos negros fulguraram lascivamente. Ele pensou rapidamente: Meu amor por Azara me levará à destruição e à ruína. Quem sabe se eu não poderia sufocar meu desejo nesta taça de ouro, e não mais gritar atrás de uma mulher em quem não ouso tocar?

Ela leu-lhe os pensamentos nos olhos flamejantes e no rosto suado. Mas balançou a cabeça para ele com malícia e ergueu um delicado dedo de advertência:

– Não esta noite! – sussurrou ela. – Mas quem sabe o que trará o dia de amanhã?

Ergueu a cortina e conduziu-o através de uma série de aposentos vazios, iluminados por lâmpadas luxuosas. Ela chegou junto de um estreito portal de bronze, intrincadamente marchetado. Abriu-o sem fazer qualquer ruído, e fez sinal a Temujin para que entrasse.

No limiar ele parou, olhou-a e tomou-a nos braços, cobrindo-lhe a boca com os lábios. Ela debateu-se um pouco, mas logo se largou nos braços dele. Então, depois de um instante, ela o empurrou de si, e riu para ele com os olhos alegres e bonitos.

– Guarda tua paixão para Azara – disse ela zombeteiramente – ou verei frustrada minha vingança.

– Amanhã à noite? – pediu ele ansioso, convencido de que precisava possuí-la.

Ela concordou com a cabeça. Seus dentes cintilaram-lhe através do véu.

– Amanhã à noite, meu senhor, minha pantera! – E acrescentou: – E não temas qualquer intrusão. Tomei precauções quanto a isso.

Ela empurrou-o através do portal e fechou a porta atrás dele. Ele achou-se num pequeno corredor estreito. Na sua extremidade, uma cortina azul e dourada ondulava a uma brisa débil. Agora ele esquecera a dama da liteira, a esposa de Taliph. Por trás dessa cortina Azara esperava por ele, e de novo o coração pulsou-lhe, e já não existia mais ninguém no mundo. Atravessou rapidamente o corredor e afastou a cortina.

Esperava encontrar Azara ali, à sua espera, com os braços estendidos e um sorriso langoroso de desejo nos lábios. Mas, em vez disso, achou-se sozinho no quarto de dormir da jovem, iluminado apenas pela lua. Era um quarto amplo, cujo chão estava coberto de tapetes persas. Uma fragrância delicada, frágil e ilusória, enchia o ar obscuro e tépido. Por um momento ele não conseguiu enxergar nada, e então aos poucos os objetos do quarto foram adquirindo forma vaga.

Junto a uma parede distante ele viu a cama de Azara, onde ela estava deitada, dormindo.

18

Ele teve a impressão de que o súbito bater do seu coração ressoaria através de todo o palácio como um rufar crescente de tambores, e atrairia imediatamente guardas armados empunhando tochas, aos gritos. Num instante ele seria cercado, subjugado e morto. Sua respiração estava cada vez mais ofegante. Tremia.

Mas não havia nenhum ruído. Os tambores eram apenas seu próprio corpo. O luar penetrava no quarto, trazendo consigo a brisa noturna escura e perfumada e o cantar de rouxinóis. Ele sabia que do lado de fora guardas marchavam, em alerta e à escuta, pois ele podia ouvir-lhes o débil arrastar dos passos. A fechadura do cofre estava bem guardada, mas as dobradiças tinham sido quebradas por uma mulher traiçoeira e vingativa.

Ele sabia que precisava mover-se no mais absoluto silêncio. E, assim, com tremor nas pernas, aproximou-se da cama de Azara e deteve-se junto dela, contemplando-a.

Ela dormia como uma criança, com a face na curva da mão, o maravilhoso cabelo descendo-lhe pelos ombros e seios como um manto cintilante. O luar banhava-a com a sua luz pálida. Estava deitada numa aura de resplendor e sonho, respirando suave e mansamente. Ele viu-lhe os círculos das pestanas amarelas, fechadas, macias, inocentes. Viu-lhe o movimento dos seios jovens e puros, a curva do quadril e da coxa sob a manta de tecido de ouro. Mas viu também como ela estava pálida, como seu rosto jovem, delicado e bonito estava marcado pelo sofrimento.

Ele ficou imóvel, contemplando-a, imaginando contemplar o mundo inteiro, e que toda a sua vida e todos os seus desejos estavam centralizados naquela jovem adormecida. Seu sangue escaldante abrandou, esfriou, e ele encheu-se de infinita tristeza e amor, e de uma ternura apaixonada. Queria ajoelhar-se ao lado dela, e delicadamente beijar-lhe a mão, que pendia do lado da cama. Queria enterrar a face no seu cabelo, e esquecer tudo que não fosse seu grande amor por ela. Parecia-lhe que isso faria toda a dor e febre do seu coração cessar, e ele sentiria apenas paz.

Ajoelhou-se ao lado dela, sem tocá-la, apenas enchendo os olhos com a sua proximidade. Sabia que ela não tinha mandado chamá-lo, e que ela dormia, acreditando que ele a ajudaria; mas, como, ela não o sabia. Algo da penetrante presciência do amor disse-lhe que ela dormia assim pela primeira vez em muitas noites, confiante nele, descansando na certeza de que ele estava sob o mesmo teto que também a abrigava.

Ele pensava: Devo ir-me, sem perturbá-la, sem inquietá-la? Ele apalpou o peito. O colar cor de ouro e azeviche que ele lhe trouxera balançou-lhe na mão. Podia deixá-lo sobre o travesseiro, e no dia seguinte ela saberia que ele havia estado ali, e que lhe tinha deixado uma promessa. Mas que promessa seria? Que podia ele fazer?

Afundou numa onda de desespero. Aquartelados do lado de fora do palácio, seus guerreiros esperavam. Ele poderia chamá-los, mas seriam vencidos pelos soldados do palácio e da cidade. Ele podia despertá-la, levá-la da casa do pai, e galopar para longe daquele maldito lugar, para o deserto, para as montanhas e as estepes. Mas, e então? A vingança os perseguiria. Ele não sabia o que fazer!

O jovem mongol, que nunca estivera realmente desesperado antes, realmente impotente, só podia ajoelhar-se ali, trêmulo, encolerizado diante da própria impotência, mordendo os lábios, cerrando os punhos.

E Azara continuava a dormir, sorrindo confiante.

Ele disse consigo mesmo: Eu vim apenas para possuí-la, para satisfazer meu desejo nela, e então abandoná-la a qualquer que seja o destino que seu pai lhe tenha reservado. Vim apenas para um único dia, e depois ir-me embora satisfeito, esquecido. Mas não posso fazer isso agora. Não é isso que desejo. Pois, não importa quanto eu viva, ou aonde quer que eu vá, eu nunca poderei esquecê-la, e minha vida será um tormento constante sem ela. E foi dominado por um assombro claro e objetivo.

Foi desviado do seu desespero por um movimento de Azara. Ela suspirava profundamente. Suas mãos agitaram-se. Então ela sorriu de novo. Ele debruçou-se sobre ela. Seu hálito tocou-lhe a face. Então, simplesmente, sem um ruído, como se não estivesse realmente dormindo, ela abriu os olhos, e fixou-os em cheio no rosto dele.

Ele ergueu a mão rapidamente, como que para tapar a sua boca, se ela fizesse menção de soltar um grito espantado. Mas ela não gritou. Nem se moveu. Apenas arregalou os olhos, mas não de surpresa. Era como se ela acreditasse que ainda estava sonhando, e que seu sonho se tinha tornado realidade. Ela sorriu, um sorriso de infinita alegria, paz e amor. Lágrimas assomaram-lhe aos olhos e correram-lhe pelas faces rapidamente. Então ela voltou-se para ele, e, como uma criança recém-saída de sofrimentos, estendeu-lhe os braços.

Ele hesitou. Não conseguia mexer-se! Sensual e exigente com mulheres, correspondendo-lhes intensamente, ele não podia, entretanto, tocar nessa jovem, que olhava para ele daquela maneira, inocente e simples, com uma paixão não desperta do êxtase. Uma enorme vergonha desceu sobre ele. Sentiu que seria um sacrilégio tocá-la, uma blasfêmia pela qual os espíritos o reduziriam a pó. Podia apenas olhar para ela, com toda a alma desesperada e ávida nos olhos.

– Eu sabia que tu virias – disse ela, e de novo com alegria: – Eu sabia que tu virias!

Então, subitamente, ele enterrou o rosto no seio dela, apertando-a, como se nunca mais fosse soltá-la. Ouvia-lhe a pulsação rápida e crescente do coração, pulsando com um misto de terror e êxtase. Sua carne era macia como veludo e perfumada. Ele sentiu-lhe as mãos acariciando-lhe a cabeça, e então ficaram os dois imóveis, como aves que se tinham reunido para descansar. Ele ouvia-a murmurando e suspirando, e então compreendeu que ela estava chorando.

– Eu nunca te deixarei, meu amor – disse ele. – Eu vim, e nunca mais te deixarei de novo.

Lá fora, no luar tépido e estonteante, encharcado do perfume das rosas, o canto dos rouxinóis cresceu triunfante, mas com um som insuportável de êxtase e alegria.

19

A impotência era uma sensação nova para o jovem mongol. E essa impotência era-lhe especialmente insuportável, porque lhe era imposta por aqueles que desprezava.

Ele era dominado por ondas alternadas de desespero e cólera. A noite com Azara apenas lhe intensificara o desejo e o amor por ela. Ele havia-lhe prometido que nunca mais a deixaria. Já havia prometido isso a outras mulheres também, com facilidade, mas sem falar a sério. Mas agora ele falara a sério. Quando pensava na inocência e beleza de Azara, na sua delicadeza de espírito, era obrigado a pôr-se de pé, embora já estivesse exausto, e a caminhar de um lado para o outro numa verdadeira febre de angústia, cerrando os punhos e virando a cabeça de um lado para o outro.

Os planos mais loucos turbilhonavam-lhe na cabeça, mas sua razão rejeitava-os a todos com ardente desprezo. Se ao menos ele tivesse tempo! Então poderia forçar as circunstâncias, tornar-se cada vez mais poderoso, pedir audaciosamente a jovem ao pai e não ser recusado. Mas não havia tempo. Em menos de sete dias Azara se casaria com o califa de Bocara, que já estava a caminho para reivindicá-la.

Que podia ele fazer? Não sabia. Poderia fugir com ela, mas mesmo que conseguissem fugir da cidade, seus dias junto dela seriam breves. E, depois, a completa ruína, e morte, não apenas para ele e Azara, mas para todo o seu povo. Nem mesmo seu amor e sua paixão podiam cegar aquela parte imparcial do seu espírito que nunca se iludia. Por isso, ele sabia que o preço seria demasiado para tão breve êxtase. Parecia a Temujin que vagueava num labirinto, retornando sempre ao lugar de onde partira. Mas sua aflição não o deixava dormir.

Quando Chepe Noyon e Kasar acordaram, revigorados, com a aurora tingindo de cor-de-rosa os céus de leste, encontraram Temujin ainda caminhando de um lado para o outro, com a luz e a sombra alternando-se-lhe no rosto conturbado. Chepe Noyon ficou surpreso.

– Que, meu senhor? Já te levantaste tão cedo!

Temujin olhou-o em sombrio e melancólico silêncio e recomeçou a caminhar. Então, como grande parte do seu autocontrole já se tivesse despedaçado, ele explodiu em palavras incoerentes. Chepe Noyon escutou-o, primeiro com indulgência, depois com verdadeiro horror. A pura pedra preciosa para a coroa do califa fora maculada! Temujin cometera o crime imperdoável, arrebatara o lírio e profanara a fonte. Chepe Noyon pôs-se de pé e exclamou numa voz rápida e baixa:

– Precisamos partir imediatamente, meu senhor, e implorar aos espíritos eternos que estejamos longe desta cidade antes que tudo seja descoberto!

Temujin fixou os olhos nele com amargura. Examinou a roupa de Chepe Noyon e sua espada afivelada. A fisionomia alegre e sorridente do jovem nokud estava sombria e tensa, tal como nunca estivera numa batalha.

– Escuta, Chepe Noyon, nós não vamos partir. Eu nunca me esquivei antes, e não é agora que vou me esquivar!

Chepe Noyon ficou estupefato. Gaguejava realmente quando falou:

– Meu senhor! Não estás falando sério, não é? Que podes fazer? Que queres fazer?

Temujin balançou a cabeça em desespero.

– Não sei. Não sei também por que te contei, se não tens nada para oferecer-me. Mas uma coisa eu sei: não deixarei mais essa jovem.

Bestificado, Chepe Noyon sentou-se e olhou para ele com olhos arregalados.

Kasar, que estivera ouvindo, boquiaberto, olhava desalentado de um para o outro. Sua mente lenta levara muito tempo para absorver o que tinha ouvido. Quando compreendeu, soltou um grito selvagem.

Temujin olhou-o com o mais absoluto e sinistro desespero e cólera.

– Ficais ambos aí sentados, embasbacados, e não tendes nada para me oferecer além da fuga! Fugi então. Eu ficarei.

Chepe Noyon, ligeiramente recuperado do assombro, respondeu gravemente:

– Senhor, tu sabes que não podemos abandonar-te, mesmo que o desejássemos. Tu és o nosso Khan. Se tu vais ficar, para tua própria morte, então devemos ficar também.

– Perdoa-me se tentei argumentar contigo – continuou. – Não me aches insolente. Mas tu mesmo disseste que não sabes o que fazer. A jovem é bonita, mas igualmente o são milhares de outras mulheres. E todas as mulheres são iguais na cegueira da noite. Tu sabes disso. Acho que foste demasiado longe ao trazer a ruína para ti por causa de uma única mulher, num mundo de mulheres.

E subitamente o rapaz, sempre tão alegre e cínico, bradou ameaçadoramente:

– Maldita seja essa jovem! Ela enfeitiçou meu senhor!

Temujin pôs a mão sobre a testa latejante.

– Tu tens razão – assentiu ele, com simples angústia – ela me enfeitiçou. Meu coração já não me pertence.

– Mas eu tenho outra sugestão, meu senhor: na cama de uma mulher está a cura da paixão de um homem. Desfruta-a quanto quiseres, e então, quando chegar o momento, tu a deixarás e esquecerás.

Temujin franziu as sobrancelhas.

– Nunca a esquecerei. Eu a amo.

Chepe Noyon reprimiu um sorriso. Estava muito aliviado, por que viu que Temujin lhe pesava o conselho.

Mas então o fiel Kasar explodiu veementemente:

– Meu senhor, se tu desejas essa mulher, eu a conquistarei para ti com as minhas próprias mãos, e desafiarei toda uma guarnição!

Temujin riu lugubremente, mas a tensão do seu rosto relaxou um pouco. Pousou a mão sobre o ombro do irmão.

– Acredito que tu realmente o farias, Kasar! Mas a questão não é tão simples. – Ele olhou para Chepe Noyon. – Tu falaste com sensata sabedoria. Eu irei visitá-la durante as sete noites. Talvez assim eu fique livre do encanto. Se não, pelo menos terei então um pouco mais de autocontrole. Neste momento exato, não consigo pensar absolutamente nada.

Banhou-se, penteou o cabelo vermelho, compartilhou do desjejum trazido para ele e os companheiros. Sua fisionomia estava mais descontraída, mas refletia o tempo todo.

Então, lembrou-se do bispo. O cético mongol, que zombava dos sacerdotes e dos seus ardis mágicos, começou, todavia, a imaginar se esse velho de face iluminada não poderia conjurar, operar milagres. Mas, mais do que isso, ele era irmão do mais poderoso imperador do mundo, que era senhor de milhares de cidades muradas e incontáveis legiões de cavalaria e soldados. Que era Toghrul Khan comparado a esse homem? Um mero chefe, um coelho! Temujin subitamente gritou alto, exultante.

Bateu palmas. Um servo apareceu imediatamente. Temujin ordenou-lhe imperiosamente que fosse à procura do bispo e lhe requisitasse uma audiência para Temujin o mais cedo possível. Chepe Noyon ouviu essa ordem extraordinária com as sobrancelhas levantadas, mas não fez nenhum comentário.

O servo voltou e anunciou, com franca surpresa, que o bispo receberia imediatamente o nobre senhor Temujin.

O humor de Temujin melhorou e seu sorriso voltou. Sem qualquer explicação para Chepe Noyon, ele acompanhou o guia aos aposentos austeros e simples do bispo. O velho estava deitado em sua cama e um servo massageava-lhe os pés cansados e retorcidos. Mas ele saudou Temujin com um sorriso da mais pura ternura, e aparentemente não estava surpreso nem curioso com a visita. Temujin inclinou-se diante dele como quem se inclina diante de um grande príncipe, e depois sentou-se no chão junto do velho chinês.

Ele já se tinha decidido quanto ao seu método de abordagem. Disse, olhando para o bispo com um sorriso franco que no fim das contas não o iludiu:

– Deves querer saber o motivo da minha vinda ao teu encontro, meu senhor. Mas é para pedir teu perdão por qualquer afronta que eu te tenha feito, e pedir-te indulgência para comigo.

– Não há nada a perdoar – respondeu o velho sacerdote, muito delicadamente. Em seguida, ele fez uma pausa. Agora seus olhos tornavam-se penetrantes sob as prateleiras proeminentes das sobrancelhas, e fitou Temujin com grande seriedade e pesar. No seu íntimo havia uma confusão: Homens como esse eram flagelos enviados por Deus. Entretanto, talvez eu pudesse abrandar-lhe o coração, esse terrível coração de bárbaro. Mas isso não seria interferir com os planos de Deus? Ele sabia que eram sempre concedidos sinais àqueles que confiavam em Deus, e por isso esperou, implorando por esse sinal.

O humor de Temujin melhorou ainda mais. Ele conseguira um início auspicioso. Mas quando examinou o rosto amarelo do velho bispo, hesitou. Não conseguia compreender aquele olhar profundo e grave, tal como o que um homem lança para um abismo cujo fundo está escondido. Ele não podia compreender a gravidade do olhar.

E assumiu uma expressão de completa candura.

– Eu vim pedir-te ajuda, meu senhor – disse ele, julgando astutamente o bispo.

– Ajuda? – E o pesar desapareceu do olhar do bispo, que foi substituído pelo brilho de simples ansiedade. – Fica certo, meu filho, de que te ajudarei tanto quanto me permitir meu pobre poder.

Temujin balançou a cabeça.

– Não é um pobre poder, meu senhor. E eu desejo invocá-lo. Contra Toghrul Khan, que é meu inimigo, e também teu.

A primeira reação do bispo foi de assombro, e depois de tristeza.

– Não acho que ele seja meu inimigo, nem teu, meu filho – replicou ele em voz baixa. – Mas, mesmo que fosse, nenhuma maldade nos toca, a não ser pela vontade de Deus.

Temujin inclinou-se para ele e falou rapidamente:

– Tu conheces a filha de Toghrul Khan, Azara. Ela me contou que tu a batizaste secretamente na religião cristã. Ela me contou também que está desesperada com o seu próximo casamento com o muçulmano, o califa de Bocara, que tem muitas esposas e concubinas. Ela me pediu ajuda.

O bispo soltou uma débil exclamação de pena e pesar, e depois ficou em silêncio. Sua intuição obrigou-o a fixar os olhos em Temujin, e então compreendeu tudo que precisava compreender.

Ele disse, sempre em sua voz baixa:

– Ela me pediu ajuda também. Mas não posso oferecer-lhe nada além de resignação e humildade, e obediência ao pai. Eu lhe disse que a vida é curta e amarga, mas termina como uma noite ruim, e o sol então nasce. O que acontece durante a noite não passa de um sonho, e depois vem o despertar.

Assombrado, Temujin arregalou os olhos para o sacerdote. Sua expressão de candura e ansiedade jovens desapareceu, como que varrida por uma mão reveladora. Agora, o rosto selvagem do bárbaro expressava um olhar furioso e sombrio.

– Tu condenarias essa jovem a uma vida de misérias? – gritou ele.

– Mas a miséria é breve, meu filho – replicou o bispo, com um leve suspiro. – É um pequeno preço a pagar para a glória do nascimento do sol.

Incapaz de suportar esta tolice, Temujin ficou de pé de um salto e começou a caminhar para cima e para baixo pelo quarto, tentando controlar o fluxo da sua cólera e desgosto. As veias intumesciam-lhe na garganta. Durante muito tempo pensou que ficaria sufocado. E o bispo via-o caminhando de um lado para o outro, e o pesar voltou-lhe aos olhos, e, junto com ele, grande compaixão.

Finalmente Temujin deteve-se junto dele e sua voz soou áspera e estrangulada:

– Tu és um cristão, e Toghrul Khan, ocasionalmente, também o é. Não lhe podes fazer um apelo?

De novo o velho suspirou.

– Eu já o fiz. Mas ele me disse que também é impotente. Não se atreve a opor-se ao califa de Bocara. Se o fizesse, traria o desastre para seu próprio povo.

– Isso é mentira! Ele exibiu a jovem para o califa como uma escrava! E ele vai dar-lhe um grande dote! Azara me disse que fez um apelo ao pai há algum tempo, e ele ameaçou-a de morte se tornasse a tocar no assunto.

O bispo ficou em silêncio. Seu rosto empalidecera excessivamente. Entrelaçou as mãos e torceu-as.

Temujin ergueu o punho cerrado e apontou-o para o velho.

– Teu Deus é um pobre Deus se não pode salvar essa desafortunada jovem!

Mas o bispo redarguiu, numa voz de infinita piedade:

– Tu amas Azara.

Temujin replicou:

– Ela me ama também. E eu não a abandonarei.

O bispo fitou-o e maravilhou-se diante do poder do amor, que podia subjugar até mesmo esse terrível bárbaro de violentos olhos verdes. Verdadeiramente, pensou ele, é o amor que move os homens e os mundos, e as muralhas da escuridão ruem diante da sua voz que canta.

Temujin prosseguiu:

– Eu nunca me senti impotente antes. Mas sinto-me agora. Por isso, sou obrigado a apelar para ti. Ela te venera e tu te atreves a atraiçoá-la.

– Que posso fazer? – indagou o bispo, erguendo as mãos, desalentado.

Temujin sentiu-se subitamente encorajado. Sorriu.

– Muito, meu senhor. Eu levarei Azara embora comigo. Haverá um tumulto, e Toghrul Khan mandará gente em nossa perseguição atrás de vingança. Então tu poderás dizer-lhe que não deve erguer a mão contra nós, porque, se o fizer, tu invocarás o poder do teu irmão, o imperador.

O bispo ouvia-o aterrorizado.

Mas Temujin ainda não havia terminado.

— Ontem à noite, disseste que eu teria o mundo. Mas eu preciso de tempo. Teu irmão, o imperador, te ouvirá quando tu lhe disseres o que me disseste. Ele dará valor a um aliado forte como eu, pois seu império está despedaçado e decadente, e cairá se não tiver ajuda. Já está ameaçado, como tu mesmo sabes. Mas diz a ele o que me disseste e ele se rejubilará.

O bispo não conseguiu dizer nada ainda. Temujin riu alto, exultante.

— Eu sou chamado de bárbaro. Ora, eu sei o que os citadinos dizem das bordas e dos clãs do deserto! Nós somos animais, sem civilização, assaltantes, bandidos, ladrões, assassinos. Mas eu te digo agora que uma nova civilização nascerá dos desertos, mais forte, mais altiva, mais poderosa, mais viril, mais organizada e invencível do que jamais foi engendrada das entranhas fracas das cidades, na cama da decadência. Nada além de doenças proveio desta tua civilização, nada além de degeneração, luxo e ganância, homens eunucos e mulheres devassas. Toda a vossa filosofia não passa de um lamento de impotência. Toda a vossa religião não passa de gemido do escravo. Pregais o credo da vossa desesperança nas vossas academias. Vós modelais coisas delicadas, que são em si mesmas vergonhosas e degradantes. Não existe saúde em vossas instituições.

"Mas nós somos fortes e estamos vivos. E vamos conquistar, pois vós das cidades arquejais em vosso fétido leito de morte, enquanto nós clamamos às vossas portas. Diz tudo isto ao teu irmão, meu senhor, e ele te ouvirá. Porque é mais sábio do que tu."

O bispo ficou ainda em silêncio. Temujin esperou. Ele via as rugas aprofundarem-se na face amarela. Via o velho tornar-se ainda mais velho e decrépito, como se tivesse acabado de acordar de um pesadelo, que ele sabia que era uma profecia.

Então, o bispo ergueu os olhos, e Temujin ficou assombrado ao ver como eram serenos e sossegados, como eram calmos no sofrimento.

— Meu filho, eu não posso ajudar-te. Mesmo que pudesse, eu não o faria. — E deitou-se, voltando o rosto para a parede. — Deixa-me — disse ele.

Temujin olhou para aquelas costas e ombros frágeis e curvados, e, de repente, compreendeu contrariado que o corpo do velho era uma muralha que não poderia escalar, uma fortaleza que não conseguiria tomar, um rio que não poderia atravessar. O poder de todo o mundo estava naquela carne fraca e agonizante, e diante dela ele era absolutamente impotente.

Fui derrotado, pensou. A derrota, porém, nunca o enchia de desespero, mas apenas de raiva e ainda maior determinação. Era como um vinho forte que lhe restabelecesse a vitalidade.

Ele saiu daqueles aposentos, não abatido, mas ainda mais resoluto, e apenas um pouco mais inexorável.

20

Voltou melancólico para seus aposentos suntuosos. Mas Chepe Noyon e Kasar não estavam lá. Um escravo lhe disse que eles estavam se divertindo no jardim com as mulheres que seu anfitrião cortesmente lhes designara. Temujin ficou imóvel na colunata aberta, e sombriamente examinou o verde e a beleza dos jardins. Mas ele não os via. Via apenas Azara, e seu coração estava como um grande carvão em brasa.

Aparentemente, admitia ele, não havia nenhuma esperança. Mas não acreditava nisso. Nunca, na sua vida, acreditara realmente que já não havia nenhuma esperança para ele. Mas encolerizou-se e mordeu o lábio. Olhava para o céu azul brilhante, lembrava-se dos deuses malévolos dos seus ancestrais, que viviam no mongke tengri, o Eterno Céu Azul. Lembrava-se das histórias dos deuses negros e congelados, que viviam no kanun kotan, a terra do gelo eterno. Invocou-lhes a ajuda, com um misto de cólera e escárnio, pois não acreditava neles. Desejava-lhes apenas o poder misterioso e maligno. Aspirou profundamente, sentindo que aspirava com o ar o poder dos deuses da sua gente.

Tudo estava sereno, quieto e em ordem. Mas, subitamente, ele percebeu que fora feita uma busca ampla naquele lugar, minuciosamente, e que Chepe Noyon e Kasar tinham sido atraídos sedutoramente para que a busca pudesse ser completa. Seu aguçado instinto animal farejou o odor sutil do inimigo. Ele sorriu sinistramente, sabendo o que era que buscavam. Levou a mão ao peito e apalpou a mecha de cabelo negro e o colar da favorita de Taliph. Enquanto ele tivesse esses talismãs, ela não se atreveria a traí-lo. Mas ele precisava de um melhor esconderijo. Ele podia ser agarrado em algum corredor e revistado à força por alguns dos servos da dama, ou poderia ser narcotizado e roubado durante o sono. À noite ele os entregaria a Azara, e ela os esconderia no seu próprio quarto.

Ao pensar em Azara, sentiu uma súbita dor cruciante e amarga, uma mistura de desespero, ânsia e amor. Ficou imóvel, suportando o assalto daquela dor. Tentou argumentar consigo mesmo. Ela não passava de uma mulher. Kurelen tinha-lhe dito que os chineses olhavam as mulheres como o maior perigo do mundo, uma ameaça imortal para a paz dos homens e dos impérios. Diziam que aquele que olhasse tempo demais para o rosto de uma mulher, perdia a sua virilidade. Além do mais, os mongóis desprezavam as mulheres, embora corressem atrás delas mais do que quaisquer outros homens. Davam-lhes valor apenas como procriadoras, como tecelãs de feltro. De repente, ele teve uma visão de Azara ordenhando as éguas e a visão era grotesca. Soltou uma gargalhada alta e breve. Ela nem sequer tinha valor para aquele mister simples e doméstico. Se ela gerasse filhos, estes seriam senhores das cidades, sentando-se nos seus jardins, observando o reflexo do sol nos seus estúpidos lagos artificiais, ouvindo música e deliciando-se com as vergonhosas contorções das dançarinas. Como habitante do deserto, sentiu ódio e desprezo por aqueles que viviam nas cidades, pintando flores e folhas em painéis de seda, e ruminando suas fracas filosofias de impotência e corrupção. Os "homens de chapéus e cintas" não eram homens, e sim mulheres travestidas de homens.

Lembrou-se do que seu pai tinha dito: que os homens deviam correr atrás de mulheres, mas nunca amá-las. Um homem podia amar o seu sabre, o seu cavalo, seu arco forte, seus filhos, seus amigos. Esse amor fortalecia-lhe ainda mais. Mas se amasse uma mulher, então estaria perdido. Sua força o deixaria como água. Ele estaria preso por cadeias de cabelos brilhantes, e sem vontade mesmo de rompê-las.

Assim ele ponderava consigo mesmo, resmungando alto seu desgosto pela própria loucura. Andando para cima e para baixo pelo quarto, com seus olhos verdes de gato reluzentes, pisava forte com suas botas de pele de animal. Tinha ódio de si mesmo pela própria fraqueza, pela sua escravidão a uma mulher, que só lhe poderia trazer a morte e a aniquilação da sua gente. Ele era um traidor.

Entretanto, o grande carvão em brasa dentro dele só ardia ainda mais forte. Quanto mais ponderava contra Azara, mais doce e clara lhe ficava a imagem do rosto nos seus pensamentos. Ele estava cheio de assombro por sua impotência. Agora começava a perceber vagamente que um homem pode sentir algo mais do que desejo por uma mulher, e esse algo mais era mais terrível que um exército, mais poderoso que os próprios deuses. Era um mistério, que não podia ser deslindado. Mas era o sopro revigorante de todo o mundo, a paixão diante da qual as outras paixões eram pequenas e insignificantes.

– Eu fui enfeitiçado – pensou ele, e compreendeu que não havia nenhuma poção que lhe pudesse aliviar essa fome, essa doce e dorida sede do coração.

Sentou-se e continuou a pensar com ânsia. Precisava levar Azara consigo – sem ela, nada mais haveria que ele desejasse.

Uma vez que a sua decisão final havia sido tomada, sentiu-se forte e ficou satisfeito. Os velhos estavam errados: aqueles que amavam mulheres tornavam-se duplamente fortes e não sentiam medo. Ele levaria Azara para junto da sua gente, e ela lhe daria filhos. Ela aprenderia a ordenhar os rebanhos, e se sentaria ao seu lado esquerdo, como sua esposa favorita. Bortei a serviria, e também sua mãe. Ele lhe encheria as arcas de tesouros. Cobriria o seu belo corpo com as mais bonitas peles e as mais macias sedas. Envolveria seu pescoço alvo com colares preciosos. Os filhos dela formariam o seu corpo de guarda, o seu keshik. O mundo lhes renderia homenagens. Ele os faria reis de muitas nações. Essa jovem persa, que era cristã, seria a deusa dos mongóis, e do seu ventre proviria uma raça de guerreiros e de cãs. Ele a guardaria como uma joia preciosa.

Temujin confiava no seu destino. Os espíritos, que o amavam, lhe indicariam um caminho. Talvez a semente do seu primeiro filho já estivesse frutificando no corpo de Azara. Sua mãe era uma princesa de um nobre povo, seu pai um poderoso Khan. O destino tinha-a dado a Temujin. O destino não o atraiçoaria, nem zombaria dele.

A cortina foi afastada e Taliph, muito elegante numa túnica de seda amarela, calças de seda vermelha e botas de prata, seu turbante acenando com plumas, apareceu sorrindo amavelmente para ele. Temujin franziu o sobrolho, e depois seu aborrecimento desvaneceu-se, pois viu no sorriso de Taliph uma estranha semelhança com Azara, cujo sorriso era radiante.

– Saudações, meu senhor – disse Taliph, com uma expressão bem-humorada. – O sol já está se pondo. Imaginei que desejasse acompanhar-me através da cidade. Eu amo a cidade ao entardecer, mais do que em qualquer hora.

Temujin ficou satisfeito com a vinda dele. Sentia certa simpatia pelo irmão de Azara e um repugnado desprezo pelo homem cuja esposa favorita era uma devassa. Kurelen tinha-lhe dito uma vez que a melhor simpatia era aquela temperada com secreto senso de superioridade. Ele estava preparado para ser amável.

Acompanhou Taliph até o pátio, onde dois imensos camelos brancos estavam esperando, cercados por servos vestidos de escarlate e azul. O céu do ocidente aprofundava-se num tom carmesim. A atmosfera estava tépida, impregnada dos odores de jasmins e rosas, e carregada de vozes e azáfama. Mas o seu perfume, como percebeu Temujin, era o perfume da cidade, composto do fedor da decadência e do odor de doce corrupção.

Os dois percorreram lentamente a cidade, indo de um lado para o outro. Eram protegidos da tardia e quente luz do sol por pequenos toldos vermelhos franjados de ouro. Em torno deles moviam-se os condutores dos camelos, armados de varas, soltando gritos estridentes ou ásperos para abrir caminho.

Temujin observava com interesse as casas brancas baixas, com seus telhados planos, os muros brancos protegendo jardins, dos quais nada se via além das frondes das palmeiras. A luz do sol pincelava os muros com plumas cor de laranja. Eles entraram nas ruas de habitantes mais ricos. Ali as casas eram construídas no opulento estilo persa. Colunas negras e marrons, enormes e intrincadamente entalhadas, portas comedidas de bronze e latão brilhante. Os muros eram baixos, de maneira a permitir ao passante um vislumbre dos grandes jardins verdes, lagos azuis artificiais e aquários. Mas as grandes janelas de treliça voltadas para a rua estavam completamente fechadas. Havia guardas, vestidos apenas de calças, turbantes, de rosto escuro, imóveis ao lado de cada portão, com as espadas nuas. A atmosfera estava cada vez mais impregnada das fragrâncias de flores e do ruído das folhas das palmeiras batendo ao vento que soprava fortemente do oeste.

Perto dos portões ocidentais da cidade estava o grande bazar, aberto aos ventos e ao sol ardente. O nariz aguçado de Temujin reconheceu-o de longe pelo fortíssimo fedor, muito antes de o seu olhar penetrante tê-lo visto ou seus ouvidos terem-no ouvido. Esse fedor sobrepujava os doces odores dos pomares pelos quais passava o fresco odor de fontes e grutas. Mas ele ficou excitado com o cheiro, porque era pungente e forte, e abundante de vida.

O bazar, espalhando-se por uma grande área, não o desapontou. Já ouvira falar muito dos bazares das cidades, mas sua imaginação não lhes tinha feito justiça. O vozerio era ensurdecedor, embora estivessem ainda nos seus arredores. Os últimos raios do sol poente caíam em cheio sobre ele. Como se compreendesse que as religiões devem partilhar entre si a vida, os apetites e a algazarra, o bazar vivamente colorido era cercado por mesquitas de abóbadas douradas, minaretes e esguias torres do muezim, a reverente austeridade de sinagogas judaicas, as formas de pagodes dos templos budistas e taoístas, e as poucas e indefinidas igrejas dos cristãos nestorianos. Do lado oposto desses templos abarrotados estendia-se o bazar, velado por nuvens de poeira dourada, odorífero, bulhento, clangoroso e tomado pela mistura de címbalos, gargalhadas e milhares de vozes.

O chão era de argila duramente pressionada e alisada por milhares de pés. O bazar assemelhava-se a uma pequena cidade por si só, recortada de ruas estreitas e sinuosas, delineadas pelas barracas abertas de atarefados comerciantes e roufenhos mercadores, pelas altas e frágeis estruturas de bordéis baratos e alegres, pelos mercados de escravos e pelos estábulos de cavalos, mulas e camelos, por quiosques abertos vendendo tapetes, joias, aves domésticas, frutas, xales e vestes de seda, instrumentos musicais, doces, vinhos, armas militares, caças, sandálias, cinturões de couro, turbantes, leques e milhares de outros artigos. O barulho era ensurdecedor e o mau cheiro, insuportável. Moscas sobrevoavam em nuvens negras e insistentes as tâmaras e os figos expostos, assim como as uvas, os doces e outros acepipes.

Os mercadores, usando descomunais turbantes, com os rostos escuros reluzentes de suor, os olhos avaros cintilando sobre a multidão, estavam sentados sobre as pernas cruzadas à soleira das suas lojinhas ou junto das baias abertas, arengando, lisonjeando ou insultando os passantes, e rindo asperamente de algum chiste de um vizinho, de um rapaz ou de alguma jovem impudente. Aqui e acolá um ou outro rapaz aos gritos perambulava em torno da multidão, carregando sobre os ombros, nos braços e mesmo à cabeça, aves brilhantemente coloridas, seguras por cordas. As aves grasnavam, e as asas vermelhas, azuis brancas e amarelas batiam nos rostos de passantes incautos. Jovens, insolentemente não veladas, ou muito levemente veladas, traziam cestas de flores e tâmaras, e chamavam com palavras irreverentes possíveis fregueses. Havia também encantadores de cobras, mágicos e feiticeiros, e até um muçulmano dançante. Havia algumas lojas discretas, e mesmo um tanto soberbas, que vendiam manuscritos persas, turcos e chineses aos entendidos. Seus proprietários não se sentavam do lado de fora; aguardavam no interior, como aranhas eruditas entre os seus atarefados copistas. As lojas de perfumes também eram discretas e recuadas, mas dos seus umbrais obscuros e baixos exalava-se a aura enlevante e calorosa das suas fragrâncias preciosas.

Mas poucos circulavam pelas ruas elegantes. A multidão concentrava-se nas ruas mais desordeiras, onde escravas com os seios nus se contorciam sobre palanques, ao som da música licenciosa da flauta, tambores e címbalos, erguendo os braços, sacudindo o dorso e agitando os longos cabelos negros. Seus proprietários prosseguiam na arenga discreta, mas insistente, oferecendo prazeres extraordinários por pequena soma atrás das tendas encortinadas. De vez em quando eles mesmos batiam pequenos címbalos e olhavam as dançarinas com simuladas expressões de deleite e desejo.

Havia espetáculos de fantoches também, rodeados por multidões de homens e meninos que riam, assistindo divertidos às macaquices dos fantoches. Os mercados de escravos também chamavam considerável atenção. Lá, formosas jovens, com virgindade garantida pelos seus proprietários turcos de turbante e rosto negro, eram discreta e modestamente despidas a intervalos, mas somente em parte, apenas para abrir o apetite de compradores em potencial. Eram muito jovens, a maior parte delas ainda crianças, e muito assustadas. Tinham sido raptadas em incursões, e viam-se variados tipos de rostos ali, louros ou dourados, com cachos escuros ou cabelos louros, e olhos castanhos, pardos, verdes e azuis. Algumas delas tinham características egípcias nos traços delicados, embora suas peles fossem negras e luzentes como o ébano.

Mas Temujin achava as multidões barulhentas por si sós dignas de observação. Heterogêneas, compostas de muitas raças, as pessoas empurravam-se, suando, através das ruas. Ali havia altos, carrancudos e fedorentos afegãos, ostentando grandes bigodes e enormes turbantes. Acolá apareciam monges budistas e taoístas, em vestes vermelhas e amarelas, cujos chapéus de abas largas projetavam sombras purpúreas em seus rostos frios e ebúrneos, segurando nas mãos rodas de rezar. Mas adiante havia discretos judeus, de lábios severos e olhos ardentes, carregando seus manuscritos de orações, e olhando em volta de si astuta e austeramente. Também visitavam o bazar habitantes do deserto nas suas botas de pele de veado e gorros de peles. Ali misturavam-se nobres chineses, tibetanos, hindus, karaits, uighuros, merkits, turcos e até mesmo altos indivíduos de olhos azuis dos desertos congelados, o povo das renas. Havia persas também, elegantemente trajados e enfadados, sentindo-se imensamente superiores àquela multidão mestiça. Ali, a Ásia inteira encontrava os seus vizinhos, e desprezava-os, especialmente a religião.

Numa determinada seção, porcos eram mortos e vendidos, mas esta ficava bem distante da ocupada pelos muçulmanos e judeus.

Temujin achava a multidão fascinante, pois ele tinha interesse pelas pessoas, e aqueles rostos estranhos empolgavam-no. Ele apreciava até mesmo o enorme fedor e a poeira. Quando passou pelo estábulo de cavalos, insistiu em parar e apear. O vendedor não lhe entendia a língua, nem Temujin a dele, mas isso não os impediu de entrar em veemente discussão e exclamações desdenhosas, enquanto Temujin examinava habilmente os animais. A discussão deve ter sido mais intensa do que no cotidiano, pois uma multidão se reunira, animada e irreverentemente, e cheia de sugestões, enquanto Taliph permanecia sobre seu camelo e assistia a tudo deleitado. Finalmente, Temujin abriu caminho indiferentemente através da multidão e montou de novo no seu camelo.

– Não servem nem para comer – observou ele desdenhosamente, partindo sob uma chuva de pragas e imprecações do dono dos animais.

Ele deteve-se junto aos currais dos camelos, e examinou-os com olhar crítico.

– Comidos pelas varejeiras – foi o seu veredito.

Insistiu em parar numa taberna e entrou, embora Taliph não o tivesse acompanhado. Ali bebeu grande quantidade de vinho e de vinho de arroz, e teve de sair para pedir dinheiro a Taliph para pagar a conta, pois não trazia moedas consigo. Seguindo-o, desconfiado, vinha o proprietário, que apanhou destramente o dinheiro lançado por Taliph, e depois curvou-se até o chão na esteira dos indiferentes camelos brancos.

Então estourou um súbito tumulto e confusão de uma luta. Parecia que alguns agitados rapazes haviam comprado um porco, que foi arrastado grunhindo, através das ruas ocupadas Pelas barracas dos muçulmanos e judeus. Aquilo era considerado um sacrilégio. Os judeus e muçulmanos mais jovens saíram aos berros dos seus boxes e atacaram os rapazes, que logo ganharam aliados deleitados. A maior parte deles eram cristãos e budistas. Era uma rixa religiosa e racial, defendida com prazer e com uma calorosa ausência de discriminação. Apareceu então a polícia, armada de bastões, que dispersou todos com democrática imparcialidade. O porco, enquanto isso, foi discretamente roubado por alguém que não fazia nenhuma objeção à carne suína. Dali a poucos minutos, os mercadores tinham-se retirado para dentro dos seus boxes, e recomeçaram a gritar, os lutadores recolocaram os chapéus e turbantes sobre as cabeças e a multidão seguiu seu caminho. A paz foi restabelecida e todos estavam felizes.

Aproximaram-se de um espaço aberto onde três elefantes pardos, gigantescos, solenes e nitidamente enfadados realizavam proezas conduzidas sob os chicotes dos seus treinadores. Grupos de crianças assistiam. Seus pais atiravam em troca moedas aos treinadores, que as apanhavam no ar sem interromperem seu alarido nem por um instante. Os elefantes representavam com filosófica indiferença. Seus olhos pequeninos expressavam enfado e amargor, e suas grandes cabeças estavam cobertas com pequenos barretes franjados com guizos. Eram fêmeas, e muito superiores. Temujin achou-as imensamente divertidas. Ele sacudia-se de riso de cima do camelo. Mas não eram as proezas dos animais que o faziam rir; as fêmeas lembravam-lhe velhas gordas.

Do outro lado da multidão de abóbadas, minaretes, palmeiras e telhados planos e brancos da cidade, o céu ao ocidente estava vermelho como sangue. O sol era uma imensa bola carmesim que lentamente declinava. Temujin comprou um colar de prata e braceletes para Bortei, um manto de lã para a mãe e um manuscrito chinês para Kurelen. Tudo com o dinheiro dado deliberadamente por Taliph.

– Bugigangas – disse Temujin desdenhosamente, mas observava-as cautelosamente enquanto um servo as carregava.

Ele estava começando a ficar fatigado do som metálico dos címbalos e de olhar para os rostos estranhos e heterogêneos.

Quando chegaram de volta ao palácio de Toghrul Khan, Taliph perguntou-lhe o que mais o tinha impressionado na visita à encruzilhada do mundo.

Temujin pensou um momento e respondeu:

– A inexistência de rostos nas pessoas.

Taliph ficou surpreso, mas esperou um esclarecimento.

– Nos desertos – prosseguiu Temujin – cada homem tem a sua alma. Ela olha pelos seus olhos e fala distintamente em sua voz. Seu rosto é seu próprio rosto. Mas nas cidades cada homem fala com a voz do vizinho, e olha através dos seus olhos. Não há força nele. Não é um soldado.

– Talvez as cidades desprezem o soldado – observou Taliph.

Temujin encolheu os ombros.

– Isso é por causa da inveja delas. Somente o soldado conhece a vida em toda a sua riqueza e estímulos. O citadino precisa lançar mão de estranhos prazeres e vícios para tornar sua insípida vida suportável. Sua alma é a alma anônima e insignificante de todos os seus vizinhos.

E então disse algo que faria Taliph pensar por muito tempo:

– As cidades devem ser fáceis de conquistar, pois nenhum homem tem nelas algo de valor, algo para defender.

Mas Temujin já o disse distraído, pois à noite ele veria Azara de novo.

21

A luz branca e quente penetrava pelas treliças das janelas e caía sobre o chão escuro em pequenos círculos, crescentes, estrelas e losangos. Essas figuras cintilavam como se tivessem luz própria, pálida e brilhante, como pirilampos. O vento da noite penetrava também, carregado do odor fresco de flores e fontes. Para além das portas trancadas, os guardas caminhavam. Mas do lado de dentro, havia silêncio e êxtase.

Azara tinha a cabeça encostada no peito de Temujin. Ele apertava-lhe as mãos contra o seu coração e beijava-lhe o cabelo. Não diziam palavra, nem mesmo em sussurro. Sentiam que estavam numa cidadela de paz e alegria e absoluto contentamento. Não havia um amanhã para eles. Nada mais existia além dessa noite, que parecia suspensa no tempo, completa em si mesma, uma eternidade de êxtase, sem perigos ou tormentos. Fora dos limites dessa noite estava o mundo, predatório e ameaçador, e cheio de morte. Eles o esqueceram. Sentiam apenas um ao outro.

E então, muito lentamente, embora a lua declinasse, a realidade começou a inserir-se nos pensamentos de Temujin. Era como se ele tivesse aberto a porta da sua mente e, assim, permitido que homens com espadas entrassem. Precisava lutar com eles. O amanhã estava ao limiar, e era preciso fugir dele ou atacar.

Ele mexeu-se, mas Azara havia adormecido. Via-lhe a curva da face, as pestanas fechadas sobre os olhos. Tocou-lhe o cabelo com a mão. Ela suspirou. Seus seios pareciam pérolas à luz translúcida e obscura. Sua carne exalava um perfume quente, mas intangível.

E, de repente, o coração de Temujin confrangeu-se com uma dor aguda. Pensou: Talvez fosse melhor que eu me levantasse agora e a deixasse para sempre. Não lhe posso trazer nada além de sofrimento e terror. Tenho sido uma sombra negra pairando sobre sua vida. Devo partir como essa sombra, e deixar que o sol claro brilhe de novo sobre ela?

Mas ele sabia que já não poderia haver mais um sol claro para Azara. Ela era demasiado jovem e tinha amado absolutamente. Se ela tivesse amado menos, poderia recuperar-se. Ele se tinha posto de lado a si mesmo – a ferocidade do bárbaro fora superada pelo anjo do amor autodestruidor.

Aonde quer que eu vá, ela irá comigo, pensou ele.

Azara mexeu-se, suspirou, sorriu no seu sono e despertou. Ergueu os olhos para ele. Uma expressão de inefável deleite passou-lhe pelo belo rosto como um clarão. Ela envolveu-lhe o pescoço com o braço e encostou-se contra o seu coração. Parecia a Temujin que seu coração se abria para recebê-la com apaixonada ternura.

– Minha amada – sussurrou ele – já está quase amanhecendo. Preciso deixar-te. Mas presta atenção um instante. Sabes que estamos em terrível perigo. Esta noite eu virei ver-te de novo, mas, quando eu partir ao amanhecer, tu irás comigo. Fugiremos juntos para as estepes, e meu povo te receberá como rainha.

Ela o escutava, com os olhos fixos no seu rosto sombrio com grave intensidade. O clarão deixara-lhe o rosto. Então ela levantou-se e sentou-se na beira da cama, baixando os olhos para ele com concentração, e de tal modo pesarosa que ele ficou assustado. O cabelo de brilho pálido caía-lhe pelos ombros e seios.

– Meus guerreiros estarão prontos – prosseguia Temujin. Nós temos os mais velozes cavalos do mundo. Antes de o palácio despertar e de sentirem tua falta, estaremos a léguas daqui.

O rosto de Azara empalideceu de aflição. Então ela sussurrou:

– Temujin, ainda temos cinco noites. Desfrutemo-las.

Ele franziu as sobrancelhas e soergueu-se sobre o cotovelo.

– E depois?

Ela ficou em silêncio. A cabeça pendera-lhe para o peito.

Ele sentiu-se contrariado.

– Então te tornarás a noiva do califa.

– Não, murmurou ela – não serei noiva de nenhum outro homem além de ti.

– Queres dizer então que dentro de cinco noites virás comigo?

Ela ergueu a cabeça e sorriu-lhe com melancólica paixão.

– Lembra-te disto, meu senhor: na morte ou em vida estarei para sempre contigo.

Em seguida estremeceu. Agitou o cabelo espesso sobre a carne nua como uma veste. Mas seu sorriso permaneceu fixo e melancólico.

Temujin pesou as palavras dela. Por alguma razão desconhecida, um arrepio percorreu-lhe o corpo. Fitou-a penetrantemente, tentando ler-lhe os pensamentos.

Ela recomeçou a falar num suave murmúrio.

– Temujin, eu só te posso trazer a morte ou a tortura. Meu pai não ousaria perdoar-me por medo do Califa. Ele me caçaria, não importa onde me escondesses, e a ti também. Eu não me preocupo comigo, preocupo-me apenas contigo. Se tu me amas, partirás depois destas cinco noites e nunca mais voltarás, e tentarás esquecer-me.

Ele ouvia-a, e aos poucos a cólera escurecia-lhe o rosto. Agarrou-a pelo pulso.

– Tu és uma devassa? Estás cansada de mim?

Ela não respondeu, mas apenas fitou-o com tamanha dor e sofrimento, que ele ficou envergonhado. Mas continuou a apertar-lhe o pulso.

Ela disse chorando:

– Se eu trouxesse a ruína para ti e para teu povo, não poderia mais haver alegria de novo no mundo para mim.

Ele replicou depois de alguns instantes:

– Eu não posso deixar-te. Ou tu foges comigo para junto do meu povo, e esperaremos pelo melhor, ou permaneço aqui contigo. Irei até teu pai e te pedirei para minha esposa, explicando-lhe que não és esposa adequada para o califa.

Ela pôs as mãos esguias sobre o rosto, e as lágrimas correram-lhe através dos dedos. Ele pôs-se de pé e vestiu-se, contemplando-a sobriamente. Quando estava pronto para sair, ela afastou as mãos e sorriu para ele através dos lábios brancos.

– Eu já te disse, Temujin: aonde quer que vás, eu irei contigo para sempre.

E estendeu os braços, e ele apertou-a ansiosamente contra si, enterrando o rosto no ombro dela.

Ela o abraçou como uma mãe abraçaria o filho, aflita e com dolorosa ternura.

– Tu não dirás nada sobre mim a meu pai, Temujin? – perguntou.

– Nada – respondeu ele com os lábios contra a sua carne.

– Juras? Juras por tudo o que adoras e por tudo em que acreditas?

Ele ficou assombrado, apesar da sua paixão, pela pungente seriedade das palavras de Azara.

– Juro-o – respondeu ele. E sorriu. – Juro-o por mim mesmo, pois é tudo em que acredito.

Ela fitou-o, como que tentando penetrar-lhe no espírito, e assim fazê-lo lembrar-se.

Ele segurou uma mecha do seu cabelo e apertou os lábios contra ela.

Ela o observou, sorrindo tristemente.

– Leva contigo uma mecha do meu cabelo, Temujin – disse ela debilmente. – Leva-a como talismã e lembra-te de mim.

– Lembrar-me-ei de ti sem qualquer talismã, Azara. Mas, se o desejas, levarei uma mecha.

E cortou uma longa mecha do cabelo dela. Ela enrolou-se em torno dos dedos dele, como se o amasse. Era tépida e macia como seda, e igualmente brilhante.

De novo ela estendeu os braços para ele e os lábios. Ele abraçou-a fortemente, e parecia-lhe que a carne dela se fundia, tornando-se parte dele. Ele sentia o gosto salgado das suas lágrimas, mas ela continuava a sorrir.

O céu do oriente estava cortado de um rosa-pálido de fogo. Ele precisava ir-se. Beijou as mãos dela lenta e apaixonadamente e Azara contemplava-o, mal parecendo respirar. Quando ele saiu do quarto, ela contemplou-o pela última vez, como que desejando gravar cada detalhe dele.

Temujin estava exultante quando chegou aos seus aposentos. Chepe Noyon e Kasar acabavam de despertar. Ficaram aliviados de ver Temujin ainda uma vez, mas não disseram nada. Ele deitou-se, depois de saudá-los jovialmente, e adormeceu imediatamente.

– Que podemos fazer? – perguntou o simplório Kasar com desespero.

– Não sei – replicou Chepe Noyon, sacudindo a cabeça. – Mas numa coisa eu acredito: que nada no céu ou na terra pode atingir Temujin. Os deuses o protegem e ele é o instrumento nas suas mãos.

– Acreditas realmente nisso? – perguntou o supersticioso Kasar, lançando um olhar furtivo para o irmão adormecido.

Chepe Noyon sorriu.

– Eu não acredito em espíritos, mas existem homens nascidos para determinado destino. É o caso do nosso senhor.

22

Quando adormeceu, Temujin teve um estranho e terrível sonho. Sonhou que dormia na mesma cama em que estava, e que sentiu um toque no ombro. Sonhou que despertava e encontrava Azara de pé junto dele à luz brilhante do sol. Mas ela estava tão branca e fria como gelo, mesmo quando sorriu para ele com infinito amor. Ele ficou extremamente assustado e pensou: É loucura ela ter vindo ao meu encontro nestes aposentos.

Azara se debruçou sobre ele e beijou-o nos lábios. Um frio arrepio percorreu-o, pois os lábios dela estavam gélidos e rígidos. Ele soltou uma exclamação e tentou tomá-la nos braços. Mas ela balançou a cabeça e recuou, sempre sorrindo para ele. Lágrimas corriam-lhe pelo rosto.

Então, sem deixar de olhar para ele, ela recuou na direção da porta. Ergueu a cortina e lançou um último olhar para Temujin. Seus lábios moveram-se, mas ele não ouviu nenhum som. A cortina caiu por trás e ela desapareceu.

Uma paralisia de ferro apoderou-se do corpo de Temujin. Ele lutava contra ela. Sentia o suor correndo-lhe para dentro dos olhos. Finalmente conseguiu libertar-se e pulou para fora da cama. A forte luz do sol fluía através das treliças para dentro do quarto, mas não o aqueceu. Ele tremia violentamente. Correu para fora do quarto, para o corredor, gritando e chamando por Azara. Passou pelos guardiões eunucos, com seus troncos nus e espadas desembainhadas, mas eles não pareceram vê-lo. Correu para os jardins, brilhantes e cintilantes de flores e sol, e viu o brilho dos lagos e das fontes. Um grupo de jovens estava rindo e brincando por ali. Ele falou-lhes, perguntou-lhes se tinham visto Azara, mas elas não responderam. Deram-lhe tanta atenção quanto a uma sombra.

Correu através dos jardins, gritando por ela. Então, por entre uma ilha de palmeiras pendentes, chocalhantes e ondulantes, avistou Azara, correndo como um raio de sol. Perseguiu-a, mas não conseguia alcançá-la. Sentiu as pernas fracas, o corpo lasso. Implorou-lhe que esperasse por ele, mas ela não olhou para trás.

De repente, viu diante da jovem um muro branco, alto e liso. Não se lembrava de tê-lo visto antes. Havia um imenso portão nele feito de ouro e intrincadamente cinzelado. Azara aproximou-se do portão, que se abriu como que por mãos invisíveis. Ela deteve-se no umbral, e então voltou-se e olhou para Temujin. Seu rosto era o rosto da morte, mas sorriu para ele. E então Temujin ouviu-lhe a voz, como um eco longínquo.

– Volta, Temujin. Não podes entrar aqui. Volta, meu amado. Apertou as mãos contra os lábios e soprou um beijo para ele.

Então, curvando a cabeça, ultrapassou o umbral, e a porta fechou-se silenciosamente atrás dela.

Ofegando e chorando alto, ele alcançou o portão. O sol refletia-se nele em ondas tremulantes de ouro. Golpeou-o com os punhos, implorando, chamando, gritando. Mas ele não se abriu.

– Azara! – gritava. – Sou eu! Volta para mim!

Então teve consciência do silêncio profundo e resplandecente em torno dele. Não via ninguém. Os jardins estavam vazios. Céus e terra estavam vazios, cheios do fulgor ardente e paz. Olhou em volta de si, desesperado. Não havia nem sequer a nota de um pássaro, ou o eco de uma voz. À sua esquerda erguia-se o palácio, sereno e silencioso, cintilando à luz intensa.

No seu coração abrira-se uma ferida de sangrenta desolação. Parecia-lhe que a vida lhe deixava o corpo. Caiu no chão junto do portão e a escuridão lhe desceu sobre os olhos.

Despertou subitamente, tremendo e soluçando alto. Não havia ninguém perto dele. Estava sozinho no seu quarto. Um vento tépido e brilhante de sol agitava as cortinas nos portais, e ele ouviu o burburinho indistinto da vida do palácio.

Sentou-se na cama, tentando controlar o tremor e a náusea horrível na boca do estômago. Vestiu-se. Seus braços estavam frios e lassos, e subitamente vomitou, repulsivamente.

Quando acabou de vomitar, deitou-se na cama, sentindo-se tão fraco como uma criança. Completa desolação e desespero se apoderaram dele. Passou-se muito tempo até que foi capaz de encontrar seu caminho através da escuridão dos seus sentimentos. Finalmente concluiu: Foi um presságio. Não podemos esperar. Precisamos fugir à noite.

As cortinas ergueram-se e Chepe Noyon e Kasar entraram juntos, rindo jovialmente. Mas quando viram a expressão de Temujin, ficaram em silêncio e inquietos.

Ele falou de imediato, numa voz fraca e áspera:

– Fazei os preparos de maneira que nossos guerreiros estejam prontos para partir hoje à meia-noite.

Uma expressão de intenso alívio apareceu nos rostos dos rapazes.

– Assim será feito, senhor – disse Chepe Noyon.

Lançou um olhar para Kasar e fez um aceno com a cabeça. Temujin sentou-se e pôs as mãos sobre a cabeça dolorida.

– Azara partirá conosco – disse.

Chepe Noyon empalideceu. Apertou os lábios. Kasar soltou um leve grito e então ficou em silêncio.

– Assim será feito – repetiu Chepe Noyon. Ele aspirou profundamente e suspendeu a respiração. Sua mão tocou no punho da espada.

Sabiam o que os esperava. Com toda certeza, a morte; se não imediatamente, pelo menos num futuro próximo. Mas não podiam fazer nada além de obedecer. Temujin era seu Khan. Sua palavra era a sua lei. Uma atormentada maturidade e resolução apareceu no semblante canino de Kasar.

Nenhum dos dois tentou dissuadir Temujin.

Um sombrio desalento se abatera sobre ele. Não conseguiu comer a refeição que os servos lhe trouxeram. Estava febril. Chepe Noyon sugeriu uma caminhada pelos jardins, mas ele negou com um movimento de cabeça. Sua pele bronzeada estava pálida e úmida. Seu cabelo vermelho emaranhava-se em sua cabeça como a juba de um leão. Parecia um homem obcecado por uma terrível premonição.

Chepe Noyon, que era de natureza sensível, tentou levantar-lhe o moral com uma conversa alegre, mas Kasar sentia-se incapaz de dizer uma palavra. Temujin escutava Chepe Noyon, mas na realidade toda a sua atenção era estranhamente atraída pelos ruídos tranquilos do palácio. Interrompendo as palavras de Chepe Noyon, ele súbita e rapidamente ergueu a mão.

– Espera! – disse ele. – Não ouviste uma mulher gritar?

Chepe Noyon prestou atenção e balaçou a cabeça.

– Não, não foi nada.

Então escutou de novo, com mais atenção. Os ruídos rotineiros do palácio tinham sido abafados, como se mãos frias tivessem pousado sobre uma multidão de bocas. Um pavoroso silêncio parecia descido sobre tudo. Não havia o menor ruído. Mesmo os pássaros pareciam ter caído em silêncio, assim como o vento e as árvores.

Temujin ficou de pé de um salto. Ficou imóvel diante dos seus noyon como uma fera subitamente assustada. Mas não olhava para eles. Olhava para a frente, ouvindo, com a cabeça pendendo e todo o corpo tremendo visivelmente. E os dois noyon, contagiados pela sua atitude e expressão, ouviam também, com o coração pulsando fortemente.

Então foi como se um temporal se abatesse sobre o palácio, e este pareceu estremecer, ressoando inteiramente com gritos desesperados e guinchos. Era como um vento, soprando através de cada corredor, batendo contra cada porta, sacudindo cada coluna e cada parede. Cresceu até um medonho e ensurdecedor trovão.

O rosto de Temujin parecia ter-se tornado de pedra. Os braços estavam caídos. Mas Chepe Noyon saiu correndo para o corredor. Este regurgitava de eunucos e mulheres, escravos de ambos os sexos, correndo cegamente para cima e para baixo. Ele agarrou uma mulher pelo braço e fitou-lhe o rosto aturdido. Ela estava com a boca aberta e soltava gritos. Ele sacudiu-a, mas ela continuou a fixá-lo cegamente, gritando. Ele deu-lhe um tapa no rosto e de novo exigiu-lhe a explicação de todo aquele tumulto.

Ela rompeu a chorar, enxergando-o pela primeira vez.

– A princesa Azara! – gritou ela. – Foi encontrada no seu quarto, enforcada no próprio cinturão!

O horror fez Chepe Noyon ficar da cor do mármore. Largou a mulher e ficou paralisado no meio do tumulto como uma árvore delgada num rio. Pensava apenas: Será que já sabem sobre Temujin? Precisamos fugir imediatamente!

Fez meia-volta, andou entre a multidão que chorava e se lamentava e voltou para seus aposentos. Encontrou Temujin ainda imóvel de pé, paralisado, sem se mover ou respirar. Apenas seus olhos verdes estavam horrivelmente vivos no rosto lívido. E então Chepe Noyon compreendeu que ele tinha ouvido, que ele já sabia de tudo.

Temujin falou calmamente, sem inflexões na voz firme:

– Ela fez isso por mim. Sacrificou-se por mim.

Mas ele não chorou nem gritou. Parecia agora compreender tudo.

23

O palácio estava afundado numa sombria apatia de dor, terror e desespero. O silêncio abateu-se de novo sobre ele, mas era um silêncio desorganizado. Os servos moviam-se como sombras atordoadas, sem dizer uma palavra. Até mesmo os eunucos, que detestavam todas as mulheres, amavam Azara. Inclinavam-se apoiados sobre suas espadas e choravam silenciosamente, de cabeça baixa.

Diziam que Toghrul Khan havia tido um colapso e jazia num estado de estupor. Apenas seu filho Taliph estava junto dele. Seus médicos não admitiam mais ninguém. Não permitiram nem mesmo que um sacerdote muçulmano ou cristão se aproximasse dele. Ele jazia em sua cama, com o velho rosto enrugado purpúreo e inchado, tão rígido como um cadáver. Os enviados do califa sussurravam por trás das suas portas fechadas e balançavam a cabeça pesarosamente. Os embaixadores de sultões cochichavam também. Havia um vaivém silencioso. As estátuas eram cobertas de negro. Dentro do palácio havia pesadas sombras, porque as janelas tinham sido fechadas.

Dentro do seu próprio quarto, assistida apenas pela esposa aterrorizada e chorosa de Taliph, jazia Azara, sorrindo pálida e serenamente no seu sono final. Seu pescoço fora envolvido numa echarpe de seda, para esconder as horríveis marcas da sua morte. Tinha as mãos cruzadas sobre o peito. O cabelo descia-lhe em ondas sobre os ombros e os braços. Ela parecia estranhamente viva, e parecia cintilar com uma luz própria dourada nesse quarto sombrio e fechado.

Por trás das portas, tremendo, cochichavam as esposas de Toghrul Khan e de Taliph, com o rosto e a cabeça veladas de negro. Comentavam que Azara havia ficado louca; que tinha ela preferido morrer a casar-se com o califa muçulmano. Havia um ávido e excitado fulgor nos olhos dessas mulheres, que haviam odiado Azara.

Os corredores estavam cheios de grupos imóveis, silenciosos ou sussurrantes.

Chepe Noyon ficou maravilhado com o controle de Temujin, que dava as suas ordens para a partida daquela noite. O rosto dele estava cinzento e sem expressão. Seus olhos eram como duas pedras verdes. Não falava de Azara. Chepe Noyon ficou intensamente aliviado. Temujin, o realista e exigente, não desperdiçaria mais energias nesse lugar de morte. Manteria suas emoções despertas ao mínimo, nunca extravagante ou perigoso. Aquilo por que ele viera tinha-se ido. Agora ele partia. Era um homem sensato. Chepe Noyon sabia que nunca mais ouviria dos seus lábios o nome de Azara. Ela se desvanecera como um sonho ameaçador, como a sombra da morte sobre uma multidão de indivíduos.

Chepe Noyon pensava: Se existem deuses, eu lhes agradeço pelo fato de a jovem ter morrido. Isto não é senão uma prova de que eles cuidam do destino de Temujin. O cínico rapaz ficara subitamente supersticioso e amedrontado. Mas também estava contente. Não temia a morte, mas também não a provocava. Preferia viver. Agora era-lhe permitido viver.

Ninguém reparou na sua partida naquela noite, pois todos estavam ocupados com a tragédia que ocorrera e com o estado grave de Toghrul Khan. A ausência deles só seria sentida dali a muitos dias. E então seriam esquecidos. Não passavam de fedorentos bárbaros das estepes, cobertos de gordura, ligeiramente curvos de pernas por causa da curva da barriga dos seus cavalos, usando vestimentas estranhas. Chepe Noyon via-se como esses citadinos o viam, e estava alegremente agradecido.

Deixaram a cidade e foram apenas superficialmente vistoriados nos portões. A lua dissolvia-se numa neblina pálida, e céu e terra flutuavam em nuvens nebulosas. Os guerreiros cavalgavam atrás do seu senhor, com o som dos cascos dos seus cavalos como o único eco no silêncio profundo.

Temujin esporeou seu cavalo e os outros o acompanharam no passo mais rápido. Em todo o trajeto de volta deles estendiam-se as planícies escuras, imóveis sob a lua.

Chepe Noyon cavalgava apenas um pouco atrás de Temujin. Via-lhe claramente o rosto. Estava sem cor, embora brilhante como aço. Olhava fixamente para a frente. Em que estaria pensando? Perguntou-se Chepe Noyon. Em Azara, por quem estivera pronto a arriscar tudo, mesmo aqueles que o tinham amado e servido? Mas Chepe Noyon concluiu que não seria possível. Um homem não poderia lembrar-se da sua amada morta com tal expressão. Não havia desespero nela, nem angústia. Era rosto de um falcão à procura da presa e odiando-a com um ódio estranhamente humano.

Agora eles tinham atingido a imensidão dos desertos, negros e infindáveis. A lua revelou-se mais claramente. O ar estava muito frio e parado como a morte. Desmontaram e começaram a preparar o acampamento para passar a noite. Não fariam fogueiras. Comeriam seus bifes mongóis secos, que levavam sob as selas junto à carne quente dos cavalos, para amaciá-las. Beberiam água. Todos falavam e se moviam cautelosamente, como se na expectativa de inimigos.

Temujin não comeu nada. Sentou-se à parte com o irmão e Chepe Noyon. As mãos pendiam-lhe entre os joelhos. Parecia absorto em alguma profunda melancolia só sua, mas que não era certamente dor. Era demasiado sombria, demasiado ameaçadora para ser dor.

Os homens envolveram-se nas suas mantas e deitaram-se para dormir junto dos cavalos. Temujin deitou-se ao lado de Chepe Noyon. Este estava serenamente cansado, mas não conseguia libertar-se de uma vaga inquietude.

Então Temujin falou alto, como para si mesmo, calma e profundamente:

– Eu me vingarei.

Chepe Noyon ficou assombrado. Vingarei? De quem? Perguntou isso a si mesmo com inquietação crescente. Mas ainda que perturbado, adormeceu.

Despertou subitamente, mais tarde, consciente de que devia ter dormido algum tempo. A lua havia desaparecido. Agora havia apenas escuridão. Mas Chepe Noyon sentou-se, escutando atentamente, concentrando-se totalmente em sua audição. Não conseguia ver nada, mas sabia que ninguém se tinha mexido, nem mesmo Temujin, envolto no seu manto ao lado dele.

Concluiu que devia ter sonhado com o som que o tinha despertado: o som de choro de um homem, entrecortado e áspero, e abafado.

24

Todas as manhãs, Jamuga perscrutava o horizonte róseo, e todas as tardes perscrutava o horizonte cor de jacinto, esperando desesperadamente ver Temujin voltar. Sua inquietação e perturbação cresciam a cada dia que passava. Todas as noites ele se tranquilizava afirmando que Temujin era sagaz. Todas as manhãs a velha e protetora subestimação por seu anda voltava, e ele tinha certeza de que o fim estava de tocaia em algum lugar por trás daqueles horizontes que observava tão desesperadamente.

Ele não se sentia muito feliz na sua posição, porque não era nenhum tolo. Sabia que o seu lugar de Khan era não só temporário, mas também insignificante. O verdadeiro governo da tribo estava nas mãos do formoso e silencioso Subodai. Era verdade que Subodai o consultava com grande respeito e com muita frequência, mas era apenas para constar. Jamuga sentia-se arrastado e impotente, como sempre, por uma corrente decidida por outrem. Para um homem com a sua vaidade fria e dissimulada, isso era intolerável. A ruga pálida e severa entre suas sobrancelhas tinha-se aprofundado. Tornou-se mesquinho em pequenas coisas, e irritadiço para demonstrar a todos que era ele na realidade o Khan, e não Subodai. Entregou-se a pequenas tiranias e caprichos. Mas mesmo isso não lhe proporcionava nenhum prazer. Sentia um desdém dissimulado sob o respeito que lhe era conferido, uma ironia sonsa diante da sua pálida arrogância. Se Temujin tivesse percebido algo assim contra si, teria aberto francamente o jogo e lutado por um respeito e temor genuínos. Mas Jamuga era demasiado orgulhoso, tímido e egoísta para forçar uma luta aberta, da qual duvidava que sairia vencedor.

Ele era fastidioso demais para ser cruel. Não tinha realmente nenhum calor humano ou delicadeza, e por isso não podia conquistar afeto ou mesmo respeito. Estava sempre constrangido, preocupado, inquieto e nervoso entre os companheiros. Se possuísse impetuosidade e poder em potencial, seu alheamento teria inspirado temor e mesmo adoração. Mas incerto, frio, sombriamente arrogante, orgulhoso e fútil como era, faltavam-lhe força e domínio e, por conseguinte, era visto com desprezo.

À medida que passavam os dias, o severo, mas gentil, Subodai ia fazendo tudo o que podia, pelo prodigioso poder da vontade e advertências em voz baixa, para compelir o povo a se preocupar com Jamuga e a pelo menos permitir-lhe acreditar que os governava. O susceptível Jamuga logo o percebeu, e desenvolveu um sentimento de ódio venenoso e agudo contra Subodai, que governava onde quer que desejasse, sem esforço aparente. À noite, Jamuga derramava lágrimas amargas e não conseguia dormir.

Uma vez foi culpado por um grave erro. Esse erro foi a semente que lhe daria terríveis frutos nos anos seguintes.

Dissera a si mesmo que, enquanto fosse Khan, retificaria muitas "injustiças" entre o povo, para ter um ponto de apoio contra Temujin quando ele voltasse, e para demonstrar ao seu anda alguns dos erros do seu governo.

O nokud tinha absoluto controle sobre a vida e a morte dos membros da tribo designados para a sua jurisdição. O nokud tomava todas as decisões, julgava todas as querelas, punia todos os ofensores. Se um homem era condenado à morte, ninguém podia apelar ao julgamento do nokud.

Aconteceu que uma vez, ao entardecer, Jamuga caminhava sombriamente através da cidade de tendas, dirigindo-se para o seu costumeiro lugar de observação da possível volta de Temujin. Era muito distante do seu próprio yurt e da sua família. Essa seção estava sob a jurisdição de um inflexível homem de meia-idade chamado Agoti, que Jamuga conhecia pouco e de quem não gostava pela sua inexorável impassibilidade.

Demasiado absorto nos seus próprios pensamentos desalentados, não ouviu de imediato o pranto de mulheres e crianças que saíam, abafados, de determinado yurt grande. Mas depois ouviu-o. Jamuga era antes sensível do que compassivo, e o ruído o fez estremecer. Foi investigar o que havia. Encontrou, no yurt, cerca de vinte mulheres jovens, duas mulheres mais velhas, e duas velhas, e pelo menos 12 crianças. Estavam todas amontoadas num dos cantos do yurt, cheio de fumaça e impregnado de cheiro de almíscar, acocoradas, com as cabeças cobertas com os mantos. Todas choravam e se lamentavam em uníssono, balançando-se de um lado para o outro.

A voz clara e baixa de Jamuga não penetrou logo através daquele muro de dor, mas finalmente um menino reparou nele e chamou a atenção da mãe para o Khan. Ao vê-lo, ela soltou um grito, arrojou-se aos pés dele com o rosto no chão, beijou-lhe os pés, inundando-os de lágrimas e gritando por piedade. Todas as outras mulheres lhe seguiram o exemplo e a tarde tornou-se medonha com as suas vozes entrecortadas, estridentes, ásperas e súplices. Uma pequena multidão juntou-se do lado de fora, soltando exclamações e fazendo conjeturas.

Jamuga finalmente pôde compreender que o senhor delas, Chutagi, havia sido condenado à morte. Nenhuma delas parecia saber por quê. Mas ele seria enforcado à meia-noite por ordem de Agoti. Apenas Jamuga Sechen, o grande Khan, poderia salvá-lo. Estavam todas ajoelhadas em torno dele ou jaziam prostradas, agarrando-lhe as vestes, aos prantos. A luz obscura delineava-lhes os rostos lívidos e úmidos e os cabelos desgrenhados. Uma das mulheres mais velhas era a mãe de Chutagi; e a outra, sua avó. Todas as outras eram suas esposas, filhas e filhos.

Jamuga contemplava-os a todos. Seu rosto pálido modificou-se. Apertou os lábios. Lembrou-se de Agoti com ódio e raiva. Finalmente conseguiu libertar-se das mulheres que o agarravam. Prometeu-lhes que iria falar com Agoti para saber qual tinha sido o crime de Chutagi, e o que poderia ser feito.

Voltou para o seu próprio yurt, ardendo por dentro com uma emoção estranha e belicosa, com o coração pulsando dolorosamente. Ele não sabia por que se sentia assim. Sabia que as leis da tribo eram imutáveis e que Chutagi parecia ter violado uma delas, e gravemente. Ele não sabia por que desejava interferir. Não tentou analisar o que sentia, nem o que poderia fazer. Mas parecia-lhe que via o rosto de Temujin, e sentiu engulhos. Começou a tremer violentamente. Mas, mesmo assim, não havia nenhuma piedade nele pelo homem que ia morrer, nem pelas suas mulheres. Junto à porta do seu yurt, Jamuga deteve-se. Então, sempre obedecendo ao seu estranho impulso, dirigiu-se ao yurt de Temujin. Subiu à plataforma e ordenou a um servo que trouxesse Agoti à sua presença imediatamente. Entrou no yurt de Temujin e sentou-se sobre a sua cama plana e vazia. Olhou em torno, respirando ofegantemente. Tinha as palmas das mãos úmidas. Sua carne estremecia e sua boca estava seca. Só agora começava a compreender um pouco a sua emoção. Era a cólera que se tinha apoderado dele, mas uma cólera obscura e mortal como nunca tinha sentido antes. Por trás dele pendia o estandarte dos nove rabos de boi e sob ele um dos sabres desembainhados de Temujin. Ele pegou o sabre e pousou-o sobre os joelhos. Então aguardou, respirando com dificuldade.

Muitos o tinham visto entrar e tinham ficado do lado de fora, cochichando agitadamente uns com os outros. Logo se lhes juntaram outros. Em poucos minutos, quase cinco mil homens se tinham aglomerado em torno do yurt de Temujin. Jamuga Sechen havia entrado na casa do senhor de todos, estava sentado em sua cama e segurava a espada de Temujin!

Quando Agoti, assombrado, se aproximou do yurt, seguia-lhe rente aos calcanhares uma imensa multidão. Algo de formidável estava para acontecer, todos o sabiam. Mas Agoti caminhava fleumaticamente, olhando à frente com completa indiferença e mesmo desprezo. De vez em quando ele cuspia, lançava um olhar feroz para os homens, que recusavam e baixavam os olhos.

Quando chegou ao yurt de Temujin, exclamou em voz alta:

– Ora essa! – E sorriu sinistramente.

Entrou no yurt e inclinou-se baixa e ironicamente diante de Jamuga Sechen. Esperou em silêncio que Jamuga falasse.

O rosto branco de Jamuga reluzia de suor. Seus claros olhos azuis estavam brilhantes de emoção. Mas ele falou serenamente:

– Agoti, eu soube que condenaste um tal de Chutagi à morte. Por que não fui informado disso? – Sua voz serena alcançou os ouvidos atentos dos mongóis mais próximos, que logo as passaram para os companheiros.

Agoti arregalou os olhos. Numa expressão carregada e contraída. Já não conseguia dissimular o desdém e a arrogância na sua entonação quando respondeu:

– Senhor, eu sou um nokud. Não preciso dar satisfações a ninguém, nem mesmo ao senhor Temujin, sobre a maneira como distribuo a lei entre os que estão sob o meu comando. Assim ele decretou.

A estranha e sufocante emoção que afligia Jamuga cresceu até a loucura. Tudo se tornou negro diante dos seus olhos por um instante. O ódio engasgou-o, mas, como a sua cólera, era um ódio obscuro.

Quando falou, sua voz saiu débil e sufocada:

– Tu te esqueces de que sou Khan até que nosso senhor retorne. Digo-te agora, como direi a todos os outros, que terei a palavra final até essa época. Se tomares tais decisões importantes no futuro sem a minha permissão, sofrerás o mesmo destino.

As multidões que cochichavam do lado de fora ficaram pasmas. Agoti olhava fixo para Jamuga, como se estivesse diante de um louco. Mas ele não era estúpido e recobrou-se rapidamente. Replicou numa voz de tranquila dignidade:

– Devo entender que tu, Jamuga Sechen, estás ab-rogando as leis estabelecidas pelo grande senhor Temujin?

Um momento de reflexão poderia ter evitado que Jamuga cometesse a sua maior estupidez. Mas ele não refletiu. Seu coração batia com uma sensação de mortal angústia. Pela primeira vez em sua vida ele teve desejo de matar. Seus dedos apertaram o punho do sabre até ficarem brancos pelo esforço. Até o fleumático Agoti ficou espantado com a sua expressão e recuou um passo, inquieto, depois das suas palavras audaciosas.

Então Jamuga declarou:

– É assim que deves entender.

Isso foi repetido do lado de fora, fazendo os ouvintes ficarem mudos de horror, excitação e entusiasmo, porque todos desprezavam Jamuga.

Agoti sorriu ironicamente, e, para dissimular o sorriso, inclinou-se de novo.

Jamuga prosseguiu, na sua voz estrangulada e cada vez mais fraca:

– A lei de ontem não é a de hoje, ou a de amanhã. Que foi que esse homem fez?

Agoti respondeu num tom de respeito irônico:

– Senhor, ele cometeu o crime de traição.

— Traição! — E uma pálida sombra, inescrutável e difusa, passou pelo rosto de Jamuga.

— Sim, senhor. Ouviram-no dizer muitas vezes nos últimos dias que nosso grande Khan nos abandonou incontinente por alguma razão trivial, atrasando nossa partida para os pastos de inverno e deixando-nos a descoberto para um ataque, na sua loucura. — Agoti falava vagarosamente, como que saboreando cada palavra. Fixava os olhos amenos de Jamuga. — Ele disse também, como se já não bastasse o resto, que o povo devia eleger um novo Khan que desse ordens no sentido de afastar o povo imediatamente deste lugar perigoso.

Jamuga ouvia-o. Umedecia os lábios secos e franzidos. Não desviou o olhar do de Agoti. Seus olhos pareciam os olhos fixos e vidrados de um cego. Então, com muita lentidão, baixou a cabeça e pareceu mergulhar em profunda meditação.

Quando falou de novo tinha a voz de um homem que fala durante o sono:

— É traição, então, negar a um homem livre a expressão livre e audaciosa das suas opiniões? — Ele ergueu os olhos vivamente e seu rosto estava de novo brilhante. — Não, não é! Esse homem não é um escravo, não foi perseguido nem aprisionado. É uma maldade impedi-lo de dizer o que a sua mente lhe ditar. Liberta-o imediatamente.

O sardônico Agoti, de lábios contraídos, ficou da cor de cera velha. Aspirou alta e profundamente e suspendeu a respiração. Olhava Jamuga, incrédulo. Não conseguiu dizer uma palavra, e o suor porejou-lhe por toda a pele quando tentou fazê-lo. Do lado de fora, o povo começou a murmurar subitamente, e suas vozes cresceram como vento.

Vendo Agoti permanecer diante dele, imobilizado, com as narinas dilatas, Jamuga ficou colérico. Sua voz saiu alta e histérica como a de uma mulher quando exclamou:

— Então tu és um imbecil? Estás surdo? Tu me ouviste! Liberta Chutagi imediatamente, ou sofrerás funestas consequências!

Agoti já não estava mais satírico, irônico ou divertido. Fora ferido no coração. Não conseguia orientar-se. Aparvalhado, não conseguia mover-se. Não devo ter ouvido direito, parecia estar dizendo para si mesmo, duvidando dos próprios ouvidos.

Jamuga olhou ferozmente em torno de si. Gotas de suor frio irrompiam-lhe por todo o rosto pálido. Seu olhar caiu sobre um chicote de couro de boi próximo da sua mão e ele agarrou-o. Rodou-o no ar e abateu-o com força sobre o rosto de Agoti. O chicote sibilou como uma cobra quando cortou o ar e onde se abateu cresceu um vergão escarlate.

– Agora, vai-te! – ordenou Jamuga, roucamente, ofegante. – E manda Chutagi à minha presença.

Agoti não tinha estremecido ou recuado quando o chicote o feriu. Recebeu o golpe em cheio, inabalável. Continuou diante de Jamuga e sua estatura pareceu aumentar. Estava revestido de grande dignidade e fitava o outro com orgulho e coragem.

– Tu és o Khan – disse ele serenamente.

Então, de repente, ele já não era mais um nokud, e sim um homem, e seus olhos fulguraram sanguinariamente. Inclinou-se em saudação, girou sobre os calcanhares e saiu do yurt.

Sozinho no yurt, a respiração ofegante de Jamuga encheu o silêncio sinistro. Seu olhar faiscante caiu sobre o chicote em sua mão. Soltou uma débil exclamação e jogou-o longe de si com asco. Mas logo depois apertou os lábios e cerrou as mãos esguias. Sua respiração ficou mais tranquila, e a pulsação nas suas têmporas desapareceu. Não ouvia nenhum ruído do povo do lado de fora, e imaginou que já se tinha dispersado. Ele não sabia que haviam todos ficado absolutamente chocados e aparvalhados com o que ouviram.

A aba do yurt levantou-se e Agoti entrou, acompanhado de Chutagi. Chutagi movia-se como um homem num sonho fantástico. Olhava para Jamuga como se estivesse hipnotizado. Pestanejava continuamente e umedecia os lábios com a ponta da língua. Era um homem alto, bronzeado e magro, de pernas fortes, curtas. O que o tornava alto era o tronco. Sua expressão era ousada e um tanto insolente, os olhos protuberantes com uma expressão belicosa.

Jamuga observou-o em silêncio. Ali estava um homem de coragem e de força, que dizia o que pensava na cara da morte, e não temia nem alguém como Temujin, diante de quem todo o povo tremia.

Aí está alguém que pelo menos não idolatra Temujin, pensou Jamuga, e mesmo em meio ao seu estado de espírito desordenado teve consciência de um estranho e acre frêmito de satisfação. Fez um gesto brusco para Agoti.

– Sai – ordenou.

Agoti hesitou. O chicote tinha-o ferido no lábio inferior, que estava inchado e sangrando, e no queixo, que estava cortado e lívido. Então ele saudou e saiu.

Jamuga e Chutagi fitaram-se em silêncio. Chutagi não tinha medo. Empinava os ombros arrogantemente. Então Jamuga tomou consciência do próprio desapontamento. Aquele não era um rebelde inteligente, falando como ele desejava, com dignidade e compreensão. Não passava de um primitivo de alma, perpetuamente descontente, um insatisfeito sempre procurando causar transtornos. Jamuga percebeu tudo isso, mas apenas vagamente. Seu desapontamento nasceu principalmente do fato de Chutagi não apresentar nenhuma expressão de gratidão e alegria, respeito e veneração.

Chutagi fitava Jamuga com o descaramento da completa imprudência, e, constatando essa falta de veneração, a cólera de Jamuga ressuscitou vagamente. Esperara que Chutagi se ajoelharia diante dele, rendendo homenagem tanto ao seu poder como à sua piedade.

Jamuga disse brevemente:

– Ouvi dizer que expressaste desrespeito pelo nosso Khan Temujin. Deploro tua estupidez e falta de discrição. Não estamos em posição no momento que permita vermos nosso povo dividido, não importa qual seja tua opinião a respeito. Não obstante, falaste audaciosamente como um homem livre. Palavras audazes nunca foram razão para matar. Vai, és livre, mas controla tua língua tola no futuro.

Chutagi arregalou os olhos. Mas sua expressão não se modificou. Simplesmente ficou ainda um pouco mais ousada e impudente. Então, para espanto de Jamuga, essa expressão desapareceu, dando lugar à incerteza e perplexidade.

– Estou livre, meu senhor? Livre para ir embora, depois da minha traição?

A fúria indistinta de Jamuga cresceu ainda uma vez como a estocada de uma lâmina.

– Estúpido! Então não ouviste nada do que eu disse?

Chutagi ficou em silêncio. Já não estava mais corajoso nem provocador. Parecia pensativo. Remoía alguma ideia. Então seus traços contraíram e Jamuga, sem poder acreditar, viu que ele estava prestes a chorar.

– Mas, senhor, eu incitei o povo à rebelião. Sou culpado de traição e desobediência. Tenho de morrer. Violei a primeira lei do meu povo. Eu mereço castigo.

Era Jamuga agora que arregalava os olhos para ele, como se olhasse para um louco. Sentia-se sufocar. Por um momento não se atreveu a falar, para não explodir em ferozes vituperações e para não espancar o outro. Ergueu os braços, agitando-os incoerentemente. Então bradou:

– Idiota! Fora da minha presença!

Uma absoluta perplexidade tinha-se apoderado de Chutagi. Estava inteiramente confuso. Parecia alguém que visse o chão abrir-se diante de seus pés, alguém que visse o mundo transformar-se em algo de pesadelo e pavor, onde ele fosse um completo e aterrorizado estranho, e onde todas as coisas seguras e estabelecidas tivessem desaparecido. Então ele recuou tropeçando, pestanejando. Quase caiu fora do yurt.

Jamuga grunhia:

– Oh, esses animais! Esses animais!

Cobriu o rosto com as mãos. Sentia-se mortalmente mal, com ânsias de vômito.

As pessoas que ouviam do lado de fora olhavam umas para as outras. Cada rosto era uma reprodução do de Chutagi, frustrado, assustado, contraído na contemplação de um mundo que já não era mais firme, nem seguro, nem ordenado. Então, um a um, afastaram-se, retornando aos seus yurts. E logo toda a cidade de tendas ficou em silêncio e sem respirar, como se estivesse de luto. As fogueiras apagaram-se. As mulheres tinham-se reunido e cochichavam. Muitas apertavam os filhos contra si como que para protegê-los.

Jamuga, recobrando-se ligeiramente, disse consigo mesmo: A culpa é de Temujin. Ele privou o seu povo da qualidade de seres humanos, tornando-os uns estúpidos e animais.

25

Jamuga estava deitado em sua cama, mas não conseguia conciliar o sono. A cidade inteira parecia dormir, mas isso era ilusório. Nunca uma noite a encontrara tão desperta. Havia rumores. Temujin tinha sido morto. Jamuga tinha sido apontado Khan em seu lugar. Temujin estava vivo, e voltaria imediatamente. Na volta, ele mataria com as próprias mãos seu anda. No dia seguinte Jamuga daria a ordem de partida para os pastos de inverno. No dia seguinte ele não faria nada. Talvez ele se suicidasse quando recuperasse a completa sanidade. Mas todos sabiam que algo de terrível e importante tinha acontecido. E nunca a cidade estivera tão inquieta, tão assustada, tão revoltosa.

Jamuga, sensível e sutil, sentia essas aragens de rumor e terror. Mas estava horrivelmente perplexo e desgostoso. Quanto mais tentava compreender, mais nebuloso tudo se tornava. Que havia feito? Simplesmente libertado um homem injusta e absurdamente condenado à morte sem qualquer razão válida! Tinha desafiado uma lei bárbara estabelecida por Temujin. Por vezes, um frêmito de exultação fazia-o sorrir na escuridão. Tinha desafiado com sucesso essa lei. Empregara a razão em vez da imbecilidade. Certamente Temujin lhe daria razão.

Ao pensar em Temujin, Jamuga sentiu uma contração no coração. Mas a contração não era de medo. Era antes composta de inquietação, raiva, desprezo, tristeza e algo mais que se recusava a analisar.

Ele viu a sombra brilhante e débil de uma tocha. Alguém puxava a aba do seu yurt. Levantou-se e abriu-a. Era Kurelen, envolto no seu capote preto. O velho coxo sorriu-lhe tranquilizadoramente, entregou a tocha a um guerreiro que montava guarda ao yurt do lado de fora e entrou.

– Imaginei que talvez estivesses dormindo – Perdoa-me, se estavas mesmo – disse Kurelen.

Seu tom era gentil e o sorriso paternal. Mas o olhar penetrante examinava o rosto estreito e lívido de Jamuga com muita atenção.

– Eu não estava dormindo – respondeu Jamuga amargamente.

Estava rancoroso. Tinha uma ideia aproximada da razão da vinda de Kurelen. O velho sentou-se na cama desarrumada de Jamuga. Juntou os dedos e sorriu de novo para Jamuga.

— Ah — disse ele, pensativo.

Aparentemente não tinha nenhuma pressa em começar. E Jamuga, recusando-se obstinadamente a pôr-se na defensiva, aguardou em silêncio sério.

Kurelen continuava a observar o rapaz. Sorria no seu íntimo. Chegou mesmo a levar a mão morena e torta à boca para disfarçar o sorriso. Finalmente, observou:

— Louvo a tua compaixão e os teus sentimentos. Mas não o teu discernimento, Jamuga.

Jamuga olhou com ar de afronta orgulhosa e fatigado desdém.

— Meu discernimento! Então os homens são toras de madeira ou pedaços de estrume seco para serem atirados ao fogo ao arbítrio caprichoso de um estúpido e insignificante senhor?

Kurelen encolheu os ombros.

— Não estou preparado para discutir sobre o valor intrínseco de qualquer ser humano. Nem mesmo sei se algum de nós tem algum valor. Com certeza não, diante da eternidade. — Ergueu a mão. — Por favor, Jamuga, deixa-me falar. Eu não conheço esse Chutagi, nem me interessa conhecê-lo. Ouvi dizer que ele falou tolamente. Mas não mais tolamente do que tu agiste. Entretanto, parece que temos leis contra esse tipo de tolice dele. Outra coisa: não estou disposto a discutir sobre a validade ou não dessas leis. O fato é que existem tais leis. Ab-rogando-as, cometeste grande loucura. O povo sabe disso. Tu pecaste contra eles. Não sabem agora para onde se voltar. Tu os aterrorizaste...

— Mas por quê?

A voz de Jamuga elevara-se.

Ele pôs-se de pé, como se queimasse por dentro. Começou a caminhar pelo yurt em passos desordenados. Um rubor subiu-lhe às faces.

— Mas por que hão de estar aterrorizados? Por que fui piedoso, justo e razoável?

Kurelen encolheu os ombros de novo e abriu as mãos.

— Porque violaste uma lei, e quando um Khan viola uma lei gera a confusão no seu povo. Priva-os da segurança e dá-lhes anarquia.

E então Kurelen se deu conta de que era inútil falar, pois Jamuga não podia compreender, não poderia compreender nunca.

Jamuga olhava-o com venenoso desprezo.

– E eu que achava que eras um homem justo e sensato, e às vezes até mesmo compassivo! – exclamou.

– No entanto – redarguiu Kurelen brandamente – eu não advogo a súbita e violenta ab-rogação de uma lei, sem preparação e educação preliminar do povo. Eles são como crianças. Precisam ser ensinados lentamente. São incapazes de raciocínio profundo; simples fatos, continuamente reiterados, podem por vezes penetrar-lhes nas mentes primitivas e aí serem recebidos com segurança e satisfação.

– Eu não compreendo! – bradou violentamente Jamuga.

– Eu vejo que não. E temo, Jamuga, que nunca venhas a compreender. Tu nunca compreenderás os outros homens. Tu os julgas por ti mesmo. Isso é fatal.

Jamuga ficou em silêncio. Lágrimas de impotência e desespero assomaram-lhe aos olhos.

Kurelen inclinou-se para ele e pôs a mão no seu braço.

– Tu tens coragem, mas és um sonhador, Jamuga Sechen. Não existe um mundo para os sonhos. Precisamos aceitar fatos.

– Que devo fazer? – perguntou, desesperado, Jamuga.

– Amanhã, dirige-te a Agoti e ordena-lhe que prenda Chutagi. Esperarás Temujin para tomar uma decisão, dizendo que o assunto é demasiado grave para assumi-lo sob a tua responsabilidade. Jamuga – insistiu ele –, não tens o direito de fazer isso com nosso povo, precisas devolver-lhe sua segurança imediatamente. De outra maneira, funestas consequências advirão.

Jamuga agitou a mão convulsivamente.

– Falas como um idiota, Kurelen! Eu não farei isso! Não me vou rebaixar assim diante. ...

– Diante de Temujin? – completou Kurelen astutamente. O rosto de Jamuga ficou carmesim de mortificação e fúria.

– Diante do povo! Não me vou desdizer, nem apresentar desculpas. Fiz o que considerava certo. – Olhou penetrantemente para Kurelen. – Então não compreendes? Esse Chutagi é um homem, não um animal! Não podem dispor dele como de um animal à espera do cutelo.

Kurelen ergueu as sobrancelhas.

– Digo-te de novo que não estou preparado para discutir o valor dos seres humanos. Só sei que algo de monstruoso resultará disso tudo. Só sei que te estou dando um conselho sensato.

– Estás me aconselhando a recuar sobre meus passos e destruir um outro ser humano!

Kurelen pôs-se de pé.

– É inútil, então. Tu nunca compreenderás.

Ele fez uma pausa e fitou Jamuga durante muito tempo. Uma curiosa mudança se operou no seu rosto macilento e enrugado. Uma espécie de lampejo de pesar e tristeza tocou-lhe os olhos. Pousou a mão por um instante no ombro de Jamuga.

– Jamuga, a primeira coisa que um rei inteligente deve aprender é nunca destruir a autoridade, nunca lançar dúvida na mente do povo quanto à sacrossanta qualidade da lei. Se ele fizer isso, ele mesmo acabará sendo destruído pela destruição do que criou. A autoridade e a lei constituem o mundo dos homens. A sua abolição faz o mundo voltar à escuridão.

Jamuga fez um gesto de desprezo.

– As leis precisam ser imutáveis? Precisa o herdeiro de um trono manter as leis daqueles que morreram? Não pode ele fazer outras, mais adequadas às circunstâncias presentes? Não podemos viver para sempre à sombra da mão dos mortos!

Kurelen sorriu inescrutavelmente.

– Mas Temujin ainda não está morto, Jamuga.

Ele vestiu o casaco, e continuou.

– No entanto, Jamuga, eu louvo de novo tua compaixão, embora não concorde contigo. Agora eu sou um velho.

E saiu, deixando Jamuga sozinho com a sua angústia raivosa.

Mas ele não ficou sozinho por muito tempo. De novo alguém ergueu a aba do seu yurt, e desta vez, Subodai, grave e belo, e sorrindo gentilmente, pediu permissão para entrar. Sua atitude tranquilizou Jamuga, embora este imaginasse a razão da sua vinda ao vê-lo respeitoso e calmo.

– Permiti que eu fale, senhor – começou ele.

Jamuga acenou que sim brevemente com a cabeça, recobrando-se. Tinha ciúmes de Subodai, mas ninguém poderia realmente odiar esse rapaz bonito e delicado, de olhos brilhantes e leais.

Subodai hesitou apenas por um instante. A sua natureza era inteiramente transparente: não havia nenhuma tortuosidade, nenhuma subserviência, nenhum medo nele.

– Perdoa-me, senhor, se falo sem rodeios por causa da minha apreensão. Se desejares punir-me pela minha franqueza, nem assim deixarei de falar. Foi uma coisa triste o que fizeste.

Agora ele demonstrava abertamente sua ansiedade. Jamuga esperava, mordendo o lábio e franzindo o sobrolho.

– Tu ensinaste o povo a desprezar a obediência, Jamuga Sechen.

Jamuga grunhiu exasperado.

– Obediência! Obediência a leis selvagens! Será que o povo não é capaz de reconhecer uma lei má?

Subodai comprimiu os lábios por um instante.

– Não posso discutir contigo sobre isso, meu senhor. Só sei que a obediência deve ser compulsória. Não faço perguntas: o povo deve aprender que não deve fazer perguntas. A disciplina, a obediência e a lealdade são os fundamentos de qualquer tribo, de qualquer nação. Isso é tudo que me preocupa.

Sentindo-se exausto, Jamuga sentou-se. Fixou os olhos cansados no rosto inteligente de Subodai. Mas, de repente, compreendeu que essa mesma inteligência era a sua inimiga. Compreendeu que um homem inteligente poderia deliberadamente determinar-se a menosprezar a razão, e esse menosprezo era extremamente perigoso, muito mais do que num homem estúpido. E a impotência ia apoderando-se dele como ondas negras.

– Tu ensinaste o povo a desprezar a obediência – repetiu Subodai. – A não ser que tu te retrates, não posso prometer que poderei mantê-los unidos até a volta do senhor Temujin.

Jamuga baixou a cabeça. Mergulhou em profunda reflexão. Subodai aguardou.

Então Jamuga falou lenta e marcadamente, como que pensando alto:

– Suponhamos que Temujin não volte. Se isso se der, eu serei Khan até que outro seja eleito. Eu então ab-rogarei muitas das leis de Temujin, que eu acho que são estúpidas e cruéis. Isso causará a desintegração do nosso povo?

Subodai respondeu suavemente:

– Mas nosso senhor ainda está vivo, e o povo sabe disso. Tu escarneceste das suas leis de obediência e autoridade. Mas eu não posso discutir contigo. Só conheço a obediência.

Jamuga gritou:

– Não podes raciocinar, Subodai?

– Eu só conheço a obediência – repetiu Subodai com gravidade. – Só pela obediência pode um povo sobreviver.

– Se Temujin te ordenasse que cometesses uma loucura, que destruísses gratuitamente, que te matasses, que conduzisses nosso povo à morte, tu obedecerias?

– Obedeceria – respondeu simplesmente Subodai.

– Oh, meu Deus! – gemeu Jamuga. Coçou a testa displicentemente. – Somos uma geração de idiotas!

Subodai não disse nada.

Jamuga levantou-se e começou a caminhar. Seu rosto ficava cada vez mais lívido e desfigurado. Finalmente, deteve-se diante de Subodai e disse numa pálida voz:

– Não posso desdizer-me. É a minha última palavra.

Subodai saudou-o.

– Assim seja, senhor – respondeu serenamente.

Sozinho, Jamuga disse alto:

– Eu fiz o que estava certo! Tenho certeza disso.

Deitou-se e tentou dormir, mas não conseguiu. Temujin inundou-lhe os pensamentos. O que faria ele? O que diria?

Já estava tão acostumado a visitas agora que nem se surpreendeu quando alguém mais entrou. Desta vez era Houlun, acompanhada de vários nokud de rostos graves. A velha senhora deteve-se diante dele, magra, de cabelos grisalhos, mas magnífica; uma matriarca de poder e dignidade.

Ela falou sem preâmbulos.

– Jamuga Sechen, cometeste uma terrível loucura. Vim para pedir-te que te retrates imediatamente.

Enquanto falava, seus olhos cinzentos e arrogantes demonstravam imenso desprezo.

Por alguma razão, Jamuga ficou irritado ao vê-la. Suas narinas distenderam-se no seu rosto pálido e contraído. Olhou-a diretamente nos olhos.

– Não me retratarei – disse ele.

Ela sorriu sombriamente.

– Compreendes que instigaste à traição contra meu filho?

O coração de Jamuga gelou-se. Olhou-a fundo nos olhos dela e tentou evitar que o corpo tremesse.

– Não cometi nenhuma traição, e tu sabes disso, Houlun. Eu simplesmente fiz uso do meu melhor julgamento. Se estou errado, que Temujin decida ele mesmo. Mas tenho certeza de que não agi errado.

Ela o examinou em silêncio, e então falou estranhamente:

– Se pudesses te retratar sem fazer papel de idiota, tu o farias. Mas a tua vaidade é maior que o teu discernimento e bom-senso, e tua inveja do meu filho é ainda maior que a tua vaidade. Quebrando uma de suas leis, tu sentes que triunfaste sobre ele. Destruindo a disciplina e instigando a traição contra ele, sentes a alegria imbecil de te sentires momentaneamente mais forte do que ele. Mas certamente até mesmo tu deves compreender que a gratidão pessoal de um só homem não é nada comparada à unidade e integridade de todo um povo!

Jamuga ouvia-a e parecia-lhe que seu coração explodia em chamas devoradoras. Enrubesceu-se. Seus lábios tremiam. Sua voz morreu-lhe na garganta. Seus esforços eram visíveis e Houlun observava-os com severa satisfação.

Finalmente, ele conseguiu falar:

– Eu sou o Khan até que Temujin retorne. Volta para teu yurt Houlun, e não saias de lá sem a minha permissão.

Ela sorriu com sombria ironia.

– Então tu aprisionas a mãe de Temujin? Oh, Jamuga, és ainda mais idiota do que eu desconfiava!

Ela fez um aceno de cabeça na direção dos nokud, que a seguiram na saída do yurt. Saiu com orgulho e dignidade. Então, de uma pequena distância, ele ouviu-lhe o riso, bem alto, e depois de novo e de novo.

A fúria de Jamuga enchia-o como um veneno. Ele caminhava de um lado para o outro, desvairado. Resmungava consigo mesmo. As vezes soltava exclamações em voz alta. Jogou-se sobre a cama e cobriu a cabeça com as mãos. Mas o cerne de aço da sua obstinação e crença em si mesmo não se rendia. Perto do amanhecer ele caiu num sono agitado e cheio de pesadelos.

Sonhou que via Temujin dirigindo-se para ele, sorridente, com a mão estendida amigavelmente. Ouviu Temujin dizendo:

– Este é o meu anda. Ele fez o que eu ordenaria que fizesse.

Jamuga sentiu um quase intolerável alívio. Tomou a mão de Temujin, mas sentiu algo duro nela. Ele recuou e viu que a mão segurava um punhal dirigido para o próprio coração. Temujin sorria ainda, mas segurava o punhal implacavelmente, e agora o sorriso era horrível.

Jamuga acordou com um grito. A aurora estava ainda pálida e cinzenta do lado de fora. Alguém erguia de novo a aba. Completamente perturbado agora, e abatido, Jamuga não conseguiu reprimir um grito involuntário.

Subodai estava entrando, e com ele vinha Agoti. Os dois homens estavam muito pálidos e respiravam audivelmente. Jamuga percebeu que algo de terrível havia acontecido. Sentou-se na cama, apoiando-se no braço trêmulo. Olhou irritado do fundo do seu terror e exaustão.

Subodai saudou-o.

– Senhor – disse ele com seriedade –, Agoti acaba de contar-me que Chutagi se estrangulou com o cinturão da sua primeira esposa no seu próprio yurt.

Jamuga ficou sem fala. Não conseguia desviar os olhos arregalhados do rosto pálido e calmo de Subodai.

Agoti falou respeitosamente, mas com uma entonação de pequeno triunfo:

– Ele disse à mulher que devia morrer pela sua traição contra nosso senhor.

Subodai, vendo a prostração de Jamuga, sentiu um impulso de piedade.

– É melhor assim, Jamuga Sechen – disse ele delicadamente. – Diremos ao povo que ele se matou por tua vontade!

– Não! – gritou Jamuga. – Não quero isso!

Os dois homens o saudaram em silêncio e saíram.

Jamuga jogou-se de novo de rosto para baixo sobre a cama. Gemia, rolava de um lado para o outro. Era vítima dos mais pavorosos pensamentos e tormentos. Vomitou. A dor tomava-lhe o corpo e ele pensou: Estou morrendo. E desejou a morte com lamentável ânsia.

Mas, dali a pouco, ficou imóvel, com os olhos fechados.

Pensava: Eu fiz a coisa acertada. Fiz a única coisa que poderia fazer.

26

Parecendo que o destino quis demonstrar a Jamuga que até então só havia brincado com o pobre rapaz, passou a dedicar-se exclusivamente a atormentá-lo seriamente.

Todos o evitavam, com exceção de Kurelen. Ninguém se dava ao trabalho de cumprimentá-lo com respeito ou reverência. Se fosse invisível, não teria sido mais ignorado. Inicialmente, ele ficou irritado, mas, depois, ficou preocupado. Sua influência e disciplina eram ignoradas. O povo parecia inquieto e indeciso. Reclamavam abertamente. Falavam em voz alta sobre o frio que aumentava e sobre a espessura do gelo no rio pela manhã. Agora as mulheres, sempre mais atrevidas e volúveis que os homens, criticavam Temujin livremente. As mulheres de Temujin queixavam-se com Bortei, dizendo:

– Nosso senhor já não se importa conosco. Dizem que está atrás de uma mulher persa, e que nos esqueceu, mesmo a ti, sua primeira esposa e mãe do seu filho.

Bortei olhou para o filho robusto e apertou os dentes. Se pelo menos ela tivesse certeza, pensou sombriamente, nunca teria deixado Temujin partir. Ou, antes, ele teria ficado mesmo. Assim ela se iludia. Seu sangue ardia de ciúme e ódio. Seria a mulher persa mais bonita do que ela? E correu os pequenos dedos através do longo cabelo negro matizado de bronze. Examinou-se atentamente no seu espelho de prata polida. Não conseguiu evitar um sorriso vaidoso quando viu que estava mais bonita do que nunca, seus olhos cinzentos mais brilhantes, o pequeno nariz fino e inocente e a boca de um rosa-escuro. Os velhos menestréis muitas vezes cantavam-lhe a beleza ao crepúsculo, declarando que nenhuma mulher poderia suplantar Bortei, a Formosa. E ela acreditava nisso. Como, então, podia Temujin ter sido seduzido?

Pousou o espelho e, franzindo as sobrancelhas, contraiu o rosto pensativamente. Então começou a sorrir, vagarosa e voluptuosamente. Alisou o cabelo. deitou-se em sua cama e seu sorriso acentuou-se, enquanto examinava as curvas dos seios, dos quadris e das coxas. Ela já não estava pensando mais em Temujin.

Jamuga tomava cada vez mais consciência de que a desordem era iminente na cidade de tendas. Via Subodai andando por toda parte, silenciosamente, mas com o rosto sério e alerta. Quando o belo e jovem paladino aparecia, o povo o saudava, porque todos o temiam. Mas, quando se afastava, resmungavam mais alto do que nunca. Rugas de noites em claro apareciam-lhe no rosto. Ele não se atrevia a dormir, mas quando encontrava Jamuga, não o reprovava nem com um olhar, nem com palavras. Sua atitude era mais respeitosa e gentil do que nunca. Mantinha-se em comunicação constante com os nokud. Inicialmente, sentiu-se inclinado a distribuir ordens e castigos severos, mas logo compreendeu que isso só faria a rebelião explodir fatalmente.

Diariamente dizia aos nokud que espalhassem que Temujin logo voltaria, pois já havia saído da cidade karait. Uma vez ele chegou a espalhar que Temujin tinha agradado imensamente ao pai adotivo, e vinha voltando com uma nova horda de guerreiros e muitas riquezas. A menção do nome do poderoso Toghrul Khan devolveu o povo temporariamente ao seu bom senso. Ficaram inquietos. Se se revoltassem, ou se resmungassem mais, teriam provavelmente que prestar contas a Toghrul Khan.

No entanto, a situação era crítica. E ninguém sabia melhor disso do que o astuto velho chefe xamã, Kokchu. Subodai não tinha certeza, mas

409

desconfiava de que a maior parte da agitação era provocada pelo feiticeiro. Por isso, foi visitá-lo uma noite.

Kokchu não desgostava especialmente de Subodai. Na verdade, admirava-o, como admirava toda a beleza. E como a maioria dos homens maus, ele apreciava a virtude, embora zombasse dela. Subodai era não só belo, mas também virtuoso, e tinha apenas uma esposa, a quem amava fervorosamente. Portanto, Kokchu cumprimentou-o com prazer, abrindo-lhe um lugar ao lado dele, e mandou que saíssem suas mulheres e seu jovem xamã. Não estava surpreso com essa visita; na realidade, sabia que aconteceria. Mas esperara Jamuga em lugar de Subodai.

Subodai sentou-se. Sorria serena mas radiantemente. Bebeu o bom vinho que lhe era oferecido, e compartilhou da refeição da noite. Kokchu estava de humor amável e astuto.

— Observei tuas formações de cavalaria hoje, Subodai. Tu és realmente um gênio e um homem valente. Que faria Temujin, hoje em dia, sem ti?

Subodai inclinou a cabeça com solene dignidade a essa lisonja.

— Isso não é nada — replicou. — Kokchu, vim ao teu encontro à procura de conselho. O povo reclama. Tu és o chefe xamã e todos te reverenciam. Peço-te que lhes ordenes que cessem essas reclamações, sob a ameaça de duras penalidades. Afinal de contas, isso é traição.

Kokchu ergueu os olhos e as mãos.

— Assim eu já lhes falei! Mas, meu filho, deves lembrar-te de que têm razões para suas queixas. O inverno já está quase sobre nós. Há muito que já devíamos ter partido para nossas pastagens de inverno. O povo está cheio de medo. É culpa deles que Temujin nos tenha abandonado?

Subodai encarou-o com firmeza.

— Tu sabes que nosso senhor não nos abandonou, Kokchu — redarguiu friamente Subodai. — Foi convidado para o casamento da filha de Toghrul Khan. Recusar o convite poderia ser perigoso. Ele tinha de ir.

Kokchu sorriu, ergueu os ombros.

— Dizem que foi a mulher que atraiu Temujin, e não o casamento. Ouvi dizer que ele pretende raptá-la e trazê-la para cá, invocando assim a cólera e a vingança de Toghrul Khan.

Subodai mordeu o lábio.

- É mentira. Não sei onde pode ter começado esse boato. Mas é uma mentira. Ele voltará sem ela.
- Como é que sabes? - perguntou Kokchu, com um sorriso insinuante.
Subodai pôs-se de pé.
- Eu sei - replicou com um ar sereno e decidido.

Kokchu fitou-o penetrantemente, mas Subodai não desviou o olhar. Então Kokchu mordeu os lábios e franziu o sobrolho. Talvez Subodai soubesse realmente. Se fosse assim, a situação não seria nada confortável para aqueles que sussurrassem traição para o povo. O rosto de Kokchu contraiu-se, mas com esforço, sorriu gentilmente.

- Farei o que puder - disse. Suspirou. - Será uma árdua tarefa. Mas farei o que puder.
- Agradeço-te - disse Subodai gravemente, sem sorrir. - E, quando nosso senhor voltar, eu lhe falarei da tua grande lealdade.

Kurelen estava inquieto com o que ouvia e via. E comunicou a Jamuga malignamente. Disse:

- Digo-te de novo, Jamuga: ou tu nasceste demasiado cedo ou demasiado tarde. De qualquer maneira, cometeste uma monstruosa tolice.

Mas a inquietação e apreensão haviam tornado Jamuga excessivamente irritadiço, e ele gritou com Kurelen com tanta virulência que o velho o deixou em paz dali em diante.

E foi então que o destino o golpeou de novo.

Não conseguia dormir. Ouvia a guarda reforçada marchando e movendo-se na escuridão da noite. Ouvia a voz de Subodai pedindo-lhes a senha e interpelando-os. As sentinelas também tinham sido redobradas, e ficavam montadas imóveis em seus cavalos diante da imensa lua da meia-noite, envoltas nas suas mantas e casacos grossos, com as lanças e sabres em punho. Mas Jamuga, obstinadamente, agarrava-se à sua crença de que agira certo. Quando viu, porém, o rosto lívido e sofrido de Subodai, e observou que nunca deixava de sorrir-lhe gentilmente, encheu-se de remorso pessoal, não pelo que tinha feito, mas pelo que tinha feito Subodai sofrer.

Sua própria insônia tornou-se um tormento. Uma noite, levantou-se desesperado. Subodai acabava de passar na escuridão, Jamuga ouvira-lhe a voz. Decidiu que iria ao encontro do jovem paladino e falaria com ele, procurando conforto naquela virtude inabalável e ausência de medo. Seguiu a figura sombria de Subodai à luz tênue da lua. Subodai caminhava com a sua elegante dignidade toda própria, sem pressa e calmo. Jamuga estava tão enfraquecido pelo medo e pelas insônias que não conseguiu alcançá-lo. Subodai fazia sua ronda. Aproximava-se agora da seção onde estava situado o yurt deserto de Temujin com seus guardas.

Quando Subodai alcançou o kibitka, o guarda falou com ele. Subodai inclinou a cabeça e ouviu atentamente. Pareceu surpreso, e fez um aceno afirmativo. Pulou para cima da plataforma e entrou no yurt. O guarda então afastou-se, deixando o yurt desguarnecido, aparentemente obedecendo a ordens.

Jamuga suspirou. Apressou o passo. Sabia que Subodai estaria só e agora poderia falar com ele livremente. Subiu lenta e pesadamente para a plataforma e estendeu o braço para erguer a aba. E então deteve-se, com o braço estendido, com um frêmito nos nervos, pois vira que havia lá dentro uma difusa luz de lâmpada, e ouviu o sussurrar rápido de vozes.

Teria Temujin voltado? O coração de Jamuga batia violentamente, e então um suor de profundo alívio e leve alegria rebentou-lhe de todos os poros. Curvou a cabeça, ouvindo atentamente.

Mas não ouviu Temujin, e sim Subodai.

– Aqui estou – dizia o jovem paladino. – Que desejas de mim, Bortei?

Jamuga ouviu o riso de Bortei, rico e lânguido.

– Estou com medo, Subodai. E não tenho ninguém a quem recorrer atrás de conforto e proteção. A mãe do meu senhor, Houlun, é prisioneira em seu yurt, e foram-lhe proibidas visitas por aquele idiota do Jamuga. Eu não passo de uma mulher, e mãe, frágil de alma e de coração. Perdoa-me se fui incomodar-te.

Seguiu-se breve silêncio. Do lado de fora, Jamuga teve uma vertigem e quase caiu da plataforma.

Então Subodai falou lenta e gravemente:

– Tu não me incomodaste, Bortei. Estou pronto a fazer o que quer que seja pela esposa do meu senhor.

De novo Bortei riu sedutoramente. Então suspirou audivelmente.

– Conheço tua lealdade, Subodai. Senta-te ao meu lado. Pega minha mão. Tu és um irmão do nosso senhor, e eu me sinto confortada com o teu toque e tua presença.

Jamuga ajoelhou-se na plataforma. Ergueu ligeiramente a aba com a mão úmida. Espreitou, e viu Bortei sentada em sua cama, vestida com uma túnica de lã branca, esmeradamente bordada. Trazia colares de turquesas e ouro ao pescoço, e nos seus pulsos tilintavam-lhe braceletes. Seu cabelo negro caía-lhe pesadamente sobre os ombros, e a baça luz da lâmpada projetava-lhe sombras rosadas no rosto, tornando-lhe os olhos escuros inescrutáveis, fulgurantes, e os lábios como flores vermelhas e tépidas ao sol.

Subodai estava de pé diante dela, alto, esbelto e silencioso. Seus olhos azuis refletiam a luz e estavam da cor do céu, vívidos e brilhantes. Não fez nenhum movimento para sentar-se ao lado dela. Estava extremamente pálido.

– Não posso demorar-me – disse ele calmamente. – Preciso completar minha ronda ainda. Mas fala rápido, Bortei, que posso fazer por ti?

O rosto dela mudou. Olhou-o em silêncio. Seus seios apruparam-se e começaram a arfar com a respiração mais rápida. Os olhos dela desceram dos lábios dele pelo seu corpo com o longo casaco bordado e as calças de lã, bem apertadas nos tornozelos por causa do frio. De repente ela ruborizou-se, seus lábios entreabriram-se, os olhos inundaram-se de ardente langor. Encarou-o. Pôs-se de pé. Sorria sedutoramente. Pousou as mãos nos ombros dele e atirou para trás a cabeça. Seu pescoço branco reluziu à luz da lâmpada. E ele baixou os olhos para o rosto dela com a boca sorridente, úmida e entreaberta, e não se mexeu. Mas não parecia assombrado, nem mesmo assustado.

Ela começou a sussurrar, excitantemente, aproximando de tal modo o rosto do dele que seu hálito ardente lhe tocou os lábios.

– Subodai, meu senhor abandonou-me. Tu sabes disto. Logo o povo se sublevará e te elegerá Khan. Subodai, eu sempre te amei. Tu me tomarás para tua esposa. Mas não posso esperar mais. Toma-me esta noite, Subodai! Toma-me esta noite!

Ainda dessa vez ele não se mexeu. Sua expressão estava tão serena e tão inexpressiva como a de uma estátua de pedra. Ela o fitava. Seus seios intumesciam-se. O colarinho da sua túnica estava aberto, e então abriu-se, revelando-lhe os seios impudicamente. Ela riu então, baixa e triunfantemente. Suas mãos deslizaram pelos ombros dele abaixo e introduziram-se-lhe por baixo do casaco. Abraçou-o pela cintura. Então encostou-se nele, pousando a cabeça no seu peito. Apertou o corpo contra o dele. Suas coxas colaram-se às dele. Entrecerrou os olhos no langor do desejo e sorriu.

Ficaram assim por longo tempo, como um só corpo. Na escuridão do lado de fora, Jamuga começou a tremer violentamente. Sentia-se mortalmente nauseado. Sua vista escureceu e pensou que estava morrendo. Quando reabriu os olhos, acreditou que tinha desmaiado. Mas, quando espreitou para dentro do yurt de novo, viu que pouco tempo se havia passado. O homem e a mulher ainda estavam juntos, imóveis.

Então, delicada mas firmemente, Subodai desvencilhou-se. Bortei tentava agarrar-se a ele, mas as mãos dele eram inflexíveis. Ele parecia empurrá-la sem violência, mas isso era só aparente, porque, quando finalmente conseguiu desvencilhar-se completamente, ela cambaleou para trás e caiu sobre a cama. E ali ficou, ofegante, com o cabelo em desalinho, os lábios entreabertos, revelando o reluzir dos dentes.

Subodai sorria palidamente. Fez-lhe uma mesura.

– E isso é tudo que desejas de mim, Bortei? – indagou numa voz serena e irônica.

Ela o olhou séria, sem responder. Ele fez nova mesura.

– Se é assim, então devo recusar. Tu me perdoarás amanhã, eu sei. Mas poupa-me a tua gratidão.

E deu-lhe as costas, ainda sorrindo aquele estranho sorriso fixo. Deu um passo na direção da saída, enquanto ela o observava. Então Bortei soltou um grito estridente e selvagem e jogou-se sobre os joelhos. Rasgou a túnica nos ombros e peito. Seus seios eram como duas luas gêmeas, tremeluzentes. Ela o agarrou pelos joelhos e comprimiu ferozmente o rosto contra eles.

– Não te atrevas a deixar-me! Eu não te deixarei ir, Subodai! Eu te amo. Não posso viver sem ti!

Ele lutou para libertar-se. Tinha o rosto úmido de suor e horror. Fechou os olhos para fugir à visão da nudez de Bortei, mas ela agarrava-se a ele como uma serpente, e começou a rir profundamente, do fundo da garganta.

Subitamente ouviram um grito abafado, o som de alguém entrando. Subodai endireitou-se, olhando ferozmente e respirando com força. Mas Bortei, completamente paralisada de terror, não se mexeu. Seus braços ainda seguravam o jovem paladino. Ele olhou por cima do ombro para Jamuga, de pé diante dela, com o rosto lívido de fúria, ódio e asco.

– Miserável devassa! – bradava ele. – perversa!

Bortei largou os joelhos de Subodai. Ela ficou imóvel, acocorada diante de Jamuga, com os cabelos sobre os ombros, os seios desnudos. Em seu rosto se desenhara uma expressão de medo, ódio e vergonha.

Jamuga, tremendo, voltou-se para Subodai.

– Deixa-nos! – ordenou.

E nesses momentos ele era um verdadeiro Khan, já não mais orgulhoso, ou tímido, ou desdenhoso. Subodai, branco como a morte, inclinou a cabeça. Hesitou. Então, depois de fitar longamente os olhos arregalados de Jamuga, saiu do yurt, caminhando sem pressa, mas no seu passo rápido característico.

Sozinho com a mulher, Jamuga estava tomado de cólera. Procurou com o olhar o chicote de Temujin. Curvou-se e pegou-o. Bortei observava-o, incapaz de levantar-se. Viu Jamuga pegar o chicote e encolheu-se. Sua boca abriu-se para um grito silencioso. Ouviu o chicote sibilar e sentiu-lhe a língua cortante nos ombros e seios nus. Ela rolou sobre os joelhos e caiu no chão, tentando proteger-se com os braços. Mas o chicote era implacável. Feria de novo e de novo, cortando-lhe a carne, deixando rastros escarlates no seu corpo branco. Mas não se ouvia o menor som nem dela, nem de Jamuga; apenas o malhar louco do chicote e o seu sibilar.

Quando ele parou, ela jazia imóvel no chão, arquejando, com a cabeça escondida entre os braços. Jamuga jogou longe o chicote.

– Cadela! – disse em voz baixa. E foi tudo.

Deixou-a, tropeçando cegamente na noite. Encontrando um lugar abrigado, deixou-se cair, gemendo de angústia dilacerante.

Bortei, sozinha, começou a soluçar. Encolhia-se nas suas dores. Sentou-se, afastando o cabelo para os lados. Olhou consternada em torno. Seu olhar caiu sobre o chicote, no qual havia mechas de cabelo emaranhadas. De repente, seu rosto contorceu-se de fúria e ódio. Conseguiu com esforço pôr-se de pé lentamente, com a cabeça pendente, a respiração rouca na garganta. Ficou de pé, oscilante, e examinou as feridas. Eram muitas.

Os braços caíram-lhe ao longo do corpo. E então ela sorriu malignamente. Jamuga não o sabia ainda, mas marcara-se a si mesmo para morrer. Levaria algum tempo, mas inevitavelmente ele se marcara.

Subodai encontrou Jamuga, quase ao amanhecer, prostrado na sombra do seu yurt. Fora incapaz de reunir forças para subir para a plataforma. Sem dizer uma palavra, o jovem paladino ajudou-o a entrar no yurt, e deitou-o sobre a cama. Serviu um pouco de vinho e obrigou Jamuga a bebê-lo.

– Que faremos? – perguntou quando lhe pareceu que Jamuga havia recuperado parte de sua força.

Jamuga balançou a cabeça. Disse sombriamente:

– Nada. A mulher nunca se atreverá a falar. Quanto a nós, deveremos guardar silêncio.

Então, subitamente, começou a chorar como uma mulher.

27

Pouco depois do amanhecer, Jamuga, esmagado pela exaustão, finalmente conseguiu adormecer. Não sonhou. Sua prostração era demasiado profunda, e Subodai teve de chamá-lo muitas vezes antes de conseguir despertá-lo. Jamuga sentou-se. Os raios de sol quentes e brilhantes penetravam no yurt.

O rosto pálido de Subodai estava brilhante de alegria.

– Nosso senhor voltou! – bradou. – Nossas sentinelas avistaram-no para os lados de leste!

Jamuga levantou-se. Cambaleou e quase caiu. Subodai ajudou-o a vestir o casaco e a afivelar o cinturão. As mãos do jovem paladino estavam seguras e calmas e ele sorria. Saíram juntos do yurt.

O acampamento já estava todo em intenso estado de alvoroço e alegria. Tudo fora esquecido, a não ser que Temujin estava de volta. O povo atulhava as passagens estreitas e sinuosas por entre os yurts. Os cães latiam furiosamente. As mulheres começaram a cantar, os menestréis a tanger suas rabecas e os meninos a tocar os tambores. Kokchu saiu de seu yurt, assistido pelos seus jovens sacerdotes; estava magnificamente vestido. Kurelen, sorrindo ironicamente, colocou-se ao lado dele. Apenas Houlun não estava ali, nem Bortei. Mas, finalmente, Bortei apareceu, toda vestida e tranquila, mas pálida. Mesmo na sua fúria, Jamuga tinha-se lembrado de poupar-lhe o rosto, e este estava intacto, sem o menor arranhão. Ela segurava o filho nos braços, envolto num manto de pele branca.

Do lado do horizonte oriental havia uma nuvem de poeira que rapidamente se aproximava. Ela refletia o sol e brilhava, num halo dourado de luz móvel. Todos ouviam o longínquo ressoar de cascos.

– O senhor voltou! – cantavam os menestréis e as mulheres. – Voltou para seu povo, como o sol dos céus! Ele nos deu a luz do seu semblante, a glória do seu sorriso! De que tivemos medo na escuridão? Que foi que nos aterrorizou? Já não nos lembramos. Esquecemos! O senhor voltou!

O rio amarelo cintilava ao sol e uma fileira de gansos cinzentos movia-se pelo céu. Os rebanhos estavam excitados e bramiam, e os cavalos relinchavam.

O povo aglomerava-se para ver o seu Khan. Os guerreiros empunhavam as lanças e aprumavam-se garbosamente sobre os cavalos, com os rostos petrificados. As crianças berravam.

O povo, simples, já havia esquecido realmente. Mas não alguns; Kurelen, Subodai, os nokud, Bortei e Kokchu observavam com expectativa. Estaria a mulher persa com Temujin? Estavam gelados de medo e inquietação. Se estivesse, então toda essa alegria não passaria de uma trégua antes dos horrores, a morte e a fuga interminável da vingança.

Através da poeira dourada começaram a distinguir os cavaleiros a galope, as pontas cintilantes das lanças e o esvoaçar dos estandartes. Mas não havia nenhuma mulher com os cavaleiros. Vinham sozinhos.

Kurelen soltou um bafo sibilante de alívio. Voltou-se para Jamuga, ao lado dele, rígido, com os lábios lívidos.

– Nossos temores não tinham fundamento – observou em voz baixa.

Mas Jamuga não respondeu. Tinha o olhar fixo à frente.

Temujin e seus guerreiros foram saudados com brados e gritos de alegria, que ecoaram no deserto marrom e púrpura retumbantemente. A terra inteira parecia rejubilar-se. O povo amontoava-se em torno dos que voltavam. As mulheres agarravam as rédeas e erguiam os olhos, com os rostos inundados de lágrimas e brilhantes de felicidade. Os guerreiros, rindo, desmontaram e abraçaram suas mulheres e filhos. O ar ressoava com o burburinho das vozes e o grande alvoroço. Os menestréis cantavam mais alto, e os tambores feriam os ouvidos.

Temujin, sujo de poeira, sério, desmontou também. Kurelen e os nokud, Jamuga, Subodai e Kokchu foram ao seu encontro, abrindo caminho através da multidão entusiasmada. Kurelen olhou para Temujin e pensou: Ele envelheceu. Sua carne dissolvera-se-lhe dos ossos. Eis um homem que vem de pavoroso tormento e que nunca se libertará de suas cicatrizes. Mas ele sorriu para o sobrinho e o abraçou.

– Bem-vindo, meu sobrinho. Nunca senti tanta alegria como hoje.

Bortei aproximou-se. Ela sorria languidamente. Pôs a mão no braço de Temujin. Ele baixou os olhos para ela como se não a visse. Seus lábios moveram-se em leve convulsão. Então aceitou as saudações dos seus nokud e paladinos. Parecia estupidificado, e, embora acenasse o tempo todo com a cabeça, era evidente que mal ouvia as saudações. Antes de Kokchu ter terminado seu elaborado discurso de saudação, Temujin começou a encaminhar-se para seu yurt. Chepe Noyon e Kasar ficaram.

Kurelen puxou Chepe Noyon pela manga. Os outros reuniram-se em volta deles, furtivamente, fazendo uma pequena ilha de conspiração no meio do povo colorido e sorridente.

– Como? – sussurrou Kurelen. – Nenhuma mulher?

Chepe Noyon balançou a cabeça. Lançou um olhar furtivo para as costas de Temujin que se afastava. O jovem noyon não sorria.

– Nenhuma mulher – disse secamente.

Mas Kasar, o simplório, não estava tão taciturno. Fora contagiado pelo alvoroço geral e estava contente por estar de volta.

– Ela se matou – contou ele alta e francamente. – Sacrificou-se pelo nosso senhor.

– Psiu! – exclamou Chepe Noyon severamente.

– Psiu! – exclamaram também os outros, olhando temerosamente por cima dos ombros.

O povo que estava mais próximo, pressentindo algum drama, olhava para eles com esperança e curiosidade.

Chepe Noyon falou em voz alta, num tom casual.

– Toghrul Khan não nos deu nenhuma mulher, mas encheu nossas mãos de tesouros. Não é bastante?

O povo riu orgulhosamente. Esqueceram o pequeno grupo reunido, com os rostos sorrindo rigidamente.

Kurelen disse:

– Vinde comigo.

E Subodai, Chepe Noyon, Jamuga e Kasar seguiram-no. Não trocaram nenhuma palavra até estarem dentro da tenda de Kurelen, e aí sentaram-se e beberam do seu bom vinho.

– Agora, explica-nos – disse Kurelen brevemente.

Chepe Noyon contou-lhes tudo em poucas palavras, com Kasar assessorando-lhe animadamente nos detalhes que esquecia. Quando terminou de falar, todos ficaram em silêncio. Kurelen parecia muito comovido e enormemente aliviado. Balançou a cabeça.

– Pelo que me dizes, Chepe Noyon, ela era uma mulher formosa e inteligente. Mas diz-me uma coisa. Temujin está inconsolável?

– Não falou no seu nome desde que ela morreu.

Kurelen suspirou profundamente.

– Ah, isso é mau. Os olhos deles estão insones. Foi ferido no coração. Duvido que se recobre inteiramente.

– O mundo está cheio de mulheres formosas – disse Chepe Noyon.

De novo, Kurelen abanou a cabeça. Parecia falar consigo mesmo:

– Mas chega uma época na vida de um homem em que passa a existir apenas uma mulher. Temujin conheceu essa única. Terá muitas outras, mas nenhuma lhe tomará o lugar. Eu sofro por ele.

Chepe Noyon, que achava que isso era puro sentimentalismo, ergueu as sobrancelhas e deu de ombros.

– Ela tinha o cabelo como o sol da manhã – disse Kasar, com admiração solene. – Seu rosto era como uma flor na primavera quando o deserto floresce. Não a vi senão uma vez e compreendi que era um sonho entre as mulheres.

– Ora, tu és um bode tagarela e vulgar! – observou Kurelen distraidamente. – Mas diz-me, Chepe Noyon: quem sabe disso além de ti e de Kasar?

– Ninguém. Os guerreiros sabem apenas que Azara morreu, e que não iria haver mais nenhum casamento.

Kurelen olhou Kasar severamente, e o rapaz encolheu-se como uma criança.

– Segura tua língua, Kasar, seu tagarela! Não fales a ninguém disso.

Jamuga, a despeito de toda a sua própria preocupação e aflição, sentiu uma profunda tristeza e compaixão. Agora que Azara já não representava uma ameaça, lamentava a morte de tanta beleza e amor e sentia angústia em sua solidáriedade por Temujin. Queria ir ao encontro dele, mas lembrou-se de que Temujin não falara com ninguém, e tinha ido para seu yurt como um animal mortalmente ferido. E então lembrou-se da própria situação precária e infeliz, e ficou de novo preocupado.

Bortei avisou a todo mundo que o jovem Khan estava imensamente cansado da viagem e desejava dormir. Mesmo a entrada dela no yurt estava proibida. Uma guarda reforçada foi postada em torno da tenda, para afastar visitantes exigentes.

Mas Temujin não estava dormindo. Não estava nem mesmo deitado. Os guardas ouviam-lhe os passos precipitados e incertos do lado de dentro, andando de um lado para o outro durante horas. Ouviam-lhe os suspiros, as exclamações baixas e incoerentes. Trocavam entre si olhares impassíveis, mas nenhuma palavra.

Ao entardecer, ele pediu comida, mas comeu sozinho, dentro do yurt. Quando o sol finalmente parecia um disco vermelho no horizonte, ele mandou chamar Subodai e seus nokud, para ouvir-lhes os relatórios. Encontraram-no pálido e esgotado, mas calmo. Seus olhos febris lançavam faíscas verdes à luz da lâmpada. Notou a ausência de Jamuga e indagou a razão. Foi Subodai que respondeu, tranquila e francamente:

– Muita coisa aconteceu nesse período, senhor. E Jamuga me pediu que eu mesmo te contasse tudo.

Temujin espantou-se. Fitou Subodai por cima da borda do cálice.

– Qual é o problema? E por que Jamuga é tão covarde?
Subodai hesitou.
– Jamuga não é covarde. Talvez tivesse sido melhor que o fosse.
Temujin resmungou e pousou o cálice.
– Pois bem, fala – disse rispidamente.

Sozinho em seu yurt, Jamuga aguardava. O sol se pôs e a escuridão caiu sobre a terra com as suas estrelas pontiagudas. A lua apareceu, brilhante de luz. Os uivos de lobos distantes eram trazidos pelo vento. As fogueiras do acampamento arderam e depois decresceram até ruínas em brasa. A cidade de tendas mergulhou no silêncio.

O coração de Jamuga batia agora com um terror gélido e desesperado. Ele ainda aguardava. As horas passavam ameaçadoramente. Ele não sabia de que tinha medo, mas estava paralisado de medo. Agora tinha certeza de que Temujin nunca o perdoaria, e que o estava torturando naquela noite como um prelúdio de piores torturas.

Alguém puxou a aba do yurt. Jamuga estremeceu e seu rosto ficou inundado subitamente de suor. Subodai apareceu sorrindo.

– Nosso senhor pede a tua presença no seu yurt, Jamuga Sechen.
E então, vendo a aflição de Jamuga, pousou-lhe a mão no ombro.
– Acalma-te, Jamuga. As coisas não serão tão ruins assim.

28

Jamuga encontrou Temujin entre três ou quatro dos seus nokud, e Chepe Noyon. Estavam sentados em silêncio, e todos os olhares se fixaram no infeliz rapaz quando ele entrou. Os olhos de Temujin, fundos e febris, olhavam-no penetrantemente. Não sorriu. Jamuga achou que ele nunca parecera tão feroz, tão desumano, tão implacável como naquele momento.

Temujin não lhe disse para sentar-se. E, assim, Jamuga ficou de pé diante dele, aguardando. Seu medo e desespero tinham desaparecido. Estava preparado para o pior. Não era seu anda que estava sentado diante dele, nem seu irmão, nem seu amigo. Era um monstro inexorável, sem piedade, de lábios cinzentos como pedra, e absolutamente terrível. Não esperando nada senão a morte, Jamuga conseguiu ficar calmo.

Forçou-se a falar:

– Não sei se já te contaram, Temujin, mas eu ordenei a prisão de tua mãe Houlun, por linguagem insolente e desafio.

Ficou apavorado com as próprias palavras idiotas, e imaginou se tinha sido mesmo a sua própria voz que as tinha proferido. E então, para seu extremo assombro, viu que Temujin começara a sorrir, mas era um sorriso genuíno, que lhe iluminou o rosto. Jamuga, com o instinto aguçado dos homens sensíveis, percebeu que era o primeiro sorriso de Temujin em muitos dias.

Os outros ficaram surpresos e trocaram olhares entre si. Então eles também sorriram com imenso alívio. A atmosfera de tensão no yurt relaxou-se. Chepe Noyon até mesmo reprimiu uma risadinha.

– Bem, então, Jamuga Sechen, parece que és menos covarde do que eu – disse Temujin com ironia. – Eu nunca me atreveria a fazê-lo e cumprimento-te como homem corajoso.

Jamuga, absolutamente perplexo, só conseguiu fitá-lo em silêncio, aflito. Não compreendia a satisfação de Temujin. E ficou então completamente desorientado quando ouviu a risada dura e amarga de Temujin, que veio relutantemente, forçando caminho como a água através de camadas de pedra congelada. Ouviu as risadas dos outros. Viu Subodai acenando-lhe encorajadoramente com a cabeça, e sentiu-lhe o alívio. Desconcertado, olhava fixamente para Temujin, estupidificado, imaginando o que poderia ter causado tudo aquilo.

O gélido tormento no rosto de Temujin abrandara-se quando parou de rir. Mesmo quando a severidade lhe voltou ao semblante, a sombra aplacara-se visivelmente.

– Jamuga Sechen, não tenho por hábito condenar alguém sem antes ouvir-lhe a própria defesa. – Fez uma pausa. Fixou os olhos inexoravelmente nos olhos de Jamuga, e o coração deste confrangeu-se de novo, pois Temujin não o tinha chamado de seu anda.

– Fala; que tens a dizer?

Jamuga suspirou. Seus lábios lívidos entreabriram-se.

– Apenas uma coisa, Temujin: que eu acredito ter agido certo e que o faria de novo.

Os outros trocaram olhares de consternação entre si, e Subodai pareceu ficar inquieto e pesaroso com essas palavras serenas, mas audaciosas.

– Ah – fez Temujin pensativo.

Estendeu seu cálice e Chepe Noyon encheu-o. Bebeu vagarosamente, sem desviar os olhos do rosto de Jamuga. Este suspirou de novo, como se o seu coração estivesse em brasa. Desviou o olhar de Temujin. E encontrou o semblante hostil e impassível de Agoti, que estava presente também, com enfatuado triunfo e satisfação.

Estou liquidado, pensou Jamuga.

Temujin pousou seu cálice ao lado. Lambeu os lábios, que estavam ligeiramente crispados nos cantos. Seu olhar percorreu lentamente seus nokud.

– Sei que todos tendes as vossas próprias opiniões quanto à sensatez ou não do que Jamuga Sechen fez – disse ele com indiferença. – Mas alegra-me que tenhais obedecido a ele. Se não tivésseis, eu teria feito cair sobre vós minha vingança.

Absoluto assombro tomou-os a todos. Olhavam um para o outro com expressões imbecilizadas e pestanejavam. Apenas Chepe Noyon e Subodai sorriram, e Chepe Noyon piscou para o outro. Temujin observou tudo isso e de novo seus lábios se crisparam.

– Ide-vos agora e aceitai de novo meu agradecimento pela vossa obediência e lealdade.

No profundo silêncio que se seguiu às suas palavras, todos se puseram de pé, saudaram-no e saíram do yurt. Ninguém olhou para Jamuga, a não ser Subodai, cujo sorriso era doce e encorajador.

Sozinho com seu anda, Temujin sorriu de novo aquele sorriso duro e relutante. Estendeu a mão e pegou outro cálice, que encheu.

– Senta-te ao meu lado e bebe – disse.

As pernas trêmulas de Jamuga bambearam e ele sentou-se. Pegou o cálice com os dedos frouxos. Levou-o aos lábios, mas não conseguiu engolir. Temujin observava-o com aqueles olhos verdes fixos.

Falou numa voz casual e jocosa:

– Tu sabes que és um idiota, naturalmente, não é Jamuga?

– Por que falaste assim com eles?

Temujin deu de ombros.

– Tu querias que eu lhes confessasse que o homem que designei para o meu lugar era um idiota e incompetente? – Ele resmungou bem-humorado – Que iriam pensar então do meu julgamento infalível?

Uma cólera desesperada, débil e cansada revolveu-se no coração fatigado de Jamuga.

– Faz comigo o que quiseres, Temujin, mas não zombes de mim. Já suportei demais.

Temujin fixou-o curiosamente. Parecia mais divertido do que nunca.

– Nisso eu acredito – respondeu. E então de novo soltou uma risada.
– Bebe teu vinho. Bebe, ordeno-te.

Jamuga fez força para beber. Sentia-se sufocar. O vinho correu-lhe pelas entranhas como fogo.

– Não – observou Temujin meditativamente – eu nunca poderia confessá-lo. Isso teria minado a autoridade, e isso é algo que um governante nunca deve permitir-se.

Fitou Jamuga num súbito silêncio, como se não conseguisse deixar de fixá-lo na sua curiosidade e frio pasmo.

– Tu és um tolo, Jamuga – disse finalmente, mas não havia nenhuma malignidade em suas palavras, e havia até mesmo um vislumbre de afeto.
– Não compreendes o que fizeste? Então não compreendes que estamos constantemente cercados de inimigos, ávidos por destruir-nos, e que a obediência e disciplina inflexíveis são a nossa única proteção, e a união a nossa única invencibilidade? Fraqueza e desunião são sempre sinais para o inimigo mais forte atacar. Tu não sabes isso?

Jamuga suspirou.

– Não vejo razão para que a força e a união dependam da crueldade, Temujin. Por que a piedade deve ser proibida em nome da união?

Temujin, como que para uma criança tola, respondeu:

– A piedade é o luxo do forte. Ainda não somos fortes o bastante.

A cabeça de Jamuga pendeu para o peito num movimento de completa exaustão. Mas seu sussurro era firme:

– Tenho certeza de que agi certo, embora os idiotas o neguem. Não há nada de errado no que fiz, mas sim no que fizeste no passado. Fizeste da tua gente animais e criancinhas.

Ele esperava agora que a imensa cólera de Temujin se abatesse sobre ele. Mas apenas o silêncio respondeu às suas palavras débeis. Ergueu os olhos. Temujin olhava para ele, sorrindo, e havia afeto em seu rosto também.

– Vejo que nunca compreenderás, Jamuga. Mas tu és meu anda. Preciso perdoar-te, pois nunca serei capaz de ensinar-te. Apenas a ti confessarei que fui um idiota em deixar-te em meu lugar.

Jamuga escutava-o, atônito. Não iria morrer então, nem seria castigado. Seu pasmo e incredulidade evidenciaram-se-lhe no rosto cansado.

Temujin apoiou o braço no ombro de Jamuga e olhou-o fundo nos olhos.

– Tu és meu anda – repetiu ele. – Duas vezes salvaste minha vida.

E sorriu.

Quando Jamuga saiu, sua primeira emoção foi de alívio quase histérico e alegria. Foi só quando já estava deitado em sua cama que seu cotação ficou gelado de novo.

Temujin não me perdoou realmente, pensava. Mas por que então me poupou?

E compreendeu que nada seria mais como antes entre ele e Temujin. E pareceu-lhe que nunca antes compreendera tão bem a absoluta implacabilidade de Temujin, que o tinha chamado de seu anda.

29

Puseram-se logo a caminho para os pastos de inverno, com grande rapidez, pois a cada hora o vento ficava mais áspero e cortante. Areia misturada com neve fustigavam-lhes o rosto. As mulheres e crianças encolhiam-se dentro dos seus yurts, agasalhando-se contra o frio. Temujin marchava à frente do seu povo, carregando seu bastão de marfim, insígnia do general ou chefe. Em torno dele marchavam seus nokud; Subodai, Chepe Noyon, Kasar, Jamuga Sechen, seus paladinos; Arghun, o tocador de alaúde; Muhuli, Bayan e 500 generais de grande astúcia e gênios da batalha; e Borchu, que era um arqueiro quase tão prodigioso como Kasar, que não gostava dele. Havia muitos outros também, mas estes eram os seus favoritos.

Pelo caminho, juntavam-se-lhes centenas de outros homens e suas famílias, clãs errantes que eram anteriormente inimigos, e que agora estavam cheios de temor e admiração por esse jovem yakka mongol, que tinha conquistado Targoutai e seu irmão, e muitos outros antigos cãs. A despeito do fato de esses clãs serem pobremente supridos de comida, e mesmo famintos e mal armados, Temujin, apesar das objeções e contra as sugestões dos seus nokud e de noyon, acolhia-os com calorosa vivacidade.

– Eu meço a força não por tesouros ou ouro, nem pela politicagem astuta dos citadinos, mas sim pelo poder humano. Grande número de adeptos, no fim das contas, é mais poderoso que mercenários pagos com o ouro das cidades, e mais fortes que as muralhas de Catai.

Ele olhou para os novos membros da sua tribo e observou:

– Um chefe tem de ser bem-sucedido para merecer lealdade. Apenas os idiotas e os sonhadores seguem as causas perdidas e os generais fracos. No fim, aquele que alimenta seu povo e lhe dá pastos é quem lhe merece o amor.

– Não é tão simples assim – protestou Jamuga.

– Por que não? – indagou Temujin.

Mas Jamuga foi incapaz de responder-lhe, embora contraísse obstinadamente a boca.

Uma vez Jamuga perguntou a Kurelen se haveria alguma maneira de ele mostrar sua solidariedade a Temujin pela morte de Azara. Mas Kurelen apenas sorriu e perguntou-lhe, por sua vez, se Temujin por acaso estava demonstrando alguma dor insuportável. Jamuga foi obrigado a admitir que não.

– Então talvez estejas imaginando coisas – replicou Kurelen.

Jamuga sentiu-se desapontado e, de certa maneira, equivocado, pois, à medida que os dias passavam, a sombra no rosto de Temujin desvanecia-se e ele retomou seus misteres com a sua usual segurança e invencibilidade. Sua voz forte era tão rápida e seca como antes. Sorria como sempre, breve e sardonicamente. Se por acaso ria menos, não tinha, contudo, nunca rido mais antes, mas apenas um ouvido muito fino teria tal percepção. Jamuga ficou irritado com essa insensibilidade. E, embora repetisse para si mesmo que Temujin nunca valorizara as mulheres como seres humanos, ele devia, pelo menos, demonstrar de alguma maneira que se lembrava da jovem que tinha morrido por ele.

Às vezes eles cavalgavam ao longo das margens esparsamente relvosas de um rio amarelo, e Temujin voltava a cabeça para observar o sol frio fulgurantemente refletido nele. Jamuga pensava: será que está se lembrando do cabelo de Azara? E, outras vezes, quando o céu ao ocidente estava radiante de matizes rosados, ele pensava: será que está se lembrando da sua boca? Mas se por acaso Temujin estivesse lembrando, o seu rosto calmo e imóvel não o traía. Ele olhava para o rio e para o céu como sempre, inexpressivo.

Apenas Bortei e as outras mulheres desconfiavam inquietas do que Jamuga agora duvidava, pois, desde a sua volta, a despeito da sua susceptibilidade em relação às mulheres e da sua necessidade delas, ele permanecera em seu próprio yurt, noite após noite, sozinho.

Atrás de Temujin seguia com estrondo sua cidade de carretas, e seus milhares e milhares de guerreiros cavalgavam altivamente. Atrás destes vinham os rebanhos e os pastores, berrando e conduzindo os animais. À noite as fogueiras do acampamento ardiam intrepidamente, pois agora bem poucos se atreveriam a atacá-los. De vez em quando, topavam com alguma caravana. A maior parte delas estava sob a proteção de Temujin, e ele detinha-se apenas o tempo necessário para cumprimentar os mercadores e receber seu tributo em dinheiro, pedrarias, lãs, cavalos ou escravos. Ele comprou um grupo de dançarinas alegremente pintadas, e à noite elas dançavam ao ar livre, pois a temperatura ficava cada dia mais branda. Mas, embora ele aparentemente apreciasse observá-las e abertamente admirasse uma ou outra, ainda dormia sozinho em seu yurt. Isso, admitiam suas outras esposas, era pelo menos uma pequena satisfação, embora todas bisbilhotassem e se lamentassem bastante entre si.

O maior divertimento de Temujin por essa época era a crescente arrogância de Kasar. Os outros não estavam tão contentes, mas Temujin favorecia o irmão e encorajava-o a demonstrar essa arrogância, pois Kasar, o simplório e não muito perspicaz, começara subitamente a dar-se conta de que era irmão e noyon de um grande Khan. Os outros noyon e paladinos ficavam aborrecidos com a sua insolência infantil, especialmente quando ele assumia um ar de consultor de Temujin, e acenava com a cabeça com mistério superior ocasionalmente.

– Ah – dizia ele durante uma discussão. – Sei de algo que vós não sabeis! Ouvi meu senhor falando, como que consigo mesmo!

Eles não acreditavam realmente nele, mas ficavam irritados. Alguns deles zombavam de Kasar, e um ou dois desafiavam-no para uma luta. Mas ele era extremamente forte, e nenhum deles se lhe equiparava. Assim, não houve mais desafios. Ele gabava-se, pavoneava-se, acenava com a cabeça com sorrisos críticos, até que eles começassem a olhá-lo sanguinariamente. Alguns lhe perguntavam se era verdade o que dizia, e sentiam-se afrontados e magoados.

– Ora, deixai-o em paz – dizia Chepe Noyon rindo. – Ele não passa de um boi e não tem nenhum juízo. Nosso senhor certamente não o consultaria em nada mais importante além da reprodução de uma égua ou do voo de uma flecha.

Eles confessaram que não acreditavam nele, mas ansiavam por lhe dar um pontapé de todo o coração. Jamuga queixava-se desdenhosamente, assim como Borchu e Bayan e dois ou três outros, mas Temujin apenas ria. Divertia-o ver a pose e a arrogância de Kasar e as suas atitudes heroicas e impressionantes diante das mulheres. Quando eles atacavam uma caravana que não estava sob a sua proteção, Temujin, com uma expressão solene, anunciava que Kasar teria a primeira parte dos despojos. Fazia-o apenas para provocar Kasar a dar demonstrações engraçadas de arrogância misteriosa, mas os outros guardavam para si sua raiva.

Houlun, furiosa pelo fato de Temujin não ter castigado ou repreendido Jamuga por tê-la aprisionado, era agora francamente hostil a Temujin, e escarnecia dele, mesmo quando estava entre os seus noyon.

– Teu irmão Kasar é um idiota – dizia ela encolerizada. – Mas a idiotice é como uma perna manca, e devia inspirar apenas desprezo e pena nos outros. Mas tu encorajas a sua idiotice como se fosse alguma grande marca de caráter, superior ao dos outros homens.

– Ele me diverte – replicava Temujin, com uma rara demonstração de bom humor. – E, por enquanto, desejo divertir-me. Amanhã talvez eu não consiga rir mais. Deixa-me rir esta noite. – E fazia Kasar sentar-se ao seu lado direito, o que nunca fizera antes.

Havia certa perversidade feminina e caprichosa nele ultimamente, que parecia rir silenciosamente ao ver os rostos mal-humorados dos outros.

Os dias já não se passavam tão pacíficos por essa época. Durante a longa marcha, encontravam clãs hostis, que os assaltavam ou eram assaltados por eles. Mas, estes, Temujin subjugava com apavorante facilidade. Antes de o inverno terminar, cem mil yurts seguiam o jovem Khan e rebanhos sem conta. Antes de a primavera chegar a seu auge, ele chamara Bortei, e, quando a migração de verão começou, ela constatou exultante que estava esperando criança de novo.

A cidade de tendas dirigia-se para o norte uma vez mais, seguindo Temujin. Seu sonho de uma confederação dos clãs nômades tinha começado a tomar forma definitivamente. Os anciãos tinham-no advertido de que isso nunca seria possível. E ele lhes redarguira:

– Um grande rei é aquele que empreende uma tarefa que não poderia nunca ser realizada, e a realiza.

O povo idolatrava-o. Chamavam-no de o Gavião dos Céus, o Falcão do Eterno Céu Azul, o Subjugador de todos os homens. Sua terrível coragem, sua ferocidade, sua astúcia e seu poder irresistível deslumbrava-os. Sabiam que ele era temido no Gobi, e todos aprumavam as cabeças, orgulhosos de pertencerem ao ordu de tal Khan.

– Estenderei meu domínio a todos os meus vizinhos – dizia ele aos seus noyon. – Farei do Gobi um império. E então...

– E então? – perguntava Chepe Noyon.

Mas Temujin apenas sorria e olhava para o oriente. Viam então, quando ele o fazia, que o ódio iluminava-lhe com uma luz fria o rosto.

Parte III
A loucura de hoje

O dia de ontem preparou a loucura de hoje;
O silêncio, o triunfo ou o desespero de amanhã:
Bebe! Pois não sabes de onde vieste nem por quê.
Bebe! Pois não sabes por que partes, nem para onde!

OMAR KHAYYAM

1

— Quando alcançarmos a união, poderemos permitir-nos a paz – declarou Temujin. – Pois, quando um povo é unido, pode impor sua vontade aos povos mais fracos e inferiores muitas vezes sem necessidade de guerra, e muitas outras vezes pela mera intimidação e terror.

Ele conhecia agora a paralisante força psicológica do terror. Seus espias introduziam-se no meio de tribos mais fracas e mesmo mais fortes, e insinuavam que havia algo de sobrenatural, algo de místico em Temujin, Khan dos mongóis yakka, ao qual não se devia resistir. As tribos do Gobi eram compostas de homens ferozes e indômitos guerreiros. Eles nunca hesitavam em atacar ou defender-se ferozmente, mesmo quando inferiores em número. Mas sentiam-se impotentes diante de um homem a quem os próprios céus pareciam ajudar, e diante do qual a mais desprendida coragem e força eram impotentes. Uma sensação fatídica invadia-os, como um gás nocivo, gelando-lhes o sangue e confrangendo-lhes os corações. Mesmo quando os espias eram descobertos e mortos, suas insinuações permaneciam entre o povo como fantasmas.

– Temujin não tem nada contra vós – diziam as insinuações. – Ele vos ama a todos como um pai. Seu único desejo é fazer-vos reis entre os homens inferiores. Submetei-vos ao seu estandarte dos nove rabos de boi, e ele vos conduzirá à vitória, a riquezas e tesouros, a incontáveis mulheres formosas e a muitos rebanhos.

– Se não vos submeterdes – dizia ainda outra insinuação – ele cairá sobre vós com fúria implacável e morte, porque sereis traidores para ele, e seus inimigos. Lutai contra ele e morrereis com toda certeza, pois os relâmpagos riscaram os céus à sua ordem, e as águas vingadoras ergueram-se para satisfazer-lhe a vontade.

As tribos ouviam, com superstição, contraindo os rostos escuros e bronzeados.

– É a vontade dos céus que haja uma confederação dos clãs do Gobi – diziam os espias. – Pois os deuses têm uma poderosa missão para as hordas, para o nobre e irresistível povo que habita os desertos. Os impérios estão em decadência: seus homens são eunucos, seus braços são gordos e fracos. Deus conclamou-nos para destruir a abominação dessa decomposição, essa raça inchada que condenou o povo das estepes à pobreza, à fome e à penúria. A riqueza e os tesouros das cidades-impérios nos foram negados, e a fome segue rente aos nossos calcanhares durante os longos invernos. Apenas nós somos bons e fortes, saudáveis e cheios de virilidade. Fomos conclamados para libertar a terra do fedor e das doenças das cidades enfatuadas, e para arrancar os mercadores-eunucos das suas quentes almofadas e orgias.

Mas Temujin tinha subestimado a inteligência dos povos nômades, que prezavam a própria liberdade acima de tudo, fosse com orgias, mulheres ou cavalos. Alguns dos cãs e chefes mais audaciosos falavam da escravização animalesca daqueles que Temujin tinha conquistado.

– Dizem que ele considera os homens como animais, e os submete à sua vontade sem consultá-los e sem o seu consentimento. "Vai", diz ele, e ninguém tem outra escolha.

Os espias riam desdenhosamente.

– Isso é apenas por enquanto. A confederação do Gobi é a sua primeira meta. Para alcançá-la durante uma vida ele tem de ser implacável: tem de ser juiz e general, senhor e chefe, inquestionavelmente. Precisa agir rapidamente. Existem incontáveis vontades e incontáveis vozes discordantes que são retardadoras e perigosas, e tornam os povos impotentes. Durante algum tempo, precisarão dizer "sim" para que possam conquistar. Mas, quando tiverem conquistado, então serão reintegrados em sua liberdade e governarão a terra.

– Eu desejo saber por que vou morrer, ou por que estou lutando – resmungavam os velhos chefes, que eram demasiado orgulhosos para se submeter e tinham grande respeito pelo próprio julgamento. – Eu desejo ser consultado. Desejo saber para onde devo conduzir aqueles que confiam em mim.

De novo os espias riam com escárnio.

– Num argumento longo está uma longa fraqueza. Enquanto os homens discutem uma campanha, chega o inimigo e os surpreende no meio das suas tagarelices de mulher. Mas o próprio Temujin não passa de um instrumento nas mãos do destino. Ele também serve. Que sois vós, que vos atreveis a desafiar os deuses?

Mas ainda assim muitos resistiam, entre eles os obstinados merkits, e os uighurs, que eram homens fortes e orgulhosos, desejosos de servirem a suas tribos, mas ciosos da própria liberdade e vontade individual. Mas muitos escutavam os espias, mordendo os lábios, refletindo que a perda da vontade individual era um preço pequeno a pagar pela glória e conquistas, pela dedicação e serviço dos deuses.

Românticos e adoradores do herói, ouviam avidamente as histórias do jovem Khan de cabelo vermelho que era conhecido por abater cinquenta homens com a própria espada e sair ileso. E também ele era filho adotivo do poderoso Toghrul Khan, e corria o boato de que Preste João gostava mais dele do que do próprio filho, Taliph, e faria de Temujin seu único herdeiro. Os mitos que envolviam seu nascimento espalharam-se. Muitos dos espias eram xamãs, e sussurravam os terríveis augúrios desse nascimento, e os espíritos que tinham visivelmente assistido a mãe na hora do parto.

Por toda a vasta extensão do Gobi corriam os espias, pelas estepes verde-cinza, através dos preguiçosos rios amarelos, por sobre as montanhas caóticas e a areia morta. Os homens falavam incertamente deles em volta das fogueiras, e lançavam olhares inquietos para o horizonte. Agora, os homens mais jovens, os rapazes e os meninos haviam se tornado irrequietos. Seus corações inclinavam-se para um homem que para eles era um jovem imortal, esplêndido e conquistador, irresistível e poderoso.

– Os velhos sentam-se junto ao fogo – diziam ressentidos –, satisfeitos de pescarem carne de carneiro em molhos de ervas e de ruminarem milhete. A chama da luta já se apagou dentro deles. Falam da liberdade como se fosse uma alegria, em vez de um convite à fome, ao frio e ao perigo.

Os velhos apontavam-lhes os dedos tortos e gritavam:

– Nós somos homens ou gado? Temos a nossa independência e a nossa liberdade, pela qual nossos pais morreram, e vós jovens tolos quereis trocá-las por um punhado de ouro e pelo prazer de matar. Não tendes orgulho dentro de vós como homens, e precisais curvar as cabeças diante de tal homem e pedir-lhe que lhes ponha o pé em cima?

Mas os jovens sabiam que apenas os velhos apreciavam a liberdade e a independência. Os jovens ansiavam apenas pela autoridade e pela obediência, pelo privilégio de serem comandados e desprezados, conduzidos e chicoteados. E os velhos sabiam que a maturidade ama a sua condição humana, seu privilégio de olhar direto nos olhos de qualquer homem e dizer: eu sou igual a ti, e tu não és melhor do que eu.

Mas esse privilégio os jovens desprezariam nos anos futuros.

Os velhos falavam das glórias das suas tribos, e falavam desdenhosamente de Temujin, que era dos mongóis yakka, que não passavam de assassinos, mendigos e ladrões. Mas os jovens não possuíam nenhum orgulho de raça e replicavam que Temujin era sábio em desejar consolidar todos os povos das estepes e dos desertos.

– Uma vez ele fugiu diante de nós – contavam, reprimindo o riso, os velhos dos merkits. – E abandonou para nós as mulheres e crianças. Ele correu para os desertos, e nós o perseguimos.

– Vós pensais apenas em matar – diziam também os velhos. – Nós pensamos apenas na paz.

E lamentavam entre si que a disciplina não tivesse sido imposta e o respeito devido à idade não tivesse sido incutido em seus filhos.

– Na nossa juventude – diziam eles –, nossos pais eram nossos deuses. Nós os respeitávamos e nos curvávamos diante deles. Que a maldição recaia sobre nós, que procriamos uma raça de mentirosos, impudentes e escarnecedores da autoridade.

E através de todo o Gobi o espírito da inquietação corria velozmente, cochichando e condenando, incitando e prometendo. E, onde quer que fosse, essa inquietação gerava a desunião, vozes encolerizadas e confusão. Muito antes de as hordas dos mongóis yakka aparecerem, o povo já se desorganizara, brigando entre si e hesitando, e muitas tribos depuseram as armas e fizeram o juramento de fidelidade sem a perda de uma única vida.

– Insere a confusão bem no meio de um povo, e tu o dominarás com um sopro – dizia Temujin.

Mas, ainda assim, restavam muitos povos, muito mais fortes que Temujin e escarninhos na sua força.

– Deixemos que ele domine os fracos – declaravam desdenhosamente. – Mas a nós ele não dominará.

Eles ouviam as histórias a respeito de Temujin e riam-se, e continuavam seus afazeres. Faziam piadas sobre a teoria de Temujin de que entre todos os povos devia haver um único povo supremo.

– Quê! – bradavam eles. – Será que ele acha os mongóis superiores a nós? Será que ele realmente acredita que nasceram para serem reis dos outros homens?

Entre os povos mais poderosos do Gobi estavam os karaits e os tártaros. Diante deles, no seu orgulho, na sua ferocidade, e, no caso dos karaits, na sua civilização, Temujin não passava de um insignificante chefe errante obcecado por um sonho. Riam dele e logo o esqueciam, deixando que conquistasse os povos fracos, e mesmo dizendo consigo mesmos que pelo menos ele tinha tornado seguras as rotas de caravanas, com algum custo. Por isso, diziam, eles deviam-lhe alguma gratidão.

2

Em pleno deserto, nas extensões e estepes do Gobi, Temujin insone ocupava-se na sua consolidação dos pequenos povos e tribos que havia absorvido. Não significava nada para ele que os poderosos karaits e tártaros rissem dele e o ignorassem.

– Deixemos que eles riam e se esqueçam – dizia ele quando seus espias lhe traziam essas informações. – O riso e o esquecimento são meus aliados. Chegará o dia em que eles não rirão, e nunca mais se esquecerão.

Enquanto isso, mais e mais mercadores lhe pagavam tributos para proteger-lhes as caravanas. Os chineses pagavam-lhe somas imensas e davam-lhe grandes tesouros pela sua proteção.

– Finalmente – muitos deles diziam – temos certa ordem no coração do horrível Gobi. Esse homem fez homens de feras destruidoras e não temos nada a ver com a maneira como ele o conseguiu. Ele impôs a ordem numa verdadeira selva.

E, agora, seus historiadores concediam-lhe uma linha ou duas nos seus testemunhos.

Mas a maior parte, a dos poderosos e dos ricos, dos seguros e protegidos, nunca havia ouvido falar dele. Por trás da grande muralha de Catai, erguida menos para impedir a invasão dos bárbaros do que para conservar a flor da civilização do lado de dentro, o enorme império continuava sua vida sem saber nada a respeito de um jovem Khan mongol e sua insignificante confederação nas extensões perdidas de um deserto, do qual só tinham ouvido falar vagamente, e cuja menção os fazia estremecer levemente.

Temujin na verdade não passava mesmo de um chefezinho selvagem perdido nos desertos, ocupado nos seus próprios e insignificantes problemas, suas manipulações de formiga. Os chineses estavam mais preocupados com os poderosos tártaros, que batiam como ondas soturnas, mas ainda inofensivas, contra a Grande Muralha.

– Suas mulheres dão à luz a ninhadas – queixou-se um nobre de Catai. – Algum dia teremos de ajustar contas apenas com um mero peso de números.

Mas os outros riram.

– Os bárbaros estão armados apenas de arcos e flechas. Não passam de ursos desajeitados esses tártaros. Enquanto isso, nossos cavaleiros sobem ao topo das nossa muralha e nossos portões são guardados pelos melhores soldados do mundo.

E, assim, a civilização dormia e sonhava, e os tártaros resmungavam e combatiam junto às muralhas, ou organizavam-se em grandes exércitos para saquearem as regiões circunvizinhas. E, de vez em quando, seus elegantes e civilizados senhores, os chineses, tinham de enviar, com imenso fastio, algumas expedições contra esses bárbaros, apenas para chamar-lhes a atenção para seu próprio poder e para a insuficiência dos tártaros, mais ou menos da maneira como um pai disciplinaria languidamente um dos seus muitos e importunos filhos.

Mas os tártaros acolhiam essas expedições cada vez com menos respeito, e cada vez mais demonstravam luta e resistência crescentes. E, finalmente, os chineses, aborrecidos e contrariados, concluíram que algo precisava ser feito de uma vez por todas contra eles, para ensinar àqueles fedorentos bárbaros a se conservarem no seu devido lugar no esquema geral das coisas.

A história, que bocejara durante mil anos na Ásia, mexeu-se no seu divã coberto de poeira, e abriu os olhos. E, quando ela os abriu, um som nefasto lhe feriu os ouvidos: o longo murmúrio subterrâneo dos bárbaros junto aos portões da civilização. Ela suspirou, sentou-se, sacudiu a poeira das páginas de um manuscrito quebradiço, e releu a história antiga. Então empunhou a pena, umedeceu-a e aguardou,

– É uma velha história – observou ela e seus velhos ossos moveram-se fatigados, pois ela pensara que dormiria para sempre.

– Qual será o nome do monstro deste momento? – pensou ela. De onde ressurgirá? Do leste, do oeste, do norte, do sul? Mil vezes ele ressuscitou e conquistou, e no fim foi conquistado. Mas ele volta sempre, e a velha história é reescrita.

Ela bocejou extenuada, e perguntou-se se viria ou não o dia em que o monstro seria para sempre destruído, e ela poderia mergulhar no sono eterno.

ENTRE AQUELES QUE não riam de Temujin, o pequeno ladrão dos desertos e das estepes, estava Toghrul Khan, que tinha os seus próprios espias.

– Os homens cometem um grande erro quando ouvem um homem vangloriar-se e dizem que porque ele se vangloria nunca agirá – disse ele ao filho Taliph. – Isso é um aforismo equivocado. Os homens que agem primeiro falam. Eu temo os que falam.

– Mas não espere tanto desse tal de Temujin – replicou Taliph. – Confesso que eu andei pensando nele. Mas agora ele mergulhou de novo na sua perspectiva devida: um ambicioso reizinho-formiga cercado por milhares de léguas vazias. Deixa que ele se ocupe da sua rotina entre as outras formigas. Pensa hoje nos tártaros.

Mas uma estranha obstinação fazia o velho Khan pensar em Temujin.

– A história é sempre contemporânea – observou ele.

Taliph ficou impaciente.

– Se for assim, então já começou a falar dos tártaros.

Mas Toghrul Khan continuava a pensar em Temujin, e não conseguia afastá-lo do pensamento.

– Eu devia tê-lo matado quando tive a oportunidade – disse ele. – Quem sabe? Talvez a humanidade me fosse grata por essa morte.

Taliph achou que o pai estava caduco. Parecia-lhe loucura perder tempo pensando num inseto tão insignificante como Temujin, que certamente não representava nenhuma ameaça para os grandes povos karaits. Um único exército dos karaits poderia destruí-lo numa noite, sem deixar nenhum traço dele em todo o Gobi. Na verdade, seu pai estava ficando senil.

Mas ele nunca mais tinha sido o mesmo desde a morte de Azara, aquela jovem idiota que se aninhara tão profundamente no coração de seu pai. Durante meses, o velho havia gritado sem cessar:

– Por que ela fez isso? Será que eu fui um pai impiedoso? Por acaso a maltratei ou desprezei? Não, eu a amava. Ela era a querida do meu coração. Era a luz dos meus velhos olhos. Eu a tinha dado como noiva a um grande príncipe do povo de sua mãe, e ela teria sido rainha. Por que fizeste isso, minha menina, minha querida?

Taliph achava inconveniente essa incessante lamentação, pois Azara não passava de uma mulher, no fim das contas. Era obsceno para um homem lamuriar-se daquela maneira por uma mera carne de mulher, embora bonita. Era desprezível mesmo procurar a causa desse suicídio. Qualquer homem sensato sabia que as mulheres são gado imprevisível, e apenas os idiotas tentam sondar as razões das suas loucuras cegas.

Taliph ficou contente, entretanto, pelo fato de seu pai ter começado a falar de algum assunto além de Azara. Aquela cantilena sem fim tinha-o enojado. Por isso, falou dos tártaros, que eram uma ameaça real para a paz das cidades, por causa do seu elevado número de homens.

– Eles precisam de disciplina de novo – comentou ele.

Mas Toghrul Khan falava apenas de Temujin.

– Eu devia tê-lo matado – repetia.

– Tu perdes tempo demasiado pensando num dos mais ínfimos dos teus vassalos, meu pai.

Toghrul Khan fixava profundamente diante de si os olhos fundos e febris.

– Ele é uma sombra de fogo na aurora negra do futuro – murmurou.
– Eu sonhei ontem à noite que ele irrompia a cavalo dessa aurora negra, e ele e seu cavalo subiram da terra até o céu. Não pude lembrar-me do seu nome, e alguém sussurrou-me que ele era imortal e havia tido muitos nomes, e teria muitos outros ainda.

Mas Taliph estava errado em achar que o pai estivesse senil. Nunca o velho tivera tanta consciência dos acontecimentos. Ouvia atentamente os relatórios das suas legiões de espias, que se espalhavam por toda a Ásia. E essa sua estranha presciência fazia-o ouvir ainda com mais atenção os relatórios sobre Temujin. Ele sabia mesmo que Temujin já tinha outro filho agora, e que logo teria outro. Três filhos, então.

– A ninhada da Besta – disse em voz alta, e ficou aterrado com as suas palavras involuntárias.

Ele sabia os nomes dos principais noyons de Temujin: seu meio-irmão Belgutei, seu irmão Kasar, e ainda Subodai, Chepe Noyon e Jamuga Sechen. Para ele, não eram nomes de formigas, a despeito dos argumentos ocasionais da sua razão. Para ele, eram nomes de provações.

E, então, um dia ele recebeu um apelo de um grande general chinês para aparecer na sua corte do lado de dentro da Muralha.

3

Toghrul Khan era amigo próximo do general, que pertencia ao formidável império Chin, o qual não gostava especialmente do império do Sung, do reinado de Hia nem do império de Catai Negra. Esses vários impérios chineses se invejavam, embora mantivessem entre si uma tolerância mais ou menos civilizada e boas permutas. Mas eram todos unidos no seu amor pela sua própria civilização e no desprezo por aquilo que consideravam hordas inomináveis do outro lado da Muralha. Mas o ódio ia desabrochando nos seus jardins, como uma flor carmesim, aguardando apenas o momento exato para rebentar em completo e terrível viço do meio de toda a corrupção e decadência das cidades apinhadas de gente.

O general estava desanimadamente aborrecido.

– Temos sido negligentes – disse ele. – Agora é tempo de disciplinar os bárbaros de novo. Apelei para ti, Toghrul Khan, para que reúnas os melhores dentre os teus vassalos e para que nos dês assistência contra os tártaros. – Ele bocejou. – Tudo isso é muito maçante.

Intimamente ele achava que o próprio Toghrul Khan era um bárbaro, apenas parcialmente civilizado, a despeito das suas cidades karaits e do seu palácio persa. Ele se formara numa escola militar, na qual tinha aprendido que os nobres civilizados utilizavam seus aliados bárbaros para subjugarem outros bárbaros. Assim era tudo muito mais fácil para os nobres e, enquanto os bárbaros lutavam entre si, eles podiam voltar para seus próprios afazeres, satisfeitos com o fato de os bárbaros estarem se matando uns aos outros, tornando-se eles mesmos ameaças menores para seus senhores. Era tudo muito bem esquematizado e todos ficavam satisfeitos.

– O que ganharei com isso? – perguntou Toghrul Khan.

O general arregalou os olhos, mas era polido bastante para logo depois desfazer a expressão. Ele era muito mais jovem que o Khan karait, e perguntava-se indiferentemente o que mais poderia o velho querer, pois com toda certeza estava à beira do túmulo, face a face com a morte.

Sorriu gentilmente.

– Nós te daremos o título chinês de Wang, ou príncipe, meu bom velho amigo – respondeu –, e a primeira parte de quaisquer despojos que conquistes. Todos eles, se conseguires persuadir teus vassalos.

– Não é bastante – replicou Toghrul Khan. – Eu quero um palácio e entrada permanente dentro da Muralha.

O general ergueu as sobrancelhas delicadamente.

– Mas por quê, meu amigo?

Toghrul Khan respondeu insistentemente:

– É o meu desejo.

E, então, o general viu que bem no fundo dos olhos encovados e astutos havia uma pálida sombra de medo. Mas medo de quê? Certamente suas cidades karaits eram fortificadas e bem guardadas, ou não?

Toghrul Khan repetiu numa voz apática, mas obstinada:

– Uma casa do lado de dentro da Muralha.

O general deu de ombros e franziu um tanto as sobrancelhas. Sabia que o imperador não gostava de ter qualquer aliado entrincheirado dentro do império. Aliados, dissera ele, atraem outros aliados, e aliados são sempre inimigos. Mas, dessa vez, era preferível que os bárbaros karaits morressem em vez dos chineses.

– Muito bem – disse ele cordialmente –, tu a terás. E deixa-me dar-te, desde agora, as minhas pessoais boas-vindas.

Em casa, Toghrul Khan murmurou consigo mesmo:

– Wang. Khan Wang. Um príncipe de Catai! E uma casa do lado de dentro da Muralha. A bela Muralha! A invencível Muralha!

E, pela primeira vez em longos e angustiados meses, ele dormiu e não sonhou.

NO DIA DO NASCIMENTO do seu terceiro filho, Ogotai, Temujin recebeu a convocação de Toghrul Khan. Ele agora tinha três filhos: Juchi, o Sombrio, Chutagi e Ogotai. Ele não fazia nenhuma distinção entre Juchi e os dois meninos mais novos. Eram todos filhos do corpo de Bortei, a quem ele amava, e a quem compreendia. Deliciava-se com os garotos, todos morenos, vigorosos e de olhos cinzentos, como Bortei. Agradava-lhe especialmente Ogotai, que tinha o seu cabelo vermelho. Houlun, nos seus raros momentos de afabilidade, dizia ao filho que Ogotai se parecia com ele, Temujin, no dia do seu nascimento.

Mas esses momentos afáveis tornavam-se cada vez menos frequentes, pois Houlun não conseguia falar com Temujin sem ironia, desprezo, reprovação ou raiva. Ela e Kurelen eram os únicos que não pareciam temê-lo. Ela desgostava abertamente de Bortei e, como era ainda a senhora dos yurts, tornava a vida de Bortei infeliz de vez em quando, dizendo-lhe que ela sabia tão pouco sobre a criação dos filhos como uma mera serva virgem, e que ela era fútil, tola e cheia de cobiça, e que, em resumo, não era a esposa adequada para um Khan mongol yakka.

Entre as duas mulheres o ódio tinha-se tornado maligno, e em parte o ódio de Houlun era devido à sua perda de influência junto ao filho. Ela sabia muito bem que a mulher que partilhava a cama de um homem conseguia fazer-se escutar, e ela desconfiava, com razão, que Bortei falava negativamente da mãe do marido, sempre numa voz de ironia convincente. Assim, o orgulho ferido e a solidão afiavam a língua da velha mulher, e mesmo quando ela falava com cólera havia mágoa em seus olhos.

Ela mesma não tinha nenhum afeto por Jamuga Sechen, a quem considerava um completo idiota. Mas nunca endossava os comentários maldosos com que ele era hostilizado, embora tivesse declarado ocasionalmente o que achava dele. Na sua razão, que era vigorosa e fria, sabia que Jamuga não era um traidor, que era apenas amaldiçoado com uma consciência peculiar, como ela nunca vira antes. Mas, como era inteligente e perspicaz, Houlun compreendia essa consciência, embora a desprezasse. Ela conhecia também o afeto apaixonado de Jamuga por Temujin, e sabia que ele sofria, como ela, por causa desse afeto. Jamuga encontrou assim uma aliada inesperada na solitária mãe do seu anda, e, embora fosse por natureza frio e desconfiado em relação a todos, começou a sentir uma tímida gratidão. Ele sabia que essa aliança se baseava na desconfiança e ódio de Houlun por Bortei, mas percebia também que era genuína. Falavam um com o outro de vez em quando, com palavras breves e cautelosas, mas o que diziam era cheio de significado e ansiedade.

– Jamuga Sechen – disse ela um dia –, põe-te em guarda. Tens o inimigo mais perigoso: Bortei, esposa de meu filho. Ela não descansará enquanto não te destruir.

– Eu sei disso – replicou ele em voz baixa.

Mas mentalmente ele descontou do poder de Bortei todos os seus três filhos.

– O que digo a Temujin durante o dia é destruído à noite – observou ela.

– Temujin só acredita no que deseja acreditar – redarguiu Jamuga tristemente.

Mas, na realidade, ele sentia-se pouco preocupado quanto à sua relação com Temujin, pois o jovem Khan nesses dias só lhe vinha demonstrando afabilidade.

– Vou dar-te um conselho, Jamuga: segura tua língua. O que quer que Temujin faça, não o contraries. Consente pelo silêncio, se não puderes consentir por palavras.

Mas isso Jamuga achava impossível de fazer. Seu torturado ímpeto íntimo impelia palavras amargas à sua língua. Se não falasse, não se sentiria em paz. Ele expelia protestos como um vulcão expele fogo e vapor já gastos, para não explodir de repente e destruir a si mesmo. Aquilo que Kurelen lhe dera para ler, havia muito tempo, consolidara a integridade desorientada dentro dele, de tal modo que sabia que na vida de um homem havia um pequeno preço a pagar pela sua própria paz.

E, agora, uma convocação paternal e afetuosa viera para Temujin da parte do velho karait, Toghrul Khan, dizendo que precisava do seu filho adotivo numa guerra contra os tártaros, que ameaçavam a tranquilidade do império Chin. Temujin respondeu imediatamente com o seu vigor usual. Convocou todos os seus sacerdotes, os lamas vestidos de vermelho e amarelo, os dois pastores cristãos nestorianos, os três muçulmanos e seu próprio xamã. Eles deveriam falar aos seus seguidores naquela mesma noite, e declarar-lhes que o Khan os conduziria à guerra por uma causa nobre, e que deviam preparar-se para a vitória ou para a morte.

Temujin possuía grande tolerância religiosa, e um dos principais crimes que ele não admitia era qualquer disputa entre os grupos religiosos que formavam seu povo. Certa vez, um muçulmano levantou uma violenta questão com um cristão, e ambos desembainharam os sabres e tentaram matar-se com imensa fúria. Temujin pegou um porrete, meteu-se entre os dois, apesar das lâminas que fulguravam, e reduziu ambos à insensibilidade. A verdade é que o muçulmano morreu no dia seguinte em decorrência dos seus ferimentos.

– Na causa da união deve existir paz entre as religiões – declarou Temujin. – Aquele que brigar pelos seus deuses será despachado para junto deles e lá resolverá suas questões. – E acrescentou: – O chefe que fomenta disputas religiosas entre o seu povo, ou as apoia, não é um verdadeiro chefe, mas uma mulherzinha briguenta e estúpida, fadada a morrer.

Jamuga teria aprovado essa tolerância religiosa e igualdade se não soubesse que, na verdade, Temujin não se preocupava absolutamente com uma tolerância verdadeira, e sim apenas com a união entre os muitos povos diferentes que lhe constituíam a tribo. Quando eles disputavam pelas suas doutrinas, depreciavam a supremacia de Temujin e a sua própria lealdade a ele. Isso ele nunca permitiria, e a morte ou o mais severo castigo era a sua lei.

– Servi vossos deuses em vossas almas, mas servi a mim antes de tudo com vossas armas – disse ele. – Aquele que diz que o seu deus é o único deus verdadeiro, e assim fomenta dissensões, faz-me uma imperdoável ofensa.

Assim, quando os muçulmanos se ajoelhavam para rezar ao pôr do sol, ele ordenava aos cristãos que se ajoelhassem também, e todo o seu povo, e os taoístas e budistas.

– Não há nenhum mal em orações em conjunto – dizia ele, mas ordenava aos muçulmanos que sussurrassem sua invocação: "Não existe nenhum Deus além de Alá, e Maomé é o seu profeta", para que os outros não a escutassem.

Quando os cristãos começavam suas celebrações da Missa, ele ordenava aos muçulmanos que se sentassem por perto e que a observassem com reverência, dizendo:

– Não existe senão um Deus de todos os homens, que responde por todos os nomes, como uma mulher responde por todos os carinhos ao seu marido, permanecendo sempre a mesma mulher.

Quando os budistas faziam girar sua roda de rezar, ele dizia aos outros:

– Observai como Deus é maravilhoso, que compreende a linguagem de todos os homens!

Mas ele era especialmente severo com os sacerdotes, porque sabia que eram as sementes do azedume e das dissensões.

– Ensinai ao vosso povo que Deus é o pai de toda a humanidade – dizia ele – e que aquele que diz que Deus é apenas seu pai, e não o pai de todos os outros, é um mentiroso.

Ele mesmo matou um sacerdote que não lhe obedeceu.

– Guardai vossas opiniões para vós mesmos – dizia – e apregoai alto apenas uma lei: obediência ao Khan, que é o porta-voz dos deuses.

Como era sagaz, recompensava regiamente os sacerdotes, sabendo que um sacerdote próspero era um bom servidor dos seus senhores. Tratava todos os sacerdotes com absoluta imparcialidade e afabilidade, e resolvia todas as questões entre eles com justiça e bom senso.

Em consequência de tudo isso, os sacerdotes obedeciam-lhe e amavam-no. Na noite anterior à partida dos guerreiros para essa suprema batalha, os sacerdotes estiveram muito ocupados, invocando, rezando e aconselhando seus seguidores.

Jamuga, a despeito dos conselhos ansiosos de Houlun e Kurelen, não conseguiu manter-se quieto. Quando ouviu falar da expedição, foi à procura de Temujin, contrariado.

– Essa é uma guerra estrangeira e distante, Temujin – gritou ele. – E não tem nada a ver conosco, que vivemos bem no coração do Gobi. Que temos nós contra os tártaros?

– Eles mataram meu pai – replicou Temujin com um débil sorriso sardônico.

Jamuga olhou-o em silêncio, com desdém, e Temujin sorriu.

– Com as guerras, os homens ficam mais fortes. E eu preciso fortalecer meu povo – acrescentou Temujin.

– Para quê? Para outras guerras? – perguntou colérico Jamuga.

– Sim, acertaste em cheio. Para outras guerras.

Jamuga aspirou profundamente.

– Não tenho nada contra guerras de necessidade e sobrevivência. Mas nem a necessidade nem a sobrevivência estão sendo ameaçadas pelos tártaros, cujas tribos mais próximas vivem em paz conosco. Tu mesmo tens duas esposas tártaras. Na semana passada um Khan tártaro foi teu hóspede. Por que enviar agora nosso povo para matá-los a léguas de distância, para satisfazer o desejo dos chineses e de Toghrul Khan? Toghrul Khan se beneficiará com isso, mas que benefício obterás tu? Por acaso nosso povo é de mercenários?

Temujin olhou para ele inescrutavelmente.

– Cada guerra é a história da vingança de um homem – observou finalmente.

Jamuga ficou atônito.

– Mas essa vingança não é tua – balbuciou ele.

Temujin encolheu os ombros. Seus olhos cintilaram.

– Como podes sabê-lo? – perguntou. Vai-te, Jamuga, tu me cansas. Olhas apenas para o dia de hoje. Eu olho para o amanhã.

– Amanhã!

– Tu pensas que eu faço planos apenas para hoje? Eu vejo o futuro. Cada guerra me conduz para mais perto dele.

Mas Jamuga estava agitado. Essa expedição parecia-lhe cruel e idiota, e vergonhosa, pelo fato de Temujin conduzir seu povo para uma guerra em proveito de outros. De novo, ele subestimou seu anda, porque via as coisas com demasiada simplicidade e intransigência.

– Aquele que vende o seu direito nato uma vez, vende-o para toda a vida – declarou.

– Isso não será mau, se o preço for bastante alto – redarguiu Temujin sorrindo. Mas, de repente, não sorriu mais. – Não sei por que tolero as tuas reprovações e tagarelices, Jamuga Sechen. Ninguém mais se atreveria a falar assim comigo. Eu já te ordenei: vai-te, tu me cansas.

Mas ainda dessa vez Jamuga não ficou em silêncio. Com amargura, disse:

– Se teu povo ainda fosse livre, em vez de escravos como tu os fizeste, não te atreverias a fazer isso. Um homem livre só luta por causas nobres, e ele mesmo decide defender as que lhe forem precisas. Mas nesta guerra não defenderemos nada além do proveito de outros.

Temujin não replicou, e olhou para Jamuga de um jeito peculiar e pensativo, e seu sorriso era cruel e sombrio.

A história da discussão de Jamuga com Temujin logo correu livremente o acampamento.

Nessa noite, Bortei, nos braços de Temujin, disse:

– Eu te disse, meu senhor, que ele era um traidor. Ele anda pelo meio do povo incitando-o à rebelião.

Mas Temujin riu.

– Não acredito nisso, Bortei. O povo ri dele, e ele é incapaz de traição.

Mas Bortei não era de desistir tão facilmente.

– Uma opinião divergente é sempre perigosa – insistiu ela. – O povo sabe que ele discutiu contigo, e pergunta entre si se a discussão não foi justificada. Enquanto esse homem viver, haverá curiosidade em torno das opiniões dele. – Ela começou a chorar. – Teu afeto por ele te cega, e nos põe em perigo a todos. Num povo tão numeroso deve haver muitos que discordam de ti, mas em silêncio. Mas esse homem proclama alto sua dissensão.

Temujin concordou com ela no íntimo, mas ordenou-lhe rispidamente que contivesse a língua. Ele tinha seus próprios planos, e não podia esquecer que Jamuga já lhe salvara duas vezes a vida, e tinha por ele um afeto profundo e intenso e uma lealdade que brotava direto da alma, e era absolutamente destemido.

Mas Bortei ainda tinha algo mais a acrescentar:

– Existem traidores em todo povo, e, qualquer que seja a lealdade de Jamuga para contigo, ele é um simplório, e pode vir a ser um instrumento na mão de homens ambiciosos e inescrupulosos.

De novo, Temujin concordou com ela no íntimo, mas deu-lhe um tapa na boca e mandou-a embora de sua cama.

4

O obstinado Jamuga não deixaria de tentar um último e desesperado esforço. Consultou Kurelen, sem saber o que o levava a procurá-lo, mas sentindo uma vaga convicção de que pelo menos seria compreendido. Kurelen ouviu-o pensativamente, e então disse:

– Jamuga Sechen, por acaso já te ocorreu que talvez Temujin esteja apenas retribuindo um favor? Toghrul Khan respondeu ao apelo dele de ajuda, e agora Toghrul Khan não fez mais do que requisitar a Temujin que pusesse em prática seu acordo com ele, prestando a mesma ajuda que lhe foi dada pelo seu pai adotivo.

– Isso foi diferente, Kurelen. Na época, o pedido de ajuda de Temujin foi desesperado e necessário para a sobrevivência de um povo. Era viver ou morrer. Mas nessa guerra de Toghrul Khan e dos seus senhores chineses contra os tártaros, as condições são diferentes. Toghrul Khan será generosamente recompensado por sua ajuda na destruição de um povo errante e faminto, cujo único crime é não ter nunca o bastante para comer. Depois ele lançará generosamente um osso para Temujin, cujos guerreiros não terão outra recompensa que a lembrança dos tormentos de uma guerra destrutiva, morte, exaustão e futilidade de uma luta que não era deles.

– E achas que essa guerra representará tal infortúnio para eles?

Kurelen saiu do yurt e ficou de pé sobre a plataforma, observando os clamorosos ajuntamentos de guerreiros. Jamuga pôs-se ao lado dele.

Ouviam os gritos ferozes de exultação e entusiasmo, as risadas felizes, as discussões e debates alegres. Os cavalos pisoteavam o solo, empinavam-se, relinchavam e corcoveavam. A confusão era tremenda. O rosto de cada cavaleiro ou guerreiro brilhava de prazer sob a sua camada de óleo e poeira. Muitos brandiam seus chicotes, praticando, apanhando algum amigo próximo pelo corpo ou pescoço, e arrastando-o do cavalo, com berros de alegria. Muitos, a pé, empenhavam-se em lutas de mentira, e o entrechocar de aços misturava-se ao alarido geral. A cena inteira, colorida, agitada; em ebulição, confundia a vida.

– Não me lembro de todos estarem tão alegres há muito tempo – disse Kurelen. – Estão exultantes, embriagados de alegria, e desenfreados de expectativa.

– Isso é porque estão embriagados com sonhos de glória e conquistas, e foram seduzidos pelo misticismo de astutos sacerdotes.

Kurelen continuava a observar os guerreiros.

– Eu queria saber – refletiu ele – se já vivi o bastante para saber que nada é tão simples como o homem intelectual nos quer fazer crer. Eu creio que o amor à guerra reside não em quaisquer mentiras astutas de um rei ou sacerdote, mas sim na própria natureza do homem. O insensível e o fraco negariam isso, mas é verdade.

– Tu acreditas que os homens preferem o sangue, a morte, a tortura e o ódio à paz, à segurança e à amizade? – perguntou incrédulo Jamuga.

Kurelen acenou ligeiramente que sim com a cabeça.

– Sim, porque a paz e a segurança são monótonas e exasperantes. Eles insistem em que a força se dissipa por trás de muralhas seguras, como um animal acorrentado. Mas o aço, o sangue e a morte da guerra vêm responder ao espírito aventureiro e viril do indivíduo e à sua ânsia mística de autossacrifício e autoabnegação. E, assim, ele sente maior segurança do que a paz lhe pode proporcionar, a segurança de fazer parte de um enorme propósito e de um impulso universal, e de servir a algo maior do que ele mesmo.

Sorriu para o rosto pálido e desgostoso de Jamuga.

– O problema de todos os tempos, se tiver de haver paz, é de tornar essa paz não insípida, monótona e estagnante, uma afronta ao espírito ativo e rebelde do homem, mas aventurosa e excitante, solicitando todo o autossacrifício e a sua natureza viril. E, Jamuga, isto não será encontrado em livros nem em filosofias, que são poeira seca sobre rostos mortos.

E riu.

– Nossa sabedoria subestima os homens. A guerra os exalta. Somos nós que estamos morrendo e não eles. Nós discursamos e eles vivem!

Mas Jamuga ficou em silêncio. Estava observando outra coisa com melancolia. Disse subitamente:

– Observa os rostos das mulheres. Elas não estão nem alegres nem exultantes, mas apenas aflitas e cheias de mágoas e medo.

Kurelen olhou as mulheres. Então respondeu em voz baixa:

– Faz parte da nossa decadência, Jamuga Sechen, levarmos em consideração as mulheres.

Jamuga, já sem o cuidado de qualquer preocupação, foi à procura de Subodai, Chepe Noyon e Belgutei. Estes estavam sozinhos, junto com o simplório Kasar, para uma última troca de consulta sobre formações. Belgutei saudou-o com um sorriso, mas disse numa voz invejosa:

– És feliz, Jamuga, por acompanhares nosso senhor nesta expedição. Foi-me ordenado que permanecesse aqui, e Kurelen será o senhor em lugar de Temujin.

Isso era novidade para Jamuga, que pensou que permaneceria no ordu. Um rubor vago coloriu-lhe o rosto lívido e ele mordeu o lábio. Sua raiva fez a sua última parcela de precaução desvanecer-se. Se tivesse refletido um pouco a sós consigo mesmo, teria falado com cada noyon separadamente, mas explodiu imprudentemente, magoado:

– Que pensais desta expedição? Sois homens, ou animais irracionais? Sabeis por acaso que vamos para uma batalha que não é nossa, para satisfazer a avidez de um velho?

Eles arregalaram os olhos para ele, atônitos. Então, vagarosamente, cada um baixou os olhos depois de relancear olhares sum para o outro. Mas ninguém respondeu a Jamuga. Apenas Kasar, de todos eles, olhou para Jamuga com olhar insolente e um meio-sorriso maligno.

– Subodai – disse Jamuga, voltando-se desesperado para o jovem paladino. – Não tens nada a dizer?

Subodai ergueu o olhar e seu rosto estava frio e severo. Respondeu tranquilamente:

– A vontade do meu senhor é a minha vontade. Vivo apenas para obedecer-lhe. Eu já te disse isso antes, Jamuga Sechen.

Chepe Noyon sorriu e perguntou com curiosidade e naturalidade:

– Que querias que nós fizéssemos? Que desafiássemos nosso Khan e nos recusássemos a acompanhá-lo?

Belgutei riu. Ele gostava de Jamuga e viu que aquilo poderia tornar-se sério. Lançou um olhar rápido para Kasar, que ele sabia ser louco de ciúmes do anda de Temujin. Então tentou transformar todo o incidente numa imensa piada.

– Parece que Jamuga não gosta de nós. Ele deseja destruir-nos a todos para tornar-se o primeiro conselheiro do nosso senhor, assim como já é seu primeiro amigo.

Subodai e Chepe Noyon compreenderam-no imediatamente. Olharam para Kasar e trocaram olhares significativos.

– Ah! – fez Chepe Noyon. – Já sei! Estás com ciúmes de nós, Jamuga, mas nós iremos também, assim como tu.

Jamuga ficou em silêncio. Viu que havia algo de oculto ali. Olhou de um para o outro, atônito. Então, ofendido, voltou-lhes as costas e afastou-se cheio de aflição.

KASAR NÃO FEZ nenhum comentário, o que Chepe Noyon qualificou de incomum. Observaram-no enquanto se afastava, distraidamente. Belgutei disse, apertando os olhos:

– Desconfio de Kasar por causa de toda a sua simplicidade. Os homens simplórios são sempre perigosos, porque têm apenas uma ideia e agem em função dela insistentemente, como uma mula. E todos nós sabemos como ele é loucamente ciumento de Jamuga. Aonde será que vai agora?

Chepe Noyon encolheu os ombros.

– Estabeleci como regra em minha vida não me preocupar com nada que não me diga respeito.

– Jamuga é um tolo – observou, inquieto, Subodai.

Kasar caminhava sem destino. Mas, de repente, já fora da vista dos outros, apressou o passo. Dirigiu-se ao yurt de Temujin e o encontrou beijando Bortei pela última vez. A antiga admiração de Kasar por Bortei tinha-se transformado em adoração. Ela podia fazer o que quisesse dele. Ela sorriu-lhe graciosamente. Kasar ficou contente de ela estar ali, pois sabia como ela detestava Jamuga.

Falou ao irmão numa voz precipitada:

– Meu senhor, acabo de vir de uma consulta com Subodai, Chepe Noyon e Belgutei sobre nossas formações. E, então, quando estávamos conversando, Jamuga Sechen, teu anda, aproximou-se de nós, todo suado e febril, e incitou-nos a desobedecer-te, dizendo que esta guerra não é nossa, que é uma loucura, e que só será travada em proveito de teu nobre pai adotivo, Toghrul Khan.

Temujin olhou-o incrédulo, mas Bortei regozijante, bateu palmas.

– Eu não te disse, meu senhor, que esse homem era um traidor? Mas tu me ouviste? Não, simplesmente expulsaste-me da tua presença com um tapa. Agora tu o ouves do teu próprio irmão. Ela lançou um olhar rápido para Kasar, com os olhos cintilantes.

– Não posso acreditar nisso! – exclamou Temujin. E todo seu sangue subiu-lhe à cabeça e ao rosto, que ficou da cor da púrpura. Sua expressão era de cólera assassina. – Mas, se foi assim, que disseram os outros?

– Riram dele – admitiu Kasar.

Temujin cerrou os dentes.

– Viram que ele é um idiota.

– Mas os idiotas são perigosos – disse Bortei.

– Ele já foi muito longe – resmungou Temujin. E pôs a mão no punho da espada. Respirava rouca e audivelmente.

Alguém levantava a aba do yurt e Kurelen entrou. Ele sorria, mas um rápido olhar em torno lhe disse que algo de importante estava tendo lugar ali. Viera para pedir a Temujin que permitisse a Jamuga permanecer no ordu, dizendo que iria precisar do rapaz. Ele decidira isso por piedade. Mas, então, o que viera para dizer morreu-lhe na língua quando sentiu a atmosfera carregada dentro do Yurt.

– Que aconteceu? – perguntou rapidamente.

– Acabo de ouvir que Jamuga Sechen é um traidor e está tentando instigar a dissensão entre os meus noyon, dizendo que esta guerra não é nossa – respondeu Temujin, com o rosto contraído. – Eu o matarei agora com as minhas próprias mãos.

Oh, o louco! pensou Kurelen. Lançou um olhar penetrante não para Temujin, mas para Kasar, que estava começando a parecer embaraçado, pois Kasar, que era apenas simplório e ciumento, só havia intencionado fazer com que Jamuga caísse no desagrado de Temujin, certamente sem haver desejado a sua morte. A inquietação apareceu-lhe nos olhos caninos.

Kurelen sentou-se e assumiu atitude negligente. Sorria. Agora iria precisar de toda a sua habilidade para desviar essa cólera de Jamuga.

– Tu sabes como Jamuga fala, Temujin. E sabes também que ele não é um traidor. Só tem a língua solta e muitas ideias tolas.

Os lábios de Temujin crisparam-se e seus olhos faiscaram.

– Bem, então, em justiça para com ele, direi a Subodai, Chepe Noyon e Belgutei que venham aqui, e eles mesmos me contarão.

Kurelen suspirou, como que exasperado com tamanha infantilidade num momento tão grave.

– Eu mesmo posso dizer-te, Temujin: Jamuga foi à minha procura. Tu sabes que consciência feminil ele tem. Perguntou-me se eu achava que esta guerra era justa. Homens como ele preferem lutar em guerras justas. Gostam de acreditar que eles escolhem o que farão. Isso lhes dá uma sensação de obstinação e independência. Então eu lhe disse que o que quer que tu fizesses era sempre justo.

Temujin tentou manter o rosto sombrio, mas involuntariamente começou a sorrir. Bortei ficou furiosa. Olhava para Kurelen com olhos malévolos.

– Nós todos sabemos, Kurelen, o afeto que tens por Jamuga Sechen – disse ela com menosprezo. – Por isso sempre o defendes, mesmo contra o nosso senhor.

Kurelen levou meditativamente a mão aos lábios, e olhou por cima dela para Bortei.

– Tu tens algum motivo pessoal para não gostar de Jamuga, Bortei? – perguntou ele delicadamente. – Por acaso ele te feriu irrevogavelmente? E, se foi assim, por que não chamá-lo aqui e perguntar a ele mesmo o que houve entre vós dois?

Bortei empalideceu. Seu coração quase parou. Ela olhou para Kurelen com os olhos intensos e penetrantes de um animal acuado. E então, angustiada, compreendeu que Kurelen, de alguma maneira misteriosa, sabia do que havia transpirado entre ela e Jamuga. Seus lábios ficaram secos de terror.

– Não houve nada entre nós dois – gaguejou ela, tremendo. Kurelen continuava a olhá-la com reflexão impiedosa.

– Bortei – disse ele tranquilamente –, tu és uma mulher inteligente. Eu sempre te admirei e te considerei uma filha, por saber que és plena de sensatez. Se acreditas realmente que Jamuga é um traidor, deve ser por causa de algo que conheces secretamente, e eu insisto em que ele seja trazido aqui e seja confrontado contigo, e acusado por ti.

Ninguém além de Bortei percebeu a ameaça velada na sua voz afetuosa.

– De qualquer maneira – interferiu Temujin impaciente – chamemo-lo aqui. Bortei já muitas vezes me advertiu contra ele, e ela mesma o acusará.

Bortei estava tão branca quanto as paredes caiadas do yurt. Seus olhos, enormes, cintilavam de terror. Engoliu em seco e umedeceu os lábios ressecados. Começou a gaguejar, quase incoerentemente:

– Talvez tenhamos sido demasiado precipitados. Talvez ele não seja um traidor...

Kasar, indignado, interferiu:

– Mas eu mesmo o ouvi!

Kurelen, satisfeito com o efeito das suas palavras em Bortei, voltou-se para o sobrinho mais novo.

– Kasar, eu sempre admirei tua inteligência. Tu és sagaz bastante para saberes que Jamuga não é um traidor. Se insistires nisto, então saberei que minha opinião sobre ti era falsa.

– Mas eu o ouvi dizer essas coisas aos outros – replicou Kasar, ruborizando-se com inquietação.

– Mas tens discernimento bastante para saber que Jamuga não passa de um tolo – insistiu Kurelen, como o faria um homem inteligente e divertindo-se com outro.

Kasar ficou em silêncio por um momento. Estava imensamente lisonjeado, pois imaginara anteriormente que Kurelen o considerava um idiota. Então, tentando dissimular a presunção da voz, disse:

– Tens razão, Kurelen. Sempre achei Jamuga um tolo. Ele simplesmente gosta de falar livremente.

Enquanto toda essa cena se desenrolava, Temujin, olhando atentamente de um para outro, sentiu que havia algo por trás de tudo aquilo.

– Parece que agora ficou assentado que Jamuga é um tolo e não um traidor – observou ele ironicamente. – Não obstante isto, chamarei os outros para perguntar-lhes o que Jamuga disse realmente.

Kurelen deu de ombros, suspirando, como se ouvisse as palavras de uma criança impetuosa.

– Temujin, por acaso não te ocorreu que este momento, quando há uma guerra em perspectiva, não é o mais adequado para se levantar a questão de um traidor no acampamento? Uma acusação de traição faz o povo pensar, e Jamuga tem muitos amigos aqui.

Kurelen levantou-se. Pôs a mão no ombro de Temujin.

– Pergunta ao teu próprio coração, Temujin, se teu anda é um traidor ou não para ti.

Temujin olhou-o furiosamente, mas ficou em silêncio.

Kurelen sorriu.

– Tu bens vês, não podes responder. Mas eu mesmo falarei com Jamuga, e lhe direi para segurar a língua. Como todos os homens que pensam, ele fala demasiado. Mas deixa-o cavalgar ao teu lado ainda uma vez: talvez salve tua vida de novo. Tu sabes que ele morreria por ti.

E foi assim que Jamuga, para sua surpresa, e para uma súbita e feliz pulsação do seu coração, foi convocado para cavalgar ao lado de Temujin, e ele apenas. Quando ouviu a convocação, não conseguiu falar, com medo de desfazer-se em lágrimas.

A despeito da inquieta palpitação da sua integridade, suas dúvidas e raivas foram absorvidas pelo seu amor.

Kurelen sabia, entretanto, que Temujin não havia esquecido. Só esperava que Jamuga se distinguisse de novo, pois Kurelen sabia, com fatídica premonição, que o jovem noyon corria o mais terrível perigo, e que somente algum milagre poderia salvá-lo agora.

5

Jamuga perguntava-se que pensamentos assombravam Temujin no palácio de Toghrul Khan. Veria ele Azara nos corredores e jardins? Pensaria ele nela com o luar? Nunca poderia saber. Perplexo, observava o rosto de Temujin, e não via nele nada além de calma indiferença.

Uma vez ele apontou para a longa paisagem dos jardins ao luar, e disse para Jamuga:

– Uma noite eu sonhei que havia ali um alto muro branco, que ia até os céus, com um portão dourado nele. Tentei forçar a porta, mas ela não se abriu.

– Isso foi um augúrio – respondeu Jamuga, que não sabia o resto do sonho. – Eu quero dizer que existem portões que os homens nunca podem forçar, e muros através dos quais eles não podem passar.

Temujin fitou-o com uma longa e sonhadora reflexão. Sorriu então, e Jamuga, intrigado, imaginou ter visto dor e ironia nesse sorriso.

– Acho que tens razão – disse o jovem Khan.

E afastou-se caminhando, e Jamuga viu-o andando de um lado para o outro no jardim, agitadamente, como quem procurasse algo.

Uma noite, Jamuga foi despertado por um som estranho, que parecia um suspiro ou um gemido abafado. Mas quando se sentou e prestou atenção, não ouviu mais nada. Temujin dormia placidamente ao lado dele, com a sombra pálida da lua pairando sobre seu rosto sereno.

Toghrul Khan e Temujin haviam-se saudado afetuosamente. Temujin ficou surpreso ao ver como o velho estava ainda mais acabado – ele havia minguado, e seu rosto parecia uma noz mirrada, entalhada com milhares de linhas finas como cabelo. Mas a ganância e a astúcia cintilavam-lhe nos olhos apagados, e sua voz era mais doce do que nunca.

Nenhum dos dois fez qualquer referência a Azara, que para ambos era um nome que não podia ser mencionado. Falaram apenas da campanha próxima, e Toghrul Khan manifestou sua gratidão pela boa estatura e aparência dos guerreiros de Temujin.

– Vamos tratar logo de derrotar esses animais tártaros – disse ele.

E sorriu para o filho adotivo, e ficou surpreso por Temujin não lhe retribuir o sorriso.

– Os tártaros não são animais – respondeu tranquilamente Temujin. – São apenas importunos para os príncipes de Catai. Tu foste induzido a ajudar os príncipes. E receberás tua recompensa. Eu peço apenas os cativos e suas esposas e filhos, seus cavalos, seus rebanhos e yurts.

E, depois de dizer isso, não diria nada mais. Taliph, amável e sorridente, ficou intrigado. Mas Toghrul Khan, com os pequenos olhos maus cintilando, não ficou nem levemente intrigado.

Uma grande festa foi preparada em honra de Ye Liu Chutsai, o príncipe e general de Catai. Foi muito esmerada, licenciosa e extravagante. Toghrul Khan imaginou que só assim uma festa seria adequada para tão ilustre convidado, e esperou que o general achasse tudo conveniente e familiar. O pai de Ye Liu Chutsai fora um taoísta, e ele mesmo adotava a austeridade e simplicidade dessa religião, embora, como fidalgo nobre, apreciasse a elegância comedida e culta. Achou a festa e o palácio de Toghrul Cã bárbaros e revoltantes. Mas, como ele mesmo frequentemente dizia, um cavalheiro nunca permite que a religião ou a delicadeza interfiram na cortesia, e assim fingiu estar maravilhado e deliciado com aquela orgia de mulheres e cores, vinhos e risos, riqueza e vulgaridade.

Ele estava extremamente interessado em Temujin, e fitava-o com franco assombro e admiração. Nunca havia visto antes cabelo vermelho ou olhos verde-mar, e achou-os fascinantes. Além disso, ficou intrigado com o próprio Temujin; com seu rosto, sua atitude. Ele disse, logo depois de se terem conhecido:

– Nós temos uma planta em Catai, chamada Mon Nin Ching, uma sempre-verde, que floresce apenas uma vez em cada dez mil anos, e isso significa a vinda de um grande rei ou de um grande chefe espiritual, ou algumas vezes de uma terrível peste. Nós acreditamos que os céus enviam um prenúncio através dessa flor. Esta manhã, duas das minhas sempre-verdes floresceram, e agora à noite eu te encontro.

Ele sorria enquanto falava, delicadamente, como que deleitado com as próprias palavras, e como se estivesse contando uma piada jovial a

Temujin. Temujin sorriu também. Mas Toghrul Khan não disse nada. Olhava de um para o outro como um rato que tudo ouve e tudo vê num mundo odiento e odiado.

Ye Liu Chutsai era um belo homem de meia-idade, com uma voz profunda e ressonante como um címbalo abafado. Sua pele era marfim-claro, e os olhos brilhavam com a luz do vigor intelectual e físico. Através da sua longa barba, que lhe descia até abaixo da cintura, os lábios eram vermelhos e carnudos e dados a irônicos ou afáveis sorrisos. As unhas eram longas, finas e recurvas e esmaltadas, e nos seus dedos faiscavam muitos anéis de pedras preciosas. Ele só usava roupas de seda branca, a não ser numa batalha. Mantinha a cabeça numa postura orgulhosa, mas simples. Era o primeiro nobre que Temujin via em sua vida. Entre os dois homens, o bárbaro e o nobre, brotou um cálido sentimento de completa amizade e confiança.

Temujin ficou interessado na história das sempre-verdes. E, de repente, o nobre chinês riu levemente.

– Esta manhã eu apontei essa flor ao velho primo de minha mãe, que adotou um pouco da religião ou filosofia bárbara. Ele é um velho, e sábio, apesar de ter-se afastado da fé dos seus pais. Ficou extremamente pálido quando a viu e declarou: "Este florescer anuncia a vinda do antigo monstro da escuridão do passado para a luz sangrenta do presente." Ele acredita que as calamidades que se abatem sobre os homens são imortais, que o monstro pode ser morto, mas renasce em gerações futuras, para atormentar, destruir, flagelar e punir os homens pelas suas ações más e esquecimento de Deus.

Ele olhou para Temujin com contentamento e agitação, e riu calorosamente, mas sem malícia.

– E, então, quando falei a ele da tua vinda, ele chorou e disse: "O monstro veio de novo! Eu sabia disso desde o início." Como vês, Temujin, meu velho primo já te conheceu antecipadamente.

Temujin arregalou os olhos. E, então, compreendeu. Ficou perplexo e embaraçado, e lançado num turbilhão de pensamentos.

– Teu primo, o grande senhor, lisonjeia-me – disse.

Toghrul Khan riu também, mas mordeu o lábio inferior murcho e olhou apenas para Temujin.

Ye Liu Chutsai estava se deleitando com a própria piada. Não via nada de formidável nesse jovem mongol com as suas roupas de lã áspera fedorentas e peitoral de couro laqueado. Disse consigo mesmo que precisava lembrar-se de repetir a piada para sua mãe, que ria muito pouco desde a morte do marido.

Toghrul Khan falou maliciosamente ao oficial chinês, mas olhava apenas para Temujin enquanto dizia:

– Talvez teu primo seja um crédulo, como a maior parte dos velhos, meu senhor, pois Temujin, como vês, disse-lhe uma vez que desejava o mundo.

Ye Liu Chutsai riu de novo, mas sem malícia. Fitou Temujin com os olhos transbordantes de alegria.

– Não! – exclamou. – E para quê?

Temujin, sentindo-se o alvo da observação, respondeu:

– Tu não desejas glórias e conquistas, meu senhor?

Ye Liu Chutsai ergueu as sobrancelhas com imensa surpresa:

– Eu? Mas certamente que não! Por que as desejaria eu?

– Teu povo está decadente – respondeu Temujin.

O fidalgo de Catai divertia-se profundamente.

– A que é que tu chamas decadência? À civilização? Ao cultivo das artes, da música, do viver elegante, da paz, da filosofia e livros, e de tudo o que distingue os homens dos animais? Parece-me que já ouvi antes essa teoria gasta.

– Mas isso tudo rouba a força e a virilidade dos homens – redarguiu Temujin.

Ye Liu Chutsai olhou-o como um professor olharia um aluno rebelde, mas cativante.

– Então tu achas que é necessário para a virilidade cheirar o estrume e sair por aí saqueando e matando? Um homem não pode ser letrado e ser viril? Então a capacidade de empunhar uma pena anula a capacidade de empunhar uma espada? Não concordo contigo. – E ele parecia divertir-se mais do que nunca.

Jamuga, que estivera ouvindo em silêncio a alguma distância, inclinou-se para a frente avidamente. Com uma vaga satisfação, viu o sangue escuro afluir ao rosto duro e arrogante de Temujin.

Temujin disse:

– Suponhamos que o teu Imperador de Ouro fosse atacado, e inumeráveis sitiantes não tivessem nada a perder além das próprias vidas, e estas valessem pouco para eles. Será que o teu povo seria capaz de enfrentar tamanha fúria tal como se sentam em seus jardins e ouvem as mulheres agitando campainhas de prata?

Ye Liu Chutsai fitou-o pensativamente, com um meio-sorriso.

– Tu és muito sagaz, meu jovem amigo. Eu não te subestimo. E não achas que jardins, paz e campainhas de prata merecem que se lute por eles?

– Não, porque demasiado pensamento torna os homens demasiado cuidadosos com suas vidas e lhes inspira a crença de que só o que vale é a vida a qualquer preço. Mas meu povo, e os povos como ele das estepes e desertos, dão pouca atenção à vida. Entre o homem que ama a vida, mesmo como escravo, e o homem que ama a vida apenas porque pode perdê-la em combate, não há dúvida de quem sairia vencedor.

Ye Liu Chutsai contraiu os lábios e ponderou sobre isso.

– Pelo que vejo, queres dizer que apenas o homem capaz de sacrificar tudo pode vencer no fim. Talvez tenhas razão. Mas eu acredito que, se os impérios de Catai fossem ameaçados, nós encontraríamos bastantes homens que prefeririam a morte à escravidão. Existem muitos entre nós que amam a nossa civilização suficientemente para prezá-la acima da própria vida.

– Como tu? – perguntou rapidamente Temujin.

Ye Liu Chutsai sorriu e encolheu os ombros.

– Se eu morresse, a civilização deixaria de existir para mim – respondeu, e, com esse sofisma, deu uma gargalhada.

Mas Temujin, que o compreendera, não ficou encolerizado com o riso. Olharam-se com grande cordialidade. Jamuga ficou atônito e despeitado. Não compreendia a razão da cordialidade entre esse grande e culto nobre e o rude, ignorante e insignificante Khan dos desertos.

Toghrul Khan informou a Ye Liu Chutsai que a exigência de Temujin quanto à sua parte nos despojos na guerra que se avizinhava era apenas das pessoas dos tártaros e dos seus pertences. Ele falou isso com uma voz de gentil zombaria, pois estava furioso de ciúme e sentindo-se desprezado. Mas Ye Liu Chutsai não pareceu ficar nem desdenhoso, nem divertido. Simplesmente, fitou Temujin com certa surpresa agradável.

Mais tarde, ele mandou chamar Temujin e convidou-o a passear com ele pelos jardins. Ali contou ao jovem mongol grande parte da história da grandeza e da civilização do seu próprio povo. Diante de Temujin desenrolou o vasto império governado pela tradição e cultura, poesia, música, filosofia e sabedoria. Como numa planície sem fim, Temujin via rios prateados, poderosas cidades onde os homens discutiam Buda e Lao-Tsé, achando que uma estrofe de palavras melodiosas valia mais que um quinhão de um saque. Ele ouvia vozes, levantadas não em fúria ou vingança, mas em longas discussões sobre uma obscura frase filosófica. Via templos e ouvia címbalos, e as eruditas discussões de sacerdotes. Ouvia que os poetas eram mais reverenciados que os príncipes, e que o orgulho de família era maior que o orgulho da riqueza.

– As canções de guerra já não se ouvem mais entre nós – disse sorrindo Ye Liu Chutsai. – Nós vemos o soldado como inferior a um animal, e ouvimos contar seus feitos com repugnância. Quando nos empenhamos numa guerra, isso raramente, fazemo-lo com presteza e apertando o nariz. Preferimos a contemplação da natureza, a beleza da nossa terra. Pois nisso não existe loucuras. A loucura vive apenas nas mentes dos homens doentes. Amamos os epigramas, pois eles são a nossa represália das muitas coisas insuportáveis da vida. Somos ao mesmo tempo desesperada e serenamente tristes, e os mais alegres de todos os povos. Sabemos que o homem é por natureza mau, e, como somos nobres, cobrimos essa maldade com flores, preferindo perfumes a fedores.

– E, todavia – observou Temujin ironicamente –, sois conhecidos pela astúcia dos vossos mercadores e a grande riqueza dos vossos negociantes.

Ye Liu Chutsai riu e admitiu:

– Exatamente. Do outro lado da música das nossas casas de chá, nossos comerciantes fazem retinir suas permutas. Mas esses não são nobres. Estou falando apenas dos da minha classe.

Então, muito francamente, como um filósofo cinicamente tolerante em relação a todas as maldades, sujeiras e fedores, ele falou a Temujin sobre a corrupção dos governos oficiais, do ódio entre as classes por trás da Grande Muralha, dos impostos opressivos e das dissensões entre budistas e confucionistas, da miséria dos homens nas ruas, da desilusão e desalento entre os pensadores, dos senhores bêbados e príncipes estúpidos e preguiçosos, dos burocratas e democratas em incessantes combates de palavra, da ruína completa, desespero e desesperança dos pobres.

– Mas nenhum desses é nobre – acrescentou, e fez uma ligeira careta de desagrado, como se suas próprias palavras o amargurassem.

– Com tanto ódio e confusão, não pode existir nenhuma união em face da guerra e da agressão – observou Temujin, parecendo pensar em voz alta.

– Mas a natureza dos chineses é feliz, alegre e apaixonada. Acima de tudo, eles detestam a escravidão.

– Vós vos afastastes demasiado da vossa própria natureza – disse Temujin – e, por conseguinte, estais maduros para a destruição.

O príncipe achou Temujin revigorante, assim como um vento forte. Quis ouvir sobre a própria vida de Temujin e seu povo, e ouviu-o com imenso interesse, embora não pudesse reprimir um estremecimento em seu íntimo.

– Que é que vós fazeis no vosso ócio, quando não estais nem procriando, nem assaltando, nem combatendo?

– Nós dormimos – respondeu Temujin, e soltou uma risada.

Ao ouvir isto, o outro homem balançou a cabeça sem fazer qualquer comentário e apenas sorriu.

TEMUJIN FICOU surpreendido com a habilidade e a destreza dos soldados de Catai, que lutavam lado a lado com seus próprios guerreiros e com os de Toghrul Khan. Viu que não sentiam nenhuma aversão por matar, mas matavam como se fosse uma necessidade desagradável, que não lhes proporcionasse nenhuma alegria. Além do mais, defendiam-se diligentemente, e recuavam, em vez de lutar até a morte. Eram seus próprios homens e os karaits que combatiam com gritos de exultação e prazer e morriam sem pesar ou gemidos. Ele depositou o que aprendera em sua mente e nunca o esquecera. Aprendeu que a galantaria e a inteligência só se defendem fracamente em face da fúria e da temeraridade. Um nobre, no fim das contas, não era adversário digno da máquina lutadora. Ele tinha demasiada imaginação. Mesmo quando acuado, poder-se-ia dizer que temia menos a morte do que a aguda picada do aço em suas entranhas, e ficava nauseado com a visão do próprio sangue.

Os tártaros, ferozes e selvagens, combatiam com o terror simples de meros animais. Mas logo foram esmagados pelo número superior dos adversários. Mesmo feridos de morte, erguiam-se sobre um joelho e continuavam a lutar. Isto Temujin podia compreender e respeitar.

Os tártaros se afastaram das muralhas e fugiram em desordem, e foram perseguidos. Deixaram para trás seus yurts, mulheres e filhos. Estes, Temujin confiscou. Enquanto isso, os homens eram perseguidos pelos seus guerreiros e capturados. Nessa noite, em meio à imensa desordem, ele falou aos tártaros e convidou-os a se juntarem a ele.

Eles olharam-no e compreenderam que era um dos seus. Os tártaros odiavam, com intenso ódio, os habitantes de Catai e os karaits, os quais sentiam que os tinham traído. Mas olharam para Temujin e gostaram dele. Ajoelharam-se diante dele e ofereceram-lhe sua fidelidade.

Toghrul Khan estava alvoroçado. Vangloriou-se junto a Ye Liu Chutsai das suas vitórias. Foi-lhe conferido o título de Wang, como lhe fora prometido, e grande parte do saque. Temujin quis apenas os homens, suas famílias, rebanhos e yurts. Tranquilamente, entre os tártaros escolheu duas das mais belas jovens e fez delas suas esposas. E os tártaros sentiram então que ele era seu aliado, e que odiava seus inimigos tanto quanto eles os odiavam.

– Paciência – dizia-lhes Temujin secretamente. – Paciência. Nós nos vingaremos.

Ye Liu Chutsai lamentou que Temujin agora precisasse separar-se dele.

– Não fiques tão consternado – disse Temujin com um indefinido sorriso. – Nós nos veremos de novo.

Ye Liu Chutsai fez questão de oferecer-lhe um colar de pérolas e opalas para Bortei, e muitas caixas de bambu de chá e especiarias, e inúmeros metros de sedas. Separaram-se com manifestações de mútuo afeto e muitas promessas.

Temujin retomou a longa viagem de volta a casa. Atrás dele seguia a vasta nova cidade dos seus vassalos. Os tártaros cavalgavam ao lado dos próprios guerreiros mongóis, e partilhavam dos seus cobertores e comida.

Jamuga não gostou dos tártaros. Desconfiou deles. Tinha conversado com muitos oficiais de Catai à noite, durante os combates, e sentiu que aquele era o seu próprio povo. Quando marchou de volta para casa com Temujin, deixou-se ficar para trás, sentindo que seu anda era agora um completo estranho para ele, e que todo o afeto entre eles desaparecera.

– Vou-me embora – pensava ele com amargura. – Certamente o povo de minha mãe me acolherá junto deles. Não há mais lugar para mim junto de Temujin.

6

Durante toda a longa viagem de volta ao Gobi, Temujin não falou com Jamuga, nem Jamuga com ele, a não ser numa ocasião.

Eles haviam se estabelecido em um grande círculo, os mongóis e os tártaros, e num crepúsculo tinham de repente entrado numa região familiar a Jamuga; uma região de colinas baixas de terracota esculpidas pelo vento em formas estranhas e fantásticas, medonhas e grotescas. Desceram para um vale estreito e sinuoso, vermelho e seco, por onde correra um rio. Agora o sol se punha, e a terra inundava-se de fantásticos tons violeta, amarelo, bronze e escarlate, nos quais as colinas flutuavam, iluminadas de uma claridade rósea ainda da última luz cor de sangue.

O silêncio do deserto, vazio e imóvel, abateu-se sobre o mundo inteiro. Os próprios cavaleiros não faziam nenhum som enquanto desciam para o vale, serpeando por entre colinas coloridas em forma de templos com colunas e vulcões achatados.

Então, de repente, ao longe, o lago dos Amaldiçoados foi avistado, vagamente azul e púrpura nas suas margens de pálidas sombras. Lá estava ele imóvel, desolado e místico, um sonho flutuando no deserto. Muitos cavaleiros nunca o tinham visto antes, e soltaram débeis gritos, imaginando que era um mar interno natural, que prometia frescor e descanso. Mas não demorou muito para que o horror, o silêncio, o aspecto sobrenatural do lago se abatessem sobre seus sentidos e os deixassem aterrorizados. O sol já havia desaparecido, e a terra estava só, girando num pesadelo de cores nevoentas e silêncio, com o lago a distância estendendo-se até o infinito, e o céu por cima perdido num rosa brumoso e fogo que se ia apagando.

Temujin, em seu cavalo, ia um pouco à frente dos outros, com a lança na mão. Contemplou o lago. Olhou para ele por muito tempo, com a última e lívida luz da terra e dos céus caindo-lhe sobre o rosto e os olhos. Ouviu que alguém se aproximava dele, parando ao seu lado, e, depois de um instante, Temujin voltou a cabeça e olhou para o outro homem. Era Jamuga, pálido e silencioso, que contemplava o lago. Atrás deles, os milhares de guerreiros esperavam, inquietos, envoltos em seus mantos, com o rostos morenos atentos.

Então Jamuga falou, apontando para o lago:

– O lago dos Amaldiçoados! O lago daqueles que conquistam e destroem pela sua própria ambição e vaidade! Assim como isso é uma pavorosa miragem, assim é o sonho de poder do tirano, e assim findará seu sonho, em desolação e solidão, em ilusão e em morte.

Temujin olhou-o com uma expressão inescrutável, e então, vagarosamente, começou a sorrir. Para Jamuga, foi o mais terrível sorriso. Então, Temujin olhou por cima do ombro para o seu povo, e disse, numa voz branda:

– Isso não passa de uma miragem. Mas vamos atrás dela e vejamos o que acontece.

Os homens riram aliviados. Temujin esporeou seu cavalo, e, com um berro selvagem e rouco, precipitou-se na direção do lago. Os outros seguiram-no, gritando e berrando, brandindo as espadas e lanças, como em perseguição a um inimigo. Então, depois de alguns minutos, Jamuga seguiu-os.

O lago estendia-se diante deles, visível e misterioso, mas à medida que pareciam aproximar-se atroadoramente dele, ele recuava, nunca ficando mais próximo. Atingiram uma região de bórax branco e acre, que se erguia em torno deles, inquietante, em nuvens de poeira sufocante e grossa. Mas, sempre recuando, sempre pavoroso e sobrenatural, o lago continuava no deserto.

A escuridão desceu rapidamente, e de repente o lago desvaneceu-se, e nada mais havia por léguas sem fim além de sombras purpúreas, como lençóis de água. O céu estava cor de ametista, e agora o vento soprava, feroz e irresistível, varrendo o deserto com o som de tambores ressoando em surdina. As colinas haviam desaparecido. Nada mais existia além do vento purpúreo e da imensa solidão da terra morta.

Temujin, rindo e arquejando, freou seu cavalo, e os outros fizeram o mesmo. Olhou para todos e todos olharam para ele. E então ele olhou fixamente além deles para Jamuga, que se aproximava lentamente com o rosto triste.

– Continuemos nosso caminho – ordenou a todos Temujin. – Precisaremos acampar logo para a noite.

A lua assomou por trás dos baluartes ocidentais das colinas em forma de templos, e logo inundou a terra e os céus de um lustro leitoso. O vento soprava mais forte agora. Foram obrigados a acampar mais cedo do que esperavam, à sombra de um paredão descorado.

Jamuga e Temujin dormiram separados nessa noite, como nunca tinham dormido antes, e não mais se falaram pelo resto da viagem.

7

Jamuga não gostava do jovem Juchi, o Sombrio, porque ele se parecia muito com Bortei, com os birrentos olhos cinzentos e a petulante boca vermelha. Além do mais, era arrogante e intolerante, exigente e zangado. Ele parecia ser o favorito de Temujin, apesar da sua paternidade duvidosa, pois o rapaz era bonito e destemido, e mesmo enquanto era ainda um menino, insistia em montar cavalos selvagens para domá-los com golpes cruéis.

Mas o solitário Jamuga, que refletia desesperadamente sobre sua própria fuga, mas sem tomar nenhuma providência nesse sentido durante muito tempo, amava os três filhos mais novos do seu distante anda, Chutagi, Ogotai e o pequeno Tuli, ainda apenas uma criança de colo.

Esses quatro meninos eram filhos de Bortei. Os filhos de Temujin com suas outras esposas, belas mulheres turcas, naimans, merkits e uighurs, eram olhados pelo pai com afetuosa indiferença e benevolência.

Mas os filhos de Bortei eram muito queridos por ele. Amava-lhes os olhos cinzentos ou verde-azulados. Tuli, especialmente, era amado por ele, pois o bebê tinha brilhante cabelo vermelho-dourado e um riso doce.

Foi o infeliz Jamuga que ensinou a Chutagi e Ogotai a arte de montar um carneiro, agarrando a lã suja com os dedinhos vigorosos. Enquanto via os dois meninos montando os saltitantes animais, lado a lado, e gritando de alegria, ele sorria tristemente, lembrando-se dos dias em que ele e Temujin faziam o mesmo, rindo um para o outro, e compreendendo-se mutuamente. Foi Jamuga que lhes ensinou estranhas musiquinhas. Também os ensinou a lutar muito bem e a arremessar uma lança com efeito poderoso. Às vezes ele se perguntava por que Bortei, sua velha inimiga, permitia que as crianças ficassem tanto tempo com ele. Não sabia que isso era por ordem de Temujin.

Às vezes ele carregava Tuli sobre os ombros, e os dois meninos mais velhos o acompanhavam a pé enquanto ele os conduzia até a água para ensiná-los a nadar. Ainda solteiro e sem filhos, sentia uma profunda alegria e ansiedade no contacto com essas crianças, na afeição que via nos olhos dos meninos. Chutagi e Ogotai ouviam-no respeitosamente, pois aquele pálido cavalheiro era o anda de seu pai, mas mal compreendiam. Tuli borbulhava com a boca nos braços de Jamuga, cutucando-o com os dedinhos nos olhos e na boca, e gritava de alegria com as delicadas mordidas de Jamuga e seus grunhidos ferozes.

Kurelen observava tudo isso com melancólica ironia. Uma vez disse a Jamuga:

– Tu já não és muito jovem. Por que não te casas e tens filhos, teus próprios?

Ao que Jamuga respondeu pesarosamente:

– Não posso casar-me. Não posso procriar filhos, pois não passo de um pusilânime escravo. Quando eu fugir, quando eu for livre, então terei paz, uma esposa e filhos.

Estas palavras Kurelen transmitiu a Temujin. Ele sabia que havia muito tempo só existia silêncio e afastamento entre os dois homens, e que Jamuga nunca era convidado para os conselhos dos tar-cãs, dos orkhons e dos comandantes divisionais, nem era chamado para as festas. Pior que tudo, ele permanecia em casa, isolado e envergonhado, durante os saques e batalhas. Fora esquecido. Apenas Kurelen lhe via a dor e a angústia, via-lhe a expressão do rosto quando contemplava Temujin a distância. Apenas Kurelen desconfiava que, apesar da sua paciência, Jamuga não era um homem submisso, e tinha medo e desconfiança do momento em que a paciência de Jamuga se esgotasse e ele emergisse.

Por isso, um dia Kurelen disse a Temujin:

– Tu tens sido cruel e impiedoso com Jamuga, porque ele nunca te mentiu, nem nunca te lisonjeou com vista a algum ganho próprio, nem se curvou diante de ti. Não posso acreditar que o odeies, a despeito do que tu és. Deixa-o partir.

Temujin escutou-o com o rosto sombrio e desviado. Então respondeu:

– Partir? Para onde ele poderia ir?

– Deixa-o voltar para o povo da mãe, os naimans. Tu tens uma grande tribo dos naimans conquistada sob teu estandarte, leal e devotada a ti. Deixa que ele seja teu nokud, o comandante dessa tribo.

Temujin bufou.

– E deixar que ele pregue a traição entre eles?

– Ele nunca pregará a traição. Essa tribo é tranquila, composta principalmente de pastores e guardadores de rebanhos, pacíficos e dóceis. Ele se sentirá bem com eles, como nunca se sentiu contigo. Deixa que ele tenha um pouco de paz. Seu único crime contra ti é amar-te como ninguém mais te ama!

– Mas ele é tão tolo! – exclamou Temujin, impaciente.

Seu rosto estava mais sombrio do que nunca, como que sentindo alguma obscura dor e incerteza.

– Ele não é um tolo, Temujin. Simplesmente tem ideias estranhas para ti. E essas ideias não farão nenhum mal entre os naimans. Deixa-o partir. Tu sabes como ele é corajoso. Se precisares dele, ele acolherá com desprendida alegria a tua ordem.

Temujin não prometeu nada. Passou-se muito tempo e Kurelen achou que ele tinha esquecido.

Enquanto isso, centenas de outros clãs se juntaram ao estandarte de Temujin. Agora já não havia ninguém mais forte no Gobi, nem ninguém de maior influência, com exceção de Toghrul Khan. Por causa da sua força e da sua proteção, as rotas de caravanas viviam abarrotados, e a própria riqueza de Temujin crescia. Seu nome era mágico nas estepes e no deserto. Cada caravana lhe trazia cartas afetuosas e lisonjeiras da parte de Toghrul Khan. Ele fazia com que lhe lessem as cartas, então amassava-as com uma praga, cuspia nelas e lançava-as ao fogo. Quando fazia isso, notavam que seu rosto ficava demoníaco, como o de um louco. E ele olhava para os lados de leste, com a boca movendo-se em silenciosas imprecações.

Jamuga, nessa época, tinha sido despojado de todo o seu poder, silenciosa e inexoravelmente. Vivia sozinho em seu yurt, servido apenas por uma velha mulher, uma parenta de sua mãe. Pensava que tinha sido completamente esquecido, e diariamente cresciam seu desespero e desesperança. Embora fosse ainda jovem, fios grisalhos prematuros riscavam-lhe o cabelo claro, e duas rugas profundas tinham-lhe aparecido dos dois lados da boca paciente e rígida.

Então um dia recebeu uma convocação de Temujin. Trêmulo e desnorteado, foi ao yurt do seu anda com o coração batendo de terror. Mas sua atitude era serena. Encontrou Temujin sozinho, refestelado em sua cama, bebendo chá quente.

Quando ele apareceu diante de Temujin, este sorriu-lhe com tal ar de cordialidade e afeição que Jamuga ficou espantado, incapaz de mover-se. Temujin convidou-o a sentar-se ao seu lado, e silenciosamente Jamuga obedeceu, com o lábio inferior tremendo.

Temujin bebia ruidosamente. Encheu uma taça fumegante para Jamuga:

– É uma mistura ordinária, mas inspiradora – disse rindo.

Seus olhos verde-acinzentados começaram a suavizar-se num tom de azul brando. Seu cabelo vermelho parecia crepitar de vitalidade em sua cabeça.

Jamuga bebeu. O líquido quente queimou-lhe a garganta. Mal podia controlar seu tremor. Temujin observava-o com um sorriso amável e afetuoso.

– Tu precisas de uma família e de autoridade, Jamuga – disse.

– Não preciso de nada – replicou Jamuga, numa voz rígida e baixa.

E lágrimas assomaram-lhe aos olhos. Cerrou os dentes para controlar a emoção.

Temujin inclinou-se para ele e pôs a mão sobre seu ombro, como fazia antigamente. Olhou profundamente o rosto de Jamuga. O que viu pareceu diverti-lo, embora sem malignidade, e mesmo com compaixão.

– Tu me abandonaste, Jamuga – disse jovialmente.

Eles poderiam ter sido amigos, mas não agora. Jamuga, com a sua rígida integridade e mágoa, não podia aceitar isso. Ficou em silêncio. Curvou a cabeça e olhou diante de si, com os lábios apertados e tristes.

Um instante depois, Temujin tirou o braço. Houve um pequeno silêncio entre ambos. Jamuga, aflito, sabia que devia erguer a cabeça e que devia olhar para Temujin com a antiga franqueza, aceitando o jeito do seu anda. Mas foi incapaz de fazê-lo. Não sabia dissimular ou fingir.

Temujin falou de novo, branda e artificialmente.

– Como eu disse, tu precisas de uma família, uma esposa ou esposas. Não há entre as mulheres alguma que te atraia?

– Não – murmurou Jamuga. E de novo sentiu o peso das lágrimas nos olhos.

– Entretanto, tu gostas de crianças.

Jamuga ficou em silêncio.

Temujin começou a comer. Sua maneira de saborear a comida era exagerada. Ele estava pouco à vontade, e, na verdade, estava mesmo embaraçado e um tanto envergonhado.

– Tenho pensado nisso, Jamuga, e decidi fazer-te nokud de uma das tribos dos naimans. Um povo sereno, pacífico, de pastores e guardadores de rebanhos.

Jamuga ergueu a cabeça, assombrado. Então seu coração começou a bater violentamente. A cor voltou-lhe ao rosto pálido. Arregalou os olhos para Temujin, que fingia estar entretido em arrancar a carne de um pequeno osso.

– Sim – prosseguiu Temujin, acenando com a cabeça –, eu acho que serias um excelente comandante. E são do povo de tua mãe. O atual nokud é um velho, já caduco. Eu sei que posso confiar na tua sabedoria e discrição. – Então olhou em cheio para Jamuga com um esfuziante sorriso. – Que é que tu achas?

– Eu apenas posso obedecer e agradecer-te – disse Jamuga através dos lábios trêmulos.

O sangue subira-lhe às faces: era como um homem a quem se prometesse a vida depois da ameaça de morte.

– Bom! – exclamou Temujin contente. – Eu sabia que tu me obedecerias sem replicares. – Fez uma pausa. – Jamuga, eu nunca me esqueci de que és meu anda.

Jamuga apenas fitou-o, com os olhos luminosos, sem dizer uma palavra.

Temujin não sustentou esse olhar. A vergonha esmagava-o. Voltou a cabeça para o outro lado. Não podia suportar a visão de tamanho afeto, tamanha humildade e tamanha alegria. O coração duro confrangeu-se-lhe no peito.

– Amanhã tomarás tua parte dos garanhões, e contigo irão cem homens da tua escolha entre os naimans.

Ele hesitou. Estendeu o braço para um tamborete, sobre o qual havia um cofre de bronze. Abriu-o e pegou um grande anel de ouro, incrustado com uma pedra vermelha opaca. Enfiou o anel no dedo de Jamuga e sorriu-lhe.

– Eu nunca te esquecerei, Jamuga. Este é o meu presente para ti. Usa-o até tua morte e deixa-o para teu primogênito. É um talismã. Em qualquer época em que precises de mim, envia-o com um mensageiro, e eu irei imediatamente.

Jamuga olhou para o anel. Tentou falar, e então, para sua vergonha, desfez-se em lágrimas.

No dia seguinte, a cidade de yurts estava alvoroçada com as novidades. Bortei ficou furiosa. Discutiu com Temujin, dizendo-lhe que estava pondo poder nas mãos de um traidor. Mas Houlun, a despeito da humilhação que sofrera havia muito tempo nas mãos de Jamuga, apoiou o filho vigorosamente. Kurelen ficou encantado.

Temujin ofereceu uma tremenda festa em homenagem a Jamuga, e este sentou-se ao seu lado direito, com o anel de Temujin no dedo. Seu rosto expressava alegria e paz.

Era a última vez que os dois se sentariam assim juntos. Era a última vez que olhariam nos olhos um do outro dessa maneira. Anos depois, Temujin lembrar-se-ia disso, e essa lembrança provocar-lhe-ia a mais profunda dor e tristeza.

8

Jamuga, por natureza apreensivo e desconfiado, não esperava, no fim das contas, muito dos naimans, a quem iria governar. Os naimans, que haviam sido diretamente absorvidos pelo povo de Temujin, não se distinguiam pela delicadeza de alma, nem por menos ferocidade do que seus novos senhores. Os povos nômades, de qualquer tribo ou origem que fossem, eram singularmente semelhantes, tanto na natureza como nas feições. Realistas todos eles, sabendo com sensata clareza que a única coisa pela qual valia a pena lutar era o sustento e os pastos, eram todos oportunistas e diretos.

Mas desde o momento da sua chegada, depois de uma longa viagem para o local do acampamento dos naimans, a alegria de Jamuga ficou impregnada de incredulidade, pois ali havia pouca aparência de braveza ou truculência. O acampamento estava situado num vale quente e tranquilo, abrigado pelas encostas nuas e brancas de enormes montanhas estéreis, que o protegiam dos ventos mais violentos e dos frios mais cortantes. Através desse estreito vale verde, plano e relvoso, corria um rio liso e sereno, e ao longo das margens desse rio os naimans tinham plantado pequenos campos de milhete, milho e trigo.

Muitas vezes, quando o inverno era um pouco mais brando, eles nem deixavam esse vale, e ali permaneciam o ano inteiro. O povo nômade raramente plantava, e isso talvez fosse a verdadeira fonte da sua ferocidade, inquietação e fome, que era tanto física como espiritual. Mas como essa tribo plantava, havia-se tornado menos belicosa e brutal. Por ter de guardar seus campos e cultivá-los, frequentemente não era levada a sair para caçar e pilhar. A civilização, por meio do produto da terra, havia começado a impregná-la, e certa pacificidade já se lhes estampara nos rostos bronzeados.

O arado, pensou Jamuga com súbita sensação de conforto, é a arma do civilizado contra o incivilizado, a primeira pedra do muro erguido contra a barbárie, pois o povo que ara e cultiva a terra não tem nenhum desejo de juncá-la de cadáveres. O primeiro passo na direção do caos, também, era a imensa cidade pavimentada, que afastava seu povo da terra e o enchia do espírito inquieto e ávido do nômade. Entre a barbárie das hordas da cidade a barbárie das hordas do deserto não havia nenhuma diferença. A ferocidade e a brutalidade emanavam do desabrigo, quer fosse ele no deserto, quer numa rua da cidade. O bárbaro citadino e o bárbaro do deserto eram irmãos de sangue, e nada tinham a perder além de suas vidas miseráveis e tudo tinham a ganhar com o assassínio, a crueldade e a rapina.

A paz provém da terra, havia lido Jamuga. Tinha-o lido, mas não o tinha compreendido. Mas agora, olhando para as espigas amarelas das searas, vendo-as ondular como um mar dourado ao vento, ele compreendeu. O homem que plantava o pão era um homem de paz, mas o homem sem lar que odiava e afiava a espada era o inimigo de todos os outros homens. As guerras e a opressão acabariam no dia em que cada homem tivesse uma porção de terra a que pudesse chamar sua. Quem ansiaria por ir subjugar e destruir outrem depois de ver o sol nascer e se pôr na sua própria terra arada, e ver como as chuvas e as neves vinham para fertilizá-la e conter nas próprias mãos o escuro do seu solo?

Não muito distante desse vale havia um outro, numa longa cadeia de vales, e nesse segundo vale vivia uma tribo dos uighurs, que Jamuga conhecia e respeitava como um povo apto e responsável, provavelmente um dos primeiros a se estabelecerem e a se dedicarem à agricultura, assim como a se tornarem altamente civilizados. Mesmo aqueles que se desenvolviam e viviam em cidades não esqueciam o seu vínculo com a terra. Entre a tribo dos naimans e a dos uighurs havia um fraternalismo muito amistoso, e eles casavam entre si e faziam celebrações juntos. Maniqueísmo, Budismo e Cristianismo eram praticados entre eles com refinada imparcialidade e tolerância.

Jamuga foi acolhido inicialmente com reserva, pois cada um sabia das exigências e implacabilidade de Temujin, seu senhor feudal. Eles tinham aguardado a chegada de Jamuga com apreensão, acreditando que Temujin enviaria alguém como ele próprio, que desprezaria sua vida agrícola e os submeteria ao militarismo. Correu também o boato entre eles de que Jamuga imediatamente instilaria neles hostilidade contra os uighurs, que viviam uma vida tão independente e orgulhosa e que odiavam pagar tributo a quem quer que fosse. Por causa desse boato, os uighurs tinham-se mantido fechados durante algumas semanas, com triste cautela, e seus amigos, os naimans, haviam ficado aflitos em consequência disso.

Mas quando os anciãos viram Jamuga e observaram suas maneiras delicadas e hesitantes e lhe viram os olhos azuis e o sorriso, seus corações pulsaram de alegria. Ali estava alguém que eles poderiam compreender e que os compreenderia também.

– O senhor Temujin – bradaram eles – é um senhor de grande sabedoria!

Na segunda noite depois da sua chegada, o velho que havia sido o nokud anteriormente sugerido, propôs a Jamuga, com uma franqueza simples, que ele desposasse sua neta Yesi, e assim se tornasse verdadeiramente um dos naiman.

– Não desejo casar-me – replicou Jamuga abruptamente. – Existem homens que são celibatários e vivem somente para seus próprios pensamentos e afazeres.

O velho abriu os braços com reprovadora delicadeza.

– Mas como pode um homem servir os homens se não procriar filhos que sirvam também a seu povo?

– Tu queres dizer, para servir a Temujin – respondeu Jamuga com amargura.

O velho suspirou.

– Essa é a vontade de Deus. Nós precisamos render tributos ao nosso senhor, não apenas em milho, cavalos e rebanhos, mas em soldados também. Mas a paz é preciosa, e nenhum preço é demasiado alto para pagá-la.

Ele insistiu com Jamuga para que pelo menos visse Yesi, que era versada em todos os deveres femininos, uma delicada mulher cristã que conhecia o seu lugar e tinha língua branda. Inicialmente Jamuga, lembrando-se de Bortei, e lembrando-se também que as mulheres eram, na melhor das hipóteses, um perigo para os homens, recusou. Mas depois reconsiderou. Talvez os velhos tivessem razão. Talvez lhe fosse confortável ter uma esposa, para quem não precisasse olhar senão à noite. Ela lhe daria filhos, e cuidaria do seu fogo e do seu yurt. Subitamente teve consciência da sua imensa solidão. Uma esposa era um fogo quente no meio de estranhos. Se ele realmente desejasse pertencer a esse povo, teria de desposar uma de suas mulheres.

Mandou chamar Yesi e o avô. O velho veio imediatamente, exultante, conduzindo a jovem pela mão. Jamuga viu que ela era alta, e que mantinha a cabeça pudicamente baixa e coberta por um xale listrado. A jovem parou diante dele, tremendo ligeiramente, com a cabeça escondida.

Jamuga sentiu uma grande ternura. Estendeu o braço e puxou o xale da jovem. Olhou-a diretamente no rosto ruborizado, e então compreendeu que nunca mais seria de novo solitário e sem lar, sem um amigo e sem amor.

O homem e a mulher fitaram-se em profundo silêncio. A jovem tinha um rosto meigo, com uma boca palidamente rosada, um pequeno nariz reto e os olhos mais azuis que ele já vira. Suas feições expressavam honestidade, inocência e impavidez Nos olhos dela ele viu a coragem, a brandura e a modéstia, e uma inteligência firme. Seu cabelo castanho claro, liso e pesado como seda, descia-lhe até os joelhos em tranças brilhantes, e lhe davam um ar de orgulhosa docilidade e aristocracia. Seu corpo era esbelto e extremamente bonito na sua túnica de lã áspera branca. Ela amarrara um lenço de seda de listras multicores em torno da cintura, e uma cruz de prata pendia-lhe entre os seios.

O coração de Jamuga confrangeu-se com uma sensação de infinita doçura e dor. Por um momento, imaginou que ela se assemelhava a Azara, que tinha de tal modo enfeitiçado e modificado Temujin.

Ele estendeu a mão para ela e disse:

– Vem.

Ela hesitou, e o rubor tingiu-lhe as faces. Seus olhos encheram-se de lágrimas. Então ela sorriu, e lhe deu a mão, curvando a cabeça para esconder o rosto. Ele sentiu-lhe a mão tremer, e então aninhou-a fortemente na sua.

Houve uma grande festa de casamento. Os uighurs compareceram, cantando roucamente, e batendo com as ásperas botas de pele de veado no chão, numa dança insólita. Os naimans rejubilaram-se. As fogueiras arderam até a aurora, e havia mais vinho do que se podia beber. Os velhos cantaram canções, não de heróis guerreiros, mas da terra e do sol, do trigo e da chuva, de paz e amor.

Yesi estava sentada ao lado do seu marido, e recebeu com ele a homenagem do seu povo. E Jamuga, ouvindo, observando e sorrindo, com a mão de Yesi na sua, pensou que finalmente estava em casa, e que nunca mais para ele poderia haver inquietação e angústia, desabrigo e mágoa.

Quando dormiu nessa noite com Yesi ao seu lado, teve um sonho estranho, e que, depois que despertou, lhe pareceu um augúrio não apenas do presente, mas do mundo por vir, ainda em embrião do futuro. Imaginou que estava nas margens brancas e cristalinas do lago dos Amaldiçoados. Estava tomado por sua velha dor e tristeza, da sua velha sensação de morte iminente, desastre e completa desesperança. O céu estava vermelho como sangue, e riscado de fogo amarelo. E então, de repente, ouviu um grito vago e longínquo, e viu um exército de homens aproximando-se do lago a pé. Mas não estavam armados com espadas. Seus cavalos vinham adiante deles, puxando arados, e conduziam esses cavalos e arados por sobre o terrível lago, gritando, cantando e chamando uns pelos outros com vozes de triunfo exultante. O sinistro silêncio do ar iluminado de vermelho foi rompido, e os ecos cortavam-no como pombas brancas. E então, na esteira dos arados crescia o trigo, onda após onda, irresistível e dourado, e o som do seu crescimento parecia um farfalhar de vento alto. O céu sanguinolento abrandou-se. Era o poente, e o céu tingiu-se de um azul profundo e sombrio, cheio de paz e promessa. E os homens continuavam a arar até que toda a terra ondulava de grãos, e o lago havia desaparecido. Então os lavradores descansaram seus arados e olharam para trás para o que haviam feito. E seus rostos encheram-se da paz da terra fértil.

Jamuga suspirou no seu sonho. Parecia-lhe que toda a sua angústia ardente fluía para fora do seu corpo e se perdia no silêncio fecundo. Alguém estava falando com ele, mas ele não podia ver quem falava.

– A terra ao Senhor pertence – dizia a pessoa invisível. – Sempre, para todo o sempre, a terra ao Senhor pertence!

9

O rosto de Temujin manteve-se inescrutável enquanto lhe liam a carta do seu anda. Era Kurelen que lia a carta para ele, e em cada uma de suas palavras Temujin sentia a alegria e o contentamento serenos.

– Este ano só te posso enviar quarenta rapazes, pois o inverno foi frio e a última colheita foi escassa. Nesta primavera estamos plantando muitos mais acres de terras cultivadas, e, como o rio transbordou e fertilizou a terra, estamos esperando ter mais trigo do que nunca. Por conseguinte, por causa da última colheita, sinto não poder enviar-te a quantidade usual de cereais. O que te envio é tudo que pude poupar, tanto de cereais como de homens, pois nosso povo precisa de cada mão para conseguir abundância de colheitas.

Temujin olhou para os quarenta jovens naimans. Eles eram fortes e dignos, tinham mãos calosas e simpáticos rostos queimados de sol. Seu equipamento militar era pobre e descuidado. Temujin franziu as sobrancelhas. Jamuga dissera que os homens não eram casados. Não haviam levado esposas, filhos nem yurts consigo.

Mas os cavalos que montavam, e os garanhões e éguas que haviam levado como tributos eram gordos e luzidios e tinham tamanho acima do normal.

– Esses aí não são soldados – disse Temujin desdenhosamente. – São pastores e agricultores. – E acrescentou, com uma entonação maliciosa:
– Como podem os homens que plantaram cereais aprender a arte da guerra?

– No entanto – redarguiu o velho Kurelen – os plantadores são necessários, assim como os destruidores.

E continuou a ler a carta, o que parecia fazer com prazer.

– Peço-te, como meu anda que és, que te regozijes comigo pelo nascimento dos meus primeiros filhos, gêmeos, um menino e uma menina. Yuzjani e Khati. Os anciãos dizem que eles são o sol e a lua, o que é uma extravagância. Entretanto, perdoa a opinião de um pai, que te diz que o menino é tão forte quanto a menina é bonita. Não sei qual dos dois mais amo. Mas a menina tem a beleza da mãe, minha amada Yesi, e já vai revelando a astúcia do seu sexo. Ela faz de mim o que quer. O menino será um budista, como o avô, e a menina será cristã. Foi uma bela visão, a dos budistas e cristãos celebrando suas missas individuais em nome de meus filhos. Minha esposa e eu achamos que Deus nos concedeu todas as bênçãos, e que não há mais nada que possamos desejar.

Kurelen olhou para o rosto de Temujin com a sua expressão obscura e meditativa. Ele viu naquele rosto desprezo e inveja, e uma sombria inquietude.

– Jamuga nunca desejou o mundo – disse ele ao sobrinho.

Temujin bufou.

– Aquele que deseja pouco fica contente com nada – replicou ele. – Uma mulher, filhos, rebanhos e cereais! Que alma pequena ele tem!

Kurelen encolheu os ombros, mas não disse nada. No entanto, ficou inquieto, pois via a cólera de Temujin, e teve medo por Jamuga, que fora indiscreto bastante para ser feliz diante de um homem que nunca poderia sê-lo.

Finalmente, o velho disse:

– Tens razão, Temujin. A vidinha que Jamuga leva nunca poderia atrair-te. Tu foste feito para um destino, para a conquista da terra, não para o seu mero cultivo. – Fez uma careta de ironia ao dizer isto, observando Temujin atentamente.

Mas por alguma razão o humor de Temujin não pareceu abrandar ou acalmar-se. Afastou-se dali, franzindo o cenho, e até os seus guerreiros oficiais recuaram inquietos com a sua expressão. Mandou que lhe trouxessem seu garanhão branco favorito, e afastou-se galopando furiosamente para o deserto. Subiu por uma colina baixa e cinzenta, juncada de tamarizes e arbustos de espinhos ressecados, e desceu pelo outro lado. Ali ele estava só, no mar congelado daquelas colinas baixas cinzentas, sem vida, sob um céu da cor da prata fosca. Ali o vento fustigava-lhe o rosto com pó e areia, as erosões das eras. Não havia nenhum som além desse vento e do fungar impaciente do seu cavalo. Ele ficou imóvel, encolhido em sua sela, olhando sombriamente para a distância vazia diante de si, uma estátua envolta em mantos, imóvel e sinistra, com os pensamentos tão inanimados e sombrios como os desertos e os céus.

Fora para lá a fim de pôr em ordem suas emoções perturbadas e os pensamentos confusos e as contrariedades. Mas, montado em seu cavalo, sua mente tomou a cor desse mundo morto, desse espaço vazio e enevoado. O vento lamentava-se fortemente em volta dele, e de repente pareceu-lhe que ele vinha carregado de inúmeras vozes perdidas, falando desesperadamente do que já vivera antes nesse mundo e que se tinha ido para sempre.

Kurelen tinha-lhe contado havia muito tempo as lendas desses desertos, que tinham sido uma vez um poderoso império de poderosas cidades, fulgurantes de vida, de cor e de movimento, sempre em ebulição com milhares de dinastias. Ali haviam existido templos e mercados, academias e escolas, fontes e ruas apinhadas de gente, palácios e inumeráveis casas, jardins, lagos e terraços. Ali tinham-se erguido muralhas e portões de bronze, e o burburinho de caravanas e comércio, escritórios comerciais, comerciantes e mercadores de milhares de cidades. Para onde se tinham ido? Esse mundo tinha-se enrolado como um pergaminho pintado e desfizera-se em pó.

Kurelen dissera-lhe que esse era o destino inevitável de todos os impérios e de todas as glórias: pó, fortes ventos e desolação em erosão. Os estandartes do triunfo haviam-se pulverizado e sido varridos. Os corredores percorridos pelos conquistadores haviam-se tornado montões de pedras, cobertas pelas eras. Reis haviam cavalgado por ruas agora enterradas na areia que rodopiava onde outrora seus generais haviam ficado em meio a uma floresta de lanças. Opressor e oprimido jaziam lado a lado agora, na tumba do nada, com a boca cheia de terra. Aqueles que amavam e aqueles que odiavam assemelhavam-se no seu desaparecimento, sem deixar nenhum traço atrás de si. Multidões tinham chorado ali, e se rejubilado, e delas não restara nenhum vestígio além desse vento e dessa imensa morte.

Uma dor cruciante atravessou Temujin, e ele falou alto, com simplicidade e firmeza:

– Que importa então o que eu fale, o que cobice, o que eu conquiste? Eu posso ganhar o mundo, e amanhã nada mais restará além do deserto e do silêncio, e do vento furioso! O que é que me arrasta? Vingança? Mas Kurelen me disse que um homem que anseia por vingança e a consegue ainda continua derrotado. Inveja? Mas eis aí o fim da inveja: esse ermo e esse vazio coberto de areia! Poder! Mas o fim do poder é seguramente a desolação e o nada!

"A morte, então, é o fim de tudo. O que importa então além do hoje? E mesmo o hoje está perdido, se não houver nele nenhum amor."

Ele ouviu suas próprias palavras e ficou estupefato. Uma pavorosa sensação de vazio e desesperança se apoderou dele. Sentia o gosto da areia seca na boca, e parecia-lhe que sentia o gosto com os lábios da alma. Seu coração doeu e palpitou, e seus olhos ficaram cegos.

– Azara! – gritou ele angustiado. – Se tivesse ficado comigo, se pudéssemos ter ficado juntos, então cada dia teria sido um dia de vida, e não de morte! Teria havido profundidade em cada hora, e cada noite teria tido o seu significado. Mas agora já nada mais existe para mim!

Ele baixou a cabeça. Suas mãos caíram das rédeas. O garanhão, pressentindo-lhe os pensamentos, começou a tremer. O céu escureceu, e as colinas perderam-se em cinzentas sombras. Toda a paisagem desolada foi inundada de uma luz exangue e macabra, em que não havia nem sequer um esboço de uma criatura viva, e o mundo tornou-se um sonho ainda preso ao caos. E no meio desse sonho de idades mortas erguia-se o cavalo e o homem.

Por que continuo? Pensava Temujin. O que existe na terra para mim? Por que não posso ter descanso, e amor, como os homens inferiores?

Ele ergueu a cabeça e olhou em volta de si. Podia sentir o coração pulsando dolorosamente nessa morte universal. Pensou em tudo o que fizera, e no que precisava fazer, embora não soubesse por quê. Foi subitamente invadido por um imenso cansaço.

Por que preciso fazer tudo isso? Não sei. Só sei que existe uma força que me arrasta, tão misteriosa como as luzes do norte, tão irresistível como o furacão, tão feroz como o deserto, tão selvagem como o lobo, tão terrível como a vida e a morte. Existe dentro de mim uma terrível ânsia. Sinto-me cheio de vozes e de uma sensação de poder ilimitado.

Mas, no fim das contas, não passo de uma folha ao vento, uma pluma sobre o rio. Sou varrido e conduzido, e não sei para onde. Só sei que preciso fazer como faço.

Eu não sou um homem, mas apenas violência e caos. Sou parte da convulsão universal. Sou parte do vulcão e da onda, do terremoto e da tempestade. Sou parte do furioso destino da terra, e já não tenho mais determinação ou vontade como qualquer outra parte, e sou igualmente impotente.

Se deixo atrás de mim as muralhas despedaçadas e enegrecidas das cidades, se meu caminho está juncado de vítimas, de uma coisa eu tenho certeza: Meu espírito não está menos despedaçado ou enegrecido. Eu sou a primeira vítima.

10

Um servo veio apressadamente ao encontro de Jamuga.

– Senhor, aproxima-se uma caravana, e alguém traz o estandarte dos nove rabos de boi!

O coração de Jamuga afundou, e depois alegrou-se.

– Temujin! – exclamou alto.

E sua respiração se acelerou. Não sabia por que ficara ao mesmo tempo apreensivo e alegre. Saiu do yurt para saudar os visitantes, levando sua esposa junto.

Mas o visitante, acompanhado por um destacamento de guerreiros e servos, não era Temujin. Jamuga, ao ver isso, sentiu-se desapontado, e depois aliviado. O visitante era Kurelen, tão envolto em peles que parecia um velho urso abatido.

Quando avistou Jamuga, gritou e acenou.

Jamuga ajudou-o a desmontar, e então abraçou-o.

– Estou muito contente de ver-te! – exclamou.

Ele nunca apreciara demasiado o velho coxo, mas agora seu rosto iluminou-se de prazer e afeição.

Kurelen cuspiu.

– Minha boca está tão seca como um odre murcho! – disse. – E meus velhos ossos estão rangendo. Ora, Jamuga, não envelheceste nem um dia!

Tal é o resultado da alegria. E de uma boa esposa – acrescentou cordialmente ao ver Yesi, que olhava para ele com um sorriso modesto e inocente.

A jovem inclinou-se diante dele.

– O amigo de meu marido é como um pai para mim – respondeu ela em um tom baixo de voz, e beijou-lhe a mão morena e torta.

Kurelen ficou comovido. Para disfarçar sua emoção, olhou em volta. Viu uma multidão de rostos sorridentes e contentes. Então Jamuga conduziu-o até seu yurt, e ordenou que trouxessem vinho e comida. Kurelen comeu com o seu prazer de sempre, e fez comentários sobre o bom pão e a saborosa carne de carneiro.

– Nós mesmos plantamos o milho – disse Jamuga orgulhosamente.

E houve então um súbito silêncio entre eles. Finalmente, Jamuga perguntou timidamente:

– E como está Temujin?

Kurelen riu.

– Ele tem uma multidão de filhos. Tu, suponho, tens apenas uma esposa, mas Temujin tem um harém. As filhinhas dele são muito bonitas, e embora ele dê mais atenção aos filhos de Bortei, eu desconfio que ele ama antes de tudo as meninas. Já está até falando em casar as mais velhas com príncipes de Catai. Que imensa ambição o consome por dentro!

Jamuga estava ansioso por perguntar se Temujin falava dele; mas, em vez disso, apenas disse:

– Mas ele é feliz? Está bem?

Kurelen deu de ombros.

– Às vezes ele se queixa do fígado, mas creio que ele come demais e aprecia demasiadamente o vinho. Mas isso é defeito de família. Feliz? Acho que não. Como pode um homem ser feliz se tem um fogo dentro de si? Às vezes, ele parece desesperado, como se procurando ajuda. Muitas vezes me pergunto se aquela jovem persa, a filha de Toghrul Khan, não o tocou profundamente demais. Entretanto, ele nunca fala dela.

Jamuga disse, com um toque de antiga amargura:

– Temujin nunca amou ninguém.

Kurelen ergueu uma sobrancelha intrigado.

– Não concordo contigo. Ele te amava, Jamuga. E creio que ainda te ama.

Jamuga ergueu o olhar com involuntária ansiedade. Mas disse:

– Não posso acreditar nisso. – Seu rosto ensombreceu-se de tristeza, e ele desviou o olhar.

Kurelen pôs a mão sobre o seu braço.

– Tu sempre foste desconfiado e cético. No entanto, quando eu pedi a Temujin permissão para visitar-te, ele pareceu gostar da ideia, e, na minha bagagem, há presentes para ti e para tua esposa.

Mandou que lhe trouxessem as sacolas para o yurt, e abriu-as como um alegre paxá. Yesi, que estivera servindo-lhes a comida, parou junto deles com um prato na mão, e uma expressão de expectativa no rosto. Kurelen tirou um belo punhal chinês para Jamuga, com punho de ouro incrustado de turquesas. Havia também um par de botas de pele de veado, tão delicadas e macias como seda e primorosamente bordadas. E, melhor que tudo, havia muitos manuscritos chineses de poesia e filosofia, pilhados de uma infeliz caravana. Para Yesi havia metros e mais metros de seda amarela e escarlate, um xale da mais delicada lã carmesim, um colar de opalas e prata, braceletes de jade verde entalhado e uma caixinha de prata de essência de rosas. Para as crianças, havia um manto de peles de lobo brancas e um monte de tilintantes campainhas de prata.

Jamuga ficou tão comovido com esses ricos presentes que nem conseguiu falar. Yesi pegou-os com gritos de alegria. Jamuga observava-a com um sorriso triste e amoroso. Ela apertou as peles contra o rosto, e enfiou os braceletes nos braços. E olhou para o marido, suplicando-lhe a admiração. Mas, de novo, o semblante dele se ensombreceu:

– Ele não me mandou nenhum recado? – perguntou.

Temujin não tinha mandado nenhum recado, mas isso não impediu Kurelen de mentir com bom humor.

– Certamente. Ele me pediu que te dissesse que ficou bem impressionado com os rapazes que enviaste para ele.

E nisso Jamuga mostrou-se intensamente interessado.

– Esses meus rapazes estão felizes?

Kurelen pôde então dizer-lhe a verdade, embora soubesse que a verdade não iria agradar muito a Jamuga.

– Eles parecem estar muito... entusiasmados. Aprenderam rapidamente a ser excelentes soldados. Temujin observou, com aparente surpresa, que eles já parecem prontos para a guerra.

Jamuga suspirou.

– Era o que eu temia.

– Tu te lembras, Jamuga, que eu te disse que a guerra está na própria natureza do homem?

– Mas não aqui! – gritou Jamuga com veemência. – Aqui eles estão contentes!

Kurelen acenou que sim com a cabeça gravemente.

– Acredito em ti. Mas talvez tu tenhas aqui algo que Temujin não tem. Foi por isso que vim: para ver por mim mesmo o que tens.

Mas Jamuga fitou-o com leve desconfiança.

– Estás certo de que Temujin não te enviou para que me espiasses? – E, de repente, sentiu remorso. Mas Kurelen não ficou ofendido.

– Não, ó desconfiado, eu vim por minha própria curiosidade.

Em seguida continuou a comer.

– Temujin agiu certo. Seu sonho de uma confederação de todas as tribos está prestes a realizar-se. É por isso que eu temo a inimizade de Toghrul Khan, aquele velho abutre cantador de rezas. Não ficarei surpreso se em breve for declarada guerra franca entre os dois. Mas não: não é do feitio de Toghrul Khan ser sincero em qualquer ocasião. Desconfio que logo experimentaremos traição.

– Eu agi bem, também – disse Jamuga. – Muitos dos clãs das redondezas juntaram-se a mim. Gente pacífica e amistosa, contentes com o nosso modo de viver.

De novo Kurelen acenou afirmativamente com a cabeça. Agora ele podia falar a verdade.

– Temujin está contente contigo por isso. Tu fizeste um bom trabalho nesta região. Mas agora tu me podes revelar teu segredo.

O ocaso já chegara. Os dois homens, o velho e o jovem, cavalgaram através da cidade de tendas, na direção do rio, dos pastos e dos campos de cereais. Kurelen olhava em volta de si atentamente. O povo parecia amigável, embora orgulhoso, com olhares tranquilos. Todos estavam ocupados, indo e vindo, sem pressa, mas concentrados. Os rebanhos voltavam dos pastos. As mulheres saíam com vasilhas, seguidas das crianças pequeninas e brincalhonas. As fogueiras do acampamento já começavam a arder alto. Kurelen ouviu canto de meninas, risadas de rapazes. Teve consciência de contentamento, paz e firme propósito.

Quando o povo saudava Jamuga, fazia-o com um misto de orgulho e amor, e com o respeito espontâneo. Era evidente que suas saudações ao Khan vinham-lhes direto do coração, sem servilismo ou medo. E Jamuga respondia-lhes às saudações com solene dignidade, algumas vezes chamando um homem ou uma criança pelo nome, e detendo-se para trocar uma palavra com alguém.

Kurelen ficou impressionado com a ausência de rostos contrariados ou raivosos, com a ausência de vozes discordantes e zangadas, de gritos furiosos. As crianças não eram repreendidas com pancadas, nem as mulheres lançavam olhares mal-humorados para os homens. Mesmo os cães vagueavam por ali felizes, e seus latidos eram de contentamento. Um homem alisava o pescoço de um boi. Uma mulher inclinava-se contra o flanco de uma égua, falando-lhe afetuosamente. Outras mulheres tagarelavam junto a uma fogueira, as velhas junto com as novas, sem mau humor.

Este é um povo diferente, concluiu Kurelen, com incrédulo pasmo. Esta é uma raça que nunca conheci antes.

Chegaram junto do rio. O sol já se pusera por trás das distantes montanhas purpúreas. A água tinha a cor do açafrão, e nela se refletiam as baixas colinas violeta. O leste já tinha um tom de jacinto, frio e remoto. Mas o oeste era vívido escarlate, no qual flutuavam línguas de fogo. No zênite, dourado e vasto, tremia a foice de uma lua nova. Ali por perto, ao longo do rio, movia-se e se ondulava o cereal amarelo. Sobre tudo pairavam paz e silêncio suaves e fecundos, e a tranquilidade da eternidade.

Jamuga olhou para o rio cor de açafrão, depois para as colinas, e depois para o céu. Seu rosto brilhava com o reflexo da luz dourada. Seus olhos eram plenos de serenidade. Parecia ter esquecido Kurelen, e ter-se absorvido em pensamentos tão grandes e calmos quanto a paisagem. Por trás dele erguia-se a cidade de tendas negras, intercaladas de fogueiras vermelhas.

Kurelen ficou imóvel em seu cavalo, em silêncio, aspirando a paz universal. Olhou para Jamuga, sentado tão teso e ereto em sua estreita égua cinzenta, e pensou que este era um novo Jamuga, imbuído de dignidade e sereno esplendor. Uma súbita sensação de solidão e nostalgia abateu-se sobre o velho coxo, e de repente ele sentiu-se pequeno, escuro e insignificante, como um réptil de um outro mundo mais violento, introduzindo-se furtivamente num planeta que flutuava nos céus azuis e serenos.

— Qual é teu segredo, Jamuga? — perguntou num tom de renovada delicadeza.

Jamuga não respondeu logo. Voltou então a cabeça, sorrindo, com os olhos cheios do resplendor dos céus.

— Não existe nenhum segredo — respondeu. — A paz, a justiça, a piedade e a razão são coisas simples. Aqui, elas não são uma teoria; são um modo de vida. Aqui, cada homem tem dignidade. Ninguém é escravo, mas uma pessoa de respeito. Se ele é virtuoso, bravo e gentil, é respeitado. A ganância é um crime punido severamente. A traição e a mesquinhez, a crueldade e o egoísmo são indignidades, inimigas de uma boa sociedade. A violência é um pecado vergonhoso cometido contra todo o povo, punida com o ostracismo. Nenhum homem trabalha constantemente, mas apenas o bastante para cuidar dos seus próprios rebanhos, do seu pedaço de terra.

"Nós temos alegria e muitos divertimentos: corridas, competições de força, de agilidade, competições de destreza com o arco e a vara. Temos competições para produzir os melhores cavalos, as melhores ovelhas e gado. Todos sabem ler, e os contadores de histórias são muito solicitados. Se a um indivíduo falta algo, seu vizinho apressa-se em suprir-lhe essa falta. Não existem distinções de classes, a não ser em virtude, habilidades e desprendimento. Nós gostamos uns dos outros. E, todavia, não somos fracos. Somos fortes na nossa dignidade, nossa saúde e nossa consciência de que somos importantes uns para os outros.

E sorriu, com alegria.

— Aqui eu enfatizo a relação de indivíduo com indivíduo, e do indivíduo com a terra. Os sacerdotes dizem a todos que o homem tem um destino, com Deus e com o futuro. O que está por vir é um mistério, mas somos parte dele. Estamos ligados ao passado, mas também estamos ligados ao amanhã. E quem sabe se o amanhã não será nosso também? A vida é como um rio, que corre de ontem para hoje, e para as idades ainda por vir, e nós somos este rio de vida, refletindo as colinas e os céus do sol de hoje, mas imutáveis e eternos em nós mesmos. Nosso povo sabe que, embora o momento de calor seja deles, a eternidade também o é. Nós vivemos uma aventura, mas uma aventura em Deus, e na natureza do homem e da terra. Eles experimentam uma estranha alegria, tão vasta como o tempo, e infinita como os céus. Quando morrem, eles dizem aos que aqui deixam: "Até amanhã!" E eles sabem que o amanhã virá, e não conhecem nenhuma mágoa.

Ficou em silêncio. Olhava para Kurelen com o rosto transfigurado, mas Kurelen sabia que ele não via a ele, mas algo extraterreno.

– Nós temos uma visão – disse Jamuga. – Uma visão de Deus, sem o qual o homem perecerá, sem deixar nenhum traço atrás de si.

Kurelen não conseguia falar. Ouvia Jamuga, mas incrédulo. Dizia a si mesmo que ouvia palavras loucas dos lábios de um louco. Uma visão de Deus! Que insanidade esta! Uma revelação de eternidade, na qual tudo se modificava, a não ser Deus e o homem, que eram eternos, e uma só coisa! Era algo que não se podia compreender. Era uma violação da realidade, que era exigente e sanguinolenta, firme sobre um verdadeiro dia de hoje.

E, contudo, o velho e moreno coxo não conseguia falar. Via, subitamente, com uma ofuscante clareza, o que isso podia significar, essa consciência de Deus, essa consciência da Sua imanência e presença. Durante muito tempo ele permaneceu nessa clareza, e parecia-lhe que seu corpo e alma se fundiam nela, e ele tomava consciência de uma alegria e de uma paz que eram quase aniquilantes. Seu ego havia desaparecido e ele flutuava num elemento iluminado de êxtase, no qual todo medo se desvanecera, e o tamanho do homem era infinito, sua visão penetrando eternidades.

Balançou a cabeça e fechou os olhos. Quando os reabriu, teve a sensação de que tinha caído de alturas grandiosas e fulgurantes num abismo escuro, onde terríveis coisas espreitavam e figuras obscenas se moviam lascivamente. Um pouco dessa escuridão descera também sobre o rosto de Jamuga.

– Eu posso compreender agora – disse ele em voz baixa – por que meus rapazes adotaram com tanta facilidade a guerra e a violência com Temujin. Eles perderam a visão. Esqueceram a ventura.

Quando Kurelen voltou para junto de Temujin, e este lhe perguntou como Jamuga estava se saindo, seu primeiro impulso foi dizer: "Eu venho de um outro mundo, e, por causa do que acabei de ver, nosso mundo é desconjuntado, repugnante, maligno e insignificante."

Mas, em vez disso, pensando na paz de Jamuga, ele respondeu:

– Jamuga está agindo bem, e cultivando em seu povo amor e lealdade a ti.

Ele já não temia por Jamuga, pois sabia que ele estava escudado contra a tragédia e a infelicidade. Ou, pelo menos, era o que Kurelen esperava.

11

Kurelen, Chepe Noyon e Subodai eram os tutores dos filhos de Temujin. As crianças iriam aprender todos os conhecimentos que esses três homens haviam acumulado. Iriam aprender a decifrar os estranhos caracteres dos manuscritos de Catai, e leriam muito sobre os Imperadores Dourados, os filhos do céu.

Juchi era aluno de Kurelen. Era uma criança rebelde e carrancuda, de olhos irritadiços e voz baixa e gutural, que raramente se ouvia. Kurelen não gostava do menino de modo especial, mas ensinou-o tão bem quanto pôde, e teve ocasiões de se orgulhar dele. Pois Juchi aprendia com facilidade, e possuía bom raciocínio lógico. Desde a infância, ele odiava o pai, Temujin, e sentia uma inveja amarga do menor privilégio dos irmãos. Ele era o favorito de Bortei, assim como de Kasar.

Temujin ausentava-se frequentemente do seu ordu. O rei a cavalo percorria seus vastos domínios, detendo-se brevemente para conversar com seus tarcãs e distribuir ordens. Seu olhar dardejava por toda parte, mas por toda parte, para satisfação sua, só via ordem. Já não havia mais nenhuma liberdade pessoal para nenhum indivíduo. Havia apenas obediência, pronta, submissa e incondicional. Mas havia também disciplina e lealdade, e isso era tudo o que ele desejava. Violento, exigente, inexorável e turbulento por natureza, ele era olhado com terror e pavor supersticioso pelos seus clãs, a nova confederação do Gobi.

Por todo o deserto ele desfilava sua figura poderosa, e até nos próprios pés do povo de Toghrul Khan, os turcos karaits, ele projetava sua sombra. Entre ele e Toghrul Khan havia uma paz instável, e uma troca frequente de cartas afetuosas e presentes. Mas Toghrul Khan olhava para as estepes, desertos e tundras e reconhecia seu inimigo. Os dois povos encaravam-se através dos espaços tremendos como dois exércitos prontos para o combate.

Toghrul Khan convocou todos os seus filhos, incluindo seu favorito, Taliph. Examinou-os atentamente durante muito tempo, contraindo os velhos lábios murchos e piscando os olhos fundos de ancião.

– Que faremos com Temujin, esse cão de olhos verdes de mongol? – perguntou ele.

– Declarar-lhe guerra e destruí-lo imediatamente! – exclamou um dos seus filhos.

– Exigir-lhe a imediata obediência e subordinação – disse um outro.

Os outros soltaram gritos, veementes e desdenhosos. Quem era esse animal ignorante que subitamente havia-se tornado uma ameaça?

Mas Taliph fez uma careta. Disse:

– Nós permitimos que ele se tornasse forte demais. Como os mercadores e comerciantes amavam seus lucros, nós o encorajamos, proclamamos a nossa admiração por ele, fizemo-lo rico, e deixamos que continuasse seu caminho. Agora, o cão que nos serviu e que era condescendentemente admirado e afagado, tornou-se um lobo, e está mostrando os dentes. A culpa é nossa.

Toghrul Khan voltou-se para ele. Não ouvia os conselhos de ninguém além de Taliph.

– Que faremos? – perguntou.

Taliph refletiu.

– Declarar-lhe guerra abertamente seria muito ruim. Nós precisamos miná-lo, destruir-lhe a influência. Ou pelo menos limitá-la.

Precisamos mostrar-lhe imediatamente que ele foi longe demais. Uma delicada ameaça, talvez.

Toghrul Khan contestou.

– Ameaças! Então tu já o esqueceste, Taliph? Ameaças são estímulos para tais animais.

Taliph abriu as mãos elegantemente.

– Então vamos miná-lo. Envia emissários secretos aos seus clãs. Procura a cooperação dos seus tarcãs e noyon. Isto levará muito tempo, mas a traição é muito melhor do que guerra aberta, que poderia... – e ele fez uma pausa significativa – não nos trazer nenhum proveito.

"Os merkits o odeiam, embora ele tenha absorvido muitos do seu povo. Os naimans odeiam-no também, embora ele tenha também absorvido muitos deles. Os taijiut ficariam exultantes com uma oportunidade de traí-lo. Os tártaros não lhe têm nenhum amor. Envia emissários a todos.

"Eu, por mim, ofereço meus serviços. Irei à procura dos mais inteligentes tarcãs. Envia meus irmãos aos inferiores. Isto tudo levará muito tempo, e será difícil, mas é o melhor caminho."

E acrescentou:

– Semeia o descontentamento, o desprazer e a desconfiança entre os seus clãs. Assim nós os desintegraremos, destruiremos a unidade que os construiu. E, quando tudo estiver destruído, ele não passará de um fugitivo impotente.

O rosto de Toghrul Khan tornou-se uma máscara do eterno mal.

– Como eu exultaria se ele fosse trazido a mim acorrentado!

Mas refletiu.

– Este é um negócio perigoso e difícil, e exigiria toda a nossa inteligência e sagacidade. Que idiotas nós fomos! Nós o alugamos para proteger-nos, e agora precisamos proteger-nos contra a sua ameaça crescente. Tens razão, Taliph. Seguirei teu conselho.

Mas um outro pensamento o inquietou.

– Entre o nosso próprio povo existem os que o admiram e amam. Com a minha morte, a herança de meus filhos será desbaratada se ele não for derrotado. Precisamos agir! O cachorro precisa morrer.

Taliph tinha uma outra ideia promissora para combater a do pai.

– A leste do lago Baical, o povo já está se armando contra a confederação ocidental dele. Envia-lhes mensageiros imediatamente! Eles se juntarão a nós contra Temujin. Sempre foram nossos inimigos, mas podem ser induzidos agora a tornar-se nossos aliados. Ah, quanto mais eu penso nisso, mas fácil me parece! Temo que tenhamos atribuído demasiada importância ao nosso irmão mongol.

E assim Toghrul Khan seguiu o inteligente conselho do filho. Os emissários foram enviados imediatamente para os ainda inconquistados entre os merkits, os tártaros, os naimans e os taijiuts, e outros. Acharam todos esses muitos fáceis de convencer. Mas a tarefa não seria tão fácil entre os clãs da confederação, que eram ardentemente leais a Temujin.

De fato, os emissários tinham de ser extremamente cuidadosos, e precisavam proclamar bem alto admiração pela lealdade e devoção a Temujin, declarando que tinham ido apenas como visitantes, para ver o que estava acontecendo.

Assim mesmo, entre muitos clãs eles puderam semear a desconfiança, a dúvida e a inquietação.

O povo a leste do lago Baical era apenas demasiado impetuoso. Não foi preciso muito tempo para conquistá-lo como aliado.

Para Taliph, Toghrul Khan reservou os naimans, os mais civilizados dos povos do Gobi.

Taliph estava bem informado sobre Jamuga Sechen por meio de espiões. E Jamuga foi um dos primeiros tarcãs que ele visitou.

12

Quando a rica e resplendente caravana se deteve no acampamento dos naimans, Jamuga não reconheceu inicialmente seu ilustre visitante. Ele só vira Taliph uma vez, havia muitos anos. Mas tinha boas lembranças de um príncipe amistoso e cortês.

Ele pediu desculpas pela simplicidade e austeridade do seu acampamento, mas Taliph contestou suas desculpas com um gentil aceno de mão.

– Eu te asseguro, Jamuga Sechen, que eu sou inerentemente um homem de gostos simples. Tu sorris, mas é verdade.

Suas boas maneiras, seu sorriso afável, sua atitude aristocrática, conquistaram Jamuga, cuja experiência entre os nobres fora bem curta. Taliph admirou os tesouros de Jamuga, e realmente ficou surpreso com o seu bom gosto. Viu que Jamuga era delicado e refinado. Melhor que tudo, percebeu que Jamuga era franco e claro como água, sem tortuosidades nem artifícios. Sentiu-se muito encorajado. Ninguém era mais fácil de iludir do que essa espécie de homens.

– Eu nunca viajei muito pelas estepes – disse ele francamente. – É uma surpresa rara e deliciosa encontrar um homem civilizado entre selvagens e bárbaros.

Ele falava astutamente, consciente de que tal elogio era como mel e como um saboroso vinho para Jamuga, que ele desconfiava muito bem ser vaidoso e presumido por natureza, assim como a maioria dos homens tímidos e silenciosos; e ele sabia que tais indivíduos gostavam especialmente de ser tratados como iguais por aqueles que secretamente invejavam e admiravam.

Taliph disse ao seu anfitrião que estava a caminho de Bocara. Jamuga ficou encantado com a franca democracia de tão ilustre príncipe. Sentiu-se lisonjeado em sua vaidade. Taliph não se dava ares de grande. Ria e conversava como um igual por nascimento e posição. Jamuga, sempre vulnerável à condescendência, não desconfiou de nada. Seu coração abriu-se. Ele falava com ímpeto e prazer, sentindo como que um velho e duro cadeado houvesse sido arrancado da sua língua. E, como a maioria dos indivíduos desse tipo de temperamento, uma vez removido o cadeado, ele falava muitas coisas sobre as quais indivíduos de mais experiência ter-se-iam mantido em silêncio.

Nessa noite, sentaram-se juntos à fogueira de Jamuga, comendo e bebendo. Yesi ficou surpresa de ouvir risadas frequentes e abertas de Jamuga. Ela viu também que seu marido, que não apreciava especialmente o vinho, bebia muita quantidade. Por alguma razão, ela ficou inquieta, com a inquietude das mulheres inocentes e inexperientes que pressentem algum perigo.

E ela quis ficar junto do esposo, temerosa na sua timidez, como se caso ela não permanecesse ali, ele pudesse se tornar indiscreto, embora sobre o que ele pudesse ser indiscreto ela não soubesse. Mas ela não gostou de Taliph, e algo se perturbou no seu coração tranquilo quando o olhar dele a tocou como se fosse um cão ou outro animal qualquer, e não um ser humano. Quando ela o serviu, ele observou-a impaciente e então fez-lhe um gesto para que se afastasse. A presença dela irritava-o. Era evidente que ele a considerava uma escrava, de menos importância que uma mosca.

O corpo esbelto de Yesi avolumava-se com um novo filho, e seu rosto estava pálido de tensão e fadiga. Mas ela resolutamente permaneceu no obscuro fundo do palco, com os olhos reluzindo febrilmente à luz do fogo, com as mãos esguias entrelaçadas rigidamente sobre os joelhos. Ela ouvia com dolorosa atenção, umedecendo os lábios, que estavam lívidos de um medo inominável.

Não conseguia desviar o olhar de Taliph, com o seu rosto elegante e estreito, os olhos sagazes e o sorriso alegre. Sobre a cabeça ele usava um fez vermelho, que lhe dava um ar astuto e sinistro. Sua camisa era da mais delicada seda branca, e em torno do pescoço pendia-lhe uma corrente de ouro. Suas calças eram escarlates, e no cinturão trazia um punhal cravejado de pedras preciosas. Ele estava muito perfumado, e de quando em vez tocava o longo nariz afilado com um lenço perfumado. Quando mexia os pés, suas botas cravejadas de pedrarias, de macio couro vermelho, refletiam a luz e cintilavam. Jamuga, sentando ao lado dele, com o seu casaco de lã listrada de azul e branco e as calças enfiadas por dentro das grosseiras botas de pele de veado, era tão simples e puro como a própria terra; ele não usava nenhuma joia, e suas mãos estavam manchadas de estrume. Mas sua cabeça erguia-se orgulhosa e serena, e seus olhos eram azuis como jacintos à luz do fogo.

Nada poderia ser mais gentil ou mais íntimo que a simpatia de Taliph, enquanto ouvia Jamuga, que lhe falava da paz e doçura de sua vida, e dos costumes agradáveis do seu povo. Mas Yesi viu como os olhos negros do turco fulguravam e moviam-se com sardônico divertimento, apesar de todos os seus sorrisos atentos e da cabeça inclinada. Às vezes, por um momento fugaz, ele olhava para Jamuga com o sorriso incrédulo de quem olha para um louco.

Mas quando Jamuga terminou de falar, Taliph ficou em silêncio por algum tempo. Parecia absorvido em algum pensamento. Uma expressão de grave pesar apareceu-lhe no rosto.

– Jamuga Sechen – disse ele finalmente, numa voz triste – muitos têm tido teu sonho, e esse sonho foi despedaçado em sangue e escuridão. Como o teu se despedaçará.

– Que queres dizer? – indagou Jamuga inquieto.

Taliph suspirou. Olhou para Jamuga com aparente surpresa.

– Então tu não sabes? Uma guerra, como o Gobi nunca viu antes, está prestes a rebentar. Pelo menos foi o que ouvi dizer. Corre o boato de que o povo do leste do lago Baical está com medo do poder crescente de Temujin e da nova confederação do Gobi, e dizem que eles o atacarão brevemente, ou que a própria ganância e ambição de Temujin o levarão a vibrar o primeiro golpe. De qualquer maneira, haverá um terrível conflito. Então, Temujin exigirá que todos os seus tarcás se lhe reúnam na luta, e lhe ofereçam não só a sua participação mas a de todos os seus homens.

Ele encolheu os ombros pesarosamente.

– No universo de horror e lutas, teu sonho de paz e contentamento neste vale morrerá. Pois cada clã estará contra o outro clã, e irmão contra irmão, e povo contra povo. Os desertos e as estepes ressoarão com a batalha. Multidões perecerão, e o terror dominará todo o Gobi. Talvez Temujin seja o vencedor. Mas de que serve a vitória quando os homens estão mortos? E, se ele vencer, isso não servirá senão para estimulá-lo para novas lutas, novas vítimas, novos poderes.

Jamuga ficou como uma estátua, pálido e imóvel, e escutava. Ele sabia que Taliph falava a verdade, e sabia também que ele estivera esperando por isso no fundo da alma. Isso tinha sido a tempestade ameaçadora no horizonte da sua vida luminosa e serena. Agora, estava iminente. Ele empalideceu ainda mais. Uma expressão de morte apareceu-lhe nos olhos.

Ele pensava nos milhares do seu povo contente e feliz, vivendo em paz e amizade. Pensava nas suas esposas e filhos. Pensava nos campos de milho recentemente plantados, nos rebanhos, nos pastos verdes. E, então, foi dominado por uma pavorosa convulsão interior, na qual seu coração era apertado por tenazes de ferro. O suor rebentou-lhe por todo o rosto branco.

Ele gritou convulsamente:

– Não importa qual seja a convocação, eu não sacrificarei meu povo! Não tenho nada contra nenhum homem! Não vou ajudar ninguém, nem mesmo Temujin, a destruir e a pilhar, a conquistar e a espalhar a desolação! Ele tem uma visão louca, e meu povo não morrerá por ela!

Ele ficou de pé de um salto. Agitou os braços descontroladamente, e seus olhos dilatados relampejaram.

– Ele sempre teve essa loucura, essa ânsia de poder ilimitado! Ele é cheio de ódio e cobiça. E precisa de vítimas para satisfazê-los. Nunca ele amou ou serviu a ninguém, nem desejou a paz ou a bondade. Existe um fogo em seu coração que inflamará o mundo e o encherá de morte.

"Ele é tudo o que é mau e mortífero, uma pestilência da alma e a penúria do espírito. Ele odeia cada homem e cada ser vivo. Sua felicidade consiste em esmagar os impotentes, roubar-lhes os rebanhos e tesouros, ouvir o pranto das suas mulheres. O terror reside em sua espada, e a loucura em seu cavalo!"

Em seguida Jamuga começou a chorar, com pavorosos soluços secos, e Yesi, ao fundo, pôs as mãos sobre a boca para conter seus próprios gritos.

– Por que Deus enviou esse monstro para afligir a terra? Por que eles não o abatem e esmagam?

Taliph prestava atenção a tudo e ficou muito satisfeito com o resultado das suas palavras. Mas assumiu uma expressão sombria e desviou o olhar.

– Não sei – respondeu ele tristemente.

Jamuga ficou em silêncio, trêmulo, olhando seriamente em torno de si, como que com terror de inimigos invisíveis. Então, recomeçou a falar, com a voz baixa e entrecortada de um homem insuportavelmente ferido na alma.

– Eu tenho vivido apenas para a paz e a felicidade, para o amor e o contentamento. Meu povo não deseja nada além do pão que come, e das esposas e filhos nos yurts. Que mal fizeram eles para serem tão afligidos?

Ele fez uma pausa e depois prosseguiu com intensidade:

– Eles não morrerão por esse louco! Eles não o ajudarão a conquistar, a arruinar e a assassinar! Eu os levarei para longe daqui!...

Então o astuto Taliph insinuou:

– Mas muitas vezes os homens precisam lutar pela paz e pela segurança. Vós hesitaríeis em juntar-vos àqueles que querem libertar os povos da espada de Temujin?

Jamuga ficou estupidificado. Ofegava, mas seus olhos febris fixaram-se no rosto de Taliph.

Taliph continuou mansamente:

– Não existem batalhas nas quais valha a pena lutar?

Os lábios de Jamuga estremeceram – parecia um homem atormentado por uma paralisia.

Taliph disse:

– Ele precisa ser detido. É agora ou nunca. A história dos tiranos é a história de pusilânimes que não se lhes opuseram.

Jamuga falou numa voz baixa e débil:

– Eu levarei meu povo embora daqui. Mas, se formos atacados, então lutaremos.

– Sozinho? Por que não te juntas àqueles que enfrentarão Temujin? Essa é a sua segurança. Que podes fazer sozinho contra ele?

– Eu já disse, nós fugiremos. Lutaremos apenas se formos atacados.

Taliph contraiu os lábios com desprezo.

– Um gesto inútil e suicida! Ele vos destruirá a todos em uma hora!

Então a fúria de Jamuga, estimulada por um novo pensamento, explodiu inteiramente.

– Fostes vós que trouxestes tudo isso para os povos da Ásia! Vós o encorajastes, destes-lhe assistência e ajuda, para o vosso próprio proveito! Vós lhe permitistes pilhar e saquear e dividistes os despojos com ele, desde que recebêsseis vossa parte e ele protegesse vossas caravanas e tesouros! Quando ele conquistava e subjugava os povos mais fracos, vós encolhíeis os ombros e não vos opúnheis a ele, acreditando que quanto mais ele aniquilasse e absorvesse, mais seguros estaríeis.

"Ele é nosso amigo, guardião dos nossos interesses, dissestes. E agora, com a vossa ajuda, ele se tornou poderoso. O cão que guardava vossos portões ameaça agora vossa própria casa. Eu vejo tudo agora! Ele protegeu sua sombra de ódio e conquista em vossas cidades. Ele está junto às vossas muralhas!

"Vós sois os culpados! - acusou. - Fostes vós que abristes a jaula e libertastes o monstro!"

Taliph, inquieto com a expressão e as palavras de Jamuga, pôs-se de pé involuntariamente. Olhou firmemente nos olhos furiosos e cintilantes de Jamuga. Comprimiu os lábios. Então, falou brutal e calmamente:

– E se tens razão? Poderemos nós permitir que ele continue, mesmo se na nossa loucura nós o ajudamos? Já é muito tarde para repreensões. A hora da decisão chegou. A fera que nós soltamos está prestes a destruir o mundo. Mesmo que a imbecilidade tenha sido nossa, a luta agora tem de ser nossa também.

Jamuga curvou a cabeça para o peito. Gemeu alto.

– Mas meu pobre povo não tem culpa!

Taliph pôs a mão sobre o ombro dele num gesto triste de comiseração.

– Mas os não culpados têm a ausência de culpa para consolá-los. Mas é muito tarde para repreensões. Nós somos culpados pela imbecilidade. Tu deves ajudar-nos a desfazer essa imbecilidade e a restabelecer e proteger a paz no mundo. Precisamos lavar nossa cobiça, imprevidência e complacência no nosso próprio sangue. E pedimos o sangue dos não culpados no sacrifício universal.

Acrescentou com ar sombrio:

– Se não lutarmos, seremos todos esmagados, culpados e inocentes da mesma maneira. Fomos nós que criamos a ameaça. Tu vês como sou franco. Mas a ameaça é um perigo também para ti agora, assim como para nós mesmos. Terás de escolher: ou te juntas a nós na oposição a ele e sua subjugação, ou te juntas a ele, e o ajudas a acabar com o mundo.

E continuou:

– Um homem idiota solta o tigre. O tigre sai por aí devorando. Devora tanto os sensatos como os idiotas, agora que está livre. Será inteligente os sensatos dizerem: "Este tigre não tem nada a ver conosco: não fomos nós que o libertamos"? O fato é que o tigre está à solta, e entrará, em tua própria cidade assim como na nossa. Tua sensatez não lhe suavizará a ferocidade.

Jamuga não disse nada. Então Taliph insistiu, depois de uma pausa:
– Ajuda-nos a destruir o tigre.

As feições de Jamuga crisparam-se no ardor da sua angústia. Mas olhou para Taliph diretamente.

– Eu te ajudarei a destruí-lo – disse.

Taliph sorriu. Estendeu a mão.

– Tu és tão bravo como sábio.

Jamuga olhou para a mão dele. Estremeceu e repeliu-a.

– Tua mão é tão culpada como a dele! Não quero nenhuma das duas.

E, de repente, pareceu dominado por uma mágoa terrível e misteriosa, que Taliph não pôde compreender.

13

Nômade por natureza e ascendência, Toghrul Cã, ou Wang Khan, como passara a ser conhecido, sabia muito bem que os mais secretos boatos percorriam estranha e misteriosamente como o vento através das estepes e do deserto.

Ele sabia que não levaria muito tempo para Temujin ficar ciente da sua traição. Por isso, seus emissários e espiões estavam trabalhando febrilmente. E em pouco tempo Toghrul Khan soube que Temujin estava a par de tudo, e sabia que os povos do leste do lago Baical estavam prontos para lutar em aliança com os turcos karaits, e com o resto dos povos não conquistados do Gobi.

Toghrul Khan aguardava exultante, mas tenso. Será que Temujin atacaria primeiro, tentando uma ofensiva esmagadora que confundisse os povos ainda não condicionados para uma guerra em grande escala? Ou ele se manteria na expectativa, observando o primeiro movimento dos seus inimigos?

Então, um dia Toghrul Khan recebeu uma carta do seu filho adotivo. Foi-lhe levada por três guerreiros, homens morenos e vigorosos, com o olhar sobranceiro dos falcões.

Numa época quando teu próprio irmão te perseguia, com a intenção de matar-te, ó meu pai adotivo, meu próprio pai ajudou-te, ofereceu-te abrigo e protegeu-te. E tu não te tornaste seu anda, e não dormiste sob o mesmo cobertor que ele, jurando eterna amizade a ele e a seus filhos?

Tu não me juraste, em nome do sagrado rio Negro, que nunca ouvirias mal de mim, teu filho adotivo, mas que nos encontraríamos todas as vezes e resolveríamos todos os mal-entendidos entre nós?

Não sou eu uma das rodas do teu kibitka? E não é apenas o homem louco que luta com aquele que lhe faz mover a casa e a afasta do perigo?

Dizem que tu suspeitavas existir em mim uma enorme ambição. A verdade é que me vangloriei diante de ti, mas imaginei que ouvirias indulgentemente, como um pai ouve as palavras do seu filho favorito, sabendo que a juventude é propensa a jactar-se exageradamente. Mas por acaso já te dei razão para suspeitar que eu cobiçava teu poder, e que me apoderaria da herança dos teus filhos? Não atendi à tua palavra com todos os meus guerreiros, pensando apenas em servir-te?

Por acaso não tornei seguras tuas rotas e tuas caravanas, e enchi teus cofres de riquezas? E acaso pedi mais que teu afeto e ajuda, e um mero punhado de moedas?

E agora ouvi dizer que estás enraivecido comigo, que estás instigando o povo contra mim, que queres abater-me e esmagar-me sob o pé. Por que tua cólera se ergue como um fogo contra mim? Por que está teu coração ensombrecido e envenenado contra teu filho?

Sinto-me cheio de mágoa. Sento-me em meu yurt, acabrunhado de pesar.

Só tenho uma esperança: a de que me enviarás um recado dizendo que tudo o que ouvi, de espias e conspirações, de traição e ódio, são mentiras, e que teu afeto por mim é inabalável e verdadeiro.

Toghrul Khan mal podia acreditar em seus próprios olhos. Ele gritava e ria por entre os dentes de alegria e triunfo.

Continuou a ler:

"Com a tua ajuda tornei-me forte e o mais poderoso do Gobi. Meus guerreiros erguem-se como gigantes pelos desertos e estepes. As batidas dos cascos dos seus cavalos são como trovão, e a terra escurece à sua passagem, de tantos que são. Aonde quer que vão, as multidões se curvam diante deles, reconhecendo-lhes o poder irresistível. Eles são leais e destemidos e cheios de ferocidade, e morreriam por mim.

Não vivem senão para servir-me, esses muitos milhares de homens poderosos. E eu não vivo senão para servi-lo, para manter a ordem que é necessária para o teu bem-estar."

Wang Khan guinchou como um macaco, exultante.

O cão está tremendo sobre as próprias fezes! Acovarda-se diante de mim, com um gemido servil! Nunca li uma carta tão covarde e submissa! Isto é mais do que eu ousava esperar. Nós o temos na palma de nossa mão!

Um de seus filhos, Sen-Kung, gritou furioso:

– Como se atreve esse porco chamar-te a ti, meu pai, de pai! É um insulto que só pode ser lavado com o seu próprio sangue!

Mas Taliph releu a carta. Quando acabou de ler, enrolou-a e desenrolou-a em suas mãos, estreitando os olhos.

– Não exultes prematuramente, meu pai. Eu li muitas coisas nesta carta que tu aparentemente não leste. Por exemplo, eu li uma ameaça. Uma ameaça extremamente sinistra. Esta não é a carta de um covarde, mas do mais perigoso e impiedoso inimigo.

Wang Khan olhou-o pasmo, boquiaberto. Seus outros filhos resmungaram observações desdenhosas e depreciativas.

– Ameaças! – gritou o velho. – Tu estás louco, Taliph!

Taliph balançou a cabeça e sorriu debilmente.

– Não, eu apenas li o que deve ser lido. Ele recontou para ti o poder, o número e a ferocidade dos seus guerreiros. Em outras palavras, ele diz: "Eu sou poderoso. Tenho por mim os melhores lutadores da Ásia, prontos a morrerem por mim. Eu organizei um exército de lutadores a que ninguém pode resistir. Combatei-me e eu combaterei também, e tu cairás e não eu."

– Dá-me esta carta! – exclamou Wang Khan, e arrancou-a da mão do outro.

Releu-a contraindo o rosto e fazendo caretas como um macaco.

– Ele também diz – observou Taliph calmamente – que tu deves apressar-te em reassegurar-lhe tua boa vontade e afeto, para que ele não perca sua paciência e te dê uma lição. Em outras palavras, ele exige atitudes pacíficas de tua parte, e a cessação de conspirações e traições contra ele. Uma carta extremamente ameaçadora! Não me agrada.

– Wang Khan jogou a carta no chão e pisou-a com o azedo veneno dos velhos. Cuspiu sobre ela. Então ergueu o punho e agitou-o no ar.

– Ele ousa ameaçar-me, a mim, Toghrul Khan, Wang Khan! Eu mostrarei a esse cão! Precisamos atacar imediatamente! Cada dia que adiamos o ataque, o perigo aumenta!

Seu rosto velho contorceu-se subitamente, com o velho medo. Pareceu minguar de tal modo sob o crânio calvo, que sua cabeça parecia com a própria cabeça da morte. Ele se entregava agora ao seu antigo pavor, suas próprias superstições e pesadelos angustiados. Apertou as mãos. Olhava de um lado para o outro como uma fuinha acuada por lobos. Então seus olhos encovados fulguraram malignamente.

– Onde estão seus mensageiros? Agarrai-os. Degolai-os. E depois enviai suas cabeças a Temujin! Esta será minha resposta à sua carta de amor!

E começou a rir, com um som seco e crepitante, louco e perverso.

Taliph olhou para o pai com expressão grave.

– Tu compreendes que isto é uma declaração de guerra franca e inexorável?

O velho assentiu com a cabeça furiosamente, e sorriu.

– Compreendo! E por Alá como eu não esperei por este dia!

Seus filhos deixaram-no para distribuir ordens.

Ele sentou-se, encolhido em suas almofadas, com a mão afundada entre os ombros ossudos. Ora ria por entre os dentes, ora estremecia.

Seus olhos erraram por toda parte, furiosamente. Ele parecia a personificação da maldade eterna, meditando sobre todo o mal e toda a violência.

Então ficou imóvel, olhando imóvel diante de si, pestanejando vagarosamente com pálpebras de pedra.
– Eu tenho uma casa por trás da Muralha – murmurou.

14

Yesi, no seu extremo terror, falou ao marido:
– Aquele homem, aquele turco, é mau. Ele fala palavras de razão, compreensão e nobreza, mas não as tira do fundo do coração. Ele deseja tua ajuda porque está com medo, e não porque o bem-estar dos homens lhe interesse.

Jamuga, que andara lívido e profundamente perturbado durante muitos dias, foi obrigado a admitir a sensatez das palavras de sua esposa. Olhou-a diretamente nos claros olhos azuis, tão inocentes, tão cheios de angústia por ele, e sentiu uma dor cruciante de quase insuportável amor por ela.

– Estás falando a verdade, minha querida – respondeu ele delicadamente. – No entanto, embora ele não possua bondade em sua alma, suas palavras são verdadeiras. O tigre está à solta. Precisamos enjaulá-lo.

Yesi replicou serenamente:
– Esse tigre é o teu anda.

Uma expressão de tormento fulgurou no rosto magro de Jamuga.
– Eu sei! – gritou. Contorceu as mãos. – Eu sei! Mas ele é também um tigre.

– Ele tem sido bom para ti, meu senhor.
– Eu sei! Mas, apesar disso, ele é um monstro. – Pegou na mão da esposa, suplicante. – Yesi, minha amada, tu gostaria de ver-me participar de uma cruzada contra o mundo?

Ela subitamente apertou-se contra ele no mais extremo medo.
– Não, meu senhor! Devo confessar que penso apenas em ti: se Temujin ouvir falar disto, matar-te-á imediatamente.

Ele envolveu-a com os braços ternamente. Sua expressão era ao mesmo tempo pesarosa e sombria.

– Eu sei disso. Só tenho duas escolhas: juntar-me ao devastador ou ajudar a detê-lo. Tu sabes o que devo escolher. Tudo o mais deve ser esquecido. – Suspirou. – Quisera nunca ter-te conhecido, e que nunca tivesses dado à luz meus filhos! Agora, sou perseguido por temores sobre o teu destino, se eu for derrotado.

Ela viu-lhe o sofrimento, e agora tinha apenas um desejo: tranquilizá-lo. Sorriu-lhe com amor apaixonado.

– Certamente não serás derrotado! Deus ainda está nos céus, e certamente não permitirá que a bondade, a brandura e a paz desapareçam da face da terra. Tu vencerás, meu adorado. Tu vencerás o mal.

Ele anuiu com a cabeça.

– Preciso ter fé nisso.

Ele montou em seu cavalo e dirigiu-se para uma clareira junto ao rio. E, enquanto cavalgava, teve consciência de novo da velha solidão dolorosa e anseio amargo. Durante anos, cavalgando assim, ele tinha imaginado Temujin ao seu lado, ambos conversando, como tinham sempre cavalgado e conversado na sua juventude, compreendendo-se um ao outro por meio de uma palavra e algumas vezes apenas por um toque ou olhar. Esses anos de cavalgar solitário não tinham sido vazios, pois ele podia falar mentalmente com seu anda, e todo o velho desentendimento tinha desaparecido, e apenas o amor e amizade permaneceram. Ele voltava, satisfeito e em paz, como alguém que conversara com um irmão querido, e sabia que o veria de novo no dia seguinte.

Mas nesse dia cavalgou realmente sozinho, e não havia nenhuma companhia palpável com ele. Compreendeu que nunca havia sido tão só, tão desgarrado. Uma espécie de amputação psíquica nele sangrava e doía. Aquela compreensão melancólica apoderou-se dele como se a morte houvesse aparecido, como se algum ente amado houvesse morrido, e como se desse dia em diante ele fosse indescritivelmente solitário e abandonado.

Agora já não estava mais furioso com Temujin. As feições contrariadas do monstro tinham desaparecido, e só ficara o rosto do seu anda, jovem e alegre, violento e agitado, veemente e generoso. Ele pensava em Temujin como alguém pensa num morto. A criatura que lhe tinha tomado o lugar era um inimigo, tão inimigo de Temujin como seu próprio.

Seu coração pulsou de angústia. Seus olhos fixavam cegamente o rio verde que fluía e a seara dourada.

– Oh, Temujin! – gritou ele em silêncio. – Onde estás? Por que me deixaste, abandonado e solitário, para nunca mais ver-te ou ouvir-te a voz? Nunca mais dormiremos de novo juntos sob o mesmo cobertor à luz das estrelas. Nunca mais tu sorrirás para mim, ou me chamarás de amigo! Tu morreste. O mundo está tão vazio como um cálice partido. É um deserto onde nada mais floresce.

E então ficou imóvel, pensando apenas em tudo que precisava fazer. Uma espécie de premonição lhe disse que a morte seria a sua recompensa, e que tudo o que havia feito acabaria em ruínas.

Mas certamente, pensou ele com súbita força e coragem, o espírito de esperança, paz e amor não morrerá; mesmo que advenham a escuridão e a fúria, ele viverá! É da natureza do próprio mundo que, embora desabe a tempestade e a floresta se despedace, embora o vulcão derrame sua lava sobre as vinhas, embora o inverno queime os pastos, haja uma primavera da terra e da alma, e tudo cresça e floresça de novo.

Esta deve ser a minha fé. Esta deve ser a fé de todos os homens. De outro modo, a terra e todos os povos deverão desaparecer para sempre, e o próprio Deus passará como uma sombra.

15

— E agora – disse Temujin serenamente, olhando as cabeças sangrentas dos seus mensageiros – chegou a hora.

A maior parte do seu povo pensou que ele queria dizer que chegara a hora da vingança. Mas ele sabia que chegara a hora do seu destino.

Por algum estranho acaso, a deslealdade de Jamuga Sechen não havia chegado aos seus ouvidos. Mas se tivesse ouvido o boato, não teria acreditado nele, pois arraigada dentro dele estava a convicção de que Jamuga nunca o trairia. Paradoxalmente, era ele, mais que Jamuga, que acreditava na santidade do leal juramento de amizade, que nunca deveria ser violado. Ele teria antes acreditado na sua própria traição de si mesmo do que na de Jamuga.

É verdade que ele ficara muitas vezes furioso contra Jamuga, e tinha-o muitas vezes insultado e ofendido. É verdade que o tinha banido, e rido dele, e falado com aberto desprezo do seu anda. Mas, no entanto, acreditava na sua lealdade. Mesmo nesse dia, ele dizia a si mesmo, no fundo do coração, que não tinha outro amigo além de Jamuga, nenhum outro verdadeiro amigo espiritual.

A lembrança dos seus anos de desavenças estava esquecida. Como Jamuga, ele cavalgava com uma sombra ao lado. Nunca ele tinha amado tanto Jamuga como nesses dias sombrios e ameaçadores antes da batalha que se aproximava. Ele falava francamente com essa sombra, sem ouvir nenhuma palavra de crítica ou discórdia. Ele era mais cândido com a sombra de Jamuga do que o fora com a substância.

Existem alguns que discutem que as coisas que são como devem ser, dizia ele a esse invisível companheiro. Mas quando a roda para, o carro já não vai mais a lugar nenhum. Existem outros que dizem que a mudança não é senão a outra face de uma única entidade. Mas a face pelo menos é nova. O homem não pode ficar parado, contemplando a lua para sempre. Ele precisa mover-se, mesmo que seja apenas num círculo. De outro modo seu coração e seu sangue param. Dizem que não existem amanhãs. Talvez, em face da eternidade, isso seja verdade. Mas para cada homem vivo existe sempre o amanhã.

O amanhã esperará por todo homem de coragem e visão. E o amanhã é meu. Os impérios de Catai caíram no lodaçal de ontem. O Imperador de Ouro está se reduzindo a pó. Cada dia conclama um único e determinado homem. E o dia de hoje conclama a mim.

A hora da luta chegou. E eu sei, no fundo de minha alma, que vencerei.

E sentiu-se exultante. Ria alto pelas regiões solitárias por onde cavalgava com a sombra de Jamuga. Cerrou o punho e olhou arrogantemente para o céu pálido.

Os homens dirão de mim: Aquele foi o maior de todos os guerreiros, de todos os imperadores. Ele foi aquele cujo imenso exército percorreu as estepes e desertos e os olhos dos homens desviavam-se de medo diante dele. Acima da massa anônima e insignificante erguer-se-ão a cabeça e os ombros de Temujin, como um pico sobre planícies monótonas, iluminadas pela luz de idades imorredouras!

E a sombra de Jamuga respondeu: Eu sempre acreditei em ti.

Mas Kurelen não se convencia assim tão facilmente. Ficou inquieto. Disse:

– Talvez seja porque estou velho, mas eu acredito que vais para um desastre certo. Toghrul Khan é ainda o mais poderoso dos cãs nômades, e tem amigos invencíveis entre os príncipes e os políticos de Catai. Quem és tu para competir com ele? Um sujo baghatur das estepes. Um rapaz ignorante que não conhece a força dos seus maduros inimigos. Recua enquanto ainda é tempo. Guarda silêncio. E talvez Toghrul Khan te esqueça.

Temujin ouviu essas palavras com fúria incrédula.

– Uma vez tu me disseste, meu tio, que eu estava fadado a um destino grandioso.

Kurelen deu de ombros.

– Isso foi porque eu queria ter bastante que comer, e a lisonja era a espora com que eu costumava consegui-lo. – Ele acrescentou: – Mas que podes fazer? Toghrul Khan te excede em número de homens na proporção de vinte para um. Tu já conseguiste muito. Não sacrifiques tudo com um gesto louco. Olha para ti mesmo! Olha sem ilusões. E saberás que te dei um bom conselho.

Houlun também ficou aterrorizada.

– Tu queres atacar Toghrul Khan? Meu filho, és um louco idiota. Ele nos esmagará e aniquilará antes que caiam as primeiras neves!

Ela acrescentou com desalento, amargurada:

– Tu és uma raposa que quer competir com um tigre. Concordo que ele te tratou abominavelmente, e assassinou teus pacíficos mensageiros. Concordo que tudo se passou assim, na superfície. Mas eu vejo fatos mais profundos. Vejo que tua crescente arrogância enfureceu teu pai adotivo. Tua ostentação e desumanidade suscitou nele graves dúvidas quanto à permanência da paz no Gobi. Só tenho um conselho a dar-te: escreve-lhe imediatamente. Reconheça tua loucura. Pede-lhe perdão, e promete-lhe tua constante obediência e fidelidade.

Temujin passeou o olhar longa e lentamente por toda a sua tremenda cidade de yurts e sorriu sombriamente. Olhou para os rebanhos e para o povo numeroso e disse:

– Eu fiz tudo isso. Impus a ordem onde bandidos e ladrões imperavam antes. Impus a paz entre os clãs em guerra, e acabei com as hostilidades. Introduzi uma disciplina férrea, e dei força a centenas de tribos impotentes. Garanti proteção para as caravanas, e aumentei minha própria riqueza e força. Tudo isto eu mesmo fiz. E agora Toghrul Khan está invejoso e inquieto. – Sua voz subitamente tornou-se mais agressiva. – Porque ele sabe que eu sou seu inimigo! Que entre nós deve sobreviver um conflito pelo controle do Gobi! Eu sempre soube disso. Só mantive a paz até tornar-me forte bastante para atacar. Agora eu estou forte. Agora precisamos lutar pelo domínio do Gobi. E eu te afirmo que não serei eu o derrotado. O destino e os espíritos estão comigo. Isso já foi dito antes. Agora eu sei que é verdade.

O velho Kokchu estava acabrunhado de medo. Mas quando Temujin foi à sua procura, e ele lhe viu o rosto, dissimulou o que pensava. Sabia o que Temujin desejava que ele dissesse, e, como era um sacerdote sensato, ele o disse:

– Senhor, durante muitas noites tenho recebido augúrios. Ontem à noite, uma nova estrela apareceu nos céus. Brilhava e crescia. Fulgurava. Era da cor de um incêndio e os céus negros em volta tremiam como que com a sombra do fogo. E todas as outras estrelas empalideceram e apagaram-se diante dela. E eu compreendi que essa estrela trazia o nome de Temujin, o poderoso guerreiro.

Temujin ouviu tudo isso com um meio sorriso, irritado. Quando o sacerdote acabou de falar, ele disse:

– Faz com que isso seja ouvido pelo povo. Guarda tuas profecias para ele.

No entanto, ele tinha ficado estranhamente animado, embora risse consigo mesmo. Nessa noite também ele lançou um olhar furtivo para os céus. E, para assombro seu, viu o resplandecer vermelho da nova estrela. Talvez seja verdade, pensou. Mas, antes de permitir que Kokchu falasse dela, esperou muitas noites, para ver se a estrela permanecia fixa no seu lugar, e para ter certeza de que não era um simples meteoro que desmentisse os augúrios, e assim desanimasse o povo. A estrela permaneceu no mesmo lugar, e o povo encheu-se de supersticiosa alegria e terror.

Bortei não ficou inquieta. Ficou exultante. Gritou para Temujin:

– Eu não te disse sempre, meu senhor, que tu és o mais poderoso guerreiro de todos os tempos, e que nenhum homem poderá enfrentar-te?

Chepe Noyon, que não acreditava em augúrios, e intimamente achava que essa guerra que se aproximava significaria o fim de tudo, simplesmente encolheu os ombros e aceitou tudo com a indiferença do verdadeiro fatalista. Mas disse a Temujin:

– Só é dado a ti ver o fim. E conduzir-nos.

Subodai declarou simplesmente:

– Nós vivemos apenas para obedecer-te, senhor. Aonde fores, nós também iremos. E lutaremos ao teu lado, como guerreiros dignos do teu estandarte. Nós somos as tuas Torrentes Avassaladoras, teus paladinos. Não temos outra vontade além da tua.

Kasar simplesmente olhou para o irmão com o coração nos olhos simples, e pousou a mão sobre a espada. Belgutei, seu meio-irmão, ficou desanimado. E então pensou que, quando Toghrul Khan aniquilasse Temujin, talvez o velho Khan pudesse fazê-lo senhor vassalo do remanescente dos mongóis. Ficou muito animado com essa lógica. Portanto, passou a olhar o iminente conflito com entusiasmo.

E Temujin ficou satisfeito. Evitou diligentemente Kurelen e Houlun, aos quais ele chamava de velhos corvos grasnando desastre. Enviou mensageiros a galope para convocar os vários tarcãs das tribos, para lhes dar instruções e para mobilizarem seus guerreiros. Depois de mandar o mensageiro a Jamuga Sechen, seu coração ficou estranhamente consolado.

Amanhã, pensou ele, eu verei Jamuga!

Então, pela primeira vez, compreendeu plenamente como tinha estado só, e como sua língua se havia enferrujado. Agora seus pensamentos e palavras arqueavam-se por trás do dique do silêncio, esperando pela libertação. Ele esperava por Jamuga como um noivo espera pela sua noiva, cônscio do vazio e da solidão do passado.

Com o mensageiro a Jamuga, ele enviara ricos presentes para Yesi e as crianças, e uma carta cheia de amizade e expectativa.

Quando Jamuga recebeu os presentes e a carta, rompeu a chorar.

16

O mais feroz entusiasmo espalhou-se pelos clãs da confederação ocidental do Gobi, e a mais febril atividade.

Os tarcãs e nokud mongóis compareceram, enrugados e de rostos escuros, com os corpos envoltos em longos casacos de lã com cinturões de couro pintado, com os gorros de peles e altos chapéus pontudos sombreando-lhes os olhos cintilantes. O ordu de Temujin ressoava com estranhos gritos roucos. As mulheres cozinhavam em seus caldeirões incessantemente. Mensageiros iam e vinham num burburinho geral de confusão e alvoroço. Os mais gordos espécimes dos rebanhos haviam sido mortos, e o odor da carne cozinhando e de especiarias enchia o ar poeirento.

Era uma reunião extremamente importante, uma das mais importantes da história do mundo. A cada hora um novo chefe chegava, aos berros, sobre seus cavalos, cercado pelos seus oficiais e generais, com as lanças cintilando ao sol. As crianças espreitavam ansiosamente dos yurts o fluxo incessante de recém-chegados. Os cães latiam ferozmente. Os camelos guinchavam no tumulto geral. Por toda a parte havia um constante ir e vir, liberando-se e enviando-se mensageiros. As mais belas jovens, seguras nas plataformas dos yurts de suas famílias, flertavam com os oficiais estrangeiros, que fingiam não vê-las. Mulheres berravam com os filhos, e agitavam-se para cá e para lá nos preparativos da gigantesca festa, carregando odres de vinho e taças, e lançando estrume às altas fogueiras.

Cada chefe, imediatamente depois da sua chegada, dirigia-se ao yurt de Temujin para lhe apresentar seus respeitos e renovar-lhe o juramento de fidelidade. Temujin estava sentado sobre a sua real pele de cavalo branco, com o seu estandarte esvoaçando acima da cabeça. Cada chefe se ajoelhava diante dele, ou junto dele, e permanecia ali, esperando a chegada dos outros.

À medida que cada chefe entrava, Temujin erguia o olhar com dissimulada ansiedade, e, quando via o rosto do recém-chegado, uma débil sombra de desapontamento passava-lhe sobre os olhos. Ele estava sentado assim desde o amanhecer. Perto do crepúsculo, Jamuga não havia ainda aparecido.

Temujin olhava os rostos sombrios e bronzeados em torno de si. Via os olhos ferozes, como os de um falcão, fixos nele. Alguns desses olhos eram cinzentos, pois seus donos eram membros da sua própria gente, os bourchikoun. Alguns dos cãs ainda não haviam sido conquistados para o exército de Temujin, mas haviam atendido à sua convocação, jurando-lhe aliança, e declarando sua inimizade por Toghrul Khan, o turco karait.

As vozes ásperas desses homens enchiam todo o espaço quente e abafado do imenso yurt. O cheiro dos seus corpos era acre e penetrante. Os raios de sol que ainda lutavam contra a obscuridade através das abas tornavam-lhes luminosos os selvagens olhos bárbaros, e faziam-lhes a pele tremeluzir com um reflexo metálico. Bebiam vinho com Temujin e relanceavam olhares em torno de si com indômita ferocidade. Muitos mais vieram, até que o yurt ficou apinhado até as paredes, e a atmosfera ficou fétida.

Anoitecia. Agora iam chegando os últimos, um a um. O clamor do acampamento fazia a atmosfera fria vibrar. E a cada momento uma sombra escurecia a abertura de entrada do yurt. Temujin parava no meio de uma frase e erguia o olhar com grande impaciência.

Mas Jamuga não apareceu.

Agora o ar parecia estar vermelho de brasas com as fogueiras, e um servo acendeu as lâmpadas do yurt. As lâmpadas aumentaram o calor. Os cheiros ficaram mais fortes. Temujin ofegava. Seu rosto brilhava de suor, e os que estavam em torno dele viam como seus olhos verdes brilhavam na quente obscuridade, como os olhos de um tigre. E viam como ele estava pálido.

Ficaram impacientes. Temujin havia falado apenas informalmente, de assuntos irrelevantes, embora muitas horas se tivessem passado. Trocavam olhares furtivos e impacientes. Por que ele não falava do mais importante para eles? E bebiam para disfarçar sua impaciência bárbara, esperando não sabiam por quê. Ficaram com fome. E farejavam alto os saborosos odores da comida em preparo que penetrava no yurt. Mas não ousavam levantar-se e pedir permissão antes da própria permissão dele.

Finalmente, uma sombra assomou à entrada, e Temujin relanceou um olhar de ardente expectativa. Mas era apenas um assustado mensageiro com uma carta de Jamuga Sechen. Temujin tomou-a.

Todos viram como suas mãos tremiam. Olhou em torno de si ferozmente, e seus lábios entreabriram-se. Então levantou-se e ordenou a todos que permanecessem onde estavam, e saiu do yurt rapidamente.

Caminhou a passos largos no crepúsculo frio e nevoento, iluminado pela luz oscilante do fogo. Passou sem nada ver através da multidão. Dirigiu-se ao yurt de Kurelen. Encontrou o velho coxo cochilando em sua cama. A velha Chassa estava sentada junto dele, abanando-o absorta, com toda a alma visível no rosto enrugado.

– Acorda! – gritou Temujin numa voz estranha e sufocada. Jogou a carta para o tio. – Lê isto para mim imediatamente!

Kurelen, pestanejando e gemendo, sentou-se. Olhou para Temujin e fez menção de falar. Mas, quando viu o rosto do sobrinho, não conseguiu dizer nada. Pegou a carta e viu que era de Jamuga. Sentiu de repente seu coração confranger-se.

Começou a ler vagarosamente:

Saudações ao meu anda, desejando-lhe toda a saúde e felicidade que um coração sincero pode oferecer.

Kurelen fez uma pausa.
– Lê! – bradou Temujin.
Nunca Kurelen vira tal expressão e olhar. Pela primeira vez em sua vida, intimidou-se diante do homem mais jovem.

Tenho comigo a convocação do meu anda, e li-a com desespero e pesar, e escrevi esta carta, sabendo que cólera iria provocar, mas sem ousar escrever nada além disto.

Pois não poderia escrever nada além disto, e implorar perdão, caridade e compreensão.

Tu me convocaste para a reunião dos cãs, para expor diante de mim os planos para a sangrenta guerra de conquista, que já há muito decretaste. Mas eu não posso ir. Não irei. E nem te posso prometer a ajuda do meu povo, nem a minha própria. Fazê-lo seria violar tudo aquilo em que acredito e por que tenho apreço.

Em vez disso, com súplicas e dor, só te posso implorar que reconsideres antes que precipites os povos do Gobi na morte e na ruína. Peço-te para refletires que não podes derrotar Toghrul Khan, e o único fim possível será a penúria, tormentos e fuga. Meu amor por ti implora-te que te detenhas antes que seja demasiado tarde. Se morreres, já não mais poderá haver qualquer alegria no mundo para mim.

Não posso acreditar que esta seja uma guerra justa. Tu falas de conquista desde a tua mais tenra juventude. Eu sei que esta guerra preparada não é senão a expressão da tua ambição de poder. Com toda certeza não podes acreditar que tenhas qualquer justificativa para destruir milhares de homens, destroçando-lhes as vidas, pela tua própria vaidade e loucura. Com toda certeza não deves acreditar que a vitória vale mais que a paz, e a tranquilidade menos que o conflito.

Por tudo isto, não posso ir. E de novo imploro-te o perdão, e imploro-te que te lembres que não foi a traição que motivou minhas palavras, mas apenas o amor e o pesar. Ao meu anda, eu, como sempre, juro fidelidade até a morte. Mas para Temujin, o assassino e fazedor de guerras, eu aponto minha espada.

Kurelen enrolou lentamente a carta. Seu coração pulsava com uma dor mortal. Mal se atrevia a olhar para Temujin.

Mas Temujin ficou diante dele num terrível silêncio. Não parecia respirar. Não moveu nem um dedo. Seus lábios pareciam de pedra. Somente seus olhos, pavorosos e fulgurantes, estavam vivos.

Kurelen umedeceu os velhos lábios trêmulos.

– Temujin – balbuciou – esta não é a carta de um traidor. É a mensagem do homem que sempre te amou mais que a própria vida, mais que tudo o mais.

Uma expressão indefinível apareceu no rosto de Temujin. Então, sem uma palavra, girou sobre os calcanhares e saiu do yurt.

17

Mas nada poderia ser mais calmo do que o comportamento de Temujin quando tornou a entrar no seu grande yurt e retomou seu lugar sobre a pele de cavalo branco. Ele estava furioso, sua expressão era de rigor, mas nenhuma emoção transparecia nos seus gestos ou na sua voz.

Começou a falar serenamente, mas num tom vibrante que encheu todo o yurt, e atraiu a atenção de cada homem:

– Eu já vos disse muitas vezes que a terra entre os três rios precisa ter um senhor. Vós vivestes em anarquia, em desordem, sem objetivo, em inquietas idas e vindas. Por conseguinte, não tínheis nenhuma segurança, nenhuma riqueza, pastos permanentes, até que eu vos fui ao encontro e vos dei uma visão de união e força. Nós temos vivido em harmonia, nós, os cãs, como irmãos governando reinos separados, consultando-nos uns aos outros. Nós somos uma confederação de muitas tribos e pequenas nações.

Olhou-os a todos por um momento em silêncio. Eles inclinavam-se para a frente para ouvir com mais atenção, e a luz das lâmpadas emprestava-lhes uma aparência de estátuas de bronze.

– Vós sabeis o bem que temos vivido desde que seguistes minha visão. Sabeis como temos sido fortes. Pela primeira vez em muitas eras, o povo nômade, que me seguiu, não conheceu nem fome, nem desordem, nem violência. Conhecemos a ordem e a disciplina, limitando a autoridade a nós mesmos, e debelando as disputas individuais e insolentes daqueles sob o nosso comando.

"O mundo nos admirou – disse. – Mas, como todos os que são admirados, nós inspiramos também ódio, inveja e medo. Existem alguns, agora, poderosos e fortes, que desejam destruir-nos."

Os cãs trocaram entre si olhares sombrios e significativos. Alguns deles sabiam por que haviam sido convocados, e seus rostos tornaram-se taciturnos e inquietos. Ninguém falava, e todavia um profundo murmúrio, gutural e feroz, parecia flutuar através do yurt.

Então tornaram a olhar atentamente para Temujin, vendo como seus olhos cintilavam de ferocidade e entusiasmo.

– Eu fui traído, e, por causa dessa traição a mim, todos vós, todo o nosso povo, está ameaçado de morte.

Fez uma pausa.

– Meu pai adotivo, Toghrul Khan, comicamente chamado de Wang Khan, graças à sua abjeta e rastejante submissão ao povo do Império Dourado, repudiou seu voto de amizade a meu pai e seu juramento de paternidade a mim. Ele disse que nós nos tornamos fortes e formidáveis. Viu que já não somos escravos do capricho de elementos e homens mais fortes. E, assim, formulou a ideia de que somos uma ameaça para ele, seus lucros e suas ambições. Quer reduzir-nos de novo a hordas esfomeadas, dependentes da sua liberdade, e, compelidas pela fome e fraqueza, a servi-lo quando quer que ele nos convoque.

A maioria dos cãs enrubesceu de raiva. Suas faces refletiram o mesmo entusiasmo feroz de Temujin. Mas uns poucos pareceram perturbados e mais inquietos. Abaixaram os olhos. Mexiam em suas vestes ou em seus anéis. Os primeiros soltaram exclamações roucas. Os últimos guardaram silêncio.

– Nós não vamos tolerar essa ignomínia, essa escravidão, essa ameaça! – gritou um dos cãs, que adorava Temujin.

Seus companheiros resmungavam zangados em aprovação. Mas os outros ficaram em silêncio, e lançavam-se olhares furtivos. Entre estes estava o próprio povo de Temujin, os bourchikoun de olhos pardos, que, como todos os parentes, estavam invejosos e desconfiados dos proveitos e poderes conseguidos por aqueles de seu sangue. Muitos deles tinham sido energicamente subjugados por Temujin, e compelidos a se unirem à confederação por intermédio de ameaças. Se ele fosse um estrangeiro, teriam sentido pouca animosidade. Mas, como era parente, ressentiam-se intimamente ou odiavam-no, sentindo-se humilhados e desonrados.

O olhar fulgurante de Temujin, passando de rosto em rosto, viu o ressentimento e o desgosto neles. Ele escolheu um vigoroso homem dentre os dissidentes, e fitou-o com um olhar arrogante.

– Borchu! Teu pai era primo de meu pai! Tu és meu parente. Que tens a dizer?

Borchu, um homem de meia-idade, esbelto, de cabelo negro, destemido, ergueu os olhos para o rosto de Temujin e respondeu calmamente, com um ar de razão.

– Que ganhamos nós com a resistência ou o ataque? Toghrul Khan é o mais poderoso dos karaits. Possui exércitos muito maiores do que todos os nossos juntos. Tu disseste, Temujin, que Toghrul Khan está furioso conosco. Tu sabes muito bem que só um milagre nos permitirá conseguir sucesso contra ele. E eu – acrescentou ironicamente, com um longo e gaiato olhar para os companheiros – não acredito em milagres.

Houve um silêncio cortante. O descontentamento dos bourchikoun fazia deles um campo à parte e hostil, olhado pelos outros com raiva e mortificação.

– Isso é covardia! – bradou um dos cãs finalmente.

Borchu dirigiu o olhar penetrante e lento para o que falara.

– Covardia? – perguntou mansamente.

Fez um movimento como que para erguer-se com a mão no sabre.

– Quem disse covardia?

O Khan era um rapaz cheio de ímpeto e cólera.

– Eu! – gritou, com as faces ardentemente vermelhas de lealdade a Temujin. – E traição! Quem quer que discorde do nosso senhor é um traidor!

O yurt encheu-se subitamente do mais acre odor do suor de alvoroço. Houve movimentação e murmúrios. As narinas se dilataram, como que farejando sangue. Todos se alvoroçaram com sede de batalha. Por alguns minutos, a violência pareceu prestes a explodir abertamente no yurt.

Então Temujin riu, alto e vibrantemente, e o som da gargalhada foi como água fria batendo contra cada rosto congestionado e feroz.

– Que tolos sois, discutindo entre vós mesmos nesta hora de terrível perigo! Eu vos convoquei para discutirmos e planejarmos, não para disputas mesquinhas sob os meus próprios olhos. Eu falarei! Eu lançarei acusações de traição ou covardia!

Ele mantinha-os presos ao seu olhar, tão hipnótico e inexorável.

– Mas, a meu ver, não há nenhum covarde aqui, nem nenhum traidor. A não ser que ele mesmo se revele.

E esperou. Os bourchikoun ainda estavam furiosos e ressentidos, mas diante daquele olhar subjugante, aquele olhar implacável, caíram em silêncio e desviaram os olhos. Odiavam Temujin mais do que nunca, mas por alguma misteriosa razão não ousaram queixar-se ou devolver-lhe o olhar.

Todos se acalmaram, e suspiraram audivelmente. Mas a discordância entre os dois grupos permaneceu.

Temujin prosseguiu:

– Borchu, fala francamente. Desejo ouvir tua opinião.

Borchu hesitou. Então, depois de receber os olhares de apoio de seus parentes, retomou coragem. Falou audaciosa e tranquilamente:

– A minha sincera opinião é que não ganharemos nada com um conflito aberto com Toghrul Khan. Tudo o que ganhamos sob a tua liderança extremamente sábia – e de novo seu rosto e voz ficaram irônicos e zombeteiros – se perderá. Quem somos nós para desafiarmos Toghrul Khan? Somos inferiores em número. Não temos bases de batalha, além de nossas próprias tribos. E Toghrul Khan não só tem o peso dos seus tremendos exércitos mercenários, como o apoio das cidades turcas atrás de si. E talvez mesmo os terríveis impérios de Catai. – Continuou depois de uma pausa. – Nós somos um punhado de homens desafiando o mundo inteiro – acrescentou sombriamente. – Uma nuvem de mosquitos zumbindo desafio para um bando de gaviões.

De novo, o grupo de Temujin resmungou alto e colericamente, tateando os sabres. Mas Temujin ergueu a mão ordenando silêncio. Olhou apenas para Borchu, e disse, numa voz carregada de irônica deferência:

– E que farias tu diante da ameaça dele contra nós?

Borchu deu de ombros, e uma vez mais olhou para os seus parentes em busca de apoio.

– Eu sugiro que nos submetamos imediatamente ao domínio de Toghrul Cã, que renovemos nossos votos de fidelidade a ele como nosso Kha-Khan, e lhe prometamos total obediência, assegurando-lhe que não somos ameaça para ele, mas apenas seus servos.

Agora o grupo de Temujin enraiveceu-se furiosamente, e muitos deles fizeram um movimento para a frente. Mas de novo Temujin os subjugou com um gesto e um olhar.

Borchu continuou, ganhando força com a convicção da sua própria sabedoria:

– Um homem sensato compreenderá facilmente que este é o melhor caminho. A guerra nos destruirá. Na paz, podemos ganhar força. Nós temos o que desejamos, e agora perderíamos tudo por um único gesto estúpido e imprudente. Um juramento de fidelidade não custa nada. Uma espada nua é o sinal para a nossa completa destruição.

Houve um súbito e pesado silêncio em seguida. Temujin permaneceu sentado tranquilamente em sua pele de cavalo, parecendo refletir. Seu rosto estava calmo, sua atitude, serena. Parecia estar pesando cada uma das palavras de Borchu, e seu grupo, sem fôlego, olhava fixo para ele e esperava o seu veredicto.

Finalmente voltou-se para aqueles leais a ele, e disse:

– Qual é a vossa opinião?

Eles irromperam num coro furioso:

– Nós queremos batalha! E nós te entregamos, nosso senhor, o bastão da liderança para nos conduzires aonde quiseres!

– Sim! Sim! – gritaram seus companheiros.

E o mais feroz entusiasmo preponderou. Cada um punha-se de pé, brandindo exultantemente o sabre. Soltavam risadas curtas e excitadas. Cercaram Temujin, e ajoelharam-se diante dele, tocando-lhe os pés com a cabeça. Pareciam possuídos. Abraçavam-se impetuosamente em rude companheirismo. Seus olhos fulguravam.

Mas o grupo de Borchu ficou num silêncio inquieto e taciturno.

Temujin, sorridente, aceitou os votos e o ímpeto dos seus seguidores. Então ergueu-se e encarou-os a todos, levantando a mão numa ordem de silêncio. Começou a falar numa voz baixa e penetrante, fixando cada homem individualmente com seu olhar cintilante:

– Foi profetizado em meu nascimento que eu seria imperador de todos os povos das estepes e dos desertos. Foi dito pelos sacerdotes que o Eterno Céu Azul tinha-me dado o destino daqueles que vivem nos yurts de feltro. Foi decretado que eu os chefiaria vitoriosamente, e os estabeleceria como senhores por toda a Ásia setentrional; que impérios de homens, onde quer que habitassem, sujeitar-se-iam a mim e ao meu povo.

Que eu seria o mais poderoso de todos os senhores de todas as gerações, o Guerreiro Perfeito, o Poderoso Matador de Homens.

Ele fez uma pausa. Seus parentes trocaram olhares furtivos de sombria zombaria pela sua basófia. Mas estavam inquietos. Havia uma tal atmosfera de fatalismo e poder em torno desse jovem mongol, alto e esbelto, que estava diante deles, cujo corpo parecia uma chama, vibrando e agitando-se, apesar de toda a sua impassibilidade.

– Eu acredito nisso! – gritou Temujin. – Acredito que ninguém pode opor-se a mim! Minha vida é uma justificação das profecias! Eu era um mendigo errante, abandonado, e agora sou o senhor de todos os que habitam entre os três rios! Quem se atreve a desafiar as profecias? Quem se atreve a zombar do Céu? – gritou.

E, agora, eu vos juro que, embora tenhamos sido desafiados, embora queiram destruir-nos, eu manterei para vós os lugares dos nossos antepassados, os costumes dos nossos povos, as terras de nossos pais, e acrescentarei a estas os impérios do mundo!

Sua exaltação flamejante contagiou seus seguidores. Eles gemiam, riam, choravam. Agarravam-se uns aos outros, abraçando-se uns aos outros pelos ombros. Olhavam para Temujin com olhos exultantes e berravam seu desafio àqueles que queriam enfrentá-lo.

E os Bourchikoun, reticentes e temerosos, estavam magnetizados e trêmulos. Enxugavam os lábios silenciosos. Respiravam audivelmente.

Temujin ergueu o braço. Cada um estava hipnotizado por aquele rosto terrível e luminoso, cujos olhos ardiam como carvões em brasa.

– Vós sereis meus senhores, meus paladinos, meus estandartes, minhas torrentes! Aonde quer que marchemos, aí subjugaremos tudo! Onde quer que pisem nossos pés, aí os historiadores e os poetas cantarão nas idades futuras as nossas conquistas! Nós não perderemos! Nós venceremos! O mundo é nosso!

Os bourchikoun, que eram sensatos e inteligentes, ficaram incrédulos e desorientados. Sua razão assegurava-lhes que estavam ouvindo os gritos de um tolo insano. Sentiam o seu mundo estável ser apanhado num redemoinho de irrealidade e loucura assassina, no qual todos os valores se modificavam por uma espécie de horror e imbecilidade sobrenaturais.

E, todavia, seus corações estremeceram. Sua razão foi forçada ao silêncio pela expressão e pela atitude desse aventureiro, febril gritador de palavras loucas. A despeito de si mesmos, suas almas foram capturadas pela furiosa e violenta dança de dervixes das visões de Temujin. E se ele estivesse falando a verdade? Perguntavam-se espantados. E se ele tivesse certeza de tudo aquilo? E se o mundo estiver realmente sobre sua cabeça, e ele puder realizar esse inacreditável milagre, essa trama irracional? E se a loucura for mais válida que a razão, e os fatos menos que profecias?

Olhavam para ele, perturbados e trêmulos de alma. Mordiam os lábios. Ofegavam audivelmente. O suor cobria-lhes o rosto. E Temujin, vendo tudo isso, com um sorriso irônico e zombeteiro, esperou.

Então, muito lentamente, como que hipnotizado, Borchu ergueu-se, sem desviar o olhar fixo e feroz do de Temujin. Ficou de pé diante do jovem mongol, cambaleando ligeiramente. E então, enquanto um grito alto rompia de todos os outros, ele ajoelhou-se diante de Temujin, e, como um homem movendo-se num sonho irracional, mas magnetizante, tocou os pés de Temujin com a testa. E permaneceu ajoelhado, como que adormecido, ou morto.

Os outros ficaram em silêncio, imóveis, com a mão erguida ou a boca aberta, assombrados com o que havia de medonho no que viam. E os bourchikoun olhavam fixamente para seu chefe, como se estivessem vendo algo de milagroso e incrível, tomados por uma espécie de horror incrédulo. Mas o feitiço já os tinha pegado também; o louco encantamento. Um a um levantaram-se, e um a um, em absoluto silêncio, ajoelharam-se diante de Temujin e tocaram-lhe os pés com a testa.

Então a mais desenfreada exaltação tomou conta de todos. O yurt tremeu com a fúria dos berros e gritos, sob o estrondo de pés batendo no chão. As lâmpadas pulavam em suas mesas. As paredes de feltro vibravam. Cada um queria tocar Temujin, partilhar da sua força mística, ser contagiado com a sua indômita coragem e poder. E ele ficou ali entre eles, submetendo-se aos seus toques, seus abraços, seus votos, aos berros de obediência e fidelidade.

Ele aceitou o bastão da liderança. Esperara, em meio ao violento entusiasmo, ser aclamado seu Kha-Khan, o Imperador de Todos os

Homens. Mas os senhores dos desertos continuavam ciosos da sua autoridade individual e independência. Entretanto, ele ficou contente. Todo o resto viria depois, quando ele fosse vitorioso. Contentou-se agora em ser apenas seu líder. Conhecia o feroz orgulho de cada pequeno Khan, e foi sensato o bastante para saber que aquela não era a hora de violá-lo.

Quando alguma sanidade e ordem foi restaurada, ele sentou-se entre todos e expôs seus planos.

– Apenas um caminho está aberto para nós. Precisamos lançar mão de batalhas-relâmpago, de surpresa, com rápida mobilidade. Precisamos atacar inesperadamente e com toda a nossa força, para assim desorientarmos nossos inimigos. Audácia e ímpeto são nossos aliados. Precisamos arriscar tudo em poucos ataques desintegrantes, arremessando-nos com todo o nosso poder.

"Precisamos atacar o inimigo em suas próprias províncias – prosseguiu. – Ali não teremos nada a perder e eles lutarão cautelosamente, pois estarão entre os seus próprios tesouros, e temerão a implacabilidade que significará a destruição destes. Homens lutando em suas possessões já são homens meio derrotados. Nós não temos nada a perder, e poderemos lutar com cada átomo do nosso corpo.

"Quando eles virem seus tesouros destruídos, ficarão feridos no fundo dos seus corações e seus braços enfraquecerão. Cidades caem mais rápido que campos de batalha. Precisamos contar com a desorientação. Além do mais, nossos inimigos já estão gordos e decadentes. Nós estamos endurecidos pela nossa vida difícil, e pela luta. Mas eles preferirão que se poupem suas possessões a obter uma vitória que os arruíne. E de novo vos digo que não temos nada a perder, e tudo a ganhar. E sendo apenas um corpo e uma alma, e tendo apenas uma resolução: vencer, seremos vitoriosos."

E então expôs-lhes com detalhes meticulosos todos os incríveis planos que tinha anteriormente esboçado a sós. Eles ouviram-no, tomados de assombro e admiração, com o entusiasmo renovado. Sentiam-se já como vencedores. Já mal se podiam conter. Mas Temujin era frio como gelo e inexorável como a morte. Não sentia nenhum entusiasmo. Estava demasiadamente seguro de si mesmo.

Naquele yurt, naquela tenda sobre o deserto vazio e ilimitado, o destino de um mundo inteiro foi decidido, e a história, de pé, esperando, ergueu sua pena e começou a escrever. Ela maravilhou-se com o fato de esses bárbaros poderem decidir assim o destino de milhões de homens, e então lembrou-se de que afinal não passava da mesma velha história, a mesma velha história sanguinolenta.

Foi muito mais tarde, quando a lua estava começando a declinar sobre os homens exaustos, mas ainda febris, que Temujin falou de Jamuga. E seus cãs ouviram, aterrorizados, a história da traição a seu senhor pelo seu próprio anda, seu próprio irmão de juramento. Observaram-lhe o rosto, tão pálido e controlado, e ouviram-lhe as palavras calmas e imperturbáveis.

– Se existe um general traidor num exército, um oficial traidor, esse exército já está também em perigo. Jamuga Sechen não traiu somente a mim, ele traiu a vós, a todo o nosso povo. Ele é nosso perigo, nossa parte vulnerável, nosso inimigo. E por isso deve morrer. Nossa primeira campanha deve ser um ataque a ele: será uma rápida vitória, porque ele não terá ninguém para ajudá-lo. De novo, a surpresa e a rapidez deverão ser nosso guia. Quando ele for destruído, poderemos então prosseguir.

Houve muitos dentre eles que, lembrando-se das histórias do amor entre os dois homens, e a devoção apaixonada, ouviam e observavam curiosamente.

Mas se por acaso esperavam ver algum sinal de dor ou mágoa no rosto de Temujin, estavam enganados. Pois não viram nele nenhuma emoção, nenhuma aflição. Ele falou de Jamuga como falaria de um cão que o tivesse atacado.

E então compreenderam que nada mais existia no seu plano de campanha contra Jamuga do que a mera destruição de um traidor.

Havia alguma vingança sombria e dolorosa a ser realizada, alguma violação a ser lavada em sangue; nisso não haveria nenhuma alegria para Temujin, mas apenas angústia.

18

A malícia triunfante de Bortei foi sem limites quando ela soube da traição de Jamuga Sechen.

– Meu senhor! – gritou ela para Temujin, rindo tanto que suas duas fileiras de dentes brancos cintilavam como os de uma loba. – Eu não te dissera? Mas não quiseste ouvir-me. Tu achaste que eu tinha algum antagonismo secreto contra teu amado anda. Eu era uma tola, tu disseste! Mas veja, não fui eu a tola!

O ódio por Jamuga fulgurava-lhe nos olhos. A perspectiva de vingar-se desse homem enlouquecia-a, como a vista do sangue enlouquece uma fera. Ela mal podia conter sua satisfação.

– Tu o trarás para cá, para sofrer seu castigo? – implorou ela ansiosamente.

E imaginou Jamuga sendo cozinhado em óleo quente, sendo esquartejado por cavalos em arremetida, e seu rosto flamejou e contraiu-se, e suas narinas dilataram-se.

Temujin olhou para ela, mas não disse nada. Ela não identificou nenhuma resposta para as suas palavras na expressão secreta e inescrutável dele. Mas algo no seu olhar fê-la sentir momentaneamente uma vertigem de medo.

Foi então que Kurelen e Houlun entraram no yurt de Temujin. Este examinava atentamente seus apetrechos de guerra. Kurelen notou que ele parecia absorto. Tinha ouvido as últimas palavras de Bortei, e a atitude de Temujin fez o coração do velho coxo confranger-se com nova esperança. Sua irmã ouvira também. A velha e magnífica mulher lançou um olhar desdenhoso e enojado para a esposa do seu filho e disse:

– Temujin, manda esta mulher embora. Queremos conversar contigo.

Bortei ficou furiosa. Ela voltou-se para Houlun e Kurelen, desmonstrando todo o seu ódio e todos os anos de ressentimentos sufocados.

– Se Jamuga Sechen foi um traidor do nosso senhor, e for punido, então vós dois deveis ser punidos também! Pois sempre dissestes que ele não era um traidor e estivestes sempre protegendo-o contra justa cólera.

Houlun olhou-a com fria dignidade e desdém.

– Eu ainda digo, ele não é um traidor. Deixa-nos, mulher. Eu te ordeno.

Mas Bortei olhou para Temujin, sorrindo triunfante.

Ele então fingiu só então ter notado a presença deles.

– Ah – fez ele pensativo, pousando a espada.

Até mesmo sorriu levemente, e Kurelen, com renovada esperança, viu como estavam tensas suas feições, a despeito da sua calma, e febrilmente brilhantes seus olhos. Voltou-se para a esposa e disse afavelmente:

– Deixa-nos, Bortei.

Ela ficou estupefata e furiosa. Apontou com o dedo o velho e a mulher.

– Mas eles são traidores, meu senhor! Eles vêm pedir em favor de um traidor!

Kurelen esboçou um sorriso, mas o olhar de Houlun para Bortei foi carregado de arrogante desdém. Mas ela não disse nada.

Temujin pousou a mão sobre o ombro da esposa e deu-lhe um rude empurrão.

– Deixa-nos, Bortei – repetiu.

Ela rompeu a chorar de raiva e frustração. Olhou suplicante para Temujin, mas algo no rosto dele fê-la sentir medo. Saiu do yurt, lançando para Houlun um olhar maligno, mas triunfante, quando passou por ela.

Esse olhar divertiu Houlun, e suas feições de pedra descontraíram-se num sorriso fugaz. Logo depois voltou de novo ao seu rosto a expressão de pedra, e ela olhou fixo para o filho como uma altaneira sacerdotisa prestes a proferir palavras de condenação.

– Tu vais assassinar teu anda? – perguntou ela bruscamente.

Temujin olhou-a pensativo, e sua boca fez um esgar hostil.

– Uma vez ele aprisionou-te por falares demais – disse ele.

E subitamente soltou uma risada curta e alta e voltou-lhe as costas.

– Tu vais assassiná-lo?

Temujin olhou-a indolentemente por cima do ombro.

– Subodai e alguns dos seus guerreiros vão agarrá-lo e trazê-lo para cá.

– Tu não vais? – perguntou Kurelen, surpreso.

– Não; se eu fosse, isso conferiria importância ao traidor. Ele será trazido aqui para julgamento, como um prisioneiro insignificante, mas venenoso.

Kurelen sentiu alívio. Vendo isso, Temujin sorriu malignamente:

– Ele nunca foi meu amigo. Violou o mais sagrado juramento que um homem pode fazer. No entanto, serei piedoso com ele. – Fez uma pausa e seu sorriso maligno intensificou-se. – Eu lhe darei duas opções: morrer por estrangulamento ou pelo fogo.

O velho e a velha empalideceram até ficarem lívidos de horror. Houlun desfez-se em lágrimas, não de fraqueza, mas por desespero e amargura.

– Não é menos do que eu esperava de ti – disse ela em voz baixa.

Mas Kurelen viu que censuras não demoveriam Temujin. Ele aproximou-se do seu sobrinho, e pousou a mão sobre o seu ombro rígido e esquivo. Disse delicadamente:

– Temujin, tu sabes em teu coração que Jamuga não é um traidor. Ele salvou-te a vida duas vezes. Vós dois dormistes sob o mesmo cobertor. Ele era teu único amigo. Se ele te criticava, por causa do ardor de suas entranhas, era porque ele era um homem virtuoso e estreito de visão. Ele não conhece a intransigência. Ele queria que tu correspondesses ao padrão sublime que designara para ti, sem mesquinhez, crueldade ou violência. Se ele errou em ter tal padrão, é o seu julgamento que está em falta, e não a sua lealdade.

Temujin ouviu-o. Seus olhos fixaram-se inescrutavelmente no rosto do tio. Começou a falar calmamente:

– Os tempos de hoje são ameaçadores, meu tio. Não te devo nenhuma explicação, mas eu te darei uma: por causa do perigo para todos nós, nenhum traidor, ou qualquer um que profira traições, deve sobreviver. De outro modo, nós nos enfraquecemos. O terror deve ferir o coração de cada traidor em potencial, para o bem da união e da força. – Ele fez uma pequena pausa, e então acrescentou, numa voz mais branda: – Não tenho nenhuma inimizade pessoal em relação a Jamuga. Apenas a necessidade me impele.

Kurelen ficou em silêncio. Examinou o rosto de Temujin durante longo tempo, e então disse, quase com compaixão:

– Tu estás profundamente ferido. É uma vingança pessoal que procuras, sentindo-te violado, e teu amor por Jamuga transformado numa brincadeira. Oh, meu sobrinho, tem piedade desse homem desafortunado! Trá-lo para cá. Prende-o por algum tempo por indiscrição. Se não o fizeres, se o matares, nunca mais terás paz, nem mesmo se conseguires o mundo.

Mas uma expressão cruel e inexorável fez os olhos de Temujin tomarem uma aparência de pedra polida azul-cinza. Ele sorriu quase com piedade para o tio.

– Eu já disse: não me atrevo a poupá-lo. A clemência só servirá para emprestar audácia aos traidores em potencial.

Houlun ouvira tudo isso respirando fortemente. Então já não conseguiu mais controlar-se. Gritou ferozmente:

– Tu és um hipócrita! O assassínio é uma alegria para ti! Tu mataste teu irmão, Bektor, e agora vais matar Jamuga! Tu não és um homem. Tu és uma fera repugnante!

Temujin ignorou-a. Disse ao tio tranquilamente:

– Tu vês? Eu preciso fazer isso.

Desesperado, Kurelen refletia. Então perguntou:

– E o povo de Jamuga?

– Eu dei ordens a Subodai para que ninguém fosse poupado entre os homens, jovens ou velhos. Qualquer criança que seja mais alta que uma roda de carro não deve tampouco ser poupada, e nenhuma velha. As mulheres jovens e as crianças pequenas serão trazidas para cá com Jamuga.

Kurelen olhou-o incrédulo. Uma horrível náusea apoderou-se de suas entranhas. Gaguejou:

– Mas esse não é o teu costume. Tu absorvias anteriormente os povos conquistados em teu clã...

Temujin balançou a cabeça.

– Não essa gente. São todos traidores. Além do mais, são moles. Não posso tê-los entre nós, espalhando descontentamento e estorvando nossos movimentos.

Uma escuridão momentânea passou pela visão de Kurelen. Através dela, ouviu os gritos selvagens de Houlun e amargas censuras e epítetos. Ele lutou para voltar a si, sentindo que devia ter desfalecido momentaneamente.

– Tu não podes fazer isso – sussurrou Kurelen.

Temujin deu de ombros. Apanhou seu sabre de novo, e correu o dedo delicadamente sobre o seu gume cintilante. Então, olhou para o tio brandamente:

– Por favor, deixai-me. Tenho muito que refletir, e muito que planejar. Estou cansado.

Então Kurelen, sabendo que tudo estava perdido, começou a falar numa voz controlada e meditativa:

– A culpa é também minha. Eu te impregnei, desde a tua infância, de um zombeteiro desprezo pela brandura, e ri alegremente da honra que era uma carga. Eu te disse que tudo se justificava em nome da conveniência, que os homens que ponderavam eram uns fracos, e a autoridade era a marca de um homem forte. Eu fui um idiota. Como eu era impotente, eu admirava a potência dos homens implacáveis. Como meu braço era fraco, eu mostrava desprezo pelos indefesos, e exaltava a brutalidade. O homem frágil e doentio, o reduzido eunuco, é sempre o expoente da crueldade e da implacabilidade. É ele que cria os tiranos e os assassinos. É o homem castrado que canta alto sobre o viril. É o homem sem coragem que põe uma espada na mão dos impiedosos.

Temujin escutava aquela voz lenta, quase monótona. Contraiu os lábios e sorriu, como que se achasse aquilo engraçado.

Kurelen ergueu os olhos fundos para o rosto de Temujin, e havia uma centelha neles, como fogo súbito.

– Eu procurei uma vingança do mundo que me havia negado força e virilidade. E consegui-a. E, por causa do meu sucesso, Jamuga Sechen deve morrer.

Ele tremia violentamente. Então, de repente, jogou-se sobre os joelhos e abraçou Temujin pelas pernas com os braços tortos.

– Temujin, eu nunca te pedi nada. Peço-te agora a vida de Jamuga!

Temujin baixou os olhos para ele. Estava assombrado. Viu a forma amontoada e contorcida do velho coxo aos seus pés. Viu o rosto escuro e deformado, com o seu longo nariz adunco e sobrancelhas como asas. Mas, mais que tudo, ele viu, com profundo pasmo, que havia lágrimas nos olhos dele. Houlun também olhava fixo para o irmão, e sentiu que o coração se lhe fundia em correntes de sangue, que corriam para fora do seu corpo.

Talvez Temujin houvesse ficado comovido. De qualquer maneira, sua voz era quase delicada quando disse:

– Kurelen, pede-me qualquer outra coisa, e a terás.

Kurelen apertou ainda mais os braços em torno dos joelhos do jovem.

– Não! – gritou. – Eu só quero isso! E não te largarei enquanto não o prometeres.

Temujin segurou-o. Ergueu-o à força até colocá-lo de pé. Seu rosto tinha um ar sombrio.

– Oh, idiota! – exclamou. E sacudiu o velho furiosamente. Vai-te daqui! Já perdi tempo ouvindo tuas idiotices. Vai-te daqui, para que eu não te faça nenhum mal.

E deu um empurrão em Kurelen. O velho coxo cambaleou. Estendeu os braços e agitou-os no ar para retomar seu equilíbrio. Seu rosto tomou uma grotesca expressão de concentração. Houlun tentou segurá-lo, para salvá-lo, mas o impulso dele o fez rodopiar, sapateando. Ele girou finalmente e caiu para trás bruscamente. Na queda, bateu com a parte de trás da cabeça na beira de uma arca de teca, e sua cabeça foi jogada para a frente violentamente sobre o peito. E ali ficou, naquela posição retorcida, imóvel, esparramado como um monte de roupas sem ossos, e com os olhos horrivelmente revirados para cima, fixos em Temujin.

Houlun, depois de longo e pavoroso silêncio, durante o qual ela e o filho olharam fixamente, magnetizados, para Kurelen, soltou vários gritos seguidos, altos e penetrantes. Jogou-se de joelhos ao lado do irmão e ergueu-lhe a cabeça. O sangue escorreu-lhe pelas mãos. Seus gritos cessaram abruptamente. Ela olhou para os olhos mortos e dilatados. Então seus gritos recomeçaram. Apertou a cabeça do irmão contra o peito e sua carne ficou molhada com o sangue dele. Segurou-lhe as mãos, apertou-as contra os lábios, e beijou-as com paixão desenfreada. Beijou-lhe o cabelo, as faces, os lábios frios e caídos. Seu longo cabelo cinza-negro caiu sobre ele, escondendo-lhe piedosamente o horror da expressão e dos olhos. Ela parecia ter ficado louca. Aninhou-o nos braços. Chorava, balançava-se sobre os calcanhares, proferindo palavras estranhas e dolorosas:

– Meu amado! Meu querido! A quem amei senão a ti? Quem tem sido parte da minha carne, parte da minha alma? Só tu, meu adorado, só tu! Fala comigo. Diz-me de novo que me amas, meu irmão, meu amor, meu bem-amado!

E Temujin ficou imóvel como uma estátua, assistindo a essa cena terrível, ouvindo as palavras de sua mãe enlouquecida, escutando-lhe os gritos. A voz cantante e apaixonada de Houlun enchia-lhe os ouvidos. Ela era uma mulher cujo amado tinha sido morto. Era uma mãe lamentando-se profundamente sobre o filho morto. Ela era toda dor e toda desespero, simbolizava todos os que já tinham amado, que já tinham perdido. Temujin fechou os olhos num espasmo. Aquela voz lamentosa, louca, repleta de amor, parecia penetrar-lhe no cérebro. Era mais do que ele podia suportar.

Saiu para o ar azul e frio do dia. Suas pernas pareciam ter-se tornado de água. Uma náusea flutuante tornava tudo obscuro diante de si. O coração pulsava-lhe apressadamente no peito.

Dirigiu-se para o yurt de Kokchu.

Falou rouca e vacilantemente:

– Meu tio, Kurelen, estava em meu yurt, teve um desfalecimento e caiu, esmagando o crânio. Vai ao encontro dele, e de minha mãe, que precisa de ti.

Kokchu, que estava deitado em sua cama, sendo abanado pela sua dançarina jovem favorita, ergueu-se lentamente. Olhou espantado para Temujin, e viu um rosto sombrio e abatido, e olhos selvagens. Viu como o Khan tremia, e que havia uma gota de sangue no seu lábio inferior mordido.

– Eu irei – disse ele numa voz melíflua de compaixão. Apanhou uma pequena caixa de prata de amuletos, mas seu olhar curioso continuava fixo em Temujin.

E então, de repente, o astuto sacerdote compreendeu tudo. Uma luz malévola fulgurou-lhe no rosto. Mas ele inclinou a cabeça numa afetação de pesar e humildade, e foi cumprir a ordem de Temujin.

Encontrou Houlun deitada, prostrada, inconsciente, sobre o corpo do irmão, e suja do seu sangue. Quando tentaram desprender-lhe os braços, pareciam de pedra. Levaram-na para seu yurt, e entregaram-na aos cuidados de suas mulheres.

Quando ela voltou a si à meia-noite, viram, com horror, que estava irremediavelmente louca. Delirava, gritava, ria incessantemente, lutando com as mulheres, que tentavam mantê-la na cama. Durante toda a noite, a cidade de tendas ressoou com seus gritos, e as mulheres estremeciam e apertavam os filhos contra si.

Ao amanhecer, esmagada de exaustão, ela acalmou-se e pareceu adormecer. Mas, quando as mulheres, aliviadas e prostradas de fadiga, foram cobri-la com suas peles, viram que estava morta.

19

Jamuga convocou todos os homens do seu clã, velhos e jovens. Olhou-os a todos com amor, pálido e pesaroso, e todos perceberam que ele estava muito perturbado. Retribuíram-lhe o olhar tentando tranquilizá-lo com suas expressões firmes.

Ele falou-lhes da ordem de Temujin e sua própria resposta. E então esperou, olhando fixamente com suplicante ansiedade. Inquietação, ansiedade, coragem, perplexidade e apreensão passaram-lhes sobre os rostos. Murmuraram entre si. E Jamuga esperava sempre, torcendo francamente as mãos.

Então um velho foi o porta-voz dos pensamentos dos outros:

– Senhor, tu fizeste a única coisa que podias ter feito, e teu povo rende-te homenagem e ama-te por isso.

Jamuga sorriu. Seus olhos encheram-se de lágrimas.

– Eu vos agradeço a todos – disse ele humildemente.

E confortou-se com seus sorrisos. Eles agruparam-se em torno dele, como uma parede humana, e tímida e desajeitadamente tocavam-no, para transferir-lhe um pouco da sua própria virtude.

Então ele falou de novo, e dessa vez com crescente e desesperada tristeza:

– Uma vez um velho me disse que era preciso mais do que uma simples náusea convulsiva na barriga para salvar o mundo. Eu não acreditei nele. Eu pensava que havia defesa suficiente num povo que desejasse a paz e amasse a paz. Eu pensava que se um povo fosse bom, e só trilhasse os caminhos da amizade e da tranquilidade e não buscasse disputas, nada de mau poderia ameaçá-lo, e ele não precisaria nem de armas, nem de treinamento na arte da guerra. Se ele olhasse seus vizinhos com benevolência, eu pensava, e tratasse esses vizinhos com justiça, honra e piedade, esses mesmos vizinhos nunca o atacariam, e sim o deixariam em paz. Um homem que não buscasse nem a guerra nem a conquista e que estivesse contente seria um homem que permaneceria sempre sem ameaça sobre si. Ele precisaria apenas cuidar da sua própria casa e dos seus rebanhos. Para afastar os olhares cobiçosos e para ser esquecido, precisaria apenas preocupar-se com seus próprios problemas.

Suspirou melancolicamente.

– Eu estava errado, meus irmãos. Vejo agora que a paz deve ser defendida tão resolutamente como qualquer outro tesouro. A resposta aos tiranos é um exército mais forte que o deles. Para se ficar protegido contra ataques, é necessário antes de tudo tornar-se demasiado forte para se ser atacado. Algumas vezes, para trazer a paz para a terra, os homens precisam lutar até a morte. Para estabelecer a justiça, a liberdade e a tranquilidade, os homens devem empunhar armas com esse fim, e abrir mão de suas vidas para a segurança dos filhos.

"Eu estava sonhando loucamente – continuou. – Eu não sabia disso. Se nós desejássemos a paz, isso seria suficiente: nós teríamos paz. Como acreditei nisto, eu vos expus a um grave perigo. Eu vos abandonei, sem defesa, ao inimigo. Eu destruí a paz, porque odiava a espada. Expus vossas esposas e filhos à perspectiva da morte e da escravidão. Eu sou o vosso real inimigo. Eu sou o culpado da traição a vós."

E ali ficou diante deles, e chorou.

– Eu vos despojei dos meios de defesa dos vossos lares e pastos. Eu enchi vossos corações de brandura, e vos privei dos conhecimentos da arte da guerra. Por isso, somos hoje um gordo verme, indefeso, esperando o bico do abutre.

O velho, que era o porta-voz, ajoelhou-se diante de Jamuga e ergueu suas mãos.

– Apesar de tudo, senhor, nós queremos lutar pela paz agora.

Jamuga pousou a mão no ombro do velho.

– Não – respondeu ele tristemente –, é tarde demais. Com que meios lutaremos? Com as nossas mãos nuas, acostumadas apenas ao arado?

Ireis expor vossos peitos, inutilmente, às espadas do inimigo vingador? Achais por acaso que toda a vossa coragem é suficiente para proteger-vos das hordas treinadas e sedentas de sangue do inimigo que se aproxima? Um homem pode ter a coragem de um tigre e a intrepidez de um falcão, mas estas de nada lhe valerão se não tiver armas.

Olhou-os a todos e gritou:

– Não vou sacrificar-vos! Não vos verei chacinados como gado indefeso! Não vos conduzirei a uma luta que só pode resultar na vossa morte e agonia! Não temos nenhuma defesa. A rendição é a nossa única escolha. É tarde demais para qualquer outra iniciativa. Hoje meus espias me disseram que Temujin está enviando uma vasta e assassina horda para destruir-nos. Se resistirmos, com nossas mãos nuas, seremos todos chacinados. Se nos rendermos, eles vos pouparão, pois o primeiro desejo de Temujin é sempre de absorver os conquistados, para tornar-se a si mesmo mais forte. Nada podemos fazer além de submeter-nos.

Ele ergueu a voz e gritou de angústia:

– A rendição é sempre a necessidade daqueles que não se podem defender. A escravidão é sempre a sorte do homem que não deu valor bastante à paz para preparar-se para lutar por ela!

Os homens ouviam-no, empalidecendo. Não conseguiam falar. Lançavam olhares temerosos para o horizonte, do qual irromperiam as hordas vingativas de Temujin.

Então, o velho falou ainda uma vez:

– E quanto a ti, senhor?

Jamuga sorriu tristemente.

– Eu irei hoje ao encontro do exército de Temujin. Render-me-ei antes que se aproximem daqui. Assim todos vós sereis salvos da morte, e nem um golpe inútil será perpetrado.

– E o que nos garante que eles te pouparão?

Com isso, os outros homens prorromperam num alto grito de acordo.

– Se a garantia não for dada, nós não nos renderemos! Lutaremos, mesmo com as mãos nuas!

Jamuga inquietou-se. Ele conhecia Temujin, e compreendera que não poderia contar com a piedade de um homem que nunca perdoava a oposição ou a rebelião. Mas, se seu povo soubesse disso, morreria por ele, e seria chacinado até o último homem. Então ele disse, esforçando-se para sorrir levemente:

– Eu sou o anda de Temujin. Ele tem grande respeito por juramentos. Ele poderá castigar-me, mas será tudo. Posso jurar-vos isto. – Fez uma pausa e acrescentou: – Se eu for ao encontro deles, talvez nem venham até aqui. Afinal de contas, fui eu que desafiei Temujin, e não vós. Voltarei com os oficiais, para receber meu castigo. Enquanto isso – e voltou-se para o velho – deixo-te em meu lugar. Se eu não voltar, e isso é improvável, administra minhas leis com justiça e piedade, e não faças nada que eu não faria. Com exceção disto: ensina aos rapazes a arte da guerra. Transformai vossas relhas em espadas. Preparai-vos para defender o que vos é caro.

Ele foi ao yurt de sua esposa. Ali, ajoelhou-se diante dela e beijou-lhe as mãos:

– Perdoa-me, minha amada – disse – por não ser capaz de defender-te.

Ela ajoelhou-se ao lado dele e beijou-lhe a testa e os lábios.

Ele não se atreveu a falar-lhe do inimigo que se aproximava, e que lhes iria ao encontro para render-se. Mas chamou os filhos, e beijou-os com paixão desesperada e ardente. Estava atormentado com remorsos.

Ele saiu e pediu seu cavalo, e, sem chamar atenção, afastou-se em rápido galope.

Chegou ao cimo de uma colina baixa e olhou para trás para aquilo que estava deixando talvez para sempre. Viu o rio dourado e o cereal dourado, e a pacífica cidade de tendas. Viu os distantes rebanhos pastando tranquilamente. Viu os homens e as mulheres andando de um lado para o outro nos seus afazeres, sem noção da ameaça que pairava sobre eles.

– É pouco o que estou fazendo – disse alto, e agora havia alegria em seu rosto. – É bem pouco dar minha vida por eles. Se puder fazê-lo, então talvez eu não tenha vivido em vão.

20

Jamuga cavalgou na direção de onde viria o inimigo. Ia sem pressa, e seu semblante era iluminado por uma paz austera, como a de um homem que acabasse de morrer; e ele havia renunciado a tudo, mesmo à própria vida.

A vasta paisagem arruinada do deserto intensificou-lhe a calma, sua sensação de já ter deixado o mundo dos vivos. Por toda a sua volta, em pavorosa solidão e imobilidade, erguiam-se paredões despedaçados cor de creme, penhascos, platôs, planaltos e enormes pedestais, que poderiam suportar estátuas gigantes. Ele pensava, numa reflexão sonhadora, que talvez, muitas idades antes, gigantes tivessem realmente habitado aquelas regiões, e que aquelas colinas, em forma de templos, com leves esboços de colunas em desintegração sobre elas, poderiam ter sido suas habitações.

Acima dele o céu estava da cor de prata pálida. Sob os cascos do seu cavalo, a terra era sulcada e enrugada, formada de uma mistura de pó, areia e terra seca descorada. Nada crescia ali além de abrolhos e tamarizes, cobertos de um depósito esbranquiçado. Nada vivo corria por ali, ou se movia, além de Jamuga – um inseto em lento movimento errando através dos tremendos baluartes de um mundo morto. Ele não ouvia nenhum ruído. Mesmo o vento estava silencioso. Ele se arrastava através do silêncio, como através de um túmulo.

No segundo dia, ao crepúsculo, pensou ter visto a fila distante e tênue de cavaleiros que se aproximavam. Sofreou seu cavalo. As colinas descoradas eram de um rosa-claro, e o céu de um azul polido brilhante. Jamuga esperou. O capuz caíra-lhe sobre os ombros. Esperou sem medo nem desespero, acompanhando o movimento da horda distante com os calmos olhos azuis e com a ígnea luz do sol poente esculpindo-lhe as linhas do rosto.

Levou ainda algum tempo para ter certeza de que aquilo era mesmo o inimigo que esperava. Esporeou então seu cavalo e foi-lhe ao encontro. Ouviu um débil som de trompa, e soube que tinha sido visto. Avistou o estandarte dos nove rabos de boi tremulando ao vento. Enquanto ia ao encontro do exército, ficou assombrado com seu tamanho, e sorriu melancolicamente, pensando no seu povo indefeso. Temujin estaria junto com eles? Estaria ele conduzindo esse regimento?

Um cavaleiro adiantou-se para ir-lhe ao encontro, e Jamuga viu que era Subodai. O mongol então sofreou seu cavalo e esperou por Jamuga. Subodai era uma bela visão sobre seu cavalo, embora já não fosse muito jovem. Havia algo de eterno em sua beleza que nada poderia destruir – porque ela era composta de nobreza, dignidade e orgulho, de virtude e firmeza. Ele destacava-se, pungente e vivamente, contra o céu vermelho, com o rosto voltado na direção de Jamuga.

Ao vê-lo, o coração de Jamuga dilatou-se num assomo de alegria. Ali estava alguém sem ferocidade ou crueldade, sem vingança ou ódio. Era bom augúrio que tivesse vindo ele!

Aproximou-se de Subodai, erguendo a mão em saudação, e Subodai retribuiu-lhe a saudação com seriedade. Olharam-se num silêncio intenso, encarando-se. Então, Jamuga estendeu a mão ao velho amigo e Subodai, sem um segundo de hesitação, tomou-a.

– Eu te saúdo, senhor Subodai – disse Jamuga.

– Eu te saúdo, Jamuga Sechen – respondeu Subodai.

E sua voz soou tão baixa que era quase inaudível. E então, pela primeira vez, Jamuga prestou atenção à intensa palidez do rosto de Subodai, e à expressão perturbada dos seus olhos.

– Eu vim para render-me a Temujin – disse Jamuga – e para voltar contigo.

Subodai ficou em silêncio. Então lançou um olhar para o céu.

– Já é noite – disse. – Acamparemos aqui esta noite.

Um dos seus oficiais aproximou-se para receber as ordens. Jamuga olhava curiosamente para o grande exército que viera para aprisionar um homem impotente. Via os rostos escuros e ameaçadores, e notou que eles desviavam seus olhares do dele.

As narinas de Jamuga distenderam-se. O coração confrangeu-se-lhe no peito. Uma súbita aragem de terror e pressentimento soprou sobre ele. Voltou-se para Subodai e viu que o outro parecia intensamente preocupado em desselar o cavalo. Não se ouvia nenhuma voz enquanto o exército se preparava para o acampamento da noite.

Pânico e terror apoderaram-se de Jamuga. Ele mal conseguia respirar. Aproximou-se de Subodai e disse:

– Por que acamparmos aqui? Ainda temos uma hora ou duas de luz do dia. E o caminho de volta é muito mais fácil.

Subodai olhou-o longamente e sua expressão suavizou-se.

– Meus homens estão cansados. Acho que é melhor dormirmos antes de prosseguirmos.

Mas seus olhares continuaram fixos um no outro. A palidez de Subodai pareceu acentuar-se, e, por um instante inacreditável, Jamuga pensou que vira lágrimas nos olhos dele. Mas não podia ser. Não passava do reflexo do ardente poente!

Subodai pôs a mão delicadamente sobre o ombro de Jamuga.

– Tu jantarás comigo, Jamuga, e nós dois dormiremos na mesma tenda. Tenho muito a dizer-te.

Jamuga sentiu esperança de novo. Seu terror vago e inominável desvaneceu-se. Um sereno conforto desceu sobre ele. Subodai era seu amigo, e sua confiança nele era implícita.

Nenhum dos dois conseguiu comer muito quando lhes foi trazida a refeição. Mas Subodai bebeu, e Jamuga seguiu-lhe o exemplo. O penetrante frio da noite do deserto os envolvia, mas a fogueira os aquecia, e adiante jaziam as formas escuras e envoltas em mantas dos homens adormecidos, e, além deles, os cavalos amarrados. De todos os homens e animais, Jamuga e Subodai eram os únicos acordados, com exceção das sentinelas, que não se distinguiam na escuridão.

O vinho e a presença do seu amigo tornaram Jamuga mais loquaz do que de costume. Ele falou a Subodai do seu povo, da sua esposa, dos seus filhos. E então, enquanto falava, era como um homem que suplicasse a um juiz pelos seus entes queridos. Subodai ouvia-o, com a taça de vinho na mão, com a cabeça ligeiramente inclinada, de maneira que Jamuga só lhe via parcialmente o belo rosto.

– Eu creio ter achado um modo de viver que é verdadeiro e bonito – disse Jamuga. – Eu proporcionei ao meu povo paz e contentamento. Eles são inofensivos, fiéis e generosos. Não desejam dos seus vizinhos nada além de amizade. Lamento muito, Subodai, que tu não os conhecerás.

Subodai agitou-se.

– Falaste algo? – perguntou Jamuga, inclinando-se para a frente e tentando ver o rosto do outro.

Subodai ergueu a taça e bebeu. Então olhou para Jamuga e sua expressão era grave e gentil.

– Eu não disse nada, Jamuga.

Jamuga continuou a falar do seu povo, enquanto Subodai o ouvia. Por vezes, a voz de Jamuga extinguia-se de emoção e ele involuntariamente torcia as mãos. Sua voz era o único som sob a lua, e parecia que toda a terra o escutava.

Depois de algum tempo ele parou de falar. Estava indizivelmente cansado, mas de novo a paz descera sobre ele, pois, ao falar daquilo que amava, sentiu de novo o prazer do autossacrifício e da renúncia.

Mas Subodai permaneceu em silêncio. Depois de algum tempo, Jamuga pediu-lhe notícias do seu antigo povo. Mas não perguntara nada ainda sobre Temujin, nem Subodai falara ainda do Khan.

Subodai pareceu extremamente aliviado com a pergunta de Jamuga, e respondeu:

– Alguns dias atrás, sinto dizer-te, Kurelen morreu e também Houlun.

Jamuga sentiu verdadeira dor e pesar. E então, com naturalidade, falou do seu velho anda:

– Temujin sentirá muita diferença agora, pois Kurelen era como um pai para ele. E, a despeito de muitas coisas, ele amava a mãe.

E aguardou, ansiosamente, que Subodai falasse de Temujin. Não podia compreender por que seus pulsos tinham começado a vibrar como os de alguém que espera o nome de alguém extremamente querido.

Mas Subodai não disse nada. Tinha no rosto estranhíssima expressão. Jamuga não conseguia compreendê-la. Apesar de tudo, falou de novo de Temujin.

– Ele está bem, não está?

– Ele está bem – respondeu Subodai, quase inaudivelmente.

E outro silêncio se abateu sobre os dois. A fogueira estava baixa. O luar pairava sobre toda a paisagem sombria, como água espectral. O ar ficava cada vez mais frio, e um cavalo ou dois relincharam inquietos por perto. E os homens permaneceram sentados imóveis lado a lado, mergulhados em melancólico silêncio, com a débil luz carmesim iluminando-lhes as pregas dos seus mantos e das suas feições.

Então, repentinamente, Jamuga tomou consciência de que alguma enorme luta estava sendo travada dentro de Subodai, algo como uma convulsão de todo o seu ser. Nem por uma expressão ou por um movimento ele deu a Jamuga essa impressão, mas em sua alma Jamuga ficou consciente dessa luta. Seu próprio espírito alvoroçou-se, tremendo, como se visse inimigos implacáveis. Sua carne tornou-se rígida como ferro. Não poderia mover-se mesmo que o quisesse. Mas um horrível suor brotou-lhe por todos os poros, e havia um gosto de veneno em sua boca.

E Subodai, sentado ao lado dele, com a cabeça baixa e virada, parecia ter adormecido.

Por muitas vezes Jamuga tentou falar, mas a cada vez sua voz morria-lhe na garganta. Finalmente, numa voz débil, e através dos lábios rígidos e gelados, ele disse:

– Subodai, há algo que não me disseste!

Subodai suspirou. Pareceu encolher em suas vestes. Então ergueu a cabeça e olhou diretamente para Jamuga. Nada poderia ser mais desesperado, mais aflito que a sua expressão.

– Tens razão, Jamuga, eu não te disse tudo.

Jamuga entrelaçou as mãos de tal modo que as unhas se lhe enterraram na carne. Mas replicou calmamente:

– Não sou uma mulher. Diz-me o que tens a dizer.

E a cor da própria morte espalhou-se-lhe sobre o rosto.

Subodai disse mansamente:

– Eu vim para fazer-te prisioneiro, Jamuga, para entregar-te, ileso, a Temujin, para seres punido.

Jamuga assentiu com a cabeça. Sentia-se sufocar.

– Eu sei disso! – bradou. – Mas o que mais?

Subodai umedeceu os lábios trêmulos.

– É isto, Jamuga: recebi ordens de matar todo o teu povo, com exceção das mulheres jovens e das crianças não mais altas que a roda de um carro, e para levá-los junto contigo.

O rosto de Jamuga contraiu-se e desfaleceu visivelmente, de tal modo que parecia o de um cadáver. Então, de repente, ele soltou um grito pavoroso, o grito de um animal ferido mortalmente. Àquele som, os cavalos próximos despertaram e relincharam freneticamente, e vários homens soergueram-se sobre os cotovelos, pestanejando e tateando à procura das armas.

Jamuga agarrou Subodai pelo braço e sacudiu-o violentamente.

– Estás mentindo! Mesmo Temujin não faria algo tão monstruoso! Estás mentindo, Subodai!

Subodai olhou para a mão no seu braço, e, depois de algum tempo, pousou a sua sobre ela. Sentiu-lhe o suor mortal, seus tendões tensos, que pareciam os de um homem *in extremis*.

– Jamuga, eu não estou mentindo – replicou ele, num tom compassivo. – Juro por todos os deuses que não.

Jamuga curvou a cabeça, e rompeu a chorar alto, um choro pavoroso de ouvir. Subodai pôs o braço em torno do ombro dele. A compaixão e o pesar atravessavam-no como uma faca. Não tinha nenhum consolo para oferecer. Só podia abraçar o amigo mudamente.

Então, com um súbito movimento violento, Jamuga repeliu o braço. De novo seus dedos enterraram-se na carne de Subodai.

– Naturalmente não és um monstro, Subodai! Naturalmente, não poderia a sangue-frio assassinar toda essa gente indefesa!

Subodai suspirou.

– Recebi minhas ordens. Preciso obedecer. Preciso sempre obedecer.

– Mas não nesse caso! – gritou Jamuga febrilmente, agarrando o amigo com as duas mãos, e sacudindo-o. Tu podes dizer a Temujin que, quando chegaste ao lugar onde meu povo habitava, descobriste que tinham fugido, sem deixar nenhum vestígio do seu paradeiro!

Subodai sentia o aperto das mãos do outro, que eram como tendões de ferro afiado. Mas apenas olhou para Jamuga com amargo pesar em seu rosto.

– Eu recebi minhas ordens, Jamuga, e tu sabes que só tenho vivido para obedecer.

Jamuga olhou-o estupefato, com loucura nos olhos. Então, ergueu a mão e deu um violento bofetão no rosto de Subodai. Esbofeteou-o de novo e de novo. E Subodai não se mexeu. Simplesmente olhava para Jamuga com dor e brandura, com as faces já escarlates, e o sangue aparecendo-lhe nos cantos da boca. Finalmente, ele pegou a mão de Jamuga pelo pulso e manteve-a firmemente.

– Jamuga – disse tristemente – tu sabes que isso não adiantará nada.

Jamuga, esmagado e desfalecendo, chorou de novo. Sua cabeça pendeu para o peito. Subodai soltou-lhe a mão e ouviu aquele pranto terrível. Emoções de várias espécies passaram-lhe pelo rosto sangrento e machucado. Suspirou profundamente, várias vezes. Por um momento, ergueu a mão e enxugou o sangue dos lábios, e olhou-o fixamente, sobre as costas da mão, como que se perguntando o que era.

Então Jamuga ficou imóvel, esmagado com o seu trágico desespero. Não fazia nenhum movimento, com a cabeça caída sobre o peito. Subodai lançou-lhe um olhar cauteloso. Hesitou. Então encostou os lábios ao ouvido de Jamuga e sussurrou:

– Presta-me atenção, Jamuga: tu disseste que teu povo é indefeso. Eles não esperam por nós. Seriam chacinados como cordeiros. Eu te permitirei enviar-lhes um mensageiro esta noite, avisando-os da nossa aproximação, e implorando-lhes que se preparem para se defenderem. Pelo menos, então, morrerão como homens, lutando por si mesmos e por suas famílias.

Jamuga ergueu a mão. Olhou para Subodai com olhos agonizantes.

– Eles têm poucas armas – disse na sua voz entrecortada.

– Não importa, eles lutarão com quaisquer armas que tenham.

Fez uma pausa e acrescentou, cansado:

– Isso é tudo que te posso oferecer. Não é nenhum prazer para mim matar homens desarmados.

Ele ergueu-se e foi até junto de um homem adormecido, e deu-lhe um pontapé com incomum violência, e disse-lhe que se levantasse e selasse seu cavalo. Depois voltou para junto de Jamuga, e sentou-se ao lado dele de novo. Abriu seu fardo e tirou dele uma folha de papel chinês ordinário e uma pena. Pousou-os sobre os joelhos de Jamuga. Jamuga olhou-os cegamente, sem se mover.

– Só tenho um pedido a fazer-te, Jamuga – disse Subodai gravemente – e é este: que, quando nos aproximarmos do acampamento de teu povo, não tentes ajudá-lo. Porque eu tenho ordens de levar-te a salvo a Temujin. Tu deves dar-me tua palavra. De outro modo, eu suspendo meu oferecimento.

Jamuga apanhou a pena com os dedos frouxos. Toda a vida e energia pareciam ter-lhe abandonado o rosto. Ele disse:

– Eu te dou minha palavra.

E começou a escrever. Seus sinais eram indecisos e trêmulos. Instava com seu povo para que se preparasse para defender-se até a morte, pois o inimigo assassino estava se aproximando.

Eu sei que tendes bem pouco com que defender-vos. Mas eu vos imploro que luteis como homens por tudo o que nos é caro, por todo o nosso amor. Isso é tudo que posso fazer por vós. E imploro-vos que me perdoeis pela minha parte em vossa tragédia. De joelhos vos imploro, pedindo-vos para não pensardes em mim com amargura, mas com a consciência de que partilho vossa dor e vossa morte.

Ele ergueu a pena. Esta quase lhe escorregou dos dedos. Mas era evidente que ainda não tinha terminado.

Recomeçou a escrever, e agora sua mão tremia tanto que os sinais quase não eram legíveis.

Para minha esposa, Yesi: Minha amada, perdoa-me pelo teu destino. Eu sei que as mulheres do nosso povo, e as crianças, serão levadas, como escravas, para o acampamento de Temujin. E eu te imploro agora para não permitires que isso aconteça contigo e com meus filhos. Nós nos veremos de novo, querida. Tua fé cristã ensinou-te isto. Do outro lado desta escuridão, eu te abraçarei de novo, e aos meus filhos. Até amanhã, minha adorada, minha esposa.

Entreguei a carta a Subodai, que a leu sem hesitação.

O guerreiro ignorante apresentou-se então para receber ordens. Subodai entregou-lhe a carta, e fixando os olhos nele disse lenta e claramente:

– Esta é uma mensagem para o povo do tarcã Jamuga Sechen, ordenando-lhes que se rendam sem luta. Corre como o vento e apresenta esta mensagem aos anciãos que sabem ler.

O guerreiro saudou-o, girou sobre os calcanhares e partiu. No silêncio profundo, ouviram-lhe o cavalo galopando para dentro da noite.

21

Por sua grande piedade, Subodai decidiu não permitir que Jamuga os acompanhasse, a ele e aos seus guerreiros, ao acampamento dos naimans. Ele sabia que a visão do que iria acontecer seria demasiada para esse homem destroçado.

Por isso, deixou Jamuga com um pequeno número de guerreiros aguardando sua volta.

Jamuga não chorou mais. Ouviu as últimas palavras compassivas de Subodai, mas não deu nenhum sinal de as ter ouvido. Parecia já estar morto. Uma imensa inércia tomara conta dele. Subodai imaginou que sua alma tinha morrido e que apenas a carne permanecera viva nas suas últimas agonias de dissolução inconsciente. Tinha os olhos vidrados. Respirava lenta e irregularmente. Sentou-se no meio do grupo de guerreiros, com o olhar fixo no chão, e com as mãos pendendo inermes sobre os joelhos.

Subodai deu ordens para que Jamuga fosse atendido em tudo que desejasse. Mas sabia, enquanto se afastava desalentado, que Jamuga não mais comeria, nem descansaria de novo.

Os guerreiros que foram deixados para trás estavam descontentes e queixavam-se entre si, lançando olhares ressentidos para Jamuga, que era a causa de perderem o esporte esperado. Temiam receber apenas os restos do saque e as mulheres mais feias. Mas, por fim, o aspecto dele deixou-os inquietos. Era como guardar um cadáver, resmungavam entre si. Alguns deles cochichavam que o espírito dele tinha partido e talvez um outro espírito estranho e malevolente lhe tivesse tomado o lugar. Por isso olhavam-no com medo.

O dia passou. Os guerreiros inquietos procuravam distrações por ali. Ofereceram comida e vinho a Jamuga, mas este olhou-os sem vê-los. As horas passavam, e ele continuava imóvel, com os olhos vidrados e fixos, o lábio inferior caído, o peito mal se movendo. Os guerreiros jogavam jogos de azar em torno dele e riam e cantavam asperamente. Mas ele não os ouvia, e finalmente deixaram-no em paz, supersticiosamente temerosos.

Veio a noite. Os guerreiros adormeceram. Um se manteve acordado para vigiar Jamuga. Mas ele continuava imóvel, sempre sentado como um homem que morrera nessa postura. Ele não se deitou. Não disse uma única palavra nem soltou um único suspiro. Quando nasceu o dia, a aurora lançou-lhe sua luz brilhante sobre o rosto frio e encovado.

Os guerreiros assombram-se de ver que ainda estava vivo. Um ou dois, menos cruéis que os outros, sentiram uma estranha piedade. Nunca tinham visto tamanho desespero. Esperavam que ele começasse a lamentar-se ou a chorar. Assim sentir-se-iam aliviados.

O dia inteiro passou e de novo caiu a noite, e ainda Jamuga esperava, como uma imagem. Ninguém conseguia saber se ele estava acordado, adormecido ou inconsciente, ou se ele pensava algo. Quando veio de novo a aurora, aqueles que tinham sentido pena dele sentiram um arrepio de desapontamento por ele ainda estar vivo.

Começavam a esperar a volta do seu general e dos seus irmãos guerreiros. Um ou dois postaram-se em lugares mais elevados do solo, e esquadrinhavam os lados de leste. No seu alvoroço e expectativa, esqueceram-se de Jamuga, do medo e da sua piedade taciturna. Queixavam-se de novo por terem sido deixados para trás, e alguns deles zombavam de outros, profetizando que receberiam apenas velhas bruxas ou os restos dos guerreiros vitoriosos. Discutiam as possibilidades de beleza das mulheres naimans. Trocavam piadas grosseiras e obscenas. Um deles queixava-se de que suas esposas pareciam jumentas. Ele esperara obter uma ou duas jovens bonitas dos naimans.

– Estou certo de que receberás outra jumenta – zombou um de seus companheiros.

Para aliviarem o tédio, lutavam entre si e faziam esgrimismo com os sabres. Uma nota de verdadeira disputa era-lhes ouvida nas vozes. Sua inquietação crescia. Perderam o medo de Jamuga. Em voz alta, diante dele, zombavam e profetizavam-lhe o destino.

– Se a esposa dele for bonita, ela dormirá com nosso senhor e esquecerá essa pálida sombra – disse um. – Dará à luz filhos verdadeiros em vez de bodes.

Mas Jamuga continuava sem ouvir nada e sem ver nada. As risadas altas não o atingiam. A cada momento suas feições encovavam-se ainda mais, e cada vez mais ele tomava o aspecto de um cadáver.

E então, ao crepúsculo do terceiro dia, um observador gritou exultante. Os guerreiros estavam voltando. O observador informou que atrás deles arrastavam-se grande número de yurts e que havia grande número de cavalos e um imenso rebanho. Seus companheiros juntaram-se-lhe na observação. Gritavam e sapateavam em sua comemoração.

Não ouviram o grito débil e impressionante de Jamuga. Não o viram levantar-se, com as pernas vacilantes, e encostar-se fortemente contra o flanco de um penhasco branco que os protegera do vento incessante. Seu rosto lívido e desfigurado estava convulso. Seus lábios partidos moviam-se. Ofegava asperamente. Seus dedos frouxos agarravam-se à pedra que se fragmentava, e ele cambaleava.

Subodai cavalgava à frente da imensa congregação de guerreiros vitoriosos, yurts, rebanhos e cavalos. E estava de cabeça baixa, parecendo mover-se em melancólica perplexidade. Dos yurts atrás dele vinha um urro constante de lamentos e choros.

Ele ergueu os olhos, quando se aproximava da subida, e viu Jamuga. Mordeu o lábio. Esporeou seu cavalo, e, ao chegar ao topo, saltou ao chão e correu. Os guerreiros correram também, gritando para se juntarem aos que voltavam. Na confusão, Subodai aproximou-se de Jamuga, lançou-lhe um olhar rápido e compassivo e pôs o braço em torno dos seus ombros.

Jamuga soltou um suspiro profundo e trêmulo. Agarrou o amigo desesperadamente e, numa voz cheia de angústia entrecortada, gritou:

– Minha esposa? Meus filhos?

Subodai fechou os olhos. Não podia suportar a visão daquele rosto.

– Fica tranquilo – respondeu. – Não estão aqui.

Jamuga desfaleceu encostado a ele. Seu corpo sacudia-se de soluços. Do seu peito saiu um longo gemido, como se o seu coração se estivesse partindo. Subodai apertou o braço em torno dele, e seu belo rosto ficou escuro e sombrio, como que numa raiva profunda.

– Estás doente – disse apiedado. – Vem, precisa deitar-te em um dos yurts.

Jamuga balançou a cabeça. Sua exaustão acentuara-se de tal modo que Subodai precisava aguentar-lhe todo o peso do corpo.

– Então cavalgarás ao meu lado.

Sua ideia era que Jamuga cavalgasse à frente da caravana, para que não ouvisse muito da constante lamentação dos yurts. Jamuga compreendeu-o e tornou a balançar a cabeça.

– Cavalgarei atrás – murmurou debilmente. – Sou culpado disso. Preciso encher meus ouvidos com os gritos daqueles a quem fiz tão pavoroso mal.

Subodai também temia que Jamuga morresse antes de ser entregue a Temujin. Forçou seu próprio odre de vinho contra os lábios de Jamuga. Este engoliu automaticamente. Mas olhava além de Subodai com olhos agoniados, e só tinha consciência dos yurts e dos prantos magoados.

Carregando-o e arrastando-o, Subodai conduziu Jamuga a um cavalo e ajudou-o a montar. Jamuga ficou ali, inclinado para a frente, num sonho de angústia entorpecida. Subodai pulou para cima do seu garanhão e tomou as rédeas do cavalo de Jamuga na mão. Sua ansiedade tornou-se cortante. A qualquer custo precisava despertá-lo.

– Teu povo lutou e morreu bravamente – disse. – Lutaram tão bem que perdi um bom número dos meus melhores homens.

Jamuga olhou-o.

– Isso não me dá nenhuma alegria – replicou fracamente.

A imensa caravana começou a mover-se.

Jamuga, encolhido em sua sela, não ouvia nada, não tinha consciência de nada além do pranto das mulheres e crianças amontoadas atrás dele nos yurts.

E Subodai, cavalgando ao lado dele, segurando as rédeas do cavalo, olhava à frente amarga e sombriamente.

– Eu vivo apenas para obedecer. Apenas para obedecer – dizia consigo mesmo, muitas e muitas vezes, numa litania hipnotizada, como se tentasse abafar o som dos seus pensamentos clamorosos.

22

Um oficial correu ao grande yurt de Temujin ao amanhecer.

– Subodai aproxima-se!

Temujin, que estava dormindo, acordou instantaneamente. Vestiu seu casaco e calçou as botas. Saiu para a brilhante luz da manhã com a cabeça descoberta e com o cabelo vermelho como fogo, uma juba de leão sobre os ombros. A caravana podia ser vista claramente junto ao flanco de uma colina escarlate. Temujin, protegendo os olhos com as mãos, observou-a durante longo tempo. Então voltou para dentro do seu yurt e sentou-se na sua cama.

Ficou imóvel, olhando fixamente sem ver diante de si. Mas uma grossa veia purpúrea pulsava-lhe violentamente na testa como uma cobra, fina e coleante.

Depois de muito tempo, a aba do seu yurt foi levantada e Subodai entrou, pálido e calmo. Saudou Temujin e ficou rígido diante do seu Khan.

– Voltei – disse serenamente. – Conquistei os naimans e obedeci às tuas ordens. Trouxe Jamuga Sechen como prisioneiro.

– Muito bem – respondeu Temujin mecanicamente depois de uma pausa.

Então ficou em silêncio de novo, olhando fixo para Subodai.

Subodai falou:

– Jamuga Sechen está agonizante. Mandei que o levassem para o meu yurt, para um descanso de que ele precisa urgentemente. Mas ele não dormirá.

Temujin levantou-se e voltou as costas a Subodai.

– Deixa-o descansar – murmurou. – Mas ao meio-dia traze-o até mim.

Subodai saudou-o de novo, e dirigiu-se para a saída do yurt. Já tinha segurado a aba quando ouviu Temujin chamá-lo. Voltou-se lentamente. Temujin fixou o olhar nele em silêncio e sua expressão era estranha.

– Meu senhor? – disse Subodai serenamente.

Mas Temujin apenas o olhou, e sua expressão estranha acentuou-se ainda mais. Então fez um gesto abrupto.

– Nada. É evidente que estás cansado, Subodai. Trata de descansar, tu também, até trazeres Jamuga à minha presença.

Subodai se retirou. Um suor miúdo e frio porejava-lhe pela testa. E uma vez mais ele repetiu sua litania:

– Devo obedecer!

Foi para o seu yurt. O acampamento estava no mais selvagem alvoroço e cheio de exultação. Muitos guerreiros de clãs distantes tinham chegado durante a ausência de Subodai, e o acampamento estava apinhado de rostos estranhos. Mas ele passou entre a turba sem olhar para ninguém. Quando entrou no seu yurt, Jamuga jazia prostrado em sua cama, e uma das mulheres de Subodai lavava-lhe as mãos e o rosto. Jamuga submetera-se. Parecia não ter consciência de nada do que o rodeava, nem da mulher. Mas quando Subodai parou ao lado dele, a vida voltou-lhe aos olhos agonizantes, e ele sorriu debilmente, movendo a mão na direção do amigo.

Subodai pegou naquela mão tateante e apertou-a fortemente na sua.

– O fim da jornada já está à vista – disse ele, tentando sorrir. Tem coragem. Sempre foste um homem valente.

Jamuga tentou falar, mas suas últimas forças tinham-se exaurido. Ele sentiu uma súbita esperança de que talvez expirasse antes do castigo.

– Não é de ti que tenho pena – disse Subodai.

Jamuga fechou os olhos. Parecia ter desmaiado ou adormecido; Subodai não sabia. Depois de muito tempo, soltou delicadamente a mão de Jamuga e pousou-a na cama. Ela ali ficou, relaxada e aberta, como que morta. Subodai permaneceu junto da cama, e suspirava profundamente de quando em quando.

Alguém entrava no yurt. Era Chepe Noyon, alerta e impetuoso. Mas, quando avistou Jamuga, ficou em silêncio, e um brilho estranho passou-lhe pelo olhar.

Finalmente, cochichou para Subodai:

– Sinto muito, mas devias tê-lo matado por piedade.

Subodai voltou sua heroica cabeça e respondeu:

– Eu só podia obedecer.

Apesar da sua compaixão, Chepe Noyon sorriu involuntariamente para Subodai, com uma espécie de zombaria e pasmo.

– Por acaso és um idiota? – perguntou. – Muitas vezes me tenho perguntado isso, mas ainda não sei a resposta.

Subodai ficou em silêncio. Continuou imóvel, olhando fixo para Jamuga.

Alguém mais estava entrando. Era Kasar, ávido e grosseiro.

– Ah! – bufou ao ver Jamuga. – Então trouxeste o traidor a salvo para o seu julgamento, Subodai! Só espero que o seu castigo seja proporcional ao seu crime.

E olhava para Jamuga venenosamente, com todo o seu antigo ódio e ciúme patentes em seu rosto largo e simples. Estava cheio de satisfação, exultante.

Chepe Noyon estava prestes a replicar com o seu costumeiro desprezo jocoso, mas foi obrigado a deter-se, assombrado, boquiaberto. Notou que uma consternadora transformação se tinha operado em Subodai. Toda a sua calma havia desaparecido, toda a sua serenidade de estátua. Ele era agora um homem em chamas. Seus olhos azuis coruscavam como relâmpagos e seus dentes fulguravam por entre os lábios. Pareceu se dobrar, saltando sobre Kasar. Agarrou o homem baixo e atarracado pela garganta e sacudiu-o violentamente. Seus polegares enterraram-se em seu pescoço, e ele soltava sons guturais e selvagens. Kasar lutou para libertar-se. Seus olhos dilataram-se e esbugalharam-se de terror. Seus lábios entumesceram-se. Suas mãos agarraram-se aos dedos sufocantes na sua garganta. Cambaleou. Subodai forçou-o a ajoelhar-se e aumentou a pressão na sua garganta. Kasar virava a cabeça de um lado para o outro. Seu rosto ficou purpúreo e a língua negra apareceu-lhe por entre os lábios. Ele soltava gemidos estrangulados e animalescos. Seus olhos reviraram-se para cima. O peito arqueou-se, no esforço desesperado de conseguir respirar pelo menos uma vez para salvar a vida.

Chepe Noyon assistia à cena. Sorria com nítida malignidade, com as narinas dilatadas. Inclinou-se para a frente para ver melhor na semiobscuridade do yurt. Então, falou casualmente:

– Eu não o mataria, Subodai, embora eu lamente dar-te este conselho. Temujin não gostaria nada disso.

Subodai não pareceu ouvir esse conselho. Seu belo rosto estava encolerizado. Parecia mergulhado em algum encantamento terrível e medonho. Os sons animalescos continuavam a borbulhar-lhe da garganta. Inclinou-se sobre Kasar. Seus polegares estavam enterrados fundo na carne do outro. Ele balançava Kasar de um lado para o outro, curvando-o para trás. Um filete de sangue escorreu dos lábios de Kasar, que escureciam. Já não se viam mais as suas íris, mas apenas os brancos dos olhos, esverdeados e raiados de escarlate.

Chepe Noyon agarrou os braços de Subodai.

– Eu gosto demais de ti para te ver morto – disse calmamente.

Então foi ele que pegou Subodai pela garganta, e apertou-a fortemente. Mas era como se ele agarrasse um homem enfeitiçado. Subodai nem o notava. Ria profundamente, com uma entonação de loucura.

Então, tranquilamente, Chepe Noyon curvou-se e cravou os dentes nas mãos de Subodai. Seus dentes enterraram-se nos tendões do outro, cada vez mais profundamente. Só abrandou a mordida quando sentiu as mãos de Subodai soltarem Kasar. Algo pesado rolou sobre ele e compreendeu que era o corpo do irmão de Temujin. Então, sorrindo, ergueu o olhar, e enxugou o sangue de Subodai dos lábios. Kasar jazia contorcendo-se no chão, apertando a garganta ferida. Soluçava e ofegava, aspirando profunda e dolorosamente com gemidos sibilantes.

Mas Subodai desfalecera sobre a cama aos pés do inconsciente Jamuga. Cobrira o rosto com as mãos sangrentas, sem fazer nenhum ruído.

Chepe Noyon levantou Kasar habilmente nos braços e arrastou o homem semimorto pelos pés.

– És um Khan – disse amavelmente. – Mas tiveste sorte em não partilhar da sorte de um cachorro.

Olhava para o rosto purpúreo de Kasar com prazer. Então arrastou-o até a porta do yurt e calmamente atirou-o fora.

– Ele nunca me agradou – observou.
E começou a rir por entre os dentes.
Mas Subodai parecia tão inconsciente quanto Jamuga.

23

Ao meio-dia Subodai acordou Jamuga. Não foi fácil despertá-lo, porque o pobre homem tinha afundado num profundo estupor. Mas Subodai esfregou-lhe as mãos e levou-lhe vinho aos lábios pálidos, e finalmente ele acordou. Emergiu do seu estupor como alguém que emergisse da morte, lenta e pesadamente.

– Nosso senhor ordenou que fosses levado a ele agora – disse Subodai.

Ajudou Jamuga a vestir o casaco e a calçar as botas. Jamuga não parecia estar ainda completamente consciente. Subodai pensou que ele não o tinha ouvido, mas, dali a um instante, Jamuga respondeu num sopro:

– Ele podia ter-me poupado isto.

Subodai ficou em silêncio, mas seu sorriso era gentil e encorajador. Pôs o braço em torno de Jamuga, e ajudou o homem cambaleante a sair do yurt, e praticamente ergueu-o nos braços para descê-lo da plataforma. O sol estava ofuscantemente brilhante, e toda a paisagem amarela e avermelhada tremeluzia nessa catarata de luz.

Subodai disse simplesmente:
– Perdoa-me.

As sobrancelhas de Jamuga franziram-se num doloroso esforço de concentração, e ele fixou Subodai perplexo. Então respondeu, debilmente:

– Nenhum homem pode fazer o que não esteja em sua natureza fazer.

E apertou levemente a mão de Subodai.

Olhou em torno de si, piscando sob a luz forte, e pela primeira vez teve consciência do que estava acontecendo. Milhares de guerreiros haviam chegado, preparando-se para a campanha contra Toghrul Khan. O acampamento ressoava com toda a confusão. As estreitas passagens entre os yurts estavam apinhadas de homens estrangeiros, armados, ferozes e negros de rosto. Subodai ficou aliviado com isso. Jamuga iria até o yurt de Temujin mais ou menos desapercebido. Tentou apressar um pouco Jamuga, mas os passos trôpegos deste não ajudavam. Então Subodai, por consideração, baixou o capuz de Jamuga sobre o rosto, para que este não pudesse ser reconhecido pelos mongóis, que já haviam esquecido a campanha contra os miseráveis naimans e se preparavam entusiasticamente para uma batalha maior.

Jamuga fez uma pausa. Ergueu o capuz e suplicou:

– Subodai, deixa-me parar um momento para dizer adeus às mulheres do meu povo.

Subodai respondeu pesaroso:

– Isto foi proibido.

Jamuga suspirou. Baixou a cabeça e o capuz caiu-lhe sobre o rosto. Como num sonho, deixou-se conduzir pelo amigo e, de novo, afundado em seu desespero e angústia, mal tinha consciência dos próprios movimentos.

Subodai fê-lo parar. Jamuga ergueu o capuz e olhou em volta com os olhos orlados de vermelho. Estava diante do enorme yurt de Temujin, e ali tudo estava tranquilo, a não ser por dois guardas que pareciam de pedra, um de cada lado.

– Não posso ir mais longe contigo, Jamuga – disse Subodai. Hesitou e fez força para sorrir. – Acima de tudo, foste famoso pela tua coragem.

A despeito do seu sofrimento, Jamuga sorriu ironicamente.

– Os animais mais inferiores têm coragem. Os homens deviam ter algo mais – replicou na sua voz sumida.

Subodai afastou a aba do yurt, e Jamuga curvou-se e entrou. Movia-se com nova força e serenidade.

Temujin estava sentado no centro do yurt obscuramente iluminado, sobre a sua pele de cavalo branco, com os braços cruzados ao peito, a cabeça curvada para a frente. Parecia estar sob a influência de algum narcótico, porque não se moveu ou ergueu o olhar quando Jamuga entrou.

E Jamuga ficou diante dele, ereto, agora, com toda a heroica nobreza da sua natureza a brilhar-lhe no rosto branco e extenuado.

Algum tempo se passou, sem que nenhum dos dois tivesse falado ou se mexido. A expressão de exaltação de Jamuga acentuou-se, até que ele pareceu projetar uma luz pálida e misteriosa.

Então, muito lentamente, Temujin ergueu os olhos, e estes já não eram mais verdes e sim de um cinza enevoado. Fixou-os nos de Jamuga e pareceu contemplar o outro com extraordinária indiferença. E Jamuga olhou para ele, que tanto mal lhe tinha feito e de tal modo o despedaçara; e, ao mesmo tempo, a vida voltou-lhe ao corpo junto com a sua amarga cólera e mágoa.

Nenhum dos dois falou. Nesse intenso silêncio só tinham consciência um do outro – esses homens que se haviam amado um ao outro mais do que a tudo no mundo, que haviam dormido juntos sob a mesma coberta e haviam jurado o sagrado vínculo da irmandade. Havia algo mais profundo entre os dois do que o mero laço de sangue ou acaso. Havia completa compreensão, um vínculo de espírito que nunca poderia ser rompido, nem mesmo agora.

Então Temujin falou, mal movendo os lábios para emitir um distante som som da sua voz.

– Jamuga, tu és culpado de traição contra mim.

Jamuga agitou-se, e sua voz involuntariamente respondeu a Temujin, com clareza, amargura e dor:

– Se isto é traição, eu o faria de novo, e de novo, até o fim do mundo!

Seu coração pareceu dividir-se-lhe no peito com uma dor insuportável, misteriosa e incompreensível. De tudo o que tinha sofrido antes, nada era comparado com o que sofria agora, que era inexplicável.

E de novo fitaram-se um ao outro no mesmo silêncio intenso.

Então Jamuga, peja primeira vez, viu que houvera alguma transformação no seu anda. Temujin estava mais magro, mais sombrio, mais inescrutável do que nunca. Algum sofrimento lhe emprestara uma severidade ao rosto, uma melancolia sem ferocidade ao olhar.

Algo devia estar atormentado-o além da capacidade humana de tolerância. Seus lábios cinzentos estavam mordidos e deformados. E Temujin viu também todas as marcas do sofrimento no rosto de Jamuga, toda a exaltação lívida da morte iminente nos seus olhos.

Jamuga então ouviu estranhas palavras desse homem terrível:

– Eu te teria poupado isto, em nome do nosso juramento.

Os lábios de Jamuga entreabriram-se num profundo e trêmulo suspiro. A dor em seu coração aumentou. Mas não conseguiu falar.

Temujin desviou dele o olhar, e sua sombria melancolia acentuou-se ainda mais.

– Mas tu te tornaste meu inimigo, e eu aprendi que não devo permitir que qualquer inimigo viva. Não posso me atrever a deixá-lo viver, para a minha própria sobrevivência.

– Eu nunca fui teu inimigo – replicou Jamuga num tom débil e claro. – Tu sabes disto em tua alma. Quando nos tornamos andas, nossos corações tornaram-se um só, e nós comungamos palavras que só a morte pode apagar, ou talvez nem mesmo a morte. Raramente eu concordei contigo, e muitas vezes discutimos e discordamos, mas tu conheces minha lealdade e meu afeto, e sabes que por ti eu teria morrido mil mortes, e sofrido mil ferimentos.

Sua voz sumiu. Lágrimas correram-lhe pelo rosto. Temujin mexeu-se como que angustiado. Cobriu os olhos com as mãos para cobrir a visão de Jamuga.

– No entanto – murmurou ele – tu, como sempre, seguiste teu próprio caminho, e eu recebi uma ferida mortal do homem de quem menos a esperaria. Tu violaste o juramento. Tu te afastaste de mim, embriagado com a tua própria loucura.

– Eu nunca me afastei de ti – replicou Jamuga com voz entrecortada. – Mas tu me ordenaste que fizesse algo que eu não podia fazer. Tu me derrubaste e mataste tudo o que amei, mas, ainda assim, eu faria o que fiz enquanto me restasse um alento de vida.

Temujin deixou cair a mão, e olhou diretamente para Jamuga. Parecia prestes a falar de novo, com ardor, mas só conseguiu ficar em silêncio. Reflexos da luz do sol penetravam através da aba e enchiam o yurt de ondas encrespadas de radiação suavizada. Ondularam sobre o rosto firme e trágico de Jamuga. Temujin continuava a fitá-lo e uma expressão de profunda tristeza lhe apareceu no semblante.

– Jamuga, tu sofreste muito, mas eu sei que não és um traidor. Tu foste mal aconselhado pela tua vaidade e tua virtude estreita. Nunca aprendeste a transigir. Fazê-lo seria destruir tua própria natureza e apenas a morte pode fazê-lo.

Fez uma pausa, e retomou sua entonação melancólica:

– Porque tu sofreste, por causa do nosso antigo juramento, eu te ofereço agora não a morte, mas a paz.

Jamuga sorriu feroz e terrivelmente.

– Paz! – murmurou ele. – Que paz pode existir para mim? Atrás de mim só existem escuridão e ruínas em tudo o que amei. Minha vida é a água que foi absorvida pela areia. É sangue que se derramou e desapareceu. Diante de mim o futuro ergueu-se como um túmulo, sem esperança, alegria ou esquecimento, sem a luz de qualquer visão, e cheio apenas das sombras do que perdi. Eu me moveria entre os vivos como um fantasma, para sempre ao desabrigo, para sempre desesperado. – Suspirou, e seu suspiro soou repleto de angústia. – Como posso viver no mundo que estás construindo? Não há lugar nesse mundo para mim. A contemplação dele é insuportável, a sua vista demasiado terrível para os meus olhos. Prefiro morrer e deixá-lo, para esquecê-lo na escuridão eterna.

Temujin ouvia-o e algo da sua antiga implacabilidade voltou-lhe ao rosto. Mas não disse nada.

E, então, uma súbita emoção sobrenatural pareceu ter-se apoderado de Jamuga, mística e medonha. Ele pareceu expandir-se. Uma luz fulgurante brilhava-lhe nos olhos agonizantes. Ele apontou o dedo trêmulo para Temujin, que involuntariamente se encolheu:

– Mas o mundo que construirás passará numa névoa vermelha, e o mundo que outros como tu construirão passarão também, e não restará nenhum traço de vós! Pois vosso é o caminho da morte, e, tudo o que vive vos repudia. O tirano é esmagado no fim com o peso das suas vítimas. As cidades que destruiu erguer-se-ão de novo. O grão que queimou até o solo será replantado, e a fonte que poluiu jorrará pura de novo. Onde ele tiver fincado seus estandartes, os pastos conhecerão de novo a paz; e da dor gerada por onde suas hordas tiverem passado, a relva crescerá e apagar-lhes-á os passos.

"Eu sonhei um sonho e tive uma visão, que são o caminho da vida. São o caminho da floresta que cresce, e o caminho do rio vivo. Mil vezes tu assolarás a terra e mil vezes serás esquecido, e os homens sobreviverão, para plantar o solo e construir sobre ele. Pois o que é bom dura eternamente, mas tudo o que fazes será como areias escorregadias em teus dedos, caindo de novo sobre o deserto."

Sua voz, forte e fervorosa, extinguiu-se; apenas seu rubor permaneceu. E, de novo, o mesmo prolongado silêncio encheu o yurt.

Então, Temujin levantou-se. Ficou de pé diante de Jamuga. Estendeu a mão e pousou-a sobre o ombro do seu anda.

– A paz esteja contigo – disse brandamente.

E sacou do seu próprio punhal e o pôs na mão gelada de Jamuga. Olhou longamente nos olhos dele, e não havia nenhuma fúria na sua expressão; apenas tristeza e cansaço.

Então voltou-se e saiu do yurt, deixando Jamuga sozinho.

24

Os espias de Temujin informaram-no de que Toghrul Khan, ou Wang Khan, com seu filho, Sen-Kung, e uma poderosa hoste de guerreiros karaits avançavam pela longa vertente do lago Baical na sua direção. Ele sabia que Toghrul Khan havia sublevado o povo do leste do lago, e que todos estavam prontos para o ataque e a ofensiva, e desciam também a vertente atrás de Toghrul Khan para dar-lhe assistência.

Temujin compreendeu que, uma vez que Toghrul Khan fosse derrotado, a desordem e o pânico se espalhariam entre o próprio antigo povo karait, e essa desordem e pânico se comunicariam às tribos a leste do lago Baical, e a todas as outras tribos inconquistadas dos merkits, naimans, uighurs, onguts e os outros turcos ocidentais. A primeira providência, então, era a derrota e a morte de Toghrul Khan.

Ele conclamou seus cãs para um kuriltai, uma grande conferência. Uma carta foi depois enviada a Toghrul Khan, dando a entender que havia sido escrita pelo aterrorizado Kasar, irmão de Temujin.

Meu irmão Temujin, o Khan, foi gravemente acometido de uma misteriosa doença, e eu fui conclamado pelo nosso povo para tomar-lhe o lugar. Eu, por minha vez, convoquei um kuriltai, e os cãs me persuadiram que opor-me a ti seria provocar a nossa ruína certa. Além do mais, estou convencido de que nada de bom advirá de qualquer disputa entre os mongóis yakkas e o povo do pai adotivo de meu irmão, e que é meu dever oferecer-te, em nome de Temujin, a expressão do seu remorso e promessas de obediência filial.

Sen-Kung, o desconfiado, tentou convencer o pai de que essa carta havia sido escrita de má-fé, mas Toghrul Khan, que só se lembrava agora de Temujin como o vira da última vez, um insignificante nobre, cuja própria existência dependia da liberalidade das cidades, ficou exultante.

– Eu conheço esse cachorro! – exclamou. – Sempre oportunista, sempre ardiloso, nunca superstimando ou subestimando. Sen-Kung, o que é ele comparado a nós? Um miserável vagabundo, um maltrapilho baghatur das estepes, um bandido e um ladrão. Além do mais, ele é muito inteligente. Ele sabe agora que não pode enfrentar-nos.

Nessa noite, vários cavaleiros penetraram a galope no acampamento de Toghrul Khan, declarando-se, ofegantes, cãs desertores da confederação do ocidente. Estavam abandonando Temujin, disseram, com furioso desprezo. As pretensões dele tinham-nos desgostado. Ele violara a dignidade e a independência dos membros da sua confederação com a sua arrogância e usurpação de autoridade absoluta. Além de tudo, ele os expunha a grande perigo, ao qual seus povos não sobreviveriam. Não puderam suportar mais tudo isso. Nada tinham contra o poderoso Wang Khan, e colocavam-se, portanto, sob o seu comando.

– Envia um mensageiro a Temujin, dizendo-lhe que estamos aqui e que viemos de livre e espontânea vontade, e que, se ele te atacar, lutaremos contigo contra ele.

Toghrul Khan, que ficara um tanto desconfiado por causa do desconfiado Sen-Kung, ouviu-os cuidadosamente. Depois ficou satisfeito e tranquilo. Ele conhecia o orgulho arrogante e feroz dos nobres dos desertos, e sabia que eles deviam ressentir-se do domínio de Temujin. Sabia o quanto eram ciosos da sua independência. Mas perguntou cautelosamente:

– Sabeis por acaso de alguma doença de Temujin? Ouvi dizer que ele está mal.

Eles balançaram a cabeça, e um deles timidamente declarou que já haviam deixado Temujin muitas noites antes, e nada sabiam de qualquer possível doença.

As últimas desconfianças de Toghrul Khan desapareceram. Se esses cãs fossem traidores e inspirados por Temujin, saberiam dessa tal doença, e discorreriam longamente sobre ela. A ignorância deles foi prova da sua boa-fé.

– Onde está o vosso povo? – perguntou o velho karait.
– Esperando, logo do outro lado das colinas do leste.
– Então mandai-o vir.

Os cãs hesitaram.

– Precisamos ter certeza de que estás realmente de boa vontade em relação a nós – responderam.

Toghrul Khan riu.

– Tendes a minha promessa. Amanhã à noite eu vos oferecerei a todos uma festa.

Ele foi muito cordial com os traidores, que percorreram todo o acampamento e cuidadosamente observaram tudo. As suspeitas de Toghrul Khan podiam ter sido despertadas de novo, se eles continuassem a criticar Temujin em altos brados e com insistência, mas eles ficaram em silêncio. Sen-Kung insistiu em questionar-lhes sobre sua anterior fé idólatra em Temujin, e dois ou três deles veementemente exclamaram que ele era um poderoso guerreiro e que lamentariam essa sua nova aliança com Wang Khan, se Temujin fosse, além de tudo, ridicularizado. Também as desconfianças de Sen-Kung foram afastadas.

Toghrul Khan enviou uma mensagem a Temujin, ironicamente compadecida por causa da sua doença, e informando-o da deserção dos seus cãs.

Tu não conseguiste convencer esses homens do teu poder, ó meu valente filho adotivo! Eles te abandonaram como fuinhas. Correram das tuas pegadas, ladrando como cães danados. E assim demonstraram sua sensatez. Mas tu não és sensato. Eu, por conseguinte, convoco-te para que te humilhes, para que te apresentes para seres punido, e para que me prometas que desbaratarás tua tola e vergonhosa confederação. Se não o fizeres dentro de três dias, eu ordenarei um ataque e tu não serás poupado, nem ninguém do teu povo.

Temujin, que estivera esperando impaciente essa missiva, chamou os cãs remanescentes para um conselho.

– Nossos irmãos chegaram ao acampamento de Toghrul Khan, e eu recebi notícias. Agora aguardaremos outras informações.

Dali a algumas horas, outra missiva chegou dos cãs para ele.

> Nós te rogamos, Temujin, que obedeças à generosa oferta do grande Toghrul Khan, e que te entregues a ele, antes de a lua estar completamente cheia na terceira noite. Estaremos ao lado dele, para recebermos, junto com ele, a garantia da dissolução da confederação. Nem sonhes em atacá-lo. Nós temos apenas quatro mil guerreiros sob o nosso comando imediato e ele tem seis mil. Além do mais, esses homens são peritos arqueiros, e destros no sabre, e nem precisam de uma grande cavalaria para protegê-los. Por causa do seu espírito indômito, nossa cavalaria será impotente diante deles. Insistimos contigo, portanto, para que envies imediatamente uma missiva da tua capitulação.

Temujin, para quem tinham lido a carta, gritou alto, na sua exultação.

– Então eles têm seis mil guerreiros, e cerca da metade deles é montada! – gritou. – Escreve tu, Subodai.

E ditou outra carta, sempre dando a entender que era do aterrorizado Kasar:

> Meu irmão, o Khan Temujin, ainda jaz inconsciente, mas eu estou autorizado a oferecer-te, ó glorioso Wang Khan, um juramento de fidelidade, humildade e obediência. Eu chegarei na manhã do quarto dia, com a espada de Temujin.

E, junto com a missiva, enviou o mais querido tesouro de Temujin, um grande anel de ouro incrustado com uma única e brilhante pedra azul.

Toghrul Khan leu a carta para os cãs traidores. Mas eles bufaram.

– É um truque – disseram. – Se Temujin estivesse doente, nós o haveríamos sabido. Ele está simplesmente assustado, e está usando o disfarce da doença para escapar à completa humilhação.

Uma carta foi despachada para Kasar, aceitando-lhe cordialmente a rendição e informando-o de que Toghrul Khan o receberia com todas as honras à sua chegada.

Enquanto isso, os cãs estudavam a posição do acampamento do seu anfitrião, e faziam seus planos.

Toghrul Khan, mesmo durante uma campanha, vivia luxuosamente. Sua tenda era feita de tecido de ouro. Seus oficiais estavam instalados em yurts agradáveis, cheios de tesouros, tais como cálices, pratos de prata lavrada e ricos tapetes. Os cavalos eram cobertos de seda e selados com delicado couro vermelho. Os punhos das espadas dos oficiais eram incrustados de ouro e pedrarias. Havia muitas mulheres no acampamento, jovens cantoras com bonitos rostos pintados, e outras que eram licenciosas dançarinas. Músicos, hábeis na flauta e na rabeca, tornavam as noites agradáveis. Os cãs percorriam todos os lugares, espreitando com cobiça os tesouros, e escolhendo os que mais agradariam a Temujin em sua chegada.

Na terceira noite, quando a lua estava cheia, houve ainda outra festa, e os cãs fingiram embebedar-se até ao completo torpor. Tiveram de ser carregados para seus yurts. Fora dos yurts, as canções, as danças e a orgia continuaram. Quando ficaram certos de já não estarem mais sendo observados, os cãs reuniram-se num local previamente combinado, e aguardaram. O que tinha a vista mais aguçada subiu como uma sombra para a parte mais alta do terreno e perscrutou o sul, de cuja direção viriam os mongóis. Os outros agacharam-se na escuridão, armados e vigilantes, sem se atreverem nem a sussurrar. A pequena distância, as sentinelas caminhavam lentamente, bocejando e ouvindo ressentidos a música e as risadas. Os karaits, que eram apenas parcialmente civilizados, não eram muito disciplinados, e as sentinelas encontravam ocasião de se reunirem para trocar palavras de dscontentamento.

A lua inundava a paisagem de abetos e choupos, de planícies e colinas, de rio e grandes pedras, com uma luz branca e espectral. Mas agora já ia declinando. Além do mais, para sua satisfação, os mongóis viram que o céu ia-se cobrindo de nuvens e a lua corria por trás dessas nuvens e sua luz tornara-se nebulosa e difusa.

Subitamente, a sentinela mongol avançou rastejando sobre o terreno elevado até seus companheiros embaixo. Sussurraram aos ouvidos de cada um:

– Nosso senhor se aproxima. Dentro de uma hora estará aqui.

E esperaram, suspendendo a respiração, com os olhos de gavião fixos nas bocejantes sentinelas karaits, que haviam recomeçado sua lânguida marcha à beira do terreno mais alto, movendo-se como sombras contra o céu de mármore.

Então um sinal, quase imperceptível, passou entre os mongóis. Não se atreveram a esperar mais. Portanto, movendo-se silenciosamente, subiram para o terreno elevado, cada um na direção da sentinela previamente escolhida, e lançaram-se sobre os karaits. Enfiaram seus punhais curtos até o punho entre cada par de espáduas incautas, e com apenas o mais débil gemido, as sentinelas caíram sobre os joelhos, e depois de bruços. Os mongóis levaram apenas alguns instantes para tirar-lhes os gorros e colocá-los sobre a própria cabeça. Então, envolvendo-se em seus mantos, os mongóis, trazendo as espadas desembainhadas, tomaram os lugares dos mortos, e puseram-se a caminhar silenciosamente para cima e para baixo.

Sen-Kung, em quem o desconfiado instinto do nômade era bem desenvolvido, a despeito da sua civilização, ficou subitamente inquieto. Sentou-se junto ao pai, bebendo e observando as dançarinas. Então, sem mais poder conter-se, disse:

– Meu pai, por alguma razão minha alma está perturbada e fareja perigo. Permite que eu te deixe por um momento, enquanto consulto as sentinelas.

Toghrul Khan, que estava absorto nas habilidosas e obscenas contorsões da sua dançarina favorita, acenou com a cabeça com indiferença, e Sen-Kung levantou-se e começou a subir a longa elevação do terreno na direção das sentinelas. Viu-as marchando obstinadamente para cima e para baixo, e viu-as perscrutando atentamente o horizonte. Mas não ficou completamente satisfeito.

Aproximou-se de uma delas, que estava estreitamente envolta em seu manto.

– Tudo está em ordem? – perguntou brevemente.

O homem acenou que sim com a cabeça. As outras sentinelas, ouvindo vozes, lançaram um olhar por cima dos ombros. Ficaram imóveis; seus olhos fulguraram ao luar exangue. Os mongóis que se aproximavam já podiam ser avistados claramente, movendo-se como espectros sem corpos a cavalo na direção do acampamento, completamente visíveis daquela posição.

Sen-Kung respirou profundamente através das amplas narinas. Relanceou um olhar em torno de si. Ia aproximar-se de outra sentinela, quando por acaso olhou na direção do sul e avistou o inimigo, pois a lua subitamente rolou detrás de uma nuvem e revelou tudo o que havia para ser visto, tão claramente como se fosse dia.

Ele estremeceu violentamente, com a respiração soando alta e áspera no silêncio. Então, com um rápido movimento, arrancou o manto da sentinela mais próxima e viu claramente o rosto de um dos cãs. O mongol encarou-o, com um olhar, inimigo e selvagem, e as outras sentinelas correram em direção a ele com as espadas em punho.

O infeliz karait olhou para as falsas sentinelas e sentiu a proximidade da morte. Mas seu último pensamento foi para seu povo. Abriu a boca para soltar um grito alto e desesperado, mas nesse mesmo instante a sentinela ao seu lado enfiou-lhe profundamente a espada no ventre e fechou-lhe a boca com a mão. Mesmo assim, o karait agonizante lutou para lançar um aviso para seu povo. Mordeu a mão que lhe comprimia a boca com dentes de lobo. E, morrendo como estava, com o ventre esguichando sangue, sua força era a força de três homens. Num instante estaria livre; mas já via as pernas dos outros cercando-o. Afastou a mão da sua boca, curvou o joelho e enfiou-o com toda a força na barriga da sentinela que se curvava sobre ele.

Então um dos outros, quando ele estava prestes a gritar seu aviso, deu-lhe um violento pontapé nas têmporas, não apenas uma, mas várias vezes. O corpo do agonizante arqueou-se. Seus braços debateram-se no ar. Uma bota foi comprimida fortemente contra o seu rosto, e o salto esmagou-lhe os olhos. Finalmente ele ficou imóvel.

Os outros dois, ofegantes, sorriram sinistramente um para o outro. Arrancaram seus mantos, e juntos desceram a encosta na direção do acampamento, sem se preocuparem mais com o risco de serem vistos, pois Temujin e seus guerreiros já estavam próximos.

Os mongóis já não se moviam mais silenciosamente. Esporearam seus cavalos e com fragor de cascos e gritos de exultação desceram sobre o acampamento.

Toghrul Khan, que estava levemente adormecido, foi subitamente despertado pelos frenéticos gritos das jovens e dos seus guerreiros. Pôs-se de pé, cambaleando, apoiando-se no corpo agachado de uma das mulheres. Olhou para a planície abaixo e viu os mongóis, viu o estandarte que tremulava contra a lua. Olhou ferozmente em torno de si. Gritou fracamente. Sua voz, sufocada e desesperada, chamava seus oficiais, que estavam despertando e pestanejando à luz do fogo.

A mais absoluta confusão se estabeleceu imediatamente. O acampamento entrou em pânico. Guerreiros corriam por todo lado, como que cegos, agarrando os cavalos assustados que os escoiceavam. As mulheres reuniram-se e encheram a noite com seus gritos e lamentações. Homens e animais corriam por entre as fogueiras, espalhando faíscas vermelhas e brasas fulgurantes. Os oficiais tentavam restaurar a ordem, para organizar as formações de soldados, enquanto afivelavam os cinturões que haviam soltado durante a festa, distribuindo pontapés em torno de si sobre os enlouquecidos guerreiros.

Enquanto isso, os cãs de Temujin correram por entre eles, aproveitando-se do barulho e da desordem para usarem as espadas destramente, saltando de uma morte para outra. Alguns deles, porém, faziam pausas para agarrar um prato ou uma taça de prata e escondê-los habilidosamente sob as roupas. Cavalos sem cavaleiros arremessavam-se para o alto, correndo em círculos, enquanto seus donos impotentes tentavam agarrar as rédeas.

Toghrul Khan, tomado de terror, correu para dentro do seu luxuoso yurt e tentou esconder-se sob os corpos de duas jovens que se tinham refugiado ali. E por isso Temujin iria demorar a encontrá-lo.

Enquanto isso, os karaits, embora desordenados e dispersados, lutavam valentemente. Os mongóis espalharam-se pelo acampamento como uma onda irresistível, fustigando em torno de si indiscriminadamente com os sabres recurvos, galopando através das ilhas de yurts nos seus cavalos velozes e ágeis, sombras vingadoras com os rostos terríveis de loucos furiosos. Deixavam atrás de si os caminhos juncados de mortos. Despreparados, os karaits tentavam fazê-los recuar, sem resultado.

Os gemidos e gritos dos feridos e agonizantes juntavam-se à indescritível confusão. Homens encolhiam-se sobre as suas vísceras sangrentas, tentando fazer parar o sangue. A lua contemplava de cima essa desordem negra e confusa, a fuga e o pânico, os mongóis chacinadores galopando para cima e para baixo em seus cavalos. Alguns dos karaits tentavam escapar, lutando para subir ao terreno elevado, mas cada um era perseguido e abatido implacavelmente, e a espada escapava-lhe da mão.

Num incrivelmente curto espaço de tempo os karaits foram completamente desmoralizados. Mas a chacina continuou até que todos estivessem mortos, e a ampla planície branca ficou tomada de montes de cadáveres de homens e cavalos.

Temujin finalmente desmontou. Seus cãs reuniram-se em torno dele, rindo, e cobertos de sangue. Ele felicitou-os, dando-lhes tapinhas nas costas e nos ombros. Enquanto isso, ouviam-se os lamentos e pranto das jovens aterrorizadas.

– Fizestes um bom trabalho – disse Temujin, com os olhos verdes e os dentes de lobo cintilando no luar. – Eu perdi apenas um quarto dos meus guerreiros, mas não o teria conseguido sem a vossa ajuda.

Subodai aproximou-se a cavalo, junto com Chepe Noyon, para informar Temujin que os karaits haviam sido aniquilados.

Temujin fez um aceno com a cabeça. Enxugou a espada molhada de sangue na lateral das botas e franziu as sobrancelhas.

– Fazei calar essas mulheres – ordenou. Relanceou um olhar em torno de si. – Mas onde estão meu pai adotivo e seu filho?

Todos clamaram que o velho karait havia desaparecido e que seu filho estava morto. Temujin bateu com o pé no chão, furiosamente.

– Eu o quero. Eu mesmo cuidarei dele. Se qualquer um de vós o tiver matado, eu o farei punir o mais severamente possível, porque eu dei ordem anteriormente para que ninguém mais além de mim o ferisse.

Eles começaram a procurar entre os mortos, afastando braços e mantos para examinar os rostos imobilizados. Então o olhar de Temujin caiu sobre a tenda de tecido de ouro e encaminhou-se para lá. Enfiou a cabeça pela abertura.

Viu uma cena absolutamente ridícula. Três jovens estavam sentadas sobre o corpo do velho príncipe, esforçando-se por escondê-lo com as pernas e os cabelos. Olharam para Temujin com os olhos arregalados de animais acuados, e soltavam débeis e incessantes lamentos, torcendo as mãos e lastimando em voz alta a morte do seu senhor.

Temujin soltou uma imensa gargalhada, e os outros vieram correndo, trazendo nas mãos vários despojos. Temujin apontou para as jovens, incapaz de falar de tanto rir. Então afastou-as como se fossem animais, dando-lhes pontapés nos traseiros à medida que iam caindo, estateladas no chão. Agarrou Toghrul Khan pela nuca e arrastou-o para fora, sob o luar.

O velho estava fora de si de terror. Caiu de joelhos e abraçou Temujin pelas pernas.

– Eu te imploro que poupes teu velho pai, meu filho! – lamuriou ele. – Imploro-te que te lembres do teu juramento de fidelidade! Não me mates. Eu sou velho e são muitos meus anos de vida. Tenho poucos dias diante de mim, e minhas dores são tão numerosas como moscas. Se já alguma vez tivesse afeto por mim, poupa-me e manda-me embora daqui.

Temujin olhou em volta de si para seus homens e oficiais e sorriu.

– Ouvi atentamente as lamúrias deste velho bode! Ontem, ele trombeteava em triunfo e estava cheio de basófias e ameaças contra mim! Hoje ele rasteja aos meus pés, implorando-me que lhe poupe o corpo de bode, e que o mande de volta para os seus filhotes!

Os outros explodiram em ásperas risadas. Temujin debruçou-se sobre o lamentoso velho e deu-lhe um bofetão no rosto. Toghrul Khan caiu esparramado no chão sobre o rosto, e ali ficou, contorcendo-se servil e suplicemente, com terror da morte. Tentou beijar os pés de Temujin, enquanto soluçava débeis lamúrias. Temujin observava-o, sorrindo largamente, com expressão maléfica no rosto.

– Eu soube da história – disse ele. – Eu soube que tu mandaste teu filho, Taliph, ao encontro do meu anda, Jamuga, e que teu filho o seduziu e fez dele um traidor. Por causa dessa traição ele morreu. Mas agora eu o vingarei.

E agarrou de novo o velho pelo pescoço, forçou-o a pôr-se de pé e ficou com ele pendurado na mão como um menino pendura um coelho. E o velho ali ficou assim pendurado grotescamente, com os pés calçados nas botas de ouro luzente, apontados para baixo, soltos. Mas ele olhava para Temujin covardemente, com as mãos postas numa súplica muda e vergonhosa. Sua atitude e sua expressão provocaram novas gargalhadas nos mongóis.

Temujin, brincando com ele, sacudia-o de um lado para o outro, como se não passasse de uma trouxa de roupas. A baba escorria dos lábios inchados do velho. Seus olhos reviraram-se para cima.

– Poupa-me! Poupa-me! – choramingava. – Jesus! Alá!

Então, segurando Toghrul Khan a pequena distância de si, Temujin deliberadamente atravessou-lhe o corpo com a espada. Mergulhou a arma várias vezes na barriga encolhida do velho, até ele morrer. Temujin largou então a espada, negra e molhada de sangue ao luar, jogou o cadáver longe e deu-lhe um pontapé no rosto.

– Eu estou vingado – disse.

Mas já não via mais Toghrul Khan. Ele via apenas Jamuga e Azara.

A pilhagem continuou sistematicamente. Quando amanheceu, os mongóis voltaram para casa, com seus quinhões sobre as selas, e com as dançarinas, em prantos, montadas nas garupas dos seus cavalos.

Quando Taliph soube das novas, fugiu para a casa nova do pai além da Muralha.

25

Foi no ano do Leopardo que Temujin derrotou e matou Toghrul Khan, vingando assim, segundo ele pensava, Azara e Jamuga.

Mas a batalha ainda não estava completamente vencida.

Ele empenhou-se e apressou-se, então, com implacável ferocidade e selvajaria, em subjugar o resto dos karaits. Nunca lhes permitindo descansar, eles os perseguiu até sua própria fortaleza, a cidade no deserto, Caracórum, ou as Areias Negras. Os karaits eram combatentes resolutos e desdenhavam o nômade "mendigo", mas com toda a sua resolução e desprezo não puderam fazer face aos assaltos-relâmpagos e à quase sobrenatural infatigabilidade do inimigo.

E bastara a notícia de que o mongol de cabelo vermelho se estava aproximando, com suas Torrentes Avassaladoras, seus Terríveis Paladinos, para semear o pânico entre os orgulhosos karaits. Pois diziam que os espíritos cavalgavam junto com ele, e ninguém se lhe podia opor, e que seus guerreiros, depois de abatidos, erguiam-se de novo, ilesos. Mais do que as suas hordas e perversos guerreiros, eram a superstição e o terror que derrotavam os seus inimigos. Entre os karaits muçulmanos, dizia-se que Deus havia libertado um flagelo, que não podia ser contido, que não podia ser vencido.

Os sacerdotes nas mesquitas bradavam:

– Nós pecamos e esquecemo-nos de Deus e do Seu profeta! E por isso ele nos está punindo, e enviou um Terror invencível para destruir-nos, e ninguém pode fazer-lhe face!

Os sacerdotes cristãos clamavam:

– Essa é a profecia da libertação de Satã e o fim do mundo! A humanidade inteira é impotente diante do açoite do Senhor!

As pavorosas hordas galopavam como relâmpagos, precedidas por um exército fantasma, armado de sobrenaturalismo. Dizia-se que Temujin era onipresente. Que ele lutava com os inconquistados merkits, karaits, uighurs e naimans numa centena de lugares diferentes simultaneamente, lugares que distavam centenas de léguas entre si. Cochichava-se que ele galopava com o furacão. Um completo frenesi e desalento pairava sobre o Gobi. No fim, não eram as hordas de Temujin que derrotavam o inimigo. Era o seu próprio nome, terrível e místico.

Os homens podem lutar contra um inimigo humano, diziam os rumores aterrorizados; mas como podem os homens opor-se ao desígnio de Deus?

Uma a uma, as tribos caíam e rendiam-se, esperando a aniquilação. Mas Temujin de novo demonstrou sua grande sagacidade. À medida que cada tribo se rendia, ele lhes declarava:

– Vós sois heróis, porque lutastes como demônios, como homens de fé. Eu preciso de vós. Vinde comigo e integrai minha nação e servi-me.

Antes os mongóis yakkas não passavam de uma tribo. Agora somos uma nação, e vós podeis tornar-vos parte dela, compartilhando a nossa glória e os nossos triunfos, cavalgando invencíveis conosco à sombra de Deus.

Hipnotizados pelo seu poder, sua força, sua generosidade, sua própria aparência, nenhuma tribo se recusava a juntar-se a ele. E aderiam de todo coração, apanhados pelo misterioso feitiço, desejosos de morrer por ele, fixando os olhos nele como se fixa num altar. O assassino das estepes parecia, na verdade, imbuído do relâmpago dos céus. Finalmente, outras tribos depuseram as armas sem que um único golpe fosse dado ou recebido, e juntavam-se em torno do estandarte dos nove rabos de boi.

De novo, nesses dias de triunfo esmagador, Temujin demonstrou sua sagacidade; ele colocava à frente de cada povo conquistado um governante escolhido entre eles mesmos, em quem todos confiavam e em quem ele podia confiar. Assim, reconciliado e estabelecido, ele podia deixar cada tribo conquistada e lançar-se em novas lutas e conquistas. A cada vitória sua força crescia. Ele nunca descansava. Dizia aos seus paladinos:

– O sucesso de uma ação está em completá-la e consolidá-la. Nunca deixeis uma posição se não tiverdes certeza de que é realmente vossa para sempre.

Cidade após cidade caíam, muitas vezes sem qualquer tentativa de resistência. Nessas ocasiões, os guerreiros de Temujin podiam partilhar os despojos, mas não lhes era permitido molestar os habitantes, nem despojá-los completamente. Em primeiro lugar, acima de tudo o mais, ele precisava de dedicação. Com a sua generosidade, ele transformava inimigos aterrorizados em amigos devotados.

Em três anos, suas hordas conquistaram os vales e as cidades dos turcos ocidentais, as cidades, os pastos, as terras e os rios dos taijiuts, naimans, uighurs e merkits. Por todo o flanco sinuoso da Grande Muralha de Catai galoparam seus guerreiros, e ao longo das encostas das montanhas baixas e descoradas do norte, projetando-se como aríetes vivos sobre as velhas cidades de Khoten e Bishbalik, galopando como furacões, e deixando atrás de si completa subjugação e desorientação, fincando seus estandartes nos palácios de sultões e príncipes, nas mesquitas, templos e igrejas.

Histórias idólatras eram contadas sobre seus olhos verdes e seu cabelo vermelho, seu sorriso fulgurante e sua generosidade, sua coragem e sua invencibilidade. Sagaz como sempre, ele tornava antes de tudo os governantes e sacerdotes seus vassalos e amigos, e deixava o resto por conta deles.

Ele sabia da força da superstição e do terror nos homens. Tentava conquistar a dedicação com promessas, que sempre eram cumpridas. Mas, se por acaso lhe falhavam, ele era implacável. Cada homem era caçado e morto, as mulheres escravizadas, os filhos adotados pelas mulheres mongóis, e os pastos e cidades entregues a outros donos.

Misteriosamente, ele sempre sabia a coisa certa a fazer e nunca errava. Por isso, as histórias sobre o seu poder sobrenatural ganhavam cada vez mais força, e muitas vezes ele tinha apenas de galopar na direção de uma região ou cidade para que os seus governantes lhe fossem ao encontro, oferecendo-lhe rendição e aliança.

Não eram apenas meras hordas que aderiam ao seu império. Homens ricos, mercadores e negociantes, nobres e senhores, rendiam-se-lhe, e mesmo filósofos e professores das academias juntavam-se-lhe com idolatria. A sabedoria parecia não ter nenhum escudo contra o seu poder. Aqueles que tinham ensinado a dignidade aos homens e os conhecimentos de todas as eras eram muitas vezes os primeiros repetir o dizer: "A mão de Deus, e a glória de Temujin."

Agora, para a sua comitiva, ele atraía sábios, eruditos e estudiosos, astrólogos, cientistas e médicos, que o acompanhavam em liteiras e sentavam-se com ele em torno dos fogos do conselho. Entre os seus favoritos havia um médico que o atendia pessoalmente. Chepe Noyon e Subodai sorriram um para o outro e mencionaram a estranha semelhança desse médico com o falecido Kurelen.

Os antigos feudos do Gobi foram esmagados pelos cascos das hordas de Temujin. A velha independência, a velha liberdade do nômade, haviam desaparecido. Os povos do Gobi foram unidos por um sistema feudal onde só existia uma lei: a vontade de Temujin.

Sábios de Catai tinham dito que a liberdade era o bem mais querido e idolatrado de todos os homens. E foi provado que isso era uma amarga mentira. Pois Temujin sabia que, acima da liberdade, os homens amavam um chicote, acima da liberdade, idolatravam uma espada, acima de um líder eleito, adoravam um tirano que os privava da capacidade de pensar, e ordenava em vez de consultar. Ele sabia que os homens se deleitavam numa completa rendição, como as mulheres secretamente se deleitavam com o rapto. Com a rendição, os homens experimentavam um orgasmo lascivo. E, à medida que conquistava e via o aviltamento e a adoração dos povos, seu ódio e desprezo por toda a humanidade crescia.

Dizia consigo mesmo:

– Não passam de animais sem alma. Se não o fossem, prefeririam a morte e a luta incessante à submissão.

Mas essa era uma opinião que guardava para si mesmo. Preferia dizer aos conquistados que eram heróis, que ele os subjugava apenas para juntar-se à sua força, e estabelecê-los como reis sobre a terra.

Cada vez mais ele desprezava e sentia repugnância pelos sacerdotes, que persuadiam o povo a abrir mão de sua liberdade e independência. Budistas ou cristãos, xamãs ou maometanos, confucianos ou taoístas, ele podia contar com os sacerdotes para entregarem o povo em suas mãos, amarrado e impotente. E assim, até o fim da sua vida, ele acreditou serem os sacerdotes os inimigos de todos os homens, e sempre teve cuidado em acautelar-se deles como de serpentes.

Agora ele era o senhor do Gobi. Mas ainda não estava satisfeito. Convocou um kuriltai, um conselho dos cãs, sabendo que havia chegado o momento em que obteria sua mais cobiçada honra.

26

Os cãs foram, formando por si só uma horda, acorrendo como sacerdotes a um deus. Foi uma gigantesca reunião o conselho no Gobi.

Por essa época, a horda mongol já não era mais uma confederação indefinida. Tinha um sólido núcleo de organização, sua unidade central permanente, que era dividida em unidades de dez mil, o tuman, cada uma comandada por um oficial mongol. Era puramente uma organização militar, na qual o guerreiro era a primeira e última autoridade. Dessa organização, encabeçada por Temujin, provinham todas as ordens e leis do império do Gobi. Os mongóis eram o povo-senhor, acima de todas as outras tribos ou raças.

Mas entre os povos do Gobi, era difícil eliminar os costumes e a tradição. Temujin era sagaz bastante para saber disso. Ele queria ser nomeado imperador. Mas ele sabia que autoproclamar-se imperador significarão violar o velho e belicoso direito dos cãs de elegerem um líder eles mesmos. Não se atrevia a violar essa tradição. Eles precisavam elegê-lo, no processo devido.

Aquela reunião dos cãs foi o mais importante acontecimento da história da Ásia, e o mais esplêndido. Para lá, no meio dos desertos, montanhas e estepes, eles acorreram, resplendentes e arrogantes, exultantes e orgulhosos, sabendo por que haviam sido convocados. Chegavam como homens livres, exibindo poderosos equipamentos, atendidos por escravos e guerreiros, paramentados de sedas e armaduras. Fixaram seus yurts em torno das fogueiras do conselho, yurts feitos de tecido de ouro ou de prata, e cheios de tesouros e dançarinas. Já não eram mais maltrapilhos baghaturs. Temujin tornara-os reis arrogantes, magnificamente vestidos, seguidos de comitivas.

Houve uma gloriosa festa no Gobi naquela noite. Os tesouros e luxos saqueados de mais de mil cidades aumentaram o esplendor da cena. Joias cintilavam à luz vermelha das fogueiras. Mulheres e velhos menestréis cantavam e jovens dançavam. E Temujin estava sentado no meio de todos, sobre a sua pele de cavalo branco, vestido simplesmente com um casaco de lã branca, com um cinturão de prata, com o cabelo da cor do fogo.

Os cãs sabiam por que tinham sido convocados. Sabiam o que deviam fazer. Mas fingiam não saber. Fingiam acreditar que aquela era apenas uma festa oferecida a eles pelo chefe, em reconhecimento das suas vitórias. Beberam abundantemente. Riram e gritaram. Comeram até não poder mais, e então assistiram às dançarinas e ouviram os cantores, com seus rostos escuros brilhando de gordura e saciedade. E os servos alimentavam as fogueiras, e traziam comida e vinho fresco em taças e pratos de prata.

Então, à meia-noite, houve um silêncio súbito e pesado. Os cãs imobilizaram-se como estátuas de bronze, envoltos em sedas e em ouro, com os rostos selvagens atentos. Cada olhar estava fixado em Temujin, com expectativa.

Ele olhou de um para o outro, lentamente, colhendo cada olhar, cada pensamento, cada alma. Então, ergueu-se. Ficou de pé no meio de todos, alto e largo, com os olhos verdes brilhando à luz das fogueiras. Ele começou a falar, com serenidade e convicção:

– Chegou o momento em que devemos nomear um imperador, um senhor de todos os homens. Nosso poder é grande. Nossas conquistas deslumbram os corações e as mentes da humanidade. Mas precisamos nomear um imperador, que deve ser a suprema autoridade, a fonte de toda a lei. Pois nós temos ainda conquistas maiores a fazer. O mundo estende-se à nossa frente do nascente ao poente. Para conquistá-lo todo, deve haver apenas um senhor, uma voz como guia, a quem todos os cãs devem oferecer aliança e obediência. Nós somos uma nação. A nação precisa do seu imperador.

Os cãs ouviram-no em silêncio sombrio. Quando Temujin acabou de falar, e ficou diante deles esperando, eles pareciam estar ponderando sobre a importante decisão. Relancearam olhares um para o outro, para seus irmãos, como que esperando um nome, ou nomes. Mas todos sabiam o nome e tinham-no sempre sabido. Fazia porém parte do seu orgulho fingir que estavam em dúvida. Então um dos cãs levantou-se e fez uma reverência a Temujin, ajoelhando-se diante dele.

– Esta é a minha escolha: que o senhor Temujin seja nomeado imperador.

Os cãs explodiram numa tumultuada confusão de vozes e fingiram consultarem-se uns aos outros. Temujin observava-os e esperava, sorrindo sombriamente. Sua natureza perspicaz e implacável fazia-o sentir um esmagador desprezo e deleite diante de todo esse fingimento, mas sabia que não se atreveria a violar a antiga lei.

Então, um a um, os cãs levantaram-se e ajoelharam-se diante dele, proclamando-o imperador. Tocavam-lhe as vestes ásperas. Choravam. Depunham as espadas a seus pés. Um tumulto irrompeu das suas gargantas, uma aclamação que era como rugidos de feras.

Temujin fingiu estar assombrado, subjugado. Inclinou a cabeça. Seus olhos, cheios de lágrimas, percorreram todos os rostos. Seu peito arfava. Fingiu ser incapaz de falar. Isso agradou aos cãs, que amavam a cerimônia e a dissimulação, e o cumprimento da tradição. E seu amor e adoração por ele transbordaram como vinho em cálice de ouro.

Kokchu aguardara em seu yurt. O velho chefe xamã já conhecia o seu papel. Avançou então para o círculo de fogueiras, assistido pelos seus jovens xamãs. Nas mãos trazia um diadema de ouro, parte do saque de uma rica cidade. Vendo isso, Temujin fingiu estremecer, ficar completamente esmagado e subjugado de emoção. Os cãs tocaram-no e forçaram-no a ajoelhar-se.

Ele ajoelhou-se diante de Kokchu, que estava paramentado como o arco-íris, com as velhas mãos gordas cobertas de joias. Então Kokchu ergueu o diadema solenemente bem alto, e pareceu consultar os terríveis Espíritos do Eterno Céu Azul. Seus lábios moveram-se, seus olhos dilataram-se. Tremia, e lágrimas rolavam-lhe pelas faces. Temujin ajoelhou-se diante dele com a cabeça baixa, e então mesmo os clamorosos cãs ficaram em silêncio.

Então Kokchu baixou os olhos para o mongol ajoelhado. Seus lábios estremeceram. Numa voz estrangulada de terrível emoção, ele bradou:

– Os espíritos falaram, e os reis da terra! E foi decidido que Temujin, filho de Yesukai, deve ser nomeado Imperador de Todos os Homens, Gengis Kha-Khan, o Governante Poderoso, o Paladino dos Céus!

E vagarosamente, com gestos esmerados, ele colocou o diadema de ouro sobre a cabeça vermelha de Temujin.

27

— Eu apenas comecei! – dizia Temujin consigo mesmo.

Estava sozinho sobre seu cavalo, e esperava o amanhecer. Atrás dele, os exaustos e resplendentes cãs estavam adormecidos em seus yurts. Ele estava completamente só. Mesmo os cavalos e todos os outros animais dormiam imóveis.

Ele contemplava o oriente. Lá o céu estava de um tom de prata pálido e luminoso, de uma palidez palpitante. Mas ao longo das suas bordas mais baixas, o frágil fogo da aurora se erguia. O deserto jazia num mistério e silêncio purpúreos para os lados do ocidente. As montanhas distantes, denteadas e caóticas, estavam negras com a noite, mas seus cumes mais altos flamejavam de ouro e escarlate. O vento incessante precipitava-se como torrentes de água sobre o mundo e soprava sobre o rosto de Temujin.

Ele já não estava sorrindo, com seu cinismo usual e sombrio. O cabelo vermelho caía-lhe sobre os ombros. Em seus olhos havia uma sombra vasta e profunda, e sua expressão estava carregada e fixa. Suas mãos pousavam sobre o pescoço do seu garanhão branco, que estava imóvel como uma estátua de mármore, com exceção da crina de neve, que ondulava ao vento.

Então Temujin olhou para o leste, onde se erguiam os impérios de Catai. Olhou para o oeste, para as províncias e reinos muçulmanos, e, além deles, a Europa, perdida em meio ao nevoeiro do desconhecido, que ele iria conquistar. Olhava para o mundo. Uma terrível exultação subitamente cresceu dentro dele, e seu espírito pareceu expandir-se, tornar-se tão infinito como a eternidade. Ergueu o punho cerrado e manteve-o rígido no ar. Suas narinas palpitavam em seu rosto moreno. Seus olhos faiscaram como que do reflexo de um incêndio, e a sombra de um fogo misterioso desceu-lhe sobre o rosto. Havia algo de pavoroso, algo de temível em seu aspecto. A Ásia dormia ainda, em suas imensas extensões, a oeste, a leste, ao norte e ao sul. Mas o seu imperador, o seu destruidor, o seu construtor e o seu devastador estava ali, só, com o punho erguido e o rosto pavoroso, diante apenas de Deus e da morte.

– Eu apenas comecei! – repetiu.

E subitamente teve consciência de uma terrível Presença, de um Olho vigilante, de um olhar extremamente nefasto. Por um momento seu coração confrangeu-se e sua mão caiu.

Então, erguendo os olhos, fixou a imensidão brilhante dos céus, e todo o seu espírito encheu-se de triunfo e desafio, fúria e alegria selvagem.

– Eu tenho o mundo! – bradou, e sua voz pareceu ressoar como um clarim no silêncio.

– Eu, Gengis Khan, sou o mundo!

Apenas o silêncio lhe respondeu, inviolável, desdenhoso e terrível. Apenas o silêncio de Deus lhe replicou.

O sol nasceu no horizonte recortado e projetou sua luz sangrenta sobre o rosto e a figura de Gengis Khan. E subitamente, em torno dele, apareceu uma horda espectral, as sombras do passado e as sombras do futuro, as sombras dos inimigos dos homens.

E ficaram em torno dele, silenciosas e ferozes, vendo, mas sem serem vistas.

E os olhos de Deus viram tudo, e o silêncio de Deus engoliu todo o universo, e o espírito de Deus pareceu pairar sobre a Terra, invencível, triunfante e sempre vitorioso.

fim

EDIÇÕES
BestBolso

Este livro foi composto na tipologia Minion Pro Regular,
em corpo 10/12,5, e impresso em papel off-set 56g/m² no Sistema
Digital Instant Duplex da Divisão Gráfica da Distribuidora Record.